U0092551

郁賢皓 注譯

# 新譯李白詩全集

(中)

三民書局

國家圖書館出版品預行編目資料

新譯李白詩全集／郁賢皓注譯.－－初版三刷.－－臺北市：三民，2022
冊；　公分.－－(古籍今注新譯叢書)

ISBN 978-957-14-5470-2（上冊:平裝）
ISBN 978-957-14-5471-9（中冊:平裝）
ISBN 978-957-14-5472-6（下冊:平裝）

851.4415　　100004557

古籍今注新譯叢書

# 新譯李白詩全集（中）

注譯者｜郁賢皓
發行人｜劉振強
出版者｜三民書局股份有限公司
地址｜臺北市復興北路 386 號 ( 復北門市 )
臺北市重慶南路一段 61 號 ( 重南門市 )
電話｜(02)25006600
網址｜三民網路書店 https://www.sanmin.com.tw

出版日期｜初版一刷 2011 年 4 月
初版三刷 2022 年 9 月
書籍編號｜S033330
ISBN｜978-957-14-5471-9

**著作權所有，侵害必究**
※ 本書如有缺頁、破損或裝訂錯誤，請寄回敝局更換。

三民書局

# 新譯李白詩全集 目次

## 中冊

## 卷八

### 贈二

## 卷　九

### 贈　三

## 卷一〇

### 贈四

## 寄 上



# 卷一一

## 寄 下

## 卷一二

### 別

## 卷一三

### 送 上

## 卷一四

### 送 中

## 卷一五

送 下



酬答上

# 卷八

## 贈二

### 贈嵩山焦鍊師❶并序　洛陽

嵩丘❷有神人焦鍊師者，不知何許婦人也❸。又云生於齊梁時，其年貌可稱五六十。常胎息絕穀❹，居少室❺廬，遊行若飛，倏忽萬里。世或傳其入東海，登蓬萊，竟不❻能測其往也。余訪道少室，盡登三十六峰❼，聞風有寄，灑翰❽遙贈。

二室凌❾青天，三花含紫煙❿。中有蓬海客，宛疑麻姑⓫仙。道在喧莫染，跡高想已縣⓬。時餐金鵝蘂⓭，屢讀青苔篇⓮。

八極⓯恣遊憩，九垓⓰長周旋。下瓢酌潁水⓱，舞鶴來伊川⓲。還歸空山⓳上，獨拂秋霞眠。蘿月挂朝鏡，松風鳴夜絃⓴。潛光㉑隱嵩嶽，鍊魄棲雲幄㉒。霓衣何飄飄㉓，鳳吹㉔轉緜邈。

願同西王母，下顧東方朔㉕。紫書㉖儻可傳，銘骨㉗誓相學。

【注　釋】❶嵩山焦鍊師　嵩山，古稱中嶽。在今河南登封北。高峰有三：《名山記》：「嵩山中為峻極峰，東曰太室，西名少室。」鍊師，古代對懂得「養生」、「鍊丹」方法的道士的尊稱。《唐六典》卷四：「道士修行有三號：其一曰法師，其二曰威儀師，其三曰律師，其德高思精者，謂之鍊師。」焦鍊師，據《廣異記》載，「唐開元中有焦鍊師修道，聚徒甚眾。有黃裙婦人，自稱阿胡，就焦學道術。經三年，盡焦之術，而固辭去。……焦因欲以術拘留之，胡隨事酬答，焦不能及。乃於嵩頂設壇，啟告老君。」（《太平廣記》卷四四九引）按：王昌齡有〈謁焦鍊師〉詩，李頎有〈寄焦鍊師〉詩，錢起有〈題嵩陽焦道士石壁〉詩，可知焦鍊師在當時有很高聲望。❷嵩丘　蕭本、郭本作「嵩山」。意同。❸不知句　按：錢起詩曰：「三峰花畔石堂懸，錦里真人此得仙。玉體纔飛西蜀雨，霓裳欲向大羅天。」可知焦為蜀人。此曰「不知何許婦人」，蓋故意使其事蹟神奇。❹胎息絕穀　道教的修鍊方法。習閉氣而吞之，名曰胎息；不吃穀食，謂之絕穀。《道藏》中有《胎息經》、《胎息氣經》等書。❺少室　山名，為嵩山最高峰，在河南登封北，東距太室山約十公里。❻不　蕭本、郭本、王本皆作「莫」。❼三十六峰　少室山有三十六峰，見卷五〈元丹丘歌〉注。❽灑翰　揮筆寫詩。❾二室句　二室，即太室山和少室山。太室山為嵩山之東峰。少室山為西峰，中峰為峻極山。宋本在「淩」字下夾注：「一作：倚」。❿三花句　三花，《述異記》卷下：「少室山有貝多樹，與眾木有異，一年三放花，其花白色香美。俗云漢世野人將子種於此。」按貝多樹又名思惟樹，詳見卷六〈鳴皋歌奉餞從翁清歸五崖山居〉詩注。宋本在「含」字下夾注：「一作：明」。宋本在「紫」字下夾注：「一作：綠」。⓫麻姑　女仙名。見卷三〈古有所思〉、卷四〈短歌行〉、卷五〈西岳雲臺歌送丹丘子〉注。⓬緜　咸本、《唐文粹》、《文苑英華》作「遷」。⓭時餐句　餐，蕭本、郭本作「粲」。金鵝蘂，宋本於其下夾注：「一作：金蛾蘂」，王本作「金鵝蘂」，咸本作「金蛾蘂」。王琦注：「楊升庵曰：『金鵝蘂，桂也。』」⓮青苔篇　道書。以紙如青苔而為名。陳子昂〈潘真師碑頌〉：「道逢真人昇玄子，授以寶書青苔紙。」青，蕭本、郭本作「古」。⓯八極　最邊遠的地方。《淮南子‧墬形訓》：「八紘之外，乃有八極。」⓰九陔　謂九天之外。《初學記》卷一天部：「九天之外，次曰九陔。」⓱下瓢句　用許由事。《呂氏春秋‧求人》：「昔者堯朝許由於沛澤之中，曰：『……請屬天下於夫子。』許由辭，……遂之箕山之中，潁水之陽，耕而食，終身無經天下之色。」

《太平御覽》卷七六二引《琴操》曰：「許由無有杯器，常以手捧水。人以一瓢遺之，由操飲畢，以瓢掛樹，風吹樹，瓢動歷歷有聲，由以為煩擾，遂取捐水。」潁水，源出河南登封嵩山西南，東南流到商水縣，納沙河、賈魯河，至安徽壽縣正陽關入淮河。⑱舞鶴句　用王子喬事。見卷四〈鳳笙篇〉注。伊川，即今伊河，源出河南欒川伏牛山北麓，東北流，在偃師楊村附近入洛河。⑲空山　蕭本、郭本、王本作「東山」。⑳蘿月二句　宋之問〈入崖口五渡寄李適〉詩：「夜絃響松月，朝楫弄苔泉。」此處用其意。㉑潛光　隱藏光采。指隱居。《後漢書・鄭玄傳》：「又南山四皓有園公、夏黃公，潛光隱耀，世嘉其高。」㉒鍊魄句　鍊魄，指道教修鍊精神。語本《至遊子・陰符》：「陽者汞也，其性飛者也；陰者鉛也，其性伏者也。聖人伏陽汞以鍊其魄，飛陰鉛以拘其魂。」雲幄，狀如帳幔的雲。《文選》卷三〇謝惠連〈七月七日夜詠牛女〉詩：「寂寥雲幄空。」李周翰注：「幄，帳也。」㉓霓衣句　衣，蕭本、郭本、王本作「裳」。飄飄，宋本在其下夾注：「一作：葳蕤」。蕭本、郭本、王本作「飄颻」。㉔鳳吹　《文選》卷二〇丘遲〈侍宴樂遊苑送張徐州應詔〉詩：「馳道聞鳳吹」。呂延濟注：「鳳吹，笙也。」宋本在「鳳吹」下夾注：「一作：羽駕」。㉕願同二句　《博物志》卷八：「漢武帝好仙道，祭祀名山大澤，以求神仙之道。時西王母遣使乘白鹿告帝當來，乃供帳九華殿以待之。七月七日，夜漏七刻，王母乘紫雲車而至，於殿西南面東向，頭上戴七種青氣，鬱鬱如雲。……王母索七桃，大如彈丸，以五枚與帝，母食二枚。……唯帝與母對坐，其從者皆不得進。時東方朔竊從殿南廂朱鳥牖中窺母。母顧之，謂帝曰：『此窺牖小兒，嘗三來盜吾桃。』帝乃大怪之。由此，世人謂方朔神仙也。」二句用其意。㉖紫書　指道教書籍。盧照鄰〈羈臥山中〉詩：「紫書常日閱，丹藥幾年成？」㉗銘骨　銘心鏤骨。銘，宋本作「冥」，夾注：「一作：銘。」蕭本、郭本、王本、咸本皆作「銘」。是。據改。

【語譯】嵩山上有位神仙焦鍊師，不知怎樣的婦人。又說她在齊梁時代出生，但看她的面貌大約只有五六十歲。她經常閉氣修鍊，不吃糧食，在少室山結廬居住，走路像在飛行，一下子就走萬里。世人相傳她曾到東海登上蓬萊仙山，竟然不能推測她的去向。我到少室山求仙訪道，登遍三十六個山峰，隨風遙寄，揮筆寫下此詩贈送給她。

太室少室二山上凌青天，三花樹繁花盛開如含紫煙。山中有位蓬萊仙客，宛如麻姑仙子。身有道行從不染喧，蹤跡高邈令人想像綿綿。時常食用金鵝桂蕊，屢讀道家仙籍。

八極之地任其遨遊，九天之外隨其周旋。像高士許由用瓢酌飲潁河之水，如王子晉舞鶴來臨伊川之濱。

歸隱於空山之上，拂秋霞而獨眠。藤蘿之月如掛朝鏡，松風之夜如聞鳴絃。隱藏其光彩居於嵩岳，修煉金魄棲於雲間。其衣如霓裳之飄飄，吹笙之聲音調宛轉。

願會西王母，下顧東方朔。神仙之書如可傳授，我將誓心苦學得道登仙。

【研　析】此詩作年不詳。序言描繪嵩山焦鍊師的年貌和活動，故意神乎其事。既說生於齊梁時，又說在李白年代看其容貌只有五六十歲；形容其行若飛，倏忽萬里，入東海，登仙山。序說「聞風」「遙贈」，則此詩並非面贈之作。詩中首段先寫嵩山之高和美，然後寫蓬萊仙客焦鍊師修道於嵩山，如麻姑仙子，道高不染塵，餐桂蕊，讀道經。次段描寫其遨遊於八極九垓，酌飲潁水，舞鶴伊川，眠霞對月，靜聽松風，潛隱嵩山，鍊魄雲幕。霓裳飄飄，仙樂遠聞。末段以西王母比擬焦鍊師，以東方朔自喻，謂自己願如西王母之顧東方朔，如授以仙道之書，當銘骨誓心而學，以期得道登天。

## 口號❶贈陽徵君❷　此公時被徵

陶令辭彭澤❸，梁鴻入會稽❹。我尋《高士傳》❺，君與古人齊。雲臥留丹壑❻，
天書降紫泥❼。不知楊伯起，早晚向關西❽？

【注　釋】❶口號　「口號」用於詩題，表示是信口吟成的。王琦注：「詩題有『口號』，始於梁簡文帝〈和衛尉新渝侯巡城口號〉，庾肩吾、王筠俱有此作。至唐遂相襲用之，即是口占之義。」❷陽徵君　按韋莊《又玄集》選此詩題作〈口號贈徵君盧鴻〉，《唐詩品彙》、《唐詩別裁》同。《文苑英華》則作〈贈楊徵君鴻〉，無「口號」二字。蕭本作〈口號贈徵君鴻〉，注云：「見前〈贈盧徵君〉題注。」按：盧鴻時代較早，此詩末用楊伯起典實，當切對方姓氏，故知稱「盧鴻」者非是。陽徵君，名字不詳。陽，恐為「楊」字之訛。王本作〈口號贈楊徵君〉，在「楊」字下夾注：「繆本作『陽』。」❸陶令句　用陶淵明

不願為五斗米折腰而辭去彭澤縣令典故，見卷七〈贈臨洺縣令皓弟〉詩注。❹梁鴻句　用梁鴻適吳，依大家皋伯通，居廡下，為人賃舂的典故，見卷六〈和盧侍御通塘曲〉注。吳，秦時屬會稽郡，故此詩稱「入會稽」。❺高士傳　書名。《隋書・經籍志》：「《高士傳》六卷，晉皇甫謐撰。又《高士傳》二卷，虞槃佐撰。」❻雲臥句　謂隱居。鮑照〈代昇天行〉：「雲臥恣天行。」又〈歲暮悲詩〉：「妍容逐丹壑。」❼天書句　天書，天子下的詔書。紫泥，古代文書、信函用泥封，並加蓋印記。天子的詔書則用紫泥封，加蓋皇帝璽印。《漢舊儀》上：「皇帝六璽……皆以武都紫泥封。」❽不知二句　《後漢書・楊震傳》：「楊震，字伯起，弘農華陰人也。……震少好學，受歐陽《尚書》於太常桓鬱，明經博覽，無不窮究。諸儒為之語曰：『關西孔子楊伯起。』常客居於湖，不答州郡禮命數十年，眾人謂之晚暮，而震志愈篤。」早晚，疑問詞。猶何時。

【語　譯】陶淵明辭去彭澤縣令歸田躬耕，梁鴻入會稽為人賃舂。我曾閱讀《高士傳》，您的事蹟和為人完全與古人相同。您在山壑雲霧中高臥不起，皇帝已降下詔書徵召。不知您這位楊伯起式的人物，何時才能進京？

【研　析】此詩作年不詳。首聯以陶淵明、梁鴻比擬陽徵君，說明徵君不事王侯，志向高尚。頷聯為走馬對，甚是輕便（謝枋得語），謂徵君之出處與《高士傳》中古人相同。頸聯謂天子下詔徵召，而陽徵君仍高臥不起。尾聯則以楊伯起故事切徵君之姓，問其何時才能出山入仕。全詩格調高朗，嚴羽評點曰：「將頭作尾，亦復無首無尾，此格甚異。若以為犯，必非知詩者。」

## 秋日鍊藥院❶鑷白髮贈元六兄林宗❷

木落識歲秋，瓶水知天寒❸。桂枝日已綠❹，拂雪凌雲端。弱齡接光景❺，矯翼攀鴻鸞❻。投分❼三十載，榮枯同所懽❽。長吁望青雲，鑷白❾坐相看。秋顏入曉鏡，壯髮❿凋危冠。

窮與鮑生賈⓫，飢從漂母飡⓬。時來極天人⓭，道在豈吟歎！樂毅方適趙，蘇秦初說韓⓮。卷舒⓯固在我，何事⓰空摧殘？

【注　釋】❶鍊藥院　道士鍊丹之處。此處指高鳳石門山元丹丘隱居處。❷元六兄林宗　姓元，字林宗，排行第六。按：此人當即元丹丘，李白至交。詳見拙作〈李白與元丹丘交遊考〉（收入《天上謫仙人的秘密——李白考論集》）。❸木落二句　《淮南子・說山訓》：「見一葉落而知歲之將暮，睹瓶中之冰而知天下之寒。」此處用其意。❹桂枝句　暗用《楚辭・招隱士》：「桂樹叢生兮山之幽……攀援桂枝兮聊淹留。」❺弱齡句　弱齡，弱冠之年。光景，猶光儀，對人儀容的敬稱。《宋書・符瑞志上》：「呂尚釣於淮，王下趨拜曰：『望公七年，乃今見光景於斯。』」❻攀鴻鸞　攀附於您。謙詞。謝朓〈詠鸂鶘〉詩：「得廁鴻鸞影，晞光弄羽翼。」❼投分　志氣相投。❽榮枯句　即同歡共苦。❾鑷白　即鑷白髮。鑷，俗稱鑷子，拔除毛或夾取細小物件的用具。此處用作動詞，拔除。何遜〈與崔錄事別兼敘攜手〉：「欲鑷星星鬢，因君示友生。」❿壯髮　壯年時的頭髮。⓫窮與句　鮑生，即鮑叔牙。《史記・管晏列傳》：「管仲曰：『吾始困時，嘗與鮑叔賈，分財利多自與，鮑叔不以我為貪，知我貧也。』」賈，經商。⓬飢從句　漂母，漂洗衣裳的婦女。《史記・淮陰侯列傳》：「韓信釣於城下，諸母漂，有一母見信飢，飯信，竟漂數十日。信喜，謂漂母曰：『吾必有以重報母。』母怒曰：『大丈夫不能自食，吾哀王孫而進食，豈望報乎！』」⓭極天人　即窮究天人之際。⓮樂毅二句　皆謂功業未就，用世心切。樂毅，戰國時燕將。據《史記・樂毅列傳》記載：燕昭王欲伐齊，問樂毅，樂毅建議與趙、楚、魏聯合。於是使樂毅約趙惠文王，別使楚、魏。諸侯害齊湣王之驕暴，皆響應之。「燕昭王悉起兵，使樂毅為上將軍，趙惠文王以相國印授樂毅。樂毅於是并護趙、楚、韓、魏、燕之兵以伐齊，破之濟西。」蘇秦，戰國時縱橫家。據《史記・蘇秦列傳》記載，他遊說六國，先說燕文侯，二說趙肅侯，三說韓宣惠王，四說魏襄王，五說齊宣王，六說楚威王。⓯卷舒　捲起與展開，猶隱顯進退。⓰何事　為何；何故。

【語　譯】看見一片落葉便知已到秋天，看見瓶子裡的水結成冰就知道天氣嚴寒。桂樹此時仍發綠色，披拂著白雪上衝雲端。弱冠時我就得見您的光儀，我展開翅膀追隨著您這隻鴻鸞。意氣相投三十年，不管顯達或窮困都共歡同苦。如今我眼望青雲浩然長嘆，鑷下白髮相看無言。鏡子裡映見蒼老容顏，高冠下的壯髮已經脫落凋殘。

管仲窮困時曾和鮑叔牙一起做買賣，韓信飢餓時曾從漂衣老婦得食。等待時運到來，窮究天人之際，通達古今之變，大道永在我心又何必長吁短嘆！我或許如樂毅正前往趙國，蘇秦剛開始去遊說韓國。出處進退本來決定於我，為什麼要徒然摧殘自己？

【研　析】此詩當作於天寶九載（西元七五〇年）秋天，時元丹丘隱於高鳳石門山，李白前去訪問，有〈尋高鳳石門山中元丹丘〉記其事。此詩即同時之作。前段首四句描寫時令景色，「亦賦、亦興、亦比，然點破便俗，為不知者道耳。」（嚴羽評點）接著四句敘兩人三十年來情投意合、同榮共枯的友誼，其中有高山仰止之意。再四句寫未遂青雲之志而已生白髮，與友相看而長嘆，鏡中見容顏已衰，高冠下壯髮已凋謝。「寫蕭颯而有壯氣」（同上）。後段以管仲和韓信的典故自喻，又以樂毅、蘇秦典故自慰，認為進退在我，不必摧殘自己。中間「時來」二句，「出語高漢，可以造命」（同上）。

## 書情贈蔡舍人雄❶

梁宋

嘗高謝太傅，攜妓東山門❷。楚舞醉碧雲，吳歌斷清猿。暫因蒼生起，談笑安黎元❸。余亦愛此人，丹霄冀飛翻❹。遭逢聖明主，敢進興亡言❺。

蛾眉積讒妬，魚目嗤璵璠❻。白璧竟何辜？青蠅遂成冤❼。一朝去京國，十載客梁園❽。猛犬吠九關，殺人憤精魂❾。皇穹雪天枉，白日開氛昏❿。太階得夔龍，桃李滿中原⓫。倒海索明月，凌山採芳蓀⓬。愧無橫草功⓭，虛負雨露恩⓮。

跡謝雲臺閣，心隨天馬轅⑮。
夫子王佐才，而今復誰論⑯？曾飆振六翮⑰，不日思騰騫⑱。我縱五湖棹，煙濤恣崩奔⑲。夢釣子陵湍，英氛緬猶存⑳。徒希客星隱，弱植不足援㉑。千里一迴首，萬里一長歌。黃鶴不復來，清風奈愁何！
舟浮瀟湘月㉒，山倒洞庭波。投汨笑古人㉓，臨濠得天和㉔。閑時田畝中，搔背牧雞鵝。別離解㉕相訪，應在武陵㉖多。

【注釋】❶蔡舍人雄　舍人，唐代中書省有中書舍人六員，正五品上，負責起草詔書冊命。又有通事舍人十六人，起居舍人二人，從六品上。此外，東宮官屬太子右春坊有中舍人二人，正五品上；舍人四人，正六品上；掌書令表啟之事。蔡雄，事蹟不詳。❷嘗高二句　高，推崇。謝太傅，謝安，字安石，死後贈太傅。攜妓，《世說新語・識鑒》：「謝公在東山蓄妓，簡文曰：『安石必出，既與人同樂，亦不得不與人同憂。』」東山，在今浙江上虞西南。宋本在「嘗高」句下夾注：「一作：嘗聞謝安石」。❸暫因二句　暫，暫且。蒼生、黎元，均指百姓。起，指出仕。謝安臥東山，時人云：「安石不肯出，將如蒼生何？」（《晉書・謝安傳》）❹丹霄句　丹霄，天空。王粲〈贈蔡子篤〉詩：「苟非鴻雕，孰能飛翻？」此句謂希望有朝一日能高飛雲空，做一番大事業。❺遭逢二句　謂生活在英主統治時期，敢於提出國家治亂興亡的意見。❻蛾眉二句　蛾，宋本作「娥」，據胡本、咸本改。蛾眉，代指美女。屈原〈離騷〉：「眾女嫉余之蛾眉兮，謠諑謂余以善淫。」璵璠，美玉。《左傳》定公五年：「季平子行東野，還，未至，丙申，卒于房。陽虎將以璵璠斂。」杜預注：「璵璠，美玉，君所佩。」按：蕭本、郭本、王本無此二句。❼白璧二句　喻己供奉翰林時遭人讒毀。陳子昂〈宴胡楚真禁所〉詩：「青蠅一相點，白璧遂成冤。」宋本在「竟何辜」三字下夾注：「一作：本無瑕」。❽一朝二句　京國，指長安。王琦注：「梁園，梁地。在唐為汴州，今為開封府，其地有漢梁王之園。太白在天寶中，遊梁最久，故詩中屢以梁園為言。」❾猛犬二句　譴責奸佞殘害忠良，使精魂憤怒。猛犬，喻把持朝政的奸佞。九關，猶九門、九重，天子所居，喻朝廷。《楚辭・九辯》：「豈不鬱陶而思君兮，君之門以九重。猛犬狺狺而迎吠兮，關梁閉而不通。」又〈招魂〉：「虎豹九關，啄害下人些。」此即用其意。史載天寶五載李林甫陷害貶殺韋堅，牽連一大批大臣。六載李林甫又使羅希奭等杖殺北海太守李邕、淄川太守裴敦復，並貶王忠嗣為漢陽太守。❿皇穹二句　皇穹，指天。夭枉，蕭本、郭本、王本、咸本皆作「冤枉」。氛昏，蕭本、郭本、王本作「昏氛」。《文選》卷二五謝靈運〈還舊園作見顏范二中書〉詩：「盛明蕩氛昏，貞休康屯邅。」李善注：「言以盛明之德，而蕩氛昏之徒。」按：天寶十二載二月，追削故相李林甫在身官爵，男將作監、宗黨李復道等五十人皆流貶。此二句當指此事。⓫太階二句　太階，同「泰階」。星座名，又稱三台。古時以天上三台喻指朝廷三公。《漢書・東方朔傳》：「願陳《泰階六符》，以觀天變。」顏師古注引孟康曰：「泰階，三台也。每台二星，凡六星。」《晉書・天文志》：「三台，……三公之位也。在人曰三公，在天曰三台。」夔龍，傳說舜時的兩位賢臣。此處疑借指楊國忠。天寶十一載，李林甫死後，楊國忠為右相兼文部尚書。⓬倒海二句　謂搜羅天下人才。明月，寶珠。《史記・李斯列傳》：「今陛下致昆山之玉，有隨、和之寶，垂明月之珠。」索，探索。淩，度越。芳蓀，香草。蓀，亦名荃，香草名。二句形容搜羅人才之勤。⓭橫草功　細小的功勞。《漢書・終軍傳》：「軍無橫草之功。」顏師古注：「言行草中，使草偃臥，故云橫草也。」⓮雨露恩　喻皇恩如雨露滋潤萬物。⓯跡謝二句　即身在江湖、心存魏闕之意。跡，行蹤。謝，辭別。雲臺，漢宮中高臺名。《後漢書・陰興傳》：「後以興領侍中，受顧命於雲臺廣室。」李賢注：「洛陽南宮有雲臺廣德殿。」此代指朝廷。天馬，指皇帝坐騎。轅，駕車用的橫木。蕭本、郭本作「鞍」。⓰夫子二句　夫子，指蔡雄。王佐才，輔佐皇帝的大才。《漢書・董仲舒傳贊》：「劉向稱『董仲舒有王佐之材，雖伊呂亡(無)以加。』」瞿蛻園、朱金城《李白集校注》云：「此下兩韻指蔡而言，『論』疑當作『倫』，謂蔡之才今無其比也。」⓱曾飆句　曾，蕭本、郭本、王本、咸本皆作「層」。同韻通假。層飆，高風。六翮，有力的翅膀。《文選》卷二九〈古詩十九首〉：「昔我同門友，高舉振六翮。」李善注引《韓詩外傳》：「夫鴻鵠一舉千里，所恃者六翮耳。」⓲不日句　此句謂不久就要遷升。騫，王本作「鶱」。同韻通假。鳥飛動貌。騰騫，振翼而飛，喻發跡。⓳我縱二句　謂自己要像范蠡那樣縱舟泛遊五湖。《國語・越語下》：「遂滅吳，返至五湖，范蠡辭於王曰：『君王免之，臣不復入於越國矣。』……遂乘輕舟以浮於五湖，莫知其所終極。」五湖，泛指太湖流域一帶的所有湖泊。崩奔，水流衝激堤岸而奔湧。《文選》卷二六謝靈運〈入彭蠡湖口作〉詩：「洲島驟迴合，圻岸屢崩奔。」呂向注：「水激其岸，崩頹奔波也。」⓴夢釣二句　子陵湍，即嚴陵瀨。以後漢隱士嚴子陵而得名。《後漢書・嚴光傳》：「字子陵。……乃耕於富春山，後人名其釣處為嚴陵瀨焉。」按：嚴陵瀨在今浙江桐廬南富春江畔。湍，急流。英氛，蕭本、郭本、王本、咸本皆作「英風」。高尚的風節。緬，遙遠貌。㉑徒希二句　謂只是仰慕客星隱居，志弱不堪輔佐。徒，蕭本、郭本作「彼」。希，通「睎」。仰慕。客星，指嚴子陵。《後漢書・嚴光傳》：「（光武帝）復引光入，論道舊故，相對累日。……因共偃臥，光以足加帝腹上。明日，太史奏客星犯御坐甚急。帝笑曰：『朕故人嚴子陵共臥耳。』」弱植，軟弱而不能樹立。㉒舟浮句　宋本在此句下夾注：「一作：江横羅剎石」。江，指浙江，即錢塘江，亦稱羅剎江。唐代錢塘江中有羅剎石，風濤極險。如羅隱〈錢塘江潮〉詩：「怒聲洶洶勢悠悠，羅剎江邊地欲浮。」至五代開平中，此石為潮沙所沒。瀟湘，一說謂清深之湘水。《水經注・湘水》：「大舜之陟方也，二妃從征，溺於湘江，神遊洞庭之淵，出入瀟湘之浦。瀟者，水清深也。」一說謂瀟水與湘水匯合處。瀟水源出湖南藍山縣南九疑山，北流至零陵入湘江。㉓投汨句　用屈原事。《史記・屈原賈生列傳》：「（屈原）懷石自投汨羅以死。」張守節《正義》：「故羅縣城在岳州湘陰縣東北六十里。春秋時羅子國，秦置長沙郡而為縣也。按：縣北有汨水及屈原廟。」按：汨羅江為湘江支流。在今湖南省東北部。㉔臨濠句　《莊子・秋水》：「莊子與惠子遊於濠梁之上。莊子曰：『鯈魚出遊從容，是魚之樂也。……』」此謂己願學莊子那樣，得自然之和樂。㉕解　明白；知道。㉖武陵　唐郡名，即朗州，天寶元年，改為武陵郡。乾元元年復改為朗州。州治在今湖南常德。此用陶淵明〈桃花源記〉典，桃花源又稱武陵源。意謂將隱居於世外桃源。

**【語　譯】**我曾經推崇東晉太傅謝安，他帶著妓女隱居東山。美妙的楚舞令人陶醉在碧雲下，宛轉的吳歌使猿聲中斷。他為拯救蒼生暫且出山入仕，談笑之間打敗了前秦軍隊使百姓平安。我也喜歡做這樣的人，希望有一天展翅翱翔於雲天。況且如今又遇到英明的君王，敢於向天子獻上治亂興亡的意見。

然而美女總是遭受嫉妒和讒毀，就好似美玉遭到魚眼的嗤笑。潔白的玉璧究竟有什麼罪過？可是蒼蠅卻要遺屎白璧，讒言使我蒙受冤屈。一旦離開了帝都長安，十年在梁園客居。奸臣如猛犬在朝廷的門前狂吠，殺害忠良使多少英魂憤恨九泉。皇帝如今昭雪冤案，太陽的光輝照明了世間的昏暗。朝廷又得到夔、龍那樣的輔弼大臣，賢能的才士如同桃李栽滿中原。傾倒大海索取明月之珠，跨越高山採摘芳草。慚愧的是我連橫草的微功也沒有，白白地承受雨露一樣的皇恩。我的身體雖然離開了翰林院，我的心卻常常跟隨在天子的龍馬之後。

您是輔佐朝廷的人才，當今又有誰能與您相提並論？高風振動有力的翅膀，不久就會飛騰升遷。我將往五湖去縱舟放槳，在煙濤浩渺的水中奔流。夜裡夢見自己垂釣在嚴陵瀨，嚴光的高風緬懷遙存。我徒然仰慕嚴光作為客星歸隱，但是志弱不固不能樹立。南行千里時時回首長安，萬里漂泊一路長歌感嘆。高翔的黃鶴不會再回來，清風怎能把我的憂愁吹散！

一葉小舟漂流在瀟湘月下，洞庭湖波濤中倒映著岸上的青山。笑那古人屈原何必投汨羅江而死，像莊子那樣悠遊濠水的橋上就會得到天然和樂。閒時漫步在田野中，邊搔背邊放雞鵝。別離後您想來找我，那時我多半應該是生活在武陵桃花源。

【研　析】按詩云：「一朝去京國，十載客梁園。」李白於天寶三載（西元七四四年）被賜金還山，至十二載（西元七五三年）正當十年，則此詩之作或在此年從梁園南下之時。首段寫仰慕謝安為人，平時攜妓東山，歌舞自適。及為蒼生而起，談笑卻強敵，安社稷，救黎民，其功甚偉。自己亦希冀飛騰廊廟建功立業，況遇明主，敢於進興亡之言。次段描寫自己遭讒離京，揭露朝廷奸臣誣陷殺人，幸蒙天子聖明，昭雪冤案，得賢臣輔佐，搜羅才士。自謙無能而虛受聖恩，身在江湖，心存魏闕。第三段謂蔡雄有輔佐君王之才，當今無人能與之相提並論，不日即可騰遷高位。而自己則當縱遊五湖，遙夢嚴子陵，然彼乃天子之故人，我則弱植不足援引，徒然長歌回首。黃鶴一去不回，自己只能臨清風而無奈。末段描寫自己縱舟遠遊如莊子臨濠水得天和，不必如屈原投汨羅自盡。閒行田畝，搔癢牧雞鵝。全詩圍繞「書情」二字描敘，最後點出別離，日後如相訪，當於武陵之地，表示自己將長期隱居。

## 憶襄陽❶舊遊贈濟陰馬少府巨❷

昔為大堤❸客，曾上山公樓❹。開窗碧嶂滿，拂鏡滄江流❺。高冠佩雄劍，長揖韓荊州❻。此地別夫子❼，今來思舊遊。

朱顏君未老，白髮我先秋❽。壯志恐蹉跎，功名若雲浮❾。歸心結遠夢，落日懸春愁。空思羊叔子，墮淚峴山頭❿。

【注　釋】❶襄陽　即襄州，天寶元年改為襄陽郡，乾元元年復改為襄州。今屬湖北襄樊。❷濟陰馬少府巨　濟陰，唐代縣名，屬河南道曹州（濟陰郡），治所在今山東定陶西。少府，縣尉的敬稱。馬巨，人名，當時為濟陰縣尉。按：蕭本、郭本、王本題中無「濟陰」二字，咸本題中無「巨」字。❸大堤　見卷四〈大堤曲〉注。❹山公樓　西晉時山簡為襄陽太守，山公樓乃其遺跡，今已無存。❺開窗二句　碧嶂，青山。嶂，高險而如屏障的山峰。滄江，青綠的江水。滄，通「蒼」。青綠色。❻長揖句　長揖，拱手高舉自上而下的相見禮。韓荊州，指荊州大都督府長史韓朝宗。李白曾在開元二十二年謁見韓朝宗，寫有〈與韓荊州書〉，時朝宗兼襄州刺史，故謁見之地在襄陽。魏顥〈李翰林集序〉云：「又長揖韓荊州，荊州延飲，白誤拜，韓讓之，白曰：『酒以成禮。』荊州大悅。」❼此地句　此地，襄陽。夫子，古代對男子的敬稱，此指馬巨。❽秋　猶衰老。又，古以白色為秋。❾壯志二句　宋本在二句下夾注：「一作：有意未得言，懷賢若沉憂」。❿空思二句　羊叔子，指羊祜。《晉書・羊祜傳》：「祜樂山水，每風景，必造峴山，置酒言詠，終日不倦。嘗慨然嘆息，顧謂從事中郎鄒湛等曰：『自有宇宙，便有此山，由來賢達勝士登此遠望，如我與卿者多矣，皆湮滅無聞，使人悲傷。如百歲後有知，魂魄猶應登此也。』……襄陽百姓於峴山祜平生游憩之所建碑立廟，歲時饗祭焉。望其碑者莫不流涕，杜預因名為墮淚碑。」宋本在二句下夾注：「一作：何時共攜手，更醉峴山頭」。

【語　譯】昔日在襄陽大堤作客，我曾經登上山公樓。打開窗戶滿眼都見碧綠的群山，擦淨鏡子映入漢江水流。當時我頭戴高冠而身佩寶劍，長揖拜謁荊州長史韓朝宗。就在那裡我與你相別，如今來到濟陰又與你相見，想起了舊日的同遊。

你還是紅光滿面青春未老，而我卻是頭髮已白到了金秋。一生壯志恐怕已是光陰虛度，功名已像浮雲一樣飄散。歸心縈繞於魂夢之中，落日更增添了春日的憂愁。徒然思念羊叔子，將悲傷之淚拋灑在峴山之上。

【研　析】此詩當為天寶三、四載（西元七四四、七四五年）遊梁宋和東魯濟陰時作。前段寫「憶襄陽舊遊」。

即開元二十二年（西元七三四年）李白到襄陽，曾遊大堤，上山簡樓。當時韓朝宗正任荊州大都督府長史兼襄州刺史，李白前去長揖相見，還寫有〈與韓荊州書〉。那時與馬巨在襄陽相見而又分別，如今來到濟陰，又與馬巨相會，不禁回想起當年相識同遊的情況。後段寫「贈濟陰馬少府巨」。謂馬巨今仍紅顏而自己卻白髮已老。感嘆壯志未酬而時光蹉跎，落日春愁。末二句又歸結到思襄陽舊遊，何時再登峴山同祭墮淚碑。詩中「開窗」二句寫景，嚴羽認為「樓之佳處，貴見山水，二語得造樓法」。《唐宋詩醇》卷五則認為「落日懸春愁」自是千古雋句。

## 對雪獻從兄虞城宰❶

昨夜梁園雪❷，弟寒兄不知。庭前看玉樹❸，腸斷憶連枝❹。

【注釋】❶虞城宰　虞城縣令。《元和郡縣志》卷七宋州有虞城縣。今屬河南。按李白另有〈虞城縣令李公去思頌碑〉，曰：「公名錫，字元勳，隴西成紀人也。……父浦，郢、海、淄、唐、陳五州刺史，魯郡都督，廣平太守，襲（廣）武伯。……公即廣武伯之元子也。……天寶四載，拜虞城令。……四載有年。」其高祖即隋上大將軍獨孤楷；曾祖騰雲，唐廣、茂二州都督，廣武伯；祖立節，起家韓王府記室參軍，襲廣武伯。其父浦，即宋本卷二九〈崇明寺佛頂尊勝陀羅尼幢頌〉中的魯郡都督李琬，開元中改姓李，奉詔書改名輔（浦）。證知這位虞城縣令即李錫。❷梁園雪　梁園，見本卷〈書情贈蔡舍人雄〉詩注。雪，蕭本、郭本、王本、咸本皆作「裏」。❸玉樹　形容白雪覆蓋之樹。❹連枝　比喻兄弟。蘇武〈詩四首〉：「況我連枝樹，與子同一身。」

【語譯】昨夜梁園降雪，弟無衣禦寒兄卻不知。庭前看著蓋滿白雪如玉的樹，思念連枝兄弟使我痛斷肝腸。

【研析】此詩當是天寶四載（西元七四五年）冬遊宋州時所作。時李錫正任虞城縣令，李白貧寒而寫此詩向他求助，明白如話。唐人以詩代書，乃是習慣做法。劉辰翁評此詩曰：「此詩首二語，小夫賤隸，誰不能道？

而學士大夫，或愧之矣。古今甚深密義，往往於淺易得之。藹然惻然，可以感動。」（《唐詩品彙》卷三九引）

## 訪道安陵遇蓋寰❶為予造真籙❷臨別留贈

清水見白石❸，仙人識青童❹。安陵蓋夫子，十歲與天通❺。懸河與微言，談論安可窮❻！能令二千石❼，撫背驚神聰。揮毫贈新詩，高價掩山東❽。至今平原客❾，感激❿慕清風。學道北海仙⓫，傳書蕊珠宮⓬。丹田了玉闕⓭，白日思雲空⓮。為我草真籙，天人⓯慚妙工。七元洞豁落⓰，八角輝星虹⓱。三災蕩琁璣，蛟龍翼微躬⓲。舉手謝天地，虛無齊始終⓳。黃金獻高堂，答荷難克充⓴。下笑世上事，沉魂北羅酆㉑。昔日萬乘墳，今成一科蓬㉒。贈言若可重，實此輕華、嵩㉓。

【注釋】❶安陵遇蓋寰　安陵，唐縣名，屬河北道德州平原郡。在今河北吳橋北。蓋寰，人名。道士。寰，蕭本、郭本作「還」。❷造真籙　製作道教祕文。《隋書・經籍志四》：「其受道之法，初受《五千文籙》，次受《三洞籙》，次受《洞玄籙》，次受《上清籙》，籙皆素書，記諸天曹官屬佐吏之名有多少。又有諸符，錯在其間。文章詭怪，世所不識。受者必先潔齋，然後齎金環一，並諸贄幣，以見於師。師受其贄，以籙授之，仍剖金環，各持其半，云以為約。弟子得籙，緘而佩之。」❸清水句　古樂府〈豔歌行〉：「語卿且勿眄，水清石自見。」此句用其意。❹青童　仙童。任昉《述異記》卷上：「〈洞庭山〉昔有青童秉燭飆飛輪之車至此，其跡存焉。」後引申指修煉有素的道士。此處指蓋寰。❺與天通　謂得道成仙。蕭注引劉向《列仙傳》：「陶安公者，六安鑄冶師也。數行火，火一旦散，上行，紫色衝天。安公伏冶下求哀，須臾，朱雀止冶上，曰：『安公，安公，冶與天通。七月七日迎汝以赤龍。』至期，赤龍到，安公騎之而上。」❻懸河二句　謂蓋寰談論道教精微妙言，口若懸河，滔滔不絕。《晉書・郭象傳》：「好老、莊，能清言。太尉王衍每云：『聽象語，如懸河瀉水，注而不竭。』」《漢書・藝文志》：「昔仲尼沒而微言絕。」顏師古注：「精微要妙之言耳。」❼二千石　漢制，郡守俸祿為二千石，即月俸百二十斛。後因稱郡太守（州刺史）為「二千石」。❽高價句　高價，聲價之高。鮑照〈賣玉器者〉：「奇聲振朝邑，高價服鄉村。」山東，泛指函谷關及崤山以東地區。❾平原客　平原郡中賓客。按：河北道德州，天寶元年改為平原郡，至肅宗乾元元年又改為德州。❿感激　感動激發。諸葛亮〈出師表〉：「先帝不以臣卑鄙，猥自枉屈，三顧臣於草廬之中，諮臣以當世之事。由是感激，遂許先帝以驅馳。」⓫北海仙　指北海高如貴道士。李白有〈奉餞高尊師如貴道士傳道籙畢歸北海〉詩。李陽冰〈草堂集序〉：「請北海高天師授道籙於齊州紫極宮。」北海，唐代郡名，即青州。天寶元年改名北海郡，至肅宗乾元元年又改為青州。治所在今山東益都。⓬蘂珠宮　仙人所居之宮，唐人多用以指道觀。《雲笈七籤》卷一一《黃庭內景經・上清章第一》：「閒居蕊珠作七言。」梁丘子注：「蕊珠，上清境宮闕名也。述作此經皆以七言為句也。」蕊，同「蘂」。⓭丹田句　丹田，道教稱人體有三丹田，在兩眉間者為上丹田，在心下者為中丹田，在臍下者為下丹田。見葛洪《抱朴子・地真》。一般指下丹田。《黃庭外景經・上部經》：「呼吸廬間入丹田。」務成子注：「呼吸元氣會丹田中。丹田中者，臍下三寸陰陽戶，俗人以生子，道人以生身。」了，明白；了然；通達。玉闕，道教指腎中白氣與肺相連的通道。《黃庭內景經・肺部》：「肺部之宮似華蓋，下有童子坐玉闕。」梁丘子注：「童子名皓華，肺形如蓋，故以下言之。玉闕者，腎中白氣上與肺連也。」⓮白日句　蕭士贇注：「飄飄然有淩雲氣遊天地間志也。」⓯天人　道家稱能順應自然之道的人。《莊子・天下》：「不離於宗，謂之天人。」⓰七元句　此句意謂七竅元氣豁落洞開。七元，道教指耳、目、鼻、口七竅的元氣。《黃庭內景經・肺部》：「七元之子主調氣。」梁丘子注引元陽子曰：「七元，七竅之元氣也。」宋本原作「七亢」，據蕭本、郭本、胡本、繆本、王本、咸本改。豁落，道教的符籙，有〈七元豁落鎮星精符〉等。《道藏》有《北帝說豁落七元經》。豁，宋本原作「壑」，據蕭本、郭本、繆本、王本、咸本改。⓱八角句　謂道籙符篆文字光輝如星虹。《隋書・經籍志四》：「劫運若開，其文自見。凡八字，盡道體之奧，謂之天書。字方一丈，八角垂芒，光輝照耀，驚心眩目。雖諸天仙，不能省視。」⓲三災二句　謂自己身帶真籙，有神庇護，三災不能為害，並有蛟龍幫助而飛昇。三災，指火災、水災、風災。一說指疾疫災、刀兵災、饑饉災。見《法苑珠林・劫量篇》。琁璣，蕭本、郭本、王本、咸本作「璿璣」。同。琁為「璇」、「璿」的異體字。《星經・北斗》：「北斗七星……魁四星為璿璣，杓三星為玉衡。」⓳虛無句　此句謂虛無無為，生死超脫。《莊子・刻意》：「夫恬淡寂寞，虛無無為，此天地之平，而道德之質也。」《莊子》另有〈齊物論〉說齊一生死。生，人之始；死，人之終。齊始終，及齊生死⓴黃金二句　謂真籙之珍貴，滿堂黃金亦難以報答。《文選》卷二六顏延年〈直東宮答鄭尚書〉：「知言有誠貫，美價難克充。」李善注：「知汝之言，有誠實舊貫，美價難於克充。」獻，蕭本、郭本、王本、咸本作「滿」。㉑下笑二句　下，宋本原作「卜」，據蕭本、郭本、繆本、王本、咸本改。事，蕭本、郭本、王本、咸本皆作「士」。北羅酆，道教傳說中的山名，為閻羅王住處。㉒科蓬　即蓬科，又作「蓬顆」。墳上長有蓬草的土塊。《漢書・賈山傳》：「使其後世曾不得蓬顆蔽塚而託葬焉。」顏師古注：「顆謂土塊。蓬顆，言塊上生蓬者耳。」參見卷二〈上留田〉「蓬科馬鬣今已平」注。㉓華嵩　華山、嵩山。

【語　譯】清水自然能見白石，仙人都認識青童。安陵的蓋寰先生，十歲時就上與天通。談論道教的玄妙道理口若懸河，滔滔不絕豈會辭窮！能使二千石的平原太守，撫著你的背驚感你的神異聰明。揮筆題詩贈送給你，你的聲價覆蓋整個山東地區。如今來到平原郡的客人，全都感動激發而欽仰你的清風。向北海的高天師學習道術，在蕊珠宮裡得到傳授的真經。修煉內功打通了丹田與玉闕的通道，白天即可凌空飛昇。

為我書寫道教的符籙，得道之人都愧對你的高妙精工。〈豁落七元〉的符篆都清明洞澈，八角字體耀映如星虹。北斗旋璣蕩除了天地三災，還有蛟龍護衛我的身體飛昇。舉手向天地作別，我將與混沌虛無同死同生。黃金堆滿高堂，也難以報答你的厚恩。下笑那些世上的人和事，沉重的靈魂寄於鬼王的都城。昔日萬乘之君的墳墓如今也已成為長滿蓬蒿的土塊。臨別的贈言非常珍貴，華山和嵩山與之相比也顯得很輕了。

【研　析】此詩作於天寶三載（西元七四四年）冬。時李白「請北海高天師授道籙於齊州紫極宮」後，在德州安陵遇蓋寰道士，為他寫道籙。臨別之時，寫此詩贈給蓋寰。前段敘寫蓋寰學仙的經歷，描寫他的神通和影響。點明他從北海仙學道，在仙宮學得真傳天書，煉成內丹真功而能白日昇天。後段描寫蓋寰為詩人造符籙的情景，形容其所寫符籙之妙工使有道之人都感慚愧。從符籙的字體到內容既輝光又消災，還能得蛟龍之助而告別天地，進入虛無境界。這是滿堂黃金都難報答的厚恩。於是詩人嘲笑世人。即使萬乘之君的墳墓亦只是長滿蒿草的土塊而已。末二句點題說明臨別贈言之貴重。

## 雜言用投丹陽❶知己兼奉宣慰判官❷

客從崑崙❸來，遺我雙玉璞❹，云是古之得道者西王母❺食之餘，食之可以凌太虛❻。愛之頗謂絕今昔，求識江淮人猶乎比石。如今雖在卞和❼手，□□正憔悴。了了❽知之亦何益？恭聞士有調相如❾，始從鎬京❿還，復欲鎬京去，能上秦王殿，何時迴光一相眄？欲投君、保君年，幸君持取無棄捐。無棄捐，服之與君俱神仙。

【注　釋】❶丹陽　唐郡名。《舊唐書・地理志三》江南道潤州：「天寶元年，改為丹陽郡。乾元元年，復為潤州。」治所京口，即今江蘇鎮江。按：肅宗至德二載正月，淮南節度使高適、浙西觀察使李希言等奉肅宗之命圍攻永王李璘水師於京口，李璘兵敗南逃被殺，李白寫有〈南奔書懷〉，一作〈自丹陽南奔道中作〉，即從京口南逃至彭澤被擒入潯陽獄。❷宣慰判官　《新唐書・宰相表》：至德元載八月庚子，「蜀郡太守崔渙為門下侍郎，同中書門下平章事。」十一月戊午，「渙為江南宣慰使。」宣慰判官當即崔渙之僚屬。判官，唐代特派擔任臨時職務的大臣都可自選人員奏請充任判官作為僚屬，以資佐理。中期以後，節度、觀察等使均可由本使選人充當判官，以備差遣，皆非正官。❸崑崙　山名。西起帕米爾高原東部，橫貫新疆、西藏間，東延入青海境內。最高峰達七七一九公尺。古代神話傳說，崑崙山上有瑤池、閬苑、增城、縣圃等仙境。❹玉璞　未經雕琢之玉石。《抱朴子・仙藥》：「玉亦仙藥，但難得耳。《玉經》曰：服金者壽如金，服玉者壽如玉也。又曰：服玄真者，其命不極。玄真者，玉之別名也。令人身飛輕舉，不但地仙而已。……當得璞玉，乃可用也。」❺西王母　神話人物。《山海經》所載乃豹尾虎齒而善嘯之怪物。《穆天子傳》所記則為一個能唱歌謠的女仙。《漢武帝內傳》所載則是為年約三十、容貌絕世的女神，並把三千年結一次果的蟠桃賜給漢武帝。民間因將西王母作為長生不老的象徵。❻太虛　指天、天空。陸機〈駕言出北闕行〉：「求仙鮮克仙，太虛不可淩。」❼卞和　見卷一〈古風〉其三十六「抱玉入楚關」注。❽了了　清清楚楚。張華《博物志》卷二：「有發前漢時塚者，人猶活……問漢時宮中事，說之了了，皆有次序。」❾調相如　謂與戰國時趙國名臣藺相如同調。《史記・廉頗藺相如列傳》：「趙惠文王時，得楚和氏璧。秦昭王聞之，使人遺趙王書，願以十五城請易璧。……趙王於是遂遣相如西入秦。秦王坐章臺見相如，相如奉璧奏秦王。秦王大喜，傳以示美人及左右，左右皆呼萬歲。相如視秦王無意償趙城，乃前曰：『璧有瑕，請指示王。』王授璧。相如因持璧卻立，倚柱，怒髮上衝冠，謂秦王曰：『……臣觀大王無意償趙王城邑，故臣復取璧。大王必欲急臣，臣頭今與璧俱碎於柱矣！』……相如度秦王雖齋，決負約不償城，乃使其從者衣褐，懷其璧，從徑道亡，歸璧於趙。」❿鎬京　西周都城。故址在今陝西長安西北豐鎬村附近。此處指秦朝都城，借指唐都長安。

【語　譯】有客人從崑崙山來，送我一對玉璞，說是古代得道的仙人西王母吃剩的，吃了它可以飛昇到天空。我十分珍惜它，認為它是今古絕無僅有；可是求江淮間的人鑒定，卻說它只是塊平常的石頭。現在這塊玉即使在卞和手裡，□□只得困頓憔悴。清楚知道它的價值又有什麼用？聽說有個士人與戰國時趙國名臣藺相如同調，剛從長安回來，又要到長安去，他能夠登上秦王的宮殿，什麼時候能讓君王回頭看一下玉璞？我想把它贈送給你，保佑你長壽，請你收下不要丟棄。不要丟棄，服食此玉可以與你共同成仙。

【研　析】此詩蕭本、郭本、咸本皆不載。王本據繆本列入「詩文拾遺」。並云：「此詩多有缺文訛字。」詩中大意是借玉璞為喻希望得到君王回顧。同時又將玉璞贈送友人，想一起服食成仙。李白有上崔渙詩數首，皆為在潯陽獄中作。此詩贈崔渙的僚屬，疑為同時之作。則當作於肅宗至德二載（西元七五七年）。

## 贈崔郎中宗之❶　金陵

胡鷹拂海翼，翱翔鳴素秋。驚雲辭沙朔，飄蕩迷河洲❷。有如飛蓬人❸，去逐❹萬里遊。登高望浮雲，髣髴如舊丘❺。
日從海旁沒，水向天邊流。長嘯倚孤劍，目極❻心悠悠。歲晏歸去來❼，富貴安所❽求？
仲尼七十說，歷聘莫見收❾。魯連逃千金，珪組豈可酬❿？時哉苟不會，草木為我儔⓫。希君同攜手，長往南山⓬幽。

【注釋】❶崔郎中宗之　禮部郎中崔宗之。按：崔宗之乃李白一生重要交遊，除此詩外，尚有〈月夜江行寄崔員外宗之〉、〈酬崔五郎中〉、〈憶崔郎中遊南陽遺我孔子琴撫之潸然感舊〉等詩。崔祐甫〈齊昭公崔府君（日用）集序〉：「公嗣子宗之，學通古訓，詞高典冊，才氣聲華，邁時獨步。仕於開元中，為起居郎，再為尚書禮部員外郎，遷本司郎中，時文國禮。十年三入，終於右司郎中。年位不充，海內嘆息。」按：蕭本、郭本此詩題作〈贈崔郎中之金陵〉。非是。❷胡鷹四句　宋本在「鷹」字下夾注：「一作：雁」。蕭本、郭本、王本、咸本亦作「雁」。素秋，《文選》卷一九張華〈勵志〉詩：「忽焉素秋。」李周翰注：「西方色白，故曰素秋。」沙朔，北方沙漠之地。宋本在四句下夾注：「一作：胡鷹度日邊，兩龍天地秋。哀鳴沙塞寒，風雪迷河洲」。❸有如句　宋本在「有」字下夾注：「一作：乃」。飛蓬人，似蓬草般飄泊之人。蓬草枯後根斷，遇風飛旋。❹去逐　宋本在二字下夾注：「一作：一去」。❺舊丘　故鄉。《文選》卷二八鮑照〈結客少年場行〉：「去鄉三十載，復得還舊丘。」呂向注：「舊丘，舊里也。」❻目極　用盡眼力遠望。《楚辭・招魂》：「目極千里兮傷春心。」❼歸去來　回去。來，為語末助詞。❽所　王本作「可」。❾仲尼二句　仲尼，孔子，字仲尼。《淮南子・泰族訓》：「孔子欲行王道，東西南北，七十說而無所偶。」❿魯連二句　魯連，指戰國時齊人魯仲連。魯仲連遊趙，會秦圍趙，趙求救於魏。魏將辛垣衍欲令趙尊秦為帝，以求罷兵。魯仲連去見辛垣衍，陳說帝秦之害。秦將聞之，為卻五十里，遂解趙之圍。平原君欲封魯仲連，又以千金為魯仲連壽，魯仲連皆不受。笑曰：「所貴於天下之士者，為人排患釋難解紛亂而無取也。既有取者，是商賈之事也，而魯連不忍為也。」遂辭平原君而去，終身不復見。見《史記・魯仲連鄒陽列傳》。左思〈詠史〉詩其三：「吾慕魯仲連，談笑卻秦軍。……功成恥受賞，高節卓不群。臨組不肯緤，對珪寧肯分。」珪組，珪為王侯所執用以表示信符的玉版，代指官爵；組是佩印用的絲帶，代指官印。宋本在「豈可」下夾注：「一作：不足」。⓫草木句　謂與草木為伴，指隱居。儔，伴侶。⓬南山　指隱居之地。或指終南山，屬秦嶺山脈，在今陝西西安南。

【語　譯】北方的雄鷹拂打著翅膀，翱翔鳴嘯於秋天的高空。在驚飛的雲彩中辭別了北方的沙漠，飄蕩迷失在河中的小洲，牠們就像飄泊如飛蓬的人，離開故土而去萬里漫遊。我登高眺望天邊的浮雲，似乎看到了家鄉山丘。

太陽從海邊沉沒，河水向著天際奔流。身佩長劍仰天長嘯，望盡天涯心思悠悠。一年將盡我應歸去，富貴怎麼可求？

孔子遊說七十多個地方，到處拜訪都無人收留。魯仲連逃避千金的饋贈，又怎可用官爵給他報酬？如果我的時運不濟，我就與草木為伴，終老隱居。希望你與我一同攜手，長期隱居在南山幽靜之處。

【研　析】此詩當作於開元中，具體作年不詳。題下「金陵」二字乃宋人編集時所加，誤從《舊唐書・李白傳》李白與崔宗之在金陵相會之說。非。首段以胡鷹自喻，說明秋天之時，辭沙漠欲南歸，飄泊於河中之洲，登高遠望而懷念故鄉。次段描寫日落水流，光陰易逝；倚劍長嘯，目極心悠；歲暮應歸，富貴難求。末段則以孔子歷說七十國而不見用，魯仲連功成而不受千金與官爵之賞，說明士之遇與不遇，各有其時。自己如不能遇時，則與草木為伴，並希望與友人攜手同隱南山。言外透露出詩人用世心切。

## 贈崔諮議❶

騄驥❷本天馬，素非伏櫪駒❸。長嘶向❹清風，倏忽凌九區❺。何言西北至，
卻走東南隅❻？世道有翻覆，前期❼難預圖。希君一翦拂❽，猶可騁中衢❾。

【注　釋】❶崔諮議　姓崔，官諮議參軍。名不詳。按：《舊唐書・職官志三》王府官屬：親王府有「諮議參軍一人，正五品上。……諮議訏謀左右。」按：王府之官皆無實權，李白希其「剪拂」，當是一位資望較高之人。❷騄驥　名馬。《文選》卷四張衡〈南都賦〉：「騄驥齊鑣。」李善注：「騄驥，駿馬之名也。《穆天子傳》八駿有赤驥、騄耳。」騄，蕭本、郭本作「綠」。❸伏櫪駒　伏在馬槽上的平凡之馬。❹長嘶向　長嘶，長鳴。嘶，馬鳴。宋本在「向」字下夾注：「一作：起」。❺倏忽句　此句謂疾速地奔越全國（九州）。《楚辭・招魂》：「往來倏忽。」王逸注：「倏忽，疾急貌。」九區，猶九州。《文選》卷二〇陸機〈皇太子宴玄圃宣猷堂有令賦詩〉：「九區克咸，讌歌以詠。」劉良注：「言九州能和，謳歌以詠我王之德。」❻何言二句　《史記・大宛列傳》：「初，天子發書，《易經》云：神馬當從西北來。」庾肩吾〈愛妻換馬〉詩：「來從西北道，去逐東南隅。」走，宋本原作「是」，據蕭本、郭本、王本、咸本改。❼前期　宋本在「期」字下夾注：「一作：程」。《文苑英華》作「前程」。是。❽一剪拂　宋本在「一」字下夾注：「一作：前。又作：相」。宋本在「剪拂」二字下夾注：「一作：佛便」。修剪毛鬣，洗拭塵垢。詳見卷二〈天馬歌〉注。❾中衢　四通八達的大路。《淮南子・繆稱訓》：「聖人之道，猶中衢而致尊邪，過者斟酌多少不同，各得其所宜。」高誘注：「道六通謂之衢。」

【語　譯】騄驥本是駿馬，不是伏在槽子裡的凡駒。向著清風一聲嘶鳴，轉眼間就飛越九州。為什麼是從西北而來，卻跑到東南一帶？人世間的道路變幻不定，未來的前途又很難預期。希望能得到你的修剪和擦洗，我這匹良馬還可以在大道上馳騁。

【研　析】此詩作年不詳。詩中以一聲嘶鳴就能奔越九州的騄驥駿馬自喻，謂從西北的京城來，卻奔向東南飄零。世道翻覆，前程難圖。希望能得到崔諮議的照拂，使之能馳騁於大道以施展才能。

## 贈昇州王使君忠臣❶

六代帝王國，三吳佳麗城❷。賢人當重寄❸，天子借高名。巨海一邊靜，長江萬里清❹。應須救趙策，未肯棄侯嬴❺。

【注　釋】❶昇州王使君忠臣　昇州刺史王忠臣。昇州，唐肅宗至德二年於江寧縣置江寧郡，乾元元年改為昇州，兼置浙西節度使。上元二年廢昇州，改江寧為上元縣。治所在今南京市。使君，對刺史的敬稱。王忠臣，事蹟不詳。❷六代二句　謝朓〈鼓吹入朝曲〉：「江南佳麗地，金陵帝王州。」二句用其意。六代，指三國吳、東晉、宋、齊、梁、陳，都建都建康。❸重寄　重託；重任。《魏書・高道穆傳》：「明公荷國重寄，宜使天下知法。」❹巨海二句　昇州東近大海，西臨長江。靜、清指平定劉展之亂後，昇州寧靜無戰事。按：《資治通鑑》記載：唐肅宗上元元年十一月，淮南東、江南西、浙西節度使劉展叛亂，陷潤州、昇州。十二月繼陷宣州、蘇州、湖州。上元二年正月，為平盧兵馬使田神功所擊敗，展死，亂平。❺應須二句　《史記・魏公子列傳》記載，魏安釐王二十年，秦軍圍趙國都城邯鄲，魏王使晉鄙率兵救趙，觀望不進。信陵君用大梁夷門監者侯嬴計，使魏王寵妃如姬盜竊虎符，並薦朱亥擊殺晉鄙，奪得兵權，遂解邯鄲之圍。此處以侯嬴自比，以信陵君暗喻王忠臣。

【語　譯】金陵是六個王朝的國都，是三吳地區美麗的京城。唯有賢人可以在此擔當重任，天子就是借助你的高名。平定叛亂使大海寧靜，長江萬里得到澄清。你還須有當年信陵君救趙那樣的良策，請不要遺棄我這個當今的侯嬴。

【研　析】此詩當作於唐肅宗上元二年重遊金陵之時。首聯點題中之昇州，寫金陵形勢。頷聯點王使君忠臣，頌讚他是天子借重之賢人。頸聯寫景，平定劉展後，大海寧靜，長江水清。尾聯用典，有希冀薦引之意。嚴羽評點此詩：「格甚緊嚴，意甚曠大。」何義門評曰：「第二聯輕得好。腹聯勢重難結，故只收到自己。」

## 贈別從甥高五❶

魚目高太山，不如一璵璠❷。賢甥即明月❸，聲價動天門❹。能成吾宅相，不滅魏陽元❺。

自顧寡籌略❻，功名安所存？五木❼思一擲，如繩繫窮猿❽。櫪中駿馬空，堂上醉人喧。黃金久已罄，為報故交恩。

聞君隴西❾行，使我驚❿心魂。與爾共飄颻，雲天各飛翻⓫。江水流或卷，此心難具論。貧家羞好客，語拙覺辭繁。三朝空錯莫⓬，對飯卻慚冤⓭。

自笑我非夫⓮，生事多契闊⓯。蓄積萬古憤，向誰得開豁⓰？天地一浮雲，此身乃毫末⓱。忽見無端倪⓲，太虛可包括⓳。

去去何足道，臨岐空復愁。肝膽不楚越⓴，山河亦衾裯㉑。雲龍若相從㉒，明主會見收。成功解相訪，溪水桃花流㉓。

【注釋】❶從甥高五　本卷另有〈醉後贈從甥高鎮〉詩，此高五當即高鎮，其在兄弟間排行為第五。❷魚目二句　《文選》卷二九張協〈雜詩十首〉：「瓴甋夸璵璠，魚目笑明月。」張銑注：「瓴甋，瓦也；璵璠，良玉也；魚目，魚之目精白者也；明月，寶珠也。今越人以斷髮為美，時君以小人為賢，亦猶以瓦質夸於良玉，翫魚物笑於寶珠。」❸明月　夜光珠。因珠光晶瑩似月光，故名。《史記．龜策列傳》：「明月之珠，出於江海。」❹天門　皇宮之門；天子之門。❺能成二句　《晉書．魏舒傳》：「魏舒，字陽元，任城樊人也。少孤，為外家寧氏所養。寧氏起宅，相宅者曰：『當出貴甥。』外祖母以魏氏甥小而慧，意為應之。舒曰：『當為外氏成此宅相。』後魏舒官至司徒。」吾，宋本原作「五」，據蕭本、郭本、繆本、王本、咸本改。宅相，住宅風水之相。後遂以「宅相」為外甥的代稱。❻籌略　智謀；謀略。《三國志・吳書・周瑜傳》裴松之注引《江表傳》：「公瑾文武籌略，萬人之英。」❼五木　古代博具。斫木為子，一具五枚，故名。古代博戲樗蒲用五木擲采打馬，其後則專擲五術以決勝負。後轉用石、玉、象、骨。後代所用骰子，相傳即由五木演變而成。唐代李翺著有《五木經》。《世說新語・忿狷》：「桓宣武與袁彥道樗蒲，袁彥道齒不合，遂厲聲擲去五木。」❽如繩句　自喻處境困窮。《世說新語・言語》：「窮猿奔林，豈暇擇木。」❾隴西　唐代郡名。《舊唐書・地理志三》隴右道渭州：「隋隴西郡。武德元年，置渭州。天寶元年，改為隴西郡。乾元元年，復為渭州。」治所在今甘肅隴西東南。❿鶩　蕭本、郭本作「清」。⓫雲天句　雲，宋本原作「雪」，據胡本、咸本改。飛翻，飛翔翻騰。王粲〈贈蔡子篤〉詩：「苟非鴻鵰，孰能飛翻？」⓬三朝句　三朝，三天。錯莫，亦作「錯漠」。寂寞冷落。《玉臺新詠・鮑照〈行路難〉之二》：「今日見我顏色衰，意中錯莫與先異。」吳兆宜注引王褒〈甘泉宮賦〉：「徑落莫以差錯。」⓭慚冤　愧對客人的枉顧。⓮非夫　不是大丈夫。《左傳》宣公十二年：「且成師以出，聞強敵而退，非夫也。」杜預注：「非丈夫。」⓯契闊　《詩經・邶風・擊鼓》：「死生契闊。」毛傳：「契闊，勤苦也。」⓰蓄積二句　蓄積，蕭本、郭本、王本皆作「積蓄」。開豁，開通；消除。夏侯湛〈東方朔畫贊〉：「明濟開豁，包含弘大。」⓱毫末　毫毛的末尾，謂極細微。《老子》：「合抱之木，生於毫末。」⓲端倪　邊際。謝靈運〈遊赤石進帆海〉詩：「溟漲無端倪，虛舟有超越。」⓳太虛句　太虛，古代哲學概念，謂宇宙萬物生成前的原始狀態。《文選》卷一一孫綽〈遊天台山賦〉：「太虛遼廓而無閡，運自然之妙有，融而為川瀆，結而為山阜。」李善注：「太虛，謂天也；自然，謂道也；無閡，謂無名；妙有，謂一也。言大道運彼自然之妙，一而生萬物也。」苞括，蕭本、郭本、王本、咸本皆作「包括」。⓴肝膽句　肝膽同體，喻親近；楚越敵國，喻對立或疏遠。《莊子・德充符》：「自其異者視之，肝膽楚越也；自其同者視之，萬物皆一也。」㉑衾裯　被子和帳子。《詩經・召南・小星》：「肅肅宵征，抱衾與裯。」毛傳：「衾，被也。」鄭玄箋：「裯，牀帳也。」裯，宋本原作「幬」，據蕭本、郭本、胡本、咸本改。王本作「幬」，同「裯」。㉒雲龍句　《易經・乾卦》：「雲從龍，風從虎。」古時以雲從龍喻君臣遇合。若，蕭本、郭本、胡本作「將」。㉓成功二句　成功，成就功業。解相訪，胡本作「若相訪」。溪水桃花，用陶淵明〈桃花源記〉故事，謂隱居之處。

**【語　譯】**魚的眼珠即使堆得比泰山還高，總是不如一塊美玉。賢甥你就是珍貴的明月珠，聲望和身價振動了皇宮大門。你一定會成為我家風水的宅相外甥，比當年寄居舅父家的魏舒決不遜色。

回顧我自己卻缺少謀略，至今何嘗取得任何功名？我的處境好似被繩拴住的猿猴一樣窮困，真想像賭博一樣一擲五木。廊中沒有馳騁千里的駿馬，堂上充滿醉酒人的喧呼。為了酬報故友的恩情，黃金早已揮霍散盡。

聽說你要去隴西郡，真使我心裡吃驚不已。我與你同是飄泊的人，如今又要雲天分飛各奔南北。江水流淌有時會彎曲迴旋，我的心緒難以抒發論說。貧困的人家羞於好客，笨嘴的人總會感到言詞繁拙。徒然讓你冷落寂寞了三日，對著粗食我愧對你的枉顧。

我嘲笑自己不是個大丈夫，生活多麼勤勞辛苦。心裡蓄積著萬古的憂憤，向誰發洩能使自己獲得解脫？天地之大只如一片浮雲，我自己只如細微的毫毛尖。看起來天地似乎無邊無際，然而天地又可被太虛所包括。

分手離別本不足道，可面對岔路心中又充滿憂愁。你我肝膽相照，不似楚越兩地相隔遙遠，雖隔山河也如同睡一床被褥。如果有一天雲龍相遇，英明的君主定會用你。當你功成名就後如果想要找我，就到我在溪水桃花的隱居處吧。

【研　析】此詩作年不詳。首段讚揚高五聲價之高，不減當年魏舒為外家宅相。次段敘自己功名不就，窮困潦倒。第三段寫高五將赴隴西而來辭行，詩人家貧乏物，羞愧待客，語拙難言，自覺辭繁。第四段再敘平生勤苦，蓄積憂憤，無處抒解，深感天地如浮雲，自身如毫尖。末段敘離別之情，並祝頌高五功成名就。《唐宋詩醇》卷五評曰：「首道贈意，繼敘別情。白蓋與高最厚善者。『自笑我非夫』一段，開豁心胸，遐矚曠覽，沉鬱頓挫，意近杜陵。從此一氣雙收，聲情倍振。使無後幅之雄健，則氣味衰颯矣。大家風格如是。」

## 贈裴司馬❶

翡翠黃金縷❷，繡成歌舞衣。若無雲間月❸，誰可比光輝？

秀色一如此，多為眾女譏。君恩移昔愛，失寵秋風歸❹。愁苦不窺鄰❺，泣上流黃❻機。天寒素手冷，夜長燭復微。十日不滿匹，鬢蓬亂若絲。

猶是可憐❼人，容華❽世中稀。向君發皓齒❾，顧我莫相違。

【注　釋】❶裴司馬　其名與事蹟不詳。唐代諸州設司馬一人，為刺史之佐官，位在長史之下。據《舊唐書・職官志三》，上州司馬「從五品下」，中州司馬「正六品上」，下州司馬「從六品下」。❷翡翠句　謂舞衣上繡有翡翠和黃金絲縷的裝飾品。❸雲間月　雲中之月。漢樂府〈相和歌辭・白頭吟〉：「皚如山上雪，皎若雲間月。」❹君恩二句　暗用班婕妤〈怨歌行〉：「常恐秋節至，涼風奪炎熱。棄捐篋笥中，恩情中道絕。」❺窺鄰　用宋玉〈登徒子好色賦〉：「臣里之美者，莫若臣東家之子。……然此女登牆闚臣三年，至今未許也。」❻流黃　黃色的絹。漢樂府〈相和歌辭・相逢行〉：「大婦織綺羅，中婦織流黃。」❼可憐　可愛。❽容華　容顏華美。曹植〈美女篇〉：「容華耀朝日，誰不希令顏。」❾發皓齒　啟齒微笑。曹植〈雜詩七首〉之四：「時俗薄朱顏，誰為發皓齒。」

【語　譯】用翡翠羽毛和黃金絲線，繡成華美的舞衣。如果沒有那雲間的月亮，有什麼能比得上它的光輝？

秀美的容色如此可愛，就會受到眾多女子的嫉妒。夫君轉移了昔日的恩愛，秀女在秋風中失寵而歸。

心中愁苦而不再想窺鄰求偶，流著眼淚上了織褐黃色絹的織機。天氣寒冷凍僵了潔白的雙手，漫漫長夜又加上燭光稀微。十天織不成一匹布，頭髮蓬亂像團亂絲。

她還是一個可愛的女子，華美的容顏世上少有。向著夫君啟齒微笑，希望你顧念我而不要遺棄我。

【研　析】此詩全用比興手法，以美女的失寵，比喻自己供奉翰林曾受皇帝恩遇後被讒去京的情景。當作於天寶三載（西元七四四年）離京以後。首四句寫女子容貌服飾之美，能歌善舞，若非雲間之月，無與倫比。以喻自己之才華超邁群類，舉世無雙。次四句謂美女秀色如此，卻為眾女嫉妒而讒毀，使君恩別移，自己失寵而歸。再次四句寫美女愁苦而無意求偶，乃自泣而上織黃絹之機。天寒手冷，夜長燭微，功效甚微，鬢亂如絲，喻自己失意傍徨之苦。末四句以美女仍是可愛之人，向君啟齒以冀同心，喻自己雖流離困頓，才猶可取，希冀裴司馬相顧。點明題旨。全詩逸致輕俊，含蓄蘊藉。

## 敘舊贈江陽宰陸調❶

太伯讓天下，仲雍揚波濤❷。清風蕩萬古，跡與星辰高❸。開吳食東溟，陸氏世英髦❹。多君秉古節❺，嶽立冠人曹❻。風流少年時，京洛事遊遨❼。腰間延陵劍，玉帶明珠袍❽。

我昔鬬雞徒❾，連延五陵豪❿，邀遮相組織⓫，呵嚇來煎熬⓬。君開萬叢人，鞍馬皆辟易⓭。告急清憲臺⓮，脫余北門厄⓯。

間宰江陽邑，剪棘樹蘭芳⓰。城門何肅穆⓱，五月飛秋霜⓲。好鳥集珍木，高才列華堂⓳。時從府中歸，絲管儼成行⓴。但苦隔遠道，無由共銜觴㉑。

江北荷花開，江南楊梅熟㉒。正好飲酒時，懷賢在心目㉓。挂席候海色㉔，當風下長川㉕。多酤新豐醁㉖，滿載剡溪船㉗。中途不遇人，直到爾門前。大笑同一醉，取樂平生年㉘。

【注釋】❶江陽宰陸調　江陽，唐縣名。《舊唐書・地理志三》淮南道揚州大都督府：「江陽，貞觀十八年，分江都縣置，在郭下，與江都分理。」治所在今江蘇揚州。宰，縣令。陸調，李華〈平原公（張鎬）遺德頌〉：「公故吏……袁州別駕吳郡陸調牧臣……等一十二人咨余為頌。」當即此人。張鎬卒於廣德元年七月，見獨孤及〈唐故洪州刺史張公遺愛碑〉，時陸調為袁州別駕。其為江陽縣令在此前。❷太伯二句　太伯、仲雍，周文王姬昌的兩位伯父。《史記・吳太伯世家》載周太王有三子：太伯、仲雍、季歷。太王想立季歷（周文王之父）繼位，於是太伯、仲雍兩人逃奔南方，自號勾吳，為吳人擁戴為君王。太伯卒，無子，弟仲雍立。後來周武王滅殷，求太伯、仲雍後代，封仲雍曾孫周章為吳國諸侯。周章弟虞仲為虞國諸侯。陸機〈吳趨行〉：「大伯導仁風，仲雍揚其波。」揚波濤，謂繼承發揚仁風。❸清風二句　謂清廉的仁風激蕩於萬世，其德行與星辰一樣高。張協〈詠史〉詩：「清風激萬代，名與天壤俱。」❹開吳二句　謂太伯在東海邊開創吳國大業後，陸氏世代多秀特之士。英髦，英俊傑出。《爾雅・釋言》：「髦，俊也。」邢昺疏：「毛中之長毫曰髦，士之俊選者借譬為名焉。」按：陸氏自漢至唐，世為吳地望族。《三國志・吳書・陸遜傳》：「字伯言，吳郡吳人也。本名議，世江東大族。」❺多君句　胡本作「夫子特峻秀」。多君，猶賢君。秉古節，保持古人高尚的節操。《文選》卷二七鮑照〈還都道中作〉：「誰令乏古節？」張銑注：「古節，古人高尚之節。」❻嶽立句　嶽立，形容品行如山嶽般聳立突出。陸機〈答賈謐〉：「吳實龍飛，劉亦嶽立。」人曹，人群。❼京洛句　京洛，指京師長安和東都洛陽。事，動詞，從事。遊遨，亦作「遊敖」、「敖遊」。閒遊；遊嬉。謝靈運〈酬從弟惠連〉詩：「仲春善遊遨。」❽腰間二句　描繪陸調的服飾。延陵，春秋時吳國邑名，故址即今江蘇常州。《史記・吳太伯世家》：「季札封於延陵，故號曰延陵季子。……四年，吳使季札聘於魯，……季札之初使，北過徐君。徐君好季札劍，口弗敢言。季札心知之，為使上國，未獻。還至徐，徐君已死，於是乃解其寶劍，繫之徐君冢樹而去。從者曰：『徐君已死，尚誰予乎？』季子曰：『不然。始吾心已許之，豈以死倍心哉！』」此以暗示陸調很講信用，很重友誼。❾我昔句　此句謂以往自己曾與鬥雞徒發生過衝突。鬬雞徒，見卷一〈古風〉其二十四注。❿連延句　此句謂連續引來咸陽周圍許多貴族惡少年們的圍攻。五陵，西漢五個皇帝的陵墓，即高帝長陵、惠帝安陵、景帝陽陵、武帝茂陵和昭帝平陵，均置縣，在渭水北岸今咸陽市附近，合稱五陵。唐代五陵為貴族紈絝子弟遊宴集聚之地。⓫邀遮句　邀遮，邀擊攔截。《後漢書・清河孝王慶傳》：「後於掖庭門邀遮得貴人書。」組織，猶羅織、構陷。⓬呵嚇句　呵嚇，大聲呵斥和恐嚇。煎熬，猶威迫、折磨。⓭辟易　驚退。宋本原作「闢易」，據蕭本、郭本、咸本、王本改。《史記・項羽本紀》：「項王瞋目而叱之，赤泉侯人馬俱驚，辟易數里。」⓮清憲臺　御史臺。管理彈劾官員的監察機關。《文選》卷二四潘尼〈贈侍御史王元貺〉：「迴跡清憲臺。」李善注：「《漢官儀》曰：『御史為憲臺也。』」⑮北門句　北門，未詳所指，疑為長安北門。瞿蛻園、朱金城《李白集校注》引《新唐書・兵志》：「唐之北軍為皇帝私兵，以屯於宮之北門，故以北軍為號。疑李白以狎遊之故，為北軍中人所窘，幸遇陸調以憲府之力脫之。」可備一說。⑯間宰二句　間，近來。宰江陽邑，言為江陽縣令。棘，有刺草木的通稱。樹，培植。蘭芳，即芳蘭（因押韻而倒置），香草。《文選》卷四七袁宏〈三國名臣序贊〉：「思樹芳蘭，剪除荊棘。」李善注：「芳蘭以喻君子，荊棘以喻小人。」宋本在「剪棘」句下夾注：「一本自『陸氏世英髦』以下云：夫子時峻季，岳立冠人曹。風流少年時，京洛事遊遨。駿驛紅陽燕，玉劍明珠袍。一諾許他人，千金雙錯刀。滿堂青雲士，望美期丹霄。我昔北門厄，摧如一枝蒿。□虎挾雞徒，連延五陵豪。邀遮來組織，呵嚇相煎熬。君披萬人叢，脫我如貔牢。此恥竟未刷，且食綏山桃。非天雨文章，所祖記風騷。蒼蓬老壯髮，長策未逢遭。別君幾何時，君無相思否？鳴琴坐高樓，淥水淨窗牖。政成聞雅頌，人吏皆拱手。投刃有餘地，迴車攝江陽。錯雜非易理，先威挫豪強。下與此同」。⑰肅穆　嚴肅靜謐。《晉書・賀循傳》：「歷試二城，刑政肅穆。」⑱五月句　形容陸調治政態度，神情嚴肅如秋霜。荀悅《申鑑・雜言》：「蓄如春陽，怒如秋霜。」⑲好鳥二句　謂陸調的華堂上聚集了許多高才，猶如好鳥聚集在珍貴的樹上。⑳絲管句　謂絃管樂器莊嚴排列成行。儼，莊嚴貌。㉑銜觴　銜杯；喝酒。㉒江北二句　江陽縣在長江以北，李白當時在江南，此分寫兩地景色。楊梅，《文選》卷八司馬相如〈上林賦〉：「梬棗楊梅。」張揖注：「楊梅其實似穀而有核，其味酢，出江南也。」楊梅熟，蕭本、郭本、王本作「楊梅鮮」。㉓正好二句　蕭本、郭本、王本無此二句。㉔挂席句　挂席，《文選》卷二二謝靈運〈游赤石進帆海〉：「揚帆采石華，挂席拾海月。」李善注：「《臨海志》曰：『……海月大如鏡，白色。』」揚帆、挂席，其義一也。」候海色，蕭本、郭本作「拾海月」。㉕長川　指長江。㉖多酤句　酤，通「沽」。買酒。新豐，據錢大昕《十駕齋養新錄》卷一一云，此「新豐」當指江南丹徒縣之新豐，見卷三〈楊叛兒〉詩注。醁，美酒。㉗剡溪船　用王子猷雪夜訪戴逵故事，見卷七〈淮南對雪贈傅靄〉詩注。㉘平生年　一生年華。

【語　譯】太伯為弟弟讓出天下，仲雍發揚這種仁讓的波濤。清朗的風氣激蕩萬世，他們的德行可與天上的星斗比高。自從太伯在東海岸邊開創了吳國大業，吳地陸氏一族世代多出英雄。讚美你秉承了古人高尚的節操，你在眾人之中像山嶽一樣高聳冠首。在風流倜儻的少年時，你曾經遊歷京都和洛陽。腰間插著延陵季子的寶劍，穿著玉石鑲的佩帶和明珠綴的衣裳。

過去我曾與鬥雞徒發生衝突，鬥雞徒和咸陽貴族少年聯合起來把我圍攻，攔截並構陷我，呵斥恐嚇把我折磨。是你排開無數圍攻的人，使貴族子弟的鞍馬都紛紛退避。你向御史臺請求救助，把我從北門受困中解救出來。

近年來你擔任江陽縣令，剷除荊棘般的小人和扶植蘭花般的君子。縣城四門多麼嚴肅靜謐，如同五月裡飛下凜冽的秋霜。像好鳥聚集在珍稀的樹上，你的華堂上聚集了高才賢士。有時從府中歸來，家中絲竹樂隊整齊地排列成行。只是我苦於隔著遠途，無從與你共同銜杯舉觴。

如今江北荷花開放，江南楊梅已熟。正是喝酒的好時候，我的心中懷念著你這位賢才。揚起帆席等待天亮，我就乘風下長江。多買一些新豐的美酒，滿載剡溪上的船艙。半路不訪任何人，一直到達你的門前。縱聲大笑與你共同一醉，飲酒取樂度過平生年華。

【研　析】此詩當是天寶六載（西元七四七年）夏在金陵作。首段描寫陸調的籍貫、家世及其俊逸倜儻的外表形象，嚴羽評點曰：「詩有似誄者，此也。」次段描敘自己曾在北門遭難而蒙陸調解救的情景，有聲有色，陸調的英勇機智形象躍然紙上。第三段描寫陸調在江陽縣令任上的政績，鏟除小人，培植賢才，政暇絃歌，顯示出好官形象。末段以景色點明時令，擬前往相會暢飲。詩中敘事多從情態著筆，神韻悠然。

## 贈從孫義興宰銘❶　亞相李公重之以能政，中丞李公免罷以移官❷

天子思茂宰，天枝得英才❸。朗然清秋月，獨出映吳臺❹。落筆生綺繡，操刀振風雷❺。蠖屈雖百里，鵬騫望三台❻。

退食❼無外事，琴堂❽向山開。綠水寂以閑❾，白雲有時來。河陽富奇藻❿，彭澤縱名杯⑪。所恨不見之，猶如仰昭回⑫。

元惡昔滔天，疲人散幽草。驚川無活鱗，舉邑罕遺老⑬。誓雪會稽恥，將奔宛陵道⑭。

亞相⑮素所重，投刃應〈桑林〉⑯。獨坐傷激揚⑰，神融一開襟⑱。絃歌欣再理⑲，和樂醉人心⑳。蠹政除害馬㉑，傾巢有歸禽。壺漿候君來，聚舞共謳吟。農夫棄蓑笠，蠶女墮纓簪。歡笑相拜賀，則知惠愛深㉒。

歷職吾所聞，稱賢爾為最㉓。化洽一邦上，名馳三江外㉔。峻節貫雲霄，通方堪遠大㉕。能文變風俗，好客留軒蓋㉖。他日一來遊，因之嚴光瀨㉗。

【注釋】❶義興宰銘　義興縣令李銘。義興，縣名。今江蘇宜興。宰，唐人對治理一縣的長官即縣令的稱謂。李銘，事蹟不詳。❷亞相二句　此二句為李白原注。亞相，指御史大夫。此處指李峘。《舊唐書・李峘傳》：「乾元初，兼御史大夫，持節都統淮南、江南、江西節度、宣慰、觀察處置等使。」按：漢代御史大夫位次丞相，故唐人習慣稱御史大夫為亞相。岑參《輪臺歌奉送封大夫出師西征》：「亞相勤王甘苦辛。」重之以能政，認為他善於治政而看重他。中丞李公，指御史中丞李丹。考獨孤及《為吏部李侍郎祭李中丞文》：「謹以清酌少牢之奠，敬祭於故蘇州刺史兼御史中丞贈吏部侍郎李公之靈。……昔公出入臺閣，勤勞王事。馳驅使車，周旋天下。克己奉職，一何正也。姑蘇之役，姦倖構難，公秉義勇，誅其渠魁。海寇圍逼，勾吳震駭，公率羸師，克翦大敵。」按：「姑蘇之役」當指劉展之亂，事在肅宗上元二年。「海寇圍逼」乃指袁晁起義，事在寶應元年。證知此李中丞其時在蘇州刺史任。按：《新唐書・宰相系表二上》趙郡李氏房：「丹，浙西觀察使。」乃李華從兄弟，李觀從叔。是時浙西觀察使府正在蘇州，兼蘇州刺史。獨孤及文中說李中丞平定海寇後徵還時卒於道中，證知其終官為蘇州刺史，此人當即李丹。又考李華〈送觀（李觀）往吳中序〉：「宣成文昭公，柏人之嗣也，故中丞蘇州後之。……（觀）往吳中蒐以備家傳之遺闕……永泰二年四月庚寅叔父華序。」此「中丞蘇州」亦即獨孤及文中之「蘇州刺史兼御史中丞」李丹。免罷以移官，避免罷官而改為調動官職。唐人習慣稱調動官職為「移官」或「量移」。可能李銘在劉展亂時因奔逃而失官，蒙李丹相助而調任義興縣令。❸天子二句　茂宰，賢能的縣令。指李銘。謝朓〈和伏武昌登孫權故城詩〉：「雄圖悵若茲，茂宰深遐睠。」天枝，皇族的後代。王僧孺〈禮佛唱導發願文〉：「天枝峻密，帝葉英芬。」❹朗然二句　蕭士贇注：「秋月，乃喻其清明也。」獨出，猶特出、傑出。王本作「獨山」。誤。吳臺，即姑蘇臺。詳見卷二〈烏棲曲〉注。❺落筆二句　落筆，指寫作。綺繡，形容文辭華美。操刀，比喻做官治政。《左傳》襄公三十一年：「子皮欲使尹何為邑……子產曰：『不可。人之愛人，求利之也。今吾子愛人則以政，猶未能操刀而使割也，其傷實多。』」❻蠖屈二句　蠖屈，形容物形屈曲，狀如尺蠖（昆蟲名）。「蠖屈求伸」的略語。語本《易經・繫辭下》：「尺蠖之屈，以求信（伸）也。」意謂尺蠖之所以彎曲牠的身體，為的是向前伸展。百里，指一縣。古代一縣轄地約百里。鵬騫，大鵬高飛。比喻仕途得意。三台，星名。亦比喻三公。《晉書・天文志上》：「三台六星，兩兩而居。……一曰天注，三公之位也。在人曰三公，在天曰三台，主開德宣符也。」❼退食　語本《詩經・召南・羔羊》：「退食自公，委蛇委蛇。」朱熹《集傳》：「退食，退朝而食於家也。自公，從公門而出也。」後多用作公餘休息或退隱。❽琴堂　《呂氏春秋・察賢》：「宓子賤治單父，彈鳴琴，身不下堂而單父治。」後遂稱縣令的官署為琴堂。❾寂以閑　幽閒。張協〈雜詩〉：「荒庭寂以閑，幽岫峭且深。」❿河陽句　用潘岳典故。《晉書・潘岳傳》：「岳才名冠世，為眾所疾，遂棲遲十年。出為河陽令……岳美姿儀，辭藻絕麗，尤善為哀誄之文。少時常挾彈出洛陽道，婦人遇之者，皆連手縈繞，投之以果，遂滿車而歸。」⓫彭澤句　用陶潛典故。《晉書・陶潛傳》：「復為鎮軍、建威參軍，謂親朋曰：『聊欲絃歌，以為三徑之資，可乎？』執事者聞之，以為彭澤令。在縣公田悉令種秫穀，曰：『令吾常醉於酒足矣。』」⓬昭回　日月星辰光耀回轉。語本《詩經・大雅・雲漢》：「倬彼雲漢，昭回於天。」朱熹《集傳》：「昭，光也。回，轉也。言其光隨天而轉也。」⓭元惡四句　王琦注：「『元惡滔天』二聯，指上元中宋州刺史劉展舉兵為亂，連陷揚、潤、昇、蘇、湖、濠、楚、舒、和、徐、廬諸州，凡三月始平。……常州與蘇、湖、揚、潤四州地界相接，其亂離不遑安處，概可知矣。」其說是。按：元惡，首惡。指劉展。幽草，宋本原作「憂草」。誤。據蕭本、郭本、繆本、王本、咸本改。活鱗，活魚。王本作「恬鱗」。殷仲文〈解尚書表〉：「洪波振壑，川無恬鱗。」⓮暫雪二句　謂李銘於劉展亂時擬逃奔宣城縣。據此詩題下李白原注，疑李銘在劉展亂前為其他縣令，因其曾有逃奔之事而失官，經浙西觀察使李丹奏請而免予罷官，調動為義興縣令。會稽恥，本指春秋時越王句踐被吳王夫差打敗稱臣，後來句踐與范蠡等謀，最終滅亡吳國，稱之為「雪會稽之恥」。此處借指劉展之亂及平定其亂。宛陵，指唐代宣城縣。今安徽宣城。⑮亞相　指御史大夫李峘。⑯投刃句　此句謂李銘治理一縣，投刃得法，綽然有餘。《莊子・養生主》：「庖丁為文惠君解牛。手之所觸，肩之所倚，足之所履，膝之所踦，砉然嚮然，奏刀騞然，莫不中音，合於〈桑林〉之舞，乃中〈經首〉之會。」⑰獨坐句　此句謂李丹傷其遭遇為之移官使李銘感動不已。獨坐，指御史中丞李丹。時以御史中丞為浙西觀察使兼蘇州刺史。《後漢書・宣秉傳》：「光武特詔御史中丞與司隸校尉、尚書令會同並專席而坐，故京師號曰『三獨坐』。」唐朝人遂以「獨坐」為御史中丞的別名。激揚，激動振奮。揚，宋本原作「楊」，據蕭本、郭本、王本、咸本改。⑱神融句　精神融和，心情開朗。潘岳〈西征賦〉：「開襟乎清暑之館。」⑲絃歌句　用子游宰武城事。《史記・仲尼弟子列傳》：「子游既已受業，為武城宰。孔子過，聞絃歌之聲。」後遂以「絃歌」為縣令治政的典實。再理，指李銘「免罷移官」，即又當縣令。⑳醉人心　使人陶醉。《世說新語・賞譽》「山公與阮咸為吏部郎」劉孝標注：「《名士傳》曰：『咸字仲容，陳留人。……太原郭奕見之心醉，不覺嘆服。』」㉑蠹政句　蠹政，危害民政。《後漢書・宦者傳論》：「同弊相濟，故其徒有繁，敗國蠹政之事，不可殫書。」害馬，害群之馬。《莊子・徐无鬼》：「夫為天下者，亦奚以異乎牧馬者哉?亦去其害馬者而已矣。」㉒壺漿六句　形容民眾歡迎李銘來任縣令的情景。㉓稱賢句　稱賢，推舉賢人。《逸周書・大聚》：「稱賢使能，官有材而士歸之。」最，古代考核政績或軍功時劃分的等級，以上等為最。與「殿」相對。《漢書・宣帝紀》：「丞相御史，課殿最以聞。」㉔化洽二句　謂教化融洽在一邦，而名聲傳於三江之外。三江，《書經・禹貢》揚州：「三江既入，震澤底定。」漢以後有多種解釋。實際上是指眾多水道的總稱，非確指某幾條水。㉕峻節二句　峻節，高風亮節。貫，宋本原作「冠」，據蕭本、郭本、王本改。《文選》卷二一顏延年〈秋胡詩〉：「峻節貫秋霜。」李善注：「貫，猶連也。」通方，通曉治道。《漢書・韓安國傳》：「通方之士，不可以文亂。」顏師古注：「方，道也。」㉖軒蓋　帶篷蓋的車，借指顯貴之人。㉗嚴光瀨　即嚴陵瀨，相傳為東漢初嚴光隱居垂釣處。在今浙江桐廬南。《後漢書・嚴光傳》：「除為諫議大夫，不屈，乃耕於富春山，後人名其釣處為嚴陵瀨焉。」此喻自己欲歸隱處。

**【語　譯】**天子思得賢良的縣令，從宗室支脈中得到了一位英明傑出的才士。你如同清秋明朗的月亮，特出光照吳王姑蘇臺。你一揮筆就寫出綺繡的文章，治政振起如雷的名聲。治理一縣雖似尺蠖暫屈其體，然而大鵬一旦展翅有望升為三公。

公餘休息沒有外事相擾，琴堂的門窗向著青山敞開。綠水在屋前悄然暢流，白雲有時輕輕地飄來。你如同當年河陽縣令潘岳辭藻富麗，又好似彭澤縣令陶潛那樣以縱酒名世。遺憾的是我一直見不到你，如同仰望天上日月星辰的光輝回轉。

前些日子叛亂的元兇掀起滔天惡浪，疲憊的百姓奔散流離於草莽。湍急的河水中沒有活魚，整個縣城很少有存活下來的老人。你發誓要雪洗這奇恥大辱，暫時避難奔逃到了宛陵。

亞相向來就很器重你，認為你治政如庖丁解牛遊刃有餘。御史中丞李丹有感於你的遭遇為你移官而使你激揚振奮，你的精神融和而心情開朗。再如子游以禮樂治理一縣，和睦歡樂陶醉人心。清除腐蝕政教的害馬，傾覆的巢中又有了歸來的鳥禽。百姓端著茶和酒迎接你的到來，歡聚在一起跳舞歌吟。農夫快活得丟掉了蓑笠，蠶女舞落頭上的簪纓。歡笑著互相慶賀，由此可知你對百姓的恩德多深。

就我所知道的先後連續任職的人中，你是一個最賢能的人。教化融洽一縣民眾，名聲卻遠揚三江以外。高尚的氣節上貫雲霄，堪稱通曉遠大的為政之道。能夠用文治移風易俗，喜歡待客使門前常常留下貴賓的車馬。他日你功成名就後來找我，請到富春江邊的嚴光瀨來。

【研　析】此詩當作於肅宗上元二年（西元七六一年）平定劉展之亂後。首段描敘李銘的風采和才華，次段謂李銘政事之暇的生活，文藻之富如潘岳，縱酒如陶潛。自己如仰慕日月星辰般欽敬而不得見。第三段敘劉展之亂的危害及李銘的奔逃。第四段敘李銘得到宣慰使李峘和觀察使李丹的看重而移官義興縣令，李銘得到民眾愛戴的情景。末段敘李銘的政績。嚴羽評點「落筆」二句曰：「尋常作料，用得有聲力。」評「綠水」二句曰：「在幽居亦是佳境，入贈宰詩中，更勝一倍。」評「獨坐」二句曰：「妙寫情條。」評「化洽」句曰：「字力超厚。」

## 草創大還[1]贈柳官迪[2]

天地為橐籥❸，周流行太易❹。造化合元符❺，交構騰精魄❻。自然成妙用，孰知其指的❼？

羅絡四季間，緜微一無隙。日月更出沒，雙光豈云隻❽。姹女乘河車❾，黃金充轅軛❿。執樞相管轄，摧伏傷羽翮。朱鳥張炎威，白虎守本宅。相煎成苦老，消爍凝津液⓫。

髣髴明窗塵，死灰同至寂。擣冶入赤色，十二周律曆。赫然稱大還，與道本無隔⓬。

白日可撫弄，清都⓭在咫尺。北酆⓮落死名，南斗上生籍⓯。

抑予是何者？身在方士格⓰。才術信縱橫，世途自輕擲⓱。吾求仙棄俗，君曉損勝益⓲。不向金闕遊，思為玉皇客⓳。鸞車速風電，龍騎無鞭策⓴。一舉上九天㉑，相攜同所適。

【注　釋】❶草創大還　粗煉大還丹。相傳道教煉丹，使丹砂燒成水銀，積久又還成丹砂。即稱「還丹」。見《抱朴子・金丹》。王筠〈東南射山〉詩：「還丹改容質，握髓駐流年。」後來還丹有多種，最高者為大還丹。亦用於醫藥，醫家丹方中有「九還丹」、「小還丹」、「大還丹」等，見《救生全集》、《蘇沈良方》、《奇方纂要》。❷柳官迪　人名。事蹟不詳。❸天地句　《老子》：「天地之間，其猶橐籥乎，虛而不屈，動而愈出。」河上公注：「天地空虛，和氣流行，萬里自生。其空虛，猶橐籥也。」魏源《本義》：「外橐內籥，機而鼓之，致風之器也。」按：橐是鼓風器，籥是送風的管子。❹周流句　周流，普遍流轉。《易經・繫辭下》：「易之為書也，不可遠；為道也屢遷，變動不居，周流六虛，上下無常，剛柔相易，不可為典要，唯變所適。」太易，古代謂天地形成之前的混沌狀態。《列子・天瑞》：「夫有形者生於無形，則天地安從生？故曰：有太易，有太初，有太始，有太素。太易者，未見氣也。」❺造化句　造化，天地；自然界。《文選》卷五六陸倕〈新刻漏銘〉：「入神之制，與造化合符。」呂延濟注：「造化，謂陰陽也。符，同也。」❻交搆句　交搆，蕭本、郭本、王本作「交媾」。同。陰陽和合。《易經・繫辭下》：「男女構精，萬物化生。」精魄，精神魂魄。陳子昂〈感遇詩〉其八：「精魄相交媾，天壤以羅生。」❼自然二句　二句謂自然之妙用，其目的誰都不可測知。《參同契》卷下：「自然之所為兮，非有邪偽道。……惟斯之妙術兮，審諦不誑語。」孰，誰。宋本原作「熟」，據蕭本、郭本、王本、咸本改。指的，所指向的目標。❽羅絡四句　謂四時運行，日月出沒，皆自然所為。《參同契》卷上：「坎戊月精，離己日光。日月為易，剛柔相當。土王四季，羅絡始終……天地構其精，日月相撢持。……蟾蜍與兔魄，日月無雙明。」四句用其意。羅絡，遍佈周圍。緜微，綿延細密。一無，蕭本、郭本、王本、咸本作「無二」。無一隙，無一空隙。雙光，指日月不偏。隻，即單。❾姹女句　此句謂煉丹時以汞合鉛。姹女，水銀。即道教稱所煉的丹汞。《參同契》卷下：「河上姹女，靈而最神，得火則飛，不見埃塵。」河車，指鉛。道士煉丹的原料。❿黃金句　《抱朴子・黃白》：「丹沙可為金，河車可作銀。立則可成，成則為真，子得其道，可以仙身。」轅軛，車前駕馬用的直木和套在馬頸上的曲木，此以轅軛為喻，謂黃金如轅軛促之成丹。⓫執樞六句　《參同契》卷下：「升熬於甑山兮，炎火張於下。白虎倡導前兮，蒼龍和於後。朱鳥翱翔戲兮，飛揚色五采。遭遇網羅施兮，壓止不得舉。嗷嗷聲甚悲兮，嬰兒之慕母。顛倒就湯鑊兮，摧折傷毛羽。」六句用其意。皆言鍊丹過程。執樞，掌握要領。楊齊賢注：「朱鳥屬火，為心；白虎屬金，為肺。津液者，華池神水也。」蕭士贇注：「老者，煉丹火候之老嫩，悉鉛汞相制服之道也。」謂煉丹須掌握火候，過或不及則摧傷隱伏，如鳥傷羽翼無法奮飛。⓬髣髴六句　《參同契》卷上：「歲月將欲訖，毀性傷壽年。形體為灰土，狀若明窗塵。擣治併合之，馳入赤色門。固塞其際會，務令致完堅。炎火張於下，晝夜聲正勤。始文使可修，終竟武乃陳。候視加謹慎，審察調寒溫。周旋十二節，節盡更親觀。氣索命將絕，休死亡魄魂。色轉更為紫，赫然成還丹。」六句用其意。總言還丹之法。清者浮於上，狀若明窗塵；濁者沉於下，即謂形體為死灰。擣治，修煉。擣，宋本原作「鑄」，據蕭本、郭本、王本改。入赤色，謂由白而黃、黃而至赤。十二周律曆，一週年。大還，即大還丹。丹一煉為一轉，九轉而為大還，大還則丹成。道，指天地陰陽之道。無隔，無異。⓭清都　神話傳說中天帝居住的地方。《列子・周穆王》：「王實以為清都紫微，鈞天廣樂，帝之所居。」⓮北酆　即北羅酆，道教傳說中的山名。在北方癸地，鬼王所居。詳見本卷〈訪道安陵遇蓋寰為予造真籙臨別留贈〉詩注。⑮南斗句　南斗，即斗宿，有星六顆，在北斗星之南，形似斗，故名。《搜神記》卷三：「南斗注生，北斗注死。凡人受胎，皆從南斗過。」此句用其意。⑯抑予二句　抑，助詞。用於句首。何者，何等樣人。方士，古代好講神仙方術的人。在漢代著作中，方士與道士通用。格，籍。⑰才術二句　謂才能和方術真可縱橫馳騁，世俗仕途自然輕易拋棄。擲，拋棄。⑱損勝益　《易經》有〈損卦〉和〈益卦〉。《易經・損卦》：「損剛益柔有時，損益盈虛，與時偕行。」《易經・益卦》：「損上益下，民說（悅）無疆。」《老子》：「為學日益，為道日損，損之又損，以至於無為。」此用其意，謂棄俗得道，損勝於益。可知柳官迪亦為道教徒。⑲不向二句　金闕，猶金門，謂朝廷之門闕。玉皇，道教稱天帝為玉皇大帝，簡稱玉帝、玉皇。⑳鸞車二句　鸞車，神仙所乘的有鸞鈴的車。《太平御覽》卷六七七〈道部・輿輦〉引《尸素訣》曰：「太微天帝君，登白鸞之車，駕黑羽之鳳，遊碧水之境。」龍騎，龍拉的車騎，仙人所乘之車。㉑九天　謂天之最高處。

【語譯】天地之間如同一個鼓風器，吹出的風周轉流行於混沌之中。陰陽與元氣相同，互相交合而騰躍生成精靈之氣。自然變化有它微妙的功用，可是有誰瞭解它所指向的目標？

日月遍佈於四季，綿延細微沒有一點縫隙。日月更替下落而又升起，日光月光也是成雙豈能說單。讓丹汞和合鉛，再以黃金如車上的轅軛促成金丹。掌握關鍵使其互相管轄，過火和不及都會摧折隱伏如鳥傷其羽毛。南方朱雀揚起熊熊火勢，西方白虎守住本宅。熬煉的火候苦於過老，在華池神水中使銷鎔的丹砂凝結。這時水中清丹藥如同窗前明亮的飛塵，濁體成死灰終歸沉寂。再把它放入火中冶煉變成赤色，周旋十二律曆一週年。終於煉成了耀眼的九還金丹，和天地陰陽之道本來沒有區別。

天上的太陽可以撫摸，天帝的清都近在咫尺。北羅酆山除去要死的姓名，南斗注上出生的戶籍。

若問我是一個什麼樣的人？我已加入了方術之士的屬籍。我的才能方術真可以縱橫馳騁，世俗的生活自然可以輕棄。我求仙訪道遠離世俗，你知道謙退勝於進取。我們不向朝廷宮闕遊宦，只想成為玉皇大帝的客人。鸞車馳得如風似電，龍駕的車騎無須用鞭驅策。一舉飛上九天，攜手同奔嚮往的目標。

【研析】此詩當是天寶三載（西元七四四年）請高天師授道籙後初煉大還丹之作。首段言天地陰陽之妙用，誰都不知其目標。次段謂日月雙光，出沒自然，煉丹之道，亦須互相配合，掌握火候，恰到好處。第三段形容丹之初成至積累久而成大還丹的情景。第四段謂服食還丹能飛昇上天，長生不老。末段自謂是個道士，欲求仙棄俗，認為柳官迪亦曉損益之道，故不遊金闕而思為玉皇客。於是兩人相攜上九天。全詩大量引用《參同契》中語，致使缺乏詩歌韻味。

## 贈崔司戶文昆季❶

雙珠❷出海底，俱是連城珍❸。明月兩特達❹，餘輝❺照傍人。英聲振名都，高價動殊鄰❻。豈伊箕山故❼，特以風期❽親。

惟昔不自媒❾，擔簦西入秦❿。攀龍九天上，別忝歲星臣⓫。布衣侍丹墀，密勿草絲綸⓬。才微惠渥重，讒巧生緇磷⓭。

一去已十年，今來復盈旬⓮。清霜入曉鬢，白露生衣巾。側見綠水亭，開門列華茵⓯。千金散義士，四座無凡賓。欲折月中桂，持為寒者薪⓰。路傍已竊笑，天路⓱將何因？垂恩儻丘山⓲，報德有微身。

【注　釋】❶崔司戶文昆季　司戶參軍崔文兄弟。按：唐代各州官員皆設有司戶參軍事，上州從七品下，中州從八品上，下州從八品下。崔文，事蹟不詳。昆季，兄弟。按：李白又有〈送崔氏昆季之金陵〉詩，崔氏昆季，當即本詩之「崔文昆季」，可參讀。❷雙珠　一對珍珠。比喻風姿優美或才華出眾的兄弟二人。❸連城珍　戰國時，趙惠文王得和氏璧，秦昭王寄書趙王，願以十五城易璧。事見《史記・廉頗藺相如列傳》。後以「連城珍」指和氏璧或極其珍貴的寶物。❹明月句　明月，珠名。特達，突出於眾。《文選》卷二二郭璞〈遊仙詩〉：「珪璋雖特達，明月難闇投。」呂延濟注：「特達，美貌。」❺餘輝　殘留的光輝。嵇康〈琴賦〉：「仰箕山之餘輝。」❻殊鄰　遠方異域。揚雄〈長楊賦〉：「是以遐方疏俗，殊鄰絕黨之域。」❼豈伊句　豈，反詰副詞，難道。伊，通「緊」。是。箕山，在今河南登封東南。相傳堯欲讓天下給許由，許由不受而逃至潁水之陽，箕山之下，耕而食。死葬箕山之顛。見《高士傳》。後以「箕山」謂隱者之節操。❽風期　風度；氣概。《晉書・習鑿齒傳》：「其風期俊邁如此。」❾自媒　女子不待媒而自求夫。《管子・形勢》：「自媒之女，醜而不信。」比喻士子自薦求仕。《列子・周穆王》：「魯有儒者，自媒能治之。」❿擔簦句　《史記・平原君虞卿列傳》：「躡蹻擔簦說趙孝成王。」裴駰《集解》引徐廣曰：「簦，長柄笠。」按：擔簦，背著傘，謂遠行。西入秦，指天寶元年李白西入長安。⓫攀龍二句　指天寶元年李白受到玄宗接見，供奉翰林。攀龍，比喻依附帝王以成就功業。語本揚雄《法言・淵騫》：「攀龍鱗，附鳳翼，巽以揚之，勃勃乎其不可及也」。歲星臣，謂東方朔。《太平廣記》卷六引《洞冥記》及《東方朔別傳》：「朔未死時，謂同舍郎曰：『天下人無能知朔，知朔者唯太王公耳。』朔卒後，（漢）武帝得此語，即召太王公問之曰：『爾知東方朔乎？』公對曰：『不知。』『公何所能？』曰：『頗善星曆。』帝問：『諸星皆具在否？』曰：『諸星具，獨不見歲星十八年，今復見耳。』帝仰天嘆曰：『東方朔生在朕傍十八年，而不知是歲星哉！』」此處以東方朔自喻。⓬布衣二句　謂當年以布衣侍從皇帝於宮殿，勤勉地起草詔書。丹墀，古時宮殿前的石階，以紅色塗飾，故名。密勿，勤勞謹慎。《漢書・劉向傳》：「故其《詩經》曰：『密勿從事，不敢告勞。』」顏師古注：「此〈小雅・十月之交〉篇刺幽王之詩也。密勿，猶黽勉從事也。」後亦用作機密之意。《三國志・魏書・杜恕傳》：「與聞政事密勿大臣，寧有懇懇憂此者乎？」絲綸，《禮記・緇衣》：「王言如絲，其出如綸。」絲，細縷。綸，粗條。比喻帝王極微細的話亦有很大影響。後即稱帝王的詔書為「絲綸」。⓭才微二句　惠渥重，蒙受恩德厚。《文選》卷一六潘岳〈寡婦賦〉：「荷君子之惠渥。」劉良注：「荷恩惠之厚也。」讒巧，讒邪巧佞。曹植〈贈白馬王彪〉其三：「蒼蠅間白黑，讒巧令親疏。」緇磷，語本《論語・陽貨》：「不曰堅乎？磨而不磷。不曰白乎？涅而不緇。」緇，染黑。磷，磨損。⓮一去二句　上句謂離開長安已經十年，下句謂今來宣城已滿十天。盈旬，滿十天。任昉〈出郡傳舍哭范僕射〉詩：「與子別幾辰，經塗不盈旬。」⓯華茵　《文選》卷三〇謝靈運〈擬魏太子鄴中集詩・魏太子〉：「連榻設華茵。」張銑注：「茵，褥也。」⓰欲折二句　月中桂，神話傳說謂月中有桂樹，高五百丈，下有一人名吳剛，學仙有過，謫令常砍桂樹，樹創隨合。事見《初學記》卷一引虞喜《安天論》、段成式《酉陽雜俎・天咫》。後多以攀折月中桂為求仕的典實。此處似以折桂為薪喻濟貧。持為，蕭本、郭本作「特為」。⑰天路　登天之路，喻指入仕為官。⑱垂恩句　謂垂賜丘山般的重恩。

【語　譯】一對寶珠出自海底，都是價值連城的奇珍。你們兄弟就像兩顆突出的明月珠，旁邊的人都得到你們餘輝的照耀。你們美好的名聲振動了著名的都城，高貴的聲價傳到異域遠鄰。誰說只是因為有箕山之志的緣故，更因風度品格相近才使我們成為親密友人。

回想昔日並不是我自己推薦，肩荷長柄笠西入長安。攀附真龍天子直上九天，特別有愧叨列當年東方朔那樣的歲星之臣。作為一介布衣侍立宮廷之上，勤奮地起草機要詔文。我才華微小卻受到皇上恩惠重用，但讒邪巧佞使我遭到汙辱而被疏遠。

我離開長安已經十年，現在來到宣城又滿一旬。白髮如清冷的霜雪侵入我的雙鬢，白露打濕了我單薄的衣巾。我側望見到綠水旁的亭子，大門敞開見到鋪著華美的坐褥。主人是揮散千金的慷慨義士，座席上都是不同凡俗的佳賓。我想攀折月中的桂枝，拿來作為貧寒之士的柴薪。路旁的人此時已暗地譏笑，我要上天路又將依靠何人？你們如果對我垂下山岳之重的恩德，我將捐棄卑微的一身作為回報。

【研　析】從詩中「攀龍九天上，別忝歲星臣……一去已十年，今來復盈旬」可知，此詩當是天寶十二載（西元七五三年）秋天到宣州不久所作。其時正當離京十年。首段讚美崔文兄弟的風姿才華，如明珠之光輝照人，聲名遠揚。次段詩人自敘十年前不因己媒，以布衣入翰林，密草詔書，深受皇帝恩寵。佞幸嫉妒，被讒見疏而離京已十年。如今清霜入鬢，年已老矣。末段敘崔氏兄弟尚義好客，詩人希望能得到關照。如蒙垂丘山之重恩，則當以終身報德。全詩慷慨而有節，用語有新奇之致。

# 贈溧陽宋少府陟❶

李斯未相秦，且逐東門兔❷。宋玉事襄王，能為〈高唐賦〉❸。
常聞〈淥水曲〉❹，忽此相逢遇。掃灑青天開，豁然披雲霧❺。
葳蕤紫鸞鳥❻，巢在崑山❼樹。驚風西北吹，飛落南溟❽去。
早懷經濟策，特受龍顏顧❾。白玉棲青蠅❿，君臣忽行路⓫。人生感分義，貴欲呈丹素⓬。何日清中原？相期廓天步⓭。

【注釋】❶溧陽宋少府陟　溧陽縣尉宋陟。溧陽，唐屬江南西道宣州。故城在今江蘇溧陽西北。少府，縣尉的敬稱。宋陟，事蹟不詳。李白〈溧陽瀨水貞義女碑銘〉中提到「縣尉廣平宋陟」，另有〈賦得白鷺鷥送宋少府入三峽〉詩，當為同一人。❷李斯二句　見前卷二〈行路難〉其三注。此謂李斯未為秦宰相前，只能在上蔡東門獵兔。為詩人自喻。❸宋玉二句　戰國末楚國詩人，曾與楚襄王遊於雲夢之臺，望高唐之觀，作〈高唐賦〉。此喻宋陟。❹常聞句　常聞，王本作「嘗聞」。意同。淥水，古曲名。《文選》卷一八馬融〈長笛賦〉：「中取度於〈白雪〉、〈淥水〉。」李周翰注：「〈白雪〉、〈淥水〉，雅曲名。」此指宋陟所作詩。淥，宋本原作「綠」，據王本、咸本改。❺掃灑二句　《晉書．樂廣傳》：「衛瓘，……見廣而奇之。……曰：『……此人之水鏡，見之瑩然，若披雲霧而覩青天也。』」此喻宋陟性格爽朗。❻葳蕤句　葳蕤，草木繁盛貌。此形容羽毛豐盛。《文選》卷七司馬相如〈子虛賦〉：「錯翡翠之葳蕤。」呂延濟注：「葳蕤，羽毛貌。」按：葳，宋本原作「威」，據蕭本、郭本、王本改。紫鸞鳥，紫色鸞鳥，古代傳說中的瑞鳥。❼崑山　崑崙山之簡稱。崑崙山為橫貫新疆、西藏間的高山。神話傳說中鸞鳳巢於崑崙山。❽南溟　南海。《莊子．逍遙遊》：「是鳥也，海運則將徙於南冥（溟）；南冥者，天池也。」❾早懷二句　謂己早年就懷有經國濟民的策略，後來獨受皇帝的恩寵。指因玄宗召見而供奉翰林。龍顏，代指皇帝。❿白玉句　白玉，詩人自喻。青蠅，常用以喻進讒小人。《詩經．小雅．青蠅》：「營營青蠅，止于樊。豈弟君子，無信讒言。」陳子昂〈宴胡楚真禁所〉詩：「青蠅一相點，白璧遂成冤。」⓫君臣句　此句謂由於小人進讒，君王與己突然疏遠。行路，陌生之路人。比喻不相關的人。⓬人生二句　謂人生總為情義所動，可貴的是互相推心置腹。分義，情分。丹素，丹誠。《北史．

司馬子如傳》：「子如初為懷朔鎮省事，與齊神武相結託，分義甚深。」⓭何日二句　清中原，指平定安史之亂。廓天步，開擴國運。沈約〈法王寺碑〉：「因斯而運斗樞，自茲而廓天步。」

【語　譯】李斯未做秦丞相時，只能暫且在上蔡東門獵兔。宋玉一旦侍從楚襄王，就能寫出著名的〈高唐賦〉。我曾經聽到過您高雅的〈淥水曲〉，想不到今天忽然在此相遇。見到您如同見到雨水清洗過的青天，如同撥開雲霧而豁然開朗。

您像是一隻羽毛豐滿的紫鸞鳥，曾在崑崙山的玉樹上築巢。隨著疾風從西北驚吹，遂飛落到茫茫的南海去。

早年我就胸懷經世濟民的大略，後來受到皇帝特殊的惠顧。誰知潔白的玉石被青蠅點汙，讒言相毀使我與皇帝忽然變成陌生的路人。人生總要為情義所動，可貴的是互相獻出赤誠的心。什麼時候能肅清中原的戰亂？我與您相約共同開擴國運。

【研　析】此詩當作於天寶十五載（西元七五六年）李白「東奔吳國避胡塵」到達溧陽之時。首四句以李斯自喻，謂未得志而暫且遊樂，以宋玉喻宋陟，謂其事君王而以才見寵。次四句謂早聞其有佳作而未見其人，今忽然相遇如披雲霧而見青天。再次四句以崑崙山紫鸞鳥喻宋陟，謂其原在京都做官，因安史之亂狂風驚吹，才飛往南方。末段自述懷抱及經歷，謂自己曾受君王恩遇，只因遭讒而見疏。最後以「清中原」、「廓天步」相期，耿耿忠心溢於言表。

## 戲贈鄭溧陽❶

陶令日日醉，不知五柳春❷。素琴本無絃❸，漉酒用葛巾❹。清風北窗下，自謂羲皇人❺。何時到栗里❻，一見平生親❼？

【注　釋】❶鄭溧陽　溧陽縣令鄭晏。按：宋本卷三〇〈溧陽瀨水貞義女碑銘〉：「邑宰滎陽鄭公名晏，家康成之學，世子產之才，琴清心閑，百里大化。」知此溧陽縣令名晏。溧陽，唐縣名，屬江南西道宣州。故城在今江蘇溧陽西北。❷陶令二句　用陶淵明典故。《宋書・陶潛傳》：「潛少有高趣，嘗著〈五柳先生傳〉以自況，曰：『先生不知何許人，不詳姓字，宅邊有五柳樹，因以為號焉。……性嗜酒，而家貧不能恆得。親舊知其如此，或置酒招之，造飲輒盡，期在必醉，既醉而退，曾不吝情去留。』為彭澤令，……解印綬去職，賦〈歸去來〉。」不知，宋本原作「不如」，據蕭本、郭本、繆本、王本、咸本改。❸素琴句　《宋書・陶潛傳》：「潛不解音聲，而畜素琴一張，無絃，每有酒適，輒撫弄以寄其意。」❹漉酒句　漉，過濾。《宋書・陶潛傳》：「郡將候潛，值其酒熟，取頭上巾漉酒畢，還復著之。」❺清風二句　陶潛〈與子儼等疏〉：「常言：五六月中，北窗下臥，遇涼風暫至，自謂是羲皇上人。」❻栗里　栗，宋本原作「溧」，在「溧」字下夾注：「一作：栗」。蕭本、郭本、王本作栗。是。據改。《宋書・陶潛傳》：「江州刺史王弘欲識之，不能致也。潛嘗往廬山，弘令潛故人龐通之齎酒具於半道栗里要之。潛有腳疾，使一門生、二兒轝籃輿。既至，欣然便共飲酌。俄頃弘至，亦無忤也。」白居易〈訪陶公舊宅〉詩：「柴桑古村落，栗里舊山川。」按：栗里，在今江西九江市西南。乃陶淵明居處。此處以栗里比擬溧陽。❼平生親　平生仰慕之人。任昉〈答到建安餉杖〉：「何由乘此竹，直見平生親。」

【語　譯】陶縣令天天喝醉酒，不知五柳樹已經回春。古樸的琴上本沒有琴絃卻經常撫弄，過濾酒就用頭上的葛巾。清風徐來時臥在北窗下，自以為就是恬靜閒適的羲皇時人。什麼時候到栗里一遊，去見一下平生所親慕的酒友？

【研　析】此詩當是與上一首詩同時之作。詩中全用陶淵明故事戲贈溧陽縣令鄭晏。陶淵明曾為彭澤縣令，鄭晏今為溧陽縣令；陶好酒而常醉，春來五柳亦不知；畜無絃之琴，戴漉酒之巾；高臥北窗，自謂羲皇上人；此皆陶淵明之高致。此詩以之比擬鄭晏，則今之溧陽，猶古之栗里，故末以栗里比溧陽。韻味深長。

## 贈僧崖公❶

昔在朗陵❷東，學禪白眉空❸。大地了鏡徹❹，迴旋寄輪風❺。攬彼造化力，持為我神通❻。

晚謁太山君❼，親見日沒雲。中夜臥山月❽，拂衣❾逃人群。授余金仙❿道，曠劫⓫未始聞。冥機發天光，獨朗謝垢氛⓬。虛舟不繫物⓭，觀化遊江濆⓮。江濆遇同聲⓯，道崖乃僧英⓰。說法動海嶽，遊方化公卿⓱。手秉玉麈尾⓲，如登白樓亭⓳。微言注百川，亹亹信可聽⓴。一風鼓群有，萬籟各自鳴㉑。啟開七窗牖，託宿掣雷霆㉒。

自云歷天台，搏壁躡翠屏。凌兢石橋去，恍惚入青冥㉓。昔往今來歸，絕景㉔無不經。何日更攜手，乘杯向蓬瀛㉕？

【注釋】❶僧崖公　名崖之僧人。「公」乃敬稱。❷朗陵　《元和郡縣志》卷九河南道蔡州朗山縣：「朗陵故城，漢縣也，在縣西南三十五里，晉何曾所封之邑也。」又：「朗陵山，一名大朗山，在縣西北三十里。」按：在今河南確山縣西北。❸白眉空　名空之白眉老僧。❹大地句　《楞嚴經》卷一〇：「觀諸世間大地河山，如鏡鑑明，來無所粘，去無蹤跡。」了，了然清楚。鏡徹，清晰透徹。❺迴旋句　《法苑珠林》卷四〈四洲部・地量〉：「依《華嚴經》云：三千大千世界，以無量因緣乃成，且如大地依水輪，水依風輪，風依空輪，空無所依。然眾生業感，世界安住？故《智度論》云：三千大千世界，皆以風輪為基。」輪風，即風輪。❻攬彼二句　造化，創造化育。持為，咸本作「特為」。神通，佛教謂通過修持禪定所得到的神祕莫測的法力。《維摩詰所說經》卷下〈香積佛品第十〉：「維摩詰即入三昧，以神通力，示諸大眾。」❼太山君　僧人之名。王琦注以為主「太（泰）山之神」。疑非。按：泰山神俗稱東嶽大帝。魏晉以後，道教傳說人死魂歸泰山，遂以泰山神為地下之主。干寶《搜神記》卷四：「（胡母班）曾至泰山之側，忽於樹間逢一絳衣騶，呼班云：『泰山府君召。』」後為佛教所吸收，成為掌地獄之閻魔王屬官。如《胎曼大鈔》卷六：「或記曰：太山府君，亦名奉教官，肉色，左手持人頭幢，右手持書，於閻魔王斷罪處記善惡業作天也。」此僧人取太山君為名者，蓋出入釋道之人，或為僧徒對其敬稱。❽中夜句　宋本在此句下夾注：「一作：夜臥雪上月」。❾拂衣　指隱居。謝靈運〈述祖德詩〉其二：「高揖七州外，拂衣五湖裡。」❿金仙　佛的稱號。《漢書・霍去病傳》：「收休屠祭天金人。」顏師古注：「今之佛像是也。」《後漢書・西域傳》：「世傳明帝夢見金人，長大，頂有光明，以問群臣。或曰：『西方有神，名曰佛，其形長丈六尺而黃金色。』」可知漢代稱佛為「金人」，「金仙」之名當由「金人」發展而來。唐人多稱佛為金仙。如岑參〈登總持閣〉詩：「早知清淨理，常願奉金仙。」至宋徽宗宣和元年正月詔：「佛改號大覺金仙」（《宋史・徽宗紀》），當即承襲唐人習慣舊稱。⓫曠劫　佛教語。久遠之劫；過去的極長時間。曠，久。劫，梵文 Kalpa 的音譯「劫波」的略稱，意為「遠大時節」。古印度傳說世界經歷若干萬年毀滅一次，再重新開始，此一滅一生為一「劫」，包括「成」、「住」、「壞」、「空」四個時期，謂之「四劫」。⓬冥機二句　冥機，猶玄機，幽遠的機智。發天光，發於自然的智慧之光。《莊子・庚桑楚》：「宇泰定者，發乎天光。」成玄英疏：「其發心照物，由乎自然之智光。」獨朗，特別明朗清潔。謝，除去。垢氛，塵世汙濁的氣氛。《文選》卷一九謝靈運〈述祖德詩〉其一：「兼抱濟物性，而不纓垢氛。」李善注：「垢，滓也。氛，氣也。」⓭虛舟句　謂自由自在。《莊子・列禦寇》：「泛若不繫之舟，虛而遨遊者也。」《魏書・李諧傳》引〈述身賦〉：「獨浩然而任已，同虛舟之不繫。」按：李白〈寄崔侍御〉詩亦有「去國長如不繫舟」之句。⓮觀化句　觀化，道家語。觀察造化。《莊子・至樂》：「且吾與子觀化而化及我，我又何惡焉！」按：李白〈送岑徵君歸鳴皋山〉詩亦有「觀化遊無垠」句。江濆，猶江邊。濆，沿江的高地。鮑照〈還都道中三首〉其一：「回風起江濆。」⓯同聲　比喻志趣相同者。《易經・乾卦》：「同聲相應，同氣相求。」⓰道崖句　道崖，即指題中的「僧崖公」。僧英，僧人中之英傑。沈約〈為齊竟陵王解講疏〉：「肅萃僧英，敬敷慧典。」⓱說法二句　謂僧崖的活動。遊方，僧人為修行問道而周遊四方。《高僧傳・義解二・竺僧朗》：「少而遊方，問道長安。」⓲玉麈尾　玉柄的用麈的尾毛製成的拂塵。魏晉人清談時常執。《世說新語・容止》：「王夷甫（王衍）容貌整麗，妙於談玄。恆捉白玉柄麈尾，與手都無分別。」⓳白樓亭《世說新語・賞譽》：「孫興公、許玄度共在白樓亭，共商略先往名達。林公既非所關，聽訖云：『二賢故自有才情。』」劉孝標注：「《會稽記》曰：亭在山陰，臨流映壑也。」《水經注》卷四〇：「浙江又東北徑重山西，大夫文種之所葬也。山上有白樓亭，亭本在山下，縣令殷朗移置今處。……升陟遠望，山湖滿目也。」⑳微言二句　謂道崖講佛法精微要妙，滔滔如百川注海，娓娓動聽。《漢書・藝文志》：「昔仲尼沒而微言絕。」顏師古注：「精微要妙之言耳。」亹亹，宋本原作「亹亹」，據蕭本、郭本、王本、咸本改。意同。談論動聽，有吸引力，使人不知疲倦。鍾嶸《詩品・晉黃門郎張協》：「詞采葱蒨，音韻鏗鏘，使人味之亹亹不倦。」㉑一風二句　謂道崖說法如一風鼓動萬物，萬籟皆鳴。《文選》卷五九王中〈頭陀寺碑文〉：「行不捨之檀，而施洽群有。」劉良注：「群有，萬物也。」萬籟，自然界萬物發出的各種聲響。㉒啟開二句　形容道崖寄宿於此開窗說法的強烈，影響如電掣雷鳴。開七，蕭本、郭本、王本作「閉八」。掣雷霆，咸本作「製電形」。㉓自云四句　云，蕭本、郭本、王本作「言」。天台，指天台山。在今浙江天台東北。《文選》卷一一孫綽〈遊天台山賦〉：「跨穹隆之懸磴，臨萬丈之絕冥。踐莓苔之滑石，搏壁立之翠屏。」李善注：「懸磴，石橋也。顧愷之〈啟蒙記〉曰：天台山石橋，路徑不盈尺，長數十步，步至滑，下臨絕冥之澗。……翠屏，石橋之上石壁之名也。」淩兢，恐懼貌。《文選》卷七揚雄〈甘泉賦〉：「馳閶闔而入淩兢。」李善注引服虔曰：「淩兢，恐懼也。」青冥，青天。㉔絕景　特異的景色。㉕乘杯句　傳說晉宋時有位僧人，不知姓名，常乘木杯渡水，故以杯渡為名。見《高僧傳・神異下・杯渡》。後常用「乘杯」或「杯渡」稱僧人出行。蓬瀛，神話中的仙山蓬萊、瀛洲。

【語　譯】以前我曾在朗陵山之東向白眉空學禪，清楚透徹地瞭解大地的迴旋依靠風輪。攬取造化的力量，拿來作為我的神祕法力。

後來我又去拜謁太山君，親眼看到日沒雲中。半夜裡臥在山中的月光下，拂衣隱居逃離人群。太山君授給我佛教的大道，久遠之劫從未聽說過。玄機啟發了我自然的智慧之光，獨自朗悟遠離塵世汙濁的氣氛。如同無人駕駛的小船無牽無掛，觀察造化來到江濱。

在江濱遇到了知音，那就是您道崖這個傑出的僧人。您演說佛法震動了五嶽四海，雲遊四方勸化王侯公卿。您手裡拿著玉柄的麈尾，彷彿是東晉名士孫綽登上了白樓亭。精妙的言辭如同百川注海，娓娓動聽，真有吸引力。如同一風吹萬物，萬籟皆鳴。如同打開所有的窗戶，寄託迅疾的雷霆。

您自己說曾經遊歷過天台山，身貼翠屏石壁小心地走。心驚膽戰地越過石橋，身臨深澗彷彿進入了天空。昔日前往今日又歸來，特異絕佳的風景無所不經歷。什麼時候能再攜手，與您一起乘著木杯渡向神山蓬萊和瀛洲？

【研　析】從詩中「江瀆遇同聲，道崖乃僧英。說法動海嶽，遊方化公卿」數句可知，此詩當是作於長江附近的金陵一帶，疑時在天寶十二、十三載（西元七五三、七五四年）。首段敘早年向白眉空學禪，初知佛教神通。次段敘謁見太山君，得受佛教大道，玄機啟發了智慧之光。第三段敘道崖乃僧人之英，極力描寫其說法遊方的影響和威力。末段描寫道崖以往遊天台山的經歷，並企盼將來共同有神山之遊。末句揭示道崖乃兼通釋道之人。

## 遊溧陽北湖亭望瓦屋山❶懷古贈同旅　一作〈贈孟浩然〉

朝登北湖亭，遙望瓦屋山。天清白露下，始覺❷秋風還。遊子託主人，仰觀眉睫間。目色送飛鴻，邈然不可攀。長吁相勸勉，何事來吳關❸？

聞有貞義女，振窮溧水灣❹。清光了在眼，白日如披顏❺。高墳五六墩，崒兀栖猛虎❻。遺跡翳九泉❼，芳名動千古。子胥昔乞食，此女傾壺漿。運開展宿憤❽，入楚鞭平王❾。凜冽❿天地間，聞名若懷霜⓫。

壯夫或未達，十步九太行⓬。與君拂衣去，萬里同翱翔。

【注　釋】❶溧陽北湖亭望瓦屋山　《景定建康志》卷一七：「瓦屋山在溧陽縣北八十里，周迴二十里，高一百六十七丈。（山）形連亙，兩崖稍隆起，宛如屋狀。李白嘗遊溧陽，望瓦屋山，懷古賦詩，即此地。」按：溧陽，唐縣名，唐代屬宣州，縣治在今江蘇溧陽西北。北湖亭，無考。❷覺　宋本在此字下夾注：「一作：知」。❸遊子六句　意謂受主人冷遇，同旅長吁相勸。王琦注：「『遊子』數句，言遊客仰觀主人辭色，見其仰視飛鳥，意不在賓客，故長吁相勸，何事來至此地。」目，宋本原作「日」，在「日」字下夾注：「一作：目」。蕭本、郭本、王本、咸本皆作「目」。是。據改。飛鴻，《史記・孔子世家》：「（衛靈公）與孔子語，見蜚（飛）鴻，仰視之，色不在孔子。孔子遂行。」吳關，泛指春秋時吳國之地。❹聞有二句　《越絕書》卷一：「（伍）子胥遂行至溧陽界中，見一女子，擊絮於瀨水之中。子胥曰：『豈可得託食乎？』女子曰：『諾。』即發簞飯，清其壺漿而食之。子胥食已而去，謂女子曰：『掩爾壺漿，毋令之露。』女子曰：『諾。』子胥行五步，還顧。女子自縱於瀨水之中而死。子胥遂行。」後伍子胥又過溧水，以百金投水報之。李白作有〈溧陽瀨水貞義女碑銘〉。溧水，又名瀨水，即永陽江。唐時西接丹陽湖，東流經今江蘇高淳、溧陽入荊溪，再東流經義興（宜興）入太湖。今則西流接蕪湖水入長江。❺清光二句　清光，清美的光輝。披顏，開顏。❻崒兀句　崒兀，高峻貌。蕭士贇注：「栖猛虎者，謂墳如伏虎之狀，猶馬鬣封之謂也。」王琦注：「墳勢崒兀，有若猛虎，是寫遙望中擬似之景耳。以馬鬣封為比，恐未是。據此詩，貞義女之墳，唐時尚存，當在瓦屋山下。今則不可考矣。」❼翳九泉　掩埋在九重地下。《文選》卷一二木華〈海賦〉：「吹炯九泉。」李善注：「地有九重，故曰九泉。」❽運開句　謂時運到來，伍子胥報仇雪憤。謝靈運〈廬陵王墓下作〉詩：「道消結憤懣，運開申悲涼。」❾入楚句　寫伍子胥鞭楚平王屍體。《吳越春秋・闔閭內傳》：「吳王入郢，止留。伍胥以不得昭王，乃掘平王之墓，出其屍，鞭之三百，左足踐腹，右手抉其目，誚之曰：『誰使汝用讒諛之口，殺我父兄，豈不冤哉！』」❿凜冽　猶凜然，形容令人肅然敬畏的神態。⓫懷霜　比喻高潔。語本《後漢書・禰衡傳》：「志懷霜雪。」陸機〈文賦〉：「心懍懍以懷霜，志眇眇而臨雲。」⓬太行　比喻世事艱險。曹操〈苦寒行〉：「北上太行山，艱哉何巍巍！羊腸阪詰屈，車輪為之摧。」劉孝標〈廣絕交論〉：「世路險巇，一至於此。太行孟門，豈云嶄絕！」

【語　譯】早晨登上北湖亭，遙望西北的瓦屋山。天空清朗而降下白露，始感覺又到了秋天。遊客託身於主人，仰觀主人的眉宇。卻見他目光仰望天上的飛雁，茫然使賓客不可高攀。同旅之人因此長吁短嘆而相勉，相問為什麼來到此吳地？

聽說曾有一個貞義的女子，在這溧水灣救濟一位窘困之士。清美的光輝了然在眼，白日猶似她的笑顏。遠遠望見五六個墳墩，墳勢高聳好像猛虎棲臥在那裡。遺跡雖然掩埋在九泉之下，但她美好的名聲卻千古流傳。昔日伍子胥逃難求食時，正是這位女子傾盡湯飯送給伍子胥。時運到來伍子胥申雪昔日的怨憤，攻入楚都鞭打平王的屍體。貞義女的事蹟使天地間的世人感佩，聽到她的名字就令人肅然起敬。

壯士有時窮愁困頓，走十步路有九步就像跋涉太行山那樣艱險。因此我要和你振衣拂袖而去，一同在萬里藍天翱翔。

【研析】此詩當是開元年間李白遊溧陽之作。題下注「一作〈贈孟浩然〉」。按：李白一生未嘗與孟浩然同遊溧陽，故「一作」非。首段寫題中的「遊溧陽北湖亭望瓦屋山」，點明時令為秋天，身分是遊子作客，可是受到主人的冷遇，只有同旅相勸勉。次段寫題中的「懷古」。極力讚揚當年貞義女救濟窮困的伍子胥而自殺的高潔品格，如今高墳如猛虎，而其芳名則流傳千古。其大義凜然，令人肅然起敬。末段自況，兼點題中的「贈同旅」。壯士未達時深感世路艱險，詩人願與同旅之人一起隱居。鍾惺《唐詩歸》卷一五評此詩曰：「末四句說轉去，慨然爽然。」

## 醉後贈從甥高鎮❶

馬上相逢揖馬鞭，客中相見客中憐。欲邀擊筑悲歌飲❷，正值傾家❸無酒錢。
江東風光不借人，枉殺❹落花空自春。黃金逐手快意盡，昨日破產今朝貧。丈夫
何事空嘯傲？不如燒卻頭上巾！君為進士不得進❺，我被秋霜生旅鬢。時清不及
英豪人，三尺童兒唾廉藺❻。匣中盤劍裝䱜魚❼，閑在腰間未用渠❽。且將❾換酒

與君醉，醉歸記宿吳專諸❿。

【注　釋】❶從甥高鎮　本卷前有〈贈別從甥高五〉，高鎮與高五當為同一人。其人事蹟不詳。❷欲邀句　擊筑，用高漸離事，以同姓喻高鎮。《史記・刺客列傳》：「荊軻嗜酒，日與狗屠及高漸離飲於燕市，酒酣以往，高漸離擊筑，荊軻和而歌於市中，相樂也。已而相泣，旁若無人。」按：筑，古擊絃樂器，形似箏，頸細而肩圓。飲，靜嘉堂藏宋本闕，據國家圖書館藏宋本、蕭本、郭本、繆本、王本、咸本補。❸傾家　拿出全部家產。《漢書・陳萬年傳》：「傾家自盡。」❹枉殺　猶枉費、徒然。殺，極甚之辭。❺君為句　進士，唐代科舉制度取士的科目之一。按：唐代科舉考試分常科和制科兩類。常科是每年正月舉行一次，由禮部主持，有秀才科、明經科、進士科等；制科則由皇帝親自主持，非常設。唐代進士及第是最被重視的。「縉紳雖位極人臣，不由進士者，終不為美。」（《唐國史補》）但進士及第只是一個資格，還不能入仕，必須再經吏部書判拔萃試合格，方可授官。此詩中謂「君為進士不得進」，即進士及第而尚未得吏部試合格。❻時清二句　謂天下清平之時，不重視英雄豪傑，連三尺童兒亦唾棄廉藺那樣的賢良之人。唾，蕭本、郭本、胡本、咸本皆作「重」。廉藺，指廉頗、藺相如，戰國時趙國的良將和賢上卿，事蹟見《史記・廉頗藺相如列傳》。瞿蛻園、朱金城《李白集校注》：「此二句頗費解，作『唾』似不可從。其意蓋謂無事之時，無人齒及英豪，雖有廉頗、藺相如之能，反不如三尺童兒之足重。重廉藺者，重於廉藺也。猶聖主恩深漢文帝，謂恩深於漢文帝也。本集卷七〈橫江詞〉：『牛渚由來險馬當』，語法正同。」按：作「唾」亦通。❼匣中句　此句謂匣中裝有鯖魚皮劍鞘的寶劍。劍，宋本原作「劫」，據蕭本、郭本、王本、咸本改。鯖魚，王琦注：「鯖魚，古謂之鮫魚，今謂之沙魚。以其皮為刀劍鞘者是也。」❽渠　他；它。第三人稱代詞。❾且將　姑且拿來。將，拿；用。❿醉歸句　記宿，蕭本、郭本、王本、咸本作「託宿」。專諸，春秋時吳國刺客。《史記・刺客列傳》：「專諸者，吳堂邑人也。伍子胥之亡楚而如吳也，知專諸之能。……伍子胥知公子光之欲殺吳王僚，……乃進專諸於公子光。……光既得專諸，善客待之。……光伏甲士於窟室中，而具酒請王僚。……酒既酣，公子光詳（佯）為足疾，入窟室中，使專諸置匕首魚炙之腹中而進之。既至王前，專諸擘魚，因以匕首刺王僚，王僚立死。左右亦殺專諸，王人擾亂。公子光出其伏甲以攻王僚之徒，盡滅之，遂自立為王，是為闔閭。闔閭乃封專諸之子以為上卿。」專，宋本作「鱄」，據蕭本、郭本、王本、咸本改。

【語　譯】馬上相逢就執著馬鞭拱手作揖，相見於他鄉都深表同情而相憐。想邀你擊筑放歌豪飲，正當我已用盡家財而沒有買酒的錢。然而江東的春光不會為人停留，如不及時行樂只會枉使春天流逝落花飄零。黃金隨手快活地揮散而盡，昨天破產今天陷入貧困境地。大丈夫為什麼空自傲然長嘯？還不如燒掉頭上的儒巾！你考取進士尚未入仕，我在漫遊中白了雙鬢。時世清平朝廷不重用英豪，廉頗、藺相如這樣的英雄都被小兒唾棄。匣中寶劍裝在鯌魚劍鞘裡，閒掛在腰間無處使用。那就用它換酒與你喝個大醉，醉後就借宿在專諸俠客的家中。

**【研　析】**此詩與本卷〈贈別從甥高五〉為同一時期之作。該詩應在此詩之後的「贈別」，此詩則是初逢。前八句敘客中相見，客中相憐。詩人本欲請從甥飲酒悲歌，怎奈已傾家蕩產，無錢買酒。江東風光不等人，如不及時行樂，轉眼花落，就枉過了春天。只怪自己黃金隨手用盡，一旦破產就陷入了貧困。接著六句寫兩人的不得志。高五雖已進士及第卻尚未入仕，詩人則在漫遊中白了鬢髮。時世清平朝廷就不重視英雄豪傑，連三尺童兒都唾棄像廉頗、藺相如那樣的人才。末四句謂腰間佩的寶劍如今沒有用處，暫且拿它換酒與從甥痛飲，醉後就歸去寄宿在俠客家中。《唐宋詩醇》卷五評此詩曰：「有觸而鳴，微露憤意。醉後披寫，自饒天趣。」延君壽《老生常談》亦曰：「〈醉後贈從甥高鎮〉：『江東風光不借人，枉殺落花空自春』二句，不問能知為太白之詩。通體俱從醉後著筆，而英俊豪爽之氣，軒軒人世。須玩其跌宕承轉處，幾無筆墨痕跡可尋，此化境也。」

## 贈秋浦柳少府❶

秋浦舊蕭索，公庭人吏稀。因君樹桃李❷，此地忽芳菲❸。搖筆望白雲，開簾當翠微❹。時來引山月，縱酒酣清輝❺。而我愛夫子，淹留未忍歸❻。

【注　釋】❶秋浦柳少府　秋浦縣尉柳圓。秋浦，唐代縣名，因有秋浦水得名，屬宣州。唐代宗永泰二年置池州，州治即在秋浦縣。今安徽池州。少府，縣尉的敬稱。按：本卷有〈贈柳圓〉詩，首句曰：「竹實滿秋浦。」證知此詩中的「柳少府」當即柳圓。❷樹桃李　用潘岳故事。《白氏六帖・縣令》：「潘岳為河陽令，種桃李花，人號曰：『河陽一縣花』」。庾信〈春賦〉：「河陽一縣併是花。」後以「樹桃李」比喻政績。❸芳菲　花草茂盛芬芳。比喻市井之繁華。❹翠微　青翠的山氣。一說：指青翠掩映的山腰幽深處。亦通。❺縱酒句　縱酒，放意飲酒。清輝，山月之光影。阮籍〈詠懷詩〉：「明月耀清暉。」❻淹留句　謂久留而不忍歸去。謝靈運〈石壁精舍還湖中作〉：「清暉能娛人，遊子憺忘歸。」

【語　譯】過去的秋浦非常荒涼，縣府公庭裡人吏稀少。只因為你柳縣尉栽培桃李，這裡就忽然繁華起來。你望著白雲揮筆著文，打開窗簾面對青翠掩映的山腰。經常乘著山月來，清輝下縱酒酣飲。我喜愛你這位夫子，所以留戀而不忍歸去。

【研　析】此詩當是天寶十四載（西元七五五年）遊秋浦時所作。首四句以秋浦舊時蕭條、今日繁華的對比來讚美柳圓的政績。次四句描寫柳縣尉公暇時寫詩作賦、對月縱酒的瀟灑情懷。末二句點題，表明詩人對柳圓的深情而不想離去。嚴羽評首四句曰：「好情境，對之可以忘愁、忘老，那得不淹留！」《唐宋詩醇》卷五評曰：「其人有為政之實，於一起見之。」

## 贈崔秋浦❶三首

### 其一

吾愛崔秋浦，宛然陶令風❷。門前五楊柳❸，井上二梧桐❹。山鳥下聽事❺，簷花❻落酒中。懷君未忍去，惆悵意無窮。

【注　釋】❶崔秋浦　秋浦縣令崔某。其名不詳。❷宛然句　宛然，彷彿；很像。陶令，指東晉詩人陶淵明，曾任彭澤縣令。見本卷〈戲贈鄭溧陽〉詩注。❸門前句　宋本在「前」字下夾注：「一作：栽」。五楊柳，陶淵明宅邊有五柳樹，因自號五柳先生。見〈戲贈鄭溧陽〉詩注。❹井上句　隋元行恭〈過故宅〉詩：「唯餘一廢井，尚夾兩株桐。」宋本在「上」字下夾注：「一作：夾」。❺聽事　廳堂。《北史・長孫儉傳》：「儉於聽事列軍儀，具戎服，以賓主禮見使。」《資治通鑑》齊東昏侯永元元年：「夜，進臥輿於郡聽事。」胡三省注：「聽，受也。中庭曰聽事，言受事察訟於是也。漢、晉皆作聽事，六朝以後乃始加『广』作『廳』。」❻簷花　靠近屋簷下邊開的花。

【語　譯】我愛秋浦崔縣令，彷彿有陶淵明的作風。門前栽有五棵柳樹，井上長著兩棵梧桐。山鳥飛落在廳堂，屋簷下的細花飄入酒中。我懷戀你實在不忍離去，心中充滿不盡的惆悵。

【研　析】三首詩當是天寶十四載（西元七五五年）遊秋浦時贈給縣令之作。此首前四句謂崔縣令有當年陶淵明的風度氣派，以今配古。接著二句以山鳥下於廳堂顯示訟庭不喧，以簷花落於酒杯襯托公餘瀟灑清閒。末二句抒情作結：因愛崔縣令而不忍離去。應時《李詩緯》卷三評此詩曰：「與〈贈孟浩然〉詩同一體，但彼敘事，此則敘景。」丁谷雲批曰：「寫景清雋。」

## 其二

崔令學陶令❶，北窗常晝眠❷。抱琴時弄月，取意任無絃❸。見客但傾酒，為官不愛錢❹。東皋多種黍，勸爾早耕田❺。

【注　釋】❶崔令句　宋本於本句下夾注：「一作：君似陶彭澤」。❷北窗句　用陶潛事。見本卷〈戲贈鄭溧陽〉詩注。❸抱琴二句　見本卷〈戲贈鄭溧陽〉詩注。宋本在「時弄月」三字下夾注：「一作：待秋月」。任，咸本作「本」。❹見客二句　《晉書・陶潛傳》：「其鄉親張野及周旋人羊松齡、寵遵等或有酒要之，或要之共至酒坐，雖不識主人，亦欣然無忤，酣醉便反。」陶潛〈歸去來兮辭〉：「富貴非吾願。」二句用其意。❺東皋二句　《晉書・陶潛傳》：「為彭澤令。在縣公田悉令種秫穀，曰：『令吾常醉於酒足矣。』……義熙二年，解印去縣，乃賦〈歸去來〉。其辭曰：『歸去來兮，田園將蕪，胡不歸？』」二句化用其意。宋本在二句下夾注：「一作：東皐春事起，種黍早歸田」。

【語　譯】崔縣令學當年的陶縣令，白天常在北窗下睡眠。有時抱琴彈於月下，任它無絃而只取其意趣。見了客人只顧傾杯飲酒，做官從來不愛錢。東邊田地多種黍，勸你儘早去耕田。

【研　析】此詩全以陶淵明事比擬崔縣令。北窗晝臥，撫琴無絃，嗜酒輕財，東皐種黍，皆是陶淵明的故事，此處用以稱崔縣令風致高邁，與陶淵明相同。末句「勸爾早耕田」，蓋是時崔縣令尚在官，並沒有去職，此處只是用淵明為彭澤縣令事擬之，詩人不泥於其去就。

## 其三

河陽花作縣❶，秋浦玉為人❷。地逐名賢好❸，風隨惠化❹春。水從天漢落❺，
山逼畫屏新❻。應念金門客❼，投沙弔楚臣❽。

【注　釋】❶河陽句　用潘岳故事。《白氏六帖·縣令》：「潘岳為河陽令，種桃李花，人號曰：『河陽一縣花』。」庾信〈春賦〉：「河陽一縣併是花。」❷玉為人　形容崔縣令容顏俊麗，風神瀟灑。《晉書·裴楷傳》：「楷風神高邁，容儀俊爽，博涉群書，特精理義，時人謂之『玉人』。」又〈衛玠傳〉：「總角，羊車入市，見者皆以為玉人。」後多稱容貌美麗的人為「玉人」。❸地逐句　蕭士贇注：「『地逐名賢好』者，與在上兩句，為秋浦得崔令而好，猶河陽得潘岳而好。」❹惠化　地方官為人所稱道的政績和教化。《三國志·魏書·盧毓傳》：「遷安平、廣平太守，所在有惠化。」《晉書·王蘊傳》：「王蘊為晉陵太守，復有惠化，百姓歌之。」❺水從句　楊齊賢注：「『水從天漢落』者，九華山之瀑布。」天漢，天河；銀河。此指遠望。❻山逼句　謂山近如畫屏清新。❼金門客　李白自謂。金門，漢代宮門名金馬門的簡稱。漢代徵召來的人，都待詔公車（官署名），其中才能優異的令待詔金馬門。《史記·滑稽列傳》：「金馬門者，宦署門也。門傍有銅馬，故謂之曰金馬門。」此處借指唐代翰林院，李白在天寶元年至三年曾供奉翰林。❽投沙句　投，棄。謂棄之於長沙。用賈誼事。按《史記·屈原

賈生列傳》：「於是天子議以為賈生任公卿之位。絳、灌、東陽侯、馮敬之屬盡害之，……於是天子後亦疏之，不用其議，乃以賈生為長沙王太傅。賈生既辭往行，聞長沙卑濕，自以壽不得長，又以適（謫）去，意不自得。及渡湘水，為賦以弔屈原。」按：屈原為戰國時楚國賢臣，被讒放逐，投汨羅江而死。賈誼追傷之。此處李白以賈誼自喻。

【語　譯】當年潘岳以河陽一縣花出名，如今崔縣令在秋浦以玉人著稱。地方因有名賢而顯赫，風俗隨教化而如春。九華山瀑布如銀河水從天落下，青山逼近好似新的畫屏。應憐念我這個來自金門的客人，猶如遠投長沙的賈誼憑弔屈原。

【研　析】此詩首四句頌揚崔縣令的聲譽。當年潘岳宰河陽風流種花，而以花作縣聞名，如今崔縣令容顏俊美，風流瀟灑，而以玉人著稱。秋浦本自卑陋，今得名賢而地亦美，德化所及，民風亦隨崔令而生春。接著二句描繪遠近山水之優美。末二句自謂乃金門供奉之客，遭逐流離，有如賈誼之被投長沙而弔屈原，君之於我能無憐念之情乎！

## 望九華山❶贈韋青陽仲堪❷

昔在九江❸上，遙望九華峰❹。天河挂綠水，秀出❺九芙蓉。我欲一揮手，誰人可相從？君為東道主❻，於此臥雲松。

【注　釋】❶九華山　在今安徽青陽西南。原名九子山，李白改其名為九華山，因有九峰，形似蓮華。故名。❷韋青陽仲堪　青陽縣令韋仲堪。青陽，唐縣名。屬宣州，在青山之陽為名。永泰二年隸池州。今屬安徽省。韋仲堪，事蹟不詳。或謂即〈改九子山為九華山聯句〉的韋權輿，仲堪其字。按：蕭本、郭本題作〈望九華贈青陽韋仲堪〉。❸九江　長江在潯陽有九派，故稱九江。此處指池州之長江，以其承九江下流，故冒稱。❹遙望句　宋本在「望」字下夾注：「一作：觀」。九華峰，《太平御覽》卷四六引《九華山錄》：「此山奇秀，高出雲表，峰巒異狀，其數有九，故號九子山焉。李白因遊江漢，覩其山秀異，遂更號曰九華。」❺出　宋本在此字下夾注：「一作：山」。❻東道主　本指東路上的主人。語本《左傳》僖公三十年：「若舍鄭以為東道主，行李之往來，共（供）其乏困，君亦無所害。」按：鄭國在秦國東，可以隨時供應秦使的困乏，故稱為「東道主」。後用以稱當地的主人。亦用以稱以酒食請客者。

【語譯】過去我在九江上，曾經遙望過九華山峰。綠色的瀑布如同天河倒掛，九華山好似美麗特出的九朵芙蓉。我想揮手別世人而去，不知有誰可隨我同行？你是這裡的東道主，就在此高臥白雲繚繞的松林。

【研析】此詩當作於天寶十四載（西元七五五年）遊青陽之時。贈詩對象居於青陽，故即以青陽之景贈之。首二句以「昔日」領起，表示以往曾在江上遠望九華山。接著二句描繪九華山秀美之景，乃「昔日」所見之印象。再次二句謂面對美景欲揮手有塵外之想，不知何人可相從。末二句點題，你為青陽之主人，宜與我同隱此山。嚴羽評點此詩曰：「自重重人，須有此等地步。」

## 贈柳圓❶

竹實滿秋浦，鳳來何苦飢❷？還同月下鵲，三繞未安枝❸。
夫子即瓊樹❹，傾柯拂羽儀❺。懷君戀明德，歸去日相思。

【注釋】❶柳圓　當即本卷〈贈秋浦柳少府〉中秋浦縣尉之姓名。❷竹實二句　竹實，竹所結子實，亦稱「練實」、「竹米」。鳳凰所食之物。《韓詩外傳》卷八：「鳳乃止帝東園，集帝梧桐，食帝竹實，沒身不去。」《莊子・秋水》：「夫鵷鶵，發於南海而飛於北海，非梧桐不止，非練實不食，非醴泉不飲。」按：鵷鶵即鳳凰類的鳥。練實即竹實。❸還同二句　曹操〈短歌行〉：「月明星稀，烏鵲南飛。繞樹三匝，何枝可依？」二句用其意。❹瓊樹　即瓊枝。傳說中的玉樹。以璆琳琅玕為實，鳳凰食之。《楚辭・離騷》：「溘吾遊此春宮兮，折瓊枝以為佩。」洪興祖補注：「瓊，玉之美者。《傳》曰：南方有鳥，其名為鳳；天生為樹，名曰瓊枝。高百二十仞，大三十圍，以琳琅為實。」❺傾柯句　傾柯，使枝條傾斜下垂。羽儀，《易經・漸卦》：「鴻漸於陸，其羽可用為儀。」孔穎達疏：「處高而能不以位自累，則其羽可用為物之儀表。可貴可法也。」後因以「羽儀」比喻居高位而有才德，被人尊重或堪為楷模。

【語譯】秋浦長滿了鳳凰所食的竹子的子實，鳳凰飛來怎麼會為飢餓而愁苦？還像月下的烏鵲，繞樹三圈而無枝可棲。

你就是長滿琅玕的瓊樹，垂下枝條撫拂鳳凰的羽翼。我懷念仰慕你的美德，歸去後定會每天把你思憶。

【研析】此詩當是天寶十四載（西元七五五年）遊秋浦時所作。詩中以鳳凰自喻。前四句謂秋浦雖長滿鳳凰所食的竹實，但鳳凰卻不得食而苦於飢餓，仍如月下之鵲繞樹三匝而不得安棲。後四句歌頌柳圓乃崑崙山的瓊樹，能垂枝照拂鳳凰羽儀，鳳凰始得安棲。為此感謝友人的恩德，別後將想思不已。全詩六句用比喻，甚有風致。

## 聞謝楊兒吟猛虎詞❶因有此贈

同州隔秋浦❷，聞吟〈猛虎詞〉。晨朝來借問，知是謝楊兒。

【注釋】❶謝楊兒吟猛虎詞　謝楊兒，人名。事蹟不詳。猛虎詞，即〈猛虎行〉，古樂府平調曲名。《樂府詩集・相和歌辭六》題解中載其古辭四句：「飢不從猛虎食，暮不從野雀棲。野雀安無巢？遊子為誰驕？」似非全篇。陸機有此題之作。後人作此題者，或寫客行，或寫勸勉，或寫功業未建之苦悶，或以猛虎喻貪暴苛政，題旨不盡相同。❷同州句　王琦注：「『同州隔秋浦』，謂同在池州，而所隔者祇一秋浦之水也。秋浦水，在池州府城西南八十里。」按：池州乃代宗永泰元年（西元七六五年）始復設置，在李白生活的年代中無池州，時秋浦縣屬宣州。故「同州」當謂同在宣州。

【語　譯】同在宣州僅隔秋浦一水，聽到有人夜吟〈猛虎詞〉。到了早晨前往打聽，知道吟詩的人是謝楊兒。

【研　析】此詩當是天寶十四載（西元七五五年）遊秋浦時作。詩中僅寫夜聞謝楊兒吟〈猛虎詞〉，不著一字褒貶，喜惡寓意全在言外，有歌謠之遺意。嚴羽評點此詩曰：「與〈秦女休行〉用意同，此更含蘊。」

## 宿清溪❶主人

夜到清溪宿，主人碧巖裏❷。簷楹挂星斗❸，枕席響風水❹。月落西山時，啾啾❺夜猿起。

【注　釋】❶清溪　見卷六〈清溪行〉注。❷主人句　謂主人家在青山中。❸簷楹句　形容房屋地勢之高。簷，屋簷。楹，廳堂前的柱子。❹枕席句　形容環境幽靜。❺啾啾　猿鳴聲。《楚辭・九歌・山鬼》：「猿啾啾兮狖夜鳴。」

【語　譯】夜裡到清溪住宿，主人的家在高山碧巖中。屋簷楹柱上掛著閃亮的星星，枕席邊響著風聲水聲。當月亮落入西山的時候，響起了啾啾的猿鳴。

【研　析】此詩亦是天寶十四載（西元七五五年）遊秋浦時之作。詩中描繪至山中訪友，夜宿清溪所見所聞之景，真可謂繪形繪聲，使人讀後如親臨其境。首二句點題，表明宿於青山中。第三句極寫山之高，乃所見；第四句極寫境之幽靜，乃所聞。五句寫月落西山，又是所見；末句寫猿鳴，又是所聞。景物清幽而淒涼，旅懷又當如何，盡在不言中。嚴羽評點此詩曰：「其境過清，不堪久宿。」《唐宋詩醇》卷五評曰：「奇語得自眼前。」

## 贈王判官❶時余歸隱居廬山屏風疊❷

尋陽

昔別黃鶴樓，蹉跎淮海秋❸。俱飄零落葉，各散洞庭流❹。
中年不相見，蹭蹬遊吳越❺。何處我思君？天台綠蘿月❻。會稽風月好，卻遶剡溪迴❼。雲山海上出，人物鏡中來❽。
一度浙江北，十年醉楚臺❾。荊門倒屈宋，梁苑傾鄒枚❿。苦笑我誇誕，知音安在哉⓫？
大盜割鴻溝，如風掃秋葉⓬。吾非濟代⓭人，且隱屏風疊。中夜⓮天中望，憶君思見君。明朝拂衣去，永與海鷗群⓯。

【注釋】❶王判官　名不詳。判官，唐代特派擔任臨時職務的大臣皆可自選中級官員奏請充任判官，以資佐理。中期以後，節度使、觀察使均有判官，亦由本使選充，以備差遣。皆非正官。參見《舊唐書・職官志三》。❷廬山屏風疊　廬山在今江西九江市南，聳立於鄱陽湖、長江之濱。一稱匡山。相傳殷、周間有匡姓兄弟結廬隱此而得名。廬山五老峰東北有九個奇峰，九疊如屏，故名屏風疊。❸昔別二句　指開元十二年李白出蜀後曾在黃鶴樓與王判官告別，東遊揚州。黃鶴樓，見卷六〈峨眉山月歌送蜀僧晏入中京〉注。蹉跎，虛度歲月。淮海，《尚書・禹貢》：「淮海維揚州。」指今江蘇揚州一帶。❹俱飄二句　謂兩人分別後都像飄零的落葉，像洞庭湖各支流分散漂流。❺中年二句　中年，指前之分別與今之相見中間的歲月。蹭蹬，失意潦倒。吳越，指今江蘇南部、浙江紹興一帶。❻何處二句　謂曾在天台山月下思念王判官。天台，山名，在今浙江天台縣東北。綠蘿，即女蘿、松蘿，地衣類植物。❼會稽二句　會稽，今浙江紹興。剡溪，在今浙江嵊州南。今曹娥江上游諸水，古通稱「剡溪」。❽人物句　陳釋惠標〈詠水詩三首〉其一：「舟如空裡泛，人似鏡中行。」❾一度二句　謂離開會稽北渡錢塘江後，在楚地滯留的時間極長。浙江，指錢塘江。楚臺，泛指楚地臺榭，如楚靈王所建章華臺等。❿荊門二句　自謂客遊荊門、梁苑，才華能壓倒古代著名的作家。荊門，山名。在今湖北枝城西北長江南岸。《水經注・江水》：「江水東歷荊門、虎牙之間。荊門山在南，上合下開，其狀似門。虎牙山在北。此二山，楚之西塞也。」此指今湖北江陵、襄陽一帶。梁苑，又名梁園，漢梁孝王劉武所築，故址在今河南開封東南。此指今開封、商丘一帶。屈宋，戰國時楚國詩人屈原、宋玉，都生於古荊州。鄒枚，西漢辭賦家鄒陽、枚乘，都曾為梁孝王賓客。⓫苦笑二句　謂人們都挖苦嘲笑我虛誇，知音何在。誇誕，浮誇虛妄，語言不實。⓬大盜二句　大盜，指安祿山。庾信〈哀江南賦〉：「大盜移國。」鴻溝，古運河名，故道自河南滎陽北引黃河水，曲折東流至淮陽入潁水。秦末劉邦、項羽在楚漢戰爭中，曾劃鴻溝為界，西為漢，東為楚。後稱界限分明為鴻溝。此指安祿山亂軍侵佔大片中原土地，其破壞之烈如秋風掃落葉。⓭濟代　即濟世，拯救人世，因避唐太宗世民諱改。⓮中夜　夜半。古代十二時辰中的子時。按：宋本原作「中望」，據蕭本、郭本、繆本、王本、咸本改。⓯永與句　此句謂永遠隱居不仕，與海鷗為群。詳見卷一〈古風〉其四十二「搖裔雙白鷗」注。海鷗，水鳥名。

【語　譯】以前在黃鶴樓與你分手，我東遊淮海虛度春秋。我們都像飄零的落葉，各自分散似洞庭的支流。

從那以後中間再也無緣相見，而我失意在吳越漫遊。我在何地最思念你呢？就在月照女蘿的天台山。會稽的風光十分秀美，我繞著剡溪回歸。雲山彷彿自海上升起，人物好像是從鏡中走來。

自從北渡浙江之後，十年間就沉醉在楚臺。在荊門我的詩文壓倒屈原、宋玉；在梁苑我的才華傾倒鄒陽、枚乘。但人們卻嘲笑我誇誕，真正的知音在什麼地方呢？

安祿山的叛軍分割國家，來勢兇猛如同秋風掃落葉。我不是匡時濟世的人，只得暫且隱居在廬山屏風疊。半夜起來仰望長天，思念你啊我急切地想見到你。明天我就要拂衣而去，永遠和海鷗結伴隱居。

【研　析】此詩當作於唐肅宗至德元載（西元七五六年）秋，時李白「東奔吳國避胡塵」，從華山東奔宣城，又往溧陽、杭州，然後又到廬山隱居。首四句謂早年曾與王判官在江夏黃鶴樓分別，自己在淮海一帶虛度歲月，如落葉飄零，如洞庭支流分散。次八句謂別後至今的中間階段未曾相見，自己困頓失意在吳越漫遊。見天台之蘿月，會稽之風光，繞剡溪而回棹，雲山出海上，人物遊鏡中。都會思念友人。再次六句謂「東涉溟海」回來北度浙江後，十年醉遊楚地。在荊門和梁苑，自己的才華可以傾倒當年的屈、宋和鄒、枚，可時人卻笑我誇誕，慨無知音。末八句寫時事，安祿山叛軍佔領兩京如風掃落葉。自謂不是濟世之人，只能隱居於廬山。中夜望天而想見你。明天當拂衣而去永與海鷗相親。朱諫《李詩選注》曰：「按白在屏風疊，又欲與海鷗為群，惟恐避世之不遠也。然而不能決去，卒蹈永王之禍，是乃怵於勢利，昧於幾先，非有真知，有欲故也。欲則蔽，蔽則遲疑，遲疑則緩不及事。雖是中心之隱微猶有可取者，似涉兩端，終不能自白矣。」按：此詩中之「吾非濟代人，且隱屏風疊」、「明朝拂衣去，永與海鷗群」，實為詩人報國無門的牢騷語，並非真心避世，從「知音安在哉」可知，詩人一直在找知音為他薦舉入世，做一番事業。故永王水師至潯陽，三次派人敦請，詩人昧於對永王野心的洞察，誤認為報國滅敵機會已來，遂入幕而蹈禍耳。

## 在水軍❶宴贈幕府諸侍御❷

永王軍中

月化五白龍❸，翻飛凌九天❹。胡沙驚北海，電掃洛陽川❺。虜箭雨宮闕，皇輿成播遷❻。

英王受廟略，秉鉞清南邊❼。雲旗卷海雪，金戟羅江煙❽。聚散百萬人，弛張在一賢❾。

霜臺降群彥，水國奉戎旃❿。繡服開宴語，天人借樓船⓫。如登黃金臺，遙謁紫霞仙⓬。

卷身編蓬下，冥機四十年⑬。寧知草間人，腰下有龍泉⑭。浮雲在一決，誓欲清幽燕⑮。願與四座公，靜談《金匱》⑯篇。齊心戴朝恩，不惜微軀捐。所冀旄頭⑰滅，功成追魯連⑱。

【注釋】❶水軍　指永王李璘的水師。❷幕府諸侍御　幕府，軍隊出征，施用帳幕，故古代稱將軍的府署為幕府。諸侍御，唐玄宗以後節度使及其幕僚多加御史臺官的官銜。安史之亂後節度使及其幕府僚佐皆加中央各級官銜，以九卿或御史臺官銜居多。此處「諸侍御」當指永王水軍中幕僚帶殿中侍御史或監察御史之官銜者。❸月化句　《十六國春秋・後燕錄》：「慕容熙建始元年正月，……太史丞梁延年夢月化為五白龍，夢中占之曰：『月，臣也；龍，君也。月化為龍，當有臣為君。』」此用喻安祿山稱帝。白，宋本在此字下夾注：「一作：百」。非。❹翻飛句　此句形容叛軍氣焰囂張。九天，指天的中央和八方。〈離騷〉：「指九天以為正兮，夫唯靈修之故也。」一說，九為陽數，九天即指天。❺胡沙二句　天寶十四載十一月，安祿山以十五萬眾於范陽起兵，十二月攻陷洛陽。安祿山為胡人，故稱其叛亂為「胡沙」。電掃，極言安祿山叛軍進展迅疾。按：唐幽州，天寶元年改為范陽郡，乾元元年復為幽州。春秋戰國時指渤海周圍一帶為北海，故此處以「北海」稱范陽。❻虜箭二句　謂叛軍箭如雨似地射向宮闕，君王也成了逃亡者。指天寶十五載玄宗幸蜀，安祿山叛軍陷京師。雨宮闕，雨，宋本原作「兩」。誤。據蕭本、郭本、繆本、王本、咸本改。皇輿，原指皇帝車乘，此代指皇帝。《楚辭・離騷》：「恐皇輿之敗績。」王逸注：「皇，后也；輿，君之所乘。」播遷，流亡。❼英王二句　英王，指永王李璘。廟略，指帝王或朝廷制定的克敵謀略。此指天寶十五載六月玄宗幸蜀至漢中郡，「下詔以璘為山南路及嶺南、黔中、江南西路四道節度採訪等使、江陵郡大都督」（《舊唐書・李璘傳》）。秉鉞，指執掌兵權。鉞，古代兵器，形似斧，有長柄。《詩經・商頌・長發》：「武王載旆，有虔秉鉞。」清南邊，指永王為南方四道節度使、江陵大都督。❽雲旗二句　謂軍旗舒卷如海濤，武器羅列如江煙。形容永王建節儀式之盛。雲旗，軍旗。《文選》卷三張衡〈東京賦〉：「雲旗拂霓。」薛綜注：「旗謂熊虎為旗，其高至雲，故曰雲旗也。」海雪，形容海中浪濤。戟，一種合戈與矛為一體的武器。羅，羅列。❾弛張句　弛張，弓弦的放鬆與拉緊。比喻事業的廢興和處事的寬嚴等。《韓非子・解老》：「萬物必有盛衰，萬事必有弛張。」一賢，指永王。❿霜臺二句　霜臺，指御史臺。御史職司糾彈，嚴肅如霜，故名。群彥，指永王幕府中諸侍御。水國，江南多水，故稱。奉戎旃，意謂參加永王軍隊。戎旃，軍旗。⓫繡服二句　繡服，《漢書．百官公卿表上》：「侍御史有繡衣直指，出討姦猾，治大獄。武帝所制，不常置。」此以繡服代指諸侍御。天人，才能傑出者。此指永王李璘。樓船，有樓的大戰船。⓬如登二句　謂樓船聚會如登燕昭王的黃金臺，又似遙謁紫霞仙。黃金臺，見卷一〈古風〉其十五注。紫霞，道教謂神仙乘紫色雲霞而行。《文選》卷二八陸機〈前緩聲歌〉：「輕舉乘紫霞。」劉良注：「眾仙會畢，乘霞而去。」⓭卷身二句　卷身，猶藏身、屈身。編蓬，編蓬草為門，指平民居處。冥機，息機；不管世事。四十年，形容時間之長。⓮寧知二句　謂自己雖身居草澤，但腰佩寶劍，志在用世。寧知，豈知。草間人，隱居在野者。龍泉，即龍淵，避唐高祖諱改。古代傳說中的寶劍。謂龍淵劍如登高山臨深淵，故名。曹植〈與楊德祖書〉：「有龍泉之利，乃可議其斷割。」⓯浮雲二句　《莊子．說劍》：「天子之劍……直之無前，舉之無上，案之無下，運之無旁，上決浮雲，下決地紀。此劍一用，匡諸侯，天下服矣。」決，劈斷。「浮雲」句形容劍之鋒利，可以劈開浮雲。清幽燕，指平定安祿山之亂。幽燕，指今河北北部，當時是安祿山的根據地。⓰金匱　兵書名。《隋書．經籍志三．兵家》有「《太公六韜》五卷」，注：「梁六卷。周文王師姜望撰。」又有「《太公金匱》二卷」。⓱旄頭　又作「髦頭」，星宿名，即昴宿。古人認為昴宿是胡星，旄頭星特別亮時，預示有戰爭發生。此指安祿山叛軍。⓲魯連　即魯仲連。見卷一〈古風〉其九「齊有倜儻生」注。

【語　譯】月亮化為五條白龍，騰飛直上九重雲天。安祿山的叛軍如胡地黃沙從北海飛起，如閃電一般橫掃洛陽。胡人的箭如雨一般射向宮闕，皇帝的車駕逃亡到成都。

英明的王子接受朝廷的謀略，執掌兵權負責守衛國家南部。軍旗漫捲如大海波濤，武器羅列似江上雲煙。聚集起百萬離散之師，事業的廢興惟在賢王一人。

永王幕中降下御史臺眾多英賢，在南方水國參加了軍幕。繡衣御史一起宴集談論，傑出的永王借來樓船。好似登上黃金臺，遙謁紫霞中的神仙。

我彎身藏於茅屋下，不問世事已有許多年。豈知隱居草澤的人，腰間佩有鋒利的龍泉寶劍。一劍揮去就可劈斷浮雲，我發誓要掃清幽燕平定叛亂。如今希望與在座諸公，靜心討論《金匱》兵書。大家齊心感戴朝廷的恩德，不惜獻出自己微賤的生命。所希望的是消滅敵人，功成後身退去追隨魯仲連。

【研　析】此詩當是肅宗至德二載（西元七五七年）正月參加永王幕府後所作。首段六句描寫安史之亂爆發，迅速佔領兩京，玄宗奔亡蜀中情事。次段六句描寫永王李璘受玄宗之命鎮守長江流域，極力形容其聲威之盛。再次六句點題，宴贈幕府諸侍御。群僚入幕如登黃金臺，如謁神仙，皆以為得志之時。末段十二句則自抒懷抱，雖為草間人，亦有廊廟志。腰間寶劍可決浮雲，誓雪國恥，平定叛亂。願與諸公商討兵略，為報朝廷之恩不惜捐軀。唯一希望就是消滅敵人，功成身退。全詩充滿為國效力的決心，可見李白參加永王幕的動機完全是為了愛國，只是對永王的野心缺乏認識而已。

## 贈潘侍御論錢少陽❶

繡衣柱史何昂藏❷，鐵冠白筆橫秋霜❸。三軍論事多引納，堦前虎士羅干將❹。
雖無二十五老者❺，且有一翁錢少陽。眉如松雪齊四皓❻，調笑可以安儲皇❼。
君能禮此最下士，九州拭目瞻清光❽。

【注　釋】❶潘侍御論錢少陽　潘、錢二人事蹟皆不詳。侍御，見上篇注。❷繡衣句　繡衣，見上篇注。柱史，「柱下史」的省稱。周秦官名，即漢以後的御史。因其常侍立殿柱之上，故名。相傳老子曾為周朝柱下史。《史記·張丞相列傳》：「秦時為御史，主柱下方書。」司馬貞《索隱》：「周秦皆有柱下史，謂御史也。所掌及侍立恆在殿柱之下。」昂藏，儀表雄偉、氣宇非凡貌。❸鐵冠句　鐵冠，古代御史所戴的法冠，以鐵為帽骨柱卷，故名。《後漢書·輿服志下》：「法冠，一曰柱後，高五寸，以纚為展筩，鐵柱卷，執法者服之。侍御史、廷尉正監平也。或謂之獬豸冠。」又〈高獲傳〉：「獲冠鐵冠，帶鈇鑕，詣闕清歛。」白筆，古代侍從官員用以記事或奏事的筆，常插於冠側。崔豹《古今注·輿服》：「白筆，古珥筆，示君子有文武之備焉。」《晉書・輿服志》：「笏者，有事則書之，故常簪筆，今之白筆是其遺象。尚書令、僕射、尚書手版頭復有白筆，以紫皮裹之，名曰笏。」❹干將　本為人名，後為寶劍名。《吳越春秋・闔閭內傳》：「干將者，吳人也，與歐冶子同師，俱能為劍。越前來，獻三枚，闔閭得而寶之。以故使劍匠作為二枚，一曰干將，二曰莫邪。莫邪，干將之妻也。」❺二十五老者　《說苑》卷八〈尊賢〉：「介子推行年十五而相荊。仲尼聞之，使人往視，還曰：『廊下有二十五俊士，堂上有二十五老人。』仲尼曰：『合二十五人之智，智於湯武，並二十五人之力，力於彭祖，以治天下，其固免矣乎！』」❻四皓　秦漢之際隱於商山的四位老人，漢高祖末年曾出山輔佐太子。詳見卷三〈山人勸酒〉詩注。❼安儲皇　安定皇太子的位置。儲皇，也作「儲君」，指皇太子。《後漢書・鄭興傳》：「太子儲君，無外交之義。」❽九州句　九州，泛指全中國。拭目，揩亮眼睛，表示仔細看或急切想看到所期待的事物。清光，清明的光彩。《漢書・鼂錯傳》：「今執事之臣皆天下之選已，然莫能望陛下清光，譬之猶五帝之佐也。」顏師古注引晉灼曰：「今之臣不能望見陛下之光景所及。」

【語　譯】繡衣御史的氣宇多麼雄昂，鐵冠簪白筆，嚴肅像秋霜。在三軍論事多所引納，階前的勇士陳列著刀槍。

雖然沒有二十五位俊老，卻有一位老翁錢少陽。眉如松上白雪而德與商山四皓相等，談笑之間就能輔佐保全皇太子。你如能以最恭敬的態度禮賢下士對待他，全國百姓都會擦亮眼睛瞻望清光。

【研　析】此詩作年不詳。或謂詩中「安儲皇」疑指輔佐永王而言，按：肅宗為太子已久，且李白入永王幕時肅宗已即位，永王只是親王，無論如何不能稱之為太子。故此說不能成立。潘侍御可能是節度使幕中帶殿中侍御史或監察御史銜者。詩中前四句描寫潘侍御的風采，在軍中論事多薦引賢人，眾多勇士列於階前。後六句則描寫潘侍御薦引之錢少陽。此人如當年商山四皓一樣有「安儲皇」的才德。故請幕主以最高禮節對待此人，則天下之人拭目而見清光。按卷一〇另有〈贈錢徵君少陽〉詩，可以參讀。

## 贈武十七謌❶并序

門人武諤，深於義❷者也。質木沉悍❸，慕要離❹之風。潛釣川海，不數數❺於世間事。聞中原作難，西來訪余。余愛子伯禽❻在魯，許將冒胡兵以致之。酒酣感激，援筆而贈。

馬如一匹練，明日過吳門❼。乃是要離客，西來欲報恩。笑開燕匕首❽，拂拭竟無言。

狄犬吠清洛❾，天津成塞垣❿。愛子隔東魯，空悲斷腸猨⓫。林回棄白璧⓬，千里阻同奔。君為我致之，輕齎涉淮源⓭。精誠合天道，不愧遠遊魂⓮。

【注釋】❶武十七諤　姓武，名諤，兄弟間排行第十七。❷義　宋本在此字下夾注：「一作：詩」。❸質木沉悍　樸實沉著果敢。❹要離　春秋時吳國刺客。《吳越春秋・闔閭內傳》記載：闔閭既殺王僚，又派要離謀刺出奔在衛的王子慶忌。要離請闔閭斷其右手，殺其妻子，詐稱負罪出奔，至衛見慶忌。慶忌喜，與之謀奪吳國。同舟渡江時，要離刺中慶忌要害。慶忌釋之，令還吳。要離至江陵，亦伏劍自盡。❺數數　猶汲汲，迫切貌。《莊子・逍遙遊》：「彼其於世，未數數然也。」陸德明《釋文》：「司馬云：『猶汲汲也。』崔云：『迫促意也。』」❻伯禽　李白之子。卷一一〈寄東魯二稚子〉詩：「小兒名伯禽。」卷一四又有〈送蕭三十一之魯中兼問稚子伯禽〉詩。❼馬如二句　《藝文類聚》卷九三引《韓詩外傳》：「顏回望吳門馬，見一疋練。孔子曰：馬也。然則馬之光景一疋長耳，故後人號馬為一疋。」按：疋，同「匹」。一匹練，形容奔馳的白馬。❽燕匕首　《史記・刺客列傳》：「於是（燕）太子豫求天下之利匕首，得趙人徐夫人匕首，取之百金，使工以藥焠之，以試人，血濡縷，人無不立死者。乃裝為遣荊卿（軻）。」❾狄犬句　狄，秦漢以後中原人對北方少數民族的泛稱。此處以「狄犬」蔑稱胡人安祿山叛亂集團。清洛，指洛陽。安祿山於天寶十五載在洛陽稱帝。潘岳〈藉田賦〉：「清洛濁渠，引流激水。」❿天津句　天津，橋名。故址在今河南洛陽舊城西南隋唐皇城正南之洛水上。塞垣，邊塞城牆。⓫斷腸猨　用母猿悲失子而腸斷故事。《世說新語・黜免》：「桓公入蜀，至三峽中，部伍中有得猿子者，其母緣岸哀號，行百餘里不去，遂跳上船，至便即絕。破視其腹中，腸皆寸寸斷。公聞之怒，命黜其人。」⓬林回句　《莊子・山木》：「林回棄千金之璧，負赤子而趨。或曰：『為其布與？赤子之布寡矣。為其累與？赤子之累多矣。棄千金之璧，負赤子而趨，何也？』林回曰：『彼以利合，此以天屬也。』」陸德明《音義》：「林回，司馬云：殷之逃民之姓名。」⓭輕齎句 《漢書・霍去病傳》：「約輕齎，絕大幕。」顏師古注：「齎字與資同，謂資裝也。」輕齎，輕裝。淮源，指淮水。按：是時李白子伯禽、女平陽皆在東魯，自江南至東魯往返，必涉淮水。⓮遠遊魂 蕭士贇注：「太白詩意謂遭亂之時，不能與伯禽同奔，而遠在東魯。今託武諤以致之。輕齎涉淮者，囑咐之辭也。雖未保其必達，亦盡吾父子之情而已。萬一不幸，魂其有知，亦可無愧矣。此詩由衷之語也。」宋本在此三字下夾注：「一作：鄧攸魂」。胡本亦同。《晉書・鄧攸傳》：「永嘉末，沒于石勒。……石勒過泗水，攸乃斫壞車，以牛馬負妻子而逃。又遇賊，掠其牛馬，步走，擔其兒及其弟子綏。度不能兩全，乃謂其妻曰：『吾弟早亡，惟有一息。理不可絕，止應自棄我兒耳。幸而得存，我後當有子。』妻泣而從之，乃棄之。……攸棄子之後，妻不復孕。……卒以無嗣。時人義而哀之，為之語曰：『天道無知，使鄧伯道無兒。』」

【語 譯】我的弟子武諤，是個深於義氣的人。他樸實穩重而有勇，仰慕古代俠客要離的作風。隱釣在江海邊，不汲汲於人世間之事。聽說中原有難，來西邊尋訪我。我的愛子伯禽在東魯兗州，他應允我將冒胡兵之險去把伯禽接過來。我在酒酣而感激之下，拿起筆來寫了此詩贈送給他。

馬像一匹白練，明天要經過吳門。那是我的門人要離那樣的俠士，西來要報答我的恩情。笑著打開燕地的匕首，默默無言地擦拭。

胡兵像狗一樣狂吠於洛水，天津橋成了邊關的城牆。愛子被遠隔在東魯，我徒然像斷腸猿那樣地悲傷。像林回一樣丟掉白璧而負子，可是千里阻塞我攜子同奔。你願冒險為我把孩子接來，輕裝奔涉淮水。人的精誠與天道相合，不會有愧遠遊的靈魂。

【研 析】此詩當是肅宗至德元載（西元七五六年）「東奔吳國避胡塵」時在江南作。〈序〉中交待了武諤與詩人的關係及其為人、風采，並說明其願冒險穿過胡兵控制地，到東魯去為詩人接回兒子伯禽，詩人為感謝他而寫下此詩。

詩中首段六句敘寫武諤騎馬過吳門，西來就是為報師恩，並描寫其笑開短劍、拂拭光芒，默然不語，意有所在的情景，非常傳神。後段十句分兩層意思，前六句敘寫安史之亂的戰火使洛陽成了邊關，愛子遠在東魯使詩人像斷腸猿那樣傷悲，往昔林回棄白璧而負赤子，如今詩人雖有此心，但遠隔千里道路阻塞而不能實現。後四句描寫武諤願為詩人冒險輕裝涉淮而去東魯救回伯禽，詩人表示感激，認為這種精誠上合於天道，不管成敗，都不愧於遠遊之魂。序和詩中寫武諤形象很有生氣，神態畢肖，如見其人。

# 卷九

## 贈三

### 贈張相鎬❶二首

時逃難病在宿松山作❷。後一首亦作〈書懷重寄張相公〉

其一

神器難竊弄，天狼窺紫宸❸。六龍遷白日❹，四海❺暗胡塵。昊穹降元宰❻，君子方經綸❼。澹然養浩氣，欻起持天鈞❽。秀骨象山嶽，英謀合鬼神❾。佐漢解鴻門，興唐思退身❿。擁旄秉金鉞，伐鼓乘朱輪⓫。虎將如雷霆，總戎向東巡⓬。

諸侯拜馬首，猛士騎鯨鱗⓭。澤被魚鳥悅，令行草木春⓮。聖智⓯不失時，建功及良辰。醜虜安足紀⑯，可貽幗與巾⑰。倒瀉溟海珠，盡為入幕珍⑱。馮異獻〈赤伏〉⑲，鄧生欻來臻⑳。庶同昆陽舉，再覩漢儀新㉑。

昔為管將鮑㉒，中奔吳隔秦㉓。一生欲報主，百代期榮親。其事竟不就，哀哉難重陳㉔。臥病古松滋㉕，蒼山㉖空四鄰。風雲激壯志，枯槁驚常倫㉗。

聞君自天來㉘，目張氣益振。亞夫得劇孟，敵國空無人㉙。捫蝨對桓公，願得論悲辛㉚。大塊方噫氣，何辭鼓青蘋㉛。斯言儻不合，歸老漢江濱㉜。

【注釋】❶張相鎬　宰相張鎬。《新唐書·宰相表》：肅宗至德二載五月丁巳，「諫議大夫兼侍御使張鎬為中書侍郎、同中書門下平章事。」乾元元年，「五月戊子，鎬罷為荊州大都督府長史。」《舊唐書·張鎬傳》：「張鎬，博州人也。……玄宗幸蜀，鎬自山谷徒步扈從。肅宗即位，玄宗遣鎬赴行在所。鎬至鳳翔，奏議多有弘益，拜諫議大夫。尋遷中書侍郎、同中書門下平章事。……時方興軍戎，帝注意將帥，以鎬有文武才，尋命兼河南節度使、持節都統淮南等道諸軍事。……及收復兩京，加鎬銀青光祿大夫，封南陽郡公，詔以本軍駐汴州，招討殘孽。」❷時逃難句　此乃題下李白原注。宿松山，在今安徽宿松。❸神器二句　神器，指帝位、政權。《文選》卷三張衡〈東京賦〉：「巨猾間釁，竊弄神器。」天狼，星名，在東井南。《楚辭·九歌·東君》：「青雲衣兮白霓裳，舉長矢兮射天狼。」王逸注：「天狼，星名，以喻貪殘。」此喻安祿山。紫宸，帝位代稱。《梁書·元帝紀》載王僧辯奉表：「紫宸曠位，赤縣無主。」❹六龍句　此處喻玄宗帝駕南遷成都。詳見卷二〈蜀道難〉注。宋本在「遷」字下夾注：「一作：駕」。❺四海　宋本在此處夾注：「一作：九洛」。❻昊穹句　昊穹，天空。元宰，冢宰，指宰相。《文選》卷四六王融〈三月三日曲水詩序〉：「元宰比肩於尚父。」李善注：「元宰，冢宰也。」此句讚美張相乃天所授。❼君子句　謂張鎬正治理天下。君子，指張鎬。《易經·屯卦》：「象曰：雲雷屯，君子以經綸。」孔穎達疏：「言君子法此屯象有為之時，以經綸天下，約束於物。」❽澹然二句　指張鎬由布衣入仕不到二年就做了宰相。澹然，恬靜安定貌。浩氣，浩然之氣。《孟子·公孫丑》：「我善養吾浩然之氣。」欻，忽然。天鈞，大秤；大權；重任。調位任宰相。蕭本、郭本、王本、咸本作「大鈞」。❾秀骨二句　謂張鎬的形象與謀略。讚美張鎬骨氣像山岳一樣堅定，英明的謀略合乎神靈。❿佐漢二句　此處以張良比擬張鎬，謂張鎬能像漢張良那樣解除漢高祖的鴻門之厄，其生在唐代不愧是張良的後身。《史記・項羽本紀》記載，劉邦攻佔咸陽，守函谷關。項羽率四十萬軍進駐鴻門（今陝西臨潼東），擬襲劉邦。項羽叔父項伯與張良善，將項羽之謀告知張良。劉邦與張良等至鴻門見項羽，羽留宴，羽謀臣范增使項莊舞劍，欲刺殺劉邦；項伯亦起舞劍，以身掩護劉邦。張良使樊噲擁盾帶劍闖入，劉邦乘機逃回。後世稱此為「鴻門宴」。宋本在「興唐」二字下夾注：「一作：功成」。並在後句下夾注：「一作：生唐為後身」。⓫擁旄二句　寫張鎬乘車帶兵出征。《文選》卷三六任昉〈宣德皇后令〉：「擁旄司部。」李周翰注：「擁，持也。旄，旄旗之屬，以麾眾者也。」鉞，兵器名，狀如大斧，裝有長柄，古時大將出征，賜黃金塗刃與柄之鉞。伐鼓，擊鼓，指出兵征戰。《詩經・小雅・采芑》：「伐鼓淵淵。」鄭玄箋：「謂戰時進士眾也。」朱輪，猶「朱軒」。古代王侯貴族所乘的紅色車子。《文選》卷四一楊惲〈報孫會宗書〉：「惲家方隆盛時，乘朱輪者十人。位在列卿，爵為通侯。」李善注：「二千石皆得乘朱輪。」張銑注：「朱輪，以丹漆塗車轂。」⓬虎將二句　以上寫鎬率兵救睢陽之緊急情景。虎將，形容將軍之勇猛。如雷霆，形容聲勢盛大。宋本在「霆」字下夾注：「一作：雹」。總戎，猶統帥。⓭諸侯二句　諸侯，指各節度使和州郡長官。騎鯨鱗，比喻騎著勇猛的駿馬。揚雄〈羽獵賦〉：「乘巨鱗，騎鯨魚。」⓮澤被二句　形容張鎬賢明，恩澤所及，魚鳥為悅；法令所行，草木為春。澤，恩澤。被，加；及。令，法令。⓯聖智　宋本在二字下夾注：「一作：逢聖」。⓰醜虜句　醜虜，猶醜類、惡虜。《詩經・大雅・常武》：「鋪敦淮濆，仍執醜虜。」安足紀，何足道。⓱可貽句　用司馬懿典故。幗與巾，古代婦女的髮式與頭巾。《晉書・宣帝紀》：「亮（諸葛亮）數挑戰，帝（指司馬懿）不出，因遺帝巾幗婦人之飾。」此處即用此典表示對叛賊極端蔑視。⓲倒瀉二句　形容張鎬善於收攬天下賢才。大海的珍珠都倒瀉在其幕中。獨孤及〈唐故洪州刺史張公（鎬）遺愛碑〉：「慎選乃僚，必國之良。有若博陵崔賁、昌黎韓洄、趙郡李惟岳、北海王士華、河間邢宙、河東裴孝智、隴西李道，皆卿材也，以嘉言碩畫參公軍事。」⓳馮異句　《後漢書・馮異傳》：「移檄上狀，諸將皆入賀，並勸光武即帝位。」又〈光武帝紀〉：「光武先在長安時，同舍生強華自關中奉〈赤伏符〉，曰：『劉秀發兵捕不道，四夷雲集龍鬥野，四七之際火為主。』群臣因復奏曰：『受命之符，人應為大，……今上無天子，海內淆亂，符瑞之應，昭然若聞，宜答天神，以塞群望。』……六月己未，即皇帝位。」此以馮異勸光武即位與強華獻〈赤符〉事合而為一，喻指當時群臣擁唐肅宗即位。赤伏，王莽末年讖諱家所造的符籙，謂劉秀上應天命，當繼漢統為帝。後亦以「赤伏」泛指帝王受命的符瑞。⓴鄧生句　鄧生，即鄧禹，東漢初大臣。欻，忽然。臻，到達。《後漢書・鄧禹傳》：

「及漢兵起，更始立，豪桀多薦舉禹，禹不肯從。及聞光武安集河北，即杖策北渡，追及於鄴。光武見之甚歡。」㉑庶同二句　謂如今形勢就像當年昆陽戰役，一舉定天下，使人民重新見到唐王朝的威儀。庶，庶幾；差不多。昆陽，在今河南葉縣。《元和郡縣志》卷六河南道汝州葉縣：「昆陽故城，在縣北二十五里。後漢世祖（光武帝劉秀）破王邑、王尋之處。」此指東漢光武帝以三千兵破王莽數十萬軍的昆陽之戰，詳見《後漢書・光武帝紀上》更始元年六月記載。再覩漢儀，《後漢書・光武帝紀上》：「更始將北都洛陽，以光武行司隸校尉。……時三輔吏士……及見司隸僚屬，皆歡喜不自勝。老吏或垂涕曰：『不圖今日復見漢官威儀！』」㉒昔為句　此以管仲與鮑叔牙的知交喻張鎬與自己昔日的友誼。管，指春秋時齊國大臣管仲，曾助齊桓公成為春秋時霸主。將，與。鮑，鮑叔牙，齊國大夫，以知人著稱，少年時與管仲為友，後因齊國內亂，隨公子小白出奔莒，管仲則隨公子糾出奔魯。齊襄公被殺後，糾和小白爭奪君位，小白得勝即位，即齊桓公。桓公命鮑叔牙為宰相，他推辭而保舉管仲。後鮑叔牙死，管仲痛哭曰：「吾嘗與鮑子負販於南陽，吾三辱於市，鮑子不以我為怯，知我之欲有所明也。鮑子嘗與我有所說王者而三不見聽，鮑子不以我為不肖，知我之不遇明君也，士為知己者死，而況為之哀乎？」此句謂自己過去是像管仲與鮑叔牙那樣尚交重義的人。㉓中奔句　指戰亂離散，使兩人相隔吳地與秦地非常遙遠。㉔一生四句　謂一生想報答君主的恩情，期望百代榮宗耀祖。《文選》卷三七曹植〈求自試表〉：「臣聞士之生世，入則事父，出則事君。事父尚於榮親，事君貴於興國。」呂向注：「榮親，謂爵祿名譽。」其事，指「報主」、「榮親」。不就，不成。指懷報國之心入永王幕，卻遭入獄之禍。㉕古松滋　漢初皖縣地，後為松滋侯國。南朝梁置高塘郡，隋廢郡，改縣曰高塘，後又改為宿松縣。唐為宿松縣，屬淮南道舒州。今安徽宿松。蕭本、郭本、王本作「宿松山」。㉖蒼山　蕭本、郭本、王本作「蒼茫」。㉗枯槁句　此句謂自己貧困憔悴，使常人感到吃驚。枯槁，瘦瘠。《楚辭・漁父》：「顏色憔悴，形容枯槁。」常倫，常人；一般的人或物。江淹〈雜體詩・效嵇康「言志」〉：「遠想出宏域，高步超常倫。」㉘自天來　謂受朝廷之命而來。㉙亞夫二句　此處以漢大將周亞夫比擬張鎬，以漢大俠劇孟自比。意謂張鎬得已能如當年亞夫得到劇孟，那叛軍就無人可用，不足為慮了。詳見卷二〈梁甫吟〉注。敵國，宋本在「敵」字下夾注：「一作：七」，蕭本、郭本、咸本亦作「七」。空無人，宋本在「空」字下夾注：「一作：定」，咸本亦作「定」。㉚捫蝨二句　用王猛典故。《晉書・王猛傳》：「桓溫入關，猛被褐而詣之，一面談當世之事，捫蝨而言，旁若無人。」此以桓溫喻張鎬，以王猛自喻。意謂願像當年王猛那樣從容不迫地向張鎬傾吐自己的志向和遭遇。㉛大塊二句　此以風喻張鎬，以青蘋自比，希望張相鼓吹提拔。《莊子・齊物論》：「大塊噫氣，其名為風。」成玄英疏：「大塊者，造物之名，亦自然之稱也。」按：大塊，猶大地。噫氣，呼氣；噓氣。宋玉〈風賦〉：「夫風生於地，起於青蘋之末。」㉜斯言二句　謂上述的話如不合張鎬的心意，自己只能終老於漢水邊了。

【語　譯】帝位是不能竊取戲弄的，可是有野心的天狼安祿山卻窺伺著它。皇上車駕西遷入蜀，天下到處被叛軍的胡塵搞得昏暗。

上天為唐朝降臨一位宰相，您正在經營治理天下局勢。您內心恬靜安定而又有浩然正氣，起自布衣倏忽間即執掌國家大權。您眉秀骨清如山岳聳立，英明的智謀與鬼神合契。您像漢時的張良解漢王劉邦的鴻門之厄，輔佐唐朝興盛之後想功成身退。您擁旄旗秉鉞統掌軍事大權，您乘著朱輪高車敲響討伐的戰鼓。您麾下戰將個個如雷霆怒吼，由您統領向東進發。

各地長官和將領叩拜在您的馬首前，諸多猛士騎鯨跨鯢般夾侍左右。您的恩澤廣覆民眾魚鳥也歡悅不已，您的命令一下那草木也如逢春一般生氣勃勃。您的智慧在聖朝不失時機正當發揮，建功立業就在當前這良好的時辰。叛軍醜類何足論道，可把婦人衣飾送給他們讓其自羞自愧。賢人如同大海傾瀉珍珠，全都進入您的幕府有所作為。就像當年馮異向光武帝奉敬〈赤伏符〉，遠方的賢人鄧禹也忽然來到。眼前的事情幾乎像光武帝建立基業的昆陽一戰而全勝一樣，百姓又可看到唐朝儀禮威嚴一新。

以往我與您的友誼如同管仲與鮑叔，中間遭逢戰亂我們相隔吳、秦兩地。我一生的願望就是報答皇上的恩德而建功立業，期望家世百代榮宗耀祖。我的抱負竟然不能實現，內心的悲哀痛苦難以再加陳述。現在我臥病在宿松山中，蒼山之中四鄰皆空。風雲能激發人們的壯志，我卻在此枯槁令世人驚訝。

聽說您從天子身邊來，我猛地張開雙眼膽氣倍振。昔日周亞夫得到劇孟，就說敵國已空無人。當年王猛對桓溫捫蝨長談，我也希望能與您傾訴衷腸談論悲辛。大地正當風吹噫氣，您何必推辭拒絕吹起青蘋。我以上的言談儻若與您的意見不合，那我就只能回到漢水之濱去隱居養老。

【研　析】此詩當作於肅宗至德二載（西元七五七年）十月張鎬急救睢陽之危時。時李白已出潯陽獄，也已離開宋若思幕府，臥病在宿松山。首段描寫安史之亂造成皇帝逃亡、天下飛揚胡塵的社會背景。次段描寫張鎬為宰相及統兵出征的神威，第三段描寫各節度使及州將聽其節制而迎拜馬前，猛士騎鯨而侍從左右，形容魚鳥亦被其澤，草木亦沾其惠。頌揚其建功立業正當時，談笑間即可消滅敵人。讚美其聚賢集能，如同漢光武昆陽一戰平定天下，使百姓重見唐朝新儀仗。第四段敘與張鎬的友誼、自己的平生之志以及失敗後的哀痛。末段用多個典故表示自己希望得到張鎬的提攜。否則只能歸老漢江邊。

## 其二

本家隴西人❶，先為漢邊將❷。功略蓋天地❸，名飛青雲上❹。苦戰竟不侯❺，當年頗惆悵。

世傳崆峒勇❻，氣激金風❼壯。英烈遺厥孫，百代神猶王❽。

十五觀奇書，作賦凌相如❾。龍顏惠殊寵，麟閣憑天居❿。晚途未云已，蹭蹬遭讒毀⓫。

想像晉末時，崩騰胡塵起。衣冠陷鋒鏑，戎虜盈朝市。石勒窺神州，劉聰劫天子⓬。撫劍夜吟嘯，雄心日千里。誓欲斬鯨鯢⓭，澄清洛陽水。

六合灑霖雨⓮，萬物無凋枯⓯。我揮一杯水，自笑何區區⓰。因人恥成事⓱，貴欲決良圖。滅虜不言功，飄然陟蓬壺。唯有安期舄，留之滄海隅⓲。

【注釋】❶本家句　本家，宋本於其下夾注：「一作：家本」。隴西，李陽冰〈草堂集序〉：「李白，字太白，隴西成紀人，涼武昭王暠九世孫。」隴西，郡名，戰國時秦昭襄王二十七年置，因在隴山之西得名。治所在狄道，今甘肅臨洮。唐代重郡望，李姓有十三望，以隴西李氏為第一。詳見《新唐書・宗室世系表》。因此李白以隴西為自己的郡望，以自高身價。❷漢邊將　指漢飛將軍李廣，隴西成紀人，威武勇猛。涼武昭王暠為李廣後裔，故李白以李廣為祖先。❸功略句　《文選》卷四一李陵〈答蘇武書〉：「陵先將軍功略蓋天地，義勇冠三軍。」劉良注：「先將軍，廣也，功績謀略甚大，可蓋於天地。」❹名飛句　名，名聲。青雲，形容其高。❺不侯　不封侯。侯，作動詞用，封侯。《史記・李將軍列傳》：「廣嘗與望氣王朔燕語曰：『自漢擊匈奴而廣未嘗不在其中，而諸部校尉以下，才能不及中人，然以擊胡軍功取侯者數十人，而廣不為後人，然無尺寸之功以得封邑者，何也？豈吾相不當侯邪？且固命也？』」❻崆峒勇　謂李廣之勇。崆峒，山名。在今甘肅平涼西，屬六盤山，古屬隴西郡。李廣隴西郡人，故以此代指。《爾雅・釋地》：「空桐之人武。」郭璞注：「地氣使之然也。」❼金風　古代以五行解釋方向季節，秋屬金，故稱秋風為金風。《文選》卷二九張協〈雜詩〉：「金風扇素節。」李善注：「西方為秋而主金，故秋風曰金風也。」❽英烈二句　謂先祖李廣英勇壯烈之氣，遺留給其子孫，雖百代之後仍很旺盛。百代，宋本原作「伯代」。誤。據蕭本、郭本、王本、咸本改。王，同「旺」。旺盛。❾凌相如　超越西漢著名辭賦家司馬相如。淩，凌駕；超越。相如，西漢著名辭賦家司馬相如。❿龍顏二句　謂天寶初供奉翰林時受天子恩寵。龍顏，皇帝的容貌，此指唐玄宗。惠殊寵，賜予特殊的恩寵。指天寶初玄宗召見時御手調羹、步輦降迎之事。麟閣，即麒麟閣。漢代閣名，在未央宮中。《三輔黃圖・閣》：「麒麟閣，蕭何造，以藏祕書、處賢才也。」此處代指唐代翰林院。憑，依；靠著。天居，天子之居。《文選》卷三一鮑照〈代君子有所思〉：「層閣肅天居。」劉良注：「高閣肅然，天子之居。」宋本在麟閣句下夾注：「一作：侍從承明廬」。⓫晚途二句　晚途，後期。未云已，未已，指積極入世之心未停止。蹭蹬，喻失意、潦倒。此指供奉翰林時受張垍等人的讒毀。⓬想像六句　以西晉末「五胡之亂」喻唐安史之亂。《晉書・孝懷帝紀》：「（永嘉五年）六月癸未，劉曜、王彌、石勒同寇洛川，王師頻為所敗，死者甚眾。……丁酉，劉曜、王彌入京師，帝開華林園門出河陰藕池，欲幸長安，為曜等所追及。曜等遂焚燒宮廟，逼辱妃后……百官士庶死者三萬餘人。帝蒙塵於平陽。」崩騰，動亂。《文選》卷一九謝靈運〈述祖德詩〉：「崩騰永嘉末，逼迫大元始。」呂延濟注：「崩騰，破壞貌。」胡塵起，指五胡之亂。衣冠，本指士大夫的穿戴，此處指世族士紳。鋒鏑，刀劍箭鏃。石勒，五胡十六國時後趙的開國君主，羯人。見《晉書・石勒載記》。神州，指全中國。劉聰，十六國中前趙君主，與石勒同時，曾虜晉懷帝，故云「劫天子」。見《晉書・孝懷帝紀》及〈劉聰載記〉。宋本在戎虜句下夾注：「一作：荊棘生朝市」。⓭鯨鯢　即鯨魚。雄稱鯨，雌稱鯢。古代常喻兇殘之輩。《左傳》宣公十二年：

「古者明王伐不敬，取其鯨鯢而封之，以為大戮。」杜預注：「鯨鯢，大魚名，以喻不義之人。」此處指安史叛軍。⓮六合句　此句謂天地四方都受到唐王朝的恩澤。六合，天地四方。霖雨，喻朝廷恩澤。宋本在「六合」二字下夾注：「一作：三台」。⓯萬物句　宋本在「萬物」二字下夾注：「一作：六合」。凋枯，凋落枯萎。陳子昂〈峴山懷古〉詩：「賢聖幾凋枯。」⓰區區　微小。宋本原作「驅驅」，據蕭本、郭本、王本、咸本改。⓱因人句　恥於因人成事。《史記・平原君虞卿列傳》：「毛遂曰：『公等碌碌，所謂因人成事者也。』」因人成事，謂依賴別人的力量而成事。此謂以因人成事為恥，重在施展自己美好的抱負。⓲滅虜四句　表示功成身退之意。宋本在「陟」字下夾注：「一作：向」。蓬壺，蓬萊、方壺都是古代傳說中的仙山。《列子・湯問》：「渤海之東，不知幾億萬里，有大壑焉。……其中有五山焉：一曰岱輿，二曰員嶠，三曰方壺，四曰瀛洲，五曰蓬萊。」安期，即安期生。仙人名。先秦時方士。漢劉向《列仙傳》載：秦始皇召見安期生，賜他金璧等物，「皆置去，留書，以赤玉舄一雙為報，曰：『後數年，求我於蓬萊山。』」舄，鞋子。

【語　譯】我家本是隴西人氏，祖先是漢代防衛邊疆的名將李廣。他的功績謀略蓋天覆地，英名飛播青雲之上。但歷經苦戰卻沒有得到封侯，當年他頗為惆悵苦惱。

李家世傳都有崆峒人氏的英武，氣概激烈如秋風勁壯。英勇剛烈的氣概遺留給他的子孫，百代以後勇武精神仍然很旺盛。

我十五歲就閱覽天下奇書，寫作辭賦能夠超越司馬相如。當年皇上笑開龍顏賜予特殊的恩寵，供奉翰林院靠近天子之居。直到晚年進取之心仍未停止，但遭人讒毀誹謗而命運困頓。

想像那西晉末年，胡人動亂烽煙四起。士紳陷於槍林箭矢之中，戎虜橫行於朝廷商市。羯族石勒領兵窺伺神州大地，匈奴劉聰劫俘西晉懷帝。想到這些我夜不成眠而撫劍長嘯，雄心壯志想要一日千里奔赴國難。誓欲斬殺兇惡殘暴的叛軍，澄清洛陽之水。

希望天地四方灑下甘霖，使萬物欣欣向榮無一凋枯。其中有我揮灑的小小一杯水，我嘲笑自己為何只有這麼微小一點點。我恥於依賴他人之力而成就事業，想憑藉個人的才力決策良圖大計。消滅戎虜後不自誇功勞，飄然訪道尋仙登上蓬萊、方壺。只有學那仙人安期生，把赤玉舄留在滄海一隅。

【研　析】詹鍈《李白詩文繫年》繫此詩於至德二載（西元七五七年）。云：「但此詩既在太白出獄之後，則逃難云云，不知何指。意者白之出獄，乃宋若思擅為之主，迨宋上書薦白，朝廷非但不加赦免，且欲窮追，致白又離宋中丞幕而逃難宿松耳。」按：詩中一再言欲為國效力，盼投張鎬幕下，則似無朝廷窮追之事。此詩當在至德二載十月臥病宿松時作。

一、二兩段自敘家世。祖先李廣功高而不封侯，子孫百代勇武神旺。三段敘寫自己的天資才華，曾供奉翰林，得到天子恩寵，晚年仍未喪失志向，但因遭讒毀而失意。四段以五胡亂華事比喻安史之亂給國家造成的災難，描寫自己誓欲平亂的雄心壯志。末段描寫自己的願望。企盼霖雨滅災，自己亦能盡一點微力，滅虜後當飄然仙去。嚴羽評點曰：「以留侯比鎬，以李廣不侯者自況，氣不衰颯。」

## 贈閭丘宿松❶

阮籍為太守，乘驢上東平❷。剖竹❸十日間，一朝風化❹清。偶來拂衣去，誰測主人情？夫子理宿松❺，浮雲知古城。掃地物莽然❻，秋來百草生❼。飛鳥❽還舊巢，遷人返躬耕。何慚宓子賤❾，不減陶淵明❿。吾知千載後，卻掩二賢名⓫。

【注　釋】❶閭丘宿松　宿松縣令閭丘氏。名不詳。宿松，唐縣名。屬淮南道舒州。今屬安徽。鄰近湖北、江西。❷阮籍二句　《世說新語．任誕》：「阮籍乃求為步兵校尉。」劉孝標注引《文士傳》：「籍放誕有傲世情，不樂仕宦。晉文帝親愛籍，恆與談戲，任其所欲，不迫以職事，籍嘗從容曰：『平生嘗遊東平，樂其土風，願得為東平太守。』文帝說，從其意。籍便騎驢徑到郡，皆壞府舍諸壁障，使內外相望，然後教令清寧。十餘日復騎驢去。」東平，郡、國名。西漢甘露二年改大河郡為東平國。治無鹽（今山東東平東）。轄境相當今山東濟寧及汶上、東平等縣地。南朝宋改為郡，北齊廢。晉時東平仍為國名，置相。阮籍實為東平相，相當郡太守，故詩中稱其為東平太守。❸剖竹　即剖符。《文選》卷二六謝靈運〈過始寧墅〉詩：「剖竹守滄海。」李善注引《說文》：「符，信。漢制以竹，分而相合。」呂延濟注：「凡為太守，皆剖竹使符也。」按：古代帝王分封諸侯功臣及任命將帥郡守，把符節剖分為二，雙方各執其半，作為信守的約證。❹風化　風俗教化。❺夫子句　宋本「夫子」二字不清，據蕭本、郭本、繆本、王本、咸本補。理，治。因避唐高宗李治諱而改。❻掃地句　掃地，比喻破壞殆盡。《文選》卷八揚雄〈羽獵賦〉：「軍驚師駭，刮野掃地。」李善注：「言殺獲皆盡，野地似乎掃刮也。」莽然，雜草叢生貌。此處指安史之亂後蕭條無人煙。❼秋來句　宋本「來百」二字闕，據蕭本、郭本、繆本、王本、咸本補。❽飛鳥　宋本「飛鳥」二字不清，據蕭本、郭本、繆本、王本、咸本補。❾何慚句　此句謂閭丘氏無為而治，不愧於當年的宓子賤。宓子賤，春秋時魯國人，名不齊，字子賤，孔子弟子。曾為單父宰，彈琴不下堂而單父治。為後世儒家所稱道。參見《呂氏春秋・察賢》、《史記・仲尼弟子列傳》、《說苑・政理》。❿不減句　此句謂閭丘氏悠閒好飲，不下於當年陶淵明。宋本「淵」作「泉」，乃避唐高祖李淵諱而改，今據郭本、王本、咸本回改。《宋書・陶潛傳》：「字淵明……謂親朋曰：『聊欲絃歌，以為三徑之資，可乎？』執事者聞之，以為彭澤令。公田悉令吏種秫稻。妻子固請種秔，乃使二頃五十畝種秫，五十畝種秔。」⓫吾知二句　宋本「吾知」二字不清，據蕭本、郭本、繆本、王本、咸本補。掩，掩蓋；超過。二賢，指宓子賤、陶淵明。

【語　譯】當年阮籍為東平太守，騎著毛驢就去上任。在任十日之間，一下子就使風俗教化清純淳樸。阮籍只是偶然去東平很快便拂衣而去，有誰能夠推測到他到底是什麼心情？夫子您治理宿松縣這座古城，淡泊清閑如同浮雲一般。宿松曾遭戰火破壞殆盡，如今秋來卻又百草豐茂欣欣向榮。遠來的飛鳥歸還故巢，舊日流散的居民返鄉躬耕隴畝。您的政績不愧於宓子賤的才智仁愛無為而治，不亞於陶淵明的悠然好飲清簡治理縣城。我知曉千年以後，您的政績必將流傳而超過宓子賤、陶淵明二位賢人的名聲。

【研　析】此詩當作於至德二載（西元七五七年）臥病宿松之時。與〈贈張相鎬二首〉為同時之作。詩中讚美宿松縣令閭丘氏的德政。首六句以阮籍為東平相十日就使境內風俗教化清靜淳樸比擬閭丘氏治理宿松。接著六句具體描寫閭丘氏在安史之亂後，宿松遭受戰火被徹底破壞的背景下來到此地，如今卻治理得欣欣向榮，飛鳥還舊巢，流民還故鄉，政績顯著。末四句以古代宓子賤鳴琴治單父、陶淵明悠然好飲治彭澤的佳話作襯托，誇讚閭丘氏的政績千載後將超過他們。全詩多用典故比擬，無斧鑿痕，雖誇張過甚，但自然妥貼。

## 獄中上崔相渙❶

尋陽

胡馬渡洛水，血流征戰場❷。千門閉秋景，萬姓危朝霜❸。
賢相燮元氣❹，再欣海縣康❺。台庭有夔龍❻，列宿粲成行❼。
羽翼三元聖，發輝兩太陽❽。應念覆盆❾下，雪泣拜天光❿。

【注釋】❶崔相渙　宰相崔渙。《新唐書・宰相表中》：至德元載七月庚午，「蜀郡太守崔渙為門下侍郎、同中書門下平章事。」二載八月甲申，「渙罷為左散騎常侍、餘杭郡太守。」《舊唐書・崔渙傳》：「天寶十五載七月，玄宗幸蜀，渙迎謁於路，抗詞忠懇，皆究理體，玄宗嘉之，以為得渙晚。宰臣房琯又薦之，即日拜黃門侍郎、同中書門下平章事，扈從成都府。肅宗靈武即位。八月，與左相韋見素、同平章事房琯、崔圓同齎冊赴行在。時未復京師，舉選路絕，詔渙充江淮宣諭選補使，以收遺逸。惑於聽受，為下吏所鬻，濫進者非一，以不稱職聞。乃罷知政事，除左散騎常侍，兼餘杭太守、江東採訪防禦使。」❷胡馬二句　指安祿山叛軍於天寶十四載十二月攻陷洛陽。❸千門二句　謂千家萬戶都閉門不見太陽，性命危如早霜。❹燮元氣　協調社會的精神力量。《尚書・周官》：「茲惟三公，論道經邦，燮理陰陽。」❺海縣康　海宇安寧。海縣，猶海內、海宇。❻台庭句　台庭，猶臺席，指宰相之位。夔龍，相傳是舜的二臣之名。夔為樂官，龍為諫官。《尚書・舜典》：「伯拜稽首，讓于夔、龍。」孔傳：「夔、龍，二臣名。」❼列宿句　《文選》卷二九傅玄〈雜詩〉：「繁星依青天，列宿自成行。」李周翰注：「列宿，二十八宿也。喻正位備員也。」粲，鮮明眾多貌。❽羽翼二句　羽翼，輔佐。《呂氏春秋・舉難》：「三士羽翼之也。」高誘注：「羽翼，佐之。」三元聖，指唐玄宗、唐肅宗以及當時為天下兵馬元帥的廣平王俶（後來的唐代宗）。發輝，發揚光輝。咸本作「發揮」。兩太陽，指唐玄宗、唐肅宗。❾覆盆　覆置的盆。《抱朴子・辨問》：「是責三光不照覆盆之內也。」後用以比喻沉冤莫白。❿雪泣句　拭淚而拜見天日。《呂氏春秋・觀表》：「吳起雪泣而應之。」高誘注：「雪，拭也。」《文選》卷三張衡〈東京賦〉：「登天光於扶桑。」呂向注：「天光，日也。」

【語　譯】安祿山叛軍渡過洛水橫行天下，征殺的戰場上血流遍地。千門萬戶見不到美妙的秋日景色，百姓的性命猶如早晨的微霜。

賢相您調理陰陽元氣，人們欣喜海宇之內再次安康。朝廷宰相有夔、龍那樣的賢臣，眾官員如星宿般粲然有序排列成行。

輔佐玄宗、肅宗、廣平王這三大元聖，使玄宗、肅宗這兩個太陽發射出更燦爛的光輝。此時應想到還有我這樣的囚犯如同在覆盆之下，正擦拭著眼淚渴望拜叩天日以迎接朝廷的恩典。

【研　析】此詩當作於肅宗至德二載（西元七五七年）被繫潯陽獄中之時。時崔渙尚在江南為宣慰大使。首四句描寫安祿山叛亂南下直渡洛水，殺人盈野，血流戰場。居民閉戶，性命危殆。次段四句歌頌崔渙是像古代夔、龍那樣善於燮理陰陽元氣的賢相，能使海宇安康。朝廷百官都能得其所用。末四句有兩層意思：前二句謂崔相輔佐三聖，使兩位君王發出更大光輝，後二句盼望崔相為自己洗雪冤屈，釋放出獄以重見天日。葛立方《韻語陽秋》卷三曰：「自古文人，雖在艱危困踣之中，亦不忘於製述。蓋性之所嗜，雖鼎鑊在前不恤也。況下於此者乎？李白在獄中作〈上崔相〉云：『賢相燮元氣……。』猶有起訴而作。」

## 繫尋陽上崔相渙三首❶

### 其一

邯鄲四十萬，同日陷長平❷。能迴造化筆，或冀一人生❸！

【注　釋】❶繫尋陽　被拘禁在潯陽（今江西九江）獄中。崔相渙，見前詩注。❷邯鄲二句　邯鄲，戰國時趙國都城。此處代指趙國。《史記・秦本紀》：「（昭襄王）四十七年，秦攻韓上黨，上黨降趙，秦因攻趙，趙發兵擊秦，相距。秦使武安君白起擊，大破趙於長平，四十餘萬盡殺之。」又見〈白起王翦列傳〉。《論衡・命義》：「秦將白起，坑趙降卒於長平之下，四十萬眾同時皆死。」❸能迴二句　迴造化，比喻能挽救極危難的事勢。此處比喻希望崔相能用回天之筆，救自己出獄。沈炯〈自長安還至方山愴然自傷〉詩：「秦軍坑趙卒，遂有一人生。」

【語　譯】趙國的邯鄲降卒四十萬人，一日之內被同時坑殺於長平之地。希望崔相能施展回天之筆，或許能有一人出獄活下來！

【研　析】此題三首詩與前詩〈獄中上崔相渙〉為同時之作。此首前二句以秦將白起坑殺趙降卒四十萬比喻安祿山叛軍殺害人民之眾，後二句希望崔相援救自己出獄。以四十萬人之死與冀一人之生作對比，非常鮮明。

## 其二

毛遂不墮井❶，曾參寧殺人❷？虛言誤公子❸，投杼惑慈親❹。白璧雙明月，
方知一玉真❺。

【注　釋】❶毛遂句　《西京雜記》卷六：「趙有兩毛遂，……野人毛遂墜井而死，客以告平原君。平原君曰：『嗟乎，天喪予夫！』既而知野人毛遂，非平原君客也。」❷曾參句　《戰國策・秦策二》：「費人有與曾子同名族者而殺人。人告曾子母曰：『曾參殺人。』曾子之母曰：『吾子不殺人。』織自若。有頃焉，人又曰：『曾參殺人。』其母尚織自若也。頃之，一人又告之曰：『曾參殺人。』其母懼，投杼踰牆而走。」後多用此典故比喻流言可畏。寧，豈；難道。宋本在「寧」字下夾注：「一作：不」。❸虛言句　指誤傳平原君門客毛遂墜井。公子，指平原君。❹投杼句　投杼，丟掉織梭。指誤傳曾子殺人而使其母下織機而走。蕭士贇注：「太白引此事者，亦自況其遭誣耳。」❺白璧二句　謂白璧透明光亮可匹敵明月，方知此玉是真的。雙，動詞。匹敵。

【語　譯】毛遂本沒有墮入井中，曾參難道會去殺人？虛妄不實的話差點使平原君誤會，重複數次的話也會使最瞭解兒子的母親迷惑而丟梭遠避。白璧光亮可與明月匹敵，才是一塊真正的玉。

【研　析】此詩前四句用誤傳毛遂墜井和曾參殺人，造成平原君痛惜和曾母逃走兩個典故，說明流言之可怕，實寓詩人自況遭誣入獄之冤。末二句又以白璧為真玉自喻，說明自己具有忠誠美好的品格。

## 其三❶

虛傳一片雨，枉作陽臺神❷。縱為夢裏相隨去，不是襄王傾國人❸。

【注　釋】❶其三　此詩蕭本、郭本於題下注曰：「此一首恐非上崔相，亦恐非太白之作。」❷虛傳二句　宋玉〈高唐賦序〉：「昔者楚襄王與宋玉游於雲夢之臺，望高唐之觀。……玉曰：『昔者先王嘗游高唐，怠而晝寢。夢見一婦人，曰：妾巫山之女也，為高唐之客。聞君游高唐，願薦枕席。』王因幸之。去而辭曰：『妾在巫山之陽，高丘之岨，旦為朝雲，暮為行雨，朝朝暮暮，陽臺之下。旦朝視之，如言，故立為廟，號為朝雲。』」後因稱男女合歡的處所為陽臺。庾信〈詠畫屏風〉詩：「何勞一片雨，喚作陽臺神。」❸襄王傾國人　宋玉〈高唐賦序〉謂「楚襄王與宋玉遊於雲夢之臺，望高唐之觀」，宋玉向楚襄王講述「先王」夢見巫山之女，遂幸之。後人誤為襄王與巫山之女幽歡。此處亦沿誤為「襄王」。傾國，容貌絕美的女子。見卷三〈白紵辭三首〉其一注。宋本在此句下夾注：「此一首恐非上崔相」。

【語　譯】虛妄相傳巫山有一片雲雨與楚王幽會，實在是枉然作了陽臺之神女。即使是在夢裡相隨楚王而去，但也並不是楚王夢中的美女。

【研　析】此詩前人多以為非上崔相，亦非李白所作。其實，此詩全用比興手法。意謂自己入永王李璘幕的本意是想報效國家平定叛亂，現在被誣為「從逆」實為冤枉。即使是自己迷糊跟隨了永王，但也決不是永王李璘所需要的人。全詩用意曲折含蓄，難怪有人以為不像上崔相請求申冤的詩。

# 中丞宋公以吳兵三千赴河南軍次尋陽脫余之囚參謀幕府因贈之❶

獨坐清天下，專征出海隅❷。九江皆渡虎，三郡盡還珠❸。組練明秋浦❹，樓船入郢都❺。風高初選將，月滿欲平胡❻。殺氣橫千里，軍聲動九區❼。白猨慚劍術❽，黃石借兵符❾。戎虜行當翦，鯨鯢立可誅❿。自憐非劇孟，何以佐良圖⓫？

【注釋】❶中丞宋公題　中丞宋公，即御史中丞宋若思。《舊唐書・玄宗紀》：天寶十五載六月，「以監察御史宋若思為御史中丞充置頓使」。李白另有〈陪宋中丞武昌夜飲懷古〉詩、〈為宋中丞請都金陵表〉、〈為宋中丞自薦表〉及〈為宋中丞祭九江文〉等，並指宋若思。其〈祭九江文〉有「若思參列雄藩，各當重寄」語可證。按《元和姓纂》卷八宋氏：「之悌，太原尹，益州長史，河南（東）、劍南節度；生若水、若恩（思），御史中丞。若水，丹徒令。」勞格、趙鉞《唐御史臺精舍題名考》卷二：「『恩』疑『思』。」岑仲勉《元和姓纂四校記》卷八：「『恩』誤無疑，惟『思』字應重。」由此知宋若思乃宋之悌之子。李白早年與宋之悌為友，有〈江夏別宋之悌〉詩。中丞，御史臺副長官。脫余之囚，使己從潯陽獄中解脫出來。參謀幕府，參加宋若思幕府謀議軍事。按《舊唐書・地理志三》江州至德縣：「至德二年九月中丞宋若思奏置。」證知至德二載九月宋若思在江南西道採訪使兼宣城郡太守任。時江西採訪使駐宣城郡，江州屬江南西道。❷獨坐二句　謂宋若思身為御史中丞，受皇帝重任，專征出自海邊。獨坐，專席而坐，特指御史中丞。《後漢書・宣秉傳》：「建武元年，拜御史中丞。光武特詔御史中丞與司隸校尉、尚書令會同並專席而坐，故京師號曰『三獨坐』。」專征，帝王授予諸侯、將帥掌握軍旅的特權，不待帝王之命，可以自專征伐。《竹書紀年》帝辛三十三年：「王錫命西伯得專征伐。」《白虎通義・考黜》：「賜以弓矢，使得專征。」❸九江二句　稱頌中丞宋若思在宣城等三郡的治績。九江句，《後漢書・宋均傳》：「遷九江太守，郡多虎暴，數為民患，常募設檻穽而猶多傷害。均到，下記屬縣曰：『夫虎豹在山，黿鼉在水，各有所託。且江淮之有猛獸，猶北土之有雞豚也。今為民害，咎在暴吏，而勞勤張捕，非憂恤之本也。其務退姦貪，思進忠善，可去一檻穽，除削課制。』其後傳言虎相與東游度江。」三郡，按是時宋若思為採訪使兼宣城郡太守，採訪使當管有九江郡在內。還珠，《後漢書・孟嘗傳》載，合浦原產珠，因宰守並多貪穢，珠遂漸徙於交趾郡界。孟嘗任合浦太守，「革易前敝，求民病利。曾未逾歲，去珠復還，百姓皆反其業，商貨流通，稱為神明」。❹組練句　組練，組甲被練，指軍士之武裝陣容。《左傳》襄公三年：「楚子重伐吳，為簡之師，克鳩茲，至於衡山，使鄧廖帥組甲三百，被練三千以侵吳。」杜預注：「組甲、被練，皆戰備也。組甲，漆甲成組文。被練，練袍。」秋浦，見卷六〈秋浦歌〉注。❺郢都　指今湖北江陵。楚國都城。《史記・貨殖列傳》：「江陵，故郢都，西通巫巴，東有雲夢之饒。」張守節《正義》：「荊州江陵縣，故為郢，楚之都。」《漢書・地理志》南郡：「江陵，故楚郢都，楚文王自丹陽徙此。」❻月滿句　月滿，指月圓之時。平胡，指平定安祿山叛軍。❼殺氣二句　形容宋若思所率吳兵軍威之盛。九區，即九州，泛指全國。❽白猨句　猨，「猿」的異體字。《吳越春秋・句踐陰謀外傳》：「今聞越有處女，出於南林，……越王乃使使聘之，問以劍戟之術。處女將北見於王，道逢一翁，自稱曰袁公。問於處女：『吾聞子善劍，願一見之。』女曰：『妾不敢有所隱，惟公試之。』於是袁公即杖箖箊竹，竹枝上頡橋，末墮地，女即捷（接）末，袁公則飛上樹，變為白猿。」此用喻敵人非宋若思的對手。❾黃石句　此句謂宋若思富有用兵機謀，可與張良相比。《史記・留侯世家》載，張良曾經在下邳圯橋遇見黃石公，授《太公兵法》，佐劉邦建立漢王朝。兵符，用兵的謀略。《隋書・經籍志三》有「《黃石公三略》三卷」，注：「下邳神人撰，成氏注。梁又有《黃石公記》三卷，《黃石公略注》三卷。」❿戎虜二句　謂安祿山叛軍很快就可消滅。戎虜、鯨鯢，皆喻安祿山叛軍。⓫自憐二句　謂自愧不是劇孟，無以輔助宋若思的英明才略。劇孟，見前卷二〈梁甫吟〉注。

【語　譯】您是御史中丞專席獨坐要澄清天下，如今又獨當一面專征出自海隅。您來此地實行美政如東漢宋均抵郡而惡虎紛紛渡江逸去，又如孟嘗為合浦太守而珍珠都回郡。

您率領的部隊組甲被練映明秋浦一帶，高大的樓船戰艦開進郢都。秋深風高之時開始選將遣兵，天朗月滿之時就要平叛滅胡。戰雲殺氣橫亙千里，軍隊作戰的聲響振動九州。您的武藝高強使身手矯健的白猿都自愧劍術不如，您的智謀高妙有如從黃石公處得到絕妙兵法。

萬惡的戎虜即將被消滅，兇殘的鯨鯢立刻會被誅殺。只可惜我並無劇孟般的良才謀略，我如何來輔佐您實現良好的謀略呢？

【研析】此詩當是至德二載（西元七五七年）秋在宋若思幕中作。首四句歌頌宋公受皇帝重任，到江南任職，為政清廉，使惡人除而民眾歸。接著四句點題中「以吳兵三千赴河南」，寫宋公節制將兵秩序井然。再接著六句想像宋公所率的吳兵在戰場上英勇殺敵，威震全國。又以漢代張良得黃石公傳授《太公兵法》來比擬宋公，謂敵人遠非宋公對手，宋公乃富有用兵機謀之軍師，因此叛軍將很快被消滅。末二句點題中的「參謀幕府」，對自己在幕中未能很好地輔佐宋公表示歉意和惋惜。全詩除末二句外，全用對仗句讚美宋若思的政績和軍功。結構完整，用典深切。劉辰翁評曰：「句句壯，末韻更佳。」（《唐詩品彙》卷七四引）胡震亨曰：「排律起句，極宜冠冕雄渾，不得作小家語，如此篇之類，最為得體。」

## 流夜郎贈辛判官❶

流夜郎

昔在長安醉花柳，五侯七貴同杯酒❷。氣岸遙凌豪士前，風流肯落他人後❸！
夫子紅顏我少年，章臺走馬著金鞭❹。文章獻納麒麟殿❺，歌舞淹留玳瑁筵❻。
與君自謂長如此，寧知草動風塵起❼。
函谷忽驚胡馬來❽，秦宮桃李向胡開❾。我愁遠謫夜郎去，何日金雞放赦❿
迴？

【注　釋】❶流夜郎題　肅宗至德二載冬李白因參加永王李璘幕被判長流夜郎。夜郎，郡名，即珍州，天寶元年改為夜郎郡。郡治在今貴州正安西北。有夜郎縣，在郡治周圍。辛判官，名與事蹟未詳。據詩意，辛氏與詩人天寶初曾同在長安。❷昔在二句　謂當年在長安同權貴們一起遊宴縱酒。指天寶初供奉翰林時情景。花柳，指遊賞之地。五侯七貴，泛指當時權貴。五侯，《漢書・孝元王皇后傳》：「河平二年，上悉封舅譚為平阿侯、商成都侯、立紅陽侯、根曲陽侯、逢時高平侯。五人同日封，故世謂之五侯。」七貴，《文選》卷一〇潘岳〈西征賦〉：「窺七貴於漢庭。」李善注：「七貴為呂、霍、上官、趙、丁、傅、王也。」李周翰注：「漢庭七貴，呂、霍、上官、丁、趙、傳（傅）、王，並后族也。」❸氣岸二句　氣岸，傲岸不羈的氣概。風流，風度才華。《三國志・蜀書・劉琰傳》：「（劉備）以其宗姓，有風流，善談論，厚親待之。」肯，豈能。宋本在「他」字下夾注：「一作：誰。又作：諸」。❹夫子二句　夫子，對男子的敬稱。此指辛判官。章臺，漢長安章臺下街名。《漢書・張敞傳》：「敞無威儀，時罷朝會，過走馬章臺街。」顏師古注：「孟康曰：『在長安中。』臣瓚曰：『在章臺下街也。』」著金鞭，揮金鞭策馬。❺麒麟殿　西漢長安城未央宮中殿名，藏祕書、處賢才之所。《三輔黃圖》卷三：「未央宮有麒麟殿。」此處代指唐代宮廷。❻玳瑁筵　豪華珍貴的筵席。唐太宗〈帝京篇〉其九：「羅綺昭陽殿，芬芳玳瑁筵。」玳瑁，海中動物，形似龜，甲殼黃褐色，有黑斑花紋和光澤，可作裝飾品。❼寧知句　寧知，豈知。草動風塵起，隱指安祿山之亂的爆發。❽函谷句　函谷，關名。古關在今河南靈寶東北。戰國時秦置。因關在谷中，深險如函而名。其東自崤山，西至潼津，通名函谷，號稱天險。漢元鼎三年，徙關至今河南新安東，離故關三百里，稱新函谷關。乃古時由東方入秦之重要關口。胡馬，指安祿山叛亂軍隊。❾秦宮句　楊齊賢注：「桃李，指公卿歸祿山也。」蕭士贇注：「子見（按：楊齊賢，字子見）以桃李向明開為公卿歸祿山，非也。太白詩意是指同時儕類如辛判官之輩因兵興之際，不次被用，為人桃李，我獨遭讁也。向明者，向陽花木之義。」按：向胡開，蕭本、郭本、王本、咸本皆作「向明開」。唯宋本、胡本、繆本作「向胡開」。從詩的結構看，此句當承上句，作「向胡開」似較妥，指秦宮曾淪陷被叛軍佔領。❿金雞放赦　指大赦。《新唐書・百官志》少府中尚署：「赦日，樹金雞於仗南，竿長七丈，有雞高四尺，黃金飾首，銜絳幡長七尺，承以綵盤，維以絳繩，將作監供焉。」《封氏聞見記》卷四：「按金雞，魏晉以前無聞焉。或云始自後魏，亦云起自呂光。……（北齊）武成帝（高湛）即位，大赦天下，其日設金雞。宋孝王不識其義，問於光祿大夫司馬膺之曰：『赦建金雞，其義何也？』答曰：『按海中星占，天雞星動，必當有赦，由是王以雞為候。』」

【語　譯】往日在長安的花前柳下酣飲沉醉，與權貴們碰杯同飲。我的意氣傲岸直凌豪士，風流倜儻豈肯落於他人之後！

那時您是紅顏我也年少，章臺街上跑馬揮舞金鞭。美妙詩文獻入朝廷麒麟殿，歡歌豔舞沉浸淹留在豪華筵席上。我與您自以為可以長久如此，哪裡知道草木搖動戰火煙塵突然興起。

函谷關突然馳來叛軍胡騎，長安宮殿之中的桃李卻向胡人開放。現在我為遠流夜郎而憂愁不已，不知何日能金雞挂上高竿頒詔大赦讓我返歸呢？

【研　析】此詩當是乾元元年（西元七五八年）流放夜郎途中贈友之作。前八句回憶天寶初在長安供奉翰林時與權貴交往，沉醉於花柳之間，氣概軒昂，風度才華不讓人後。當年兩人都年少天真，曾在章臺街跑馬，獻詩賦於麒麟殿，在華貴筵席上歌舞淹留。接著「與君」二句作轉折：原以為可長期如此快樂，豈知突然安祿山叛亂而戰爭爆發。末四句有兩層意思：前二句謂叛軍兵馬攻破函谷關，長安宮庭的官員投向胡人。後二句點題作結，自己為長流夜郎而憂愁，未知何日能遇赦放歸。全詩直而不婉，氣調自逸。

## 贈劉都使❶

東平劉公幹❷，南國秀餘芳。一鳴即朱紱❸，五十佩銀章❹。飲冰事戎幕❺，衣錦華水鄉❻。銅官❼幾萬人，諍訟清玉堂❽。吐言貴珠玉❾，落筆迴風霜❿。而我謝明主，銜哀投夜郎⓫。

歸家酒債多，門客粲成行⓬。高談滿四座，一日傾千觴⓭。所求竟無緒，裘馬欲摧藏⑭。主人若不顧，明發釣滄浪⑮。

【注　釋】❶劉都使　名不詳。都使，不詳何官。唐代無此官名。或謂都水使者之省稱，亦無通例。卷一五有〈宣城送劉副使入秦〉詩，或謂此「劉都使」之「都」或為「副」之誤。副使即節度副使或觀察副使。然此詩中人雖曾入戎幕，但仍是地方文官。彼劉副使卻明是武官，似非同一人。❷東平句　《三國志・魏書・王粲傳》：「東平劉楨，字公幹，……太祖辟為丞相掾屬。」此以劉楨借指劉都使。東平，郡、國名。西漢甘露二年改大河郡為東平國。漢治所在無鹽（今山東東平東）。詳見本卷〈贈閭丘宿松〉詩注。幹，宋本原作「翰」，誤。據蕭本、郭本、繆本、王本、咸本改。❸一鳴句　謂一入仕就穿上紅色官服。《史記・滑稽列傳》：「此鳥不飛則已，一飛沖天；不鳴則已，一鳴驚人。」朱紱，古代繫佩玉或官印的紅色絲帶。此處代指中級官員。《文選》卷三七曹植〈求自試表〉：「是以上慚玄冕，俯愧朱紱。」李善注：「《禮記》曰：『諸侯佩山玄玉而朱組綬。』《蒼頡篇》曰：『紱，綬也。』」❹銀章　銀印。其文曰章。《漢書・百官公卿表》：「凡吏秩比二千石以上皆銀印青綬。」顏師古注：「《漢舊儀》云：銀印，背龜鈕，其文曰章，謂刻曰某官之章也。」按：隋唐以後官不佩印，只有隨身魚袋。金銀魚袋等謂之章服，亦簡稱銀章。按唐制，四品至五品官，緋衣，銀魚袋。而職事官為刺史而散官未至五品者只能假（借）緋。唐人所稱朱紱銀章一般皆指散官五品以上者。❺飲冰句　飲冰，喝冰水，比喻為官清苦憂心。《莊子・人間世》：「今吾朝受命而夕飲冰，我其內熱與？」成玄英疏：「諸梁晨朝受詔，暮夕飲冰，足明怖懼憂愁，內心燻灼。」戎幕，節度使之軍府；幕府。❻衣錦句　即衣錦還鄉。《漢書・項籍傳》：「富貴不歸故鄉，如衣錦夜行，誰知之者？」宋之問〈送姚侍御出使江東〉詩：「飲冰朝受命，衣錦晝還鄉。」水鄉，河流湖泊多的地區。《文選》卷二四陸機〈答張士然〉詩：「余固水鄉士。」李善注：「水鄉，謂吳也。」❼銅官　即銅官冶。唐代屬宣州南陵縣，出銅，以秦時嘗於此置官採銅，故名。今安徽銅陵。《新唐書・地理志五》宣州南陵縣：「後析置義安縣，又廢義安為銅官冶。利國山有銅，有鐵。」❽諍訟句　諍訟，亦作「爭訟」。訴訟；爭論是非。玉堂，官署。此處指州縣衙堂。❾吐言句　謂出言審慎。《世說新語・賞譽》：「劉尹語審細。」劉孝標注引孫綽曰：「神猶淵鏡，言必珠玉。」❿風霜　比喻文字嚴峻。《西京雜記》卷三：「淮南王安著《鴻烈二十一篇》，自云：『字中皆挾風霜。』」⓫而我二句　謝明主，辭別明主。投，遷置；流放。夜郎，見前詩〈流夜郎贈辛判官〉注。⓬歸家二句　王琦注：「孔融詩：『歸家酒債多，門客粲成行。』」按：此二句見於《古詩紀》及宋長白《柳亭詩話》，唯逯欽立輯《先秦漢魏晉南北朝詩》孔融名下未收此詩。粲，眾多。《史記・周本紀》：「夫獸三為群，人三為眾，女三為粲。」張守節《正義》引曹大家曰：「群，眾，粲，皆多之名也。」⑬高談二句　《魏書・夏侯道遷傳》：「夏侯道遷每詠孔融詩曰：『坐上客恆滿，樽中酒不空。』」二句用其意。⑭所求二句　無緒，沒有頭緒。摧藏，挫傷。《文選》卷一八成公綏〈嘯賦〉：「悲傷摧藏。」李善注：「摧藏，自抑挫之貌。」⑮主人二句　謂主人如不接濟，明旦只能隱居江湖。明發，猶明旦、破曉。《詩經・小雅・宛》：「明發不昧，有懷二人。」朱熹注：「明發，謂將旦而光明開發也。」滄浪，水青蒼色。

【語　譯】東平劉公幹是建安時期著名人物，您劉都使則是劉公幹的餘芳在南國的輝煌。您一鳴驚人初入仕途便身穿紅色官服，五十歲時便佩帶五品官的銀章。您曾經為國憂心而投身軍幕，功成後衣錦還鄉令吳地增輝添彩。您出任銅官地方官管轄幾萬百姓，爭訟很少而衙堂清靜。您出言審慎一語貴重如珠玉，落筆成文則嚴峻如回風挾霜。而我則辭別皇上而去，銜哀忍苦被遷赴夜郎。

如今歸家欠下許多酒債，門下客人又是眾多成行。他們坐滿四座高談闊論，一日之內就會飲盡千觴。我求借告貸竟然毫無頭緒，家中皮衣馬匹都已賣光。您若不能憐惜眷顧於我，明晨我只好去滄浪水邊垂釣度日。

【研　析】此詩當作於肅宗上元二年（西元七六一年）回到宣州時所作。時詩人已年邁，次年即逝世。詩中前十句歌頌劉都使的仕歷和政績，言談高雅，文筆嚴峻。接著二句描敘自己的不幸遭遇。末八句敘寫家境貧寒，有向劉都使借貸之意，並表示如果劉都使不予顧惜，則當垂釣江湖。可謂「傲岸徹底」（嚴羽批點）。

## 贈常侍御❶

安石在東山，無心濟天下❷。一起振橫流❸，功成復蕭灑❹。大賢有舒卷❺，
季葉❻輕風雅。匡復屬何人，君為知音者❼。

傳聞武安將，氣振長平瓦❽。燕趙期洗清，周秦保宗社❾。登朝若有言，為訪南遷賈❿。

【注　釋】❶常侍御　卷一五〈涇川送族弟錞〉自注：「時盧校書草序，常侍御為詩。」疑即此常侍御。又按：《唐御史臺精舍題名考》卷二、卷三共有三處常無欲題名，《全唐文》卷四〇六收其判五篇，小傳云：「天寶朝官殿中侍御史內供奉。」據《新唐書・宰相世系表五下》常氏，無欲乃代宗相常袞之叔。時代相合，未知是否此人。❷安石二句　指謝安最初隱居於東山。見卷六〈東山吟〉注。❸橫流　喻世亂。《文選》卷三六傅亮〈為宋公修張良廟教〉：「夷項定漢，大拯橫流。」呂向注：「橫流，謂亂也。」❹蕭灑　王本作「瀟灑」。同。悠閒自在、超逸絕俗貌。❺舒卷　舒展和捲縮。比喻人事的進退、出處。蕭本、郭本、王本作「卷舒」。意同。《淮南子・俶真訓》：「盈縮卷舒，與時變化。」❻季葉　季世；衰微的時代。王融〈永明九年策秀才文〉：「徒以百鍰輕科，反行季葉。」❼匡復二句　匡復，謂挽救危亡之國，使轉危為安。孔融〈與曹操論盛孝章書〉：「匡復漢室。」知音，識人。❽傳聞二句　《史記・廉頗藺相如列傳》：「秦軍軍武安西，秦軍鼓譟勒兵，武安屋瓦盡振。」按：秦、趙武安之役在周赧王四十五年，後十年，乃有秦、趙長平之戰。秦將白起大破趙軍，坑趙卒四十萬。詳見本卷〈繫尋陽上崔相渙三首〉其一注。「武安將」應指白起，「長平瓦」似指長平之戰。但長平之戰無「屋瓦盡振」事，蓋詩人合二事為一，以喻唐代郭子儀、李光弼等軍隊大破叛軍，聲勢大振。時兩京尚未收復。❾燕趙二句　王琦注：「燕趙皆為祿山所據，故期其清洗。周地謂洛陽，在唐為東京；秦地為長安，在唐為西京。宗廟社稷在焉，故欲其保護。」❿南遷賈　用賈誼典故。《史記・屈原賈生列傳》：「乃以賈生為長沙王太傅。賈生既辭往行，聞長沙卑濕，自以壽不得長，又以適去，意不自得。及渡湘水，為賦以弔屈原。……賈生為長沙王太傅三年，……後歲餘，賈生徵見。孝文帝方受釐，坐宣室。上因感鬼神事，而問鬼神之本。賈生因具道所以然之狀。至夜半，文帝前席。既罷，曰：『吾久不見賈生，自以為過之，今不及也。』」

【語　譯】當年謝安石隱居東山之時，根本沒有心思兼濟天下局勢。可是一旦被起用便力挽狂瀾克敵制勝，成功地保全晉朝後又瀟灑自得。偉大的賢人都是能屈能伸，在末世混亂之際風流儒雅常被輕視。如今匡時救世要依靠哪些人才，您是最清楚識人的。

傳說秦時武安侯白起為將，軍士鼓噪使屋瓦盡振。現在安史叛軍的老巢燕趙之地期望能一舉蕩清，我大唐宗廟社稷所在的兩京要儘快收復保護。有朝一日您登朝如能說得上話，還請朝廷注意到我這個像當年賈誼那樣被南遷的人。

【研　析】此詩疑作於至德元載（西元七五六年）「東奔吳國避胡塵」之時。前八句用謝安出世和入世的事蹟，說明大賢能屈能伸，進退有時。以襯托如今天下大亂，由何人來匡復？點出「君為知音者」，意謂常侍御應認識到詩人即是當今謝安。後六句先用白起當年聲振長平的典故，歌頌唐軍將領大敗安史叛軍的聲威。接著寫詩人的願望：叛軍的根據地燕趙必須清洗乾淨，兩京的宗廟社稷必須收復保護。顯示詩人忠君愛國思想。末二句以賈誼自喻，希望常侍御有機會到朝廷上推薦自己，使自己如賈誼那樣有宣室之召。《唐宋詩醇》卷三評此詩曰：「一往饒清剛之氣。」

## 贈易秀才❶

少年解長劍，投贈即分離❷。何不斷犀象？精光暗往時❸。

蹉跎君自惜，竄逐我因誰？地遠虞翻老❹，秋深宋玉悲❺。空摧芳桂色，不屈古松姿❻。感激平生意，勞歌❼寄此辭。

【注　釋】❶易秀才　名字事蹟不詳。秀才，本為通稱才之秀者，始見於《管子・小匡》。漢以後成為薦舉人員科目之一。南北朝時最重此科。唐初科舉置秀才科，後漸廢，僅作為一般士子的泛稱。❷少年二句　謂少年時即與易秀才結交，隨即分離。暗用春秋吳公子季札贈劍徐公墓事。❸何不二句　斷犀象，謂劍鋒利。《文選》卷三四曹植〈七啟〉：「步光之劍，華藻繁縟，陸斷犀象，未足稱儁。」李周翰注：「言劍之利也。犀象之獸，其皮堅。」參見卷三〈獨漉篇〉：「不斷犀象，繡澀苔生」。精光，劍光。❹虞翻老　《三國志・吳書・虞翻傳》：「翻性疏直，數有酒失。……（孫）權積怒非一，遂徙翻交州。雖處罪放，而講學不倦，門徒常數百人。又為《老子》、《論語》、《國語》訓注，皆傳於世。……在南十餘年，年七十卒。」❺宋玉悲　宋玉，戰國時楚國人。其代表作〈九辯〉曰：「悲哉，秋之為氣也。」❻空摧二句　芳桂，猶芳華。比喻人之容顏。古松，比喻人之節操。❼勞歌　惜別之歌。駱賓王〈送吳七遊蜀〉詩：「勞歌徒欲奏，贈別竟無言。」

【語　譯】我倆少年時相識解劍相贈，從此以後就長久分離。我為何不能用您所贈之劍斬犀斷象呢？這是因為現在劍的精光比往時暗淡多了。

蹉跎歲月您自己憐惜，我竄逐遠方又因誰呢？東吳時虞翻老而被遠放交州仍講學不倦，戰國時宋玉為秋色而悲寫下〈九辯〉。惡劣的環境徒然摧殘我芳華容顏，卻不能改變我古松般的節操。我對一生的失意感憤不已，唱著惜別之歌寄上此詩。

【研　析】從詩中「竄逐我因誰」句可知，此詩當作於乾元元年（西元七五八年）流放夜郎途中。詩中前四句敘兩人早年結交，長期分離。當年相贈之劍光已暗，不再能斷犀象，以喻年邁力衰，無復可為。後八句謂易秀才自惜虛度年華，而自己更不知被竄逐為誰，以虞翻年老被逐和宋玉悲秋自喻。表示環境雖摧殘芳華，但節操不屈。對己一生失意感嘆平生遭遇，特寫此惜別之詩。《唐宋詩醇》卷五評曰：「不屑屑比聲排律，氣骨清蒼，自成高調。」

## 經亂離後天恩流夜郎憶舊遊書懷贈江夏韋太守良宰❶

江夏岳陽

天上白玉京，十二樓五城❷。仙人撫我頂，結髮受長生❸。誤逐世間樂，頗窮理亂情❹。九十六聖君，浮雲挂空名❺。天地賭一擲，未能忘戰爭❻。試涉霸王略❼，將期軒冕榮❽。時命乃大謬，棄之海上行❾。學劍翻自哂，為文竟何成？劍非萬人敵，文竊四海聲❿。兒戲不足道，五噫出西京⓫。臨當欲去時，慷慨淚沾纓。歎君倜儻才，標舉冠群英⓬。開筵引祖帳，慰此遠徂征⓭。鞍馬若浮雲⓮，送余驃騎亭⓯。歌鐘不盡意，白日落昆明⓰。

十月到幽州⓱，戈鋋若羅星⓲。君王棄北海，掃地借長鯨⓳。呼吸走百川，燕然可摧傾⓴。心知不得意，卻欲棲蓬瀛㉑。彎弧懼天狼，挾矢不敢張㉒。攬涕黃金臺，呼天哭昭王㉓。無人貴駿骨，綠耳空騰驤㉔。樂毅儻再生，于今亦奔亡㉕。蹉跎不得意，驅馬過貴鄉㉖。逢君聽絃歌㉗，肅穆坐華堂。百里獨太古，陶然臥羲皇㉘。徵樂昌樂館㉙，開筵列壺觴。賢豪間青娥，對燭儼成行㉚。醉舞紛綺席，清歌繞飛梁㉛。歡娛未終朝，秩滿歸咸陽㉜。祖道擁萬人，供帳遙相望㉝。一別隔千里，榮枯異炎涼㉞。

炎涼幾度改，九土中橫潰㉟。漢甲連胡兵，沙塵暗雲海㊱。草木搖殺氣，星辰無光彩。白骨成丘山，蒼生竟何罪？函關壯帝居㊲，國命懸哥舒㊳。長戟三十萬，開門納兇渠㊴。公卿奴犬羊，忠讜醢與菹㊵。二聖出遊豫㊶，兩京遂丘墟㊷。帝子許專征，秉旄控強楚㊸。節制非桓文㊹，軍師擁熊虎㊺。人心失去就，賊勢騰風雨(46)。惟君固房陵，誠節冠終古(47)。僕臥香鑪頂(48)，飡霞漱瑤泉(49)。門開九江轉，枕下五湖連(50)。半夜水軍來，尋陽滿旌旃(51)。空名適自誤，迫脅上樓船(52)。徒賜五百金，棄之若浮煙。辭官不受賞，翻謫(53)夜郎天。夜郎萬里道，西上令人老(54)。掃蕩六合清，仍為負霜草(55)。日月無偏照，何由訴蒼昊(56)？良牧稱神明，深仁恤交道(57)。

一忝青雲客，三登黃鶴樓(58)。顧慚禰處士，虛對鸚鵡洲(59)。樊山霸氣盡，寥落天地秋(60)。江帶峨眉雪，橫穿三峽流(61)。萬舸此中來，連帆過揚州(62)。送此萬里目，曠然散我愁(63)。紗窗倚天開，水樹綠如髮(64)。窺日畏銜山，促酒喜見月(65)。吳娃與越豔，窈窕誇鉛紅(66)。呼來上雲梯，含笑出簾櫳(67)。對客小垂手，羅衣舞春風(68)。賓跪請休息，主人情未極(69)。覽君荊山作，江鮑堪動色(70)。清水出芙蓉，天然去雕飾(71)。逸興橫素襟，無時不招尋(72)。朱門擁虎士，列戟何森森(73)！剪鑿竹石開，縈流漲清深(74)。登樓坐水閣，吐論多英音(75)。片辭貴白璧，一諾輕黃金(76)。謂我不愧君，青鳥明丹心(77)。

五色雲間鵲，飛鳴天上來。傳聞赦書至，卻放夜郎迴(78)。暖氣變寒谷，炎煙生死灰(79)。君登鳳池(80)去，勿棄賈生(81)才。桀犬尚吠堯(82)，匈奴笑千秋(83)。中夜四五歎，常為大國憂。旌旆夾兩山，黃河當中流84。連雞不得進，飲馬空夷猶85。安得羿善射，一箭落旄頭86。

【注　釋】❶江夏韋太守良宰　江夏郡太守韋良宰。江夏，唐郡名，即鄂州，屬江南西道。天寶元年改為江夏郡，乾元元年復為鄂州。太守，郡的長官，即州的刺史。《新唐書・宰相世系表四上》韋氏彭城公房有良宰。當即此人。《元和姓纂》卷二韋氏彭城公房：「慶祚生行祥、行誠、行佺。……行佺，尚書右丞，生良宰、利見。」此詩中之韋良宰，當即韋行佺之子、韋利見之兄。❷天上二句　白玉京，道教稱天帝所居之處。王琦注引《五星經》：「天上白玉京，黃金闕。」《漢書・郊祀志下》：「方士有言，黃帝時為五城十二樓，以候神人於執期。」顏師古注引應劭曰：「昆侖玄圃五城十二樓，仙人之所常居。」《抱朴子・祛惑》：「又見崑崙山上……內有五城十二樓。」❸結髮句　結髮，猶束髮，指年輕時。受長生，接受道教長生不老之術。❹頗窮句　此句謂對天下治亂很有研究。窮，窮究；探求。理亂，即治亂。因避唐高宗李治諱改。❺九十六二句　謂自秦始皇至唐玄宗共九十六代皇帝，都像浮雲似地過去，徒留空名。❻天地二句　謂這些帝王像賭博一樣，孤注一擲，通過戰爭來爭奪天下。❼試涉句　此句謂自己曾涉獵成就霸王之業的策略。涉，涉獵；泛覽群書。霸王略，稱霸稱王的策略。❽將期句　期，期望。軒，華美的車乘。冕，高級官員所戴之禮帽。古制大夫以上官員可乘軒服冕，此以軒冕代稱高官顯宦。❾時命二句　謂自己身不逢時，只能拋棄霸王之略而浪跡江海。謬，差錯。《莊子・繕性》：「古之所謂隱士者，非伏其身而不見也，非閉其言而不出也，非藏其知而不發也，時命大謬也。」❿學劍四句　此為詩人自嘆學武不成，弄文卻取得天下揚名。《史記・項羽本紀》：「項籍少時，學書不成，去，學劍又不成。項梁怒之，籍曰：『書足以記名姓而已。劍，一人敵，不足學；學萬人敵。』於是項梁又教籍兵法。」自哂，自我嘲笑。竊，自謙之詞。⓫五噫句　《後漢書・梁鴻傳》：「因東出關，過京師，作〈五噫之歌〉曰：『陟彼北芒兮，噫！顧覽帝京兮，噫！宮室崔嵬兮，噫！人之劬勞兮，噫！遼遼未央兮，噫！』肅宗聞而非之，求鴻不得。乃易姓運期，名燿，字侯光，與妻子居齊魯之間。」此喻自己學梁鴻而離京。西京，指長安。⓬歎君二句　倜儻，豪爽卓異。標舉，猶高超。冠群英，為群英之首。《宋書・謝靈運傳論》：「靈運之興會標舉，延年之體裁明密，並方軌前秀，垂範後昆。」按：標，宋本原作「摽」。形誤。據蕭本、郭本、王本、咸本改。⓭開筵二句　寫韋良宰曾為李白設宴送行。祖帳，古代為遠行者在野外路旁餞別而設的帷帳。亦指送行的酒筵。遠徂征，往遠行。⓮鞍馬句形容送行之人馬眾多。⑮驃騎亭　地址不詳。王琦謂玩詩意當在長安。瞿蛻園、朱金城《校注》謂乃借用，非實指。⑯歌鍾二句　謂送別時音樂尚未盡意，太陽已落入昆明池。歌鍾，古樂器名。即編鐘。鍾，通「鐘」。《左傳》襄公十一年：「鄭人賂晉侯……歌鐘二肆。」孔穎達疏：「歌鐘者，歌必先金奏，故鐘以歌名之。」此處泛指奏樂。昆明，池名。故址在今陝西西安西南豐水和潏水之間。漢武帝元狩三年為準備和昆明國作戰而訓練水軍，以及解決長安水源不足而開鑿。⑰十月句　敘自己於天寶十一載十月到達幽州。幽州，在今北京市及河北北部。天寶元年改范陽郡，乾元元年復改為幽州。李白於天寶十載有幽州之行，自開封首途。十一載十月，抵達范陽郡。時安祿山為范陽節度使，即幽州地區的最高軍事長官。⑱戈鋋句　鋋，短矛。羅星，羅列如星，形容眾多。此以兵器之多說明軍隊嚴陣備戰，預示安祿山即將叛亂。⑲君王二句　君王，指唐玄宗。北海，指北方大片土地。長鯨，指安祿山。天寶元年，唐玄宗任安祿山為平盧節度使。三載，代裴寬為范陽節度使，仍領平盧軍。幽州之北，盡給安祿山。天寶十載，又兼河東節度使。詩即言此事。⑳呼吸二句　形容安祿山氣焰囂張，如長鯨呼吸之間可使百川奔騰，燕然山倒塌。燕然，山名，現名杭愛山，在今蒙古人民共和國境內。㉑心知二句　謂玄宗寵信安祿山，自己地位低下，知道說話無用，故只能隱居避世。宋本在「意」字下夾注：「一作：語」。是。卻，退而。蓬瀛，即蓬萊、瀛洲，神話傳說中大海中的仙山。㉒彎弧二句　弧，木弓。天狼，星名。《楚辭・九歌・東君》：「挾長矢兮射天狼。」王逸注：「天狼，星名，以喻貪殘。」《史記・天官書》：「其東有大星曰狼。」張守節《正義》：「狼為野將，主侵掠。」此指安祿山。㉓攬涕二句　黃金臺、昭王，見卷一〈古風〉其十四、卷二〈行路難〉其二注。㉔無人二句　謂當今無人重視賢才，賢人無法施展才能。駿骨，千里馬之骨。典出《戰國策・燕策一》：燕昭王欲招天下賢士，報齊破燕之讎。郭隗對燕昭王述古代一君主用千金求千里馬，三年不能得。有侍臣用五百金買一匹千里馬的屍骨，君王怒曰死馬何用？侍臣說，買死馬尚肯用五百金，天下人必信君王誠心求馬，千里馬將不求自至。不久，果然來了三匹千里馬。今君王誠心招賢士，先從我郭隗開始，必有賢於郭隗者為大王用。綠耳，駿馬名。周穆王「八駿」之一。騰驤，奔躍。㉕樂毅二句　《史記・樂毅列傳》載：樂毅至燕，為燕昭王重用，攻下齊國七十餘城，立下大功。但昭王死後，齊國用離間計使燕惠王疑忌樂毅，燕惠王就派騎劫代樂毅為將，樂毅被迫奔趙。㉖蹉跎二句　蹉跎，虛度光陰。貴鄉，唐縣名，屬河北道魏州，故址在今河北大名東北。宋本在「蹉跎」二字下夾注：「一作：蒼忙」。㉗絃歌　用子游治武城典。《論語・陽貨》：子游為武城宰。「子之武城，聞絃歌之聲。夫子莞爾而笑曰：割雞焉用牛刀？」此處喻指韋良宰當時為貴鄉縣令。㉘百里二句　此處讚揚韋良宰如陶潛任縣令時一樣無為而治，使貴鄉縣民風淳樸，社會安定，像遠古伏羲氏時代一樣。《三國志・蜀書・龐統傳》：「先主領荊州，統以從事守耒陽令，在縣不治，免官。吳將魯肅遺先主書曰：『龐士元非百里才也。使處治中、別駕之任，始當展其驥足耳。』」後以「百里才」指治理一縣的人才。太古，遠古。陶然，和樂安閒貌。羲皇，指伏羲氏。古人以為伏羲氏時代的人，無憂無慮，生活安樂。《晉書・陶潛傳》：「嘗言夏月虛閑，高臥北窗之下，清風颯至，自謂羲皇上人。」㉙昌樂館　昌樂，唐縣名，屬河北道魏州。治所在今河南南樂。館，樂館。㉚賢豪二句　賢豪，賢能勇壯之士。青娥，青年女子。江淹〈水上神女賦〉：「青娥羞豔，素女慚光。」儼，端整貌。㉛清歌句　用《列子・湯問》故事。戰國時代，韓娥到齊國去，途中缺糧，在雍門唱歌乞食，歌聲餘音繞梁，三日不絕。此喻歌舞音樂美妙。㉜歡娛二句　終朝，指凌晨四點至早上八點鐘左右時間。《詩經・小雅・采綠》：「終朝采綠。」毛傳：「自旦及食時為終朝。」未終朝，極言時間之短。秩滿，指韋良宰貴鄉縣令的任期已滿。宋本在「秩滿」二字下夾注：「一作：解印」。歸咸陽，指回長安朝廷。㉝祖道二句　此寫韋良宰離任時送行者甚多。《漢書・疏廣傳》：「公卿大夫故人邑子設祖道，供帳東都門外。」顏師古注：「祖道，餞行也。」供帳，餞行所用之帳幕。㉞榮枯句　榮枯，指草木開花和枯萎，亦喻仕途的榮枯。炎涼，暑寒，亦喻世態炎涼。季節變換，相別多年。㉟九土句　此句指安祿山反叛，天下大亂。九土，指全國。《國語・魯語上》：「能平九土。」韋昭注：「九土，九州之土也。」中橫潰，《文選》卷三〇謝靈運〈擬魏太子鄴中集詩・魏太子〉：「天地中橫潰。」李善注：「橫潰，以水喻亂也。」㊱漢甲二句　謂官軍與叛軍接戰，飛揚的沙塵使廣闊的天空都昏暗下來。漢甲，指唐朝軍隊。胡兵，指安史叛軍。㊲函關句　此句謂函谷關形勢險要，使長安顯得雄壯。函關，即函谷關。詳見卷一〈古風〉其三注。此處借指潼關。帝居，指唐京師長安。㊳國命句　此句謂國家存亡依靠哥舒翰。哥舒，指哥舒翰。《舊唐書・哥舒翰傳》：「及安祿山反，上以封常清、高仙芝喪敗，召翰入，拜為皇太子先鋒兵馬元帥。……拒賊於潼關。」㊴長戟二句　指哥舒翰三十萬軍敗降安祿山事。長戟，兵器名。此代指士卒。兇渠，指叛軍將領。渠，首領。《舊唐書・哥舒翰傳》：「引師出關，……軍既敗，翰與數百騎馳而西歸。為火拔歸仁執降於賊。」㊵公卿二句　指叛軍入長安後大肆殺戮朝廷大臣。奴犬羊，如犬羊般受奴役。蕭本、郭本、咸本作「如犬羊」。忠讜，忠誠敢言之士。醢與葅，即葅醢，古代的酷刑，把人斬成肉醬。醢，肉醬，此用作動詞，意謂慘遭殺害。㊶二聖句　二聖，指唐玄宗和唐肅宗。遊豫，遊樂。《孟子・梁惠王下》：「吾王不遊，吾何以休？吾王不豫，吾何以助？」此諱言逃亡，故言遊豫。㊷兩京句　兩京，指洛陽和長安。丘墟，廢墟。此處用作動詞，變成廢墟。㊸帝子二句　帝子，指永王李璘。見卷六〈永王東巡歌〉其四注。專征，皇帝給予統兵征討的權力。秉旄，掌握軍隊。旄，古時旗杆上用旄牛尾做的裝飾。《尚書・牧誓》：「右秉白旄以麾。」控強楚，指永王當時控制著古楚國的廣大富強地區。㊹節制句　節制，指約束有方的軍隊。桓文，指春秋時五霸中的兩個霸主齊桓公和晉文公。《荀子・議兵》：「秦之銳士，不可以當桓、文之節制。」此反用其意，謂永王璘之軍皆烏合之眾，非齊桓、晉文約束有方之師。㊺軍師句　此句謂統率無方，徒有強壯之兵。熊虎，謂永王將領像熊虎般驕橫跋扈。《尚書・牧誓》：「尚桓桓，如虎如貔，如熊如羆。」㊻人心二句　謂天下人心茫然動搖，而叛軍之勢卻如強盛風雨。㊼惟君二句　謂韋良宰為房陵郡太守時，忠誠地堅守崗位，不為永王李璘所脅迫。李白同時寫有〈天長節使鄂州刺史韋公德政碑〉：「曩者永王以天人授鉞，東巡無名，利劍承喉以脅從，壯心堅守而不動。房陵之俗，安於太山。」可與此二句參證。固房陵，堅守房陵。房陵，即房州，天寶元年改房陵郡。乾元元年復為房州。郡治在今湖北房縣。誠節，忠誠的節操。冠終古，超過自古以來的人。㊽香鑪頂　峰名。在廬山北部。因水氣鬱結峰頂，雲霧瀰漫如香煙繚繞，故名。㊾飡霞句　此句謂以雲霞為食，以瑤泉漱口，過著神仙般的隱士生活。瑤泉，瑤池之水；仙水。㊿門開二句　九江，古代傳說，長江流至潯陽分為九道。《尚書・禹貢》：「九江孔殷。」孔傳：「江於此州界分為九道。」故潯陽亦稱九江，即今江西九江。此借指長江。五湖，其說甚多，此似指廬山下的湖泊。其時李白隱居廬山屏風疊，故言。(51)滿旌旃　形容軍中旌旗之多。(52)迫脅句　按：從〈永王東巡歌〉及〈在水軍幕宴贈諸侍御〉等詩可知，李白參加永王幕事出自願，此稱「迫脅」，乃永王兵敗後被稱為逆亂，故推說如此。(53)翻謫　反而被貶謫流放。(54)夜郎二句　萬里道，極言其遠。令人老，極言愁苦。徐幹〈室思詩〉：「峨峨高山首，悠悠萬里道。君去日已遠，鬱結令人老。」(55)掃蕩二句　謂天下已掃清叛亂，但自己卻成負霜之草，被流放夜郎。負霜草，草被霜蓋著見不到陽光，比喻含冤受屈。六合，古人以天、地、四方為六合。(56)日月二句　謂日月本應遍照天下，可是自己卻被無辜流放，無從申訴。《禮記・孔子閒居》：「日月無私照。」蒼昊，蒼天。(57)良牧二句　良牧，賢良的太守。指江夏太守韋良宰。古代稱一州的地方長官刺史為「州牧」。唐代自玄宗天寶元年至肅宗至德二載改州為郡，改刺史為太守。此詩中的江夏太守即鄂州刺史。神明，明智如神。《淮南子・兵略訓》：「見人所不見謂之明，知人所不知謂之神。神明者，先勝者也。」恤，體恤；顧念。交道，好友。(58)一忝二句　忝，謙詞，辱；有愧於。辱為青雲之客，乃李白為韋太守貴賓的客套話。黃鶴樓，見卷六〈峨眉山月歌送蜀僧晏入中京〉注。(59)顧慚二句　謂面對鸚鵡洲秀麗的景色而不能像禰衡那樣寫出好作品，深感慚愧。禰處士，東漢末名士禰衡。《文選》卷一三禰衡〈鸚鵡賦序〉：「時黃祖太子射賓客大會，有獻鸚鵡者，舉酒於衡前曰：『禰處士今日無用娛賓，竊以此鳥自遠而至，明惠聰善，羽族之可貴，願先生為之賦，使四坐咸共榮觀，不亦可乎！』衡因為賦。筆不停綴，文不加點。」鸚鵡洲，在今湖北武漢西南長江中。東漢末江夏太守黃祖長子射在此大會賓客，有人獻鸚鵡，禰衡作〈鸚鵡賦〉，故名。(60)樊山二句　樊山，在今湖北鄂州西。宋本原作「焚山」。誤。據蕭本、郭本、王本、咸本改。《元和郡縣志》卷二七鄂州武昌縣：「樊山，在縣西三里。」按：唐代武昌縣即今鄂州市。王勃〈江寧吳少府餞宴序〉：「霸氣盡而江山空，皇風清而市朝改。」霸氣盡，指三國時孫權曾在此建立霸業，如今已蕩然無存。宋本在二句下夾注：「一作：彤襜冠白筆，爽氣凌清秋」。(61)江帶二句　寫峨眉山峰巒高峻，上極寒，冬春積雪，經時不散，至夏方融化流入岷江，經三峽而下。橫穿，蕭本、郭本、王本、咸本皆作「川橫」。(62)萬舸二句　舸，大船。陸游《入蜀記》：「至鄂州泊稅務亭，賈船客舫不可勝計，銜尾不絕者數里，自京口以西皆不及。李太白〈贈江夏韋太守〉詩曰：『萬舸此中來，連帆過揚州。』蓋此地自唐為衝要之地。」(63)送此二句　謂極目送萬里之舟，心神開朗使我的憂愁消散。曠然，心曠神怡貌。宋本在「我」字下夾注：「一作：煩」。(64)水樹句　謂綠樹細如髮絲。宋本在此句下夾注：「一作：水淥樹如髮」。(65)窺日二句　宋本在「日」字下夾注：「一作：光」。銜山，指日落。見月，蕭本、郭本、胡本、王本作「得月」。(66)吳娃二句　吳娃、越豔，指吳越地區美女。王勃〈採蓮賦〉：「吳娃越豔，鄭婉秦妍。」《文選》卷五左思〈吳都賦〉：「幸乎館娃之宮。」劉逵注：「吳俗謂好女為娃。」窈窕，美好貌。《詩經・周南・關雎》：「窈窕淑女，君子好逑。」《方言》：「美心曰窈，美狀曰窕。」鉛紅，鉛粉和胭脂。(67)呼來二句　雲梯，形容黃鶴樓的階梯之高。簾櫳，本指竹簾和窗櫺，此當為偏義複詞，指簾子。(68)對客二句　描寫舞姿。小垂手，原是古代舞蹈中的一種垂手身段。有大垂手、小垂手之分。《樂府詩集》卷七六〈雜曲歌辭〉有〈大垂手〉、〈小垂手〉。並引《樂府解題》曰：「〈大垂手〉、〈小垂手〉，皆言舞而垂其手也。」吳均〈大垂手〉云：「垂手忽迢迢，飛燕掌中嬌。羅衫恣風引，輕帶任情搖。」又〈小垂手〉云：「舞女出西秦，躡影舞陽春。且復小垂手，廣袖拂紅塵。」(69)賓跪二句　賓跪，賓客引身稍起之狀。古人席地而坐，引身稍起即跪。《禮記・曲禮》：「客跪撫席而辭。」情未極，興趣未盡。(70)覽君二句　謂江淹、鮑照如看到韋太守荊山之作，亦必能為之動情於色。荊山，山名，在今湖北武當山東南、漢水西岸，漳水發源於此。荊山作，指韋良宰之詩，今不傳。江鮑，指南朝詩人江淹、鮑照。動色，臉上顯出感動的表情。(71)清水二句　鍾嶸《詩品》：「謝詩如芙蓉出水。」此用以讚美韋良宰的作品清新自然，不假雕飾。(72)逸興二句　逸興，超逸豪放的意興。橫，充溢。素襟，平素的胸懷。王僧達〈答顏延年〉詩：「清氣溢素襟。」謂韋良宰平素胸襟豁達，具有超逸豪放的意興。招尋，招引尋找賓朋遊賞。(73)朱門二句　形容江夏郡衙門的威儀。宋本在「門」字下夾注：「一作：旌」。虎士，勇猛的衛士。戟，古兵器名。按：唐代制度，州府以上衙門前列戟。《新唐書・百官志》衛尉寺武器署：「凡戟，……一品之門十六，二品及京兆、河南、太原尹、大都督、大都護之門十四，三品及上都督、中都督、上都護、上州之間十二，下都護、中州、下州之門各十。」森森，威嚴貌。(74)剪鑿二句　寫韋良宰太守園林景色之美。剪竹鑿石，清流縈繞。(75)登

樓二句　英音，卓越高雅的談論。宋本在「樓」字下夾注：「一作：臺」。在「坐」字下夾注：「一作：入」。在「英」字下夾注：「一作：奇」。76片辭二句　謂韋良宰重義尚信，片言隻語比白璧、黃金還要貴重。諾，允諾。《史記・季布欒布列傳》載：漢初季布最守信用，答應人的事一定辦到。楚人諺曰：「得黃金百斤，不如得季布一諾。」璧，宋本原作「壁」，據蕭本、郭本、繆本、王本、咸本改。77調我二句　說我無愧於你的交道，只能借青鳥傳書來表明我的丹心。青鳥句，阮籍〈詠懷詩〉：「誰言不可見，青鳥明我心。」此即用其意。宋本在「鳥」字下夾注：「一作：鸞」。78五色四句　唐張鷟《朝野僉載》卷四：「唐貞觀末，南康黎景逸居於空青山，常有鵲巢其側，每飯食以喂之。後鄰近失布者誣景逸盜之，繫南康獄，月餘劾不承。欲訊之，其鵲止以獄樓，向景逸歡喜，似傳語之狀。其日傳有赦，官司詰其來，云路逢玄衣素衿人所說。三日而赦至，景逸還山，乃知玄衣素衿者，鵲之所傳也。」按：李白於乾元二年三月在流放途中遇赦放還，四句即以「靈鵲報喜」故事敘此事。79暖氣二句　此以寒谷變暖、死灰復燃喻己流放遇赦。暖氣，《北堂書鈔》卷一一二引劉向《別錄》：「《方士傳》言，鄒子在燕，燕有黍谷，地美天寒，不出五穀，鄒子居之，吹律而溫氣至，今名黍谷也。」死灰，《史記・韓長孺列傳》記載，韓安國有罪入獄，為獄吏田甲所辱。安國曰：「死灰獨不復然（燃）乎？」後梁國缺內史，朝廷請韓安國去擔任。80鳳池　鳳凰池。指中書省。魏、晉時中書省設於禁苑，掌管一切機要，因接近皇帝，故稱「鳳凰池」。此處泛指朝廷要職。81賈生　即漢賈誼。此為詩人自比。82桀犬句　《漢書・鄒陽傳》：「桀之犬可使吠堯。」桀，夏朝最後一個皇帝，非常殘暴。此用桀犬喻叛將餘兵，堯喻唐朝皇帝。按：其時安祿山已死，其部下史思明等仍在作亂。83匈奴句　千秋，指漢武帝時丞相車千秋。《漢書・車千秋傳》：「千秋無他材能學術，又無伐閱功勞，特以一言悟主，旬月取宰相封侯。世未嘗有也。後漢使者至匈奴，單于問曰：『聞漢新拜丞相，何用得之？』使者曰：『以上書言事故。』單于曰：『苟如是，漢置丞相非用賢也，妄用一男子上書即得之矣。』」此喻指當時宰相苗晉卿、王縉等皆庸碌無能之輩。84旌旆二句　謂黃河兩岸旌旗密佈，戰爭未息。旌旆，旗幟。兩山，指黃河兩邊的太華、首陽兩山。85連雞二句　喻指當時各節度使互不合作，如連雞一樣不能協調一致，飲馬觀望而猶豫不進。連雞，縛在一起的雞，喻互相牽制，行動不能一致。《戰國策・秦策一》：「諸侯不可一，猶連雞之不能俱止於棲亦明矣。」夷猶，《楚辭・九歌・湘君》：「君不行兮夷猶。」王逸注：「夷猶，猶豫也。」86安得二句　羿，后羿。傳說中夏代東夷族首領，原為有窮氏部落首領，善於射箭。旄頭，星名。見卷八〈在水軍宴贈幕府諸侍御〉詩注。落旄頭，喻討平叛亂之胡兵。

【語　譯】天上的白玉京，內有五城十二樓。仙人曾經手撫我的頭頂，我從童年起便接受道教長生之術。後來誤為追逐世間歡樂，曾深入探討國家治亂之道。自秦始皇以來共經歷九十六位聖君，如今如同浮雲空掛其名。天地之間就像賭博擲骰一樣，經常不忘戰爭來爭奪天下。我曾涉獵霸王謀略，期望有乘軒車穿冕服的榮耀。可是時命乖謬不能實現我的願望，我只得拋棄一切漫遊海上。學劍反而自我哂笑，寫作詩文究竟有什麼成就？學劍只是一人敵而非萬人敵，為文卻獲得了天下四海的大名聲。但只覺得這是兒戲不足稱道，仿效東漢梁鴻吟唱著〈五噫之歌〉離開了西京長安。可就在臨行未行之時，心中悲慨眼淚沾濕了纓帶。嘆服您有風流倜儻的才華，高高聳立超出於群英之上。您擺開筵席設下祖帳，為我餞行以慰我遠征。相送的鞍馬眾多如雲，一直送我到驃騎亭。歌舞鐘鼓還不盡意，直至紅日西下落入昆明池。

天寶十一載十月間我到幽州，只見那地方武器林立如星羅密佈。君王放棄了北方一帶的統治，全部交給了兇殘的長鯨。那長鯨呼風吸雨奔走百川，其氣勢真可將燕然山摧傾。我心知安祿山必將叛亂卻又不能講，只能說我欲隱棲於蓬萊、瀛洲仙山。彎弓指向天狼可又有所懼怕，引箭控弦又不敢射出去。我登上黃金臺遺址攬涕痛哭，呼天哭地哀告燕昭王。現在無人能看重千里馬的駿骨，綠耳駿馬只能空自奔騰。英勇智慧的樂毅儻若再生，如今也一定會奔亡出走。我為歲月蹉跎而不得意，驅馬回來經過貴鄉縣。正遇到您為縣令聽絃歌，嚴肅靜穆安坐在衙門大堂。全國的縣令之中獨有您崇尚太古，陶然臥治如同羲皇上人。您召來昌樂館的樂隊，盛開歡筵滿列酒壺杯觴。賢人豪士加上青娥美女，對著燭火儼然成行。紛綺席前酒醉歡舞，清歌嘹亮飛繞屋梁。如此歡娛未到終朝就要結束，您為縣令的任期已滿要回京城。當時萬人出城設筵為您餞行，帳幕連綿遙遙相望。從此一別又是相隔千里，人間的榮枯和世態的炎涼各自經歷又不同。

炎涼幾度歲月改，九州大地忽遭潰亂。漢人甲兵與胡人鐵騎連接戰爭，戰火煙塵瀰漫使雲海昏暗。草木搖落殺氣陣陣，星辰都失去光彩。屍骨堆成丘山，蒼生究竟有什麼罪？函谷關本為捍衛京城帝居的雄關，國家的命運交付給鎮守潼關的哥舒翰將軍。誰知三十萬長戟之士一日崩潰，國門大開叛軍湧入。公卿士大夫如犬羊一般受奴役，忠心正直之士慘遭殺害被剁成肉醬。二位聖上出京避難，兩京淪陷遂成了廢墟。

帝子永王被任命獨當一面以事征伐，高舉象徵軍權的旌旗控制強盛的楚地。但他沒有齊桓公、晉文公那樣調度節制的能力，軍旅將領驕橫跋扈如熊似虎。軍中人心茫然動搖，叛軍兇焰升騰如風狂雨暴。只有您固守房陵一帶，忠誠節氣成為古今之冠。當時我正隱居在廬山香鑪峰頂，餐雲霞而漱瑤泉。開門臨眺九江流轉，枕下五湖濤水相連。突然間夜半水軍來，潯陽江上旌旗密佈。我的空名卻正誤了我，我在脅迫之下登上了戰艦。所賜五百金徒然無用，拋棄它有如浮雲煙霧。推辭不受永王的官職和賞賜，反而坐罪被謫流放夜郎。夜郎路遙迢迢萬里，西上道路催人年老。掃平叛亂天下清澄，我獨何罪卻仍如負霜小草。日月光輝本不偏照，可我從哪裡去上訴蒼天？您這位賢良太守明智如神，仁愛深恤我而顧念交友之道。

一旦愧為您的青雲之客，三次登上黃鶴高樓。四下顧望有慚於當年曾作〈鸚鵡賦〉的禰衡高士，如今我徒然面對鸚鵡洲。當年樊山霸氣如今已盡，天地清秋萬物已寥落。大江帶來峨眉山的雪水，橫穿彎曲高峻的三峽急流。千船萬舸此中來，又連帆接櫓地直達揚州。目送這些船帆遠行萬里，使我曠然神怡消散憂愁。高樓上的紗窗倚天而開，水邊的樹木碧綠如髮。遠窺落日半銜青山令人心畏，喜見明月早升促開酒宴。吳娃和越女相伴愈美，窈窕豔麗爭誇鉛白脂紅。呼來同上淩雲高梯，含笑凝睇走出簾幕。面對貴客跳起〈小垂手〉之舞，羅衣飄轉有如春風迴旋。貴賓引身跪請休息，主人歡樂情猶未已。觀覽您的荊山詩作，江淹、鮑照都會動容驚奇。真可謂清水出芙蓉，天然去雕飾。逸興雅趣充溢滿懷，時刻招尋賓朋。紅衙門內虎士相擁，列戟衛兵多麼森然威武！園林石山夾植竹木，縈流小溪既清又深。登樓坐在水閣上，談吐議論多是卓異高雅的見解。您的片辭貴於白璧，一諾重於黃金。我忝為相知而無愧於您，唯青鳥傳書可表明我的一片丹心。

雲間飛來五色喜鵲，飛鳴報喜從天上來。傳聞大赦詔書已到，結束流放夜郎而回還。融融暖氣改變了蕭瑟寒谷，炎炎煙火引起死灰復燃。您即將登上中書省鳳凰池，千萬不要忘記而丟棄我這個南遷謫居的賈誼之才。桀犬吠堯叛軍仍在猖狂，無材的宰相就會被匈奴嗤笑。我在半夜時經常難以安眠而屢起長嘆，憂國憂君不絕於心直至天明。各路大軍的旌旗滿山遍野，黃河在兩山相夾中穿流而過。互相牽制的軍隊如連雞難以統一行動，只能飲馬觀望猶豫彷徨。怎樣能覓得如同后羿那樣善射之人，一箭就可射落旄頭星而平定天下。

【研　析】這是李白最長的一首詩。當是肅宗乾元二年（西元七五九年）流放途中遇赦回到江夏時所作。全詩分六大段。首段敘寫自己的經歷及出京時韋良宰為之餞行之事。次段描寫天寶十一載到幽州所見景象和所感憂慮及回到魏州貴鄉縣與韋良宰又一次聚會和分別之情景。第三段描寫安祿山叛亂攻陷兩京，皇帝逃亡，官員和人民慘遭奴役、屠殺。第四段敘寫自己參加永王幕的經過及遭流放的結果，稱讚韋良宰的仁恤。第五段敘寫此次韋良宰對自己相待之厚，玩賞之樂，稱讚其詩作之佳及胸襟之寬廣，府衙之威嚴及崇尚信義。末段敘自己遇赦放還，希望韋良宰回到朝廷上去勿忘推薦自己有賈生之才，安史之亂尚未平定，自己常為國事擔憂，希望能早日平定叛亂。全詩「長篇轉音，情憤而暢」（嚴羽評語）。前人多將此詩與杜甫〈北征〉詩比較。朱諫《李詩選注》曰：「〈北征〉論時事而辭嚴義正，〈書懷〉敷大義而痛切激揚。比而較之，〈書懷〉雖不若〈北征〉之純，而辭藻清麗，情思憂樂，充然有餘。」嚴羽評點本載明人批曰：「與杜〈北征〉俱五言長篇，俱自敘苦情，杜沉鬱，此俊逸，各有一種風致。然細玩之，彼過刻，此稍率；彼多新語，此多常語；彼實紀，此虛鋪，相較未覺杜為勝。」

## 江夏使君叔❶席上贈史郎中❷

鳳凰丹禁裏，銜出紫泥書❸。昔放三湘❹去，今還萬死餘❺。仙郎❻久為別，
客舍問何如❼。涸轍思流水❽，浮雲失舊居。多慚華省貴❾，不以逐臣疏。復如竹
林下❿，而陪⓫芳宴初。希君生羽翼，一化北溟魚⓬。

【注　釋】❶江夏使君叔　江夏郡太守李某。江夏，郡名。即鄂州，天寶元年改為江夏郡，乾元元年復改為鄂州。使君，對刺史（太守）的尊稱。使君叔，姓李的太守。李白稱其為叔，當為前輩，其名與事蹟不詳。疑此江夏李使君當為前篇江夏韋

太守良宰的後任。❷史郎中　按：李白另有〈與史郎中欽聽黃鶴樓上吹笛〉詩，當即此人。又按：《文苑英華》收此詩題中作〈史吏部〉，可能此人曾為吏部郎中，然今存《唐郎官石柱題名》吏部郎中無「史欽」之名。故此「郎中」可能為節度使、觀察使幕僚之加官。❸鳳凰二句　鳳凰銜詔、紫泥，見前卷五〈玉壺吟〉注。丹禁，帝王所居的紫禁城。天子居處曰禁，以丹塗壁，故曰丹禁或紫禁。《隋書・百官志上》：「殿中將軍、武騎之職，皆以分司丹禁，侍衛左右。」❹三湘　泛指湘江流域。一說湘水發源與灕水合流後稱灕湘，中游與瀟水合流稱瀟湘，下游與蒸水合流稱蒸湘。是為三湘。按：此謂上年流放夜郎時離三湘而去。❺萬死餘　極言生命危險而竟剩餘生。《後漢書・耿恭傳》：「出於萬死，無一生之望。」❻仙郎　《後漢書・明帝紀》：「郎官上應列宿。」故唐人習慣稱尚書省各部郎官（郎中、員外部）為「仙郎」。綦毋潛〈題沈東美員外山池〉詩：「仙郎偏好道，鑿沼象瀛洲。」❼問何如　即相見時之寒暄問候語。乃六朝至唐時之習俗。❽涸轍句　《莊子・外物》：「周（莊周）昨來有中道而呼者，周顧視車轍中有鮒魚焉，周問之曰：『鮒魚來，子何為者邪？』對曰：『我東海之波臣也，君豈有升斗之水而活我哉？』」❾華省貴　貴，宋本原作「責」，據蕭本、郭本、繆本、王本、咸本改。華省，尚書省的美稱。潘岳〈秋興賦〉：「獨輾轉乎華省。」❿復如句　此句謂自己與使君叔又如當年阮咸與其叔父阮籍一樣叔姪同遊。《晉書・阮咸傳》：「咸任達不拘，與叔父籍為竹林之遊。」⓫而陪　蕭本、郭本作「叨陪」。⓬希君二句　《莊子・逍遙遊》：「北冥有魚，其名為鯤。鯤之大不知其幾千里也。化而為鳥，其名為鵬。鵬之背，不知其幾千里也。怒而飛，其翼若垂天之雲。」比喻友人高升。

**【語　譯】**鳳凰從紫禁宮裡飛來，銜出用紫泥密封的皇帝大赦詔書。昔日我被流放到蠻荒之地，歷經萬死一生今日始得返還。我與仙郎您長久分別，如今客舍相會互致問候互道平安。我如乾涸車轍中的鮒魚渴望有斗升之水來相救，又如浮雲般飄零早已失去了舊居。面對華貴的尚書省郎官我多有慚愧，您卻並不因為我是放逐之臣而疏遠我。我又如竹林七賢中的阮咸，叨陪叔父的盛大宴會猶如當初竹林之遊。希望您能身生羽翼，早日高升如北溟之魚化為大鵬而摶搖直上。

**【研　析】**此詩當是乾元二年（西元七五九年）在江夏作。前六句描敘朝廷大赦而自己得以半道放還，歷萬死而得一生。與史郎中久別而重會於客舍互敘寒暄。後八句謂自己窘困如涸轍之魚思得流水，自慚面對郎官，而史郎中不以己為逐臣而見疏。又從我叔叨陪芳宴，一如當年阮氏叔姪的竹林之遊。末以希冀友人高升而使自己有以依賴，乃贈詩固有之意。

## 流夜郎半道承恩放還兼欣剋復❶之美書懷示息秀才❷

黃口為人羅❸，白龍乃魚服❹。得罪豈怨天？以愚陷網目❺。
鯨鯢未翦滅❻，豺狼屢翻覆❼。悲作楚地囚❽，何由秦庭哭❾？
遭逢二明主，前後兩遷逐❿。去國愁夜郎，投身竄荒谷⓫。半道雪屯蒙⓬，曠⓭
如鳥出籠。遙欣剋復美，光武⓮安可同？
天子巡劍閣，儲皇守扶風⓯。揚袂正北辰⓰，開襟攬群雄。胡兵出月窟，雷
破關之東⓱。左掃因右拂，旋收洛陽宮⓲。迴輿入咸京，席卷六合通⓳。叱咤開帝
業⓴，手成天地功。
大駕還長安，兩日忽再中㉑。一朝讓寶位，劍璽傳無窮㉒。
媿無秋毫力，誰念矍鑠翁㉓？弋者何所慕？高飛仰冥鴻㉔。棄劍學丹砂，臨
鑪雙玉童㉕。寄言息夫子，歲晚陟方蓬㉖。

【注釋】❶剋復　用兵力收復失地。此指至德二載九、十月間唐軍收復被安史叛軍佔領的兩京長安和洛陽。❷息秀才　名

字和事蹟不詳。❸黃口句　黃口，指雛鳥。雀初生時，嘴尚帶黃色。羅，用網捕鳥。《孔子家語》卷一五：「孔子見羅雀者，所得皆黃口小雀，問之曰：『大雀獨不得，何也？』羅者曰：『大雀善驚而難得，黃口貪食而易得。』」❹白龍句　張衡〈東京賦〉：「白龍魚服，見困豫且。」比喻君王微服出行而遇險。詳見卷四〈枯魚過河泣〉詩注。❺網目　宋本原作「綱目」，據蕭本、郭本、繆本、王本、咸本改。《文選》卷三六王融〈永明十一年策秀才文〉：「為網羅之目尚簡。」李周翰注：「目，網孔也。」❻鯨鯢句　《文選》卷五二曹冏〈六代論〉：「掃除凶逆，剪滅鯨鯢。」李周翰注：「鯨鯢，大魚吞食小魚者，以喻不義人也。」❼豺狼句　指史思明在至德二載十二月已降，次年六月又叛。詩人寫此詩時尚未平定，故稱「屢翻覆」。❽楚地囚　《左傳》成公九年：「晉侯觀於軍府，見鍾儀，問之曰：『南冠而縶者，誰也？』有司對曰：『鄭人所獻楚囚也。』」此處指詩人曾被拘下潯陽獄。❾秦庭哭　《左傳》定公四年：「申包胥如秦乞師，……立，依於庭牆而哭，日夜不絕聲，勺飲不入口七日。」❿遭逢二句　二明主，指唐玄宗、唐肅宗。兩遷逐，指玄宗天寶三載供奉翰林被讒出京和肅宗至德二載因參加永王幕府被流放夜郎。⓫竄荒谷　流竄到荒遠之地。庾信〈哀江南賦序〉：「予乃竄身荒谷，公私塗炭。」⓬雪屯蒙　洗雪冤屈出困境。按：《易經》有〈屯卦〉和〈蒙卦〉。《易經．屯卦》：「屯，剛柔始交而難生。」又〈蒙卦〉：「蒙，山下有險，險而止。」劉知幾《史通．暗惑》：「或主遭屯蒙，或朝罹兵革。」此處指流放途中遇赦。⓭曠　心情開朗貌。⓮光武　指光武帝劉秀，東漢王朝的建立者。⓯天子二句　王琦注：「時明皇幸蜀，故曰『天子巡劍閣』。至德元載七月，改扶風為鳳翔郡。二載二月，肅宗幸鳳翔，至十月，兩京克復，始自鳳翔還長安。駐兵扶風者十月，故曰『儲皇守扶風』。」⓰北辰　指北極星。《爾雅．釋天》：「北極謂之北辰。」《論語．為政》：「為政以德，譬如北辰，居其所，而眾星共（拱）之。」此喻天子之位。⓱胡兵二句　謂唐軍與回紇兵聯合在函谷關以東大破叛軍。胡兵，此處指幫助唐軍的回紇兵。月窟，古人以月的歸宿在西方，因借指極西之地。此處指回紇族所居之地。雷破，形容聲勢巨大。⓲左掃二句　謂唐軍左右掃蕩叛軍，不久就收復兩京。據《舊唐書．郭子儀傳》記載，至德二載九月，從元帥廣平王率蕃漢之師十五萬進收長安。迴紇遣葉護太子領四千騎助國討賊，賊敗，是夜奔陝郡。翌日，廣平王入京師，老幼百萬，夾道歡叫，涕泣而言曰：「不圖今日復見官軍。」廣平王休士三日，率師東趨。十月，子儀奉廣平王入東都，陳兵於天津橋南，士庶歡呼於路。⓳迴輿二句　謂肅宗於至德二載九月自鳳翔還長安，唐軍席捲天地四方打通天下。咸京，指長安。六合，天地四方。⓴業　宋本在此字下夾注：「一作：宇」。㉑大駕二句　大駕，天子車駕。謂玄宗車駕於至德二載十月自成都還長安，玄宗、肅宗兩個皇帝復返舊都坐正位。兩日，喻玄宗、肅宗。日再中，太陽昃而復正。喻玄宗、肅宗遭播遷而復歸京。㉒一朝二句　劍璽，指漢高祖劉邦的斬蛇劍和傳國璽，為漢代神器。後用以象徵統治權。《文選》卷三〇謝脁〈和伏武昌登孫權故城〉詩：「炎靈遺劍璽。」李善注：「《漢儀禮志》：自皇太子即位，中黃門以斬蛇寶劍授。」據《舊唐書．肅宗紀》記載，至德二載十月癸亥，肅宗自鳳翔還京，十二月丙午，上皇自蜀回到長安，肅宗至望賢宮奉迎。上皇詣長樂殿謁九廟神主，即日幸興慶宮。肅宗請歸東宮，上皇遣高力士再三慰譬而止。甲子，上皇御宣政殿，授肅宗傳國璽，肅宗於殿下涕泣而受之。二句即指此事。㉓媿無二句　媿，「愧」的異體字。秋毫力，比喻極細小之力。矍鑠翁，精神健旺的老人。《後漢書．馬援傳》：「援因復請行，時年六十二，帝愍其老，未許之。援自請曰：『臣尚能被甲上馬。』帝令試之。援據鞍顧眄，以示可用。帝笑曰：『矍鑠哉，是翁也！』」李賢注：「矍鑠，勇貌也。」㉔弋者二句　《後漢書．逸民傳序》：「楊雄曰：『鴻飛冥冥，弋者何篡焉。』言其違患之遠也。」李賢注：「『篡』字諸本或作『慕』，《法言》作『篡』。宋衷曰：『篡，取也。鴻高飛冥冥薄天，雖有弋人，何施巧而取也。喻賢者隱處，不離（罹）暴亂之害也。』然今人謂以計數取物為篡，篡亦取也。」㉕棄劍二句　謂學道鍊丹情景。鑪，鍊丹鑪。玉童，道童。㉖方蓬　方丈、蓬萊。神話中的仙山名。

【語　譯】黃口小雀容易被人們網羅，白龍穿魚服就會被漁者射中眼目。獲罪難道可以怨天？實在是因為愚笨使自己陷進網眼。

鯨鯢般不義的叛軍尚未剪滅，豺狼般兇惡的逆賊投降又叛屢屢翻覆。山河傾覆悲如楚囚相對，心懷忠憤何從在秦庭痛哭求得救兵以解國難？

我生遭逢玄宗、肅宗兩位明主，卻前後兩次遭到遷謫貶逐。離開家國一路愁苦流放夜郎，投身竄往荒谷僻壤。幸而半道遇赦逢凶化吉消解了艱難險頓，心情開朗如同鳥兒出籠飛向天空。遙望遠方欣喜朝廷收復兩京的美事，當年光武帝劉秀中興漢朝的功績哪裡可相比？

天子入蜀西巡劍閣，太子駐守扶風便於抗敵。拂揚衣袖正如北辰居其所而眾星環拱，敞開胸襟遍攬天下英雄。回紇兵出自西方月窟，如雷震撼破敵於雄關之東。朝廷大軍左掃右蕩，不久便收復了洛陽宮城。帝王回轉車輿重回長安，席捲天下打通天地四方。叱咤風雲開創帝業，親手成就天地之功。

太上皇的大駕返還長安，兩位聖上如同紅日忽然再上中天。玄宗讓出皇帝寶位，斬蛇劍傳國璽永傳無窮。

我慚愧沒有為平叛事業貢獻秋毫之力，誰會想起我這個精神還健壯的老人？射獵者所取的是什麼呢？仰頭看那高飛在雲中的鴻雁。拋棄學劍而去學道燒煉丹砂，守著丹爐有兩位道童作伴。寄言給您息夫子，晚年我志在登陟方丈、蓬萊的海上仙山。

【研　析】此詩當作於肅宗乾元二載（西元七五九年）。首四句以雛鳥被羅、龍改常服被漁人所制，比喻自己被流放乃愚昧所致，不能怨天尤人。次四句謂叛亂尚未平定，自己卻悲作楚囚，不得為秦庭之哭以救國難。第三段敘自己一生雖遇二明主卻兩次被逐。尤其是流放夜郎乃投身荒谷而愁痛。幸而半道遇赦放還，高興得如飛鳥出籠，更喜兩京收復，國家中興連當年漢光武帝都不能及。第四段回顧當初兩京淪陷時皇帝幸蜀，太子駐扶風，揚袂如居北辰正位，開襟用人，又請回紇出兵助戰，終於收復兩京，成就天地之大功。第五段敘肅宗、玄宗相繼回京，兩日復中，傳讓寶位，唐朝皇室傳之無窮。末段謂自己在平叛事業中愧無秋毫之力，世人亦不知自己年雖衰邁而精神尚健，只得高飛如冥鴻，使弋人無所取。學道煉丹，並冀登仙山。《唐宋詩醇》卷五評此詩曰：「引罪自咎，無怨尤之心，有眷顧之誠，不失忠厚本旨。」

## 巴陵贈賈舍人❶

賈生西望憶京華，湘浦南遷莫怨嗟❷。聖主恩深漢文帝，憐君不遣到長沙❸。

【注　釋】❶巴陵贈賈舍人　巴陵，即岳州，天寶元年改巴陵郡，乾元元年復為岳州。州治在巴陵縣，即今湖南岳陽。賈舍人，即詩人賈至。至，字幼鄰，天寶末為中書舍人，乾元元年春出為汝州刺史，乾元二年秋貶岳州司馬。《新唐書・肅宗紀》：乾元二年三月壬申，「九節度之師潰于滏水。……東京留守崔圓、河南尹蘇震、汝州刺史賈至奔于襄鄧。」又〈賈至傳〉：「坐小法，貶岳州司馬。」吳縝《新唐書糾繆》卷一六：「至之貶岳州司馬，正當至德、乾元之際。其貶岳州，即坐棄汝州而出奔之故也。本傳既漏其為汝州刺史一節，又失其為岳州司馬之因，止云『坐小法』而已。若以〈肅宗紀〉乾元二年崔圓、蘇震事考之，則其貶岳州之事，昭然可見也。」按：杜甫有〈送賈閣老出汝州〉、〈寄岳州賈司馬六丈巴州嚴八使君兩閣老五十韻〉等詩，黃鶴注謂賈至乾元元年春出為汝州刺史，次年貶岳州司馬。賈至有〈初至巴陵與李十二白裴九同泛洞庭湖〉詩云：「江畔楓葉初帶霜，渚邊菊花亦已黃。」則賈至抵巴陵，當在乾元二年九月。中書舍人是中書省重要官員，負責撰擬詔旨。以有文學資望者充任。賈至雖已貶為岳州司馬，但按唐人習慣仍稱其以往在朝廷的官職，故稱他為「賈舍人」。❷賈生二句　《史記・屈原賈生列傳》：「孝文帝悅之，超遷，一歲中至太中大夫。……於是天子後又疏之，不用其議，乃以賈生為長沙王太傅。賈生既辭往行，聞長沙卑濕，自以壽不得長，又以適去，意不自得。及渡湘水，為賦以弔屈原。」此以賈誼擬賈至。西望，岳陽、長沙皆在長安東南，故云。京華，京城長安。湘浦，指長沙，亦暗指岳州。❸聖主二句　聖主，指肅宗。長沙，唐潭州，天寶元年改為長沙郡，乾元元年復為潭州。今湖南長沙。比巴陵距長安更遠。二句用反譏語，謂唐肅宗對賈至比漢文帝對賈誼的恩似更深，因為沒有把賈至貶到更遠的長沙去，也算是皇帝的愛憐吧！

【語　譯】賈先生舉首西望思念京都長安，您如今被貶謫到南方湘水之浦可不要怨恨嗟嘆。因為當今皇上對您比當年漢文帝對賈誼的恩情更深，當年賈誼被貶長沙，而今皇上因愛惜您而沒有把您貶謫到更遠的長沙去。

【研　析】兩位詩人劫後重逢，泛舟洞庭，酬唱之作頗多。此詩首句寫賈至由京城外任繼而被貶官之後眷戀長安的傷感之情，次句點明貶謫之地，並由敘事轉而作寬慰。詩人用雙關筆法，將漢代賈誼與自己好友賈至類比，「賈生」兼指二賈，「湘浦」亦指代賈誼貶地長沙和賈至貶地岳州。這一雙關手法在三、四兩句中更明顯。承上「莫怨嗟」，詩人進一步寬慰朋友：當今聖明君主對你的恩德比漢文帝對賈誼的恩德深得多，他愛憐你，所以沒有將你貶謫到更遠的長沙去。此詩妙處在於對摯友的同情用含蓄手法表現出來，表面看似在慶幸友人比古人有較好待遇，實際卻是說賈至的遭遇是賈誼無辜放遣的重演，顯示賈至被貶與當年賈誼一樣受到不公正待遇。岳州與長沙，距長安都很遠，岳州只近二百餘里，以此寬慰，只是「五十步笑百步」，實在是曲為之詞，是為友人鳴不平，諷刺唐肅宗的寡恩正如漢文帝對賈誼的疏遠。這是更深的「怨嗟」，比賈誼「感時還北望，不覺淚沾襟」（〈岳陽樓宴王員外貶長沙〉）形於顏色的牢騷更沉痛。聯繫詩人自己的遭遇，這「怨嗟」中還有同病相憐的自傷之情。全詩婉而多諷，含蓄不露，在李白詩中較為少見。

## 博平鄭太守❶自廬山千里相尋入江夏北市門見訪卻之武陵❷立馬贈別

大梁貴公子，氣蓋蒼梧雲❸。若無三千客，誰道信陵君？救趙復存魏，英威天下聞❹。邯鄲能屈節，訪博從毛薛❺。夷門得隱淪，而與侯生親❻。仍要鼓刀者，乃是袖鎚人❼。好士不盡心，何能保其身❽？多君重然諾❾，意氣遙相託。五馬入市門❿，金鞍照城郭。都忘虎竹⓫貴，且與荷衣⓬樂。去去桃花源⓭，何時見歸軒？相思無終極⓮，腸斷朗江猨⓯。

【注　釋】❶博平鄭太守　博平郡太守鄭某。博平，即唐代博州。天寶元年改為博平郡，乾元元年復為博州。屬河北道。治所在今山東聊城東北。鄭太守，名與事蹟不詳。❷卻之武陵　回到武陵去。武陵，即唐代朗州。天寶元年改為武陵郡，乾元元年復為朗州。屬江南西道。治所在今湖南常德。❸大梁二句　謂當年魏公子氣勢之盛，如雲之覆於蒼梧。大梁，戰國時魏國的都城，即今河南開封。貴公子，指魏公子無忌，封信陵君。門下有食客數千，為戰國四公子之一。蒼梧雲，楊齊賢注：「《歸藏・啟筮》曰：『白雲出於蒼梧，入於大梁。』」❹救趙二句　《史記・魏公子列傳》記載：魏安釐王二十年，秦昭王已破趙長平軍，又進兵圍邯鄲。趙求救於魏，魏使晉鄙將十萬兵往救，名為救趙，實持兩端以觀望。信陵君使如姬竊符，殺晉鄙而奪其軍，解邯鄲之圍，保存趙國。❺邯鄲二句　邯鄲，戰國時趙國都城。魏公子信陵君奪晉鄙軍救趙國，解邯鄲之圍以後，留住在趙國邯鄲。訪博，訪問博徒。《史記・魏公子列傳》：「公子聞趙有處士毛公藏於博徒，薛公藏於賣漿家，公子欲見兩人，兩人自匿不肯見公子。公子聞所在，乃閒步往從此兩人遊，甚歡。……公子留趙十年不歸。秦聞公子在趙，日夜出兵東伐魏。魏王患之，使使往請公子。公子恐其怒之，乃誡下：『有敢為魏王使通者，死。』……毛公、薛公兩人往見公子曰：『公子所以重於趙，名聞諸侯者，徒以有魏也。今秦攻魏，魏急而公子不恤，使秦破大梁而夷先王之宗廟，公子當何面目立天下乎？』語未及卒，公子立變色，告車趣駕歸救魏。魏王見公子，相與泣，而以上將軍印授公子，……諸侯聞公子將，各遣將將兵救魏。公子率五國之兵破秦軍於河外，走蒙驁。遂乘勝逐秦軍至函谷關，抑秦兵，秦兵不敢出。當是時，公子威振天下。」❻夷門二句　《史記・魏公子列傳》：「魏有隱士曰侯嬴，年七十，家貧，為大梁夷門監者。公子聞之，往請，欲厚遺之。不肯受，曰：『臣脩身絜行數十年，終不以監門困故而受公子財。』公子於是乃置酒大會賓客。坐定，公子從車騎，虛左，自迎夷門侯生。」❼仍要二句　要，通「邀」。請。《史記・魏公子列傳》：「公子行，侯生曰：『……臣客屠者朱亥可與俱，此人力士。晉鄙聽，大善；不聽，可擊殺之。』……於是公子請朱亥。朱亥笑曰：『臣迺市井鼓刀屠者，而公子親數存之，所以不報謝者，以為小禮無所用。今公子有急，此乃臣效命之秋也。』遂與公子俱。……至鄴，矯魏王令代晉鄙。晉鄙合符，疑之，舉手視公子曰：『今吾擁十萬之眾，屯於境上，國之重任，今單車來代之，何如哉？』欲無聽。朱亥袖四十斤鐵椎，椎殺晉鄙，公子遂將晉鄙軍。」❽好士二句　蕭士贇注：「言公子存趙救魏之功，始終得侯生、毛公、薛公之力，所以能保其身者，是由盡心好士之效也。此詩太白蓋以公子無忌屬望鄭公，而以侯生、毛、薛自期也。」❾然諾　許諾。《後漢書・申屠剛傳》：「布衣相與，尚有沒身不負然諾之信。」❿五馬句　漢代太守乘的車用五匹馬駕轅，後因以「五馬」指太守的車駕。此處作太守的代稱。詳見卷四〈陌上桑〉注。市門，即題中的「江夏北市門」。⓫虎竹　銅虎符與竹使符的並稱。《漢書・文帝紀》：「(二年)九月，初與郡守為銅虎符、竹使符。」此處代指太守職位。詳見卷四〈塞下曲六首〉其五注。⓬荷衣　隱士之服。《文選》卷四三孔稚珪〈北山移文〉：「焚芰製而裂荷衣。」呂延濟注：「芰製、荷衣，隱者之服。」⓭去去句　去去，謂遠去。《文選》卷二九蘇武〈詩四首〉之三：「參辰皆已沒，去去從此辭。」桃花源，用陶淵明〈桃花源記〉故事。詳見卷一〈古風〉其三十一「鄭客西入關」注。⓮相思句　用梁昭明太子蕭統〈長相思〉成句：「相思無終極，長夜起歎息。」⓯腸斷句　典出《世說新語・黜免》。詳見卷八〈贈武十七諤〉詩注。《方輿勝覽》卷三〇：「朗水在常德府武陵縣，其水西南自辰、錦州入郡界，經郡城入大江，謂之朗江。」按：此江實即沅水。宋本在「江」字下夾注：「一作：陵」。猨，「猿」的異體字。

【語　譯】戰國時魏國都城大梁有位貴族公子信陵君無忌，他的氣概可比覆蓋蒼梧之雲。但是如果沒有門下的三千客人，有誰還能稱頌信陵君？他解救趙國之危又使魏國安存，英武聲威天下傳聞。他在趙國邯鄲能屈節下士，拜訪博徒和賣漿之人毛公和薛公。在魏國大梁時得到夷門隱士，就與這個夷門監者侯嬴親密交往。他還邀請執刀屠宰的人，乃是後來袖藏大錘擊殺晉鄙而立大功之人。如果他禮賢下士不能盡心，怎麼能使自己日後保全自身？

人們讚賞您就像信陵君一樣講信義重許諾，把誠意和義氣遙遠地託付給您。您作為太守駕著五馬來到江夏北市門，金色的馬鞍光照城郭。您全都忘記了虎竹之貴的身分，將就與在野隱士一起取樂歡暢。

此次分別遠去桃花源，不知何時能再見到您的車軒歸來？我的相思將無窮無盡，就像朗江之猿哀傷之極而腸斷。

【研　析】此詩作年不詳。或謂乾元二年（西元七五九年）或上元元年（西元七六〇年）作，似無依據。詩中未及安史之亂及流放遭遇等情事，不能確證其為此期之作。詩中首段十四句以魏公子信陵君禮賢下士及救趙存魏事蹟比擬鄭太守，暗以侯生、毛公、薛公自期。次段六句直接頌讚鄭太守重然諾，描寫其鞍馬之盛，而忘虎竹之貴，能與布衣相與歡樂。末段四句點題中的「立馬贈別」，謂別後自己將歸隱，相思之情無極。情深意長，餘味無窮。

## 江上贈竇長史❶

漢求季布魯朱家❷，楚逐伍胥去章華❸。萬里南遷夜郎國，三年歸及長風沙❹。

聞道青雲貴公子，錦帆遊弈西江水❺。人疑天上坐樓船❻，水淨霞明兩重綺❼。

相約相期何太深，棹歌❽搖艇月中尋。不同珠履三千客❾，別欲論交❿一片心。

【注釋】❶寶長史　名與事蹟不詳。長史，按唐制，上州、中州皆設長史一人。上州長史從五品上，中州長史正六品上。大都督府長史職權更重，因大都督常由親王遙領，長史即主管都督府事，為從三品職事官，中期以後常兼任節度使。❷漢求句　《史記・季布欒布列傳》：「季布者，楚人也。為氣任俠，有名於楚。項籍使將兵，數窘漢王。及項羽滅，高祖購求布千金，敢有舍匿，罪及三族。季布匿濮陽周氏。周氏……迺髡鉗季布，衣褐衣，置廣柳車中，並與其家僮數十人，之魯朱家所賣之。朱家心知是季布，迺買而置之田。誡其子曰：『田事聽此奴，必與同食。』朱家迺乘軺車之洛陽，見汝陰侯滕公。……汝陰侯滕公心知朱家大俠，意季布匿其所，迺許曰：『諾。』待間，果言如朱家指。上迺赦季布。」❸楚逐句　伍胥，即伍子胥。《史記・伍子胥列傳》記載，楚平王囚伍奢，而召其二子伍尚、伍員（子胥），尚就執。子胥彎弓屬矢將射使者，使者不敢進。子胥遂出奔到吳國。章華，楚國臺名。王琦注：「臺在楚地。伍胥自楚出奔，故曰『去章華』也。」❹萬里二句　夜郎國，戰國至漢時西南古國名。此處指詩人被流放之地夜郎郡，即珍州，天寶元年改為夜郎郡，乾元元年復為珍州。治所夜郎縣（在今貴州正安西北）。長風沙，在今安徽安慶長江邊。唐時屬淮南道舒州。詳見卷三〈長干行〉其一注。❺聞道二句　青雲貴公子，指寶長史。錦帆，錦製船帆的船。陰鏗〈渡青草湖〉詩：「平湖錦帆張。」遊弈，巡視。蕭本、郭本、王本、咸本作「遊戲」。《南史・樊猛傳》：「時猛與左衛將軍蔣元遜領青龍八十艘為水軍，於白下遊弈，以禦隋六合兵。」西江水，指長江水。長江自安徽安慶至江蘇南京為西南往東北走向，故唐代稱此段長江兩岸為江西、江東。❻人疑句　沈佺期〈釣竿篇〉：「人疑天上坐，魚似鏡中懸。」❼水淨句　謝朓〈晚登三山還望京邑〉詩：「餘霞散成綺，澄江淨如練。」❽棹歌　亦作「櫂歌」。搖櫓而歌；行船時所唱之歌。漢武帝〈秋風辭〉：「簫鼓鳴兮發棹歌。」《文選》卷二張衡〈西京賦〉：「齊栧女，縱櫂歌。」李善注：「櫂歌，引櫂而歌也。」❾不同句　《史記・春申君列傳》：「春申君客三千餘人，其上客皆躡珠履。」❿別欲論交　別有深情；非一般交情。

【語譯】漢朝初年懸賞捉拿季布，季布逃往魯地依靠朱家；戰國時楚國追逐伍子胥，伍子胥逃離楚國章華臺而奔投吳國。我被流放夜郎萬里南遷，三年後才能歸來回到長風沙。

聽說您是青雲直上的貴公子，掛起錦帆在西江水上巡遊。水中倒影疑是人在天上坐著樓船，水淨霞明照出兩層綺練。我倆相約的期望多麼強烈深沉，搖槳唱歌直上月中相尋。但我們與春申君三千門客都穿珠履不同，那是另外一種深情，想用一片真心來相知結交。

【研　析】時賢根據詩中「萬里南遷夜郎國，三年歸及長風沙」兩句，多謂此詩作於肅宗上元二年（西元七六一年）。竊頗疑非是，此二句乃初聞朝廷給詩人定罪流放夜郎空間為「萬里」，時間為「三年」。故此詩似為至德二載（西元七五七年）冬末從長風沙啟程流放贈別舒州竇長史之作。蓋此年李白因參加永王幕而被繫入獄，經宋若思、崔渙營救出獄，並入宋若思幕。接著朝廷又追究李白追隨永王事，即杜詩所謂「世人皆欲殺」，李白逃難臥病宿松山。宿松即屬舒州。後經朝廷友人營救，得免死罪，被定罪長流夜郎。故流放啟程地在舒州之長風沙。首四句以漢求捕季布、楚逐伍子胥比擬自己被流放夜郎。後八句描寫與竇長史遊江歡樂之情景，並抒寫兩人的友誼。全詩辭意暢達，意境超脫。

## 贈王漢陽❶

天落白玉棺，王喬辭葉縣。一去未千年，漢陽復相見。猶乘飛鳧舄，尚識仙人面❷。鬢髮何青青，童顏皎如練❸。

吾曾弄海水，清淺嗟三變。果愜麻姑言，時光速流電❹。與君數杯酒，可以窮歡宴。白雲歸去來❺，何事坐交戰❻！

【注　釋】❶王漢陽　姓王的漢陽縣令，其名與事蹟不詳。按：卷一一有〈自漢陽病酒歸寄王明府〉、〈寄王漢陽〉、〈早春寄王漢陽〉詩，卷二〇有〈醉題王漢陽廳〉詩中的「王明府」、「王漢陽」，當為同一人。漢陽，唐縣名。屬淮南道沔州。敬宗寶曆二年，廢沔州，縣屬江南西道鄂州。今湖北武漢漢陽區。❷天落六句　《後漢書・王喬傳》：「王喬者，河東人也。顯宗世，為葉令。喬有神術，每月朔望，常自縣詣臺朝。帝怪其來數，而不見車騎，密令太史伺望之。言其臨至，輒有雙鳧從東南飛來。於是候鳧至，舉羅張之，但得一雙舄焉。乃詔尚方診視，則四年中所賜尚書官屬履也。……後天下玉棺於堂前，吏人推排，終不搖動。喬曰：『天帝獨召我邪？』乃沐浴服飾寢其中，蓋便立覆。宿昔葬於城東，土自成墳。其夕，縣中牛皆流汗喘乏，而人無知者。百姓乃為立廟，號葉君祠。」此處以王喬比擬王漢陽。故曰「未千年」、「復相見」。宋本在「天落」句下夾注：「一作：天上墮玉棺」。❸鬢髮二句　青青，茂盛貌，形容頭髮濃密而烏黑。皎如練，形容顏面潔白光亮如絹。❹吾曾四句　《神仙傳・王遠》：「麻姑自說云：『接待以來，見東海三為桑田。向到蓬萊，水又淺於往昔。』」後以「滄海桑田」比喻世事變化巨大。果愜，果然恰如。流電，閃電。《藝文類聚》卷六引李康〈遊山序〉：「蓋人生天地之間也，若流電之過戶牖。」❺歸去來　回去。來，助詞。陶潛有〈歸去來辭〉，描寫辭官回家之樂。後用為隱居的典故。❻交戰　內心矛盾交戰。陶潛〈詠貧士〉：「貧富常交戰，道勝無戚顏。」

**【語譯】**東漢時天上降落一個白玉棺，王喬就辭去葉縣縣令躺進棺去上天成了仙。從此一去未到千年，如今在漢陽又見到您這個王喬一樣的縣令。仍然乘著飛鳧之履，人們還是認識您是神仙的臉面。您的鬢髮多麼烏黑茂盛，潔白光潤的童顏有如絹練。

我曾多次戲弄於東海，嗟嘆滄海清淺經歷多次變化。果然恰如麻姑以上所言，時光流逝之速就像閃電。我與您對飲幾杯酒，可以窮盡酣宴歡樂。仰望白雲吟詠〈歸去來辭〉，何必因榮辱貧富而內心交戰呢！

**【研析】**此詩作於乾元二年（西元七五九年）流放遇赦回到鄂州和沔州之時。前八句以王喬比擬王漢陽。兩人都姓王，都為縣令。當年王喬棄葉縣令仙去，如今王漢陽仍是青髮童顏。後八句抒「滄海桑田」之感，認為兩人對酒窮歡即可，人生何必為塵俗之事牽掛。全詩開端「飄忽靈響」，「是天語」，「筆亦如飛仙」（明人批語）。

## 贈漢陽輔錄事❶二首

## 其一

聞君罷官意，我抱漢川湄❷。借問久疏索❸，何如聽訟時？天清江月白，心靜海鷗知。應念投沙客，空餘弔屈悲❹。

【注釋】❶輔錄事　姓輔的錄事。按：卷一七〈泛沔州城南郎官湖〉詩序云：「席上文士輔翼、岑靜以為知音。」輔翼，當即此詩中的輔錄事。按：唐制，諸州刺史屬官，司馬之下有錄事參軍事，上州從七品上，中州正八品上，下州從八品上。此外尚有錄事，皆從九品。縣亦有錄事，唯京縣錄事從九品下，其他諸縣錄事則不入品，皆流外官。見《舊唐書・職官志三》。❷我抱句　抱，居守。漢川，漢水。湄，岸邊。❸疏索　雙聲聯綿詞，冷落。駱賓王〈疇昔篇〉：「當時門客今何在？疇昔交朋已疏索。」❹應念二句　用賈誼謫長沙王太傅為賦以弔屈原事，詳見卷八〈贈崔秋浦三首〉其三注。

【語譯】聽到您罷官的消息，我正守居在漢水岸邊。請問您長久地冷落清閒，比起以前忙碌地聽訟斷案時怎麼樣？天空清明江月皎潔，心中清靜只有海鷗知曉。此時您應想到當年遷謫長沙的賈誼，徒然悲哀地憑弔屈原。

【研析】此詩當是流放夜郎遇赦回到鄂州、沔州一帶時所作。詩中前四句對友人的罷官閒居表示慰問，五、六句寫景，末二句以賈誼被貶憑弔屈原表示兩人的友誼，辭意輕順。明人評後四句為「意興飄然，固佳」。

## 其二

鸚鵡洲❶橫漢陽渡，水引❷寒煙沒江樹。南浦❸登樓不見君，君今罷官在何處？漢口雙魚白錦鱗，令傳尺素報情人❹。其中字數無多少，秖是相思秋復春。

【注釋】❶鸚鵡洲　在今湖北武漢西南長江中。相傳東漢末江夏太守黃祖長子射在此大會賓客，有人獻鸚鵡，禰衡作〈鸚鵡賦〉，故名。楊齊賢注：「鸚鵡洲在漢陽渡之上流。」❷水引　胡本作「水影」。❸南浦　古水名，一名新開港，在今湖北武漢南。詳見卷六〈江夏行〉注。❹漢口二句　漢口，漢水入江處。在今武漢長江以北。雙魚，即「雙鯉」。古樂府〈飲馬長城窟行〉：「客從遠方來，遺我雙鯉魚。呼兒烹鯉魚，中有尺素書。」後因以「雙魚」、「尺素」為書信的代稱。尺素，古人通常用長一尺的絹帛寫文章或書信，故稱。

【語譯】鸚鵡洲橫在江中面對漢陽渡，江水引起煙霧遮蔽江邊樹木。在南浦登上高樓不見您的蹤影，如今您罷官後身在何處？漢水入江口游來錦鱗銀白的雙魚，使牠們捎去書信報告情人。書信中字數沒有多少，只是說從秋到春相思不斷。

【研析】此詩最早見於《才調集》。當與上首為同時之作。首二句描寫漢陽景色，次二句從登樓引出懷人，將題意交待清楚。後四句便抒相思之情，用鯉魚傳書典故，巧妙融洽，甚有意趣。《唐宋詩醇》卷五曰：「煙江風景，登樓所見，即此發端，接出懷人之意，最有氣格。」

## 江夏贈韋南陵冰❶

胡驕❷馬驚沙塵起，胡雛飲馬天津水❸。君為張掖近酒泉❹，我竄三巴九千里❺。
天地再新法令寬❻，夜郎遷客帶霜寒❼。西憶故人不可見，東風吹夢到長安。
寧期此地忽相遇，驚喜茫如墮煙霧❽。玉簫金管喧四筵，苦心不得申長句❾。昨
日繡衣傾綠樽❿，病如桃李竟何言⓫。昔騎天子大宛馬⓬，今乘款段⓭諸侯門。賴
遇南平豁方寸⓮，復兼夫子持清論。有似山開萬里雲，四望青天解人悶⓯。

人悶還心悶，苦辛長苦辛。愁來飲酒二千石，寒灰重暖生陽春⑯。山公⑰醉後能騎馬，別是風流賢主人。頭陀雲月多僧氣⑱，山水何曾稱人意？不然鳴笳按鼓戲滄流⑲，呼取江南女兒歌棹謳⑳。我且為君槌碎黃鶴樓，君亦為吾倒卻鸚鵡洲㉑。赤壁爭雄㉒如夢裏，且須歌舞寬離憂㉓。

【注釋】❶韋南陵冰　即南陵縣令韋冰。韋冰乃景駿之子，渠牟之父。黃本驥在《顏魯公集》中附李白〈寄韋南陵冰余江上乘興訪之遇尋顏尚書笑有此贈〉詩，並注云：「韋冰，元珪之子。後為鄠令者也。」詹鍈《李白詩文繫年》從其說。檢《舊唐書・韋堅傳》：天寶五載七月，「堅弟將作少匠蘭、鄠縣令冰……並遠貶。至十月，使監察御史羅希奭逐而殺之，諸弟及男諒並死。」可知鄠縣令韋冰早在天寶五載被逐殺，與此詩稱「夜郎遷客」，時間不合。考《元和姓纂》卷二韋氏郿城公房：「景駿生述、迪……冰。冰，一名達，生渠牟，太常卿。」又據權德輿〈韋渠牟墓誌〉：「大曆末，丁著作府君憂。」知韋冰卒於大曆末，時代相當。又據權德輿〈左諫議大夫韋公渠牟詩集序〉稱，渠牟年十一，賦〈銅雀臺〉絕句，得到李白讚賞。渠牟卒於貞元十七年，享年五十三，則十一歲時當乾元二年，正是李白流放夜郎遇赦歸江夏之時（參見拙著《天上謫仙人的秘密——李白考論集・李白暮年若干交遊考索》）。江夏，唐天寶元年至至德二載改鄂州為江夏郡，即今湖北武漢武昌。南陵，今安徽南陵。❷胡驕　胡人。《漢書・匈奴傳》：「南有大漢，北有強胡。胡者，天之驕子也。」此指安祿山叛軍。❸胡雛句　此句謂安祿山叛軍佔據洛陽。胡雛，指少年胡人。《晉書・石勒載記》：「石勒，……上黨武鄉羯人也。……年十四，隨邑人行販洛陽，倚嘯上東門。王衍見而異之，顧謂左右曰：『向者胡雛，吾觀其聲視有奇志，恐將為天下之患。』」雛，宋本原作「騶」，據蕭本、郭本、王本、咸本改。此指安祿山部下的胡兵。天津水，天津橋下之水。天津橋在洛陽西南洛水上。❹張掖近酒泉　張掖、酒泉，均為唐郡名。天寶元年改甘州為張掖郡，改肅州為酒泉郡。乾元元年復為甘州、肅州，即今甘肅張掖、酒泉。❺我竄句　三巴，東漢末益州牧劉璋分巴郡為永寧、固陵、巴三郡，後改為巴、巴東、巴西三郡，合稱三巴。在今四川嘉陵江和綦江流域以東地區。李白流放夜郎，至三巴遇赦而歸，故云「竄三巴」。九千里，誇張之辭，極言遙遠。❻天地句　天地再新，指收復兩京，國勢好轉。法令寬，指大赦天下。《唐大詔令集》卷八四〈以春令減降囚徒制〉：「其天下見禁囚徒死罪從流，流罪以下一切放免。」注：「乾元二年二月。」李白當因此〈制〉被赦放還。❼夜郎句　謂己剛從流放夜郎途中赦回，心中仍帶著寒霜餘悸。❽寧期二句　謂哪裡想到在此相遇，驚喜得茫然如入煙霧之中。寧期，豈料。❾苦心句　中，表達。長，宋本原作「二」，在「二」字下夾注：「一作：長」。蕭本、郭本、王本、咸本亦同。是。據改。長句，指七言古詩。❿昨日句　此句似指節度使幕府宴會。繡衣，指御史臺官員，見卷八〈在水軍宴贈幕府諸侍御〉詩注。唐代中期以後使府幕僚常帶憲銜，故常以御史稱之。綠樽，酒杯。⓫病如句　此句謂悲憤無言如桃李之病。意指有苦無處訴。《史記・李將軍列傳》：「桃李不言，下自成蹊。」⓬大宛馬　漢西域大宛國所產名馬。大宛國故址在今中亞費爾干納盆地。《史記・大宛列傳》：「及得大宛汗血馬，益壯，更名烏孫馬曰西極，名大宛馬曰天馬云。」⓭款段　行走遲緩的劣馬。《後漢書・馬援傳》：「乘下澤車，御款段馬。」李賢注：「款，猶緩也，言形段遲緩也。」⓮賴遇句　南平，指李白族弟南平太守李之遙。見本卷〈贈從弟南平太守之遙二首〉其一注。豁方寸，暢開胸襟。方寸，亦作「方寸地」，指心。《三國志・蜀書・諸葛亮傳》：「庶（徐庶）辭先主而指其心曰：『本欲與將軍共圖王霸之業者，以此方寸之地也。今已失老母，方寸亂矣。』」⓯有似二句　用《晉書・樂廣傳》衛瓘讚樂廣語：「此人之水鏡，見之瑩然，若披雲霧而覩青天也。」⓰寒灰句　《史記・韓長孺列傳》記載：韓安國犯罪入獄，為獄吏所辱，安國說：「死灰獨不復然（燃）乎？」後梁國缺內史，朝廷又請韓安國去擔任。此即用其意。⓱山公　指晉朝名士山簡，見卷五〈襄陽歌〉注。⓲頭陀句　頭陀，寺名。《元和郡縣志》卷二七江南道鄂州江夏縣：「頭陀寺，在縣東南二里。」原址在今湖北武漢黃鶴山。僧氣，佛寺的肅穆苦寂之氣。⓳不然句　鳴笳，吹笳。笳，古管樂器。按鼓，擊鼓。《文選》卷三三宋玉〈招魂〉：「陳鐘按鼓，造新鼓些。」劉良注：「按，猶擊也。」滄流，滄涼之水。指江水。宋本在「然」字下夾注：「一作：能」。⓴歌棹謳　唱棹歌。《文選》卷四左思〈蜀都賦〉：「發棹謳。」劉淵林注：「棹謳，鼓棹而歌也。」㉑鸚鵡洲　在今湖北武漢西南長江中。相傳東漢末江夏太守黃祖長子射在此大會賓客，有人獻鸚鵡，禰衡作賦，故名。㉒赤壁爭雄　指歷史上著名的三國赤壁之戰。赤壁，山名，即今湖北蒲圻西之赤壁山。一說即今湖北武漢武昌西赤壁磯。東漢建安十三年孫權劉備聯軍敗曹操於此。㉓離憂　憂傷。《楚辭・九歌・山鬼》：「思公子兮徒離憂。」

**【語　譯】**驕橫的胡人驚馬飛奔沙塵揚起，胡兒在洛陽天津橋下飲馬。當時您為張掖縣令臨近酒泉，我被流放奔竄三巴九千路程。收復兩京天地再新而法令寬鬆，詔令大赦使我這個流放夜郎的遷謫之人帶著寒霜歸還。憶念西邊的老朋友不可相見，東風吹著我的夢魂到了長安。哪裡想到卻在此地忽然相遇，驚喜得茫然如墮煙霧。筵席上玉簫金管喧鬧四方，心情淒苦竟不能用七言長句來盡情抒發。昨天繡衣侍御向我頻傾綠樽，我卻如得病桃李竟然無言可說。昔日我曾騎著天子恩賜的大宛馬暢遊京城，如今騎著劣馬奔走諸侯之門。幸虧相遇南平太守李之遙心胸豁達，再加上夫子您高論清談。有如青山頂上撥開了萬里雲霧，使我眺望四周青天解除了煩悶。

人悶還是心悶，苦辛依然是長久的苦辛。憂愁襲來就飲酒二千石，渴望死灰復燃嚴寒中重生陽春。山公酒醉以後仍能騎馬出行，這是賢主人的另一番風流。頭陀寺的雲月帶有太多的僧氣，如此山水怎能使人稱心滿意？要不然鳴笳擊鼓戲遊滄涼清流，呼喚江南女兒鼓棹謳歌。我將為您捶碎黃鶴樓，您也為我翻倒鸚鵡洲。三國時赤壁爭雄有如夢中之事，暫且還是邊歌邊舞寬慰憂愁。

【研析】此詩當是乾元二年(西元七五九年)流放夜郎遇赦回至江夏時作。前二十句圍繞與韋冰的離合抒感。開頭如驚飆突起，以簡練筆墨寫安祿山叛亂爆發，驅兵南下，沙塵蔽天，叛軍飲馬洛陽天津橋下，氣焰驕悍囂張。緊接著寫大動亂中自己與韋冰的遭遇：韋冰遠處邊疆，孤獨之感可想；自己被流放夜郎，更是歷盡艱辛。用「九千里」三字形容遙遠的心理感受，拉長了空間的實際距離。接著四句寫遇赦東歸及對韋冰的思念。儘管國運好轉自己獲得赦免，但詩人仍心有餘悸。「帶霜寒」三字，形象地顯示出流放生涯在詩人心靈上烙下的傷痕。韋冰在任職張掖後大約曾回長安，所以詩人有「吹夢到長安」的思念。「寧期」四句，從離別陡轉到相會，時代動亂，遭遇不幸，在夢寐思念不得見的情況下，突然不期而遇，驚喜交併之情可想而知，「茫如墮煙霧」五字，把乍見翻疑夢的恍惚茫然的神態描繪得非常真切生動。在簫管喧鬧的宴會上，詩人卻因內心苦悶而竟不能用擅長的七言長句抒發豪情，可見詩人心頭的壓抑多麼沉重。「昨日」四句回憶不久前的一次盛宴。儘管席間有御史臺官員頻傾酒杯勸飲，自己竟如得病的桃李無言，沒有興致。往昔天子賞賜恩寵，如今卻曳裾諸侯之門，詩人感到屈辱和悲傷。以豪爽著名的詩人竟緘口「無言」，進一步烘托出內心的苦悶壓抑。「賴遇」四句轉寫遇見親友的欣喜。詩人有〈贈從弟南平太守之遙二首〉詩，寫到自己離開朝廷後一些「疇昔相知」都拒交，只有李之遙「心不移」。這裡的「豁方寸」，也就是敞開胸懷、肝膽相照的友誼，加上韋冰反對炎涼世態的「清論」，使詩人感到「有似山開萬里雲，四望青天解人悶」，心頭的苦悶排解了。

後段十四句借酒宣洩內心苦悶，兩個對稱的五言句嵌在前後七言句中，使全詩分出了前後段落和節奏，並以「苦」、「悶」領起以下的抒情。苦悶往往用狂飲求解脫，此處「二千石」既寫狂飲，又和「寒灰」句巧用漢代韓安國事，還關合自己受到「風流賢主人」江夏太守韋良宰的款待，用山簡事表示自己的酣醉。接著寫醉遊。先遊頭陀寺，但詩人感到頭陀寺的風雲月色也沾染著「僧氣」，山水也失去了自然清新使人爽心悅目的本色。那就遨遊江上，歌舞戲樂，叫江南女子唱船歌來解悶吧，而這苦中作樂本身就是苦悶的標誌，當狂飲、遨遊、歌舞都不能排遣苦悶時，滿腔悲憤就噴射而出，「我且」兩句似醉後狂言，實際上是詩人對當時社會的強烈憤慨，在絕望情緒中表現出對苦悶的宣洩。末二句是憤怒發洩後無可奈何的自我寬解，把歷史、人生、功名事業都看作夢幻，其實質是理想破滅後的深沉憤鬱。最後「離憂」二字透露出又將與韋冰離別。

## 贈別舍人弟臺卿❶之江南

去國客行遠，還山秋夢長。梧桐落金井，一葉飛銀牀❷。覺罷把朝鏡❸，鬢毛颯已霜。

良圖委蔓草，古貌成枯桑。欲道心下事，時人疑夜光❹。因為洞庭葉，飄落之瀟湘❺。

令弟經濟士❻，謫居我何傷❼。潛虬隱尺水，著論談興亡❽。

客遇王子喬⑨，口傳不死方⑩。入洞過天地⑪，登真朝玉皇⑫。吾將撫爾背，揮手遂翱翔⑬。

【注釋】❶舍人弟臺卿　詩人之弟舍人李臺卿。按：唐代中書省有中書舍人六人，起草詔制，正五品上。權甚重。此外，尚有通事舍人、太子宮中有中舍人等。《舊唐書・李璘傳》：「以薛鏐、李臺卿、蔡坰為謀主，因有異志。」《新唐書・李璘傳》略同。李臺卿事蹟僅見於此。❷梧桐二句　梧桐落葉最早，故以「梧桐一葉落」表示秋天來臨。銀牀，井欄的美稱。庾肩吾〈九日侍宴樂遊苑應令〉詩：「玉醴吹巖菊，銀牀落井梧。」按：吳曾《能改齋漫錄》卷六「餘牀」曰：「蓋銀牀者，以銀作欄，猶《山海經》所謂以玉為欄耳。」《韻會》：「井幹，井上木欄也。其形四角或八角，又謂之銀牀，皆井欄也。」❸把朝鏡　蕭本、郭本、王本作「攬明鏡」，咸本作「攬朝鏡」。意同。「攬明鏡」似更妥。❹時人句　夜光，夜明珠。此處用明珠暗投典故。喻指懷才不遇。《史記・魯仲連鄒陽列傳》：「臣聞明月之珠，夜光之璧，以闇投人於道路，人無不按劍相眄者。何則？無因而至前也。」❺因為二句　以洞庭葉喻自己飄流如落葉。屈原〈九歌・湘夫人〉：「嫋嫋兮秋風，洞庭波兮木葉下。」瀟湘，瀟水在湖南零陵入湘水，故稱零陵為瀟湘。宋本在「飄落」句下夾注：「一作：流浪至瀟湘」。❻令弟句　令弟，猶賢弟。經濟，經世濟民。《晉書・殷浩傳》：「足下沉識淹長，思綜通練，起而明之，足以經濟。」宋本在「士」字下夾注：「一作：才」。❼謫居句　宋本在本句下夾注：「一作：出門見我傷」。❽潛虬二句　謂潛虬藏淺水，故猶著論談興亡。《文選》卷二二謝靈運〈登池上樓〉：「潛虬媚幽姿。」李善注：「虬以深潛而保真。」虬，傳說中無角的龍。《楚辭・離騷》：「駟玉虬以乘鷖兮。」王逸注：「有角曰龍，無角曰虬。」宋本在「尺」字下夾注：「一作：斗」。❾客遇句　客遇，宋本作「玄遇」，據蕭本、郭本、王本改。胡本、咸本作「云見」。按：作「客遇」或「云見」皆通。王子喬，傳說中的仙人名。劉向《列仙傳・王子喬》：「王子喬者，周靈王太子晉也。好吹笙作鳳凰鳴。遊伊、洛間，道士浮丘公接上嵩高山。三十餘年後，求之於山上，見柏良曰：『告我家，七月七日待我於緱氏山巔。』至時，果乘鶴駐山頭，望之不可到。舉手謝時人，數日而去。」❿不死方　亦作「不死藥」。傳說中能使人不死的藥方。《史記・封禪書》：「蓋嘗有至者，諸仙人及不死之藥皆在焉。」《抱朴子・論仙》：「(李)少君有不死之方。」⓫入洞句　此句謂洞中別有天地。道教稱仙人居處為洞天。有十大洞天、三十六洞天之說，見《雲笈七籤》卷二七及《事林廣記》前集六〈仙境〉。⓬登真句　登真，猶登仙、成仙。陶弘景有《登真隱決》，談神仙之事。玉皇，道教稱天帝為玉皇大帝，簡稱玉皇、玉帝。⑬揮手句　宋本在此句下夾注：「一作：攜手淩蒼蒼」。

【語　譯】離開家國作客遠方，還山的道路遙遠而秋夢又非常漫長。梧桐葉飄落入金井，一葉落在井欄上就知秋天已到。一覺醒來攬起明鏡相照，發現鬢角頭髮倏忽之間已花白如霜。

美好的理想抱負丟棄在蔓生野草之中，古樸的形貌已成枯萎的老桑樹。我想論說心中之事，又恐明珠暗投而見疑於當世之人。我因此像那洞庭飄落的樹葉，一直飄零至瀟湘。

賢弟您是經國濟世之士，我的謫居又何必傷懷。虬龍本應深潛保真如今只有尺水可隱，只好著作論談興亡之事。

期望路途中會遇到仙人王子喬，讓他口傳不死的祕方。進入洞天別有天地，登仙朝見玉皇大帝。那時我將撫拍您的背，揮手告別人間翱翔於天上仙界。

【研　析】此詩當是乾元二年（西元七五九年）秋至零陵時所作。李臺卿本為永王李璘謀主，卻未受刑，當是永王未敗時已歸附王室。此次在零陵相遇，李臺卿欲往江南，李白是刑餘之人，相送而贈詩。首段六句寫遠客他鄉，秋景淒涼，照鏡見自己之衰老。次段六句寫己有良策而無用，只能如洞庭葉飄落往瀟湘。三段四句謂臺卿有經濟之才，自己有可託之人，謫居無傷。隱居淺水，尚可談論興亡之事。末段六句謂嚮往神仙，他日登仙，將向世人揮手告別而翱翔天上。

## 贈盧司戶❶

秋色無遠近，出門盡寒山。白雲遙相識，待我蒼梧間❷。借問盧躭鶴，西飛幾歲還❸？

【注　釋】❶盧司戶　指永州司戶參軍盧象。盧象，字緯卿。司戶參軍是州衙主管民戶的官員。《新唐書・藝文志四》：「《盧象集》十二卷。」注云：「字緯卿，左拾遺，膳部員外郎，授安祿山偽官，貶永州司戶參軍，起為主客員外郎。」按：劉禹錫〈唐故尚書主客員外郎盧公（象）集紀〉：「始以章句振起於開元中，與王維、崔顥比肩驤首，鼓行於時。……由前進士補祕書省校書郎，轉右衛倉曹掾。……擢為左補闕，河南府司錄，司勳員外郎。……左遷齊、汾、鄭三郡司馬，入為膳部員外郎。大盜起幽陵，入洛師，……執公墮脅從伍中。初謫果州刺史，又貶永州司戶，移吉州長史。……徵拜主客員外郎。」❷白雲二句　《太平御覽》卷八引《歸藏》曰：「有白雲自蒼梧入大梁。」蒼梧，山名，即九疑山，在今湖南寧遠南。詳見卷二〈遠別離〉詩注。❸借問二句　盧躭鶴，躭，「耽」的異體字。《水經注・溳水》引鄧德明《南康記》：「昔有盧耽，仕州為治中。少棲仙術，善解雲飛，每夕輒淩虛歸家，曉則還州。嘗于元會至朝，不及朝列，化為白鵠至闕前，迴翔欲下，威儀以石擲之，得一隻履。耽驚還就列，內外左右，莫不駭異。」此處用以喻盧象。

【語　譯】無論遠近都是秋色彌漫，一出大門盡是寒冷的山峰。遙看白雲似曾相識，它正在蒼梧山間等待我。請問您盧躭鶴，向西飛去幾年才回來？

【研　析】此詩當是乾元二年（西元七五九年）秋末在永州（零陵郡）會見舊友盧象而作。詩中寫天地間全是秋色，秋景淒涼，亦寓心境之苦。末二句用借問反詰，懷人情深。《唐宋詩醇》卷五評曰：「高調，妙於省淨。」

## 贈從弟南平太守之遙❶二首

時因飲酒過度，貶武陵，後詩故贈

### 其一

少年不得意，落拓無安居❷。願隨任公子，欲釣吞舟魚❸。常時飲酒逐風景，壯心遂與功名疏。蘭生谷底人不鋤，雲在高山空卷舒❹。

漢家天子馳駟馬，赤車蜀道迎相如❺。天門九重謁聖人❻，龍顏一解四海春❼。彤庭❽左右呼萬歲，拜賀明主收沉淪❾。翰林秉筆迴英眄❿，麟閣⓫崢嶸誰可見？承恩初入銀臺門⓬，著書獨在金鑾殿⓭。龍駒雕鐙白玉鞍，象牀綺食黃金盤⓮。當時笑我微賤者，卻來請謁為交歡。

一朝謝病遊江海，疇昔相知幾人在⓯？前門長揖後門關，今日結交明日改⓰。愛君山嶽心不移，隨君雲霧迷所為⓱。夢得池塘生春草，使我長價〈登樓詩〉⓲。別後遙傳臨海作，可見羊何共和之⓳。

【注釋】❶南平太守之遙　南平，即渝州，天寶元年改為南平郡，乾元元年復改為渝州。今重慶市。太守，郡的行政長官，即州的刺史。之遙，即李之遙，事蹟不詳。本卷〈江夏贈韋南陵冰〉詩中「賴遇南平豁方寸」的「南平」，即指此南平太守李之遙。❷少年二句　得意，宋本原作「作意」，據蕭本、郭本、王本、咸本改。落拓，蕭本、郭本、王本、咸本皆作「落魄」，亦作「落托」、「落泊」。疊韻聯綿詞，意同。窮困失意。《史記・酈生陸賈列傳》：「(酈生)家貧落魄，無以為衣食業。」❸願隨二句　《莊子・外物》：「任公子為大鉤巨緇，五十犗以為餌，蹲乎會稽，投竿東海，旦旦而釣，期年不得魚。已而大魚食之，牽巨鉤錎沒而下，騖揚而奮鬐，白波若山，海水振盪，聲侔鬼神，憚赫千里。任公子得若魚，離而腊之，自制河以東，蒼梧以北，莫不厭若魚者。」李白借此以寓少年大志。❹蘭生二句　《三國志・蜀書・周群傳》：「芳蘭生門，不得不鉏。」此處反用其意，謂不當要害，可以免禍。卷舒，自由卷曲舒展。謂少年時代自由放縱。❺漢家二句　《華陽國志・蜀書》：

「城北十里有昇仙橋，有送客觀。司馬相如初入長安，題市門曰：『不乘赤車駟馬，不過汝下也。』」此借漢武帝召見司馬相如，喻自己天寶元年奉詔入京。❻天門句　天門九重，指皇宮深遠。《楚辭・九辯》：「君之門以九重。」聖人，指皇帝。❼龍顏句　指皇帝開顏一笑而天下都受恩澤如草木逢春。《列子・黃帝》：「夫子始一解顏而笑。」❽彤庭　赤色的庭院。謂以丹漆塗飾的宮庭。此處指皇宮朝庭。❾收沉淪　收納淪落之人。指天寶元年玄宗詔李白入京。❿翰林句　指天寶元年至三載在翰林院為翰林供奉。秉筆，指為皇帝草擬詔書，撰寫詩文。英眄，指得到皇帝的注目。⓫麟閣　即麒麟閣，漢代閣名，在未央宮中。《三輔黃圖・閣》：「麒麟閣，蕭何造，以藏祕書、處賢才也。」此處借指唐代翰林院。⓬承恩句　銀臺門，指翰林院。《舊唐書・職官志二》：「翰林院，天子在大明宮，其院在右銀臺門內。」宋本在本句下夾注：「一作：承恩侍從甘泉宮」。⓭金鑾殿　唐大明宮中殿名，殿與翰林院相接，故皇帝常在此召見翰林供奉。李陽冰〈草堂集序〉：「天寶中，皇祖下詔，徵就金馬，……置於金鑾殿，出入翰林中，問以國政，潛草詔誥，人無知者。」即指此。⓮龍駒二句　形容當年的豪華生活。龍駒，良馬。雕鐙，雕飾精美的馬鐙。象牀，象牙裝飾的牀。綺食，豐盛的宴席。宋本在「食」字下夾注：「一作：席」。⓯一朝二句　謝病，因病辭職，乃「賜金放歸」之委婉說法。疇昔，往日。⓰前門二句　極言世態炎涼，交情虛偽。⓱愛君二句　讚美李之遙看重交情，像山岳般堅定不移。⓲夢得二句　《南史・謝惠連傳》：「謝惠連年十歲能屬文，族兄靈運嘉賞之，云：『每有篇章，對惠連則得佳語。』嘗於永嘉西堂思詩，竟日不就，忽夢見惠連，即得『池塘生春草』，大以為工。嘗曰：『此語有神助，非吾語也。』」此以謝靈運、謝惠連擬己和李之遙的關係。長價，增加聲價。登樓詩，即謝靈運〈登池上樓詩〉。⓳別後二句　謂別後李之遙如看到自己的詩作，便能和詩友們一起唱和了。臨海作，指謝靈運〈登臨海嶠初發彊中作與從弟惠連見羊何共和之〉詩。臨海，晉時郡名，今浙江臨海。《宋書・謝靈運傳》：「靈運既東還，與族弟惠連、東海何長瑜、潁川荀雍、太山羊璿之，以文章賞會，共為山澤之遊，時人謂之四友。」羊，羊璿之。何，何長瑜。

【語　譯】少年時生活不得意，落魄奔波不得安居。本有大志希望追隨任公子，用大鉤巨緇釣得吞舟大魚。無奈經常痛飲追逐風景，壯心就逐漸與功名疏遠。蘭生谷底就使人不識而不鋤，雲在高山空自翻卷與舒展。

天子突然派駟馬來迎我，如同當年漢朝用赤車經蜀道去接司馬相如。我走進九重天門謁見皇上，龍顏歡笑使我頓覺四海皆春。朝庭上左右大臣都高呼萬歲，拜賀聖明君主收攬沉淪的英才。我在翰林院揮筆引得皇上的注目，崢嶸的麒麟閣上誰能似我一樣被看見？承蒙聖恩我進入銀臺門內，獨自著書待在金鑾殿。乘龍駒跨上雕鐙白玉鞍，坐象床食用黃金盤中豪華的美餐。以往譏笑我微賤的那些人，現在卻都來拜見請求交友同歡。

可我一旦以病辭京漫遊江海，過去那些與我交好的還有幾人依然相知？前門作揖後門就插栓拒客，今天結交之人明天就變了面孔。我最愛您的心如山岳始終不變，隨您進入雲霧中不在意所作所為。我想借您夢得「池塘生春草」的佳句，使我登樓之詩增長身價。分別之後我要像謝靈運遙寄惠連臨海詩一樣寄詩給您，您可和友人一起唱和。

【研　析】此詩當是乾元二年（西元七五九年）流放遇赦回到江夏時所作。本卷〈江夏贈韋南陵冰〉詩云：「天地再新法令寬，夜郎遷客帶霜寒。……賴遇南平豁方寸，復兼夫子持清論。」可知當時李白與韋冰、李之遙在江夏相遇同遊。可能是李之遙由渝州刺史被貶朗州而來江夏。首八句抒寫年輕時抱負大而不得志，中十四句描寫天寶初奉詔入京供奉翰林時，得到皇帝恩寵、群臣奉承的情景，末十句敘寫離京後體會到世態炎涼，原來的好友都拒絕相見，唯有李之遙始終不變，並用典實希望今後傳詩唱和。《唐宋詩醇》卷五評曰：「蘭生谷底二句，逸韻可賞，復有深味。末四語用古入化，別具清新之致。」

## 其二

東平與南平，今古兩步兵❶。素心愛美酒，不是顧專城❷。謫官桃源去，尋花幾處行❸？秦人❹如舊識，出戶笑相迎。

【注　釋】❶東平二句　東平，漢甘露二年改大河郡為東平國，治所在無鹽（今山東東平東）。南朝宋改為東平郡，北齊廢。《晉書・阮籍傳》：「及文帝輔政，籍嘗從容言於帝曰：『籍平生曾游東平，樂其風土。』帝大悅，即拜東平相。籍乘驢到郡，壞府舍屏鄣，使內外相望，法令清簡，旬日而還。」此處即以東平代指阮籍。南平，見上篇注。此處指南平太守李之遙。

步兵，指步兵校尉。校尉是漢代軍職稱號，略次於將軍。隨其職務冠以名號。《晉書・阮籍傳》：「籍嘗聞步兵廚營人善釀，有貯酒三百斛，乃求為步兵校尉。」此處即指阮籍。唐以後校尉只是低級武散官之號。可能李之遙亦曾兼軍職。❷素心二句　謂平時心愛飲酒，並非戀太守之位而去做那個官。顧，眷戀。專城，古時稱太守、刺史等地方長官，意為一城之主。《論衡・辨祟》：「居位食祿，專城長邑以千萬數，其遷徙日未必逢吉時也。」❸謫官二句　用陶潛〈桃花源記〉事喻李之遙貶武陵。即題下原注「時因飲酒過度，貶武陵，後詩故贈」。桃源，地名，在今湖南桃源西南。下有桃源洞，又名秦人洞、白馬洞，相傳是東晉陶淵明所寫〈桃花源記〉的遺址。今屬桃源縣。唐時屬江南西道朗州武陵縣。尋花，陶淵明〈桃花源記〉：「忽逢桃花林，夾岸數百步，中無雜樹，芳草鮮美，落英繽紛。」❹秦人　指桃花源中人。〈桃花源記〉：「自云先世避秦時亂，率妻子邑人來此絕境。」

【語　譯】當年的東平相阮籍與今天您這位南平太守，古今一樣可稱是兩個喜愛飲酒的步兵校尉。您們都是從心底喜好美酒才去做那個官，並不是戀眷那個職務的。如今您因飲酒過度而謫官去到武陵桃源，一路尋花行了多少地方？桃花源中的秦人就像老朋友，紛紛出門來笑臉相迎。

【研　析】此詩以阮籍比擬李之遙。當年阮籍因愛酒求為步兵校尉，如今您南平太守亦因飲酒過度而被貶武陵。則彼此都因酒而去當官，並非眷戀太守這個職位。武陵乃秦人避亂所居桃源之地，您前往一路尋花，秦人當如舊識，出戶相迎。嚴羽評點此詩曰：「如一匹練，無纖塵。」明人認為此詩「有逸趣」。

## 醉後贈王歷陽❶

歷陽

書禿千兔毫❷，詩裁兩牛腰❸。筆蹤起龍虎❹，舞袖拂雲霄。雙歌❺二胡姬，
更奏遠清朝❻。舉酒挑朔雪，從君不相饒❼。

【注　釋】❶王歷陽　姓王的歷陽縣令。名字與事蹟不詳。歷陽，《元和郡縣志闕卷逸文》卷二淮南道和州：「歷陽縣，本秦舊縣，項羽封范增為歷陽侯。縣在水北，故曰歷陽。北齊以兩國通和，改曰和州。」今安徽和縣。本卷另有〈對雪醉後贈王歷陽〉，卷二〇有〈嘲王歷陽不肯飲酒〉之王歷陽，當為同一人。❷書禿句　《晉書・王羲之傳》：「雖禿千兔之翰，聚無一毫之筋。」❸詩裁句　兩牛腰，喻詩文卷數之大。王琦注引蘇頌曰：「『詩裁兩牛腰』，言其卷大如牛腰也。」❹筆蹤句　筆蹤，蕭本作「筆縱」，郭本作「縱筆」。龍虎，梁武帝《古今書人優劣評》：「王羲之書，字勢雄逸，如龍跳天門，虎臥鳳闕，故歷代寶之，永以為訓。」此句用其意。❺歌　宋本在此字下夾注：「一作：寄」。❻更奏句　宋本在「奏」字下夾注：「一作：唱」。清王琦注：「〈甯戚歌〉：『清朝飯牛至夜半。』清朝，猶清晨也。」❼不相饒　不相讓。鮑照〈擬行路難〉其十七：「日月流邁不相饒。」

【語　譯】您寫禿了千支兔毫筆，詩卷大得像兩頭牛的腰。您寫的字筆跡如龍跳虎臥，又如舞袖上拂雲霄。兩位胡姬雙雙唱歌，又奏樂曲通霄至清晨。舉起酒杯挑逗北方的飛雪，我跟隨著您酣飲決不相讓。

【研　析】李白遊歷陽唯天寶十二、三載（西元七五三、七五四年）及上元二年（西元七六一）兩次。此詩不知作於哪一次。詩中讚賞王歷陽擅長書法和寫詩，又有胡姬相伴唱歌，詩人表示願與他共同暢飲賞雪。

## 贈歷陽褚司馬❶　時此公為稚子舞❷

北堂❸千萬壽，侍奉有光輝。先同稚子舞，更著老萊衣❹。因為小兒啼，醉倒月下歸。人間無此樂，此樂世中稀❺。

【注　釋】❶歷陽褚司馬　姓褚的歷陽郡司馬。名字和事蹟不詳。歷陽，唐郡名。即和州。天寶元年改為歷陽郡，乾元元年復改為和州。司馬，州郡長官刺史的佐官，在長史之下。上州司馬從五品下，中州司馬六品上，下州司馬從六品下。❷時此公為稚子舞　稚子舞，小孩的遊戲舞。此七字當為詩人原注，各本誤竄入詩題正文，今還原。蕭本、郭本、王本此下尚有「故作是詩也」五字。按：「時此公為稚子舞，故作是詩也」當全是詩人原注。❸北堂　指母親的居室。語本《詩經・衛風・伯兮》「焉得諼草，言樹之背」。毛傳：「背，北堂也。」後多以「北堂」為侍奉母親之處。此處指為母祝壽。❹老萊衣　《藝文類聚》卷二十引《列女傳》：「老萊子孝養二親，行年七十，嬰兒自娛，著五色采衣。嘗取漿上堂，跌仆，因臥地為小兒啼，或弄烏鳥於親側。」❺稀　宋本原作「希」，據蕭本、郭本、胡本、王本、咸本改。

【語譯】北堂之上祝母萬壽無疆，侍奉母親健康而有光輝。先在母前作童子之舞，又學老萊子穿上五色彩衣。接著又作小兒啼哭，猶如醉倒於月下而歸。人間沒有這樣的娛母之樂，即使有這種孝母之樂世上也是極少的。

【研析】此詩亦為遊歷陽時作。詩中描寫褚司馬孝順母親，即祝母親長壽，又做童子舞，穿五采衣作小兒啼，種種娛母之樂的遊戲，生動有趣。

## 對雪醉後贈王歷陽❶

有身莫犯飛龍鱗❷，有手莫辮猛虎鬚❸。君看昔日汝南市，白頭仙人隱玉壺❹。子猷聞風動窗竹，相邀共醉杯中醁。歷陽何異山陰時，白雪飛花亂人目❺。君家有酒我何愁？客多樂酣秉燭遊❻。謝尚自能〈鸜鵒舞〉❼，相如免脫鷫鸘裘❽。清晨興罷❾過江去，他日西看卻月樓❿。

【注釋】❶王歷陽　姓王的歷陽縣令。名字與事蹟不詳。見前〈醉後贈王歷陽〉詩注。❷龍鱗　指君王。《韓非子・說難》：「夫龍之為蟲也，柔可狎而騎也。然其喉下有逆鱗徑尺，若人有嬰之者，則必殺人。人主亦有逆鱗，說者能無嬰人主之逆鱗，則幾矣。」❸虎鬚　《莊子・盜跖》：「疾走料虎頭，編虎鬚，幾不免虎口哉！」❹君看二句　《後漢書・費長房傳》及《神仙傳》記載：汝南市中有賣藥壺公，日入後跳入壺中，壺中別有洞天。詳見卷七〈贈饒陽張司戶璲〉詩注。❺子猷四句　《晉書・王徽之傳》：「徽之，字子猷……時吳中有一士大夫家有好竹，欲觀之，便出坐輿造林下，諷嘯良久。主人灑掃請坐，徽之不顧。……徽之便以此賞之，盡歡而去。嘗寄居空宅中，便令種竹。或問其故，徽之但嘯詠，指竹曰：『何可一日無此君邪！』嘗居山陰，夜雪初霽，月色清朗，四望皓然，獨酌酒詠左思〈招隱〉詩，忽憶戴逵。逵時在剡，便夜乘小船詣之，經宿方至，造門不前而反。人問其故，徽之曰：『本乘興而行，興盡而反，何必見安道邪！』」醁，美酒。宋本原作「淥」，據咸本改。蕭本、郭本、王本作「綠」，亦非。王僧孺〈在王晉安酒席數韻詩〉：「何因送款款，半飲杯中醁。」❻秉燭遊　謂及時行樂。〈古詩十九首〉：「晝短苦夜長，何不秉燭遊！」❼謝尚句　《晉書・謝尚傳》：「善音樂，博綜眾藝。司徒王導深器之，……辟為椽。……始到府通謁，導以其有勝會，謂曰：『聞君能作〈鴝鵒舞〉，一坐傾想，寧有此理不？』尚曰：『佳。』便著衣幘而舞。導令坐者撫掌擊節，尚俯仰在中，傍若無人。」鸜鵒，同「鴝鵒」。鳥名，俗稱八哥。❽相如句　《西京雜記》卷二：「司馬相如初與卓文君還成都，居貧愁懣，以所著鷫鸘裘就市人楊昌貰酒，與文君為歡。」❾興罷　宋本在其下夾注：「一作：鼓棹」。❿他日句　宋本在句下夾注：「一作：千里相思明月樓」。蕭本、郭本、王本亦作「千里相思明月樓」。鮑照〈吳歌三首〉：「夏口樊城岸，曹公卻月樓。」吳均〈酬聞人侍郎別詩三首〉：「相思自有處，春風明月樓。」宋本作「卻月樓」，其他各本作「明月樓」，皆泛指友人居處。

【語　譯】有身千萬不要觸犯龍鱗，有手千萬不要編辮虎鬚。您看昔日汝南市上，白頭仙人隱居在玉壺之中。當年王徽之生性愛竹，風吹窗下竹動便相邀共飲杯中美酒。如今的歷陽與昔日王徽之所在的山陰有何區別，白雪如飛花亂人眼目。您家有酒我又有何愁？客人眾多酣飲歡樂都想秉燭夜遊。謝尚自能在酒宴勝會上跳起〈鸜鵒舞〉，司馬相如也可不脫下鷫鸘裘去換酒喝。待到清晨興罷我就要過江去，他日相思我就西看卻月樓吧。

【研　析】此詩當與本卷〈醉後贈王歷陽〉前後之作。從末二句可知此詩乃告別王歷陽擬往江南去。首四句顯然對自己從政失敗的慘痛慨嘆，意在隱居避世。接著四句用王徽之典故，比擬在歷陽的瀟灑風光。再四句描寫在王歷陽款待下酣飲歡樂，末二句寫告別王縣令及日後的相思。結構完整，層次清楚。

# 卷一〇

## 贈四

### 贈宣城宇文太守❶兼呈崔侍御❷

宣城

白若白鷺鮮❸，清如清唳蟬❹。受氣有本性，不為外物遷。飲水箕山上❺，食雪首陽巔❻。迴車避朝歌❼，掩口去盜泉❽。岧嶤廣成子，倜儻魯仲連❾。卓絕二公外，丹心無間然❿。

昔攀六龍⓫飛，今作百鍊鉛⓬。懷恩欲報主，投佩向北燕⓭。彎弓綠弦⓮開，滿月⓯不憚堅。閑騎駿馬獵，一射兩虎穿。回旋若流光⓰，轉背落雙鳶⓱。胡虜三歎息，兼知五兵權⓲。鎗鎗突雲將⓳，卻掩我之妍。多逢勦絕兒⓴，先著祖生鞭㉑。據鞍空矍鑠㉒，壯志竟誰宣！蹉跎復來歸，憂恨坐相煎㉓。無風難破浪㉔，失計長江邊。危苦惜頹光㉕，金波忽三圓㉖。時遊敬亭㉗上，閑聽松風㉘眠。或弄宛溪㉙月，虛舟信洄沿㉚。顏公二十萬，盡付酒家錢㉛。興發每取之，聊向醉中仙。過此無一事，靜談〈秋水篇〉㉜。

君從九卿㉝來，水國㉞有豐年。魚鹽滿市井，布帛如雲煙㉟。下馬不作威，冰壺照清川㊱。霜眉邑中叟，皆美太守賢。時時慰風俗，往往出東田㊲。竹馬數小兒，拜迎白鹿前㊳。含笑問使君，日㊴晚可迴旋？遂歸池上酌，掩抑清風絃㊵。曾標橫浮雲㊶，下撫謝朓肩。樓高碧海出，樹古青蘿懸。光祿紫霞杯，伊昔忝相傳㊷。良圖掃沙漠，別夢繞旌旃。富貴日成疏，願言杳無緣。登龍有直道㊸，倚玉阻芳筵㊹。敢獻繞朝策㊺，思同郭泰船㊻。何言一水淺，似隔九重天㊼。

崔生何傲岸㊽，縱酒復談玄㊾。身為名公子，英才苦迍邅㊿。鳴鳳託高梧(51)，凌風何翩翩。安知慕群客(52)，彈劍拂秋蓮(53)！

【注　釋】❶宣城宇文太守　姓宇文的宣城郡太守。名字與事蹟不詳。卷一一有〈宣城九日聞崔四侍御與宇文太守遊敬亭余時登響山不同此賞醉後寄崔侍御〉詩、王維〈送宇文太守赴宣城〉詩中的「宇文太守」，當為同一人。宣城，即宣州，屬江南西道，天寶元年改為宣城郡，乾元元年復為宣州。❷崔侍御　指崔成甫。詳見卷七〈贈崔侍御〉詩注。❸白鷺鮮　白鷺的潔淨羽毛，可作飾品。《隋書・食貨志》：「是歲，翟雉尾一，直十縑，白鷺鮮半之。」❹清唳蟬　清亮的蟬鳴。唳，常用作鶴、鴻雁等高亢的鳴啼，此處用作蟬鳴。❺飲水句　用許由事。《史記・伯夷列傳》：「而說者曰堯讓天下於許由，許由不受，恥之逃隱。……太史公曰：余登箕山，其上蓋有許由冢云。」相傳許由隱於箕山潁水之間，飲潁水。按：箕山潁水，在今河南登封東南。❻食雪句　首陽，山名。《元和郡縣志》卷五河南道河南府偃師縣：「首陽山，在縣西北二十五里。」《詩經・唐風・采苓》：「采苓采苓，首陽之巔。」《史記・伯夷列傳》：「伯夷、叔齊，孤竹君之二子也。……武王已平殷亂，天下宗周，而伯夷、叔齊恥之，義不食周粟，……餓死於首陽山。」按：「食雪」事無考。或詩人謂伯夷、叔齊冬以雪充飢。❼迴車句　《漢書・鄒陽傳》：「邑號朝歌，墨子回車。」顏師古注：「晉灼曰：『紂作朝歌之音。朝歌者，不時也。』」師古曰：朝歌，殷之邑名也。《淮南子》云：『墨子非樂，不入朝歌。』」❽掩口句　盜泉，古泉水名。故址在今山東泗水縣東北。《水經注・洙水》：「洙水西南流，盜泉水注之。泉出卞城東北卞山之陰。《尸子》曰：孔子至于暮矣，而不宿于盜泉，渴矣而不飲，惡其地名。故《論語比考讖》曰：『水名盜泉，仲尼不漱。』」即斯泉矣。」陸機〈猛虎行〉：「渴不飲盜泉水，熱不息惡木陰。」❾岧嶢二句　王琦注：「岧嶢，喻其口之高邁。倜儻，美其才之不羈。」廣成子，古代傳說中的仙人。《神仙傳・廣成子》：「廣成子者，古之仙人也。居崆峒之山石室之中。黃帝聞而造焉。」魯仲連，見卷一〈古風〉其九「齊有倜儻生」注。❿卓絕二句　謂自己服膺卓絕的廣成子、魯仲連之外，心中沒有其他想法。卓絕，超過一般，無可比擬。《三國志・魏書・管寧傳》：「德行卓絕，海內無偶。」間然，異議。《論語・泰伯》：「子曰：『禹，吾無間然矣。』」⓫六龍　見卷六〈上皇西巡南京歌〉其四注。⓬百鍊鉛　王琦注：「百鍊鉛，言其柔。鉛性不能剛，經百鍊則益柔矣。」按：此比喻人經磨煉後更為柔順的性格。⓭投佩句　投佩，丟掉身上佩帶的飾物。向北燕，指天寶十一載李白北上幽州之行。⓮綠弦　指綠沉弓。被漆為濃綠色之弓。虞世南〈結客少年場行〉：「綠沉明月弦，金絡浮雲轡。」弦，宋本原作「絃」，據蕭本、郭本、繆本、王本、咸本改。⓯滿月　指彎弓之滿如圓月。⓰回旋句　回旋，身體旋轉。張華〈博陵王宮俠曲〉其二：「騰超如激電，迴旋如流光。」⓱雙鳶　《白孔六帖》卷九五：「後魏托跋翰從太宗遊白登東北，有雙鳶飛鳴於上，太宗命左右射之，莫能中。鳶旋飛稍高，翰因而自射之，一箭下雙鳶。太宗嘉之，賜御弓矢以旌之，曰射鳶都尉。」鳶，鳥名。亦稱「老鷹」。⓲五兵權　五種兵器的技術。《周禮・夏官・司兵》：「掌五兵五盾。」鄭玄注引鄭司農曰：「五兵者，戈、殳、戟、酋、矛也。」又鄭玄注：「車之五兵，鄭司農所云者是也。步卒之五兵，則無聲夷矛而有弓矢。」權，技術。⓳鎗鎗句　鎗鎗，通「鏘鏘」。擬聲詞。鐘鼓聲。突雲，形容其勇捷奔突如雲。⓴勦絕兒　蓋謂勇猛善殺之人。勦絕，滅絕。《尚書・甘誓》：「有扈氏威侮五行，怠棄三正，天用勦絕其命。」孔傳：「勦，截也。截絕，謂滅之。」㉑先著句　《晉書・劉琨傳》：「與范陽祖逖為友，聞逖被用，與親故書曰：『吾枕戈待旦，志梟逆虜，常恐祖生先吾著鞭。』」其意氣相期如此。」㉒矍鑠　精神旺盛貌。《後漢書・馬援傳》：「援據鞍顧眄，以示可用。帝笑曰：『矍鑠哉，是翁也！』」㉓坐相煎　猶深相逼。坐，甚；深。㉔無風句　《宋書・宗慤傳》：「願乘長風破萬里浪。」此處反用其意。㉕頹光　落日餘輝。比喻衰暮的年華。李嶠〈奉和杜員外扈從教閱〉：「杪冬嚴殺氣，窮紀送頹光。」㉖金波句　金波，形容月光浮動，亦即指月光。《漢書・禮樂志》：「月穆穆以金波。」顏師古注：「言月光穆穆，若金之波流也。」三圓，月三次圓，指三個月。㉗敬亭　山名。在今安徽宣城。㉘松風　《梁書・陶弘景傳》：「特愛松風，每聞其響，欣然為樂。」㉙宛溪　源出安徽宣城東南嶧陽山，東北流為九曲河，折向西繞城東，稱宛溪。北流合句溪，又北流入當塗縣境，合於青弋江，由此出蕪湖入長江。㉚虛舟句　謂任憑輕舟上下漂流。陶潛〈五月旦作和戴主簿〉詩：「虛舟縱逸棹。」謝靈運〈過始寧墅〉詩：「水涉盡洄沿。」按：逆水而上曰洄，順水而下曰沿。㉛顏公二句　《宋書・陶潛傳》：「先是，顏延之為劉柳後軍功曹，在尋陽，與潛情款。後為始安郡，經過，日日造潛。每往必酣飲致醉。臨去，留二萬錢與潛。潛悉送酒家，稍就取酒。」二十萬，宋本原作「三十萬」，據蕭本、郭本、王本改。㉜秋水篇　《莊子》篇名。文中設為河伯與海若問答，主張齊物、死生、貧富為一而歸於無。㉝九卿　唐代官制：以太常、光祿、衛尉、宗正、太僕、大理、鴻臚、司農、太府為九卿。見《舊唐書・職官志三》。㉞水國　猶水鄉。江南多江湖，此處指宣城。㉟布帛句　曹植〈聖皇篇〉：「采帛若煙雲。」煙雲，形容眾多。㊱下馬二句　形容宇文太守慈祥清廉。下馬，指到任。鮑照〈代白頭吟〉：「清如玉壺冰。」㊲東田　泛指農田。王琦注：「謝朓為宣城太守，有〈遊東田〉詩。」㊳竹馬二句　連用二典，讚美宇文太守勤政得民心。《後漢書・郭伋傳》：「乃調伋為并州牧。……伋前在并州，素結恩德，及後入界，所到縣邑，老幼相攜，逢迎道路。……始至行部，到西河美稷。有童兒數百，各騎竹馬，道次迎拜。伋問：『兒曹何自遠來？』對曰：『聞使君到，喜，故來奉迎。』伋辭謝之。及事訖，諸兒復送至郭外，問：『使君何日當還？』伋謂別駕從事，計日（當）告之。行部既還，先期一日，伋為違信於諸兒，遂止於野亭，須期乃入。」又〈鄭弘傳〉：「遷淮陽太守。」李賢注引謝承《後漢書》曰：「弘消息繇賦，政不煩苛。行春天旱，隨車致雨。白鹿方道，俠（夾）轂而行。弘怪問主簿黃國曰：『鹿為吉為凶？』國拜賀曰：『聞三公車轓畫作鹿，明府必為宰相。』」㊴日　宋本在此字下夾注：「一作：早」。㊵遂歸二句　《文選》卷二六謝朓〈郡內高齋閑坐答呂法曹〉詩：「已有池上酌，復此風中琴。」李周翰注：「池上酌，謂酌酒池上也。」二句用其意。宋本在「遂」字下夾注：「一作：還」。掩抑，低沉。王融〈詠琵琶〉：「掩抑有奇態，淒鏘多好聲。」㊶曾標句　曾標，重疊的山峰。橫浮雲，形容山之高。宋本在「橫浮雲」下夾注：「一作：遊雲端」。㊷光祿二句　謂當年供奉翰林時曾叨邀在光祿寺傳遞紫霞杯宴飲。光祿，光祿寺，掌管酒醴膳饈之事。㊸登龍句　登龍，登龍門。《後漢書・李膺傳》：

「鷹獨持風裁，以聲名自高。士有被其容接者，名為登龍門。」李賢注：「以魚為喻也。龍門，河水所下之口，在今絳州龍門縣。辛氏《三秦記》曰：『河津一名龍門，水險不通，魚鱉之屬莫能上，江海大魚薄集龍門下數千，不得上，上則為龍也。』」直道，正道。㊹倚玉句　倚玉，倚玉樹。《世說新語・容止》：「魏明帝使后弟毛曾與夏侯玄共坐，時人謂蒹葭倚玉樹。」此喻詩人欲倚宇文太守。阻芳筵，由於參加宴會未能與太守同遊。㊺繞朝策　喻謀略。《左傳》文公十三年：「(士會)乃行，繞朝贈之以策，曰：『子無謂秦無人，吾謀適不用也。』」杜預注：「策，馬檛。臨別授之馬檛，並示己所策以展情。」檛，鞭子。㊻郭泰船　《後漢書・郭太(泰)傳》：「郭太(泰)，字林宗，太原介休人也。……乃遊洛陽。始見河南尹李膺，膺大奇之，遂相友善，於是名震京師。後歸鄉里，衣冠諸儒送至河上，車數千兩。林宗唯與李膺同舟而濟，眾賓望之，以為神仙焉。」㊼九重天　古人認為天有九層，因泛言天為「九重天」。《淮南子・天文訓》：「天有九重。」張鷟《朝野僉載》卷六引宋善威詩：「月落三株樹，日映九重天。」㊽崔生句　崔生，即題中的「崔侍御」，曾攝監察御史的崔成甫。傲岸，性格高傲。《晉書・郭璞傳》：「傲岸榮悴之際，頡頏龍魚之間。」㊾談玄　談論玄理。指祖述老子、莊子崇尚無為之說。《世說新語・容止》：「王夷甫容貌整麗，妙於談玄。」㊿迍邅　亦作「屯邅」。語本《易經・屯卦》：「屯如邅如，乘馬班如。」左思〈詠史詩〉：「英雄有迍邅，由來自古昔。」51鳴鳳句　馬融〈廣成頌〉：「棲鳳凰於高梧。」按：此處以鳴鳳喻崔侍御，以高梧喻宇文太守。52慕群客　詩人自謂。鮑照〈日落望江贈荀丞〉：「豈念慕群客，咨嗟戀景沉。」53彈劍句　用兩個典故。彈劍，用馮驩客孟嘗君典故，詳見卷七〈玉真公主別館苦雨贈衛尉張卿〉其一注。秋蓮，指劍光。《越絕書・記寶劍》：「越王句踐有寶劍五，聞於天下。客有能相劍者名薛燭，王召而問之。……王取純鈞，……(薛燭)手振拂揚其華，捽如芙蓉始出。」芙蓉，即指蓮花。宋本在「秋」字下夾注：「一作：青」。

【語　譯】我身心潔白有如白鷺潔淨的羽毛，我情景淒涼有如清秋的蟬鳴。人的本性乃受天地陰陽之氣而成，不因外界事物而有所遷移。寧願在箕山邊飲潁水，在首陽山巔食雪。遇朝歌地名即回車相避，經盜泉就掩口不飲而遠去。嚮往崆峒山上的神仙廣成子，企羨風流倜儻的魯仲連。除了這兩位卓絕的賢人外，我的丹心無有他念。

昔時我追攀君王想飛黃騰達，如今歷受挫折變得性格柔軟。心懷君恩欲報答明主，丟棄佩飾我冒險入北燕。拉滿弓而弦張開，弓弦如滿月不畏堅硬。閒時我身騎駿馬出外去打獵，一箭射出連穿兩虎。迴旋身轉如流光，轉背反射落雙鷹。胡虜見此情景再三嘆息，我還兼用五種兵器揮舞突刺之術。鐘鼓鏗鏘突然如雲飄來一位勇將，掩卻了我的武藝。我還遇見兇狠滅絕之人，他們早已先吾著鞭。我手控馬鞍空有旺盛精神，胸中壯志竟難以實現！歲月蹉跎又歸來，憂愁痛恨之心深為煎逼。沒有長風難以破浪，如今在長江邊上失去了打算。危苦之中又痛惜時光流逝，月亮倏忽已圓三次。我時常在敬亭山上遊覽，閒愁聽著松風而睡眠。有時賞玩宛溪之月，任憑小舟來回漂流。就像當年顏公將二十萬錢全部交付酒家，酒興一發就去取酒痛飲，姑且向醉中找神仙。除此之外我一無事，就安靜清談〈秋水篇〉。

太守您是從九卿高位下來的，來到這水鄉之國就有豐收之年。魚蝦鹽醬擺滿市場，布匹衣帛多如雲煙。您到任伊始不擺威風，心中廉潔如同冰壺照清水。霜眉雪髮的邑中老翁，都讚美太守的賢能。您時時撫慰民間疾苦，經常出衙巡視鄉村田地。數位小兒騎著竹馬而來，拜迎在您乘的白鹿夾轂的車子前。他們含笑問您：「何時可以再回來？」您登上池邊高樓酌飲，清風吹拂下琴絃樂聲悠揚低沉。您的品格高標如橫截浮雲，向下可撫謝朓的肩。眼前的高樓如從碧海湧出，古樹身上有青青的蘿藤懸纏。當年我承蒙聖恩，曾在光祿寺的宴會上傳遞紫霞杯。我的雄心壯志是掃平沙漠胡虜，幽燕歸來仍夢繞戰旗。富貴榮華對我日漸疏遠，願望的實現越來越杳遠無緣。身登龍門要由正道，欲倚玉樹般依靠您卻被芳筵所阻。大膽獻上繞朝那樣的謀略，想與郭泰般的人物同船而行。何必說一水之淺，似乎就隔著九重高天呢。

崔侍御您的性格是多麼高傲，既縱酒酣飲又清談玄言。身為名家的公子，具有英才卻命運坎坷。飛鳴的鳳凰託身於高大的梧桐，凌風而起翩翩飛翔。您怎知我是個慕群之客，正彈著寶劍而拂劍光呢！

【研　析】此詩當是天寶十二載（西元七五三年）在宣城作。首段十二句表明清白高潔是自己的本性，以許由飲水箕山、伯夷、叔齊餓死首陽、墨子回車朝歌、孔子不飲盜泉自比，又以服膺廣成子、魯仲連之外別無他念表示自己的志向。次段敘自己的經歷。先將當年承恩供奉翰林一筆帶過，著重描寫上年的幽燕之行。曾騎駿馬，彎強弓，一發穿兩虎，轉背落雙鷹，使旁觀之胡虜莫不讚嘆。無奈諸將掩己之技，健兒先吾著鞭，壯志未成，蹉跎來到宣城，三個月來遊敬亭，弄宛溪，酣飲酒，讀〈秋水〉。顯示無所作為。第三段頌揚宇文太守之賢能。自九卿出守宣城正值豐年，和而清廉，到境童叟拜迎，政美人和，優遊自適。比古之謝朓高出一肩。接著又謂自己懷良圖而北上欲掃胡虜，歸來仍夢繞旌旗。富貴不可得，欲言無機緣。登龍門當由正道，欲靠太守卻阻於芳筵。敢獻計謀，同舟共歡，豈以一水之淺而如九天之隔。末段八句點題中的「崔侍御」。謂崔成甫為人高傲瀟灑，雖是名家之子，卻遭遇坎坷。如今與宇文太守同遊，如鳳凰倚梧桐，凌風高飛。末以「慕群客」自謂，希冀宇文太守與崔侍御汲引提攜。

## 贈宣城趙太守悅❶

趙得寶符盛，山河功業存❷。三千堂上客，出入擁平原❸。六國揚清風，英聲何喧喧❹。大賢茂遠業，虎竹光南藩❺。錯落千丈松，虬龍盤古根❻。枝下無俗草，所植唯蘭蓀❼。

憶在南陽時，始承國士恩❽。公為柱下史❾，脫繡歸田園❿。伊昔簪白筆，幽都逐遊魂。持斧佐三軍，霜清天北門⓫。差池宰兩邑⓬，鶚立⓭重飛翻。焚香入蘭臺⓮，起草多芳言⓯。夔龍一顧重，矯翼凌翔鵷⓰。赤縣揚雷聲，強項聞至尊⓱。驚飇摧秀木，跡屈道彌敦⓲。

出牧歷三郡，所居猛獸奔⓳。遷人同衛鶴，謬上懿公軒⓴。自笑東郭履㉑，側慚狐白溫㉒。閑吟步竹石，精義忘朝昏㉓。顉頷成醜士㉔，風雲何足論？獼猴騎土牛㉕，羸馬夾雙轅㉖。願借羲和景㉗，為人照覆盆㉘。溟海不震蕩，何由縱鵬鯤㉙？所期要津日㉚，倜儻假騰騫㉛。

【注釋】❶宣城趙太守悅　宣城郡太守趙悅。按：宋本卷二六〈為趙宣城與楊右相書〉中的「趙宣城」、卷二九〈趙公西候新亭頌〉中的「趙公」，皆指此人。關於趙悅的事蹟，此詩及上述二文敘述較詳。詳見拙著《李白叢考・李白交遊雜考》「趙悅」條。宣城，即宣州。天寶元年改為宣城郡，乾元元年復為宣州。❷趙得二句　以趙悅為趙簡子、趙襄子的後代，追敘先世創建功業之盛。《史記・趙世家》：「簡子盡召諸子與語，毋卹最賢。簡子乃告諸子曰：『吾藏寶符於常山上，先得者賞。』諸子馳之常山上，求，無所得。毋卹還，曰：『已得符矣。』簡子曰：『奏之。』毋卹曰：『從常山上臨代，代可取也。』簡子於是知毋卹果賢，乃廢太子伯魯，而以毋卹為太子。……簡子卒，太子毋卹代立，是為襄子。」❸三千二句　平原，指戰國時趙國公子平原君。《史記・平原君虞卿列傳》：「平原君趙勝者，趙之諸公子也。諸子中勝最賢，喜賓客，賓客蓋至者數千人。平原君相趙惠文王及孝成王，三去相，三復位，封於東武城。」❹六國二句　二句形容平原君當時在六國中聲名極大。六國，指戰國時的關東的齊、楚、燕、趙、韓、魏六國。清風，清惠的風化。《文選》卷三張衡〈東京賦〉：「清風協於玄德，淳化通於自然。」薛綜注：「清惠之風，同於天德。」英聲，英名；美譽。何晏〈景福殿賦〉：「故當時享其功利，後世賴其英聲。」喧喧，猶赫赫，聲勢盛貌。❺大賢二句　謂趙悅能發揚先世功業。大賢，指趙悅。遠業，先世之功業。虎竹，指銅虎符、竹使符。漢代朝廷與郡守分其半，發兵時朝廷遣使者，至郡合符，符合乃聽受之。詳見卷四〈塞下曲〉其五注。南藩，《楚辭・七諫・自愁》：「聞南藩樂而欲往。」王逸注：「藩，蔽也。南國諸侯，為天子藩蔽，故稱藩也。」按：此處指趙悅為宣城太守，宣城在南方，故稱「南藩」。❻錯落二句　謂趙悅如千丈松，根深葉茂。錯落，交錯繽紛貌。班固〈西都賦〉：「隨侯明月，錯落其間。」千丈松，《世說新語・賞譽》：「庾子嵩目和嶠森森如千丈松，雖磊砢有節目，施之大廈，有棟梁之用。」虬龍，古代傳說中無角的龍，此處形容盤曲貌。❼所植句　此句喻趙悅善於培植賢才。蘭蓀，菖蒲的別稱，見《本草綱目・草部八》。常用以比喻賢俊之人。《文選》卷三〇沈約〈和謝宣城〉詩：「昔賢侔時雨，今守馥蘭蓀。」劉良

注：「蘭蓀，香草也。」❽憶在二句　南陽，唐縣名，屬山南道鄧州。今河南南陽。國士，國中傑出人物。《戰國策・趙策一》：「知伯以國士遇臣，臣故以國士報之。」❾公為句　指趙悅為監察御史。《史記・張丞相列傳》：「張丞相蒼者，……秦時為御史，主柱下方書。」司馬貞《索隱》：「周、秦皆有柱下史，謂御史也。」❿脫繡句　此句謂趙悅去監察御史職而歸家。⓫伊昔四句　寫趙悅為監察御史時的事蹟。當年趙悅為監察御史時，曾在幽州節度使幕府協助三軍，肅清北方的盜賊。伊昔，往日。伊，語首助詞，與「維」同。簪白筆，特指御史臺官員。《通典》卷二四〈職官六〉：「魏置御史八人，當大會殿中，御史簪白筆，側陛而坐。帝問左右：『此何官？何主？』辛毗曰：『此為御史，舊時簪筆以奏不法，當如今者，直備位，但珥筆耳。』」幽都，指唐代幽州（今北京地區）。《莊子・在宥》：「流共工於幽都。」成玄英疏：「幽都在北方，即幽州之地。」遊魂，比喻殘留的賊寇。持斧，《漢書・王訢傳》：「武帝末，軍旅數發，郡國盜賊群起，繡衣御史暴勝之使持斧逐捕盜賊，以軍興從事，誅二千石以下。」後以「持斧」指御史等執法之官。天北門，指幽州一帶。唐幽州屬河北道。⓬差池句　差池，猶「參差」。不齊貌。宰兩邑，為兩個縣的縣令。考《金石萃編》卷八七〈趙思廉墓誌〉：「二子：悅、坦之。悅歷監察御史，江陵、安邑二縣令。……日坐事長吏被出，非其罪也。」由此知趙悅「宰兩邑」即為江陵和安邑二縣令。上文「歸田園」的原因即「坐事長吏被出」，時在「宰兩邑」後。按：此墓誌寫於天寶四載，可知趙悅在天寶四載前已罷二宰，閒居南陽。⓭鶚立　王琦注：「《埤雅》：鶚性好跱，故每立更不移處，所謂鶚立，義取諸此。」按：鶚立，猶鶚跱，比喻卓然超群。孔融〈薦禰衡表〉：「鷙鳥累百，不如一鶚。使衡立朝，必有可觀。」⓮焚香句　蘭臺，指御史臺。漢代御史中丞掌管蘭臺，故稱。《通典・職官・御史臺》：「所居之署，漢謂之御史府，亦謂之御史大夫寺，亦謂蘭臺。……後漢以來謂之御史臺，亦謂之蘭臺寺。」⓯起草句　指趙悅由御史臺官員轉為中書省、尚書省官員。《漢官儀》：「尚書郎含雞舌香，伏其下，奏事。」按：宋本卷二六〈為趙宣城與楊右相書〉曰：「昔相公秉國憲之日，一拔九霄，拂刷前恥，昇騰晚官。……落羽再振，枯鱗旋躍，……衣繡霜臺，含香華省。」據兩《唐書・楊國忠傳》，天寶七載，楊國忠為給事中兼御史中丞，當即「相公秉國憲之日」，知趙悅於是年被「一拔九霄」，「落羽再振」，又進御史臺，即「衣繡霜臺」。所謂「含香華省」，即指趙悅不久進了尚書省。此外「起草多芳言」即宋本卷二九〈趙公西候新亭頌〉中的「起草三省，朝端有聲。天子識面，宰衡動聽」。⓰夔龍二句　謂趙悅得到楊國忠的器重而提拔，使之如鵷鶵展翅凌空飛翔。夔、龍，相傳為舜的樂官和諫官。《尚書・舜典》：「伯拜稽首，讓于夔龍。」孔傳：「夔、龍，二臣名。」謝朓〈和王主簿季哲怨情〉詩：「平生一顧重。」鵷，鵷鶵，傳說中與鸞鳳同類的鳥。《莊子・秋水》：「夫鵷鶵發於南海而飛於北海，非梧桐不止，非練實不食，非醴泉不飲。」⓱赤縣二句　謂趙悅事蹟在

全國揚名，剛直不屈的性格為皇帝所知。赤縣，即赤縣神州，指全中國。或謂指京都所治的縣。非。揚雷聲，形容趙悅聲名顯赫。強項，剛強不肯低頭。比喻剛直不屈。《後漢書・楊震傳》：「卿強項，真楊震子孫。」又〈董宣傳〉載，董宣為洛陽令，殺湖陽公主惡奴，光武帝命向公主謝罪，宣不肯低頭，帝「因敕強項令出，賜錢三十萬」。至尊，指皇帝。⑱驚飆二句　謂趙悅又遭打擊，但道德更深厚。驚飆，突發的暴風、狂風。殷仲文〈解尚書表〉：「驚飆拂野，林無靜柯。」李康〈運命論〉：「木秀於林，風必摧之。」陳子昂〈感遇詩〉其一九：「清靜道彌敦。」⑲出牧二句　出牧，到地方州郡當太守。三郡，據〈趙公西候新亭頌〉，知趙悅在任宣城郡太守前，曾為淮陰郡（楚州）太守。餘一郡無考。猛獸奔，喻郡治大行。《後漢書・劉昆傳》：「稍遷侍中、弘農太守。先是崤、黽驛道多虎災，行旅不通。昆為政三年，仁化大行，虎皆負子度河。」庾信〈擬詠懷〉：「昆陽猛獸奔。」⑳遷人二句　謂自己謬受趙悅恩遇。遷人，猶遷客，詩人自謂。衛鶴，《左傳》閔公二年：「衛懿公好鶴，鶴有乘軒者。」杜預注：「軒，大夫車。」孔穎達疏引服虔曰：「車有藩曰軒。」㉑東郭履　《史記・滑稽列傳》附褚先生曰：「東郭先生久待詔公車，貧困飢寒，衣敝，履不完。行雪中，履有上無下，足盡踐地。道中人笑之，東郭先生應之曰：『誰能履行雪中，令人視之，其上履也，其履下處乃似人足者乎？』」㉒狐白溫　《文選》卷三〇王微〈雜詩〉：「詎憶無衣苦，但知狐白溫。」呂向注：「狐白，謂狐腋之白毛以為裘也。」㉓精義句　《易經・繫辭下》：「精義入神，以致用也。」此句謂精研妙理以致忘卻了晨昏時間。㉔醜士　貧賤而貌陋之士。士，宋本原作「土」。誤。據蕭本、郭本、繆本、王本、咸本改。陸機〈吳王郎中時從梁陳作〉詩：「玄冕無醜士，治服使我妍。」㉕獼猴句　比喻晉升緩慢。此句出自《三國志・魏書・鄧艾傳》裴松之注引郭頒《魏晉世語》：「（州泰）九年居喪，宣王（司馬懿）留缺待之。至，三十六日，擢為新城太守。宣王為泰會，使尚書鍾繇調泰：『君釋褐登宰府，三十六日擁麾蓋，守兵馬郡；乞兒乘小車，一何駛乎？』泰曰：『誠有此。君，名公之子，少有文采，故守吏職，獼猴騎土牛，又何遲也！』眾賓咸悅。」㉖羸馬句　羸馬，瘦馬。以一瘦馬夾在兩轅之間負二車之重，喻難以前進。㉗羲和景　和，宋本、蕭本、郭本原作「皇」，繆本改作「和」，王本亦作「和」。是。據改。《楚辭・離騷》：「吾令羲和弭節兮。」王逸注：「羲和，日御也。」景，日；太陽。㉘覆盆　覆置的盆，比喻沉冤不白或社會黑暗。《抱朴子・辨問》：「是責三光不照覆盆之內也。」㉙鵬鯤　《莊子・逍遙遊》：「北溟有魚，其名為鯤。鯤之大，不知其幾千里也。化而為鳥，其名為鵬，鵬之背，不知其幾千里也。怒而飛，其翼若垂天之雲。是鳥也，海運則將徙於南冥。南冥者，天池也。」㉚要津日　謂得居顯要官職之日。《文選》卷二九〈古詩十九首〉：「何不策高足，先據要路津。」呂向注：「要路津，謂仕宦居要職者，亦如進高足，居於要津，則人出入由之。」按：蕭本、郭本此三字作

「玄津白」。㉛騫 鳥振翼而飛貌。宋本原作「騫」，據王本改。

【語　譯】趙國得寶符而開始興盛，佔有山河而功業長存。當年趙國公子平原君，堂上有三千門客簇擁出入。在六國中發揚清惠的風化，英明的聲譽是多麼地顯赫。您這位大賢能弘揚先世的大業，持虎竹符節為太守在南方光宗耀祖。您如錯落的千丈高松，枝幹虯龍盤著古根。樹枝之下沒有俗草，您所培植的都是香草芳蘭和菖蒲。

回想起當年我在南陽時，開始承蒙您以國士之禮待我恩遇。當時您為御史臺官員，正脫去繡衣罷官而回歸田園。以往您為侍御時首簪白筆以糾不法，還曾到幽州追逐賊寇。手持斧鉞協助三軍，嚴霜般地肅清國家的北大門。接著又先後治理兩縣為縣令，像鶚鳥峙立卓然超群而又重新高飛。焚香禮拜又入御史臺，三省起草多為美好的佳作。宰相大臣都眷顧器重，像鵷雛一樣矯健地展翅凌空飛翔。全中國都雷聲般地傳揚您的聲名，您那剛強不屈的性格也被皇上所聞知。突發的狂風摧折美麗高大的樹木，您雖遭冤屈但道德卻更為敦厚。

出朝以後您歷任三郡太守，所到之處猛虎都逃奔。我這個被遷逐之人如同當年衛國之鶴，謬受錯愛上了衛懿公的寶車。我嘲笑自己腳著東郭履，伏慚於身穿溫暖白狐裘之人。閒來漫步竹石間吟詠，精研妙義忘卻了晨昏。身心憔悴成了貧賤醜陋之士，哪裡還談得上風雲際會。行走之慢如同獼猴騎土牛，猶如瘦馬駕雙車之重而難以前進。希望能借助太陽的光輝，為我照亮覆盆之下。大海不震盪波濤，鵬鯤何從縱身騰徙？我所期望的是在您佔據高位之日，借助您的幫助使我也能瀟灑地展翅高飛。

【研　析】此詩作於天寶十四載（西元七五五年）。首段寫趙氏得姓之初，趙襄子得寶符伐代國而開拓趙國山河，後有平原君養賓客三千，解國難而聲名顯赫。如今又有大賢趙悅在南方為宣城太守，繼承發揚先世功業，又善於培養賢才。次段敘詩人在南陽時結識趙悅，當時趙悅正辭官歸家園。接著便詳述趙悅仕歷。一是為監察御史，曾佐幽州肅清賊寇；二是曾為兩任縣令；三是入朝為御史臺官員，後又入三省為官，得到宰相大臣器重，聲名遠揚。突遭狂風摧折，但雖遭打擊卻持道更厚。末段敘趙悅歷任三郡太守都有美政，詩人蒙受顧眷而自慚。希冀借光照覆盆，振盪海水以遂鵬飛。並期望趙悅登高位而援引自己。

## 贈從弟宣州長史昭❶

淮南望江南❷，千里碧山對。我行倦過之，半落青天外❸。
宗英❹佐雄郡，水陸相控帶。長川豁中流❺，千里瀉吳會❻。君心亦如此，包納無小大❼。
搖筆起風霜❽，推誠結仁愛。訟庭垂桃李❾，賓館羅軒蓋❿。何意蒼梧雲，飄然忽相會⓫。才將聖不偶，命與時俱背⓬。獨立⓭山海間，空老聖明代。知音不易得，撫劍增感慨⓮。當結九萬期，中途莫先退⓯。

【注釋】❶宣州長史昭　宣州，唐州名。天寶元年改為宣城郡，乾元元年復為宣州。治所在今安徽宣城。長史，唐代州官設長史一人，在刺史、別駕之下，司馬之上。上州長史為從五品上，中州長史為正六品上。下州不設。見《舊唐書．職官志三》。昭，人名。詩人稱其為「從弟」（堂弟），知其姓李。按：《新唐書．宗室世系表上》蔡王房有雙流縣令李昭，乃河間元王孝恭曾孫。又按：《新唐書．宰相世系表二上》李氏姑臧大房有昭，一作「照」，乃興聖皇帝九世孫；又有中州刺史李尚詞子名昭，亦為興聖皇帝九世孫；趙郡李氏東祖房有武進丞李昭，乃隋總管府長史祖欽玄孫；又有隋馮翊太守孝貞玄孫、許王府典籤敬忠子李昭；又有鄖城令李昭，乃隋晉王文學孝基玄孫；又有興安丞李昭，坊州刺史延之曾孫。未知此詩中李昭為何人。❷淮南句　王琦注：「唐時之淮南道、江南道，皆古揚州之境。中隔一江，江之北為淮南，江之南為江南。」按：宣州在江南，屬江南西道。宋本在淮南的「南」字下夾注：「一作：北」。❸我行二句　謂我行既倦而過之，尚有一半落於青山之外，言道路之遙遠。宋本在「倦」字下夾注：「一作：盡」。❹宗英　宗族之英傑，指李昭。《漢書·敘傳》：「河間賢明，禮樂是修，為漢宗英。」❺長川句　指長江貫通中間。豁，開拓；貫通。❻吳會　本指吳郡與會稽郡。《三國志·吳書·孫賁傳》：「時（孫）策已平吳、會二郡。」又〈朱桓傳〉：「使部伍吳、會二郡。」此處「吳會」則指吳地。蓋春秋戰國時為吳國，在秦漢時為會稽郡，治所在吳縣。以郡縣連稱，故曰吳會。❼無大小　《詩經·魯頌·泮水》：「無小無大，從公於邁。」❽搖筆句　搖筆，動筆判決公事。起風霜，喻李昭治理嚴肅。❾訟庭句　此句謂訟堂清閒，人才濟濟。訟庭，審理訴訟案件的公堂庭院。桃李，比喻栽培的人才。《韓詩外傳》卷七：「夫春樹桃李，夏得陰其下，秋得食其實。」❿賓館句　形容賓客紛至沓來，賓館車騎羅列。軒蓋，帶篷蓋的車。顯貴者所乘。⓫何意二句　謂豈料自己如蒼梧之雲，忽而飄然到此來相會。何意，豈料。蒼梧雲，《初學記》卷一引《歸藏》：「有白雲出蒼梧，入於大梁。」此處為詩人自喻。⓬才將二句　謂自己懷才而與皇上不能偶合，命運與時機俱不順利。將，與。聖，指皇帝。偶，遇合。命，命運。時，時機。背，不順利。⓭獨立　孤立無所依傍。《晉書·吉挹傳》：「挹孤城獨立，眾無一旅。」⓮感慨　慨，宋本原作「槩」，據蕭本、郭本、胡本、王本、咸本改。⓯當結二句　將自己與李昭比擬為大鵬，期望結伴高飛，誰都不要在中途先退卻。《莊子·逍遙遊》：「鵬之徙於南冥也，水擊三千里，摶扶搖而上者九萬里。」此處「九萬」即指鵬程。

【語　譯】從淮南眺望江南，一江之隔而碧山千里相對。我經過這裡行程已倦，尚有一半落於青天之外。

您是宗族之英傑輔佐治理雄州宣城郡，宣州控制著水陸之利。長江豁然從中貫通，千里奔瀉於吳地。您的胸襟亦是如此寬廣，大小人事全能包容。

您持筆判訟法紀嚴明如風霜之肅，對百姓則仁愛為懷而推誠相見。故訟庭清閒而衙內多桃李賢才，賓客紛至而賓館內車軒羅列。豈料我亦如蒼梧之雲，飄然而來與您相會。我雖身懷才略逢聖君而未能遇合，命運與時機都不順利。我孤立無援於山海之間，在這聖明的時代空自老去。知音難以相遇，手撫寶劍更增感慨。我期望與您共結九萬里的鵬程之交，誰都不要途中先退卻。

【研　析】此詩當是天寶十二載（西元七五三年）從梁園經淮南赴宣城時作。首段四句寫從淮南到江南千山相對的景色。次段敘李昭以宗族之英才輔佐宣州，宣州乃江南雄州，控帶水陸，長江千里直瀉吳地。並比喻李昭胸襟寬廣亦能包容，暗示希冀接納自己。末段十四句歌頌李昭的政績與為人，以自己的懷才不遇作對比。希望李昭提攜共進。反映出詩人仍不減青雲之志。

## 書懷贈南陵常贊府❶

歲星入漢年，方朔見明主❷。調笑當時人，中天謝雲雨❸。一去麒麟閣，遂將朝市乖❹。故交不過門，秋草日上階。當時何特達，獨與我心諧❺。置酒凌歊臺❻，歡娛未曾歇。歌動白紵山❼，舞迴天門月❽。問我心中事，為君前致辭。君看我才能，何似魯仲尼❾？大聖猶不遇，小儒安足悲❿！

雲南五月中，頻喪渡瀘師⓫。毒草殺漢馬，張兵奪秦旗⓬。至今西二河，流血擁僵屍⓭。將無七擒略⓮，魯女惜園葵⓯。咸陽天下樞，累歲人不足⓰。雖有數斗玉，不如一盤粟。賴得契宰衡，持鈞慰風俗⓱。自顧無所用，辭家方未歸。霜驚壯士髮，淚滿逐臣衣⓲。以此不安席，蹉跎身世違⓳。終當滅衛謗，不受魯人譏⓴。

【注釋】❶南陵常贊府　南陵，唐縣名，屬宣州。在今安徽南部。贊府，唐代對縣丞的敬稱。常贊府，姓常的縣丞，名字未詳。李白另有〈與南陵常贊府遊五松山〉、〈於五松山贈南陵常贊府〉二詩，當是同一人，且為同時之作。❷歲星二句　《太平廣記》卷六引《洞冥記》及《東方朔別傳》：「朔未死時，謂同舍郎曰：『天下人無能知朔，知朔者唯太王公耳。』朔卒後，武帝得此語，即召太王公問之曰：『爾知東方朔乎？』公對曰：『不知。』『公何所能？』曰：『頗善星曆。』帝問：『諸星皆具在否？』曰：『諸星具，獨不見歲星十八年，今復見耳。』帝仰天歎曰：『東方朔生在朕傍十八年，而不知是歲星哉！』慘然不樂。」此以東方朔自喻。入漢年、見明主，皆指天寶元年應詔入京見玄宗。❸調笑二句　謂供奉翰林時因調侃嘲笑時臣而得罪，終於半途辭別君恩。雲雨，比喻恩澤。《後漢書・鄧騭傳》：「託日月之末光，被雲雨之渥澤。」❹一去二句　謂離開翰林院後，就與朝廷脫離了關係。麒麟閣，漢代閣名，在未央宮中。此指唐代翰林院。將，與。朝市，朝廷。乖，分離。❺當時二句　特達，特出。諧，合。❻凌歊臺　古臺名，在今安徽當塗北黃山上。❼白紵山　即白苧山。據《太平寰宇記》：白苧山在當塗東五里，本名楚山，桓溫領妓遊此山，奏樂，好為白苧歌，因改名白苧山。❽舞迴句　天門，山名。在今安徽當塗西南長江兩岸。東為博望山，西為梁山。兩山夾江對峙，中間如門，故合稱天門山。山上有卻月城，乃南朝宋車騎將軍王玄謨所築。此句即用卻月典。卻月，半圓形的月亮。❾君看二句　謂己與孔子才能相比如何。魯仲尼，孔子，字仲尼，春秋時魯國人。❿大聖二句　謂像孔子那樣的聖人尚且不被世用，自己是個小儒，又有何可悲。江淹〈雜體詩三十首・魏文帝曹丕遊宴〉：「高文一何綺，小儒安足為。」⓫雲南二句　指鮮于仲通及李宓等兩次征南詔喪師。見卷一〈古風〉其三十四「羽檄如流星」注。⓬毒草二句　二句謂雲南的野草毒死了唐朝的戰馬，南詔的強兵奪取了唐朝的軍旗。漢、秦，均借指唐朝。⓭至今二句　即寫兩次征南詔死者之眾。西二河，即西洱河，今稱洱海，在今雲南大理、洱源兩縣間，以湖形如耳得名。按：《新唐書・玄宗紀》：天寶十載，「四月壬午，劍南節度使鮮于仲通及雲南蠻戰於西洱河，大敗績，大將王天運死之。」十三載六月，「劍南節度留後李宓及雲南蠻戰於西洱河，死之。」⓮將無句　此句謂唐軍將領沒有像當年諸葛亮七擒孟獲那樣的軍事才能。七擒略，《三國志・蜀書・諸葛亮傳》裴松之注引《漢晉春秋》曰：「亮至南中，所在戰捷。聞孟獲者為夷漢並所服，募生致之。既得，使觀於營陣之間，問曰：『此軍何如？』獲對曰：『向者不知虛實，故敗。今蒙賜觀營陣，若只如此，即定易勝耳。』亮笑，縱使更戰，七縱七擒而亮猶遣獲。獲止不去，曰：『公，天威也，南人不復反矣。』」⓯魯女句　此句謂人民憂慮國家有難使百姓遭殃。《列女傳・仁智傳》：「魯漆室邑之女也，過時未適人。當穆公時，君老，太子幼，女倚柱而嘯。……其鄰人婦從之遊，謂曰：『何嘯之悲也！子欲嫁耶？吾為子求偶。』漆室女曰：『嗟乎！吾豈為不嫁不樂而悲哉！吾憂魯君老，太子幼。』鄰女笑曰：『此乃魯大夫之憂，婦人何與焉？』漆室女曰：『不然。……昔晉客舍吾家，繫馬園中，馬逸馳走，踐吾葵，使我終歲不食葵。……今魯君老悖，太子少愚，奸偽日起。夫魯國有患者，君臣父子皆被其辱，禍及眾庶。婦人獨安所避乎？吾甚憂之。子乃曰婦人無與者，何哉？』鄰婦謝曰：『子之所慮，非妾所及。』三年，魯果亂。齊、楚攻之，魯連有寇。男子戰鬥，婦人轉輸，不得休息。」⑯咸陽二句　咸陽，此指長安。天下，宋本原作「天地」。據蕭本、郭本、王本改。《文選》卷三一袁淑〈效曹子建樂府白馬篇〉：「秦地天下樞。」李善注引高誘曰：「樞，要也。」累歲，多年。人不足，人民沒有足夠的糧食。⑰賴得二句　謂幸有如契那樣的賢宰相，掌握國政，關心人民疾苦。契，傳說中商朝君主的始祖，帝嚳之子，母為簡狄。曾助禹治水有功，被舜任為司徒，掌管教化。宰衡，原為漢平帝時加給王莽的稱號。《漢書・王莽傳》：「咸曰：伊尹為阿衡，周公為大宰，……采伊尹、周公稱號，加公為宰衡，位上公。」後人因多以宰衡指宰相。鈞，製陶器所用的轉輪。古代常以陶鈞比喻治理國家。持鈞，操持國政。據《舊唐書・玄宗紀》載：天寶十二載八月，「京城霖雨，米貴，令出太倉米十萬石，減價糶與貧人。」十三載秋，「霖雨積六十餘日，……物價暴貴，人多乏食，令出太倉米一百萬石，開十場賤糶以濟貧民。」詩當即指此。⑱霜驚二句　謂頭上白髮如霜，使人心驚而淚滿衣襟。逐臣，詩人自指。⑲以此二句　不安席，不能安坐。蹉跎，光陰虛度。身世違，遭遇背時。⑳終當二句　朱諫《李詩選注》：「衛謗者，孔子見衛南子也。魯人譏者，叔孫、武叔毀仲尼也。」按：叔孫、武叔為魯大夫。《論語・子張》：「叔孫、武叔毀仲尼。子貢曰：『無以為也，仲尼不可毀也。他人之賢者，丘陵也，猶可踰也；仲尼，日月也，無得而踰焉。人雖欲自絕，其何傷於日月乎！多見其不知量也。』」

【語　譯】歲星進入漢朝的那一年，東方朔來見英明的皇上漢武帝。我如同當年東方朔一樣在翰林院調笑當時人士，正當日上中天之時就辭別聖上的恩寵。一旦離開了翰林院，就與朝廷脫離了關係。故交好友不再上門，門前臺階上的秋草就長得很茂盛。當時在朝廷是多麼卓異特出，如今卻只有您獨與我心相諧而交好。

承蒙您置酒於淩歊臺之上，我倆飲酒歡娛不曾衰歇。歌聲響徹白紵山，跳舞隨著天門山上的月亮迴旋。您問我心中有何事煎熬，我為您詳細敘說。您看我的才能本領，與當年魯國的孔仲尼相比怎麼樣？他是大聖人尚且到處不被任用，而我這樣的小儒又何足可悲！

在遠方雲南夏日的五月，渡瀘之師屢屢戰敗全軍覆沒。有毒之草毒殺我軍戰馬，強蠻之兵佈陣奪掠我軍戰旗。如今的西洱河中，血水流淌捲擁著僵硬的屍體。戰將都沒有當年諸葛亮七縱七擒的謀略，平民百姓徒然有當年魯女般的憂國之心。長安作為京都是天下樞紐，卻多年來百姓糧食不足。即使有數斗珍珠美玉，還不如一盤粟米那樣值錢。幸賴有契那樣的宰相，執掌政權慰恤百姓。我自知無所用，辭家出遊還未回歸。鬢髮如霜令壯士心驚，淚水流滿逐臣衣襟。因此我坐不安席，蹉跎歲月違背心願。終有一天要消除他人的誹謗，不再受到他人的譏諷。

【研　析】按：詩云：「雲南五月中，頻喪渡瀘師。」據史載第二次征南詔在天寶十三載（西元七五四年），則此詩當為是年在南陵時作。

第一段借漢代東方朔自喻。暗寫自己當年供奉翰林見遇明主，因「調笑」權貴，中途辭別君恩。離開翰林院後，與朝廷脫離了關係。老友不往來，臺階長滿秋草。如今只有常贊府與自己的心情諧和而交往。第二段寫與常贊府相聚的歡樂並訴說胸懷，充滿悲喜交加的複雜感情。在淩歊臺置酒，白紵山歌舞。詩人對自己的遭際表面上說得很曠達超脫：大聖人孔子尚且不遇於時，自己只是一介小儒，失意又何足悲！其實內心的沉痛悲憤可於言外體會。此段以對話入詩，密合無跡，聲口逼肖。第三段寫時事，深切表達詩人對國家的關心。朝廷兩次征南詔都全軍覆沒，屍血染紅了西洱河。詩人認為這是將領沒有當年諸葛亮七擒孟獲的本領造成的，而自己為此卻有魯女惜葵即擔憂朝廷將亂之心。京城遭災多年，糧食不足，物價飛漲，斗玉買不到一盤粟。詩人企盼有位賢相操持國政，關懷民生疾苦。第四段抒寫自己的境遇和心情。感嘆自己不能為世所用，離家遠遊還不能回去，「霜驚壯士髮，淚滿逐臣衣」乃傳世名句，深刻反映出當時詩人極為沉痛的心情。為此坐不安席，歲月虛度。但詩人還深信將來終有一天能消滅那些小人對他的誹謗，不再受別人的譏諷。全詩敘往事，述友情，言時事，寫心聲，雖曲折多變，但脈絡分明。

## 於五松山[1]贈南陵常贊府

為草當作蘭，為木當作松。蘭秋❷香風遠，松寒不改容❸。松蘭相因依❹，蕭艾徒丰茸❺。雞與雞並食，鸞與鸞同枝。揀珠去沙礫，但有珠相隨❻。遠客投名賢，真堪寫懷抱❼。若惜方寸心，待誰可傾倒？虞卿棄趙相，便與魏齊行❽。海上五百人，同日死田橫❾。當時不好賢，豈傳千古名！願君同心人，於我少留情❿。寂寂⓫還寂寂，出門迷所適。長劍歸乎來⓬！秋風思歸客⓭。

【注　釋】❶五松山　在今安徽銅陵。按：《輿地紀勝》卷二二江南東路池州：「五松山，在銅陵，李太白名曰五松山，因作詩以美。今五松山有寶雲院及李翰林祠堂。」❷蘭秋　蕭本、郭本、王本、咸本皆作「蘭幽」。❸松寒句　《論語・子罕》：「歲寒然後知松柏之後凋也。」❹相因依　相互依靠。謝靈運〈石壁精舍還湖中作〉詩：「蒲稗相因依。」❺蕭艾句　蕭艾，艾蒿；臭草。比喻小人。屈原〈離騷〉：「何昔日之芳草兮，今直為此蕭艾也。」丰茸，繁密茂盛。《文選》卷一六司馬相如〈長門賦〉：「羅丰茸之游樹兮，離樓梧而相撐。」李善注：「丰茸，眾飾貌。」❻揀珠二句　比喻交友必須選擇賢人，丟棄壞人。揀，挑選；選擇。沙礫，沙子和碎石。❼遠客二句　遠客，詩人自謂。名賢，指常贊府。寫，通「瀉」。傾瀉。謝靈運〈擬魏太子鄴中集詩・平原侯植〉：「歡娛寫懷抱。」❽虞卿二句　《史記・范雎蔡澤列傳》：「(秦)昭王乃遺趙王書曰：『王之弟在秦，范君之仇魏齊在平原君之家。王使人疾持其頭來，不然，吾舉兵而伐趙，又不出王之弟於關。』趙孝成王乃發卒圍平原君家，急，魏齊夜亡出，見趙相虞卿。虞卿度趙王終不可說，乃解其相印，與魏齊亡。」二句用此事。❾海上二句　《史記・田儋列傳》：「漢滅項籍，漢王立為皇帝，……田橫懼誅，而與其徒屬五百餘人入海，居島中。高帝聞之，以為田橫兄弟本定齊，齊人賢者多附焉，今在海中不收，後恐為亂，迺使使赦田橫罪而召之。……田橫迺與其客二人乘傳詣雒陽。未至三十里，至尸鄉廄置，……遂自剄，令客奉其頭，從使者馳奏之高帝。高帝曰：『嗟乎，有以也夫！起自布衣，兄弟三人更王，豈不賢乎哉！』為之流涕，而拜其二客為都尉，發卒二千人，以王者禮葬田橫。既葬，二客穿其冢旁孔，皆自剄，下從之。高帝聞之，迺大驚，以田橫之客皆賢。吾聞其餘尚有五百人在海中，使使召之。至則聞田橫死，亦皆自殺。於是迺知田橫兄弟能得士也。」❿少留情　稍加留情眷顧。少，稍；略微。⓫寂寂　冷清；寂寞。⓬長劍句　蕭本、郭本、王本、咸本皆作「長鋏歸來乎」。《史記・孟嘗君列傳》：「(馮驩）彈劍而歌曰：『長鋏歸來乎，無以為家。』」宋本在「歸乎來」下夾注：「一作：歌歸來」。⓭秋風句　《世說新語・識鑒》：「張季鷹辟齊王東曹掾，在洛，見秋風起，因思吳中菰菜羹、鱸魚膾，曰：『人生貴得適意爾，何能羈宦數千里以要名爵。』遂命駕便歸。俄而齊王敗，時人皆謂為見機。」

【語　譯】為草就當為蘭草，為樹就當為松樹。蘭草的幽香隨風傳得很遠，松樹遇到寒冷卻不改姿容。松樹與蘭草相因相依，蕭艾之類的臭草只是徒然繁盛。雞與雞一起並食，鸞鳥與鸞鳥同枝而棲。揀出珍珠丟棄沙礫，人們只要珍珠般的賢人與己相隨。遠方來客投靠名士賢人，真值得傾訴懷抱。假如吝惜方寸之心，那麼等待何人可盡數傾倒？當年虞卿甘願放棄相國之位，在魏齊有難之時與他一同出逃。那海上的五百壯士，聽說田橫已死就同日一起自殺。當時如果他們不喜愛賢才，怎能流傳下這千古名聲！希望您這個與我同心同德之人，對我稍加留意與眷顧。冷清寂寞還是冷清寂寞，一出門我便迷失方向不知該向何方。彈劍高吟「長鋏歸來乎」！秋風更加激起我的思家之情。

【研　析】此詩當與前首同年先後之作。首六句謂為人當像松蘭那樣堅貞芳香，不做蕭艾那樣的惡草。暗喻自己品格高潔，恥與小人為伍。接著四句以雞、鸞、珠、礫為喻，謂交友必須擇賢。然後用十二句轉寫自己投靠名賢，正可傾訴衷腸，並以虞卿與田橫的典故，說明愛賢的人可以名傳千古，並希望常贊府能對自己「留情」。末四句以寂寞思歸抒寫自己的不得志。

## 自梁園至敬亭山❶見會公談陵陽山水❷兼期同遊因有此贈　宣州作

我隨秋風來，瑤草❸恐衰歇。中途寡名山，安得弄雲月？渡江如昨日，黃葉向人飛。敬亭愜素尚❹，弭棹流清輝❺。

冰谷明且秀，陵巒抱江城❻。粲粲吳與史，衣冠耀天京❼。水國饒英奇❽，潛光❾臥幽草。會公真名僧，所在即為寶❿。開堂振白拂⓫，高論橫青雲。雪山掃粉壁，墨客多新文⓬。

為余話幽棲⓭，且述陵陽美。天開白龍潭⓮，月映清秋水。黃山望石柱，突兀誰開張⓯？黃鶴久不來，子安在蒼茫⓰。東南焉可窮？山鳥絕飛處⓱。稠疊千萬峰，相連入雲去。

聞此期振策⓲，歸來空閉關。相思如明月，可望不可攀。何當移白足，早晚凌蒼山⓳？且寄一書札，令余解愁顏。

【注釋】❶梁園至敬亭山　梁園，又稱梁苑，為漢梁孝王劉武所築園林，為遊賞與延賓之所。在今河南商丘。詳見卷六〈梁園吟〉注。敬亭山，在今安徽宣城。❷會公談陵陽山水　會公，僧人，名會，「公」乃敬稱。陵陽山水，《元和郡縣志》卷二八宣州涇縣：「陵陽山，在縣西南一百三十里。陵陽子明得仙處。」又池州石埭縣：「陵陽山，在縣北三十里。竇子明於此得仙。」按：涇縣西南一百三十里和石埭縣北三十里為同一處。即今安徽石臺北三十里處為陵陽山主峰。❸瑤草　猶言芳草。《文選》卷一六江淹〈別賦〉：「惜瑤草之徒芳。」呂向注：「瑤草，香草，以自喻也。」❹愜素尚　滿足向來的願望。愜，快意；滿足。❺弭棹句　弭棹，停舟。《文選》卷三一江淹〈雜體詩三十首・謝法曹惠連贈別〉：「弭棹阻風雪。」李善注引毛萇《詩傳》曰：「弭，止也。」流，流連；依戀遊樂。清輝，指山水之美。謝靈運〈石壁精舍還湖中作〉詩：「山水含清暉。」❻冰谷二句　形容宣城山水景色。冰谷，寒冷的山谷。陵巒，山峰。❼粲粲二句　《詩經・小雅・大東》：「粲粲衣服。」毛傳：「粲粲，鮮盛貌。」吳與史，指姓吳與姓史的兩位宣州名士。名字無考。或謂「吳」指宣州錄事參軍吳鎮，〈趙公西候新亭頌〉及〈吳錄事畫贊〉有此人，然未可必。天京，指京都。❽饒英奇　富有英傑奇才，指「吳與史」輩人。范雲〈古意贈王中書〉：「岱山饒靈異，淮水富英奇。」❾潛光　指隱居。《後漢書‧鄭玄傳》：「南山四皓有園公、夏黃公，潛光隱耀，世嘉其高。」❿會公二句　寶，佛教的尊號。佛教稱佛、法（佛教教義）、僧為三寶。《高僧傳》卷九〈晉鄴中竺佛圖澄傳〉：「（石）虎傾心事澄，有重於（石）勒。下書曰：『和上，國之大寶，榮爵不加，高祿不受，榮祿匪及，何以旌德？』」此處尊稱會公即為寶。⓫白拂　用白色麈尾做成的拂塵，僧人說法時常手執。《法華經‧信解品》：「手執白拂，侍立左右。」⓬雪山二句　王琦注：「『雪山掃粉壁』，謂畫雪山於粉壁之上。『墨客多新文』，謂文墨之客，多以新文讚美之。會公蓋工於繪事者也。」⓭幽棲　隱居。《宋書‧謝靈運傳》：「幽棲窮巖，外緣兩絕。」⓮白龍潭　楊齊賢注：「《九域志》：陵陽山在宣州。世傳竇子明棄官學道，釣得白龍，放之於此，因名白龍潭。」⓯黃山二句　黃山，古稱黟山，唐改黃山。在今安徽南部黃山市境。南北長約四十公里，東西寬約三十公里。為中國著名風景區。石柱，山名。在今安徽旌德西。王琦注：「石柱山，在寧國府旌德縣西六十里，雙石挺立，而一巨石承之，名豹子尖。」宋本在二句下夾注：「一作：白柱插星漢，西崖誰開張」。⓰黃鶴二句　《列仙傳》卷下：「陵陽子明者，銍鄉人也。好釣魚，於旋谿釣得白龍，子明懼，解鉤拜而放之。後得白魚，腹中有書，教子明服食之法。子明遂上黃山，採五石脂，沸水而服之。三年，龍來迎去，止陵陽山上。百餘年，山去地千餘丈，大呼下人，令上山半，告言：『谿中子安當來，問子明釣車在否？』後二十餘年，子安死，人取葬石山下，有黃鶴來棲其塚邊樹上，鳴呼子安云。」按：本卷〈登敬亭山南望懷古贈竇主簿〉詩有「白龍降陵陽，黃鶴呼子安」句，可參讀。⓱山鳥句　絕飛，蕭本、郭本、王本作「飛絕」。宋本在本句下夾注：「一作：猨狖絕行處」。⓲振策　扶杖。或謂揚鞭催馬。《文選》卷二六陸機〈赴洛道中作〉其二：「振策陟崇丘，安轡遵平莽。」張銑注：「振，舉也。策，鞭。」⓳何當二句　何當，猶何日。白足，《法苑珠林》卷二七〈違損部〉：「前魏太武時，沙門曇始甚有神異，常坐不臥，五十餘年足不躡履，跣行泥穢中，奮足便淨，色白如面，俗呼曰白足阿練也。」早晚，疑問詞。猶何時。蒼山，指陵陽山。

**【語　譯】**我隨著秋風來至此地，芳草恐怕已經衰歇。途中很少有名山，怎能玩賞雲月？渡江之日猶如昨日，樹葉枯黃向人飄來。敬亭山可快意滿足平生願望，停舟止槳在此流連山水清輝。

寒谷明亮而秀麗，山巒圍抱江城。聲名顯赫的吳氏、史氏，世代士族光耀京都。水鄉富饒多英奇之人，隱藏光輝潛臥於幽深草間。會公您真是一位著名高僧，所在之處即為寶地。講堂開講時您振揮白色拂塵，高談闊論橫絕青雲。在粉壁上掃畫雪山，文人墨客多作新文讚美。

您為我長談隱居的樂趣，並且還講述陵陽的山水之美。藍天光照白龍潭，明月映入清秋水。黃山與石柱山遙遙相望，聳立突兀是誰造就？仙鳥黃鶴已很久未來，仙人子安遠在蒼茫之處。東南遙遠之地怎可窮盡？山鳥至此也只能止飛。層層疊疊的千萬峰巒，相依連綿伸入雲中。

聽說有如此風景勝地就期望扶杖一遊，歸來之日盡可閉門謝客不問世事。相思如同遙望明月，可望明光而不可攀升。何日能移動腳步與您相伴而行，一起登臨陵陽蒼山？您早作決定給我寄一封信札，必可令我高興而解開愁顏。

【研　析】此詩當是天寶十二載（西元七五三年）秋至宣城後作。按：獨孤及有〈送李白之曹南序〉曰：「出入燕宋，與白雲為伍。……出車桐門，將駕於曹。……送子何所，平臺之隅。」（《全唐文》卷三三八）李白又有〈留別曹南群官之江南〉詩，可知是年由幽燕歸來至梁園，然後由梁園至曹南，由曹南之江南宣城。在敬亭山見僧會，僧會向詩人介紹陵陽山水，並希望同遊，故詩人寫此詩相贈。首段寫自梁園至敬亭，芳草已衰落，中途無名山可賞。次段描寫宣城敬亭人傑地靈，並歌頌僧人會公揮拂講經、粉壁繪畫的瀟灑情景。第三段描寫會公對詩人所說的水山之美：白龍潭月映秋水，黃山、石柱兩山突兀高聳，仙人子安乘黃鶴遠去隱於蒼茫之中，東南山水不可窮盡，飛鳥至此亦止飛。千萬峰巒連綿高聳入雲。末段謂聽了會公一番話後就期望扶杖一遊，然後歸來就閉門不出。為此而相思，故向會公提問何日啟程同去登陵陽山，並請他決定後寄一書信以解愁懷。全詩順敘寫來，娓娓動聽，撒得開，收得攏。層次分明而又含味深長。

## 贈友人三首

### 其一

蘭生不當戶，別是閑庭草。夙❶被霜露欺，紅榮❷已先老。
謬接瑤華枝，結根君王池。顧無馨香美，叨沐清風吹❸。餘芳若可佩，卒歲❹
長相隨。

【注釋】❶夙　早。❷紅榮　紅花。陳琳〈詩〉：「嘉木凋綠葉，芳草纖（殲）紅榮。」❸謬接四句　暗喻天寶初供奉翰林時得到君王的寵遇。瑤華，高貴的花草。比喻顯要的官員。《楚辭・九歌・大司命》：「折疏麻兮瑤華。」王逸注：「瑤華，玉華也。」結根，〈古詩十九首〉：「冉冉孤生竹，結根泰山阿。」君王池，天子之所。顧，但；只是。叨，忝；辱。謙詞。清風吹，比喻君王賜與的恩澤。❹卒歲　終歲；終年。郭泰〈答友勸仕進者〉：「優哉遊哉，聊以卒歲。」

【語譯】芬芳的蘭草生長在不當門戶之地，則是閒庭中的野草而已。早被嚴霜寒露的打擊欺侮，紅花尚未綻開已先衰老。

這蘭草也曾錯接在名貴的樹枝上，紮根在君王宮庭的池塘中。只是沒有馨香的美，叨蒙沐浴清風的吹拂。如今尚剩一些餘芳如果還可以佩帶，將終年長久地與您相隨。

【研析】此三首詩詩意不同，非一時一地之作，當是編集者將同題詩置於一處。

此首以蘭草自喻，前四句謂生不當戶，既居閒散之地，又為讒人打擊欺侮，花未開而先衰老。接著四句謂幸而曾接名貴之高枝，結根於君王之池，雖自顧馨香不足，卻蒙受君王之恩寵。末二句謂如今尚有餘香可佩，若蒙提攜，當終歲相隨。全詩以蘭生不當戶借喻，含蓄深沉。

## 其二❶

袖中趙匕首，買自徐夫人❷。玉匣閉霜雪❸，經燕復歷秦❹。其事竟不捷，淪落歸沙塵。持此願投贈，與君同急難❺。荊卿一去後，壯士多摧殘。長號易水上，為我揚波瀾❻。

鑿井當及泉，張帆當濟川。廉夫❼唯重義，駿馬不勞鞭。人生貴相知，何必金與錢❽！

【注　釋】❶其二　此首在敦煌《唐人選唐詩》中題作〈贈趙四〉，但文字相異較多。敦煌本原文如下：「我有一匕首，買自徐夫人。匣中閑霜雪，贈爾可防身。防身同急難，挂心白刃端。荊卿一去後，壯士多凋殘。斯人何太愚，作事誤燕丹。使我銜恩重，寧辭易水寒！鑿石作井當及泉，造舟張帆當濟川。廉夫惟重義，駿馬不勞鞭。丈夫貴相知，何必金與錢。」意旨基本相同。蓋一詩之兩傳者。❷袖中二句　《史記・刺客列傳》：「(燕) 太子豫求天下之利匕首，得趙人徐夫人匕首，取之百金，使工以藥焠之，以試人，血濡縷，人無不立死者，乃裝為遣荊卿。」司馬貞《索隱》：「徐，姓；夫人，名。謂男子也。」❸玉匣句　玉匣，以玉為飾的劍匣。霜雪，形容劍刃閃耀白光。《西京雜記》卷一：「高祖斬白蛇劍，……刃上常若霜雪。」❹經燕句　指此匕首曾由荊軻從燕國帶到秦國。❺急難　宋本在此下夾注：「一作：歲寒」。❻荊卿四句　《史記・刺客列傳》：「(荊軻) 之燕，燕人謂之荊卿。……至易水之上，既祖，取道，高漸離擊筑，荊軻和而歌，為變徵之聲，士皆垂淚涕泣。又前而為歌曰：『風蕭蕭兮易水寒，壯士一去兮不復還！』復為羽聲忼慨，士皆瞋目，髮盡上指冠。於是荊軻就車而去，終已不顧。」四句用其意。❼廉夫　猶廉士，有節操的廉潔的人。❽人生二句　漢樂府〈白頭吟〉：「男兒欲相知，何用錢刀為？」

【語　譯】我袖中所藏趙國的匕首，當年是從徐夫人處買來的。玉飾的劍匣中盛著霜雪般的利刃，荊軻帶著它從燕國出發直向秦國。刺殺秦皇之事終究沒有成功，匕首也失落隱埋沙塵之中。現在我手持匕首願投贈給您，讓它與您共同應付急難。但自從荊卿離開燕國一去以後，許多壯士被摧殘。我在易水之上長號以弔荊軻，易水也為我揚起波瀾。

鑿井就應該要挖至深泉見水，張帆就應當渡過大河。有節氣不苟取的廉潔之士只重信義，駿馬不用鞭策就會快速奔馳。人生貴在理解相知，何必只看重金錢財物！

【研　析】敦煌《唐人選唐詩》中此詩題作〈贈趙四〉，趙四當即宣州當塗縣尉趙炎，李白有〈春於姑孰送趙四流炎方序〉可證。〈序〉作於天寶十五載春，則此詩當作於天寶十四載（西元七五五年）。卷六〈當塗趙炎少府粉圖山水歌〉，當與此詩同時之作。此詩前十二句詠荊軻故事，謂當年從趙人徐夫人處買的匕首非常鋒利，荊軻帶著它從燕到秦謀刺秦始皇，結果事竟不成而淪落沙塵。今我得之藏於袖中，欲投贈與您同赴急難。然荊軻去後，壯士多被摧殘。詩人在易水之上長號以弔荊軻，易水亦為之揚起波瀾。後六句以鑿井當見泉水，揚帆當渡過大河，廉潔之士重視義氣，駿馬不需要鞭打為喻，說明交友貴相知，不可論金錢。此乃詩之主旨。荊軻之事即襯托「貴相知」。

## 其三

慢世❶薄功業，非無胸中畫。謔浪❷萬古賢，以為兒童劇❸。立產如廣費，匡君懷長策❹。但苦山北寒，誰知道南宅❺？歲酒上逐風❻，霜鬢兩邊白。蜀主思孔明❼，晉家望安石❽。時來列五鼎❾，談笑期一擲❿。虎伏避胡塵⓫，漁歌遊海濱。弊裘恥妻嫂⓬，長劍託交親⓭。夫子秉家義，群公難與鄰。莫持西江水，空許東溟臣⓮。他日青雲去，黃金報主人。

【注　釋】❶慢世　傲世；玩世不恭。嵇康〈司馬相如贊〉：「長卿慢世，越禮自放。」❷謔浪　戲言調笑。《詩經・邶風・終風》：「謔浪笑敖。」毛傳：「言戲謔不敬。」❸兒童劇　兒戲。❹立產二句　意謂自己如疏廣那樣消費而不為子孫立產業，懷有長策志在匡輔君王。廣費，疏廣之費。《漢書・疏廣傳》記載，疏廣告老歸家後，每天備酒食招待族人、故舊與賓客，其子孫恐其財產用盡，請族人勸疏廣多買田宅。疏廣說：「我已有田和屋，只要子孫努力，足夠衣食，與凡人一樣。如若多給積餘，只會使子孫怠惰喪志。」於是族人都被說服。❺道南宅　《三國志・吳書・周瑜傳》：「（孫）堅子策與瑜同年，獨相友善，瑜推道南大宅以舍策，升堂拜母，有無通共。」❻上逐風　隨逐風俗。❼蜀主句　蜀主，指三國時蜀漢先主劉備。孔明，諸葛亮，字孔明。劉備曾三顧茅廬，請諸葛亮出山輔佐。詳見卷七〈讀諸葛武侯傳書懷贈長安崔少府叔封昆季〉詩注。❽晉家句　安石，東晉時名臣謝安，字安石。詳見卷六〈梁園吟〉注。❾時來句　時來，蕭本、郭本、胡本作「時人」。五鼎，古代祭禮，以五鼎盛羊、豕、膚、魚、腊（腊用麋）。見《儀禮・少牢・饋食禮》。《漢書・主父偃傳》：「丈夫生不五鼎食，死則五鼎亨（烹）耳！」顏師古注引張晏曰：「五鼎食，牛、羊、豕、魚、麋也。諸侯五，卿大夫三。」❿一擲　賭博一次。《宋書・武帝紀》：「劉毅家無擔石之儲，摴蒱一擲百萬。」⓫避胡塵　躲避安祿山叛亂。避，蕭本、郭本、胡本作「被」。⓬弊裘句　《戰國策・秦策一》：「（蘇秦）說秦王書十上而說不行，黑貂之裘弊，黃金百斤盡。資用乏絕，去秦而歸。……歸至家，妻不下紝，嫂不為炊。」⓭長劍句　用《史記・孟嘗君列傳》馮驩事，見本卷〈於五松山贈南陵常贊府〉詩注。交親，朋友與親戚。⓮莫持二句　《莊子・外物》：「莊周家貧，故往貸粟於監河侯。監河侯曰：諾。我將得邑金，將貸子三百金，可乎？莊周忿然作色曰：周昨來，有中道而呼者，周顧視車轍中，有鮒魚焉。周問之曰：鮒魚來，子何為者邪？對曰：我東海之波臣也，君豈有斗升之水而活我哉？周曰：諾。我且南遊吳越之王，激西江之水而迎子，可乎？鮒魚忿然作色曰：吾失我常與，我無所處，吾得斗升之水然活耳！君乃言此，曾不如早索我於枯魚之肆。」二句用其意，喻求小助請勿辭。

【語　譯】我傲視世俗鄙薄功業，並不是胸中沒有雄圖大略。詼諧調笑古代的賢人，把他們的作為看成是兒童之間的遊戲。對待產業如同疏廣那樣耗費散財，胸懷良策立志匡助君王。只苦於山北地區寒冷，誰知還有周瑜將道南美宅贈送孫策居住之事？歲時飲酒隨風俗，兩鬢已如蒙霜白。當年蜀主劉備思得諸葛亮曾三顧茅廬，東晉王朝指望謝安出山救濟蒼生。時來運轉則家列五鼎而食，期望談笑之間一擲百萬。像老虎一樣潛伏是為了躲避胡塵，高唱漁歌暫且漫遊海濱。當年蘇秦追求功名落得裘弊金盡被妻、嫂恥笑，如今我只能如馮驩歌長劍歸來乎依託親友。夫子您秉持家風世德，群公諸賢難以與您較量比鄰。我只需少量援助便可安身立命，請您不要以持西江水救東溟臣空為許諾。他日我如能直上青雲，一定以萬兩黃金來報答主人。

【研　析】詩中有「虎伏避胡塵，漁歌遊海濱」句，證知此詩當是安史之亂爆發後「竄身吳國」之作。前十四句抒寫自己的行為和思想。自謂輕視功名，調笑古賢但胸懷匡君良策，以疏廣功成身退、耗費錢財自比，以「蜀主思孔明，晉家望安石」喻朝廷思賢，又以「時來列五鼎，談笑期一擲」表示相信自己有運轉之時。後十句描寫遭遇安祿山之亂，只得避亂江南，歌頌友人高義，請求友人真心相助，並表示以後圖報。明人朱諫等對詩中「歲酒上逐風」等句疑有闕誤，可探討。

## 陳情贈友人

延陵有寶劍，價重千黃金。觀風歷上國，暗許故人深。歸來挂墳松，萬古知其心❶。懦夫感達節，壯士激素衿❷。鮑生薦夷吾，一舉致齊相。斯人無良朋，豈有青雲望？臨財不苟取，推分固辭讓❸。後世稱其賢，英風邈難尚。論交但若此，有道孰云喪？

多君騁逸藻❹，掩映當時人。舒文振頹波❺，秉德冠彝倫❻。卜居❼乃此地，共井為比鄰❽。清琴弄雲月，美酒娛冬春。薄德中見捐，忽之如遺塵。英豪未豹變❾，自古多艱辛。他人縱以疏，君意宜獨親。

奈何成離居❿，相去復幾許？飄風吹雲霓⓫，蔽目不得語。投珠冀有報，按劍恐相拒⓬。所思采芳蘭，欲贈隔荊⓭渚。沉憂心若醉⓮，積恨淚如雨⓯。願假東璧輝，餘光照貧女⑯。

【注　釋】❶延陵六句　《新序》卷七〈節士〉：「延陵季子將西聘晉，帶寶劍以過徐君。徐君觀劍，不言而色欲之。延陵季子為有上國之使，未獻也，然其心許之矣。致使於晉。顧反，則徐君死於楚。於是脫劍致之嗣君。從者止之曰：『此吳國之寶，非所以贈也。』延陵季子曰：『吾非賜之也。先日吾來，徐君觀吾劍，不言而色欲之，吾為有上國之使，未獻也，雖然，吾心許之矣。今死而不進，是欺心也。愛劍偽心，廉者不為也。』遂脫劍致之嗣君。嗣君曰：『先君無命，孤不敢受劍。』於是季子以劍帶徐君墓樹而去。徐人嘉而歌之曰：『延陵季子兮不忘故，脫千金之劍兮掛墳墓。』」按：春秋時吳國公子季札封於延陵（今江蘇常州），故稱延陵季子。《史記・吳太伯世家》記載此事謂「季札之初使，北過徐君」，季札初使乃「聘於魯」。張守節《正義》引《括地志》曰：「徐君廟在泗州徐城縣西南一里，即延陵季子掛劍之徐君也。」泗州徐城縣今已沉入洪澤湖。觀風，觀察瞭解施政得失和民間風俗。鮑照〈賣玉器者〉：「我方歷上國，從洛入函轘。」❷懦夫二句　謂季札的高節可使懦夫感奮，素襟可使壯士激勵。《孟子・萬章下》：「故聞伯夷之風者，頑夫廉，懦夫有立志。」達節，不拘常規而合於節義。《左傳》成公十五年：「聖達節，次守節，下失節。」壯士，宋本原作「壯氣」，據蕭本、郭本、王本改。素衿，猶「素襟」。本心，亦指平素的襟懷。蕭本、郭本、王本作「青衿」。《詩經・鄭風・子衿》：「青青子衿。」毛傳：「青衿，青領也，學子之所服。」❸鮑生六句　《史記・管晏列傳》：「管仲夷吾者，潁上人也。少時常與鮑叔牙游，鮑叔知其賢。管仲貧困，常欺鮑叔，鮑叔終善遇之，不以為言。已而鮑叔事齊公子小白，管仲事公子糾。及小白立為桓公，公子糾死，管仲囚焉。鮑叔遂進管仲。管仲既用，任政於齊，齊桓公以霸，九合諸侯，一匡天下，管仲之謀也。管仲曰：『吾始困時，嘗與鮑叔賈，分財利多自與，鮑叔不以我為貪，知我貧也。……公子糾敗，召忽死之，吾幽囚受辱，鮑叔不以我為無恥，知我不羞小節而恥功名不顯於天下也。生我者父母，知我者鮑子也。』鮑叔既進管仲，以身下之。……天下不多管仲之賢而多鮑叔能知人也。」六句用其事。鮑生，指鮑叔。夷吾，管仲字。斯人，此人。指管仲。❹多君句　多，推重；讚美。逸藻，俊逸的文辭。徐勉〈和元帝詩〉：「壯思如泉湧，逸藻似雲翔。」❺舒文句　舒文，《文選》卷二六顏延年〈贈王太常〉詩：「舒文廣國華。」李善注引王逸《楚辭注》曰：「發文舒詞，爛然成章。」張銑注：「舒其文章。」頹波，比喻衰頹的風尚或趨勢。❻秉德句　秉德，保持美德。屈原〈橘頌〉：「秉德無私，參天地兮。」彝倫，常倫；常道。《尚書・洪範》：「我不知其彝倫攸敘。」

蔡沈《集傳》：「彝，常也；倫，理也。」❼卜居　擇地居住。語本《楚辭・卜居・序》：「乃往至太卜之家，稽問神明，決之著龜，卜己居世。何所宜行。」❽共井句　相傳古制八家為井，引申為人口聚居地。井里；鄉里。比鄰，原為周代地方基層組織。《周禮・地官・大司徒》：「令五家為比，使之相保。」又〈遂人〉：「五家為鄰，五鄰為里。」後多用以稱鄰居、近鄰。陶潛〈雜詩〉其一：「斗酒聚比鄰。」❾豹變　比喻人之行為或地位像豹之紋那樣顯著變化。《易經・革卦》：「君子豹變，其文蔚也。」❿離居　分離居住。〈古詩十九首〉：「同心而離居，憂傷以終老。」⓫飄風句　《楚辭・離騷》：「飄風屯其相離兮，帥雲霓而來御。」王逸注：「回風為飄。飄風，無常之風，以興邪惡之象也。……雲霓，惡氣，以喻佞人。」⓬投珠二句　意謂投贈明珠希望相報，又恐不被理解而按劍相拒。《史記・魯仲連鄒陽列傳》：「(鄒陽)乃從獄中上書曰：『……臣聞明月之珠，夜光之璧，以闇投人於道路，人無不按劍相眄者。何則？無因而至前也。』」冀有報，蕭本、郭本、《全唐詩》作「冀相報」。⓭荊　宋本在此字下夾注：「一作：脩」。⓮沉憂句　《文選》卷三〇陸機〈擬行行重行行〉：「沉憂萃我心。」張銑注：「沉，深也。」《詩經・王風・黍離》：「行邁靡靡，中心如醉。」⓯淚如雨　曹操〈善哉行〉：「守窮者貧賤，惋歎淚如雨。」⓰願假二句　《列女傳》卷六：「齊女徐吾者，齊東海上貧婦人也。與鄰婦李吾之屬會燭相從夜績。徐吾最貧而燭數不屬。李吾謂其屬曰：『徐吾燭數不屬，請無與夜也。』徐吾曰：『……夫一室之中，益一人燭不為暗，損一人燭不為明，何愛東壁之餘光，不使貧妾得蒙見哀之恩，長為妾役之事，使諸君常有惠施於妾，不亦可乎？』李吾莫能應，遂復與夜，終無後言。」

**【語　譯】**延陵季子有把珍貴的寶劍，價值高於千兩黃金。他出使到各大國去觀風，心中已暗許贈劍給友人徐君。歸來之時徐君已死，他把寶劍掛在徐君墓上之樹，萬古以來都知曉他的重信之心。季札的高節可使懦夫感奮，素襟可使壯士激勵。還有鮑叔牙推薦管仲給齊桓公，一舉成為齊國之相。管仲如果沒有好朋友，怎會有青雲直上的希望？鮑叔面臨財物自己少取，卻堅決辭讓給更需要的人。後代之人都稱讚鮑生的賢明，英名高風流傳遙遠再難有人超過。論說人際交往只要如此，誰說交友之道已經淪喪？

我讚賞您能馳騁俊逸的文辭，遮掩當時眾人。舒展文章力振衰頹的文風，保持美德冠於常輩。我占卜擇居就住在此地，與您共井而為鄰居。仰望雲月彈弄清琴，暢飲美酒歡娛冬春。我德性淺薄而中道被棄，遭人輕視如同遺棄塵土。英豪之人未能逢時發生顯著變化，自古以來多有艱辛。即使他人對我疏遠，而您的心意應該對我特別親近。

如今為何離居分開，相別又要經歷多少時日？無常之風吹拂惡氣雲霓，掩蔽眼目而不得說話。投人明珠期望有所回報，但又恐不被理解而按劍相拒。心有所思採集一把芳蘭，想要相贈卻隔著荊渚。深憂煩悶我心如醉，積恨於胸我淚下如雨。希望能借東壁鄰居的一點蠟燭之光，使那餘光能照到我這貧賤的織女。

【研析】此詩作年與所贈友人無考。首段以延陵季子掛劍徐君之墓以及鮑叔牙推薦管仲相齊桓公兩個典故，說明交友之道沒有喪失，應當如此。次段即題中的「陳情」。歌頌友人文辭德行超群出眾，自己曾為鄰居，相娛甚歡，不幸因自己薄德而中途被友人所棄。詩人以為自古英豪之士多艱辛，未顯變前多窮困，自己被他人疏遠則可，在友人則應更親。末段敘如今與友人離居久而遠，投珠恐拒，贈蘭無從，相思憂愁，希望友人能借餘光以照寒微。《唐宋詩醇》卷五評曰：「披露胸懷，不作齦齦之態，敘乖隔處，極為微婉，得風人之意。」

## 贈從弟冽❶

楚人不識鳳，重價求山雞❷。獻主昔云是，今來方覺迷❸。自居漆園北，久別咸陽西❹。風飄落日去，節變流鶯啼。桃李寒未開，幽關豈來蹊❺？逢君發花萼❻，若與青雲齊。及此桑葉綠，春蠶起中閨❼。日出撥穀鳴，田家擁鋤犁❽。顧余乏尺土，東作誰相攜❾？

傅說降霖雨，公輸造雲梯❿。羌戎事未息，君子悲塗泥⓫。報國有長策，成功羞執珪⓬。無由謁明主，杖策還蓬藜⓭。他年爾相訪，知我在磻溪⓮。

【注　釋】❶從弟洌　洌，宋本原作「洌」，據蕭本、郭本、胡本、王本改。《新唐書・宰相世系表二上》李氏姑臧大房有洌，當即此人。洌弟凝，亦與李白交遊，李白有〈送族弟單父主簿凝攝宋城主簿〉詩。❷楚人二句　《尹文子・大道上》：「楚人擔山雉者，路人問：『何鳥也？』擔雉者欺之曰：『鳳凰也。』路人曰：『我聞有鳳凰，今直見之，汝販之乎？』曰：『然。』則十金，弗與，請加倍，乃與之。將欲獻楚王，經宿而鳥死。路人不遑惜金，惟恨不得以獻楚王。國人傳之，咸以為真鳳凰。而貴。欲以獻之，遂聞楚王。王感其欲獻于己，召而厚賜之，過于買鳥之金十倍。」❸獻主二句　謂己入長安亦如楚人獻山雞，過去以為很對，如今才覺得是迷誤。❹自居二句　謂己離別長安已久，住在漆園一帶。漆園，戰國時莊周曾為蒙漆園吏。其地一說在今河南商丘北；一說在今山東菏澤北；一說在今安徽定遠東。又有人以為漆園非地名，莊周乃在蒙邑中為吏主督漆事，蒙在今商丘北。咸陽，指長安。❺桃李二句　謂桃李因天寒而未開，門門深閉，幽靜的院落何來蹊徑。意指家中很少來客。《史記・李將軍列傳》引諺曰：「桃李不言，下自成蹊。」司馬貞《索隱》引姚氏云：「桃李本不能言，但以華實感物，故人不期而往，其下自成蹊徑也。以喻（李）廣雖不能出辭，能有所感，而忠心信物故也。」此反用其意。❻花萼　《文選》卷二五謝瞻〈於安城答靈運〉詩：「華萼相光飾。」呂延濟注：「花萼，喻兄弟也。」❼春鸎句　謂時當春天，閨中女子都開始養蠶。❽日出二句　撥穀，蕭本、郭本、繆本、王本作「布穀」，鳥名。又名勃姑、鳲鳩、郭公、戴勝、戴紝。因鳴聲像「布穀」，又值播種時多鳴，故相傳為勸農之鳥。擁，宋本原作「壤」，據蕭本、郭本、繆本、王本、咸本改。❾東作句　東作，春耕。《尚書・堯典》：「平秩東作。」蔡沈《集傳》：「作，起也；東作，春月歲功方興，所當作起之事也。」攜，提攜；扶助。❿傳說二句　謂傳說與公輸般都是於國有功之人。傳說，商朝武丁時大臣。相傳原是傳巖地方從事版築的奴隸，後被武丁「舉以為相。殷國大治」（《史記・殷本紀》）。武丁將其比作大旱中的霖雨。《尚書・說命》：「若歲大旱，用汝作霖雨。」公輸，名般，春秋時魯國人。「般」與「班」同音，故又稱魯班。相傳曾創造攻城的雲梯和刨、鑽等土木工具。《淮南子・修務訓》：「公輸，天下之巧士，作雲梯之械，設以攻宋。」高誘注：「雲梯，攻城具，高長上與雲齊，故曰雲梯。」⓫羌戎二句　謂邊塞戰事未息，君子悲於在野無法報效祖國。羌戎，古代西北部少數民族。塗泥，亦作「泥塗」。猶言草野。比喻卑下的地位。《左傳》襄公三十年：「使吾子辱在泥塗久矣，武（趙武）之罪也。」⓬成功句　此句謂成就功業後羞於接受爵賞。執珪，爵位名。古時諸侯國以圭（長條形玉器，上端作三角狀）賜功臣，使持以朝見，稱執珪，亦稱「執圭」。《呂氏春秋・恃君覽・知分》：「荊王聞之，仕之執圭。」高誘注：「周禮：侯執信圭。」《戰國策・楚策一》：「通侯執珪死者七十餘人。」⓭無由二句　明主，宋本原作「明王」，據蕭本、郭本、繆本、王本、咸本改。杖策，拄杖。蓬藜，兩種野草。

此指草野鄉間。藜，宋本原作「梨」，據蕭本、郭本、繆本、王本改。⑭磻溪　水名，一名璜河，在今陝西寶雞東南。相傳呂尚（姜太公）未遇周文王前曾在此垂釣。此句似隱喻待機而動。

【語　譯】楚國有一個人不認識鳳凰，用高價求購到一隻山雞以為就是鳳凰。過去我到京都向皇上獻賦就像楚人購山雞一樣認為是對的，現在我纔覺得真是糊塗極了。

自從我隱居在漆園之北，離別長安已覺很久遠。落日隨風飄而去，流鶯隨節氣變換而啼鳴。桃李因天寒尚未開花，深僻之處怎能自成蹊徑？正逢您如陽春花開般關懷弟兄，似要與天上的青雲等齊。值此桑葉碧綠之時，閨中女子都忙於春天養蠶之事。日出時布穀鳥就鳴叫，農家人荷鋤扛犁下田去耕作。只是我連一尺土地都沒有，誰能帶著我去從事春播？

傳說在殷代為宰相如天降大雨以救旱，公輸般在楚國造雲梯以攻宋，都是為國建功，如今西北方羌戎的戰事尚未止息，君子因地位卑下無從出力而悲痛。我有報效國家的良策，成功之後我也羞於得爵受賞。但我沒有機會謁見明主，只得扶杖回到蓬蒿野草之中。他年您如想來尋訪我，應該知道我是在呂尚曾垂釣過的磻溪邊。

【研　析】按詩中云「獻主昔云是」，但已「久別咸陽西」，「自居漆園北」，躬耕卻又「乏尺土」，「羌戎事未息」但不能為國出力，反映出詩人的苦悶心情，當是天寶四載（西元七四五年）在東魯時作。

首四句以楚人高價買山雞以為鳳凰獻楚王自喻，謂過去以為向皇上獻賦是正確的，如今方覺是做了糊塗事。次段點明居於東魯，久別長安。時節已是鶯啼的春天，然桃李因寒未開，何來蹊徑，暗喻自己寂寞無人來往。歌頌李冽如陽春花開般關懷弟兄，暗示希冀提攜。值此桑葉綠而閨中忙蠶事，布穀鳴而農家忙耕種。而自己竟無尺土之產業，無人相助。末段以傳說、公輸兩個典故，說明賢人都能為國立功，如今西北戰事未息，自己卻因地位卑賤而無從效力。自以為胸懷報國良策，願意功成身退，可是無從謁見明主，只得淪落草野，末二句點明自己將長期隱居。

## 贈閻丘處士❶

賢人有素業❷，乃在沙塘陂❸。竹影掃秋月，荷衣❹落古池。

閑讀《山海經》❺，散帙臥遙帷❻。且耽田家樂，遂曠❼林中期。野酌勸芳酒，

園蔬烹露葵❽。如能樹桃李❾，為我結茅茨❿。

【注　釋】❶閻丘處士　閻丘，複姓。名不詳。處士，古時稱有才德而隱居不仕的人。《荀子・非十二子》：「古之所謂處士者，德盛者也。」❷素業　清高的事業。指儒業。《顏氏家訓・勉學》：「有志尚者，遂能磨礪以就素業」。盧文弨補注：「素業，清素之業。」一說此處指祖上的家產，亦通。❸沙塘陂　王琦注：「《江南通志》：沙塘陂，在宿松城外。唐閻丘處士築別業於此，李太白有詩贈之云云。」❹荷衣　荷葉。郭本、胡本作「荷花」。❺山海經　書名。《史記・大宛列傳》太史公曰：「至《禹本紀》、《山海經》所有怪物，余不敢言之也。」《漢書・藝文志》列入〈數術・刑法〉類，十三篇，今本十八篇。作者不詳，各篇著作時代亦無定論，近代學者多認為非出於一時一人之手，其中十四篇為戰國時作品，〈海內經〉四篇則為西漢初作品。內容主要為民間傳說中的地理知識，包括山川、道里、民族、物產、藥物、祭祀、巫醫等，保存了不少遠古的神話傳說。對古代歷史、地理、文化、中外交通、民族、神話等研究，都有參考價值。其中的礦物記錄，為世界最早的有關文獻。晉郭璞作注，並為《圖贊》，今圖佚而贊存。❻散帙句　《文選》卷二五謝靈運〈酬從弟惠連〉詩：「散帙問所知。」劉良注：「散帙，謂開書帙也。」按：古時書卷，皆有帙包之。帙即用布帛製成的包書的套子，故稱書一套為一帙，散帙即打開書套，借指讀書。臥遙帷，《文選》卷三一江淹〈雜體詩三十首・王徵君微養疾〉：「汎瑟臥遙帷。」張銑注：「遙，遠也。帷，謂山中。」❼曠　宋本在此字下夾注：「一作：廣」。❽露葵　即蒪菜。宋玉〈諷賦〉：「炊雕胡之飯，烹露葵之羹。」《顏氏家訓・勉學》：「梁世有蔡朗諱純，既不涉學，遂呼蒪為露葵菜。」一說，指今人不食之葵。《本草綱目・草五・葵》：「古人采葵必待露解，故曰露葵。今人呼為滑菜……古者葵為五菜之主，今人不食之。」❾樹桃李　《韓詩外傳》卷七：

「夫春樹桃李，夏得陰其下，秋得食其實。」後多以比喻栽培晚輩或結交友人。⑩茅茨　茅草編的屋頂。《漢書・司馬遷傳》：「茅茨不翦。」顏師古注：「屋蓋曰茨。茅茨，以茅覆屋也。」

【語　譯】賢德之人有清高的事業，您的隱居地就在宿松城外的沙塘陂。竹影在秋月照耀下拂動，荷葉漂浮在古池之中。

閒來閱讀《山海經》，打開書套臥在遠處的山中帷席上讀書。暫且沉浸在田家歡樂之中，於是與相約聚會的諸隱士疏遠。在野地斟酒相勸酣飲美酒，園中的菜蔬與露葵烹煮享用。如果您願栽培桃李，請為我蓋一座茅屋讓我與您相伴而居。

【研　析】此詩當作於至德二載（西元七五七年），與〈贈閭丘宿松〉、〈贈張相鎬〉為同時之作。前四句描寫閭丘處士隱居地的清幽，以優美的環境烘托其為人高雅。後八句描寫並讚美處士讀書、種田、飲酒、食葵之樂，最後表示自己希望能與閭丘處士結交同隱。

## 贈錢徵君少陽　一作〈送趙雲卿〉❶

白玉一盃酒，綠楊三月時。春風餘幾日？兩鬢各成絲❷。秉燭❸唯須飲，投竿❹也未遲。如逢渭水獵，猶可帝王師❺。

【注　釋】❶贈錢徵君題　此詩卷一四重出，題作〈送趙雲卿〉。《文苑英華》此詩亦兩見，一作〈贈錢徵君少陽〉，一作〈送趙雲卿〉，文字全同。按：《舊唐書・趙曄傳》：「曄字雲卿，鄧州穰人……開元中，舉進士，連擢科第，補太子正字，累授大理評事。……河東採訪使韋陟以曄履操清直，頗推敬之，表為賓僚。陟罷，陳留採訪使郭納復奏曄為支使。及安祿山陷陳留，因沒於賊。……乾元初，三司議罪，貶晉江尉。……入為膳部、比部二員外，膳部、倉部二郎中，祕書少監。……在宦途五十年，累經貶謫，蹇躓備至。……建中四年冬，涇原兵叛，曄竄於山谷。尋以疾終。」可知趙曄仕宦一生，未嘗為隱士，而此詩所寫顯為隱居未仕之老翁，亦無「送」別之意。故此詩題不應作〈送趙雲卿〉。而李白另有〈贈潘侍御論錢少陽〉詩云：「雖無二十五老者，且有一翁錢少陽。」與此詩內容相符，故此詩以題作〈贈錢徵君少陽〉為是。❷春風二句　王堯衢《唐詩合解》卷七：「春風所餘無多幾日，正承上『三月』，而況我兩人兩鬢各成白絲，年又遲暮，安可不樂。」❸秉燭　「秉燭夜遊」的略語，謂須及時行樂。〈古詩十九首〉：「晝短苦夜長，何不秉燭遊。」❹投竿　王琦注：「謂投竿於水而釣也。」暗用呂尚垂釣磻溪事。❺如逢二句　《史記・齊太公世家》：「呂尚蓋尚窮困，年老矣，以漁釣奸（干）周西伯（周文王）。西伯將出獵，卜之，曰『所獲非龍非彲（螭），非虎非羆；所獲霸王之輔。』於是周西伯獵，果遇太公於渭之陽，與語大說，曰：『自吾先君太公曰當有聖人適周，周以興。子真是邪？吾太公望子久矣。』故號之曰『太公望』，載與俱歸，立為師。」渭水，蕭本、郭本、胡本、咸本作「渭川」。

【語　譯】正當綠楊飄垂的三月，我們高舉白玉酒杯痛飲美酒。春風所餘還能有幾日？何況您我兩鬢都已成白絲。古人所謂秉燭夜遊只須飲酒行樂，然後投竿垂釣還不為遲。如能遇到周文王到渭水邊打獵，我們也可以成為帝王之師。

【研　析】此詩作年不詳。前四句以行樂勸徵君，春光無幾，年事已高，安可不及時行樂。接著二句承上啟下作轉折。上句以秉燭飲酒承上行樂，下句「投竿」啟下以匡世濟民勸君。末二句謂如遇周文王那樣的賢君出獵，則徵君猶可如當年呂尚一樣九十為帝王師。嚴羽批點「春風」兩句曰：「賦情如丘山，而出口輕若蟬翼，真是逸才。」應時《李詩緯》卷三引丁谷雲曰：「意在惜時，然不下寒薄語。此李東山之氣概也。」

## 贈宣州靈源寺沖濬公❶

敬亭白雲氣，秀色連蒼梧❷。下映雙溪❸水，如天落鏡湖❹。

此中積龍象❺，獨許濬公殊。風韻逸江左❻，文章動海隅❼。觀心同水月，解領得明珠❽。今日逢支遁❾，高談出有無❿。

【注釋】❶沖濬公　蕭本、郭本、王本作「仲濬公」。僧人。按：卷二二有〈聽蜀僧濬彈琴〉詩，當為同一人。耿湋〈濬公院懷舊〉詩中的「濬公」疑亦指此人。❷敬亭二句　敬亭，山名。在今安徽宣城。白雲、蒼梧，用《歸藏》「有白雲出蒼梧，入于大梁」語。❸雙溪　宣州宣城有宛溪、句溪二水繞城合流，稱雙溪。又按：《嘉慶一統志・寧國府》：「雙溪在宣城縣東十里，自句溪經土山北，分流五里為雙溪。」❹如天句　謂如青天落入鏡子一般的湖中。形容溪水之清如明鏡映出青天。❺此中句　此，指靈源寺。積，聚集。龍象，佛教用語。龍與象為水陸力最大者。佛教用以比擬具有勇力、猛於修行的人。《大般涅槃經》卷二：「世尊，我今已與諸大龍象菩薩摩訶薩，斷諸結漏。」後亦用以指高僧。王勃〈四分律宗記序〉：「將使龍象緇服，維明克允。」❻江左　江東。指長江下游東部地區。東晉及南朝宋、齊、梁、陳各代都建都江東之建業（今南京市），故當時人稱此五朝及其統治下的全部地區為江左。《晉書・溫嶠傳》：「于時江左草創，綱維未舉，嶠殊以為憂。及見王導共談，歡然曰：『江左自有管夷吾，吾復何慮！』」❼海隅　海角；沿海地區。《尚書・益稷》：「帝光天之下，至於海隅蒼生。」❽觀心二句　觀心，觀察心性。佛教以心為萬物的主體，無一事在心外，故觀心即能究明一切事（現象）理（本體）。王琦注：「水月，謂水中月影，非有非無，了不可執。慧者觀心，亦復如是。解領，解悟也。明珠，喻菩提大道也。」按：解領，即理解領悟，即觀心之所得，故所得的佛理以明珠喻之。宋本在「觀」字下夾注：「一作：了」。❾支遁　東晉名僧。以清談玄佛之理著稱。《高僧傳・晉剡沃洲山支遁》：「支遁，字道林，本姓關氏，陳留人，或云河東林慮人。幼有神理，聰明秀徹。……家世事佛，早悟非常之理。隱居餘杭山，深思《道行》之品，委曲《慧印》之經。卓焉獨拔，得自天心。年二十五出家，每至講肆，善標宗會，而章句或有所遺，時為守文者所陋。謝安聞而善之，曰：『此乃九方堙之相馬也，略其玄黃，而取其駿逸。』……俄又投跡剡山，於沃洲小嶺立寺行道，僧眾百餘，常隨稟學。……晚移石城山，又立棲光寺。……以晉太和元年閏四月四日終於所住，春秋五十有三。」❿有無　古代哲學範疇。指事物的存在與不存在。《老子》：「故有無相生，難易相成。」王琦注引僧肇《維摩詰經注》：「不可得而有，不可得而無者，其唯大乘行乎！欲言其有，無相無名；欲言其無，萬德斯行。萬德斯行，故雖無而有；無相無名，故雖有而無。然則言有不乖無，言無不乖有。或說有行，或說無行，有無雖殊，其致一也。」今人安旗注：「佛教謂有無之見，皆是邪見；須超出有無之外，方是正見。」

【語　譯】敬亭山上白雲霧氣繚繞，秀麗的景色直連蒼梧。靈源寺下雙溪之水輝映，如青天落入鏡子般的湖中。靈源寺中聚集了如龍如象的高僧，特別推許濬公最傑出優秀。您的風韻氣度在江東馳名，您的詩文創作轟動海隅。觀您的佛心如同水中之月非有非無，對佛理的理解領悟如探得明珠所在。今日遇到您這位支道林般的名僧，高談佛玄之理超出有無之論。

【研　析】此詩當是天寶十二載（西元七五三年）秋在宣城之作。首四句描繪敬亭山和宣城周圍的環境之幽和景色之美。接著六句讚濬公的風度文采和對佛理的精通。末二句為贈詩應有之義，謂今日遇高僧聽談佛理高出有無，不勝榮幸。嚴羽評首四句曰：「描寫雲天水色，作一合相，如此幻現。」明人批點「觀心」二句曰：「禪家有水月觀，解領得珠當別有來歷。」

## 贈僧朝美❶

水客凌洪波，長鯨湧溟海❷。百川隨龍舟，噓噏竟安在❸？中有不死者，探得明月珠❹。高價傾宇宙，餘輝照江湖。苞卷金縷褐❺，蕭然若空無❻。

誰人識此寶❼？竊笑有狂夫。了心❽何言說，各勉黃金軀❾。

【注　釋】❶朝美　僧人名。事蹟不詳。❷長鯨句　《文選》卷五左思〈吳都賦〉：「長鯨吞航，修鯢吐浪。」劉淵林注：「《異物志》云：『鯨魚，長者有數千里。雄曰鯨，雌曰鯢。或死于沙上，得之皆無目，俗言其目化為明月珠。』」溟海，水呈黑色的海。《列子・湯問》：「有溟海者，天池也。」張湛注：「《十洲記》云：水黑色謂溟海。」亦泛指大海。《抱朴子・廣譬》：「浮溟海者識池沼之褊。」❸百川二句　謂大舟被洪波大鯨所吞沒。《文選》卷一二木華〈海賦〉：「魚則橫海之鯨，……茹鱗甲，吞龍舟，噏波則洪漣踧蹜，吹澇則百川倒流。」又云：「嘘噏百川。」李善注：「嘘噏，猶吐納也。」按：龍舟，大舟，刻龍文以為飾。❹中有二句　明月珠，即夜明珠。因珠光晶瑩如明月，故名。李斯〈諫逐客書〉：「垂明月之珠，服太阿之劍。」《維摩詰經・佛道品》：「譬如不下巨海，不能得無價寶珠。如是不入煩惱大海，則不能得一切智寶。」❺苞卷句　謂明月珠包藏在金縷褐之內。苞，通「包」。包藏。金縷褐，用金絲織成的短衣。金縷，金絲。❻蕭然句　蕭然，空寂蕭條貌。陶潛〈五柳先生傳〉：「環堵蕭然，不蔽風日。」空無，佛教語。謂一切事物從因緣生，唯心所造，了無自性。《維摩詰經・菩薩行品》：「觀於空無而不捨大悲。」❼寶　指明月珠。❽了心　了然於心；明瞭自己的內心。《楞嚴經》卷一：「汝之心靈，一切明了。若汝現前所明了心，實在身內。」❾黃金軀　寶貴的身體。陳子昂〈度峽口山贈喬補闕知之王二無競〉詩：「之子黃金軀，如何此荒域。」

【語　譯】駕舟泛海的人出入洪波之中，鯨魚湧起巨大的溟海浪濤。百川翻滾隨著龍舟飛馳，在長鯨的嘘吸之下如何還能安然存在？此中竟然還有不死的人，反而探得了明月之珠。明珠價值之高傾倒宇宙，它的餘光就能遍照江湖。將它包卷在金絲織成的短衣內，便韜光不露如虛寂空無。

誰人識得這無價之寶？私下暗笑有您我這樣的狂夫。了然於心何必要說出來，各自勸勉保重我們自身吧。

【研　析】此詩作年不詳。其意旨王琦所解最詳確。大意謂：言水客泛舟大海，舟為長鯨所嘘吸，遂遭溺沒。其中有不死者，反而在大海中得到明月之珠，卷而藏之，不自眩耀，人亦不識。比喻人在煩惱海中，為一切嗜欲所淹沒，醉生夢死，飄流無極。而其中有清醒的人，反於煩惱海中悟得如來法寶，其價則傾乎宇宙，其光則照乎江湖，卷而懷之，不自以為有，而若空無者。然人皆不能識此寶，而唯獨您我能識之。心既明了，更無需言說，只有勸勉珍重自己而已。「蓋人身難得，六道之中，以人道為最。是此軀之重，等於黃金，未可輕忽，故曰『各勉黃金軀』也。又按《後漢書》：『西方有神，名曰佛，其形長丈六尺，而黃金色。』『各勉黃金軀』者，是勉以修道成佛之意。」其說甚是。

## 贈僧行融❶

梁有湯惠休，常從鮑照遊❷。峨眉史懷一，獨映陳公出❸。卓絕二道人，結交鳳與麟❹。行融亦俊發❺，吾知有英骨❻。海若不隱珠，驪龍吐明月❼。大海乘虛舟，隨波任安流❽。賦詩旃檀閣，縱酒鸚鵡洲❾。待我適東越，相攜上白樓❿。

【注釋】❶行融　僧人名。事蹟不詳。❷梁有二句　有，宋本原作「日」，據蕭本、郭本、王本改。湯惠休，《宋書・徐湛之傳》：「時有沙門釋惠休，善屬文，辭采綺豔，湛之與之甚厚。世祖命使還俗。本姓湯，位至揚州從事史。」鮑照有〈秋日示休上人〉、〈答休上人〉等詩，休上人即湯惠休。證知鮑照與其過從甚密。鍾嶸《詩品》下〈齊惠休上人〉：「惠休淫靡，情過其才；世遂匹之鮑照，恐商周矣。」《南齊書・文學傳論》：「休、鮑後出，咸亦標世。」按：鮑照卒於南朝宋代，湯惠休似仕宋、齊兩代，故《宋書》、《南齊書》皆有記載。此處「梁」字當誤。❸峨眉二句　崔顥〈贈懷一上人〉詩：「法師東南秀，世實豪家子。削髮十二年，誦經峨眉里。」證知史懷一乃峨眉山的僧人。盧藏用〈陳子昂別傳〉：「友人趙貞固、鳳閣舍人陸餘慶、殿中侍御史畢構、監察御史王無競、亳州長史房融、右史崔泰之、處士太原郭襲微、道人史懷一，皆篤歲寒之交。」❹卓絕二句　卓絕，超過一般，無可比擬。《三國志・魏書・管寧傳》：「德行卓絕，海內無偶。」二道人，指湯惠休、史懷一兩位高僧。道人，晉宋間佛學初行，尚未有「僧」的名稱，對和尚通稱「道人」。後代亦習慣稱僧為道人。鳳與麟，以鳳凰與麒麟比喻鮑照和陳子昂是傑出人物。❺俊發　猶英發。指才識、情性、文采等充分表現出來。《文心雕龍・體性》：「吐納英華，莫非情性。是以賈生俊發，故文潔而體清。」❻英骨　出眾的品質與氣概。❼海若二句　形容行融富有才學。《文選》卷二張衡〈西京賦〉：「海若游於玄渚。」薛綜注：「海若，海神。」《莊子・列禦寇》：「夫千金之珠，必在九重之淵，而驪龍頷下。」陸德明注：「驪龍，黑龍也。」明月，珠名。見本卷〈贈僧朝美〉詩注。❽大海二句　形容行融之胸懷。《文選》卷二二謝靈運〈遊赤石進帆海〉詩：「溟漲無端倪，虛舟有超越。」李周翰注：「輕舟而進曰虛舟。」❾賦詩二句　讚行融詩酒風流。賦詩，宋本原作「詩賦」，據蕭本、郭本、王本、咸本改。旃檀，即旃檀香木。梵文「旃檀那」(chandana)的省稱。玄應《一切經音義》：「旃檀那，外國香木也，有赤、白、紫等數種。」沈佺期〈從幸山寺應制〉：「旃檀曉閣金輿度，鸚鵡晴林彩仗分。」鸚鵡洲，在今湖北武漢西南長江中，因三國時禰衡在此作〈鸚鵡賦〉而得名。❿待我二句　王琦

注：「東越，即會稽也。施宿《會稽志》：『府城臥龍山南，舊傳有白樓亭，今遺址無所考。』詩用支道林事。」按：支遁，字道林，世稱林公。《世說新語・賞譽》：「孫興公、許玄度共在百樓亭，共商略先往名達。林公既非所關，聽訖云：『二賢故自有才情。』」劉孝標注：「《會稽志》曰：「亭在山陰，臨流映壑也。」參見卷八〈贈僧崖公〉詩注。

【語譯】齊梁時有位高僧湯惠休，曾與詩人鮑照過從交遊。唐朝峨眉山僧人史懷一，特與詩人陳子昂相映傑出。兩位卓越的高僧，結交的都是像鳳凰和麒麟那樣最優秀的人物。您行融也是一位文才英發的高僧，我知道您有出眾的品格和氣概。您像海神不隱珍珠、驪龍吐明珠一樣顯示才學。您像在大海中行輕舟，隨波飄流，胸襟開朗。您在檀香閣上賦詩，在鸚鵡洲縱酒，瀟灑風流。待我前往會稽之時，定當像當年孫興公、許玄度與支道林同遊一樣與您攜手登上白樓亭。

【研析】此詩當是開元年間初遊江夏於鸚鵡洲贈僧行融之作。前六句以湯惠休與鮑照交友、史懷一與陳子昂結交為例，說明高僧與詩人往往情趣相投。接著八句讚美行融文采英發，品格出眾，才學富有，胸襟開朗，詩酒風流。末二句相期同遊會稽，共上白樓。全詩層次清晰，描敘穩淨。

## 贈黃山胡公❶求白鷴❷并序

聞黃山胡公有雙白鷴，蓋是家雞所伏❸，自小馴狎❹，了無驚猜。以其名呼之，皆就掌取食。然此鳥耿介，尤難畜之。予平生酷好，竟莫能致。而胡公輟贈❺於我，唯求一詩。聞之欣然，適會宿意。因援筆三叫，文不加點❻以贈之。

請以雙白璧，買君雙白鷴。白鷴白如錦❼，白雪恥容顏❽。照影玉潭❾裏，刷毛琪樹❿間。夜棲寒月靜，朝步落花閑。我願得此鳥，翫之坐碧山。胡公能輟贈，籠寄野人還⓫。

【注釋】❶黃山胡公　黃山，在今安徽黃山市。古稱黟山，唐天寶六載改名黃山。青弋江上游源地。南北長約四十公里，東西寬約三十公里，是中國最著名的風景區之一。胡公，《嘉慶寧國府志》卷二四〈藝文志〉題作〈贈黃山胡公暉求白鷴〉，以為胡公名暉，未知何據。❷白鷴　鳥名。亦稱「銀雉」、「白雉」。頭上的長冠及下體全部純藍黑色而有光澤。上體和兩翼白色。尾長，中央尾羽純白。頭的裸出部分和足均紅色。常棲高山竹林間，每結群覓食。分佈於中國南部，為國家二級保護動物。❸伏　孵卵。《漢書・五行志中之上》：「雌雞伏子。」❹馴狎　順服而親近。❺輟贈　取物相贈。輟，通「掇」。❻文不加點　點，塗改。謂詩文一氣寫成，無須修改。禰衡〈鸚鵡賦序〉：「衡因為賦，筆不停綴，文不加點。」❼白如錦　王琦注：「白鷴毛羽白質黑邊，有似錦文，故曰『白如錦』。」錦，絲織物的類名。具有彩色大花紋的特點。經、緯絲在織造前都預先染色，緯絲顏色在三種以上，用緞紋地組織提花織成。色彩瑰麗多采，花紋精緻古雅。❽白雪句　謂白鷴之白超過白雪，白雪亦恥於不如白鷴之容顏。❾玉潭　形容水色澄碧如玉的潭。虞騫〈視月〉詩：「泠泠玉潭水，映見娥眉月。」❿琪樹　神話仙境中的玉樹。孫綽〈遊天台山賦〉：「建木滅景於千尋，琪樹璀璨而垂珠。」《山海經・海內西經》：「崑崙之墟，……北有……玗琪樹。」郭璞注：「玗琪，赤玉屬也」。按：玗琪樹即指琪樹。⓫籠寄句　籠寄，寓居籠中。野人，詩人自謂。

【語譯】聽說黃山胡公有一對白鷴，大概是由家雞孵出來的，所以從小就很順服而親近人，全然沒有驚嚇猜疑。用牠的名字呼喚牠，牠們都能在人的手掌上吃食。但是這種鳥很正直，尤其難以畜養。我平生極愛這種鳥，但一直沒能得到牠。而胡公卻把牠們贈送給我，只要求我寫一首詩。聽到這消息我非常喜悅，正好符合我平素的意願。於是提起筆來大叫三聲，文不塗改，一氣呵成而贈給胡公。

　請讓我用一雙白璧，買取您一對珍美的白鷴。白鷴潔白如素錦，白雪也自愧不如白鷴容顏之白。牠在白玉一般的潭水中照影，牠在玉樹的枝條間洗刷羽毛。夜間伴著寒月靜靜地棲止，清晨悠閒地散步在落花中，我希望得到這種高貴的鳥，面對碧山與牠們一起賞玩。如今胡公能割愛把牠們贈送給我，白鷴在竹籠中攜來交給我這個草野之人帶回去。

【研 析】此詩當作於天寶十二或十三載（西元七五三或七五四年）暢遊宣歙時期。序中詳細敘述了黃山胡公所畜的一雙白鷳的可愛，詩人平素極愛此鳥，胡公贈鷳求詩，因作此詩的經過。詩中極力形容白鷳的珍貴，羽毛之潔白，性格之介潔，情性之悠閑自在。末四句點出自己的喜愛，胡公的惠贈。全詩「逸態凌雲，映照千載」（《西清詩話》）。

## 登敬亭山❶南望懷古贈竇主簿❷

敬亭一迴首，目盡天南端。仙者五六人，常聞此遊盤❸。溪流琴高❹水，石聳麻姑壇❺。白龍降陵陽，黃鶴呼子安❻。羽化騎日月❼，雲行翼鴛鸞。下視宇宙間，四溟❽皆波瀾。

決絕❾目下事，從之復何難？百歲落半途❿，前期浩漫漫。強食不成味，清晨起長歎⓫。願隨子明去，鍊火燒金丹⓬。

【注 釋】❶敬亭山 在今安徽宣城。❷竇主簿 據《舊唐書．職官志三》，唐代諸縣官員均設有主簿一人，在丞之下，尉之上。按宋本卷三〇〈溧陽瀨水貞義女碑銘〉中有「主簿扶風竇嘉賓。」唐時溧陽縣屬宣州，則此竇主簿疑即此人。❸仙者二句 阮籍〈詠懷詩〉：「仙者四五人，逍遙宴蘭房。」遊盤，猶「盤遊」。遊樂。《尚書．五子之歌》：「(太康)乃盤遊無度。」孔傳：「盤，樂。遊逸無法度。」❹琴高 《列仙傳．琴高》：「琴高，周末趙人，能鼓琴，為宋康王舍人，浮游冀州涿郡間。後與諸弟子期，入涿水取龍子，某日當返。致期，弟子候於水旁，琴高果乘鯉而出。留一月，復入水去。」後傳說琴高控鯉之地在宣州琴溪，見南宋黃棠《新定九域志》卷六。《輿地紀勝》卷二九江南東路寧國府：「琴溪，在涇縣東北二十里。」❺麻姑壇　《新定九域志》卷六宣州：「花姑山，亦謂之麻姑山，昔麻姑修道於此上昇，有仙壇在焉。」❻白龍二句　《水經注》卷二九〈沔水〉：「水出陵陽山下，徑陵陽縣西，為旋溪水。昔銍縣人陵陽子明釣得白龍處。後三年，龍迎子明上陵陽山，山去地千餘丈。後百餘年，呼山下人。令上山半，與語溪中，子安問子明釣車所在。後二十年，子安死，葬山下，有黃鶴棲其塚樹，鳴常呼子安。」❼羽化句　羽化，道教謂成仙。即取飛昇之意。《晉書・許邁傳》：「自後莫測所終，好道者皆謂之羽化矣。」騎日月，即遊蒼穹。《莊子・齊物論》：「乘雲氣，騎日月，而遊乎四海之外。」❽四溟　四海。阮籍〈答伏羲書〉：「四溟之深，幽鱗不能測其底。」❾決絕　斷絕。蕭本、郭本、王本作「汰絕」。❿百歲句　謂人生百歲已過一半，按：是年李白五十三歲。⓫起長歎　曹植〈美女篇〉：「盛年處房室，中夜起長歎。」⓬金丹　《抱朴子・金丹》：「夫金丹之為物，燒之愈久，變化愈妙。黃金入火，百鍊不消。埋之畢天不朽。服此二物，鍊人身體，故能令人不老不死。」

【語　譯】從敬亭山上回首遠眺，放眼望盡天之南端。有五六位仙人，曾聽說是經常在此遊戲玩樂的。琴溪流水曾是琴高乘鯉之處，山石高聳那曾是麻姑修道的法壇。白龍降臨曾載子明上陵陽山成仙，黃鶴在子安冢樹上鳴呼叫著子安。羽化飛昇駕乘日月，在雲中飛行與鴛鸞比翼。下視茫茫宇宙之間，四海皆為波濤狂瀾。

斷絕丟棄眼前之事，隨從仙人遨遊又有何難？人生百年我今已過半，前途浩浩漫漫難以預測。勉強進食不成滋味，清晨起來就仰首長嘆。希望追隨竇子明成仙高飛，用火燒煉昇天的金丹。

【研　析】此詩當作於天寶十二載（西元七五三年），在宣州敬亭山懷古，實為懷念在此地成仙的竇子明，以切贈竇主簿之姓。詩中前段描繪琴高水、麻姑壇，子明釣白龍而放於水，子安化黃鶴而自呼其名，皆此地之古仙。後段寫自己有志從仙，欲絕去一切塵事，況年已過半百，前程渺茫，故希望追隨子明，鍊丹以求成仙。

## 贈汪倫❶

白游涇縣桃花潭，村人汪倫常醞美酒以待白。倫之裔孫至今寶其詩

李白乘舟將欲行❷，忽聞岸上踏歌❸聲。桃花潭❹水深千尺，不及汪倫送我情。

【注　釋】❶汪倫　據涇縣《汪氏宗譜》、《汪漸公譜》、《汪氏續修支譜》殘卷，皆謂汪倫為汪華五世孫，曾為涇縣令，任滿後辭官居涇縣之桃花潭。❷將欲行　敦煌《唐人選唐詩》作「欲遠行」。❸踏歌　唐代民間流行的一種手拉手、兩足踏地為節拍的歌唱方式。《舊唐書・睿宗紀》：「上元日夜，上皇御安國門觀燈，出內人連袂踏歌。」《資治通鑑》卷二〇八則天后聖曆元年：「(閻知微)為虜蹋歌。」胡三省注：「蹋歌者，聯手而歌，蹋地以為節。」❹桃花潭　在今安徽涇縣西南一百里。《一統志》謂水深不可測。

【語　譯】李白乘舟將要離別遠行，忽然聽到岸上傳來送別的踏歌之聲。桃花潭水深至千尺，也比不上汪倫這片送我的深情。

【研　析】此詩乃天寶十三載或十四載(西元七五四或七五五年)遊涇縣桃花潭臨別時作。敦煌《唐人選唐詩》題作〈桃花潭別汪倫〉。宋本《李太白文集》題下注：「白游涇縣桃花潭，村人汪倫常醞美酒以待白。倫之裔孫至今寶其詩。」按：李白另有〈過汪氏別業二首〉，王琦注引《寧國府志》載胡安定〈石壁詩序〉，題作〈涇川汪倫別業二章〉，認為二詩皆贈汪倫，為同時之作。本詩前兩句寫送別場面。首句詩人自報姓名，「乘舟」點明是走水路，「將欲行」表明是待發之時。次句不從正面敘寫主人殷勤送行之情，只寫「岸上踏歌聲」，而這「聲」又從被送者「聞」中寫出，又加「忽」字，似出被送者意料之外。「忽聞」二字加深了將行客的意外驚喜之情。「岸上」點明送行人的位置，與「乘舟」相應。此句未寫送行之人，先傳踏歌之聲，既置懸念，又渲染出濃厚的歡送氣氛。後兩句抒情。先放開一筆，以即景桃花潭入詩，似順手拈來，天然巧妙。然後以逆挽之法，將潭水之深襯托汪倫情誼之深，賦予情誼以具體鮮明的生動形象，而「不及」兩字使情誼意境更深一層。末句點出汪倫之名，既釋懸念，又呼應首句李白之名，以突出兩人感情之真摯。嚴羽評點曰：「才子神童出口成詩者多如此，前夷後勁。」

## 經亂後將避地剡中贈崔宣城❶

雙鵝飛洛陽，五馬渡江徼❷。何意上東門，胡雛更長嘯❸。中原走豺虎，烈火焚宗廟❹。太白晝經天，頹陽掩餘照❺。王城皆蕩覆，世路成奔峭❻。四海望長安，嚬眉寡西笑❼。蒼生疑落葉，白骨空相弔❽。連兵似雪山，破敵誰能料❾？

我垂北溟翼，且學南山豹❿。崔子賢主人⓫，歡娛每相召。胡床紫玉笛，卻坐青雲叫⓬。楊花滿州城，置酒同臨眺⓭。

忽思剡溪⓮去，水石遠清妙。雪晝天地明，風開湖山貌⓯。悶為洛生詠，醉發吳越調⓰。赤霞動金光，日足森海嶠⓱。獨散萬古意，閑垂一溪釣。猿近天上啼，人移月邊棹⓲。無以墨綬苦，來求丹砂要⓳。華髮長折腰，將貽陶公誚⓴！

【注釋】❶剡中贈崔宣城　剡中，見卷六〈秋浦歌〉其六注。崔宣城，即宣城縣令崔欽。李白天寶十四載所寫〈趙公西候新亭頌〉中有「宣城令崔欽」，當即其人。又〈江上答崔宣城〉亦即此人。❷雙鵝二句　此喻指安祿山叛亂，胡兵佔領中原，唐朝宗室逃亡。《晉書．五行志中》：「孝懷帝永嘉元年二月，洛陽東北步廣里地陷，有蒼白二色鵝出，蒼者飛翔沖天，白者止焉。……陳留董養曰：『步廣，周之狄泉，盟會地也。白者金色，國之行也，蒼為胡象，其可盡言乎？』是後，劉元海、石勒相繼亂華。」五馬，指西晉末五王，因姓司馬，故云。又：「太安中，童謠曰：『五馬游渡江，一馬化為龍。』後中原大亂，宗藩多絕，唯琅邪、汝南、西陽、南頓、彭城同至江東，而元帝嗣統矣。」化為龍，指琅邪王即位為東晉元帝。徼，邊界。❸何意二句　何意，何曾想到。上東門，洛陽城門。胡雛，指少年胡人。二句所寫事見《晉書．石勒載記》：「石勒，……上黨武鄉羯人也。……年十四，隨邑人行販洛陽，倚嘯上東門。王衍見而異之，顧謂左右曰：『向者胡雛，吾觀其聲視有奇志，恐將為天下之患。』馳遣收之，會勒已去。」此處以石勒亂華喻安祿山之亂。《舊唐書·張九齡傳》：「時范陽節度使張守珪以裨將安祿山討奚、契丹敗衄，執送京師，請行朝典。……九齡奏曰：『祿山狼子野心，面有逆相，臣請因罪戮之，冀絕後患。』上曰：『卿勿以王夷甫知石勒故事，誤害忠良。』遂放歸藩。」結果安祿山果然於天寶十四載叛亂。陷洛陽，自稱大燕皇帝。唐明皇出奔蜀中。故詩人以石勒事擬安祿山。❹中原二句　指安祿山佔領中原，又焚毀唐朝宗廟。《新唐書·禮樂志三》：「安祿山陷兩京，宗廟皆焚毀。」豺虎，指叛亂者安祿山之類。張載〈七哀詩〉：「季世喪亂起，盜賊如豺狼。」

❺太白二句　太白，星名。即金星。《史記·天官書》：「太白光見景，戰勝。晝見而經天，是謂爭明，強國弱，小國強，女主昌。」古代認為太白星白晝經天是天下將亂的預兆。頽陽，落日。比喻君王暮景。謝瞻〈王撫軍庾西陽集別時為豫章太守庾被徵還東〉詩：「頽陽照通津，夕陽曖平陸。」❻王城二句　王城，都城。指長安與洛陽。奔峭，險峻。謝靈運〈七里瀨〉詩：「徒旅苦奔峭。」❼四海二句　謂長安乃天下人之希望，今為叛軍所危，人們只能皺眉而不能向西歡笑。嚬眉，皺眉。西笑，桓譚《新論·祛蔽》：「人聞長安樂，則出門向西笑。」❽蒼生二句　謂天下生靈如落葉般凋謝，自己徒然哀悼遍地白骨。疑，似。❾連兵二句　謂唐皇朝大軍集結，但只像聚積的雪山那樣不堪一擊，誰能預料能否破敵。❿我垂二句　謂己在亂世無能為力，暫且收斂用世壯志以避世隱居。北溟翼，指北海大鵬的巨翅。《莊子·逍遙遊》：「北冥有魚，其名為鯤，……化而為鳥，其名為鵬，……其翼若垂天之雲。」此為詩人自喻。南山豹，謂隱居遠害。《列女傳·賢明傳》：「陶答子妻……妾聞南山有玄豹，霧雨七日而不下食者何也？欲以澤其毛而成文章也，故藏而遠害。」謝朓〈之宣城出新林浦向板橋〉詩：「雖無玄豹姿，終隱南山霧。」⓫崔子句　崔子，指宣城縣令崔欽。王粲〈公讌〉詩：「願我賢主人，與天享巍巍。」

⓬胡床二句　謂坐在胡床上吹奏紫玉笛，笛聲上干青雲。胡床，亦稱「交床」、「交椅」、「繩床」。一種可以折疊的輕便坐具。《後漢書·五行志一》：「靈帝好胡服、胡帳、胡床……。」隋代以讖有胡，改名交床。唐穆宗時又改名繩床。⓭臨眺　登高遠望。⓮剡溪　在今浙江嵊州南。即曹娥江上游諸水，古通稱剡溪。有二源：一出天台，北流經新昌至嵊州市。一出武義，經東陽至嵊州市。⓯雪晝二句　謂白雪照耀天地勝於白晝之明。風吹使湖山的面貌更為開朗。晝，作動詞用。⓰悶為二句　洛生詠，《世說新語·輕詆》：「人問顧長康：『何以不作洛生詠？』答曰：『何至作老婢聲？』」劉孝標注：「洛下書生詠音重濁，故云老婢聲。」吳越調，即吳歈越吟，吳越地區的歌曲。是時洛陽淪陷，詩人避地吳越，故悶為洛詠，醉發吳越調。

⓱赤霞二句　描繪早晨日出時彩霞閃金光的景色。日足，太陽的腳，指從雲隙中射出的日光。森，使動詞，使海嶠顯得森嚴。

⓲猿近二句　猿在高山啼，故云「近天」；月倒映舟邊水中，故云「月邊棹」。⓳無以二句　謂不要以縣令公事自苦，還是與

我一起隱居鍊丹。墨綬，繫在印紐上的黑色絲帶。《漢書・百官公卿表》：「秩比六百石以上皆銅印墨綬。」漢代縣令秩六百石至千石，故用作縣令的代稱。崔欽為縣令，故以墨綬代稱。丹砂要，修鍊之術。即鍊丹砂的要訣。⑳華髮二句　承上謂若不退隱，頭髮花白還要彎腰逢迎長官，將被陶淵明所嘲笑。折腰，《南史・陶潛傳》：「為彭澤令，……郡遣督郵至縣，吏白應束帶見之。潛歎曰：『我不能為五斗米折腰向鄉里小人。』即日解印綬去職，賦〈歸去來〉以遂其志。」

【語　譯】雙鵝從洛陽飛出預兆五胡亂華，五馬渡江是西晉滅亡中原大亂的結果。何曾想到如今的洛陽上東門，胡人的氣焰更為囂張。

中原大地到處都是豺虎般的胡兵在奔走，烈火焚毀了唐朝的宗廟。太白金星白晝經天顯示凶兆，落日衰頹餘光被掩。京都王城傾覆，世路奔走艱險。天下人西望長安已亂，都皺眉流淚不再向西而笑。百姓流離如落葉飄零，遍地白骨只能徒然憑弔。唐軍集結似雪山，誰能預料能夠破敵？

我是北溟大鵬卻只能垂下雙翼，姑且學習南山之豹隱藏避害。崔縣令您是賢明的主人，每次歡娛總是召喚我。坐在胡床上吹著紫玉笛，笛聲直上青雲霄。如今楊花開滿州城，您又設置酒席與我共同登臨遠眺。

我忽然思念要往剡溪去遊覽，那遠處的水石清妙令人神往。白雪照映使天地更明亮如晝，風拂使湖山的美貌更為開朗。思洛陽淪陷煩悶而為洛生詠，在吳越作客酣醉而唱吳越曲。清晨紅霞閃動金光，傍晚從雲隙中射出的日光使海嶠顯得森嚴。我獨自一人消散萬古的愁情，閒時在一溪邊垂釣。猿在近天的高山上啼鳴，人在水中月影裡棹舟。希望您不要為縣令公事所苦，還是隨我來追求煉丹要訣吧。如果您頭髮花白還要彎腰逢迎長官，將會被陶淵明嘲笑呢！

【研　析】此詩當作於天寶十五載（西元七五六年）「東奔吳國避胡塵」回到宣城時還想南奔剡中而作。首四句以西晉末五胡亂華起興，點出想不到如今又出現胡人更猖狂地佔據洛陽。次段描寫安祿山之亂給國家人民帶來的災難。王城蕩覆，白骨相弔。第三段敘自己在亂世中無能為力，得遇崔縣令款待而相歡。末段思遊剡中，因其地水石清妙，可適跡怡神。勸崔縣令不要為公事所苦，與己一起隱居學道。否則白髮彎腰逢迎長官，定會讓陶淵明所恥笑。《唐宋詩醇》卷五評曰：「奇辭絡繹，行以卷峭之氣，直達所懷，絕無長語，謝朓驚人，此故不減。」

## 獻從叔當塗宰陽冰❶

當塗

金鏡霾六國❷，亡新亂天經❸。焉知高光❹起，自有羽翼生。蕭、曹安峴屼❺，耿賈摧欃搶❻。吾家有季父❼，傑出聖代英。雖無三台位，不借四豪名❽。激昂風雲氣，終協龍虎精❾。弱冠❿燕趙來，賢彥⓫多逢迎。魯連擅談笑⓬，季布折公卿⓭。遙知禮數絕⓮，常恐不合并⓯。惕想⓰結宵夢，素心久已冥⓱。顧慚青雲器⓲，謬奉玉樽傾⓳。山陽五百年，綠竹忽再榮⓴。高歌振林木㉑，大笑喧雷霆。落筆灑篆文，崩雲㉒使人驚。吐辭又炳煥，五色羅華星㉓。秀句滿江國，高才掞天庭㉔。宰邑艱難時，浮雲空古城㉕。居人若薙草㉖，掃地無纖莖㉗。惠澤及飛走㉘，農夫盡歸耕。廣漢水萬里，長流玉琴聲㉙。雅頌播吳越，還如太階平㉚。小子別金陵，來時白下亭㉛。群鳳憐客鳥，差池相哀鳴㉜。各拔五色毛，意重太山輕㉝。贈微所費廣，斗水澆長鯨㉞。彈劍歌苦寒㉟，嚴風起前楹。月銜天門曉，霜落牛渚清㊱。長歎即歸路，臨川空屏營㊲。

【注　釋】❶當塗宰陽冰　當塗，縣名。唐時屬宣州，今屬安徽馬鞍山市。李陽冰，按《新唐書・宰相世系表二上》趙郡李氏，陽冰乃武后時宰相李游道姪孫，湖城令李雍門之子。字少溫，官至將作少監。乃唐代著名篆體書法家。《宣和書譜》卷二：「時顏真卿以書名法，真卿書碑，必得陽冰題其額，欲以擅連璧之美，蓋其篆法妙天下如此。……有唐三百年，以篆稱者，唯陽冰獨步。」❷金鏡句　《文選》卷五五劉孝標〈廣絕交論〉：「蓋聖人握金鏡。」李善注引鄭玄曰：「金鏡，喻明道也。」此處指秦。霾，通「埋」。顛覆；埋葬。屈原〈九歌・國殤〉：「霾兩輪兮縶四馬。」六國，指戰國時關東六國，即齊、楚、韓、趙、魏、燕。❸亡新句　新，宋本原作「秦」，據蕭本、郭本、繆本、王本改。新，指王莽。《漢書・王莽傳上》：「御王冠，即真天子位，定有天下之號曰新。」亂天經，《莊子・在宥》：「亂天之經，逆物之情，玄天弗成。」成玄英疏：「亂天然常道，逆物真性，即譎詐方起，自然之化不成也。」❹高光　高，指西漢高祖劉邦。光，指東漢光武帝劉秀。❺蕭曹句　蕭，指蕭何。輔佐漢高祖劉邦平定天下。曹，指曹參，繼蕭何為丞相。舉事全依蕭何所定規約，史稱「蕭規曹隨」。見《史記・蕭相國世家》及〈曹相國世家〉。峴屼，不安貌。見卷二〈梁甫吟〉注。❻耿賈句　耿賈，指耿弇、賈復，輔佐光武帝劉秀平定天下。事蹟見《後漢書・耿弇傳》及〈賈復傳〉。欃搶，蕭本、郭本、王本作「欃槍」。通。彗星的別稱。《爾雅・釋天》：「彗星為欃槍。」古代以彗星為妖星，比喻邪惡勢力。《文選》卷三張衡〈東京賦〉：「欃槍旬始，群凶靡餘。」李善注：「欃槍，星名也。」謂王莽在位時如妖氣之在天。❼季父　叔父。指李陽冰。❽雖無二句　三台，星名。《晉書・天文志上》：「三台六星，兩兩而居……在人曰三公，在天曰三台，主開德宣符也。」後多用以喻三公。此處喻高官。四豪，指戰國四公子。《漢書・游俠傳》：「繇是列國公子，魏有信陵，趙有平原，齊有孟嘗，楚有春申，皆藉王公之勢，競為游俠。……皆以取重諸侯，顯名天下。扼腕而游談者，以四豪為稱首。」❾激昂二句　謂李陽冰有激昂豪邁之氣，終當為協助君王的輔弼大臣。龍虎，比喻豪傑之士。《易經・乾卦》：「雲從龍，風從虎」。孔穎達疏：「龍是水畜，雲是水氣，故龍吟則景雲出，是雲從龍也。虎是威猛之獸，風是震動之氣，亦是同類相感，故虎嘯則谷風生，是風從虎也。」❿弱冠　《禮記・曲禮上》：「二十曰弱，冠。」弱，年少。古代男子二十歲行冠禮，故用以指男子二十歲左右的年齡。《後漢書・胡廣傳》：「終、賈揚聲，亦在弱冠。」終軍年十八請纓，賈誼年十八為博士，皆未滿二十歲。⓫賢彥　德才俱佳的人。《晉書・嵇含傳》：「帝壻王弘遠華池豐屋，廣延賢彥。」⓬魯連句　魯連，魯仲連。見卷一〈古風〉其九「齊有倜儻生」注。擅，蕭本、郭本、王本皆作「善」。⓭季布句　《史記・季布欒布列傳》：「單于嘗為書嫚呂后，不遜，呂后大怒，召諸將議之。上將軍樊噲曰：『臣願得十萬眾，橫行匈奴中』。諸將皆阿呂后意，曰：『然。』季布曰：『樊噲可斬也！夫高帝將兵四十餘萬眾，困於平城，今噲奈何以十萬眾橫行匈奴中，面欺！且秦以事於胡，陳勝等起。於今創痍未瘳，噲又面諛，欲搖動天下。』是時殿上皆恐，太后罷朝，遂不復議擊匈奴事。」⑭禮數絕　《文選》卷二三任昉〈出郡傳舍哭范僕射〉詩：「平生禮數絕。」李周翰注：「禮數絕，謂交道相得，雖品命有異，不為禮數。」⑮不合并　合不來；不能合在一起。王粲〈雜詩〉：「人欲天不違，何懼不合并。」⑯惕想　憂慮思念。⑰素心句　素心，本心；平素的心願。江淹〈雜體詩三十首・效陶潛田居〉：「素心正如此，開徑望三益。」冥，暗合；默契。高允〈徵士頌〉：「神與理冥。」⑱青雲器　《文選》卷二一顏延年〈五君詠・阮始平（咸）〉：「仲容青雲器。」李善注：「青雲，言高遠也。《史記》太史公曰：夫閭巷之人，欲砥行立名者，非附青雲之士，惡能施於後代哉！」⑲謬奉句　謬奉，錯受；叨奉。自謙之詞。玉樽，指美酒。江淹〈劉僕射東山集〉詩：「共惜玉樽暮。」⑳山陽二句　《三國志・魏書・嵇康傳》裴松之注引《魏氏春秋》：「（嵇）康寓居河內之山陽縣，……與陳留阮籍、河內山濤、河南向秀、籍兄子咸、琅邪王戎、沛人劉伶相與友善，遊於竹林，號為七賢。」王琦按：「阮籍叔姪與嵇康為竹林之遊，不知是何年，而康之死，在魏景元二年以後，順數而下，至唐肅宗上元二年，共得五百年。竹林之遊，相去亦不過在此時。」㉑高歌句　《列子・湯問》：「撫節悲歌，聲振林木，響遏行雲。」㉒崩雲　形容書寫飛灑之勢。鮑照〈飛白書勢銘〉：「輕如遊霧，重以崩雲。」㉓五色句　曹丕〈芙蓉池作〉詩：「丹霞夾明月，華星出雲間。上天垂光彩，五色一何鮮！」㉔掞天庭　《文選》卷四左思〈蜀都賦〉：「摛藻掞天庭。」呂向注：「掞，猶蓋也。」㉕宰邑二句　謂李陽冰治理當塗縣正當天下大亂之時，邑人流散而古城空，唯有浮雲一片。宰邑，治理一縣。㉖薙草　除草。《禮記・月令》：「（季夏之月）燒薙行水。」鄭玄注：「薙，謂迫地芟草也。」㉗掃地句　形容空無所有。《文選》卷八揚雄〈羽獵賦〉：「軍驚師駭，刮野掃地。」李善注：「言殺獲皆盡，野地似乎掃括也。」㉘惠澤句　惠澤，猶恩澤。《漢書・鄭崇傳》：「朕幼而孤，皇太后躬自養育，免於繈褓，教道以禮，至於成人，惠澤茂焉。」飛走，飛禽走獸。《後漢書・法雄傳》：「古者至化之世，猛獸不擾，皆由恩信寬澤，仁及飛走。」㉙廣漢二句　王琦注：「《詩經・周南・廣漢》：『漢之廣矣，不可泳思。』稱漢水曰廣漢，本此，而非隴西郡之廣漢也。當塗之江，與漢水殊遠，然漢水之下流，亦由當塗而過。詩意取子賤彈琴而單父治之意，謂玉琴之聲，與長流萬里漢水之聲相應，蓋亦倒裝句法也。」按：王說是。《呂氏春秋・察賢》：「宓子賤治單父，彈鳴琴，身不下堂，而單父治。」㉚雅頌二句　雅頌，本是《詩經》內容和樂曲分類的名稱。後亦以之稱盛世之樂。《漢書・董仲舒傳》：「教化之情不得，雅頌之樂不成。」吳越，泛指南方，當塗屬焉。太階平，天下太平。太階，又作「泰階」。古星名，即三台。《漢書・東方朔傳》：「願陳《泰階六符》，以觀天變，不可不省。」顏師古注：「孟康曰：『泰階，三台也。每台二星，凡六星。符，六星之符驗也。』」應劭曰：『《黃帝泰階六符經》曰：泰階者，天之三階也。上階為天子，中階為諸侯公卿大夫，下階為士庶人。……三階平則陰陽和，風雨時，社稷神祇咸獲其宜，天下大安，是為太平。』」㉛白下亭　《景定建康志》卷二二：「白下亭，驛亭也。舊在城東門外。」按：有新、舊兩處。一在今南京市金川門外，一在城西南。㉜群鳳二句　群鳳，喻金陵之士大夫送別之人。客鳥，詩人自喻。差池，《詩經・邶風・燕燕》：「燕燕于飛，差池其羽。」鄭玄箋：「差池其羽，謂張舒其尾翼。」馬瑞辰《通釋》：「差池，義與參差同，皆不齊貌。」㉝各拔二句　喻眾友人捐贈，雖禮輕而其情意則重於泰山。五色毛，鳳凰之毛。《山海經・南山經》：「丹穴之山……有鳥焉，其狀如雞，五采而文，名曰鳳皇。」五色即「五采而文」。㉞贈微二句　謂金陵友人送別時所贈甚少而自己花費甚大，猶如斗水澆長鯨不足以活命。㉟彈劍句　用馮驩客孟嘗君典故，見卷七〈玉真公主別館苦雨贈衛尉張卿二首〉其一注。此乃向李陽冰求援。㊱月銜二句　天門，山名，在當塗縣。見本卷〈書懷贈南陵常贊府〉注。月銜天門，形容月亮在天門兩山之間。牛渚，即今安徽馬鞍山市采石磯。《元和郡縣志》卷二八江南道宣州當塗縣：「牛渚山，在縣北三十五里。山突出江中，謂之牛渚圻，津渡處也。」㊲屏營　猶彷徨。疊韻聯綿詞。《國語・吳語》：「屏營彷徨於山林之中。」

【語　譯】秦滅六國而又失金鏡，王莽建立新朝而逆亂天道。怎知漢高祖與光武帝的興起，自有羽翼輔佐之人產生。蕭何與曹參平亂安天下，耿弇與賈復摧滅亂賊。我家有您這樣的叔父，是聖明時代的傑出英才。您雖然沒有三公的官位，也不借戰國四公子那樣的名聲。但您的激揚奮發之氣，終究會成為協助君王的輔佐大臣。您年輕時便從燕趙之地出來，當時賢人英才都迎接您，您像魯仲連般善於談笑退敵軍，又像季布一般能折服諸位公卿。

我遙知您交友不論地位貴賤，但又恐您與我合不來。憂慮思念使我夜來成夢，其實我平素的心已與您暗合。只是慚愧我非青雲之器，錯承您傾倒玉樽殷勤款待。山陽嵇康五百年前竹林七賢之遊，如今綠竹忽然在您我身上再榮。高歌一曲振動林木，歡語大笑喧如雷霆。您揮筆寫下的篆書文字，如崩雲一般令人驚奇。您清談吐辭又光耀燦爛，如同羅列五彩的華麗星星。您的秀麗詩句傳遍水鄉澤國，您的高才覆蓋天庭。

您治理當塗正當安祿山叛亂造成國家艱難之時，邑人如浮雲流散使古城一空。居民百姓如草被割，村莊門庭如掃地以盡不留纖莖。您的恩惠潤澤遍及飛禽走獸，終於使農夫全部返歸從事犁耕。正如子賤彈琴而單父治，漢水之廣長流萬里與您的玉琴之聲相應。盛世的雅頌之樂廣播吳越，猶如天上的泰階星顯示天下太平的來臨。

小姪我告別金陵諸公，從白下亭出發來到這裡。金陵友人如群鳳憐惜我這外來客鳥，參差不齊地哀鳴嘆惜。他們各自拔下五色羽毛贈我，禮雖輕而情意卻重於泰山。友人所贈畢竟很少而我所花費的卻很多，就像斗水澆長鯨難以活命。我像馮驩一樣彈劍歌唱苦寒，嚴寒的冷風在屋前的楹柱間颳起。天曉時月垂天門山間，嚴霜灑落在清冷的牛渚山。一聲長嘆走上歸路，面臨河川我空自彷徨。

【研析】此詩當是肅宗上元二年（西元七六一年）秋投軍病還，從金陵至當塗時作。首段以暴秦、亡新的亂天經，漢高、光武的天生賢佐起興，引出從叔乃當代英傑。頌揚從叔的氣概和才能。次段敘自己遙知從叔交友不計較貴賤，然猶恐不相合，自慚非青雲器，錯蒙厚愛，可比當年嵇康與竹林七賢之遊，相得甚歡。並描繪叔父書法詩文才藝之妙絕。再次段寫叔父宰當塗正當國難之時，人民流散古城空，而叔父能施恩澤使農夫回歸耕作，從而鳴琴而治，天下太平。末段自敘離別金陵時友人哀憐相贈，但所贈少而花費大，到當塗後又已苦寒，只得效當年馮驩彈劍求主人相助。

## 寄上

### 安陸白兆山桃花巖❶寄劉侍御綰❷　安陸　一作「春歸桃花巖寄許侍御」❸

雲臥三十年，好閑復愛仙。蓬壺雖冥絕，鸞鶴心悠然。歸來桃花巖，得憩雲窗眠❹。

對嶺人共語，飲潭猨相連❺。時昇翠微❻上，邈若羅浮❼巔。兩岑抱東壑❽，一嶂❾橫西天。樹雜日易隱，崖傾月難圓❿。芳草換野色，飛蘿搖春煙。

入遠構石室，選幽開山田⓫。獨此林下意，杳無區中緣⓬。永辭霜臺客⓭，千載方來旋⓮。

【注釋】❶安陸白兆山桃花巖　安陸，唐縣名，屬淮南道安州。今湖北安陸。白兆山，《太平寰宇記》卷一三二淮南道安州安陸縣：「白兆山在縣西三十里。」《輿地紀勝》卷七七德安府：「桃花巖在白兆山，即太白讀書之處。」❷劉侍御綰　監察御史劉綰。唐代御史臺分臺院、殿院、察院。臺院官員有侍御史，尊稱為端公；殿院官員有殿中侍御史，察院官員有監察御史，俗稱為侍御。〈唐御史臺精舍碑題名〉監察御史有劉綰。❸一作句　宋本題下原作「安陸　下作『春歸桃花巖貽許侍御』」注。「安陸」二字乃宋人編集時所加，以為此詩作於安陸。「下作」當是「一作」之誤。蕭本、郭本、繆本、王本、咸本題下注皆作「一作」。據改。❹雲臥六句　雲臥，高臥於雲霧繚繞之中。謂隱居。鮑照〈代昇天行〉：「風餐委松宿，雲霧恣天行。」蓬壺二句謂蓬壺神山雖遙遠隔絕，但自己心中卻似乘鸞鶴那樣悠然自得。蓬壺，即蓬萊，古代傳說中的仙山。《拾遺記・高辛》：「三壺，則海中三山也。一曰方壺，則方丈也；二曰蓬壺，則蓬萊也；三曰瀛壺，則瀛洲也。形如壺器。」冥絕，遙遠；隔絕。鸞鶴，王本作「鸞鳳」。鸞與鶴，相傳為仙人所乘。湯惠休〈楚明妃曲〉：「驂駕鸞鶴，往來仙靈。」宋本在六句下夾注：「一本云：幼採紫房談，早愛滄溟仙。心跡頗相誤，世事空徂遷。歸來丹巖曲，得憩青霞眠」。❺飲潭句　猨，「猿」的異體字。《爾雅翼》卷二〇：「(猿)尤好攀援，其飲水，輒自高崖或大木上纍纍相接下飲，飲畢，復相收而上。」❻翠微　青翠的山峰。❼羅浮　山名，在今廣東東江北岸，增城、博羅、河源等縣之間。風景優美，為粵中遊覽勝地，道教稱之為「第七洞天」。徐陵〈奉和山地〉：「羅浮無定所，鬱島屢遷移。」《藝文類聚》卷七引〈羅浮山記〉曰：「羅浮者，蓋總稱焉。羅，羅山也；浮，浮山也。二山合體，謂之羅浮，在增城、博羅二縣之境。」❽兩岑句　謂兩座小山環抱著東邊的坑谷。岑，小而高的山。壑，坑谷。❾一嶂　一座屏障似的山峰。❿崖傾句　崖傾，山崖傾側。謝靈運〈石門新營所住四面高山迴溪石瀨修竹茂林〉詩：「崖傾光難留，林深響易奔。」⓫入遠二句　意謂進入山巖深遠處構築石室，選擇幽勝的地方開山種田。⓬獨此二句　林下意，歸隱之心。林下，指山林田野退隱之處。《高僧傳．義解二．竺僧朗》：「與隱士張忠為林下之契，每共遊處。」區中緣，塵世的俗情。謝靈運〈登江中孤嶼〉詩：「想像崑山姿，緬邈區中緣。」⓭霜臺客　指監察御史劉綰。霜臺，御史臺的別稱。御史職司彈劾，為風霜之任，故稱。盧照鄰〈樂府雜詩序〉：「樂府者，侍御史賈君之所作也。……霜臺有暇，文律動於京師；繡服無私，錦字飛於天下。」宋本在「霜臺客」三字下夾注：「一作：繡衣客」。⓮千載句　暗用丁令威故事。《搜神後記》卷一：「丁令威，本遼東人，學道於靈虛山，後化鶴歸遼，集城門華表柱。時有少年舉弓欲射之，鶴乃飛，徘徊空中而言曰：『有鳥有鳥丁令威，去家千年今始歸。』」旋，一作「還」。

【語　譯】我居臥雲山已經三十年，個性愛好清閒又愛神仙。蓬萊仙山與我雖然遙遠隔絕，但我的心中就像乘鸞鶴那樣悠然自得。如今來到白兆山桃花巖下，倚憑著雲窗憩眠。

兩嶺之間遊人可以相對共語，猿猴接臂相連而下飲用潭中之水。時時登上青葱的山氣繚繞的山峰，緬邈高聳如同登上羅浮山巔。兩座小山環抱著東邊坑谷，一座屏障似的山峰橫擋西邊天空。太陽最易在叢生的雜樹中隱沒，高崖傾側難見圓月。芳草變換使山野景色不同，藤蘿飄飛使春天的煙嵐搖曳。

進入遠山構築山室，選擇幽僻之處開幾畝山田。我只有在這林下隱居的心意，杳然與人世間毫無俗緣。在此向您御史臺的官員永遠告辭，千年之後我方能返歸回來。

【研　析】此詩約作於開元十八年（西元七三〇年）。時詩人已三十歲，被「許相國家見招，妻以孫女」後，隱居在安陸白兆山桃花巖。首段敘自己好閒又愛仙，神仙世界雖遙遠隔絕，但歸臥桃花巖下心境似乘鸞鶴般悠然。次段敘桃花巖的勝境。描繪周圍環境和各種迷人景色。末段敘自己構石室，開山田，只有林下隱居之心，毫無人世的俗緣。故永辭友人，如丁令威仙去千年始還。《唐宋詩醇》卷六評曰：「此等篇詠與鮑參軍、謝宣城自是神合，不徒形似。」

## 淮南❶臥病書懷寄蜀中趙徵君蕤❷

淮南

吳會一浮雲，飄如遠行客❸。功業莫從就，歲光屢奔迫❹。良圖俄棄捐，衰疾乃綿劇❺。古琴藏虛匣，長劍挂空壁❻。楚懷奏鍾儀，越吟比莊舄❼。國門❽遙天外，鄉路遠山隔。朝憶相如臺❾，夜夢子雲宅❿。

旅情初結緝⓫，秋氣方寂歷⓬。風入松下清，露出草間白。故人不在此⓭，而我誰與適⓮？寄書西飛鴻，贈爾慰離析⓯。

【注釋】❶淮南　唐代開元時分全國為十五道，淮南道治所在揚州（今江蘇揚州），故此以淮南稱揚州。❷趙徵君蕤　徵君趙蕤。《唐詩紀事》卷一八引楊天惠《彰明逸事》：「（李白）隱居戴天大匡山，往來旁郡，依潼江趙徵君蕤。（蕤）亦節士，任俠有氣，善為縱橫學，著書號《長短經》。李白從學歲餘，去遊成都。」徵君，對曾經被朝廷徵聘而不肯受職的隱士的敬稱。《後漢書・黃憲傳》：「初舉孝廉，又辟公府。友人勸其仕，憲亦不拒之，暫到京師而還，竟無所就。年四十八終，天下號曰徵君。」❸吳會二句　吳會，東漢時分會稽郡為吳郡和會稽郡，合稱「吳會」。後雖分郡漸多，但仍以吳會通稱兩郡故地。其地在今江蘇東南部、上海市和浙江北部。浮雲，喻遊子，此為自稱。其時詩人遊蘇州和會稽後回到揚州，故云。魏文帝〈雜詩〉：「西北有浮雲，亭亭如車蓋。惜哉時不遇，適與飄風會。吹我東南行，行行至吳會。」潘岳〈哀詩〉：「人居天地間，飄若遠行客。」二句即用其意。宋本在二句下夾注：「一作：萬里無主人，一身獨為客」。❹功業二句　莫從就，無所從而得成就。歲光，歲月時光。奔迫，奔走催逼，形容歲月逝去之迅速。❺良圖二句　良圖，指美好的志向、政治抱負。俄，頓時；

頃刻。棄捐，捨棄。緜劇，延續加重。❻古琴二句　以琴、劍的虛藏空掛放置不用，喻己才能抱負無法施展。❼楚懷二句　奏，宋本原作「秦」，繆本改作「奏」。今據改。鍾，宋本原作「鐘」，據各本改。蕭本、郭本、胡本、王本、咸本上句作「楚冠懷鍾儀」。似更確。《左傳》成公九年：「晉侯觀於軍府，見鍾儀，問之曰：『南冠而縶者，誰也？』有司對曰：『鄭人所獻楚囚也。』使稅之。召而弔之。再拜稽首。問其族，對曰：『泠（伶）人也。』公曰：『能樂乎？』對曰：『先父之職官也，敢有二事？』使與之琴，操南音。……公語范文子，文子曰：『楚囚，君子也。言稱先職，不背本也；樂操土風，不忘舊也。』」杜預注：「南音，楚聲。」此謂鍾儀戴南冠奏南音表示對楚國的懷念。莊舄，《史記・張儀列傳》：「越人莊舄仕楚執珪，有傾而病。楚王曰：『舄故越之鄙細人也，今仕楚執珪，富貴矣，亦思越不？』中謝對曰：『凡人之思故，在其病也。彼思越則越聲，不思越則楚聲。』使人往聽之，猶尚越聲也。」此處用二典表示自己思念故鄉。宋本在二句下夾注：「一作：臥來恨已久，興發思愈積」。❽國門　故鄉。指蜀中。宋本卷二七〈早春於江夏送蔡十還家雲夢序〉：「海草三綠，不歸國門，又更逢春，再結鄉思。」❾相如臺　西漢文學家司馬相如的琴臺，遺跡在今四川成都。❿子雲宅　西漢文學家揚雄，字子雲，其宅故址在今四川成都。⓫初結緝　宋本在三字下夾注：「一作：如結骨」。按：結緝當作「結縎」，鬱結不解之意。王逸〈九思・怨上〉：「佇立兮忉怛，心結縎兮折摧。」《漢書・息夫躬傳》：「涕泣流兮萑蘭，心結愲兮傷肝。」本作「結絓」，屈原〈悲回風〉：「心結絓而不解兮，思蹇產而不釋。」「縎」、「愲」並為「絓」之通假字。⓬寂歷　蕭瑟；冷落。《文選》卷三一江淹〈雜體詩〉：「寂歷百草晦。」李善注：「寂歷，凋疏貌。」⓭不在此　宋本在三字下夾注：「一作：不可見」。⓮而我句　宋本在「而我」下夾注：「一作：幽夢」。誰與適，與誰適。適，合。⓯贈爾句　謝靈運〈南樓中望所遲客〉詩：「路阻莫贈問，云何慰離析？」爾，你，第二人稱代詞。離析，離別分散。

【語　譯】我像吳會之地的一片浮雲，飄然無依如同遠行之客。功業無從成就，歲月時光總是奔促急迫。我的美好抱負頓時放棄消失，衰弱疾病延續加劇。古琴藏在空匣中無人彈奏，長劍掛在空壁上沒有用處。

楚囚鍾儀彈琴奏楚音心中懷念楚國，越人莊舄富貴不忘家鄉病中仍念越聲。故鄉之門遠在天外，還鄉之路遠隔崇山峻嶺。清晨我回憶起司馬相如的琴臺，夜晚我夢見揚子雲的故宅。

旅途之情本來鬱結不解，秋氣肅殺更是萬物凋落淒涼。秋風吹入松林下清涼寒冷，露水下降草間一片白茫茫。如今故人不可見，而我能與誰人相合？請求西飛的鴻雁捎去一封書信，贈給您安慰那分別隔離的情懷。

【研　析】按：李白〈上安州裴長史書〉云：「曩昔東遊維揚，不逾一年，散金三十萬。」此詩當作於開元十五年（西元七二七年）秋天遊吳會後回到揚州時。其時黃金散盡，功業無成，加之貧病交迫，因而思鄉寄友心懷潸然。這是李白出蜀後唯一的一首寄蜀中友人的詩。首二句表明詩人已遊歷過吳越，回到揚州。次六句寫空懷抱負，無從施展，這是詩人第一次發出「功業莫從就」的感嘆，並點明題中的「臥病」。接著六句寫思鄉之情非常殷切，先用鍾儀、莊舄兩典故，然後直接寫鄉路遠隔，思念蜀中的古蹟。又接著四句寫隻身在旅途，飽受秋風雨露的蕭瑟之苦。末句寫思念故人而寄詩，以慰離散之情。全詩結構完整，層次分明。

## 寄弄月溪吳山人❶

嘗聞龐德公❷，家住洞湖❸水。終身棲鹿門❹，不入襄陽市。
夫君弄明月，滅景清淮裏❺。高蹤邈難追，可與古人比❻。清揚❼杳莫覿，白
雲空望美。待號❽辭人間，攜手訪松子❾。

【注　釋】❶弄月溪吳山人　弄月溪，具體地點不詳。詩云：「夫君弄明月，滅影清淮裏。」則當在淮水附近。吳山人，名字與事蹟不詳。❷龐德公　東漢末德高望重的襄陽隱士。《後漢書·逸民傳·龐公》：「龐公者，南郡襄陽人也。居峴山之南，未嘗入城府。夫妻相敬如賓。荊州刺史劉表數延請，不能屈，乃就候之。……後遂攜其妻子登鹿門山，因采藥不反。」李賢注引《襄陽記》曰：「諸葛孔明每至德公家，獨拜牀下，德公初不令止。司馬德操嘗詣德公，值其渡沔上先人墓，德操徑入其堂，呼德公妻子，使速作黍，徐元直向云當來就我與德公談。其妻子皆羅拜於堂下，奔走共設。須臾德公還，直入相就，不知何者是客也。德操年小德公十歲，兄事之，呼作龐公，故俗人遂謂龐公是德公名，非也。」❸洞湖　繆本改作「洞湖」。王本亦作「洞湖」，注曰：「洞湖事無所考證。孟浩然詩亦有『聞就龐公隱，移居近洞湖』之句。」按：今《全唐詩》本孟浩

然〈尋張五回夜園作〉詩作「洞湖」，注曰：「一作：澗」。無「洞湖」字。故「洞」、「洞」未知孰是。❹鹿門　山名。在今湖北襄樊。《後漢書・逸民傳・龐公》李賢注引《襄陽記》曰：「鹿門山舊名蘇嶺山，建武中，襄陽侯習郁立神祠於山，刻二石鹿，夾神道口，俗因謂之鹿門廟，遂以廟名山也。」❺夫君二句　夫，語首助詞。君，指吳山人。謝朓〈酬德賦〉：「聞夫君之東守，地隱蓄而懷仙。」滅景，王本作「滅影」。意同。猶滅跡，謂隱居。《南史・褚伯玉傳》：「此子滅景雲棲，不事王侯。」謝靈運〈山居賦〉：「廣滅影於崆峒，許遁音於箕山。」❻高蹤二句　謂吳山人高尚的風節可與古人比美，蹤跡高遠難以追攀。《文選》卷二五傅咸〈贈何劭王濟〉詩：「豈不企高蹤，麟趾邈難追。」張銑注：「豈不慕高軌，但蹤跡邈遠，難可追攀也。」❼清揚　揚，宋本原作「陽」，據蕭本、郭本、王本、咸本改。《詩經・鄭風・野有蔓草》：「有美一人，清揚婉兮。」毛傳：「清揚，眉目之間，婉然美也。」又〈鄘風・君子偕老〉：「子之清揚，揚且之顏。」毛傳：「清，視清明也。揚，廣揚而顏角豐滿。」按：此乃讚美吳山人眉目清秀而有風采。❽待號　等待成仙得號。號，名位；別稱。人之別名稱號，仙人亦有名號，仙成則得號。❾松子　即赤松子。古代神話中的仙人。《史記・留侯世家》：「願棄人間事，欲從赤松子遊耳。」司馬貞《索隱》引《列仙傳》：「神農時雨師也，能入火自燒，崑崙山上隨風雨上下也。」

【語　譯】曾經聽說東漢末的龐德公，家住在洞湖水邊。終身隱棲在鹿門山中，從未邁入襄陽市區。

現在有您這位吳山人賞弄明月，目送月影清輝在清清的淮水裡隱沒。您高尚的蹤跡緬邈難以企及，真可與古人相比。眉目清揚婉然而杳然不能親覩，空望白雲而想像其美。待我到成仙得號辭別人間時，就能與您攜手同去尋訪仙人赤松子。

【研　析】此詩作年不詳。詩中謂吳山人「滅景清淮裏」，當為隱於淮南之隱士。疑作於開元十七年（西元七二九年）以前。首四句以龐德公隱於鹿門山之事比擬起興。後段則謂吳山人隱於清淮弄月溪高蹤難攀，可比古人龐德公。並想像吳山人眉清目秀之美，詩人希望自己能得仙號而與之相攜同訪赤松子。詩中用「明月」、「清淮」、「白雲」等詞，都貼合隱士身分，烘托環境氛圍，非常巧妙。

## 秋山寄衛尉張卿❶及王徵君❷　會稽❸

何以折相贈？白花青桂枝❹。月華若夜雪❺，見此令人思。雖然剡溪興，不異山陰時❻。明發❼懷二子，空吟〈招隱〉詩❽。

【注　釋】❶衛尉張卿　即衛尉卿張垍。詳見卷七〈玉真公主別館苦雨贈衛尉張卿二首〉其一注。❷王徵君　被徵召至朝廷的姓王的士子。名字與事蹟不詳。❸會稽　此二字乃宋人編集時所加的注，因詩中有「剡溪興」文字而誤以為在會稽作。非。❹何以二句　古人有折柳贈別的習慣。而此詩寫於秋天，是桂樹開花之時，故折桂枝以贈別。暗寓淮南小山〈招隱士〉「桂樹叢生兮山之幽」及「攀援桂枝兮聊淹留」之意。❺月華句　謂月光如夜雪。月華，月光。沈約〈應王中丞思遠詠月〉詩：「月華臨靜夜，夜靜滅氛埃。」❻雖然二句　《世說新語·任誕》：「王子猷居山陰，夜大雪，眠覺，開室，命酌酒。四望皎然，因起彷徨，詠左思〈招隱〉詩。忽憶戴安道，時戴在剡，即便夜乘小船就之。經宿方至，造門不前而返。人問其故，王曰：『吾本乘興而行，興盡而返，何必見戴？』」❼明發　猶明旦。破曉；天色發亮。《詩經·小雅·小宛》：「明發不寐，有懷二人。」朱熹注：「明發，謂將旦而光明開發也。」❽招隱詩　陸機、左思各有〈招隱〉詩二首，大致寫隱居之樂。唐人詩中「招隱」有兩種含義，一為招隱士出仕，一是招人歸隱。

【語　譯】折什麼花枝來贈別呢？現在只有白花與青青的桂枝。月光普照如夜降大雪，見此情景令人更加思念友人。我雖然也有往剡溪訪戴的興致，與王子猷在山陰時並無兩樣。可是清晨我就要出門遠行而懷念您倆，只能空自吟詠〈招隱〉之詩而已。

【研　析】此詩當作於開元年間第一次入長安之時。詩中謂折桂枝相贈暗含自己又將回山隱居。月光似雪引起如王子猷在山陰雪夜赴剡訪戴之興致，但明晨就要出發不能去看望您們，只能徒然空吟〈招隱〉詩懷念二位。詩中顯然對張垍有調侃之意。參讀〈玉真公主別館苦雨贈衛尉張卿二首〉，詩意自明。明人評此詩曰：「淺語鎔鍊入妙。『夜雪』、『剡溪』、『山陰』、『招隱』總根『白華』（月光）來，插得若天然，絕無痕跡。」

## 望終南山❶寄紫閣❷隱者　長安

出門見南山，引領❸意無限。秀色難為名，蒼翠日在眼❹。有時白雲起，天際自舒卷。心中與之然，託興每不淺❺。何當造幽人❻，滅跡棲絕巘❼。

【注釋】❶終南山　在今陝西西安南，即狹義的秦嶺。《史記・夏本紀》：「終南、敦物至於鳥鼠。」張守節《正義》：「《括地志》云：終南山一名中南山，一名太一山，一名南山，一名橘山，一名楚山，一名秦山，一名周南山，一名地肺山，在雍州萬年縣南五十里。」❷紫閣　終南山的一個峰名。《太平廣記》卷四一引《原化記》：「終南山紫閣峰下，去長安城七十里。」《陝西通志》卷九鄠縣：「紫閣峰在縣東南，旭日射之，爛然而紫。其形上聳，若樓閣然。」❸引領　伸頸遙望。形容盼望的殷切。《左傳》成公十三年：「我君景公引領西望，曰：『庶撫我乎？』」❹秀色二句　形容山色之美。蒼翠，青綠。謝朓〈冬日晚郡事隙〉詩：「蒼翠望寒山。」嚴羽評點曰：「秀色可餐，不如此二句味不盡。」❺託興句　謂借物抒情之意每深。❻何當句　何當，猶何日。造，訪問；往見。幽人，隱士。此指紫閣隱者。《後漢書・逸民傳序》：「光武側席幽人，求之若不及。」❼滅跡句　滅跡，隱退；不與人往來。曹植〈潛志賦〉：「退隱身以滅跡，進出世而取容。」絕巘，極高的山峰。《文選》卷三五張協〈七命〉：「登絕巘。」張銑注：「絕巘，高峰也。」

【語譯】出門就能看見終南山，伸頸遠望含意無限。美麗的景色難以描述形容，蒼翠青綠日日呈現在眼前。有時白雲從山頂升起，飄浮天邊自在舒卷。我的心情就與浮雲相同，託物起興寄託遙深。期待哪天我能去拜訪您這位隱居之人，與您一起掃滅蹤跡隱居在高峰之上。

【研析】此詩當是天寶三載（西元七四四年）在長安供奉翰林遭讒後欲歸隱之作。詩中描繪終南山景色之美，含有深慕棲隱之意。沈德潛《唐詩別裁》卷二曰：「因白雲舒卷，念及幽人，偕隱之思，與之俱遠。」《唐宋詩醇》卷六亦曰：「淡雅自然處，神似淵明。白雲天際，無心舒卷，白詩妙有其意。」

## 夕霽杜陵❶登樓寄韋繇❷

浮陽滅霽景❸，萬物生秋容。登樓送遠目，伏檻❹觀群峰。原野曠超緬❺，關河紛錯重❻。清輝映竹日❼，翠色明雲松。

蹈海寄遐想，還山迷舊蹤❽。徒然迫晚暮，未果諧心胸。結桂空佇立，折麻恨莫從❾。思君達永夜❿，長樂聞疏鐘⓫。

【注　釋】❶杜陵　漢宣帝的陵墓。西漢元康元年在杜縣東原上營建陵墓，故名。在今陝西西安長安區東伍村北。《元和郡縣志》卷一關內道京兆府萬年縣：「杜陵，在縣東南二十里，漢宣帝陵也。」❷韋繇　事蹟不詳。❸浮陽句　謂日將晚。《文選》卷二九張協〈雜詩十首〉其二：「浮陽映翠林。」呂向注：「浮陽，日光也。」謝靈運〈苦寒行〉：「浮陽滅清暉。」❹伏檻　俯伏在欄杆上。《楚辭・招魂》：「坐堂伏檻，臨曲池些。」王逸注：「檻，楯也。」欄杆的橫木，因即以指欄杆。❺曠超緬　廣闊遙遠。❻紛錯重　紛繁錯雜貌。鮑照〈數名詩〉：「綺餚紛錯重。」❼竹日　宋本在二字下夾注：「一作：水竹」。❽蹈海二句　謂欲蹈海求仙，只是寄遐想；欲還山隱居，又迷失舊蹤；表現出猶豫不決之心情。❾結桂二句　乃抒思念友人之情，恨無法從之而去。《楚辭・九歌・大司命》：「結桂枝兮延佇。」王逸注：「延，長也。佇，立也。……猶結木為誓，長立而望也。」折麻，《楚辭・九歌・大司命》：「折疏麻兮瑤華，將以遺兮離居。」王逸注：「疏麻，神麻也。」《韻語陽秋》卷一六：「《楚辭》云……。瑤華，謂麻之華白也。……所謂疏麻者，所以贈問離居也。謝靈運〈南樓遲客〉詩云：『瑤華未堪折，蘭苕已屢摘。路阻莫贈問，何以慰離折。』〈越嶺溪行〉云：『握蘭徒勤結，折麻心莫展。』……皆用《楚辭》意，用於離居。」其說是。宋本在二句下夾注：「一作：采菊竟誰舉，游蘭恨莫從」。❿永夜　長夜；整夜。《列子・楊朱》：

「肆情於傾宮，縱欲於永夜。」⓫長樂句　徐陵〈玉臺新詠序〉：「厭長樂之疏鐘。」長樂，漢宮名。《三輔黃圖》卷二：「長樂宮，本秦之興樂宮也。高皇帝始居櫟陽，七年，長樂宮成，徙居長安城。《三輔舊事》、《宮殿疏》皆曰：興樂宮，秦始皇造，漢修飾之，周迴二十里。」其遺址在今陝西西安北郊漢長安故城東南隅。疏鐘，稀疏的鐘聲。鐘，宋本作「鍾」，據王本、咸本改。朱諫《李詩選注》：「金聲長，擊之宜疏也。」

【語　譯】傍晚微弱的陽光漸漸使雨後初晴的美景消失，萬物顯露出秋天的姿容。登上高樓極目遠眺，伏在欄杆上觀望群峰。只見原野廣闊遙遠，關河紛雜錯重。月亮清澈的光輝照耀竹林之時，青翠的顏色使直入雲端的松樹更加明亮。

蹈海求仙我只是遐思遠想，回歸山中隱居卻迷失了往日的蹤跡。徒然感受遲暮的急迫，卻未能使自己心胸相和諧。挽結桂枝徒然佇立，折下白花卻遺憾未能從您而去。思念您使我長夜不寐直至天明，聽到長樂宮中敲響了稀疏的鐘聲。

【研　析】此詩作於長安。但不能確定是開元年間首次入京還是天寶初奉詔入京供翰林時之作。前八句描寫「夕霽杜陵登樓」所見的美麗景色。後八句抒寫欲避世而猶豫不決的心情以及對友人的思念。明人批點認為此詩接近陸、謝風格，而「清輝」二句卻是唐律。

## 秋夜宿龍門香山寺❶奉寄王方城十七丈奉國瑩上人❷從弟幼成令問❸　洛陽

朝發汝海東，暮棲龍門中❹。水寒夕波❺急，木落秋山空。望極九霄❻迥，賞幽萬壑通。目皓沙上月，心清松下❼風。玉斗生網戶❽，銀河耿花宮❾。

興在趣方逸，歡餘情未終⑩。鳳駕憶王子⑪，虎溪懷遠公⑫。桂枝坐蕭瑟⑬，棣華不復同⑭。流恨寄伊水⑮，盈盈⑯焉可窮？

【注釋】❶龍門香山寺　龍門，又名伊闕。在今河南洛陽南十二公里。因有龍門山（西山）和香山（東山）隔伊河夾峙如門，故名。自汝、潁北出，必經此處，為洛陽南面門戶。自北魏至晚唐，在此建寺鑿窟。今稱龍門石窟。有賓陽洞、奉先寺、萬佛寺、香山寺等。香山寺，在今河南洛陽南龍門山（香山）上，後魏時建。❷王方城十七丈奉國瑩上人　王方城，姓王的方城縣令。名字和事蹟不詳。方城，唐縣名，屬山南東道唐州。今河南方城。十七丈，李白的前輩，排行十七，名字不詳。宋本卷二七有〈奉餞十七翁二十四翁尋桃花源序〉，「十七翁」當即此「十七丈」。奉國瑩上人，奉國，疑為寺名。瑩上人，當為奉國寺僧人。卷二二〈瑩禪師房觀山海圖〉，「瑩禪師」當即「瑩上人」。蕭本、郭本作「營上人」。疑誤。❸從弟幼成令問　卷一五〈答從弟幼成過西園見贈〉，與此詩中幼成當為同一人。宋本卷二七有〈冬日於龍門送從弟京兆參軍令問之淮南覲省序〉，可知令問本年冬亦來龍門，李白又在此與令問分別。宋本卷二七〈夏日諸從弟登汝州龍興閣序〉云：「起予者誰，得我二季。」「二季」當即幼成、令問。可知李白經汝州來遊龍門。❹朝發二句　仿前人句法。曹植〈雜詩七首〉其四：「朝遊江北岸，夕宿瀟湘沚。」潘岳〈金谷集作詩〉：「朝發晉京陽，夕次金谷湄。」劉琨〈扶風歌〉：「朝發廣莫門，暮宿丹水山。」謝靈運〈登臨海嶠初發彊中作與從弟惠連見羊何共和之〉：「旦發清溪陰，瞑投剡中宿。」鮑照〈擬古八首〉其三：「朝遊雁門上，暮還樓煩宿。」皆本屈原〈離騷〉：「朝發軔於蒼梧兮，夕予至於玄圃。」《文選》卷三四枚乘〈七發〉：「南望荊山，北望汝海。」李善注：「汝稱海，大言之也。」按：汝水，古水名。上游即今河南的北汝河，源出嵩縣南外方山，經汝陽、臨汝（唐代梁縣，汝州治所）等縣，東南流到襄城，自郾城以下，故道南流至西平縣東會潕水（今洪河），又南經上蔡縣西至遂平縣東會瀙水（今沙河）；此下即今南汝河及新蔡以下的洪河。汝海東，泛指汝水流經之汝州梁縣、郟城縣、襄城縣等。皆在龍門和汝州治所以東。❺夕波　梁簡文帝〈經琵琶峽〉詩：「夕波照弧月。」❻九霄　指天的極高處。《抱朴子・暢玄》：「其高則冠蓋乎九霄。」❼下　宋本在此字下夾注：「一作：裏」。❽玉斗句　王琦注：「玉斗即北斗，色明朗如玉，故曰玉斗。網戶，門扉上刻為方目，如羅網狀，若今之隔亮也。」《楚辭・招魂》：「網戶朱綴，刻方連些。」王逸注：「網戶，綺文鏤也。」宋本在「生」字下夾注：「一作：橫」。按：生，蕭本、郭本、王本亦作「橫」。❾銀河句　河，宋本原作「何」。

誤。據各本改。銀河，亦稱「天河」、「天漢」、「銀漢」。晴朗夜空中呈現的雲狀光帶。由許多恆星所組成。江總〈內殿賦新詩〉：「織女今夕渡銀河。」《文選》卷二六謝朓〈暫使下都夜發新林至京邑贈西府同僚〉詩：「秋河曙耿耿，」呂延濟注：「耿耿，明淨也。」花宮，佛寺。傳說佛教說法往往天雨香花。《仁王經・序品》：「時無色界雨諸香華。」故詩人多稱佛寺為花宮。李頎〈宿瑩公禪房聞梵〉詩：「花宮仙梵遠微微，月隱高城鐘漏稀。」❿興在二句　宋本在二句下夾注：「一作：咫尺世喧隔，微冥真理融」。⓫鳳駕句　王子，謂仙人王子喬。《列仙傳・王子喬》：「王子喬者，周靈王太子晉也。好吹笙作鳳凰鳴。遊伊、洛間，道士浮丘公接上嵩高山。三十餘年後，求之於山上，見柏良曰：『告我家：七月七日待我於緱氏山顛。』至時，果乘鶴駐山頭，望之不可到。舉手謝時人，數日而去。」何遜〈九日侍宴樂游苑詩為西封侯作〉：「鳳駕啟千群。」此處以王子喬比擬王方城。⓬虎溪句　虎溪，在江西九江廬山東林寺前。遠公，東晉名僧慧遠。《高僧傳》卷六〈晉廬山釋慧遠〉：「釋慧遠，本姓賈氏，雁門婁煩人也。……自遠卜居廬阜三十餘年，影不出山，跡不入俗。每送客遊履，常以虎溪為界焉。」此處以慧遠比擬瑩上人。⓭桂枝句　桂枝，「桂林一枝」之省語。《晉書・郤詵傳》：「武帝於東堂會送，問詵曰：『卿自以為何如？』詵對曰：『臣舉賢良對策，為天下第一，猶桂林之一枝，崑山之片玉。』」原為自謙之詞。唐人多省言「桂枝」喻登科及第或才華傑出。孟浩然〈送洗然弟進士舉〉詩：「桂枝如已擢，早逐雁南飛。」此處李白仍用原意。自謂只是群才之一。蕭瑟，孤寂淒涼。宋本在「蕭瑟」二字下夾注：「一作：銷歇」。蕭本、郭本、胡本亦作「銷歇」。鮑照〈行藥至城東橋〉詩：「容華坐銷歇。」⓮棣華句　此處指幼成、令問兩位從兄弟未能與自己在一起。《詩經・小雅・常棣》：「常棣之華，鄂不韡韡。凡今之人，莫如兄弟。」後遂以「棣華」比喻兄弟。⓯流恨句　宋本在「恨」字下夾注：「一作：浪」。流恨，流離之恨。伊水，即今伊河。在河南西部。源出熊耳山，東北流，經伊陽、嵩縣、陸渾、伊川（伊闕）、洛陽南、至偃師市楊村附近入洛河（洛水）。⓰盈盈　水清澈貌。〈古詩十九首〉：「盈盈一水間，脈脈不得語。」

**【語　譯】** 清晨從汝州之東出發，傍晚棲宿在龍門山中。秋水寒冷晚上波浪更急，樹葉紛紛凋落山中非常空蕩。舉目遠眺九霄天外極高處，觀賞幽美之景萬壑相通。月照沙上使人眼目皓亮，風吹松下令人心境清靜。從門窗扉格可望見北斗橫空，銀河明淨映照出佛寺光耀。

興致所在只覺趣味正俊逸，歡樂之餘只覺感情猶未終。思念您王方城如駕鳳而遊的王子喬，懷戀您瑩上人如送客不過虎溪的遠公。我只是桂林一枝，如今深感淒涼蕭瑟，而幼成、令問兩位兄弟也未能團聚在一起。

我的離恨只能寄託給奔流的伊水，那清澈的伊水又怎可窮盡我的流離之恨呢？

【研　析】此詩當是開元二十二年（西元七三四年）秋季李白經汝州遊洛陽龍門之作。前段十句點明從汝海到龍門，描繪龍門周圍之清幽環境，襯托自己的心情。後段八句謂秋夜一宿興趣歡情無窮，然思念王縣令、瑩上人、幼成和令問兄弟未能同遊共樂，因此寄恨於伊水，但離恨仍無窮。

## 春日獨坐寄鄭明府❶

燕麥❷青青遊子悲，河堤弱柳鬱金枝❸。長條一拂春風去，盡日飄揚無定時。
我在河南別離久，那堪對此當❹窗牖！情人❺道來竟不來，何人共醉新豐❻酒！

【注　釋】❶鄭明府　姓鄭的縣令。明府，唐人對縣令的敬稱。按：宋本卷三〇〈溧陽瀨水貞義女碑銘并序〉謂「邑宰滎陽鄭公名晏」，疑此鄭縣令即溧陽縣令鄭晏。卷八有〈戲贈鄭溧陽〉，卷一七有〈遊水西簡鄭明府〉，當皆指鄭晏。❷燕麥　植物名。野生於廢墟荒地間，燕雀所食，故名。子實亦可人食救飢。《爾雅・釋草》「蘥，雀麥」郭璞注：「即燕麥也。」郝懿行《義疏》：「蘇恭《本草注》云：『所在有之，生故墟野林下。苗葉似小麥而弱，其實似穬麥而細。一名杜姥草，一名牛星草。』」❸河堤句　王琦注：「言弱柳之枝似鬱金之黃也。《本草》：『鬱金生蜀地及西戎，苗似薑黃，花白質紅。末秋出莖心而無實，其根黃赤。』」按：鬱金，多年生草本植物。薑科，葉片長圓形，夏季開花，穗狀花序圓柱形，粉白色，中國南部和西南部都有分佈。也能栽培。《梁書・諸夷傳・中天竺國》：「鬱金獨出罽賓國，華色正黃而細，與芙蓉華裡被蓮者相似。」❹對此當　蕭本、郭本、咸本作「坐此對」。❺情人　感情深厚的友人。指鄭明府。鮑照〈翫月城西門廨中〉詩：「迴軒駐輕蓋，留酌待情人。」❻新豐　地名。在今江蘇鎮江丹徒區東南。錢大昕《十駕齋養新錄》卷一一：「丹徒縣有新豐鎮。陸游《入蜀記》：「六月十六日，早發雲陽，過夾岡，過新豐小憩。李太白詩云：『南國新豐酒，東山小妓歌。』又唐人詩云：『再入新豐市，猶聞舊酒香。』皆謂此，非長安之新豐也。然長安之新豐亦有名酒，見王摩詰詩。」

【語　譯】燕麥青青正是遊子傷悲之時，河堤上柔弱的柳枝就像鬱金之黃苗。長長的柳枝在春風吹拂下，盡日飄揚沒有安定之時。我在河南與您相別已很久，怎能忍受這樣的面對窗牖觀望柳枝！我親愛的朋友您說要來竟始終未來，又有誰能和我在此同醉共飲新豐美酒呢！

【研　析】此詩當作於天寶十三載（西元七五四）春。前四句描寫春天的景色，燕麥青青，柳枝飄拂，襯托遊子飄流的悲傷情懷。後四句抒發對友人的思念之情，河南一別，相離已久，對此春景，怎堪孤寂，故急切盼望相聚以共飲新豐美酒。

## 寄淮南友人❶

紅顏悲舊國❷，青歲歇芳洲❸。不待金門詔❹，空持寶劍遊。海雲迷驛道，江月隱鄉樓。復作淮南客，因逢桂樹留❺。

【注　釋】❶寄淮南友人　朱諫《李詩選注》題作〈淮南寄友〉，從詩意看，疑作〈淮南寄友〉為是。淮南，淮南道，治所在揚州。然此詩未必作於揚州，唐代安州亦屬淮南道。且開元年間李白長期寓居安陸，頗疑此詩中之淮南即指安陸。可能是首次赴長安失意而回至安州所作。❷紅顏句　紅顏，青年人的紅潤臉色，特指年輕時。李白〈贈孟浩然〉詩：「紅顏棄軒冕。」舊國，故國。指京都長安。❸青歲句　青歲，青春。陳子昂〈春臺引〉：「遲美人兮不見，恐青歲之不遒。」芳洲，芳草叢生的小洲。張協〈七命〉：「臨芳洲兮拔靈芝。」❹不待句　謂未得朝廷徵召。《漢書・東方朔傳》：「因使待詔金馬門，稍得親近。」金門，即金馬門。漢代徵召才能優異的人令待詔金馬門。❺桂樹留　《楚辭・招隱士》：「桂樹叢生兮山之幽，……攀援桂枝兮聊淹留。」王逸注：「桂樹芳香，以興屈原之忠貞也。」

【語　譯】紅顏少年因思念京都而悲傷，青春年華隱居在芳草叢生的小洲。等不到朝廷待詔金馬門的徵召，徒然持劍到處遠遊。大海的雲霧籠罩驛道，大江的明月隱顯家鄉樓閣。這次又回到淮南作客，由於遇到您這位忠貞之友而在此滯留。

【研　析】此詩疑是開元年間首次入長安回歸安陸途中所作。前四句敘青春年華懷才不遇而悲傷。「不待金門詔，空持寶劍遊」，說明尚未奉詔入京。接著二句描寫路途所見景象。末二句謂失意歸來只能仍作淮南客，因遇知友而滯留。全詩流動而不著痕跡，淒然而灑脫。

## 沙丘城下寄杜甫❶

齊魯

我來竟何事？高臥❷沙丘城。城邊有古樹，日夕連秋聲。魯酒不可醉，齊歌空復情❸。思君若汶水，浩蕩寄南征❹。

【注　釋】❶沙丘城題　沙丘城，指兗州（魯郡）治城瑕丘，今山東兗州。杜甫，唐代與李白齊名的偉大詩人。天寶三載至四載曾與李白同遊梁、宋、齊、魯，情同手足。杜甫贈寄李白詩甚多，李白除此詩外，還有〈魯郡東石門送杜二甫〉詩，可參讀。兩《唐書》有〈杜甫傳〉。❷高臥　指閒居、隱居。《晉書・陶潛傳》：「嘗言：夏月虛閑，高臥北窗之下，清風颯至，自謂羲皇上人。」❸魯酒二句　謂魯地薄酒已不能使己酣醉，齊女歌舞徒然多情，也不能使己快樂而忘記友人。極寫思念友人之深切。魯、齊，均指今山東地區。古代魯地產美酒，齊國美女善歌舞。《莊子・胠篋》：「魯酒薄而邯鄲圍。」謝朓〈同謝諮議銅雀臺〉詩：「嬋媛空復情。」❹思君二句　謂思念杜甫之情如滾滾汶水向南流去。詩意與其〈寄遠〉詩「相思無日夜，浩蕩若流波」略同。汶水，今名大汶河。源出今山東萊蕪北，西南流經古嬴縣南，古稱嬴汶，又西南會牟汶、北汶、石汶、柴汶至今東平戴村壩。自此以下，古汶水西流經東平縣南，至梁山東南入濟水。浩蕩，水勢盛大廣闊貌。南征，南流。按：古汶水實際上離兗州尚遠，李白寓家地正在泗水邊，泗水至兗州南流，水勢浩蕩。故或謂詩中之「汶水」當指「泗水」。

【語　譯】我來這裡究竟是為什麼事？高枕安臥隱居在沙丘城。城邊有蒼老的古樹，日夜蕭蕭與秋聲相連。魯地酒薄難以使人酣醉，齊歌徒然深情也不能使我感動。我思念您的感情如滔滔的汶水，浩浩蕩蕩地向南流去。

【研　析】此詩當是天寶五載（西元七四六年）秋在兗州作。當時與杜甫分別不久，便十分思念他。首二句起得突兀，竟不知自己為何隱於沙丘，可見友人別後孤獨、惆悵、無聊之甚。三、四句寫景：如今只有城邊古樹在秋風中日夜發出蕭瑟之聲，進一步襯托詩人的淒涼心情。五、六二句直抒心境：魯酒齊歌都不能解愁。這就將詩人因思友而無精打采的神態描繪得惟妙惟肖。末二句說把思念友人之情寄託汶水南流，傳到友人身邊。以汶水浩蕩比喻思友之情的深長，韻味無窮。

## 聞丹丘子於城北山營石門幽居中有高鳳遺跡僕離群遠懷亦有棲遁之志因敘舊以寄之❶

春華滄江月❷，秋色碧海雲。離居盈寒暑❸，對此長思君。思君楚水南❹，望
君淮山北❺。夢魂雖飛來，會面不可得。
疇昔在嵩陽，同衾臥羲皇❻。綠蘿笑簪紱，丹壑賤巖廊❼。晚途各分析❽，乘
興任所適。僕在雁門關❾，君為峨眉❿客。心懸萬里外，影滯兩鄉隔。
長劍復歸來，相逢洛陽陌⓫。陌上何喧喧⓬，都令心意煩。迷津覺路失，託
勢隨風翻⓭。以茲謝朝列，長嘯歸故園⓮。

故園恣閑逸，求古散縹帙⑮。久欲入名山，婚娶殊未畢⑯。人生信多故，世事豈惟一？念此憂如焚，悵然若有失⑰。

聞君臥石門，宿昔契彌敦⑱。方從桂樹隱，不羨桃花源⑲。高鳳起遐曠，幽人跡復存。松風清瑤瑟，溪月湛芳樽⑳。安居偶佳賞，丹心期此論。

【注釋】❶聞丹丘子題　丹丘子，即元丹丘。李白一生中最親密的知友，現存酬贈元丹丘的詩有十餘首，在其他詩文中亦多次提及元丹丘，詳見拙著《李白叢考．李白與元丹丘交遊考》。城北山，當即東漢時高鳳隱居之西唐山。按：蕭本、郭本、胡本無「山」字。高鳳，《後漢書．高鳳傳》：「高鳳字文通，南陽葉人也。少為書生，家以農畝為業，而專精誦讀，晝夜不息。……其後遂為名儒，乃教授業於西唐山中。」李賢注：「山在今唐州湖陽縣西北。酈元注《水經》云：即高鳳所隱之西唐山也。」按：李賢注誤。高鳳隱居的西唐山當在今河南葉縣西南六十里。參見卷二〇〈尋高鳳石門山中元丹丘〉詩注。❷春華句　春華，春花。曹植〈贈王粲〉詩：「樹木發春華。」滄江，泛稱江。以江水呈青蒼色，故稱。宋本在「華」字下夾注：「一作：弄」。❸離居句　〈古詩十九首〉：「同心而離居，憂傷以終老。」盈寒暑，滿寒暑之期；一週年。❹楚水南　指自己近來行蹤地點。❺淮山北　指元丹丘所居之地。❻疇昔二句　疇昔，往昔。《禮記．檀弓上》：「予疇昔之夜，夢坐奠於兩楹之間。」鄭玄注：「疇，發聲也。昔，猶前也。」嵩陽，嵩山之南。嵩山，在今河南登封北。東曰太室，西曰少室，總名嵩高山。稱中嶽。山高二十里，周圍一百三十里。開元二十一年，元丹丘隱居嵩山，曾邀李白前往同隱，李白有〈題嵩山逸人元丹丘山居并序〉記其事。李白即應邀前去，寫有〈題元丹丘潁陽山居并序〉，同時還寫有〈元丹丘歌〉、〈題元丹丘山居〉、〈觀元丹丘坐巫山屏風〉等詩。同衾臥，同被共枕而臥。羲皇，指伏羲氏。古人想像伏羲以前的人無憂無慮，生活閒適，故隱逸之士以「羲皇上人」自稱。陶潛〈與子儼等疏〉：「自謂是羲皇上人。」❼綠蘿二句　謂隱於綠蘿之下而笑顯貴高官，居臥丹壑而賤視朝堂大臣。簪紱，代指顯貴之人。簪，用來插定髮髻或連冠於髮的一種長針。紱，繫官印的絲帶。巖廊，代指朝堂。《漢書．董仲舒傳》：「蓋聞虞舜之時，遊於巖郎之上，垂拱無為，而天下太平。」顏師古注引文穎曰：「巖郎，殿下小屋也。」又引晉灼曰：「郎，堂邊廡。巖郎，謂嚴峻之郎也。」按：郎，通「廊」。❽晚途句　晚途，王本作「晚塗」。

同。晚些時候；後來。分析，分別。❾雁門關　唐置。亦名西徑關。故址在今山西雁門關西雁門山上。長城要口之一。山西南北交通要衝。東西峭峻，中路盤旋崎嶇。唐於山頂置關。開元二十三年李白遊太原時曾北往雁門關。時元丹丘遊峨眉。❿峨眉　山名。唐屬嘉州。山在今四川峨眉山市。詳見卷六〈峨眉山月歌〉注。⓫長劍二句　謂從雁門關歸來，元丹丘亦從峨眉山歸來，兩人又於洛陽相逢。⓬陌上句　謂道路上多麼喧鬧。吳均〈戰城南〉：「陌上何喧喧，匈奴圍塞垣。」喧喧，形容聲音嘈雜喧鬧。⓭迷津二句　謂自己感覺迷途失路，於是乘勢隨風飛翻。⓮以茲二句　謂因此辭別朝廷而回歸舊山。謝靈運〈九日從宋公戲馬臺集送孔令〉詩：「脫冠謝朝列。」謝朝列，辭別朝廷。朝列，朝班。潘岳〈河陽縣作〉詩：「長嘯歸東山。」⓯散縹帙　打開書卷。散，開。潘岳〈楊仲武誄〉：「披帙散書。」縹帙，淡青色帛做成的書衣。徐陵〈玉臺新詠序〉：「方當開茲縹帙，散此紹繩。」⓰久欲二句　《後漢書・向長傳》：「向長，字子平，河內朝歌人也。隱居不仕……。建武中，男女娶嫁既畢，敕斷家事勿相關，當如我死也。於是遂肆意，與同好北海禽慶，俱遊五嶽名山，竟不知所終。」此處反用其意。宋本在「入」字下夾注：「一作：尋」。⓱悵然句　謝靈運〈擬魏太子鄴中集詩・徐幹〉：「中飲顧昔心，悵焉若有失。」⓲宿昔句　謂以往契合的感情更加敦厚。宿昔，以往；舊日。契，合。敦，厚。⓳方從二句　謂將從元丹丘隱居，其地優美勝過陶淵明筆下的桃花源。桂樹隱，《楚辭・招隱士》：「桂樹叢生兮山之幽，……攀援桂樹兮聊淹留。」桃花源，用陶淵明〈桃花源記〉故事。⓴湛芳樽　劉孝綽〈櫟口守風〉詩：「華茵藉初卉，芳樽散緒寒。」湛，通「漸」。浸染；浸漬。

【語譯】春花盛開與映在青蒼色江水中的月光相輝映，秋天的美景籠罩在碧海般的雲彩之下。我倆分離已滿一年，面對美麗大自然我長久地思念您。我在楚水之南思念，遠望您所在的淮山之北。夢魂雖然常常飛來，但會面卻不可能得到。

回憶往昔我們在嵩山之陽，同衾共被高臥如羲皇上人。坐在青綠的藤蘿之下譏笑插簪戴紱的顯貴之人，住在煉丹的山壑中輕賤朝廷廟堂的大臣。後來我倆各自分離，依照自己意願任心所動各奔所適。我曾到過雁門關，您曾往蜀中為峨眉山之客。您我的心都牽掛著萬里之外的對方，您我的身影則滯留兩地相隔遙遠。

配著長劍又從遠遊中歸來，您我又相逢在洛陽大道上。大道上傳出多麼喧鬧的噪聲，這一切都使我們心煩意亂。我覺得迷失了方向和道路，只是隨著時俗風氣翻滾逐流而已。於是我辭別朝廷同列，長嘯一聲歸返故鄉。

返回故鄉恣意所為閒適放逸，探求古典散開書套翻閱書卷。我很早就想進入名山浪遊棄世，只是兒女的婚娶都未辦理。人生在世確實多事多故，世上之事難道僅此一件？想到這裡便憂心如焚，悵然長嘆若有所失。

聽說您高臥隱居在石門，以往您我契合的心願更加堅厚。我正想隨從您一起隱居，不再羨慕那世外桃源。當年高鳳起於遐遠的曠野之上，那幽人的足跡如今尚存。松風之下瑤瑟的樂聲清亮，溪上明月浸在芳樽之中。安居隱逸同賞美景，赤誠的友情正期待這種願望實現。

【研　析】此詩約作於天寶九載（西元七五〇年）。首段敘離別一年的思念之情。次段追憶開元年間同隱嵩陽的親密情誼和愉快心情，不久又分離，但遠隔萬里猶思念對方。第三段敘各自歸來又相會於洛陽。洛陽喧鬧，自覺迷路。於是辭別朝廷而歸故鄉。第四段敘故園閑逸，唯讀古書，久欲避世，只是兒女之事未畢，人生多事，憂心如焚。末段點題，聞君營石門幽居，甚合以往素志，欲從之隱居，以申夙昔之期。

# 卷一一

## 寄下

### 淮陰書懷寄王宗成

再至淮南　一作王宋城❶

沙墩至梁苑❷，二十五長亭❸。大舶夾雙櫓❹，中流鵝鸛鳴❺。
雲天掃空碧，川岳涵餘清。飛鳧從西來，適與佳興并。眷言王喬舄，婉孌故人情❻。復此親懿會❼，而增交道榮。沿洄❽且不定，飄忽悵徂征❾。
暝投淮陰宿，欣得漂母❿迎。斗酒烹黃雞，一餐感素誠。予為楚壯士⓫，不是魯諸生⓬。有德必報之，千金恥為輕。緬書羈孤意⓭，遠寄棹歌⓮聲。

【注釋】❶淮陰題　淮陰，唐縣名。屬淮南道楚州。今江蘇淮安。王宗成，友人姓名，事蹟不詳。王宋城，宋城縣令王某，名字與事蹟不詳。唐宋州（睢陽郡）有宋城縣，在今河南商丘南。王宗成或王宋城，未知孰是。❷沙墩句　沙墩，地名。疑在淮陰境內。梁苑，漢梁孝王所築園囿。又名兔園、梁園，在今河南商丘。❸長亭　古時於道路隔十里設長亭，隔五里設短亭，供行旅停息，亦用作餞別之所。庾信〈哀江南賦〉：「十里五里，長亭短亭。」按：亭，秦漢時為地方行政機構，在鄉之下，里之上，設亭長。後亦指驛館。《漢書‧高帝紀上》：「及壯，試吏，為泗上亭長。」顏師古注：「亭，謂停留行旅宿食之館。」李白〈邯鄲南亭觀妓〉的「邯鄲南亭」即指邯鄲驛。❹大舶句　舶，大船。櫓，用人力搖船前進的工具。形似槳而大，支在船尾或船旁的櫓擔上，入水一端的剖面呈弓形，另一端繫於船上，用手搖動時水中的櫓片左右擺動，推動船前進。櫓也可控制航向。❺鵝鸛鳴　王琦注：「謂舟人喧聒，有似鵝鸛之聲耳。」按：當是水中或船中有鵝鸛之鳴，恐並非比喻。❻飛鳧四句　意謂鳧鳥從西飛來，正好與我美好的興致相合。顧念王喬的舄履相送，感謝親愛的老朋友的深情。《搜神記》卷一：「漢明帝時，尚書令河東王喬為鄴令。喬有神術，每月朔，嘗自縣詣臺。帝怪其來數，而不見車騎，密令太史候望之。言其臨至時，輒有雙鳧從東南飛來，因伏伺，見鳧，舉羅張之，但得一雙舄。使尚書識視，四年中所賜尚書官屬履也。」此處以王喬比擬王宗成。眷言，亦作「睠言」。顧念貌。言，詞尾。《詩經‧小雅‧大東》：「睠言顧之。」《隋書‧高祖紀上》：「眷言誠節，實有可嘉。」婉孌，親愛。《後漢書‧馬武傳贊》：「婉孌龍姿。」李賢注：「婉孌，猶親愛也。龍姿，謂光武也。」❼親懿會　至親相會。《文選》卷一三謝莊〈月賦〉：「親懿莫從。」李善注：「親懿，懿親也。」呂向注：「親近懿戚。」❽沿洄　順流而下曰沿，溯流而上曰洄。❾徂征　出行。《文選》卷二四陸機〈於承明作與士龍〉詩：「駕言遠徂征。」呂延濟注：「駕言，謂駕車馬出遊也。徂，往；征，行也。」❿漂母　《史記‧淮陰侯列傳》：「（韓）信釣於（淮陰）城下，諸母漂。有一母見信飢，飯信，竟漂數十日。信喜，謂漂母曰：『吾必有以重報母。』……信至國，召所從食漂母，賜千金。」⓫楚壯士　李白在淮陰，故以韓信為楚壯士自喻。⓬魯諸生　即卷二二〈嘲魯儒〉中「白髮死章句」的魯儒。《史記‧劉敬叔孫通列傳》：「於是叔孫通使徵魯諸生三十餘人。魯有兩生不肯行，曰：『公所事者且十主，皆面諛以得親貴。今天下初定，死者未葬，傷者未起，又欲起禮樂。禮樂所由起，積德百年而後可興也。吾不忍為公所為。公所為不合古，吾不行。公往矣，無汙我！』叔孫通笑曰：『若真鄙儒也，不知時變。』」此處「魯諸生」即指叔孫通所謂的「鄙儒」。⓭緬書句　緬書，盡情書寫。羈孤，羈旅孤獨的人。《文選》卷一三謝莊〈月賦〉：「羈孤遞進。」李善注：「羈客孤子也。」⓮棹歌　又作「櫂歌」。行船中所唱之歌。漢武帝〈秋風辭〉：「簫歌鳴兮發棹歌。」

【語　譯】從梁苑到沙墩，一路上經過二十五個長亭。高大的船舶雙櫓相夾，河中船上傳來鵝鸛的鳴聲。

浮雲掃盡晴空皆碧，山岳川壑沉浸在清淨中。一隻梟鳥從西飛來，正與我佳興相諧。顧念是王子喬之履所變，其實是親愛的故友之情。您我至親朋友又有此次相會，更增交友之道的榮耀。乘船順流而下與逆流而上不定，飄忽之間為此遠征而惆悵萬分。

傍晚時到達淮陰投宿，欣然得到曾接濟韓信的漂母般的婦女迎接。宰雞買酒殷勤招待，一餐之間為其摯誠之心感動。我是像當年韓信那樣的楚地壯士，並不是白首窮經的魯地諸生。對我有恩德的人我必定報答，用千金相報猶恥太輕。我盡情書寫我的羈旅孤獨之情，託付棹歌之聲寄給遠方的您。

【研析】此詩疑作於天寶十二載（西元七五三年）自梁苑舟行南下經淮陰時作。首段謂梁苑至淮陰有二十五亭，即有二百五十里路程，途中雙櫓大船沿汴水東流，中有鵝鸛交鳴。次段追敘從梁苑至淮陰沙墩一路的景色：天氣晴朗，山川秀麗，王縣令自西來，佳興相會，更增至親友情。舟船順流、逆流飄忽不定，自己離別遠征而惆悵。末段敘自己抵達淮陰，受到旅館主人款待而感激不已。自謂是如當年韓信一樣的壯士，有恩必報。寄詩書情顯為冀友相助。

## 聞王昌齡左遷龍標❶遙有此寄

楊花落盡子規啼❷，聞道龍標過五溪❸。我寄愁心與❹明月，隨君直到夜郎西❺。

【注釋】❶王昌齡左遷龍標　王昌齡，唐代詩人。《舊唐書．文苑傳》及《新唐書．文藝傳》有傳。據傅璇琮《唐代詩人叢考．王昌齡事蹟考略》云：京兆人，開元十五年進士登第，補祕書省校書郎。開元二十二年博學宏詞科登第，為汜水縣尉。開元二十七年貶謫嶺南，開元二十八年冬為江寧縣丞。約天寶七載秋被貶為龍標縣尉，約至德中被閭丘曉所殺。左遷，貶官；

降職。龍標，唐縣名，屬巫州，治所在今湖南黔陽西南。❷楊花句 楊花落盡，宋本作「楊州花落」，據蕭本、郭本、胡本、王本、咸本改。子規，杜鵑鳥的別稱。傳說其啼聲淒哀，甚至啼血。❸五溪 《通典》卷一八三黔中：「五溪，謂酉、辰、巫、武、陵等五溪也。」指今湖南懷化、黔陽一帶。❹與 給。❺隨君句 君，蕭本、郭本、胡本、王本、咸本皆作「風」。夜郎西，此處「夜郎西」指龍標。當時龍標縣實際在夜郎縣南，詩中的「西」只是押韻而泛指附近。夜郎，唐縣名，治所在今湖南芷江縣西南，天寶元年改名峨山，曾先後為舞州、鶴州、業州（龍標郡）的治所。

【語譯】楊花落盡杜鵑哀苦啼血的時節，我聽說您被貶為龍標縣尉要過當年屈原流放之地的五溪。我把一顆哀愁之心寄付給明月，讓它隨著您直到遙遠的西方夜郎。

【研析】此詩約作於天寶八載（西元七四九年）。首句用比興手法點時，渲染淒涼哀愁的氣氛。暮春季節楊花飄散落盡，子規鳥又哀啼叫著「不如歸去」，給人飄零悲傷之感，暗含著詩人之愁，融情於景。次句交代王昌齡被貶之事，點明愁的由來。此處「龍標」代指王昌齡。五溪是戰國時代楚國大詩人屈原流放之地，如今友人王昌齡遠貶，行程艱難，境遇不幸，字裡行間滲透著詩人的憂慮。後兩句點出主旨，「愁心」二字是詩眼，籠罩全詩。詩人為王昌齡的遭遇愁，為他的前程愁，既為他的政治境遇愁，又為他的生活環境愁。詩人只能將這顆充滿愁的心託付給明月，讓明月帶著詩人的「愁心」到遠方，慰撫友人。明月象徵著純潔、高尚，詩人在許多詩中把明月看作通人心的多情物，也只有明月才能同時照亮詩人和友人。詩中雖未追敘兩人昔日相聚的情景和友誼，但卻把友情抒發得非常真摯感人。而「遙有此寄」的題意也自然點明。

## 寄王屋山人孟大融❶

我昔東海上，勞山餐紫霞❷。親見安期公，食棗大如瓜❸。

中年謁漢主，不愜還歸家❹。朱顏謝春暉，白髮見生涯。所期就金液❺，飛步登雲車❻。願隨夫子天壇上❼，閑與仙人掃落花。

【注　釋】❶王屋山人孟大融　王屋山，在今山西垣曲和河南濟源之間。為中條山分支，濟水發源地。山有三重，其狀如屋，故名。主峰天壇山為軒轅祈天之所，故名。為道教聖地，唐代司馬承禎得道之所。《列子》所載「愚公移山」故事，即指此山。孟大融，當為隱於王屋山的一位道士。事蹟不詳。❷勞山句　勞山，《元和郡縣志》卷一一河南道萊州即墨縣：「大勞山、小勞山，在縣東南三十八里。晏謨《齊記》曰：『太白自言高，不如東海勞。昔鄭康成領徒於此。』」按：即今山東青島嶗山區東之嶗山。飡紫霞，道教的養生修煉術。《漢書．司馬相如傳》：「呼吸沆瀣兮餐朝霞。」顏師古注引應劭曰：「朝霞者，日始欲出赤黃氣也。」《文選》卷二一顏延年〈五君詠．嵇中散〉：「中散不偶世，本自餐霞人。」李善注：「餐霞，謂仙也。」紫霞，紫色雲霞。陸機〈前緩聲歌〉：「獻酬既已周，輕舉乘紫霞。」❸親見二句　安期公，即仙人安期生。《史記．孝武本紀》：「(李)少君言於上曰：『……臣嘗遊海上，見安期生，食巨棗，大如瓜。安期生仙者，通蓬萊中，合則見人，不合則隱。』」❹中年二句　謂天寶元年秋奉詔入京供奉翰林，三載辭京還山。漢主，指唐玄宗。唐詩中多借漢喻唐。愜，快意；滿足。《世說新語．文學》：「左太沖作〈三都賦〉初成，時人互有譏訾，思（左思，字太沖）意不愜。」❺金液　古代方士煉的一種丹液，謂服之可以成仙。《漢武帝內傳》：「其次藥有九丹金液，紫華紅英，太清九轉五雪之漿。」《抱朴子．金丹》：「金液，太乙所服而仙者也，不減九丹矣。……《真經》云：金液入口，則其身皆金色。」❻飛步句　郭璞〈遊仙詩〉：「翹手攀金梯，飛步登玉闕。」《文選》卷一九曹植〈洛神賦〉：「載雲車之容裔。」李善注引《博物志》曰：「漢武帝好道，西王母七月七日漏七刻，王母乘紫雲車來。」劉良注：「神以雲為車。」❼願隨句　夫子，指孟大融。天壇，即王屋山主峰，海拔一七一一公尺。

【語　譯】往昔我漫遊東海，曾到勞山上餐飲紫霞養生修煉。親眼看見仙人安期生，他吃的棗如同瓜那樣大。

中年時我進京拜見皇上，在朝廷供奉翰林因遭讒感到不愜意而辭京還家。隨著年華逝去紅顏衰謝春暉暗淡，滿頭白髮顯示出經歷的坎坷生涯。現在所期望的就是食飲金液，使自己輕身飛步登雲成仙。我願意跟隨夫子到王屋山天壇之上隱居，閒來與您這位仙人一起共掃落花。

【研　析】此詩當是天寶中期所作。首四句回憶往年在勞山見仙人安期生情景，幻景實寫，暗寓早年嚮往神仙之意。接著敘中年供奉翰林被讒放還，隨著朱顏衰而白髮生，只想飲金液而飛昇成仙。末二句點題，願隨孟大融同隱天壇，共掃落花，以度餘生，遂己初志。與首四句呼應。明人評此詩曰：「亦有深趣。雖淺易，然猶不甚率。」

## 憶舊遊寄譙郡元參軍　金陵❶

憶昔洛陽董糟丘❷，為余天津橋❸南造酒樓。黃金白璧買歌笑，一醉累月輕王侯❹。海內賢豪青雲客❺，就中與君心莫逆❻。迴山轉海不作難，傾情倒意無所惜❼。

我向淮南攀桂枝❽，君留洛北愁夢思。不忍別，還相隨。相隨迢迢訪仙城❾，三十六曲水迴縈❿。一溪初入千花明⓫，萬壑度盡松風聲。銀鞍金絡⓬到平地，漢東太守⓭來相迎。紫陽之真人⓮，邀我吹玉笙。飡霞樓⓯上動仙樂，嘈然宛似鸞鳳鳴⓰。袖長管催欲輕舉⓱，漢東太守醉起舞⓲。手持錦袍⓳覆我身，我醉橫眠枕其股。當筵意氣凌九霄，星離雨散不終朝⓴。分飛楚關山水遙㉑，余既還山尋故巢，君亦歸家度渭橋㉒。

君家嚴君勇貔虎㉓，作尹并州遏戎虜㉔。五月相呼度太行㉕，摧輪不道羊腸苦㉖。行來北京歲月深㉗，感君貴義輕黃金。瓊杯綺食青玉案㉘，使我醉飽無歸心。時時出向城西曲，晉祠流水如碧玉㉙。浮舟弄水簫鼓鳴㉚，微波龍鱗莎草綠㉛。興來攜妓恣經過，其若楊花似雪何！紅粧欲醉宜斜日，百尺清潭寫翠娥㉜。翠娥嬋娟初月輝㉝，美人更唱㉞舞羅衣。清風吹歌入空去，歌曲自繞行雲飛㉟。

此時行樂難再遇㊱，西遊因獻〈長楊賦〉㊲。北闕青雲不可期㊳，東山白首還歸去㊴。渭水橋南㊵一遇君，酇臺之北又離群㊶。問余別恨今多少，落花春暮爭紛紛㊷。言㊸亦不可盡，情亦不可極㊹。呼兒長跪緘此辭㊺，寄君千里遙相憶。

【注　釋】❶憶舊遊題　譙郡，即亳州，天寶元年改為譙郡。乾元元年復為亳州。唐屬河南道。今安徽亳州。參軍，唐制，各州（郡）置錄事參軍事等官員，簡稱參軍。元參軍名演，李白好友。按：題下「金陵」二字乃宋人編集時所加，以為此詩作於金陵。誤。❷董糟丘　姓董的酒商，名不詳。糟丘，酒渣堆成的小丘。董酒商可能以此為號。《新序・節士》：「桀為酒池，足以運舟；糟丘足以望七里。」❸天津橋　古浮橋名。故址在今洛陽舊城西南，隋、唐皇城正南洛水上。隋大業元年始建，用鐵鎖連接大船，南北夾路對起四樓。隋末為李密燒毀，唐代又多次改建加固。金後廢圮。❹一醉句　《文選》卷四左思〈蜀都賦〉：「樂飲今夕，一醉累月。」劉逵注：「言頻飲也。」累月，幾個月。輕王侯，鄙視權貴。❺海內句　賢豪，賢明豪邁。劉向《說苑・政理》：「劉侯曰：『子往矣，是無邑不有賢豪辯博者也。』」青雲客，指道德學問高尚之士。❻就中句　此句謂其中只與元君彼此心意相通，無所違逆。心莫逆，《莊子・大宗師》：「子桑戶、孟子反、子琴張……三人相視而笑，莫逆於心，遂相與為友。」宋本在「就中與君」四字下夾注：「一作：與君一見」。❼迴山二句　迴山轉海，轉動山海。比喻力量巨大。《後漢書・宦者傳序》：「舉動迴山海，呼吸變霜露。」不作難，不以為難。傾情倒意，傾心盡意。❽淮南攀桂枝　此句謂己離洛陽回安陸家中。唐代安陸屬淮南道，故云。淮南，唐開元十五道之一，轄境相當今淮河以南，長江以北，東至海，西至湖北應山、漢陽一帶。攀桂枝，指隱居。《楚辭・招隱士》：「攀援桂枝兮聊淹留。」❾迢迢訪仙城　迢迢，遙遠貌。仙城，山名，李白有〈冬夜於隨州紫陽先生餐霞樓送煙子元演隱仙城山序〉。此即指訪隨州（今湖北隨州）道士胡紫陽。❿三十六句　三十六曲，形容河道彎曲多折。迴縈，盤旋；回繞。⓫千花明　群芳吐豔。《文選》卷三一江淹〈雜體詩三十首〉：「寂歷百草晦。」李善注：「凡草木華實榮茂謂之明，枝葉雕傷謂之晦。」⓬銀鞍金絡　此指騎馬。辛延年〈羽林郎〉：「銀鞍何煜爚。」漢樂府〈陌上桑〉古辭：「黃金絡馬頭。」⓭漢東太守　即隨州刺史。天寶元年，天下諸州改為郡，刺史改為太守。隨州即於是年改為漢東郡。郡治在今湖北隨州。⓮紫陽之真人　即道士胡紫陽。李白〈漢東紫陽先生碑銘〉：「先生姓胡氏。」真人，道家稱「修真得道」者，亦用於對道士的敬稱。《莊子・大宗師》：「且有真人而後有真知。何謂真人？古之真人，不逆寡，不雄成，不謨士。」⓯飡霞樓　胡紫陽的住所。李白〈漢東紫陽先生碑銘〉：「所居苦竹院，置餐霞之樓，手植雙桂，棲遲其下。」⓰嘈然句　此句謂樂聲悠揚猶如鸞鳳和鳴。嘈然，樂聲相和貌。潘岳〈笙賦〉：「雙鳳嘈以和鳴。」嵇康〈琴賦〉：「遠而聽之，若鸞鳳和鳴戲雲中。」⓱袖長句　謂長袖在管樂伴奏下，輕舞飄舉欲飛。⓲漢東句　東，宋本原作「中」。在本句下夾注：「一作：漢東太守酣歌舞」。按：漢中太守，今依《河嶽英靈集》改作「漢東太守」。漢中郡即梁州，州治在今陝西漢中，距隨州甚遠，與上下詩意亦不合。而漢東郡即隨州。⓳袍　宋本原作「抱」。誤。據蕭本、郭本、繆本、王本、咸本改。⓴當筵二句　謂在筵席上意興酣暢，氣概凌霄，但歡宴後很快分別。上句形容筵上意興酣暢淋漓，氣概非凡。意氣，意態；氣概。凌九霄，直上最高空。星離雨散，喻分別。不終朝，不滿一個早晨，極言分別之速。《詩經・小雅・采綠》：「終朝采綠。」毛傳：「自旦及食時為終朝。」㉑分飛句　此句謂隨州分別後兩人相隔遙遠。楚關，指隨州。隨州古屬楚地，故云。㉒余既二句　謂隨州別後詩人返回安陸，元演則歸家長安。渭橋，漢、唐長安附近渭水上有三座橋。一、中渭橋。秦始皇始建，本名橫橋。漢名渭橋、橫門橋、石柱橋。後增建東西二橋，始稱中渭橋。故址在秦咸陽城正南，漢長安城北偏西，今咸陽東約二十里。歷代屢毀屢建，至唐貞觀十年東移約十里，在今西安直北。唐以後毀。二、東渭橋。故址在今高陵南耿鎮白家嘴西南。漢景帝五年始建。唐咸亨中置渭橋倉於此。開元九年重修。唐後期廢。三、西渭橋。漢武帝建元三年始建，因與長安城便門相對，亦名便橋或便門橋。故址在今咸陽南。唐代亦名咸陽橋。其時長安人送客西行多到此相別。唐末廢。此代指長安。㉓君家句　此句謂元演之父勇猛無比。嚴君，指元演的父親。《易經・家人卦》：「家人有嚴君焉，父母之謂也。」貔，古籍中的一種猛獸。《尚書・牧誓》：「如虎如貔，如熊如羆，於商郊。」孔傳：「貔，執夷，虎屬也。四獸皆猛健，欲使士眾法之，奮擊於牧野。」《詩經・大雅・韓奕》：「獻其貔皮。」孔穎達疏：「〈釋獸〉云：『貔，白狐，其子穀。」郭璞曰：「一名執夷，虎豹之屬。」陸璣疏云：「貔似虎，或曰似熊；一名執夷，一名白狐，遼東人謂之白羆。」㉔作尹句　并州，州治在今山西太原晉源區。開元十一年，於太原置北都，改并州為太原府，長官稱尹，兼北都留守。此乃沿用舊稱。當時太原府尹既為地方行政長官，又兼太原節度使，並兼管太原以北數郡軍事。遏，抑止；阻擋。戎虜，此指唐代常侵擾太原以北地區的突厥族。㉕五月句　開元二十三年五月，元演曾約李白同遊太原，途中翻越太行山。太行，山名。在山西高原與河北平原之間。北起拒馬河谷，南至山西、河南邊界黃河沿岸。㉖摧輪句　摧輪，毀壞車輪。不道，不顧；不管。羊腸，形容狹窄迂回的小路。《文選》卷二七曹操〈苦寒行〉：「北上太行山，艱哉何巍巍！羊腸阪詰屈，車輪為之摧。」李善注：「羊腸，其山盤紆如羊腸，在太原晉陽北。」此句即用其意。㉗行來句　京，宋本原作「涼」，誤。據《河嶽英靈集》改。天寶元年，改北都太原為北京，設北京留守，由太原尹兼北京留守。按：北涼即張掖郡，魏晉時隸涼州。及沮渠蒙遜立國於此，號為北涼，以涼州五郡，張掖在其北。唐時為甘州，天寶初改為張掖郡。此與太原相去遙遠。與詩意不合。故「北涼」必為「北京」之訛。指太原。歲月深，猶時間久。㉘瓊杯句　瓊杯，猶玉杯。綺食，精美的食物。青玉案，古代供進食用的飾有青玉的短足木盤。《文選》卷二九張衡〈四愁詩〉：「美人贈我錦繡段，何以報之青玉案。」李善注：「玉案，君所憑倚。《楚漢春秋》：淮陰侯曰：臣去項歸漢，漢王賜臣玉案之食。」劉良注：「玉案，美器，可以致食。」㉙時時二句　城西曲，城西隅。曲，邊；旁。晉祠，指西周初晉開國諸侯唐叔虞的祠廟，在今山西太原西南二十五公里懸甕山下。晉水發源於此，為當地名勝。如碧玉，形容水之清澈碧綠。㉚浮舟句　漢武帝〈秋風辭〉：「簫鼓鳴兮發棹歌。」此句即用其意。㉛微波句　龍鱗，形容水波細碎複疊。莎草，多年生草本。地下有紡錘形塊莖，稱香附子，可入藥。潘岳〈金谷集作詩〉：「濫泉龍鱗瀾。」㉜紅糚二句　意謂紅妝醉態在斜陽映照下容顏更美，百尺清潭中映照著美女的倩影。糚，「妝」的異體字。寫，畫；映照。翠娥，美女。宋本在「紅」字下夾注：「一作：鮮」。宋本在「宜斜日」三字下夾注：「一作：如花落」。㉝翠娥句　此句謂美女容光煥發，猶如新月散發光輝。嬋娟，形態美好貌。㉞更唱　輪流歌唱。宋玉〈高唐賦〉：「更唱迭和，赴曲隨流。」㉟歌曲句　行雲，流動的浮雲。《列子・湯問》：「撫節悲歌，聲振林木，響遏行雲。」㊱此時句　說明太原分別後，李白與元演很長一段時間未見面。宋本在「行」字下夾注：「一作：歡」。㊲西遊句　《漢書・揚雄傳下》：「雄從（帝）至射熊館，還，上〈長楊賦〉。」此借指自己天寶元年奉詔入京，曾向皇帝獻〈大獵賦〉。㊳北闕句　此句謂朝廷的爵祿不可期待。北闕，古代宮殿北面的門樓，為臣子等候朝見或上書之處，因用為朝廷的別稱。《漢書・高帝紀》：「至長安，蕭何治未央宮，立東闕、北闕、前殿、武庫、太倉。」顏師古注：「未央殿雖南向，而上書、奏事、謁見之徒皆詣北闕。」青雲，喻高官顯爵。㊴東山句　此句謂己求官不得，年紀老大還是回家隱居。東山，指魯東蒙山，見聞一多《唐詩雜論．少陵先生年譜會箋》。一說指謝安早年隱居之東山，後因以「東山」指隱居。宋本在「首」字下夾注：「一作：髮」。㊵渦水橋南　宋本原作「渭橋南頭」，在此四字下夾注：「一作：渦水橋南」。按：作「渦水橋南」是。據改。渦水源出河南開封，東南流經亳縣，入淮。說明兩人又在譙郡相會。㊶酇臺句　此句說明天寶三載李白遊梁宋時與元演再次相見，後又分手。酇，古縣名。秦置，在今河南永城西酇縣鄉。唐代屬譙郡（亳州）。酇臺即酇亭，在縣治。酇臺之北，即指宋州。㊷問余二句　宋本在二句下夾注：「一作：鶯飛求友滿芳樹，落花送客何紛紛」。㊸言　宋本在此字下夾注：「一作：情」。㊹情　宋本在此字下夾注：「一作：言」。㊺呼兒句　由此知李白寫此詩時有兒在傍。長跪，直身而跪。古時席地而坐，坐時兩膝據地以臀部著足跟；跪則表示莊重，臀部離開足跟，伸直腰股，身就長，故稱。緘此辭，封此書信。

【語　譯】回想往日洛陽有位姓董的酒商，為我在天津橋的南邊造一座酒樓。我用黃金白璧去換取宴飲與歡歌笑語，往往一醉數日蔑視王侯將相。天下有多少賢士豪傑與高尚之人，其中只有與您是心意相通，無所違逆。這種友情轉動山海也不以為難，為此傾心盡意都無所吝惜。

後來我到淮南家中去隱居，您留在洛陽愁苦而夢中相思。您我不忍相別，還是想長相隨。相隨而行不辭遙遠而去訪問隨州仙城山，溪流有許多曲折回環縈繞。初入一條溪流就見千萬鮮花盛開，千萬山壑裡都響徹松樹林的風聲。跨上銀鞍金絡騎馬來到平川大地，漢東太守親自來相迎。著名的紫陽真人，邀請我吹玉笙作樂。餐霞樓上仙樂鳴響，嘈然宛轉如同鳳凰和鳴。長袖善舞管樂吹奏催人輕舉起舞，漢東太守也乘醉跳起舞蹈。他手持錦袍覆蓋在我身上，我酣醉橫臥枕在他的大腿上。面對宴筵意氣上凌九霄，但沒多久便又星離雨散般地分別。楚關分手從此又隔山遙水遠，我回到舊日家園，您也歸家渡過渭橋。

您的父親勇武如貔如虎，擔任并州最高軍政大官遏阻戎虜的進犯。您與我相約五月間穿越太行山，羊腸小徑上車輪摧毀身心困乏卻不言痛苦。來到北京太原歲月長久，為您的重義輕金所感動。豪華筵宴常用青玉盤盛放瓊杯美食，使我醉飽而沒有回歸之心。時常出遊來到城西那邊，晉祠之旁流水清澈如同碧玉。乘舟弄水簫鼓齊鳴，微波蕩漾如龍鱗閃光莎草碧綠。興高而攜著歌伎舞女來到此處恣情作樂，那紛紛飄揚的楊花如雪花一般！紅妝舞女在斜陽映照下醉態更美，百尺清潭映出她們姣好的倩影。美女容光煥發猶如新月散發光輝，美人們輪流歌唱新曲舞動羅衣。清風徐來歌聲吹上空中，歌聲嘹亮宛轉繞雲而飛。

如此時光的行樂難以再遇，我又西遊向朝廷獻上〈長楊賦〉。但在朝廷中想青雲直上難以期望，於是我辭別朝廷還歸東山。渦水橋頭又與您相遇一面，很快在酇臺之北又分手離別。問我離愁別恨今有多少，就像那暮春時節的落花紛紛。說也說不盡，情亦不能盡表述。呼兒長跪封緘此信，遙寄給您千里之外的相思。

【研　析】按：詹鍈《李白詩文繫年》云：「詩中稱『北闕青雲不可期，東山白首還歸去。』當指去朝還家而言。此詩繆本題下注云『金陵』，蓋因白集中醉過謝安東山、憶東山等詩之『東山』皆在金陵，今此詩亦稱『東山白首還歸去』，故曾子固以為在金陵作也。按：詩又云：『呼兒長跪緘此辭，寄君千里遙相憶。』白於去朝以後實未嘗攜子女寓家金陵，則詩中所稱『東山』當非指謝安東山而言。（聞一多）〈少陵先生年譜會箋〉天寶四載下云：『公詩曰：余亦東蒙客。白〈寄東魯二稚子〉詩曰：我家寄東魯，誰種龜陰田？〈憶舊遊寄元參軍〉詩曰：北闕青雲不可期，東山白首還歸去。曰東蒙，曰龜陰，曰東山，實即一處。《續山東考古錄》：《元和志》以蒙與東蒙為二山。余謂蒙在魯東，故曰東蒙。……今天又分東蒙、雲蒙、龜蒙三山；惟《齊乘》以為龜、蒙二山，最當。……合言之曰東山，分言之曰龜蒙。』東山既指東蒙山，則此詩當是去朝未久寓家東魯時作。詩中又云：『問余別恨今多少，落花春暮爭紛紛。』（一作『鶯飛求友滿芳樹，落花送客何紛紛』）其時蓋在天寶五載暮春。」按：詹說是。此詩當於天寶五載（西元七四六年）春在魯郡作。詩中敘寫與元演的過從最為詳明。首段敘在洛陽豪飲酣樂結交賢士，其中與元演結為莫逆之交。次段敘洛北分別，不久又一起到隨州訪胡紫陽，詳細描寫在漢東的歡樂生活。接著又各自分手回家。第三段敘兩人又相隨赴太原，詳細描繪元演父子盛情招待詩人以及盡歡行樂的情景。末段敘自己入京獻賦而又辭歸後，在譙郡渦水橋頭又與元演見過一面，旋即又在酇臺之北分手。四次相會，四次分別。不斷相思，統名之曰「憶舊遊」。《唐宋詩醇》卷六評曰：「白詩天才縱逸，至於七言長古，往往風雨爭飛，魚龍百變；又如大江無風，波浪自湧；白雲從空，隨風變滅，可謂怪偉奇絕者矣。此篇最有紀律可循。歷數舊遊，純用敘事之法。以離合為經緯，以轉折為節奏，結構極嚴而神氣自暢。至於奇情勝致，使覽者應接不暇，又其才之獨擅者耳。」

## 月夜江行寄崔員外宗之❶

飄颻江風起，蕭颯海樹秋❷。登艫美清夜，挂席移輕舟❸。月隨碧山轉，水合青天流。杳如❹星河上，但覺雲林幽。

歸路方浩浩，徂川❺去悠悠。徒悲蕙草歇，復聽菱歌愁❻。岸曲迷後浦，沙明瞰前洲。懷君不可見，望遠增離憂❼。

【注釋】❶崔員外宗之　禮部員外郎崔宗之。崔祐甫〈齊昭公崔府君（日用）集序〉：「公嗣子宗之，學通古訓，詞高典冊，才氣聲華，邁時獨步。仕於開元中，為起居郎，再為尚書禮部員外郎，遷本司郎中。」《舊唐書・禮儀志六》：「開元二十七年，……禮部員外郎崔宗之駁下太常，令更詳議。」知崔宗之是年在斯任。禮部，唐尚書省六部之一。掌天下禮儀，祭享、貢舉之政令。員外郎，唐代於尚書省各部司設置員外郎一人，為各司之次官。按：崔宗之為李白之重要交遊。今李白集存有酬贈崔宗之詩四首，集中還附有崔宗之〈贈李十二〉一詩。詳見拙著《天上謫仙人的秘密——李白考論集・李白詩中崔侍御考辨》。❷飄颻二句　寫江邊所見景色。飄颻，蕭本、郭本、胡本作「飄飄」。江總〈秋日登廣州城南樓〉詩：「海樹一邊出。」❸登艫二句　《文選》卷二七鮑照〈還都道中作〉：「登艫眺淮甸。」李善注引李斐曰：「艫，船前頭刺櫂處也。」按：此處泛指舟。美清夜，以清夜為美。挂席，揚帆。《文選》卷二二謝靈運〈遊赤石進帆海〉詩：「揚帆采石華，挂席拾海月。」李善注：「揚帆、挂席，其義一也。〈海賦〉：『維長綃，挂帆席。』」❹如　宋本在此字下夾注：「一作：然」。❺徂川　流水。比喻流逝的歲月。❻徒悲二句　蕙草，香草名。亦稱「熏草」，俗名「佩蘭」。香氣如蘼蕪，古人認為佩之可以避疫。以產於零陵（今湖南永州）者最著名，故又名「零陵香」。屈原〈離騷〉：「余既滋蘭之九畹兮，又樹蕙之百畝。」歇，盡。菱歌，採菱時唱的歌。鮑照〈采菱歌〉其一：「菱歌清漢南。」❼離憂　憂傷。《楚辭·九歌·山鬼》：「思公子兮徒離憂。」

【語　譯】江風飄颻而起，海樹秋聲蕭瑟。登上船頭覺得清夜景色佳美，揚帆起航輕舟前進。此時只見月亮隨著碧山回轉，碧水與青天合流。渺然如同航行在星河之上，只覺得雲罩樹林一片幽暗。

歸家之路水流浩蕩，流逝的歲月如同悠悠流水。徒然悲傷蕙草衰盡，又聽到採菱之歌滿含愁怨。曲折的江岸掩迷了後邊的渡口，明亮的沙灘看見前邊的小洲。我思念您卻又不可相見，眺望遠方更加增添離別的憂傷。

【研　析】此詩當作於開元二十七年（西元七三九年）前後崔宗之為禮部員外郎之時。前八句寫月夜江行所見景色及感覺，後八句則寫歸路遙遠而川遠流長，悲香草盡衰而菱歌愁怨，撫景懷友而不可見，遠望千里更增離憂。明人評此詩曰：「不切切模寫，然興致自有餘，讀之即如坐江舟中。」又曰：「風、月、雲、舟、帆、山、水、浦、洲、草、樹，隨便插入，渾然天成。」

## 宿白鷺洲❶寄楊江寧❷

朝別朱雀門❸，暮棲白鷺洲。波❹光搖海月，星影入城樓。

望美金陵宰❺，如思瓊樹憂❻。徒令魂作夢，翻覺夜成秋❼。綠水解人意，為余西北流❽。因聲玉琴裏，蕩漾寄君愁❾。

【注　釋】❶白鷺洲　古代長江中的沙洲，因洲上多聚白鷺，故名之。後世江流西移，洲與陸地遂相連接。遺址在今南京水西門外江東門一帶。❷楊江寧　姓楊的江寧縣令。按：卷一七有〈春日陪楊江寧及諸官宴北湖感古作〉詩；又宋本卷二八有〈江寧（宰）楊利物畫贊〉，稱其「作宰作程」，證知此姓楊的江寧縣令名利物。江寧，唐縣名，屬江南東道潤州。今江蘇南京。❸朱雀門　六朝都城建康（今南京市）的南城門。始建於晉成帝咸康二年。門上有兩銅雀，因名。《六朝事跡類編》卷上：「晉咸康二年作朱雀門，新立朱雀浮航，在縣城東南四里，對朱雀門，南渡淮水，亦名朱雀橋。」故址在今南京市鎮淮橋以北。❹波　宋本在此字下夾注：「一作：沙」。❺望美句　望美，猶言望美人。金陵宰，即江寧宰，指楊利物。金陵，古邑名。戰國楚威王七年滅越後置。在今南京市清涼山。東晉王導謂「建康古之金陵」。遂以「金陵」稱江寧，後人又作為南京的別稱。❻如思句　吳均〈與柳惲相贈答詩〉六首其一：「思君甚瓊樹，不見方離憂。」❼徒令二句　意謂徒然在夢中見到您，反而覺得夜長而成秋涼。❽西北流　按：唐朝時白鷺洲在金陵城西長江中，江水在此向北偏西流轉而折向東北流。❾因聲二句　意謂託玉琴之聲，將我思君之愁情蕩漾寄去。

【語　譯】早上告別金陵城南的朱雀門，晚上棲宿在長江之中的白鷺洲。波光搖動著月亮的倒影，天上的星光照映著城門的高樓。

我眺望美人就是您金陵的縣令，就像思念高貴的瓊樹不得見而心中憂愁。白白地使思念的靈魂進入夢境，反覺夜晚寒涼如同秋天。碧綠的江水善解人意，為我滔滔地向西北流去。借著那遠處飄來的玉琴樂聲，和著蕩漾的江水將我的一片憂愁寄給您。

【研　析】此詩當作於天寶十三載（西元七五四年）夏天。此年春詩人與魏萬一起從廣陵回到金陵，與江寧縣令楊利物過從甚密。此詩乃告別楊縣令途宿白鷺洲時寄詩致意。首四句寫告別金陵暮宿江中白鷺洲所見之景色。後段則全寫讚美和思念楊利物之情。讚美楊之品格如玉樹，思念不見而魂作夢，江水知我所懷之人而西北流，借玉琴傳聲而寄去愁心給楊君。全詩寫得非常輕妙，《唐宋詩醇》卷六評此詩「節諧語警」，甚是。

## 新林浦❶阻風寄友人　一云〈金陵阻風雪書懷寄楊江寧〉❷

潮水定可信❸，天風難與期。清晨西北轉，薄暮❹東南吹。以此難挂席，佳期益相思❺。

海月破圓景❻，菰蔣❼生綠池。昨日北湖梅，開花已滿枝❽。今朝❾白門❿柳，夾道垂青絲⓫。歲物忽如此，我來定幾時⓬？

紛紛江上雪，草草⓭客中悲。明發新林浦⓮，空吟謝脁詩⓯。

【注釋】❶新林浦　又名新林港。《景定建康志》：「新林浦，在城西南二十里。闊三丈，深一丈，長十二里，源出牛頭山，西流七里入大江。」故址在今南京市西善橋。❷一云句　此詩兩見於《文苑英華》，卷一五六題為〈新林浦阻風寄友人〉，卷二九一題為〈金陵阻風雪書懷寄楊江寧〉，字句稍有差異，蓋一詩之兩傳者。❸潮水句　王琦注：「潮水晝夜再來，其大小早晏，依期而至，不爽時刻，故人謂之潮信。」❹薄暮　傍晚；日將落之時。曹操〈苦寒行〉：「薄暮無宿棲。」❺以此二句　挂席，猶揚帆。謝靈運〈遊赤石進帆海〉詩：「揚帆采石華，挂席拾海月。」佳期，美好的時光。多指與親友重晤或故地重遊之期。謝脁〈晚登三山還望京邑〉詩：「佳期悵何許，淚下如流霰。」宋本二句下夾注：「一本云：以此難挂席，洄沿頗淹遲。使索金陵書，又叨賢宰知。絃歌止過客，惠化聞京師」。❻破圓景　指月缺。曹植〈贈徐幹〉詩：「圓景光未滿，眾星燦以繁。」景，通「影」。宋本在「圓」字下夾注：「一作：團」。❼菰蔣　植物名。單稱菰，又名蔣。多年生水生宿根草本。根際有白色匍匐莖，春天萌生新株。基部形成肥大的嫩莖，即食用的「茭白」。穎果狹圓柱形，名「菰米」，一稱「雕胡米」。茭白作蔬菜，菰米可煮飯。❽昨日二句　北湖，即玄武湖，在南朝宮城之北，今南京市玄武門外。相傳三國時吳國曾在此操練水軍，又稱練湖。南朝宋時傳說黑龍見於湖上，改稱玄武湖。面積四・四四平方公里，湖水清澈，波光瀲灩。湖中有環洲、櫻洲、梁洲、翠洲、菱洲五洲，以橋堤相連。西元一九一一年闢為公園，又稱五洲公園，為南京著名遊覽勝地。《宋書・文帝紀》：元嘉二十三年，「是歲，大有年，築北堤，立玄武湖。」按：該湖在南朝宮城的北門外，故稱北湖，又稱玄武湖。《元和郡縣志》卷二五江南道潤州上元縣：「玄武湖，在縣北十里，周迴二十五里。」宋本在二句下夾注：「一作：昨日北湖花，初開未滿枝」。❾朝　宋本在此字下夾注：「一作：看」。❿白門　南朝都城建康的西城門。西方色白，故稱。見卷三〈陽叛兒〉注。⓫青絲　形容初春的柳條。庾信〈奉和趙王途中五韻〉：「村桃拂紅粉，岸柳披青絲。」⓬定幾時　究竟何時。定，究竟。宋本在「定」字下夾注：「一作：復」。⓭草草　憂慮；勞心。《詩經・小雅・巷伯》：「驕人好好，勞人草草。」毛傳：「草草，勞心也。」⓮新林浦　宋本在此三字下夾注：「一作：反橋浦」。⓯謝朓詩　謝朓有〈之宣城郡出新林浦向板橋〉詩，其中有「旅思倦搖搖，孤遊昔已屢」等句，與李白此詩「草草客中悲」意相近。

【語　譯】潮水的漲落必定有確切的時間，天上風的來去卻難以預料。清晨時它轉向西北方向，傍晚卻又向東南方向吹來。因此難以揚帆起航，耽誤約定的佳期越發引起相思之情。

江上明月又破了圓影，菰蔣生長在綠池之中。我想昨日那玄武湖的梅花，已滿樹綻放開花。今日城西白門的柳樹，夾道兩邊低垂著青絲。歲月倏忽流逝如此之快，我來到此地究竟能定幾時？

江上飄起紛紛的雪花，更引起客中之人的悲切憂傷。明早從新林浦出發，徒然吟誦謝朓的詩篇寄懷。

【研　析】此詩當作於天寶十三載（西元七五四年）初春。其時詩人應江寧縣令楊利物的邀請，從宣城往金陵作客。途經新林浦時為風雪所阻，逾期未能抵達，故作此詩寄之。首六句寫「阻風」，謂風雪不像潮水漲落有定時，自己被風雪所阻而難以揚帆前行，誤佳期而加深相思之情。中八句寫景。江月圓後又缺，茭白已生於池中，暗示時節易過。詩人想像玄武湖的梅花已盛開，白門的楊柳已垂下青枝，景物如此知流光之速，自己到此能定幾時？末四句寫紛紛江雪更增客中憂悲，詩人明天擬從新林浦出發，不禁吟起當年謝朓寫新林浦之詩。景不同而跡亦異，故詩人謂「空吟」。《唐宋詩醇》卷六謂此詩「起勢奇崛，寄懷處不勝晼晚之歎」。

## 寄韋南陵冰❶余江上乘興訪之遇尋顏尚書❷笑有此贈

南船正東風，北船來自緩。江上相逢借問君，語笑❸未了風吹斷。聞君攜妓訪情人❹，應為尚書不顧身❺。堂上三千珠履客❻，甕中百斛金陵春❼。恨我阻此樂，淹留楚❽江濱。月色醉遠客，山花開欲燃❾。春風狂殺人，一日劇三年❿。乘興嫌太遲，焚卻子猷船⓫。夢見五柳枝，已堪挂馬鞭⓬。何日到彭澤，長歌陶令前⓭？

【注釋】❶韋南陵冰　南陵縣令韋冰。南陵縣，唐屬江南西道宣州，今屬安徽。韋冰，李白好友，韋景駿之子，韋渠牟之父。詳見卷九〈江夏贈韋南陵冰〉詩注。❷顏尚書　指顏真卿。天寶末為平原郡太守。《舊唐書．顏真卿傳》：「(安)祿山果反，河朔盡陷，獨平原城守具備。……(肅宗至德)二年四月，朝於鳳翔，授憲部尚書，尋加御史丈夫。……為宰相所忌，出為同州刺史，轉蒲州刺史。為御史唐旻所構，貶饒州刺史。旋拜昇州刺史、浙江西道節度使，徵為刑部尚書。」李白寫此詩時，顏真卿正由浙西節度使徵為刑部尚書。〈行狀〉、〈墓誌〉、〈新傳〉皆作「刑部侍郎」。按：顏真卿與韋冰有親戚關係，顏真卿的夫人乃韋景駿之孫女，韋迪之女，即韋冰的姪女，故顏真卿乃韋冰的姪女婿。詳見拙著《天上謫仙人的秘密——李白考論集．李白暮年若干交遊考索》。❸笑　宋本在此字下夾注：「一作：聲」。❹情人　感情深厚的友人。鮑照〈翫月城西門廨中〉詩：「迴軒駐輕蓋，留酌待情人。」此處指顏真卿。❺應為句　此句謂韋冰只應為了尋顏尚書而顧不得我。尚書，指顏真卿。此前曾為憲部尚書。身，猶言我，自稱之詞。魏晉後多自稱曰身。《三國志．蜀書．張飛傳》：「身是張翼德也。」❻堂上句　《史記．春申君列傳》：「春申君客三千餘人，其上客皆躡珠履。」珠履，裝飾珍珠之鞋。此句以下皆為詩人想像韋冰招待顏尚書的情景。❼金陵春　酒名。唐人稱酒多帶「春」字。李肇《國史補》卷下：「酒則……滎陽之土窟春，富平之石凍春，劍南之燒春。」❽楚　宋本此字下夾注：「一作：此」。❾山花句　謂鮮花盛開紅如火燃。梁元帝〈宮殿名〉詩：「林間花欲燃。」❿春風二句　形容春風狂吹，思念之情更切，過一天甚於三年。《詩經．王風．采葛》：「一日不見，如三歲兮。」⓫乘興二句　《世說新語．任誕》：「王子猷居山陰，詠左思〈招隱詩〉。忽憶戴安道，時戴在剡，即便夜乘小船就之。經宿方至，造門不前而返。人問其故，王曰：『吾本乘興而行，興盡而返，何必見戴？』」此處反用其意。意謂我現在還嫌當年王子猷乘興訪戴那樣還太慢，於是燒掉子猷之船。⓬夢見二句　意謂夢中乘馬則極快，馬鞭已經掛在您門前五柳枝上。

五柳，用陶淵明典故，陶淵明宅邊有五柳樹，見《晉書・陶潛傳》、《宋書・陶潛傳》。⓭何日二句　陶潛曾為彭澤縣令。此處以陶潛比擬韋冰。宋本在「長」字下夾注：「一作：狂」。

【語　譯】南邊的船正遇東風飛快，北邊的船行進卻很緩慢。江上與您相逢向您問候，笑語未完卻被江風吹斷。聽說您攜帶歌妓尋訪友人，應該是尋訪顏尚書而不顧我吧。我想您堂上有三千位穿珠鞋的貴客，甕中有百斛金陵春美酒。遺憾的是我被阻隔不能參與此樂，滯留在江夏這楚江之濱。月色初上令遠客陶醉，山花紅豔如同火燃。春風狂吹急死人，一日不見似比三年還長。乘興訪您只嫌太慢，不如將雪夜訪戴的子猷之船燒掉。我夢中快馬加鞭去見您，您門前的五柳樹上已經掛著馬鞭。什麼時候我能到彭澤去，在您這位如同陶令般的人面前長歌一曲？

【研　析】此詩當作於肅宗上元元年（西元七六〇年）春天。首四句寫乘興訪君，江上相逢，「語笑未了風吹斷」。逼真地描畫出兩舟相遇的情景。接著六句既點明韋冰攜妓尋訪顏尚書而不顧我，又想像韋冰遇到顏尚書後酒宴歡聚之樂。而自己卻滯留江邊不能參與此樂而深感遺恨。後半則寫相思之情。月色醉客，山花如火，春風狂吹，使人相思一日甚於三年。嫌乘舟相訪太慢，便於夢中快馬相訪，馬鞭早已掛上五柳樹之枝。同為縣令，以陶淵明比擬韋冰，以彭澤比擬南陵，詩人想早日長歌於縣令之門，醉酒樂妓。前人多讚美此詩首四句，如嚴羽認為「如此詩料，非親身尋捉，必不可得」；鍾惺《唐詩歸》卷一六認為此詩「題佳，『笑』字有景有興」。又評「江上」二句曰：「讀『君家何處住』一絕，始知此二語逼真。」

## 題情深樹❶寄象公❷

腸斷枝上猨❸，淚添山下樽❹。白雲見我去，亦為我飛翻❺。

【注　釋】❶情深樹　不詳。❷象公　姓名事蹟皆無考。❸腸斷句　《世說新語・黜免》：「桓公入蜀，至三峽中，部伍中有得猨子者。其母緣岸哀號，行百餘里不去，遂跳上船，至便即絕。破視其腹中，腸皆寸寸斷。」猨，「猿」的異體字。❹淚添句　形容情深而淚落酒杯中。❺白雲二句　白雲，蕭本、郭本作「白虎」，蕭士贇注引《世說新語》周處射虎事解之。非。按：二句用擬人化手法，謂白雲亦知詩人心事而為之飛翻。

【語　譯】山上樹枝間的猿猴寸寸腸斷，山下人因情深而眼淚落入酒杯。白雲見我失意而去，也為我不停地上下翻飛。

【研　析】此詩作年不詳。詩中以猿腸斷、淚添樽、雲飛翻的意象喻示心中的憂愁苦悶。前人認為「頗難解」，《唐宋詩醇》卷六曰：「古意。然必有所謂，不必強解。或以『白雲』為『白虎』，引周處射虎事實之，更屬紕繆。」

## 北山獨酌寄韋六❶

巢父將許由❷，未聞買山隱❸。道存跡自高，何憚去人近❹？紛❺吾下茲嶺，
地閑諠亦泯。門橫群岫❻開，水鑿眾泉引。屏高而在雲，竇深莫能準❼。川光晝
昏凝，林氣夕淒緊❽。於焉摘朱果❾，兼得養玄牝❿。坐月觀寶書⓫，拂霜弄瑤軫⓬。
傾壺事幽酌，顧影還獨盡⓭。念君風塵遊，傲爾令自哂⓮。

【注　釋】❶韋六　姓韋，排行第六。名字和事蹟不詳。❷巢父句　《史記・伯夷列傳》：「而說者曰堯讓天下於許由，許由不受，恥之，逃隱。」張守節《正義》引《高士傳》：「許由，字武仲。堯聞致天下而讓焉，乃退而遁於中嶽潁水之陽、

箕山之下隱。堯又召為九州長，由不欲聞之，洗耳於潁水濱。時有巢父牽犢欲飲之，見由洗耳，問其故。……巢父曰：『子若處高岸深谷，人道不通，誰能見子？子故浮游，欲聞求其名譽，汙吾犢口。』牽犢上流飲之。」將，與。❸買山隱 《高僧傳》卷四〈晉剡東仰山竺法（道）潛傳〉：「竺道潛，字法深，……還剡之仰山。……支遁遣使求買仰山之側沃洲小嶺，欲為幽棲之處，潛答云：『欲來輒給，豈聞巢、由買山而隱！』」按：仰山當作「岬山」。《世說新語・排調》：「支道林因人就深公買印山。深山答曰：『未聞巢、由買山而隱。』」按：「印山」當作「印山」。今浙東新昌竺岳兵藏有《東岬志略》，詳記支遁求竺道潛買岬山事。「印」，通「岬」。❹道存二句 反用《高士傳》巢父語，謂只要道存於身，就不怕離人近，何必一定處高山深谷，人道不通。❺紛 句首助詞。屈原〈離騷〉：「紛吾既有此內美兮。」❻岫 峰巒。謝脁〈郡內高齋閑望〉詩：「窗中列遠岫。」❼屏高二句 謂屏風般的山峰高高地如在雲中，深邃的山洞不能測量其深度。而，通「如」。竇，洞穴。準，測算；計量。❽淒緊 寒意強烈逼人。殷仲文〈南州桓公九井作〉詩：「風物自淒緊。」❾於焉句 於焉，在此。朱果，王琦注：「謂果中之朱色者耳。蕭注以為火棗異名，未是。」❿養玄牝 即養元氣。既包括呼吸導引之氣功，亦包括飲食喝藥的醫療食品。玄牝，《老子》：「谷神不死，是謂玄牝。玄牝之門，是謂天地之根。」河上公注：「谷，養也，人能養神，則不死。神謂五藏神也。……五藏盡傷，則五神去。言不死之道，在於玄牝。玄，天也，於人為鼻。牝，地也，於人為口。天食人以五氣，從鼻入，藏於心。……人鼻與天道通，故鼻為玄也。地食人以五味，從口入，藏於胃。……口與地通，故口為牝。根，元也，言鼻口之門，乃是通天地之元氣所從往來。」⓫寶書 指道書。《文選》卷三一江淹〈雜體詩三十首・休上人別怨〉：「寶書為君掩。」李善注：「《道學傳》曰：夏禹撰真靈之玄要，集天官之寶書。」李周翰注：「寶書，真經也。」⓬瑤軫 指琴。王琦注：「琴下繫絃之柱謂之軫，或以玉之故，曰瑤軫。」⓭傾壺二句 陶淵明〈詠貧士詩〉其二：「傾壺絕餘瀝。」又〈飲酒詩二十首序〉：「余閑居寡歡，兼比夜已長，偶有名酒，無夕不飲，顧影獨盡，忽焉復醉。」又其七：「一觴雖獨進，杯盡壺自傾。」二句用其意。⓮念君二句 意謂想您韋六在風塵中為名利奔走，我自傲然而使您會嘲笑自己吧。宋本在二句下夾注：「一作：安知世上人，名利空蠢蠢」。

【語譯】上古時代的隱士巢父與許由，沒有聽說他倆曾像支道林那樣買山而隱。自身有道其事蹟必然高尚，何必害怕距離人跡較近？我來到這裡的山嶺隱居，地處幽閒而喧鬧也就泯滅。大門打開面對群峰眾巒的橫阻，鑿井打水引來眾泉迸流。峰巒如屏風高高入雲，山洞幽邃難能測算有多深。川谷之光白晝仍顯得昏暗凝幽，林中之氣傍晚時更加淒冷緊迫。我在此處摘食朱色之果，既能果腹又兼養元氣。坐在月下觀看道學寶書，拂去霜塵彈弄瑤琴。傾盡壺盞從事隱居飲酒，對著影子還是獨自喝盡。想到您還在人世間為了名利奔走，我感到自傲並覺得您會自己哂笑自己吧。

【研　析】此詩作年不詳。題中「北山」亦不知指何山。或謂開元二十二年（西元七三四年）與元丹丘同隱嵩山時作，或謂開元二十一（西元七三三年）年隱於安陸白兆山作，皆無據。首四句謂隱居不必買山，不怕離人跡較近，即大隱隱於市，只要自己存道就高尚。接著八句便描寫自己隱居的幽靜環境，然後用六句寫隱居的優雅生活，摘果食、養元氣、觀道書、彈瑤琴、獨飲酒。末二句反襯韋六奔走人世的徒然辛勞，更顯示詩人隱居的快樂。

## 寄當塗趙少府炎❶

晚登高樓望，木落雙江清❷。寒山饒積翠❸，秀色連州城。目送楚雲❹盡，心悲胡雁聲。相思不可見，迴首故人情。

【注　釋】❶當塗趙少府炎　當塗縣尉趙炎。當塗，縣名。唐屬江南西道宣州，今屬安徽馬鞍山市。少府，縣尉的敬稱。趙炎，李白好友。除此詩外，李白還寫有〈當塗趙炎少府粉圖山水歌〉、〈送當塗趙少府赴長蘆〉、〈春於姑熟送趙四流炎方序〉等。可知兩人過從甚密。❷木落句　木落，樹木葉落。雙江，唐代宣州有宛溪、句溪繞城；當塗有姑熟水、蕪湖水流入大江。❸積翠　翠色重疊，形容草木繁茂。《文選》卷二二顏延年〈應詔觀北湖田收〉詩：「攢素既森藹，積翠亦蔥芊。」張銑注：「松柏重布，故云積翠。」❹楚雲　宣州、當塗古屬楚地，故稱當地天空曰楚雲。

【語　譯】傍晚登上高樓眺望，樓下樹葉紛飛兩條江水清澈。秋山寒氣深重層層翠碧積聚，林中秀色瀰漫連接州城。放眼眺望直到楚雲盡頭，聽胡雁鳴聲而心中悲傷不已。心中相思卻又不可相見，回首之間滿含思念舊友之情。

【研　析】此詩當是天寶十四載（西元七五五年）秋在宣州當塗一帶所作。詩中「州城」當指宣州。全詩主要寫景：登高望遠，木落江清，寒山積翠，秀色連城。目送楚雲，心悲雁聲，撫景相思，於蕭瑟之景中寄寓相思悲愁之情。應時《李詩緯》評此詩曰：「渾化無痕，出以輕清。」

## 寄東魯二稚子❶　在金陵作

吳地❷桑葉綠，吳蠶已三眠❸。我家寄東魯，誰種龜陰田❹？春事❺已不及，江行復茫然。南風吹歸心，飛墮酒樓❻前。

樓東一株桃，枝葉拂青煙❼。此樹我所種，別來向三年❽。桃今與樓齊，我行尚未旋❾。

嬌女字平陽，折花倚桃邊。折花不見我，淚下如流泉❿。小兒名伯禽⓫，與姊亦齊肩。雙行桃樹下，撫背復誰憐⓬？

念此失次第⓭，肝腸日憂煎。裂素⓮寫遠意，因之汶陽川⓯。

【注　釋】❶東魯二稚子　東魯，指今山東兗州、曲阜一帶。二稚子，指李白之女平陽、子伯禽，當時寄居在兗州。魏顥〈李翰林集序〉：「白始娶於許，生一女一男。（男）曰明月奴，女既嫁而卒。」明月奴當為伯禽小字。❷吳地　當時詩人所在地金陵，在春秋時屬吳國。❸三眠　王琦注：「蠶將蛻，輒臥不食，古人謂之俯。荀卿〈蠶賦〉：『三俯三起，事乃大已』是也。」後因稱「三俯」為「三眠」。《本草》：「蠶三眠三起，二十七日而老。」❹龜陰田　《左傳》定公十年：「齊人來歸鄆、讙、龜陰之田。」孔穎達疏：「山北曰陰，田在龜山北，其邑即以龜陰為名。」《水經注・汶水》：「龜山在博縣北十五里，……山北即龜陰之田也。」龜山在今山東新汶南。❺春事　指春天的農事。❻酒樓　舊注以為指任城（今山東濟寧）酒樓。《太平廣記》卷二〇一引《本事詩》：「初白自幼好酒，于兗州習業，平居多飲。又于任城縣構酒樓，日與同志荒宴其上，少有醒時。邑人皆以白重名，望其重而加敬焉。」按：此處「酒樓」當非任城酒樓。❼拂青煙　形容枝葉繁密。❽向三年　向，將近；接近。陶潛〈歲暮和張常侍〉詩：「向夕長風起。」李白在天寶五載離東魯南下，至寫此詩時已近三年。❾旋　回歸。《詩經・小雅・黃鳥》：「言旋言歸。」朱熹《集傳》：「旋，回。」❿淚下句　劉琨〈扶風歌〉：「據鞍長歎息，淚下如流泉。」⓫伯禽　李白之子。李白有〈送蕭三十一之魯中兼問稚子伯禽〉詩，又〈贈武十七諤〉詩序云：「余愛子伯禽在魯，許將冒胡兵以致之。」李華〈故翰林學士李君墓誌〉：「有子曰伯禽。」范傳正〈唐左拾遺翰林學士李公新墓碑〉亦云：「得公之亡子伯禽手疏十數行。」⓬撫背句　謂又有誰撫摩和愛憐他們。撫背，撫摩其背。⓭失次第　失去常態，形容心緒紊亂。劉楨〈贈徐幹〉詩：「起坐失次第，一日三四遷。」⓮裂素　猶裂帛。撕裂白絹寫信。徐彥伯〈擬古〉其一：「裂帛附雙燕，為予向遼東。」古常以素絹代紙。⓯因之句　此句意謂就此將家書寄往汶水那邊的家中。之，往。汶陽川，即汶水，今名大汶河。源出今山東萊蕪北，西南流經古嬴縣南，古稱嬴汶，又西南會牟汶、北汶、石汶、柴汶至今東平戴村壩。自此以下，古汶水西流經東平且南，至梁山東南入濟水。見卷一〇〈沙丘城下寄杜甫〉詩注。

**【語　譯】**吳地的桑葉已經碧綠，吳地的蠶兒已經三眠。我的家遠寄在東魯，誰來耕種我家在龜陰的田地？春耕春種已經趕不上了，想乘船江行回家又心感茫然。南方的風吹著我的思鄉之心，飛落在家鄉的酒樓門前。

樓的東邊有一株桃樹，此時該枝繁葉茂如飄拂著青煙。這株桃樹是我臨行時親自所栽，分別至今已將近三年。桃樹如今應與酒樓一樣高了，我出行在外卻仍未回歸。

我的嬌女名叫平陽，她折花倚在桃樹邊盼我回家。折下桃花看不見我，眼淚如同泉水流下。我的小兒名叫伯禽，已經與姊姊並肩一樣高了。他倆雙雙行走在桃樹之下，又有誰能撫背憐愛他們？

想到這裡我心中起伏失去常態，日甚一日地肝腸憂煎。撕裂一片素帛寫下我遠別的心懷，借此寄往汶水那邊的家中。

【研　析】詩云「別來向三年」，李白天寶五載離東魯，則此詩當為天寶八載（西元七四九年）春在金陵作。首六句從江南春色想到自己在東魯龜山北面的田地無人耕種，心中茫然。接著由「南風」兩句過渡到想像世界：先用六句想像酒樓前親手栽種的桃樹，三年來長得與酒樓一樣高了吧！而自己還在南方沒有歸去。然後用八句想像女兒平陽在桃樹邊折花想念父親而流淚，兒子伯禽個子也長得與姊姊一樣高，兩人同在桃樹下行走，有誰為他們撫背而愛憐他們？這十四句描繪想像中的情景，充滿了詩人深切的懷鄉思兒女的強烈愛情。最後四句回到現實，點明因想念兒女「肝腸憂煎」而用白絹寫成此詩，寄往東魯。詩中想像兒女的體態、動作、神情、心理活動，都描繪得惟妙惟肖，生動逼真，由此亦反映出詩人思念之深情。

## 獨酌清溪江石❶上寄權昭夷❷　秋浦

我攜一樽酒❸，獨上江祖石。自從天地開，更長幾千尺？
舉杯向天笑，天迴日西照。永願坐此石，長垂嚴陵釣❹。寄謝山中人，可與
爾同調❺。

【注　釋】❶清溪江石　清溪，宋本原作「青溪」，據蕭本、郭本、王本改。王本「江」下注：「似缺一『祖』字」。是。清溪，見卷六〈秋浦歌〉其二及〈清溪行〉注。江祖石，見〈秋浦歌〉其九注。❷權昭夷　李白有〈金陵與諸賢送權十一序〉云：「而嘗採姹女於江華，收河車於清溪，與天水權昭夷服勤爐火之業久矣。之子也，沖恬淵靜，翰才峻發。白每一篇一札，皆昭夷之所操。」知權昭夷排行十一，天水人，曾與李白一起學道煉丹，而又有翰才。按題下二字夾注，乃宋人編集時所加。宋本原作「秋注」。注，當為「浦」字之誤。以為此詩作於秋浦。❸我攜句　蘇武〈詩四首〉：「我有一罇酒，欲以贈遠人。」

❹嚴陵釣 《後漢書・嚴光傳》：「嚴光，字子陵。……與光武同遊學。及光武即位，……除為諫議大夫，不屈，乃耕於富春山，後人名其釣處為嚴陵瀨焉。」❺同調 比喻志趣或主張相同。謝靈運〈七里瀨〉詩：「誰謂古今殊，異代可同調。」

【語譯】我攜帶一壺美酒，獨自一人登上江祖石。自從天地開闢以來，此石更增長了幾千尺？我舉杯向天大笑，天轉陽光已西照。我願永遠坐在此石上，像嚴子陵那樣長期隱居垂釣。寄上此詩告別山中之人，我與您具有相同的志趣風調。

【研析】此詩當是天寶十四載（西元七五五年）在秋浦與〈清溪行〉、〈秋浦歌十七首〉等同時之作。詩中描寫對秋浦江祖石的凝想，獨坐石上飲酒的樂趣，永願學嚴陵隱居垂釣的志向，並希望與權昭夷同調。全詩想像奇特，意大辭誇，充滿豪邁飄逸之氣，非常人之所可為。

## 禪房懷友人岑倫南遊羅浮兼泛桂海自春徂秋不返僕旅江外書情寄之❶

潯陽

嬋娟❷羅浮月，搖艷桂水雲❸。美人❹竟獨往，而我安能群？一朝語笑隔，萬里懽情分。沉吟綵霞沒，夢寐瓊芳❺歇。歸鴻度三湘❻，遊子在百越❼。邊塵染衣劍，白日凋華髮。

春氣變楚關，秋聲落吳山❽。草木結悲緒❾，風沙凄苦顏。朅來已永久❿，頽思⓫如循環。飄飄限江裔⓬，想像空留滯。離憂每醉心⓭，別淚徒盈袂。坐愁青天末⓮，出望黃雲蔽。

目極何悠悠，梅花南嶺頭⑮。空長滅征鳥，水闊無還舟。寶劍終難託，金囊非易求⑯。歸來儻有問，桂樹山之幽⑰。

【注釋】❶禪房題　岑倫，事蹟不詳。按：蕭本、郭本、王本、咸本題作〈禪房懷友人岑倫〉。自「南遊」以下皆作為注。並在「南遊」上加「時」字。王琦注更加「太白自注」四字。唯胡本同宋本。羅浮，山名。羅山、浮山的合稱。在今廣東東江北岸，增城、博羅、河源等縣市間。主峰飛雲頂，在博羅城西北。道教稱「第七洞天」，東晉葛洪、隋青霞子蘇玄朗曾修道於此。桂海，泛指南方邊遠之地。《文選》卷三一江淹〈雜體詩三十首・袁太尉淑從駕〉：「文軫薄桂海。」李善注：「南海有桂，故云桂海。」江外，中原人稱江南為江外。《魏書・董巒傳》：「雖長自江外，言語風氣猶同華夏。」❷嬋娟　美好貌。《文選》卷一八成公綏〈嘯賦〉：「蔭脩竹之嬋娟。」李周翰注：「嬋娟，竹美貌。」❸搖艷句　搖艷，搖曳；蕩漾。宋之問〈秋蓮賦〉：「映蓮旗以搖艷。」桂水，在今廣西東北部，即灕江下游之桂江。上游灕江上源大溶江有靈渠與湘江上源相通。南流經桂林、陽朔、昭平等市縣到梧州入西江。沿江以風景秀麗著名。❹美人　古詩文中多指自己所懷念嚮往之人。《詩經・邶風・簡兮》：「云誰之思，西方美人。」此處指岑倫。❺瓊芳　蕭本、郭本、王本、咸本皆作「群芳」。❻三湘　或謂湖南湘潭、湘鄉、湘源（或湘陰）為三湘（見《太平寰宇記・江南西道十四・全州》）；或謂湘水與瀟水合則曰瀟湘，與蒸水合則曰蒸湘，與沅水合則曰沅湘，故謂之三湘（見《湘中記》）。按：唐人詩文中的「三湘」，多泛指湘江流域及洞庭湖地區。❼百越　蕭本、郭本、胡本、咸本作「百粵」。同。我國古代南方越人的總稱。分佈在今浙、閩、粵、桂等地，因部落眾多，故總稱百越。亦指百越所居之地。《史記・李斯列傳》：「南定百越。」此處指今兩廣地區。❽春氣二句　春氣，蕭本、郭本、咸本作「春風」。楚關、吳山，指江南地區。二句即題中的「自春徂秋」、「僕旅江外」。❾悲緒　悲傷的心情。謝靈運〈長歌行〉：「覽物起悲緒，顧已識憂端。」❿朅來句　用何遜〈行經孫氏陵〉成句。朅來，猶言去來。《文選》卷四左思〈蜀都賦〉：「殆爾朅來相與。」劉淵林注：「朅，去也。」⓫頹思　愁思。《文選》卷一六司馬相如〈長門賦〉：「無面目之可顯兮，遂頹思而就牀。」李善注：「頹，壞也，言壞其思慮而就牀。」⓬江裔　江邊。《淮南子・覽冥訓》：「注喙江裔。」高誘注：「裔，邊也。」⓭想像二句　想像，緬懷；回憶。《楚辭・遠遊》：「思故舊以想像兮，長太息而掩涕。」王逸注：「像，一作『象』。」留滯，淹留；停留。《史記・太史公自序》：「太史公留滯周南，不得與從事。」離憂，憂傷。《楚辭・九歌・山鬼》：「思公子兮徒離憂。」醉心，《詩經・王風・黍離》：「行邁靡靡，中心如醉。」⓮坐愁句　坐愁，徒然憂愁。天末，天盡頭。指極遠處。末，宋本原作「未」。據蕭本、郭本、繆本、王本、咸本改。⓯目極二句　目極，用盡眼力遠望。《楚辭・招魂》：「目極千里兮傷春心。」悠悠，遙遠貌。《詩經・王風・黍離》：「悠悠蒼天。」毛傳：「悠悠，遠意。」南嶺，指大庾嶺。古名塞上，又名東嶠。相傳漢武帝時有姓庾的將軍築城於此，故有大庾嶺之名。見《元和郡縣志》卷三四嶺南道韶州始興縣。在今江西、廣東交界處，向為嶺南、嶺北的交通咽喉。嶺上多梅，唐開元中張九齡開新路通驛，更督多植梅樹，故又名梅嶺。⓰寶劍二句　謂寶劍防身終難託付，金囊價高不易求得。《史記・酈生陸賈列傳》：「及高祖時，中國初定，尉他（佗）平南越，因王之。高祖使陸賈賜尉他印為南越王。……（尉他）迺大說陸生，……賜陸生橐中裝直千金，他送亦千金。……歸報，高祖大悅，拜賈為太中大夫。」宋之問〈桂州三月三日〉詩：「不求漢使金囊贈，願得佳人錦字書。」⓱桂樹句　《楚辭・招隱士》：「桂樹叢生兮山之幽。」王逸注：「桂樹芬香，以興屈原之忠也。山之幽，遠去朝廷而隱藏也。」按：此句蓋詩人自謂隱居之事。

【語　譯】皎潔美好的羅浮山上的明月，搖曳多姿的桂江水上之雲彩。君子您竟然獨自一人前往，而我還怎能找到同伴呢？一旦您我的笑談歡語隔離以後，歡情友誼便是萬里相分。我因此沉吟直至彩霞隱沒，我為之夢寐只見群芳衰歇。歸來的鴻雁已飛渡三湘，而您這位遊子卻仍在百越之地。邊遠地區的征塵染汙了您的衣劍，白日下您便凋落花白的頭髮。

自從春風改變了楚地關塞的天氣，直到秋聲飄落在吳地山川。草木都聚結悲思哀緒，風沙之中顯露淒顏苦容。您去至桂海已經很久，我的積思愁苦迴環不絕。飄搖離散我隔限在江邊，想像您徒然滯留在外地。離別的憂思經常心中如醉，離別的眼淚白白地沾滿衣袖。徒然憂愁望到青天的盡頭，出門遠望卻被黃雲遮蔽目光。

用盡眼力遠望多麼遙遠飄渺，似乎看到那梅花盛開的大庾嶺上。長空隱沒了飛鳥的身影，水闊不見回還的舟楫。防身的寶劍終是難以憑託，囊中的錢財也並非容易求得。您歸來倘若要問我的去處，我就在桂樹叢生的大山幽深之處。

【研析】此詩當是肅宗上元元年（西元七六〇年）秋在潯陽作。首段描寫嶺南景色並想像岑倫在嶺南的情景。中段描寫自春徂秋自己在江南思念友人之愁緒。末段進一步描寫懷思友人之殷切，勸友人早日歸來。《唐宋詩醇》卷六評此詩曰：「稱心而言，意足而止，情深意摯，老筆紛披。」

## 盧山謠寄盧侍御虛舟❶

我本楚狂人，鳳歌笑孔丘❷。手持綠玉杖❸，朝別黃鶴樓❹。五嶽❺尋仙不辭遠，一生好入名山遊。

盧山秀出南斗傍❻，屏風九疊雲錦張❼，影落明湖青黛光❽。金闕前開二峰長❾，銀河倒挂三石梁❿。香爐瀑布遙相望⓫，迴崖沓嶂凌蒼蒼⓬。翠影紅霞映朝日⓭，鳥飛不到吳天⓮長。登高壯觀天地間，大江茫茫去不還。黃雲萬里動風色，白波九道流雪山⓯。

好為盧山謠，興因盧山發。閑窺石鏡⓰清我心，謝公行處蒼苔沒⓱。早服還丹無世情⓲，琴心三疊⓳道初成。遙見仙人綵雲裏，手把芙蓉朝玉京⓴。先期汗漫九垓上，願接盧敖遊太清㉑。

【注釋】❶盧山謠題　盧山，在今江西九江市南。謠，不用樂器伴奏的歌唱。按：此與歌行體詩的「歌」、「吟」相同。盧侍御虛舟，即殿中侍御史盧虛舟。《全唐文》卷三一七李華〈三賢論〉：「范陽盧虛舟幼直，質方而清。」又卷三六七賈至有〈授盧虛舟殿中侍御史制〉。殿中侍御史屬御史臺殿院，掌管殿廷儀衛及京城糾察。趙璘《因話錄》卷五：「御史臺三院，一曰臺院，其僚曰侍御史，眾呼為端公。二曰殿院，其僚曰殿中侍御史，眾呼為侍御。三曰察院，其僚曰監察御史，眾亦呼為侍御。」❷我本二句　據《論語・微子》、《莊子・人間世》及皇甫謐《高士傳》卷上記載，陸通，字接輿，春秋時楚國人，時人謂之楚狂。孔子至楚，接輿唱著歌過孔子之門，曰：「鳳兮鳳兮，何德之衰！往者不可諫，來者猶可追。已而已而，今之從政者殆而。」詩人在此以楚狂接輿自況。宋本在「笑」字下夾注：「一本作：哭」。❸綠玉杖　綠玉鑲飾的手杖。宋本在「杖」字下夾注：「一作：枝」。非。❹朝別句　此句可知李白乃從江夏來到廬山。黃鶴樓，見卷六〈峨眉山月歌送蜀僧晏入中京〉及〈江夏行〉詩注。❺五嶽　原指東嶽泰山、西嶽華山、南嶽衡山、北嶽恆山和中嶽嵩山，此處泛指群山。❻廬山句　秀出，秀麗突出。南斗傍，廬山在春秋時屬吳國，為斗宿的分野，故稱「南斗傍」。南斗，星官名，指二十八宿中的斗宿。古代星占術認為地上州郡與天上區域相對應，稱為分野。在該天區發生的天象預應著對應地方的吉凶。❼屏風句　屏風九疊，廬山自五老峰以下，山峰九疊如屏風，故名。又稱「九疊屏」。雲錦張，如張開的錦繡雲霞。極言其美。❽影落句　謂夕陽使山影射入清澈的鄱陽湖，閃耀著青黑色的光彩。湖，指今鄱陽湖，古稱彭蠡、彭澤、彭湖。在今江西北部，廬山東南側。❾金闕句　金闕，廬山有金闕巖，又名石門。《太平御覽》卷四一引晉慧遠《廬山記》云：「西南有石門山，其形似雙闕，壁立千餘仞，而瀑布流焉。」《輿地紀勝》卷三〇江南西路江州：「金闕巖，……其巖正對天子障。」長，宋本作「帳」。誤。據蕭本、郭本、王本、咸本改。❿銀河句　銀河，形容瀑布。宋本在「挂」字下夾注：「一作：瀉」。三石梁，屏風疊左有三疊泉，水勢三折而下，如銀河倒瀉於石梁。⓫香爐句　謂香爐峰瀑布與三疊泉瀑布遙遙相對。⓬迴崖句　迴崖，曲折的懸崖。沓嶂，重疊的山峰。淩，宋本原作「崚」，據蕭本、郭本、王本、咸本改。淩蒼蒼，淩越青天。宋本在「崚」字下夾注：「一作：何」。⓭映朝日　宋本在此三字下夾注：「一作：照千里」。⓮吳天　廬山在三國時屬吳，故稱。⓯九道流雪山　九道，長江在今江西九江一帶分為很多支流。《尚書・禹貢》：「九江孔殷。」孔傳：「江於此州界分為九道。」雪山，形容江中波濤翻滾如雪山奔流。《漢書・地理志上》：「九江郡。」顏師古注引應劭曰：「江自廬江、尋陽分為九。」郭璞〈江賦〉：「流九派乎潯陽。」⓰石鏡　《太平寰宇記》卷一一一江南西道江州：「石鏡，在廬山東懸崖之上，其狀團圓，近之則照見形影。」《文選》卷二六謝靈運〈入彭蠡湖口〉詩：「攀崖照石鏡，牽葉入松門。」李善注引張僧鑒《潯陽記》：「石鏡山東有一圓石，懸崖明淨，照見人形。」⓱謝公句　此謂當年謝靈運遊歷之處，如今已被蒼苔淹沒。謝公，指謝靈運。謝靈運曾遊廬山，有

〈登廬山絕頂望諸嶠〉詩。宋本在本句下夾注：「一作：綠羅開處懸明月」。⓲早服句　還丹，相傳道教煉丹，使丹砂燒成水銀，積久又還成丹砂，因稱「還丹」。見《抱朴子・金丹》。道教認為服用還丹可以成仙，長生不老。世情，世俗之情。⓳琴心三疊　道教修煉術語。氣功修煉法。《黃庭內景經》：「琴心三疊舞胎仙。」梁丘子注：「琴，和也。疊，積也。存三丹田，使和積如一，則胎仙可致也。胎仙，胎息之仙也。猶胎在腹中，有氣而無息。」三疊，指上中下三丹田（即兩眉間、心窩部、臍下）。意謂修煉內丹，做到心和神悅是修道初成境界。⓴玉京　道教稱元始天尊所居之處。葛洪《枕中書》：「元始天王在天中心之上，名曰玉京山。山中宮殿，並金玉飾之。」㉑先期二句　《淮南子・道應訓》記載：盧敖遊於北海，見一形貌古怪士人。盧敖邀其同遊北陰之地，士人笑曰：「……吾與汗漫期於九垓之外，吾不可以久駐。」隨即聳身跳入雲中。先期，預先約定。汗漫，漫無邊際，不可知之。九垓，九天之外。盧敖，據高誘注：「盧敖，燕人。秦始皇召以為博士，使求神仙，亡而不反也。」此處藉以指盧虛舟。太清，道教所尊天神道德天尊（即元始天尊）所居之地。在玉清、上清之上，為最高仙境。

【語　譯】我本是楚狂接輿那樣的人物，唱著「鳳兮」之歌去嘲諷孔丘。手中拿著鑲嵌綠玉的手杖，清晨告別江夏黃鶴樓而出遊。我不辭遙遠遍遊五嶽去尋仙，一生最喜歡到名山大川去遊覽。

廬山風景秀麗突出聳立在潯陽上應斗宿分野，屏風九疊的山峰如雲錦鋪張，明鏡般的鄱陽湖有山影映入顯現一片青黛之光。石門如金闕前有二峰巨大高聳，三疊泉瀑布水流噴激如銀河倒掛。它與香爐峰瀑布遙遙相望，懸崖回轉重巒疊嶂上淩蒼天。紅霞升起與山樹翠影共迎朝日，鳥兒在吳天長空翱翔不盡。登高一覽頓覺天地壯觀，大江浩浩蕩蕩一去不還。勁風吹來黃雲萬里翻動，九派白色波濤如雪山奔流。

我喜歡吟唱廬山的歌謠，我的興致因廬山而抒發。閒來窺照石鏡使我心境清亮，當年謝公行走之處的足跡已被蒼苔淹沒。早一點服食金丹可以丟棄人世之情，琴心三疊修煉身心才算學道初成。遙見仙人站在彩雲之上，手拿芙蓉花去朝拜玉京天都。我先與大神約定在無邊無際的九天之外，願接您這位盧敖般的人物同遊最高神境。

【研　析】此詩作於上元元年（西元七六〇年）。詩人流放遇赦後，在江夏、洞庭遊覽逗留將近一年，然後從江夏泛舟赴潯陽（今江西九江）再遊廬山，寫下此詩。盧虛舟是詩人好友，曾寫有〈通塘曲〉，誇廬山之美；李白有〈和盧侍御通塘曲〉：「君誇廬山好，通塘勝耶溪。通塘在何處？宛在尋陽西……。」所以詩人又以此首歌唱廬山的詩寄給他。第一段六句是自我寫照，可稱序曲。首二句用典故，以楚狂接輿自比，以諷諭孔子奔波從政來反襯自己看透朝廷政治只想隱居避世。接著描述自己帶有雲遊色彩的行旅，點明來歷。「一生好入名山遊」，既是詩人來廬山的原因，也是對自己一生愛好和行蹤的形象概括。第二段正面描繪廬山之景，即題中的「廬山謠」。首先三句寫從鄱陽湖中遙望廬山之景，對廬山作總的概括。接著便選擇廬山最令人讚嘆的瀑布進行細緻描述，將不同形狀的瀑布都寫得非常優美神奇。然後又用彩筆總繪全景：朝陽初升，滿天紅霞和翠綠山影互相照映，色彩鮮明。藍天中翱翔的飛鳥卻難到這高峻的山峰，對比強烈。又寫登高遠眺所見景色，筆酣墨飽地寫足長江雄偉氣勢和祖國壯美河山，抒發了詩人的豪情。第三段抒寫由江山美景「興」起的遊仙之情。先用兩個五言短句承上啟下。接著說悠閒地窺照石鏡，頓覺神清氣爽，當年謝靈運行走之處，如今已被蒼苔淹沒。詩人由此感到人生短暫，世情煩囂，於是想擺脫世俗成仙，詩人彷彿遠遠望見仙人站在彩雲裡，手拿著芙蓉花正飛往玉京朝拜元始天尊。末二句反用典故，詩人以古怪士人自比，以盧敖喻盧虛舟，謂自己事先已與大神仙在九天之外約定，願意迎接盧虛舟共遊最高神境。首段自述和末段遊仙，雖寫法不同，但都表現出對官場的鄙視和對自由的嚮往。全詩結構完整，首尾呼應；感情豪邁，氣勢充沛；想像豐富，色彩鮮明。是李白晚年七言歌行代表作之一。

## 下尋陽城汎彭蠡寄黃判官❶

浪動灌嬰井，尋陽江上風❷。開帆入天鏡❸，直向彭湖❹東。落景轉疏雨，晴雲散遠空。名山發佳興❺，清賞亦何窮？

石鏡挂遙月，香爐滅彩虹❻。相思俱對此，舉目與君同。

【注　釋】❶下尋陽題　尋陽，即潯陽，唐縣名。屬江南道江州。為江州治所。又唐郡名。江州，天寶元年改為潯陽郡，乾元元年復為江州。今江西九江市。彭蠡，湖名，即今江西鄱陽湖。黃判官，名不詳。判官，唐代大臣被特派擔任臨時職務時，都可自選官員奏充判官，作為助理。中期以後，節度使、觀察使都可自選判官，以備差遣。❷浪動二句　二句為倒裝句，意謂潯陽江上大風吹動巨浪，灌嬰井中亦水浪翻動。按：漢潁陰侯灌嬰，見《史記・樊酈滕灌列傳》、《漢書・灌嬰傳》。灌嬰井，在今江西九江市。《元和郡縣志》卷二八江南道江州：「州理城，古之湓口城也。漢高帝六年灌嬰所築。漢建安中，孫權經此城，權自標地，令人掘之，正得古井，銘云：『漢六年潁陰侯開，三百年當塞。後不滿百年，當為應運者所開。』權以為己瑞。井極深，江中風浪，井水輒動。」二句即用其意。宋本在「尋陽」二字下夾注：「一作：吾知」。❸天鏡　形容湖水清澈，天空倒映其中，如明鏡一般。❹彭湖　即彭蠡湖。今鄱陽湖。❺落景三句　宋本在三句下夾注：「一作：返景照疏雨，輕煙澹遠空。中流得佳興」。❻石鏡二句　石鏡，謂懸崖上光滑的圓石，近前可照見形影。香爐，峰名。宋本在二句下夾注：「一作：瀑布灑清壁，遙山挂彩虹」。

【語　譯】潯陽江上大風吹動巨浪，灌嬰井中亦水翻如濤。揚帆啟舟航行在水清如鏡的天湖中，直向彭蠡湖的東面而去。落日景色中轉而下起稀疏小雨，忽而天氣放晴雲朵散向遠空。名山佳景引發美好的興致，清幽觀賞又怎能有所窮盡？

光滑的石鏡之上有明月遙掛，香爐峰上煙雲如彩虹明滅。相思之時您我共對廬山美景，舉眼望去您我所見美景相同。

【研　析】此詩當是上元元年（西元七六〇年）由潯陽往洪州（今江西南昌）途中泛彭蠡湖而作。前八句謂潯陽有灌嬰井，井與江通，井水翻浪則知江上有風。啟帆進入鄱陽湖，直向東進。落日轉而疏雨後，晴雲飛散於遠空。名山引發佳興，清賞怎可窮盡？後四句描寫石鏡光亮和香爐峰煙雲，相思友人，而舉目望美景則與友人相同。全詩寫泛湖遊覽所見景色，抒發面對美景的欣喜之情。末二句以共對美景相慰思念之情。陸游《入蜀記》卷三曰：「泛彭蠡口，四望無際，乃知太白『開帆入天鏡』之句為妙！」嚴羽評點此詩曰：「情在景中，景在眼中，不須多詞。」

## 書情寄從弟邠州長史昭❶

自笑客行久，我行定幾時❷？綠楊已可折，攀取最長枝。翩翩❸弄春色，延佇寄相思❹。誰言貴此物？意願重瓊蕤❺。

昨夢見惠連❻，朝吟謝公詩。東風引碧草，不覺生華池❼。臨翫忽云夕❽，杜鵑夜鳴悲❾。懷君芳歲❿歇，庭樹落紅滋⓫。

【注釋】❶邠州長史昭　邠州，唐州名。原作豳州，開元十三年改作邠州。天寶元年改為新平郡，乾元元年復為邠州。治所在今陝西彬縣。詳見卷五〈豳歌行上新平長史兄粲〉注。長史，官名。州長官刺史的僚佐，唐代邠州為上州，設長史一人，從五品上，位在別駕之下，司馬之上。昭，李昭，卷一〇有〈贈從弟宣州長史昭〉，本卷有〈寄從弟宣州長史昭〉，當為同一人。❷定幾時　究竟多少時間。定，究竟；到底。《世說新語・言語》：「鄧艾口吃，語稱『艾艾』。晉文王戲之曰：『卿云艾艾，定是幾艾？』」❸翩翩　動作輕快貌。曹植〈芙蓉池〉詩：「翩翩戲輕舟。」宋本在二字下夾注：「一作：翻翻」。❹延佇句　延佇，久立。《楚辭・九歌・大司命》：「結桂樹兮延佇。」王逸注：「延，長也；佇，立也。」寄相思，〈古詩十九首〉其九：「攀條折其榮，將以遺所思。」❺意願句　宋本在「願」字下夾注：「一作：厚」。瓊蕤，《文選》卷三〇陸機〈擬古詩十二首・擬東城一何高〉：「京洛多妖麗，玉顏侔瓊蕤。」張銑注：「瓊蕤，玉花也。」❻昨夢句　惠連，南朝宋詩人謝靈運族弟，有詩名。鍾嶸《詩品》卷中引《謝氏家錄》云：「康樂（謝靈運襲封康樂公）每對惠連，輒得佳語。後在永嘉西堂，思詩竟日不就，寤寐間忽見惠連，即成『池塘生春草』。故嘗云：『此語有神助，非我語也。』」此處以謝靈運自喻，以惠連比擬李昭。❼華池　美麗的池塘。《楚辭・七諫・謬諫》：「蛙黽遊乎華池。」王逸注：「華池，芳華之池也。」按：此處暗用謝靈運「池塘生春草」。❽臨翫句　臨翫，臨池玩賞。忽云夕，很快到了傍晚。云，語中助詞。❾杜鵑句　杜鵑，鳥名。又名杜宇、子規。相傳為古蜀王望帝杜宇之魂所化。春末夏初，常晝夜哀鳴，啼血不止。鮑照〈擬行路難〉其七：「中有一鳥名杜鵑，言是古時蜀帝魂。聲音哀苦鳴不息，羽毛憔悴似人髡。」❿芳歲　芳春。鮑照〈紹古辭〉其四：「芳歲猶自可，日夜望君歸。」⓫庭樹句　《文選》卷三一江淹〈雜體詩三十首・張司空華離情〉：「庭樹發紅彩，閨草含碧滋。」

【語　譯】自笑我客行已經很久，我的出行究竟何時能停止？現在綠楊垂枝已可攀折，我要攀折那最長的一枝贈給您。輕風吹拂揚起滿園春色，我久久佇立寄託我深重的相思。誰說我最看重這贈別的楊枝？我心中最愛的還是與您這玉花般的美人相會。

昨夜夢見從弟謝惠連，清晨起來就吟謝公之詩。東風引發碧綠的草芽，不知不覺之間已在華美的池邊生長春草。臨池賞玩很快就到傍晚，杜鵑在夜間啼鳴非常悲切。那美好的時光已將衰歇而思君不止，庭樹上的紅花已悄然落下。

【研　析】此詩作年不詳。前段八句點明自己出行已久，並描寫春景，折柳寄相思。後段前四句以謝靈運和謝惠連比擬自己與李昭，以讚美李昭的才華。將「池塘生春草」演化為四句，風致飄然。後四句則以杜鵑悲鳴、庭樹落花表示春天將盡，而相思之情不已。明人評點此詩曰：「亦是劉公幹派頭，更加活潑，淺而不率，最不易學。」

# 寄上吳王❶三首

## 其一

淮王愛八公❷，攜手綠雲❸中。小子忝枝葉❹，亦攀丹桂叢❺。謬以詞賦重，而將枚馬同❻。何日背淮水？東之觀上風❼。

【注　釋】❶吳王　指嗣吳王李祇。《舊唐書・李祇傳》：「祇，神龍中封為嗣吳王。景雲元年，加銀青光祿大夫。天寶十四載，為東平太守。」本詩其三稱「英明廬江守」，則其時吳王李祇正在廬江太守任，其時當在天寶十四載前。❷淮王句　淮王，指漢代淮南王劉安。八公，淮南王劉安門客，有蘇非、李尚、左吳、田由（一作「陳由」）、雷被、毛被（一作「毛周」）、伍被、晉昌八人，稱「八公」，奉劉安之招，和諸儒大山、小山相與論說，著《淮南子》（見高誘〈淮南子注序〉）。魏晉以來，《神仙傳》、《錄異記》等道教著作以劉安好方技，遂附會八公為神仙。《神仙傳》卷四：「漢淮南王劉安者，漢高帝之孫也。……於是乃有八公詣門，皆鬚眉皓白。門吏先密以白王，王使閽人自以意難問之曰：『我王上欲求延年長生不老之道，……今先生年已耆矣，似無駐衰之術……。』八公笑曰：『我聞王尊禮賢士，……故遠致其身，……何以年老而逆見嫌耶？王必若見年少則謂之有道，皓首則謂之庸叟，……薄我老，今則少矣。』言未竟，八公皆變為童子，年可十四五，角髻青絲，色如桃花。門吏大驚，走以白王。王聞之，足不履，跣而迎登思仙之臺……執弟子之禮，北面叩首而言曰……。八童子乃復為老人。……誣告稱安謀反，天子使宗正持節治之。八公謂安曰：『可以去矣。』……即白日昇天。八公與安所踏山上石，皆陷成跡。」（《太平廣記》卷八引）❸綠雲　綠色的雲彩，形容繚繞仙人的瑞雲。鮑照〈代陳思王京洛篇〉：「揚芬紫煙上，垂綵綠雲中。」❹小子句　小子，李白自稱。忝，宋本作「添」，據蕭本、郭本、王本改。自謙之辭。忝枝葉，謂與吳王同為唐王朝宗室。按：李白自謂涼武昭王九世孫，與唐王室同宗。❺亦攀句　此句謂自己也想攀附吳王。《楚辭・招隱士》：「桂樹叢生兮山之幽，……攀援桂枝兮聊淹留。」王逸注：「配託香木，誓同志也。」❻謬以二句　謂當年因自己的詞賦，吳王將自己與漢代的枚乘、司馬相如一樣看待。枚馬，漢代辭賦家枚乘、司馬相如的並稱。《文心雕龍・詮賦》：「漢初詞人，順流而作，陸賈叩其端，賈誼振其緒，枚馬同其風，王（褒）揚（雄）騁其勢。」按：天寶初李白供奉翰林時，吳王李祇在衛尉卿任，見《冊府元龜》卷三三：「（天寶三載四月詔）衛尉卿嗣吳王祇祭淮瀆。」可能李白與其有過從。❼何日二句　表示自己嚮往吳王之情。背淮水，鄒陽〈諫吳王書〉：「然臣所以歷數王之朝，背淮千里而自致者，非惡臣國而樂吳民也。竊高下風之行，尤說大王之義。」上風，蕭本作「士風」，繆本、王本、咸本作「土風」。似以宋本作「上風」為是。

【語　譯】淮南王劉安敬愛八公，他們攜手同升彩雲中成仙。我愧為皇室枝葉，也想高攀丹桂之枝有所榮耀。當年以詞賦創作上的才能承蒙錯愛，獲得如同枚乘與司馬相如般的待遇。何時我能離別淮水來到您的屬下？我渴望東去觀覽貴地高尚的風俗。

【研　析】此詩作年不詳。或謂作於天寶七載（西元七四八年），則作詩之地當在金陵一帶，似與「東之觀上風」不合。詩中以淮南王劉安愛八公為喻，當年自己亦謬以詞賦見重於吳王，希望將來能到廬江觀風。

## 其二

坐嘯廬江靜❶，閑聞進玉觴。去時無一物，東壁挂胡牀❷。

【注　釋】❶坐嘯句　此句謂吳王優遊閒暇治理而使廬江郡清靜安寧。《後漢書・黨錮傳序》：「南陽太守成瑨亦委功曹岑晊（字公孝），二郡亦為謠曰：『……南陽太守岑公孝，弘農成瑨但坐嘯。』」意謂公事都委岑辦理。後因以「坐嘯」指為官清閒。廬江，郡名。即廬州。天寶元年改為廬江郡，乾元元年復為廬州。治所在合肥縣，今安徽合肥。❷挂胡牀　《三國志・魏書・裴潛傳》：「正始五年薨，追贈太常，謚曰貞侯。」裴松之注引《魏略》：「又潛為兗州時，嘗作一胡牀，及其去也，留以挂柱。」胡牀，可折疊的坐具。

【語　譯】吳王閒坐嘯詠就將廬江郡治理得寧靜太平，閒時舉起玉杯雅賞美酒。離去時沒有一物，連親手製作的折疊椅也掛在東邊牆壁上。

【研　析】此詩寫吳王為官的作風。清閒吟嘯而使廬江治。離去時空無一物，連胡床微物亦不帶走，可謂廉潔之至。嚴羽評點此詩曰：「收理貴閑靜，惟閑靜乃能娛樂。然欲娛樂，又恐不能廉。此詩只四句，而盡〈大序〉一篇之意。」

## 其三

英明廬江守，聲譽廣平籍❶。掃灑黃金臺❷，招邀青雲客。客曾與天通❸，出入清禁❹中。襄王憐宋玉，願入蘭臺宮❺。

【注釋】❶廣平籍　此處以鄭袤治廣平受民眾愛戴事喻吳王治廬江郡的政績。謂李祇治廬江郡的名聲盛大與當年鄭袤治廣平相同。《文選》卷二〇謝朓〈新亭渚別范零陵〉詩：「廣平聽方籍。」《晉書・鄭袤傳》：「會廣平太守缺，宣帝謂袤曰：『賢叔大匠垂稱於陽平、魏郡，百姓蒙惠化。且盧子家、王子雍繼踵此郡，使世不乏賢，故復相屈。』袤在廣平，以德化為先，善作條教，郡中愛之。徵拜侍中，百姓戀慕，涕泣路隅。」❷掃灑句　掃灑，蕭本、郭本、王本、咸本皆作「灑掃」。黃金臺，見卷一〈古風〉其十四「燕昭延郭隗」注。❸客曾句　客，詩人自謂。與天通，指天寶初供奉翰林事。天，謂天子。翰林供奉乃天子近侍之臣，故謂「與天通」。❹清禁　指皇宮。皇宮清靜肅禁，故稱。傅咸〈申懷賦〉：「穆穆清禁，濟濟群英。」❺襄王二句　蘭臺，《文選》卷一三宋玉〈風賦序〉：「楚襄王遊於蘭臺之宮，宋玉、景差侍。」李周翰注：「蘭臺，臺名。」張九齡〈登古陽雲臺〉詩：「楚國茲故都，蘭臺有餘址。」故址傳說在今湖北鐘祥東。

【語　譯】英明的廬江太守，您的聲譽如同鄭袤任廣平太守時那樣盛大。打掃潔淨黃金臺，招納邀請顯貴之客。我曾榮幸地踏上通天之路侍從天子，出入朝廷的皇宮內外。但願您能像楚襄王憐愛宋玉，我希望能進入蘭臺宮侍奉您吳王。

【研　析】此詩歌頌吳王李祇治理廬江郡的名聲盛大，可與當年鄭袤治廣平比美，吳王如燕昭王那樣築黃金臺招納賢士。詩人自謂曾供奉翰林，出入禁內，乃天子近臣。希望吳王能如楚襄王憐愛宋玉那樣，自己願如宋玉之事襄王那樣事奉吳王。詩中善用典故，妥貼而有味。

## 寄王漢陽❶

南湖❷秋月白，王宰夜相邀。錦帳郎官醉❸，羅衣舞女驕❹。笛聲喧沔鄂❺，歌曲上雲霄。別後空愁我，相思一水遙❻。

【注　釋】❶王漢陽　漢陽縣令王某。漢陽，唐代屬沔州治所，今湖北武漢漢陽。按：唐武德四年平朱粲，析隋沔陽郡置沔州。屬淮南道。天寶元年改為漢陽郡。乾元元年復為沔州。領縣二：漢陽、汊川。建中二年州廢，四年復置。寶曆二年州又廢，縣屬鄂州。李白在流放夜郎及遇赦放還經過漢陽時與此漢陽縣令過從甚密。除此詩外，還存有〈醉題王漢陽廳〉、〈贈王漢陽〉、〈自漢陽病酒歸寄王明府〉、〈早春寄王漢陽〉、〈望漢陽柳色寄王宰〉等詩。❷南湖　唐代在沔州城南。即李白命名之郎官湖。李白〈泛沔州城南郎官湖序〉：「乾元歲秋八月，白遷於夜郎，遇故人尚書郎張謂出使夏口。沔州牧杜公、漢陽宰王公觴於江城之南湖，樂天下之再平也。……張公殊有勝概，四望超然，乃顧白曰：『此湖，……夫子可為我標之嘉名，以傳不朽。』白因舉酒酹水，號之曰郎官湖，亦由鄭圃之有僕射陂也。」按：南湖故址在今漢陽城內東南隅，明代以後漸湮，僅同溝洫。❸錦帳句　錦帳，錦繡的行帳。郎官，即指尚書郎張謂。李白好友。詳見拙著《李白叢考・李白交遊雜考二》「張謂」條。❹舞女驕　蕭本、郭本、王本、咸本皆作「舞女嬌」。❺沔鄂　沔州和鄂州。沔州，治所在今湖北武漢漢陽。鄂州，治所在今武漢武昌。二州隔長江相對。❻一水遙　此詩寫於江夏（鄂州），與漢陽僅為一水之隔。

【語　譯】前些日子南湖之上秋天的月亮皎潔皓白，王縣令您在夜晚邀請我赴宴。當時錦緞華貴的帳幕中尚書郎張謂酣醉，身穿羅衣的舞女則非常嬌美。嘹亮的笛聲響徹沔州與鄂州，歌曲高吭直上雲霄。離別之後徒然使我憂愁，相思之人只相隔這一水之遙。

【研　析】此詩當是乾元元年（西元七五八年）秋流放夜郎途經沔州漢陽和鄂州江夏時所作，時在〈泛沔州城南郎官湖并序〉詩之後。詩中回憶不久前王漢陽相邀泛郎官湖時之情景：郎官張謂酣醉帳中，帳外看羅衣舞女之嬌舞。笛聲歌聲響徹沔州鄂州雲霄。末二句點明別後相思，僅隔一水。全詩流暢而有天趣。

# 春日歸山寄孟六浩然❶

朱紱遺塵境❷，青山謁梵筵❸。金繩開覺路❹，寶筏度迷川❺。
嶺樹攢❻飛栱，喦❼花覆谷泉。塔形標海日❽，樓勢出江煙。香氣三天❾下，
鐘❿聲萬壑連。荷秋珠已滿，松密蓋初圓。鳥聚疑聞法⓫，龍參若護禪⓬。
愧非流水韻，叨入伯牙絃⓭。

【注釋】❶孟六浩然　蕭本、郭本、王本、咸本皆無「六」字。胡本題作「失題」。注曰：「舊作〈春日歸山寄孟浩然〉，今詳詩意是陪一顯者遊禪寺和詩也，容再考。」孟浩然，唐代著名山水田園詩派詩人，詳見卷七〈贈孟浩然〉詩注。❷朱紱句　此句謂將官服棄於塵世。當指開元二十六年初孟浩然辭去荊州張九齡幕府而歸山事。朱紱，古代王者禮服上的紅色蔽膝。後多借指官服。《易經・困卦》：「困于酒食，朱紱方來。」程頤傳：「朱紱，王者之服，蔽膝也。」《漢書・韋賢傳》：「黼衣朱紱，四牡龍旂。」顏師古注：「朱紱，為朱裳畫為亞文也。亞，古弗字也，故因謂之。紱字又作黻，其音同聲。」❸梵筵　做佛事的道場。沈約〈棲禪精舍銘〉：「往辭妙幄，今承梵筵。」❹金繩句　金繩，佛教語。以黃金為界繩，喻指引。《妙法蓮華經》卷三：「琉璃為地，寶樹行列，黃金為繩，以界道側。」覺路，佛教語。謂成佛的道路。〈禪宗永嘉集序〉：「慧門廣闢，理絕色相之端；覺路遙登，跡晦名言之表。」❺寶筏句　寶筏，寶貴的渡水用具。佛教比喻普渡眾生到達彼岸的佛法。迷川，猶迷津。佛教以能悟為渡，不能悟為迷。❻攢　聚集。❼喦　巖的異體字。❽標海日　標，舉；顯出。日，蕭本、郭本、咸本作「月」。❾三天　即三界。佛教稱欲界、色界、無色界為三天。❿鐘　宋本作「鍾」，據蕭本、郭本、王本、咸本改。⓫鳥聚句　《法苑珠林》卷一九：「（舍衛國）祇樹精舍有神翼驗。眾集之時，獼猴、飛鳥，群類數千，悉來聽法，寂寞無聲。事竟即去，各還所止。」⓬龍參句　佛教認為龍王護持佛法。見《孔雀王經》、《大雲經》等。⓭愧非二句

《呂氏春秋・孝行覽・本味》：「伯牙鼓琴，鍾子期聽之。方鼓琴而志在太山，鍾子期曰：『善哉乎鼓琴，巍巍乎若太山。』少選之間，而志在流水，鍾子期又曰：『善哉乎鼓琴，湯湯乎若流水。』鍾子期死，伯牙絕絃，終身不復鼓琴。」後世稱鍾子期知音。駱賓王〈夏日遊德州贈高四〉詩：「成風郢匠斫，流水伯牙絃。」

【語　譯】把官服遺棄在塵世，回到青山拜謁佛教道場。以黃金為繩顯示成佛之路，乘上寶貴的筏子渡過迷川到達覺悟的彼岸。

嶺上高樹聚集如飛栱一般，巖上紅花盛開覆蓋山谷的泉水。佛塔形象標舉海上日出，佛樓雄偉氣勢出於大江煙霧。香氣傳遍欲界色界無色界，鐘聲連接萬壑千山。秋日荷葉上已滴滿露珠，松樹密蓋初顯圓形。群鳥相聚疑為聽法而降，龍王參與如為護法而來。

慚愧我沒有湯湯若流水的聲韻，忝為伯牙琴絃上的知音。

【研　析】此詩題目與內容不切。疑詩題當作〈與孟浩然春日遊山〉。作於開元二十七年（西元七三九年）。孟浩然已於上年春辭去張九齡荊州幕還山。首四句寫棄官服而歸山拜謁佛教道場，覺得如以金繩打開覺悟之路，乘寶舟渡過迷川到達彼岸。中十句寫山寺之環境。嶺樹茂密，巖花覆谷，塔形標日，樓勢雄偉，香氣傳三界，鐘聲響萬壑。荷葉滿珠，松密圓蓋，鳥聚如聽法，龍參似護禪。景物如此，則歸山之樂可知。末二句喻己叨陪遊山，被視作知音，感愧而已。

## 流夜郎永華寺❶寄潯陽群官

流夜郎

朝別凌煙樓❷，瞑投永華寺。賢豪滿行舟❸，賓散予獨醉。願結九江❹流，添成萬行淚。寫意寄廬嶽❺，何當❻來此地。天命有所懸❼，安得苦愁思？

【注釋】❶永華寺　當在潯陽附近，具體地點不詳。❷凌煙樓　在江州潯陽。為南朝宋臨川王劉義慶為江州刺史時所造。鮑照〈凌煙樓銘〉：「伏見所製凌煙樓，棲置崇迴，延瞰平寂。即秀神皋，因基地勢。東臨吳甸，西眺楚關。奔江永寫，鱗嶺相葺。重樹窮天，通原盡目。」其前有〈序〉曰：「宋臨川王起。」❸暝投二句　宋本此二句倒置，即「賢豪」句為第二句，「暝投」句為第三句。蕭本、郭本、王本、咸本皆以「暝投」句為第二句，「賢豪」句為第三句。按全詩用韻，當依蕭本等為是。故據改。❹九江　見本卷〈廬山謠寄盧侍御虛舟〉注。❺廬嶽　廬山。在今江西九江市南。此處代指潯陽群官。❻何當　猶合當。唐人口語。❼天命句　謂自己參加永王李璘幕府而長流夜郎乃天命所繫。《呂氏春秋・知分》：「（晏子曰）鹿生於山，命懸於廚。今嬰之命，有所懸矣。」

【語譯】早上我辭別凌煙樓，傍晚時候投宿永華寺。來送行的賢人豪士坐滿舟船，賓客散盡只有我獨自沉醉。真想聚結起九江的流水，增添成我的萬行眼淚流不盡心中的憂愁。抒寫心意寄呈潯陽群官，合當我來到此地。我流夜郎是天命所懸，又怎麼能苦苦地愁思？

【研析】此詩當是乾元元年（西元七五八年）初流放夜郎離別潯陽時所作。首四句寫離別潯陽時友人相送及賓客散盡自己獨醉的情景。接著二句極言自己流夜郎的悲痛。末四句則以天命所繫合當如此開說，實為哀痛更深一層。

## 流夜郎至西塞驛寄裴隱　上峽❶

揚帆借天風，水驛❷苦不緩。平明及西塞，已先投沙伴❸。
迴巒引群峰，橫蹙楚山斷。砯❹衝萬壑會，震沓百川滿。龍怪潛溟波❺，候
時❻救炎旱。我行望雷雨，安得霑枯散❼？

鳥去天路長，人悲❽春光短。空將澤畔吟❾，寄爾江南管❿。

【注釋】❶流夜郎題　西塞驛，王琦注：「西塞驛，當在西塞山邊。」《元和郡縣志》卷二七江南道鄂州武昌縣：「西塞山，在縣東八十五里。竦峭臨江。」可知此山在今湖北鄂州東長江邊。裴隱，事蹟不詳。王琦注：「裴隱，疑亦當時逐臣。」按：題下注「上峽」二字，乃宋人編集時所加，以為西塞驛在三峽附近，大誤。❷水驛　水上驛路。❸平明二句　謂天將亮之時到西塞山，已先於我的伴侶到達，失去相會之期。平明，亦稱「平旦」。即時辰中的寅時，約當凌晨三時至四時，將天亮之時。《史記・留侯世家》：「後五日平明，與我會此。」及，到。投沙，用屈原懷沙投汨羅江事，這裡指逐臣。伴，指裴隱。❹砯　水擊巖石聲。《文選》卷一二郭璞〈江賦〉：「砯巖鼓作。」李善注：「砯，水激巖之聲也。」❺龍怪句　《國語・魯語下》：「水之怪曰龍，罔象。」韋昭注：「龍，神獸也，非常所見，故曰怪。」溟波，深波；深海。❻候時　蕭本作「俟時」。❼枯散　枯散不成材之木，借喻無用之人。李白自喻。❽人悲　蕭本、郭本、王本皆作「人愁」。❾澤畔吟　《楚辭・漁父》：「屈原既放，遊於江潭，行吟澤畔。顏色憔悴，形容枯槁。」❿江南管　江南，指裴隱所居之處。管，筆；以筆為之辭。謝朓〈夜聽妓〉詩：「要取洛陽人，共命江南管。」

【語譯】揚起船帆借著天風行進，水上驛路快速駛過。平明時分就到了西塞驛，已比另一逐臣伴侶先到。

峰巒回轉引出重重山嶺，峰橫迫促即是楚地山盡。水擊山崖砰然轟響原是萬壑之水會合，震盪沓至百川盈滿。神龍水怪潛身於深波，等待時機解救炎熱乾旱。我一路行舟盼望雷雨突降，是否能沾溉挽救我這枯木無用之人？

飛鳥當感天路遙長，流放之人愁悲春光短促。徒然將我這與屈原相似的澤畔之吟，寄給您這位江南之人。

【研析】此詩作於乾元元年（西元七五八年）流放夜郎途中。首四句謂借天風而舟行速，凌晨時先於伴侶到達西塞驛，未能與友人見面。中八句實寫西塞驛周圍景色，並盼得雷雨解救自己。末四句以「鳥去天路長，人悲春光短」作對比，點明自己的悲愁和把筆寫此詩寄友之意。

## 自漢陽病酒歸寄王明府

回江夏❶

去歲左遷夜郎❷道，琉璃硯水長枯槁❸。今年敕放巫山陽❹，蛟龍筆翰生輝光❺。聖主還聽〈子虛賦〉，相如卻欲論文章❻。願掃鸚鵡洲❼，與君醉百場。嘯起〈白雲〉飛七澤，歌吟〈綠水〉動三湘❽。莫惜連船沽美酒，千金一擲買春芳。

【注　釋】❶自漢陽題　漢陽，今湖北武漢漢陽。王明府，漢陽縣令王某，名不詳。李白還有〈贈王漢陽〉、〈寄王漢陽〉、〈望漢陽柳色寄王宰〉、〈早春寄王漢陽〉、〈醉題王漢陽廳〉等詩，皆為同一人。明府，縣令的敬稱。❷左遷夜郎　左遷，貶謫。古人凡得罪而下遷官職皆曰左遷，李白無官而稱左遷，蓋指流放而言。夜郎，見卷九〈流夜郎贈辛判官〉詩注。❸琉璃句　謂停筆不寫文章。徐陵〈玉臺新詠序〉：「琉璃硯匣，終日隨身。」此反用其意。❹今年句　敕，皇帝詔書。放，免罪。巫山，在四川巫山縣東。舊傳山形如巫字，故名。此指乾元二年流放夜郎途經巫山時得到赦免之事。今年，蕭本、郭本、胡本作「今歲」。❺蛟龍句　形容又能揮筆如蛟龍翺遊般地寫出光輝的文章。❻聖主二句　《史記・司馬相如列傳》：「蜀人楊得意為狗監，侍上。上讀〈子虛賦〉而善之，曰：『朕獨不得與此人同時哉！』得意曰：『臣邑人司馬相如自言為此賦。』上驚。乃召問相如。」於是相如與武帝議論文章之事。此以聖主指唐朝皇帝，以相如自喻。❼鸚鵡洲　見卷九〈江夏贈韋南陵冰〉詩注。❽嘯起二句　形容吟詠詩歌聲徹雲霄，振動水澤。嘯，撮口發出長而清越之聲，此指吟唱詩歌。七澤，在湖北省境內，司馬相如〈子虛賦〉：「臣聞楚有七澤，嘗見其一，未睹其餘也。臣之所見，蓋特其小小者耳，名曰雲夢。」三湘，湖南湘潭、湘鄉、湘陰合稱。

【語　譯】去年被流放奔往夜郎的道路，琉璃硯臺中的水常乾涸而詩興枯槁。今年在巫山之南遇赦放還，我詩興大發而筆走蛟龍文生光輝。英明的皇上還想閱賞〈子虛賦〉，我卻像司馬相如一樣願創作新文。希望將鸚鵡洲打掃潔淨，與您同飲共醉百場酒。嘯起〈白雲〉聲飛楚地七澤，吟唱〈綠水〉曲傳遍三湘。不要憐惜金錢購買整船美酒，我要千金一擲買酒酣飲賞芳春。

【研　析】按：詩云「去歲左遷夜郎道，……今年敕放巫山陽」，當是乾元二年（西元七五九年）遇赦回至江夏時作。首四句以去歲流放而硯水乾枯與今年遇赦放還而筆翰生光作對比，接著二句寫皇上需要他而他欲創作光輝詩文。得意神態溢於言表。後半則表示願意與王縣令醉酒嘯歌為樂。《唐宋詩醇》卷六評曰：「平生飛動意，見爾不能無胸懷，正復如此。」

## 望漢陽柳色寄王宰❶

漢陽江上柳，望客引東枝❷。樹樹花如雪，紛紛亂若絲❸。春風傳我意，草木度前知❹。寄謝絃歌宰❺，西來定未遲❻。

【注　釋】❶王宰　即上首漢陽縣令王某。❷漢陽二句　用擬人化手法，將江上柳喻為有情之物，柳向客望而引枝向東開放。按：望，向遠處望。客，李白自謂。引東枝，導引東枝開放。時詩人在江夏，江夏在漢陽東南，自江夏望漢陽柳色，正見漢陽東邊的柳枝。❸紛紛句　紛紛，眾多貌。沈約〈春詠〉詩：「楊柳亂如絲，綺羅不自持。」❹草木句　度前知，大概已先知。度，推測之辭。蕭本、郭本作「別」。宋本在本句下夾注：「一作：草木發前墀」。❺絃歌宰　指縣令。《論語・陽虎》記載：子游為武城縣令，以禮樂教化而治。孔子到武城，聞絃歌之聲。後因稱縣令為「絃歌宰」。❻西來句　自西而來，即詩人邀請漢陽縣令自漢陽來江夏。定未遲，一定不要推遲。

【語　譯】那漢陽城江邊的柳樹，向著我伸展東枝開放。樹樹柳絮如花似雪，紛紛飄垂長長的柳絲。春風傳去我的心意，草木大概已經先知。遙寄此詩感謝您王縣令，請您從漢陽西來一定不要推遲。

【研析】此詩當是上元元年（西元七六〇年）仲春作。前四句寫景。詩人於江夏西望漢陽，見柳枝向客東發，柳絮紛紛如雪。接著二句想像這是春風已傳達了詩人邀請的心意，草木已先告知友人。末二句希冀王漢陽自西來江夏不要推遲。朱諫《李詩選注》評此詩曰：「此詩只以江上柳一句生意，相承說下，辭氣渾成，有若鎔鑄。而滋潤輕清，如造化之生物，自然形色，非物物刻而雕之也。以『向東枝』三字敷下，尤為巧妙。」

## 江夏寄漢陽輔錄事❶

誰道此水廣？狹如一匹練❷。江夏黃鶴樓❸，青山漢陽縣。大語猶可聞❹，故人難可見。君草陳琳檄❺，我書魯連箭❻。報國有壯心，龍顏不迴眷❼。西飛精衛鳥❽，東海何由填？

鼓角徒悲鳴❾，樓船習征戰❿。抽劍步霜月，夜行空庭徧。長呼結浮雲，埋沒顧榮扇⓫。他日觀軍容，投壺接高宴⓬。

【注釋】❶輔錄事　錄事參軍輔翼。錄事，官名。唐代官制，諸州設錄事參軍事和錄事，上州錄事參軍事一人，從七品上；錄事三人，從九品上。中州錄事參軍事一人，正八品上；錄事一人，從九品上；下州錄事參軍事一人，從八品上；錄事一人，從九品下。各縣亦有錄事。上縣有錄事二人，中縣、中下縣、下縣皆有錄事一人，不入品。按：李白〈泛沔州城南郎官湖序〉曰：「席上文士輔翼、岑靜以為知言。」輔翼當即此詩的輔錄事。❷誰道二句　用極誇張手法，謂長江狹小如一匹練。此水，指長江。練，絲帛。謝朓〈晚登三山還望京邑〉詩：「澄江淨如練。」❸黃鶴樓　唐時在鄂州江夏縣，今湖北武漢蛇山黃鶴磯上。詳見卷六〈峨眉山月歌送蜀僧晏入中京〉注。❹大語句　形容江夏與漢陽相距極近，大聲說話對岸能聽到。陸游《入蜀記》卷五：「登石鏡亭，訪黃鶴樓故址。石鏡亭者，石城山一隅，正枕大江，其西與漢陽相對，止隔一水，人物草木可數。」❺君草句　此句以陳琳比擬輔翼，讚美其文才之美。陳琳檄，《三國志・魏書・陳琳傳》：「琳避難冀州，袁氏敗，琳歸太祖。……太祖並以琳、〔阮〕瑀為司空軍謀祭酒，管紀室，軍國書檄，多琳、瑀所作也。」❻我書句　此句自比魯仲連，謂自己欲為人排難解紛。魯連箭，《史記・魯仲連鄒陽列傳》：「燕將攻下聊，聊城人或讒之燕，燕將懼誅，因保守聊城，不敢歸。齊田單攻聊城歲餘，士卒多死而聊城不下。魯連乃為書，約之矢以射城中，遺燕將。……燕將見魯連書，泣三日，……喟然歎曰：『與人刃我，寧自刃。』乃自殺。聊城亂，田單遂屠聊城。歸而言魯連，欲爵之。魯連逃隱於海上。」❼龍顏句　謂自己與輔翼都不被皇上眷顧。龍顏，指皇帝的臉色。迴眷，回顧眷念。❽精衛鳥　《山海經・北山經》：「發鳩之山……有鳥焉。其狀如烏，文首，白喙，赤足，名曰精衛。其鳴自詨。是炎帝之少女，名曰女娃。女娃游於東海，溺而不返。故為精衛，常銜西山之木石以堙於東海。」❾鼓角句　鼓和號角，古代軍中用以報時、警眾或發號施令。《通典》卷一四九：「夫軍城及野營行軍在外，日出日沒時撾鼓千槌，三百三十三槌為一通。鼓音止，角音動，吹十二聲為一疊。角音止，鼓行動。如此三角三鼓而昏明畢之。」❿樓船句　樓船，有樓的大船，古代多用於作戰。據《舊唐書・肅宗紀》，乾元二年，「九月甲午，襄州賊張嘉延襲破荊州，澧、朗、復、郢、硤、歸等州皆棄城奔竄。」漢陽輔錄事「習征戰」，當即防禦張嘉延、康楚元亂軍率軍東下來襲。李白是年有〈九日登巴陵置酒望洞庭水軍〉詩，亦指此事。⓫埋沒句　此句謂己有顧榮之才，卻被埋沒不用。顧榮扇，《晉書・顧榮傳》：「屬廣陵相陳敏反，南渡江，逐揚州刺史劉機、丹楊內史王曠，……有孫氏鼎峙之計。……明年，周玘與榮及甘卓、紀瞻潛謀起兵攻敏。榮廢橋斂舟於南岸，敏率萬餘人出，不獲濟，榮麾以羽扇，其眾潰散。」⓬投壺　古代宴會時的禮制。亦為一種遊戲。《禮記・投壺》記載甚詳：「壺頸脩七寸，腹脩五寸，口徑二寸半，容斗五升。壺中實小豆焉。為其矢之躍而出也，壺去席二矢半。矢，以柘若棘，毋去其皮。」鄭玄注：「壺，器名。以矢投其中。射之類。」按：方法是以盛酒的壺口作目標，用矢投入。矢有三種長度：室內用二尺，堂上用二尺八寸，庭中用三尺六寸。以投中多少決勝負，負者須飲酒。《後漢書・祭遵傳》：「遵為將軍，取士皆用儒術。對酒設樂，必雅歌投壺。」

【語　譯】誰說面前這條長江寬廣呢？它狹窄得就像一匹絲絹。江夏的黃鶴樓，正對著漢陽的青山。大聲說話還可以聽得見，您我老朋友卻難以相見。您能起草陳琳那樣的軍國檄文，我會書寫魯仲連那樣的信連箭一同射出。我有報國的豪壯之心，聖上龍顏卻不回轉眷顧一下。我如同西飛的精衛鳥，如此遭遇何從實現填堙東海的心願？戰鼓與號角徒然悲鳴，戰艦樓船正在演習戰陣而我無能為力。抽出寶劍我邁步在如霜的月下，夜晚不寐我走遍這空空的庭院。長嘯高呼使浮雲凝結，您我被埋沒了顧榮揮羽扇般的才能。他日我到您那兒去觀看軍容，再在宴席間飲酒投壺吧。

【研　析】此詩乃乾元二年（西元七五九年）秋在江夏作。前段寫自己與漢陽輔錄事僅一水之隔卻不能相見的思念之情，並抒發自己有才能卻不能報國的感慨。後段描寫當時荊州賊亂而江夏、漢陽備戰情況，對自己不能出力、被埋沒才能而不平。末二句以盼望能到漢陽觀軍容與輔錄事宴樂投壺作結。反映出詩人無可奈何的心情。

## 早春寄王漢陽❶

聞道春還未相識，走傍寒梅訪消息。昨夜東風入武昌❷，陌頭楊柳黃金色。

碧水浩浩雲茫茫，美人❸不來空斷腸。預拂青山一片石，與君連日醉壺觴❹。

【注　釋】❶王漢陽　即漢陽縣令王某。與前各詩中王明府、王宰為同一人。❷武昌　宋本作「武陽」，在「陽」字下夾注：「一作：昌」。胡本、王本亦作「武昌」。疑是。據改。按：唐代武昌即今湖北鄂州，在今武漢東南百餘公里。此處代指江夏。今武漢武昌。❸美人　指漢陽縣令王某。❹預拂二句　謂預先將青山的一片石頭拂淨，以便與王某連日痛飲。

【語　譯】聽說春天已經回來而我還未與它相識，跑去依傍寒梅尋訪消息。昨夜東風吹入江夏，路邊陌上的楊柳冒出一片黃金色的嫩芽。長江碧水浩浩天空雲霧茫茫，王漢陽您不來使我空自斷腸。我已預先拂淨青山上一片石頭擺下酒宴，要與您連日酣醉在壺觴之中。

【研　析】按：李白另有〈望漢陽柳色寄王宰〉詩，此詩當為同時之作，即上元元年（西元七六〇年）早春由零陵回江夏時作。比〈望漢陽柳色寄王宰〉詩略早。前四句由梅入柳，寫早春景色似無意中得來，妙甚。陸時雍《唐詩鏡》卷一九評曰：「一起四語，乃詩家推調，然語氣自老。」後四句寫思念之情，邀請王漢陽來江夏，擬連日暢飲。《唐宋詩醇》卷六評曰：「秀骨天成，偶然涉筆，無不入妙。」日本近藤元粹亦評此詩為「神韻縹緲」。

## 江上寄巴東❶故人

漢水波浪遠❷，巫山雲雨飛❸。東風吹客夢，西落此中時。覺後思白帝❹，佳人與我違❺。瞿塘饒賈客❻，音信莫令稀。

【注　釋】❶巴東　唐縣名。屬歸州。今湖北巴東。又郡名。天寶元年改歸州為巴東郡。乾元元年，復為歸州。治所在秭歸，今湖北秭歸。然此詩中提到故人所在地有巫山、白帝、瞿塘，則此「巴東」非唐之巴東縣或巴東郡，而是指東漢建安六年所置巴東郡，治所在魚復，今重慶奉節東。❷漢水句　點明詩人在江夏、漢陽一帶。漢水，又稱漢江。長江最長支流。源出陝西寧強，東南流經陝西南部、湖北西北部和中部，在武漢漢陽入長江。❸巫山句　點明所思之人的所在地。巫山，在重慶、湖北兩省市邊境。北與大巴山相連。東北西南走向。長江穿流其中，成為三峽。雲雨，宋玉〈高唐賦序〉：「妾在巫山之陽，高丘之岨。旦為朝雲，暮為行雨。朝朝暮暮，陽臺之下。」❹白帝　古城名。唐時屬山南東道夔州，在今重慶奉節東白帝山上。東漢初公孫述築城。述自號白帝，故以為名。並移魚復縣。城居高山，形勢險要。❺佳人句　佳人，美好的人。指題中的巴東故人。違，離別。❻瞿塘句　瞿塘，指瞿塘關。古關名。以位於瞿塘峽得名。亦稱江關。故址在今重慶奉節東。灩澦堆突兀江中，下即瞿塘峽，亦稱夔峽，長江三峽之一。長八公里，為三峽中最短、最窄而又最雄偉的峽谷。兩岸懸崖壁立，江面最狹處只有百餘公尺，江流湍急，形勢險要，號稱「天塹」，有「瞿塘天下雄」之稱。饒賈客，多商人。指往來商人很多。

【語　譯】我這裡有漢水流入長江波浪遠去，您那邊有巫山時時雲雨飛捲。東風吹我入夢思友，西行落到您的身邊。醒來思念您那邊的白帝城，您卻與我離別了。瞿塘關之間來往商人極多，讓他們捎帶書信給我千萬別使音信稀少。

【研　析】此詩當是開元十二年（西元七二四年）出蜀後次年至江夏時所作。首二句分別點明自己和友人的所在地，接著二句寫思友而入夢，再二句寫醒後方知早已與友人離別。末二句希望友人經常來信。全詩辭意較淺拙，明人朱諫疑非李白之作，然無證據。

## 江上寄元六林宗❶

霜落江始寒，楓葉綠未脫。客行悲清秋，永路❷苦不達。
滄波眇川汜❸，白日隱天末❹。停棹依林巒，驚猿相叫聒。夜分❺河漢轉，起視溟漲❻闊。涼風何蕭蕭❼，流水鳴活活❽。浦❾沙淨如洗，海月明可掇❿。蘭交⓫空懷思，瓊樹詎解渴⓬？勗哉滄洲心⓭，歲晚庶不奪。幽賞頗自得，興遠與誰豁⓮？

【注　釋】❶元六林宗　卷八〈秋日鍊藥院鑷白髮贈元六兄林宗〉詩曰：「投分三十載，榮枯同所歡。」則此元林宗當即李白最親密的摯友元丹丘。六，同祖兄弟中排行第六。❷永路　長路；路遠。❸眇川汜　眇，通「渺」。胡本作「渺」。是。水遠貌。《楚辭・九章・哀郢》：「渺南渡之焉如。」川汜，眾多江流。汜，由主流分出而復匯合的河水。《爾雅・釋水》：「決復入為汜。」郭璞注：「水出去復還。」《詩經・小雅・江有汜》：「江有汜。」❹天末　天盡頭。謝莊〈月賦〉：「雲斂天末。」❺夜分　《文選》卷二〇曹植〈上責躬應詔詩表〉：「晝分而食，夜分而寢。」張銑注：「夜分，夜半時也。」❻溟漲　大海。《文選》卷二二謝靈運〈遊赤石進帆海〉詩：「溟漲無端倪。」李周翰注：「溟漲，皆海也。」❼蕭蕭　擬風聲。《楚辭・九懷・蓄英》：「秋風兮蕭蕭。」❽活活　擬水流聲。《詩經・衛風・碩人》：「河水洋洋，北流活活。」毛傳：「活活，流也。」❾浦　水濱。《詩經・大雅・常武》：「率彼淮浦。」❿掇　拾。《文選》卷二七魏武帝〈短歌行〉：「明明如月，何時可掇。」李善注引《說文》曰：「掇，拾取也。」⓫蘭交　《易經・繫辭上》：「二人同心，其利斷金；同心之言，其臭如蘭。」後因以「蘭交」比喻意氣相投的友人。李嶠〈被〉詩：「蘭交聚北堂。」⓬瓊樹句　《藝文類聚》卷二九李陵〈贈蘇武別詩〉：「思得瓊樹枝，以解長渴飢。」⓭勗哉句　《尚書・牧誓》：「勗哉天子。」孔傳：「勗，勉也。」滄洲，濱水之地。古時常用以稱隱士居處。阮籍〈為鄭沖勸晉王箋〉：「臨滄洲而謝支伯，登箕山以揖許由。」滄洲心，隱逸之心。⓮豁　排遣；傾訴。王玄之〈蘭亭詩〉：「消散肆情志，酣暢豁滯憂。」

【語　譯】嚴霜降落江水始有寒意，楓葉還未脫綠色尚未變紅。我出行江上深感秋天悲涼清冷，前路漫長苦於難以到達。

滄波遙遠大小河流齊湧，太陽已隱沒在天盡頭。停止行舟依憑山巒森林，受驚的猿猴啼叫聒耳。夜半時分天上銀河迴轉，起來視看卻見大江如海一般壯闊。涼風蕭蕭多麼淒涼，流水嘩嘩響聲不斷。江邊的細沙如同漂洗過般潔淨，江上明月明亮流轉似可拾取。

我空自懷念義同蘭交的知心朋友，瓊樹之枝豈能解除心中飢渴？勉勵吧您我同有隱居之心，希望直至歲暮此志不減。幽居賞心令人頗為自得，我的興致高遠除您之外能向誰傾訴？

【研　析】此詩約作於天寶九載（西元七五〇年）李白前往石門探望元丹丘的江行途中。首四句寫初秋江行的感受。次段十句描寫江行所見景色。大江滄波浩渺，傍晚日隱天末，泊舟林巒下，只聞驚猿鳴聒。夜半銀河西轉，起視江水廣闊。涼風蕭蕭，流水嘩嘩，浦沙潔淨，江月可掇。末段抒情。思念知己，瓊枝不能解渴，相勉隱居之志不可奪。江行幽賞頗為自適，然與君遠離，又有誰可與舒解？應時《李詩緯》評此詩曰：「有清風靜致。」

# 寄從弟宣州長史昭❶

爾佐宣城郡❷，守官清且閑。常誇雲月好，邀我敬亭山❸。五落洞庭葉❹，三江❺遊未還。相思不可見，歎息損朱顏。

【注　釋】❶宣州長史昭　當與本卷〈書情寄邠州長史昭〉的李昭為同一人。宣州，唐屬江南道。天寶元年改為宣城郡，乾元元年復為宣州。今安徽宣城。長史，州長官刺史的僚佐。宣州為上州，設長史一人，從五品上。位在別駕之下，司馬之上。昭，李昭。李白稱之為從弟，則輩分同而年齒小。❷宣城郡　蕭本、郭本、胡本作「宣州郡」。誤。當以宋本為是。既稱「宣州」，不應有「郡」字，若稱郡名，必作「宣城郡」。❸敬亭山　《元和郡縣志》卷二八江南道宣州：「敬亭山，州北十二里。即謝朓賦詩之所。」在今安徽宣城北。❹五落句　謂分別已五年。洞庭葉，《楚辭・九歌・湘夫人》：「嫋嫋兮秋風，洞庭波兮木葉下。」洞庭，湖名。在今湖南北部，長江南岸。為我國第二大淡水湖，素有「八百里洞庭」之稱。湘、資、沅、澧四水匯流入湖。在岳陽城陵磯入長江。湖中小山甚多，以君山最為著名。❺三江　指岳州巴陵三江口。《元和郡縣志》卷二七岳州巴陵縣：「巴陵城，對三江口。岷江為西江，澧江為中江，湘江為南江。」

【語　譯】您任宣城郡長史輔佐太守，為官清廉而且閒雅。您常誇耀宣州的山水雲月美妙，邀請我遊覽敬亭山。與您別後樹葉飄落洞庭之波已有五次，而我仍在三江口漫遊尚未回還。我思念您而不能相見，只能時常嘆息而使紅顏衰老。

【研　析】此詩約作於乾元二年（西元七五九年）流放遇赦回到岳州遊洞庭之時。首二句讚賞李昭為宣州長史為官清正，接著二句寫李昭邀請共遊敬亭山，再次二句寫自己尚在洞庭三江未能回到宣州，末二句寫相思之情。明人評此詩曰：「來得頗容易，然卻有雅味。」嚴羽評曰：「只『清閒』二字，盡居官之妙。」

# 涇溪東亭寄鄭少府諤

宣城❶

我遊東亭不見君，沙上行將白鷺群。白鷺閑時散飛去，又如雪點青山雲。欲往涇溪不辭遠，龍門蹙波虎眼轉❷。杜鵑花❸開春已闌，歸向陵陽❹釣魚晚？

【注釋】❶涇溪題　涇溪，水名。又名賞溪。在今安徽涇縣西南，為青弋江上游涇縣境內的江段。南連太平湖。其源出石埭、太平、旌德，合舒溪、麻溪、徽水三大水源，至縣治合流而北流入宣城、南陵。東亭，在涇溪上游桃花潭南二十五里處龍門山上，屬太平縣。為太平、涇縣交界處。鄭少府諤，涇縣縣尉鄭諤。少府，唐人對縣尉的敬稱。❷龍門句　龍門，山名。在今安徽黃山市黃山區北太平湖世界公園南，其北即涇縣桃花潭。《江南通志》卷八山川寧國府：「龍門山，在太平縣西北四十里，林麓幽深，巖壁峭拔，中有石竇若門。」蹙波，波紋皺縮。虎眼轉，王琦注：「虎眼轉，謂水波旋轉，有光相映，若虎眼之光。劉禹錫詩『汴水東流虎眼文』是也。」❸杜鵑花　王琦注：「一名紅躑躅，一名山石榴，一名映山紅，處處山谷有之。高二三尺，春時蕊葉齊出，一枝數萼，花色紅麗。二、三月中，遍滿山谷，爛然若火，入夏方歇。」❹陵陽　山名。《元和郡縣志》卷二八江南道宣州涇縣：「陵陽山，在縣西南一百三十里。陵陽子明得仙處。」按：據《列仙傳》記載，陵陽子明釣得白龍放之，後五年，龍來迎子明上陵陽山，一百餘年乃得仙去。山高一千餘丈。《輿地志》則稱「陵陽令竇子明」。

【語譯】我遊覽東亭未能見到您，只見沙灘上一群白鷺在行走。這群白鷺悠閒自得時而飛散開去，又似片片雪花點點飄落在青山雲層中。我想到涇溪去不辭路途遙遠，龍門山下水波皺縮如虎眼旋轉發光。杜鵑花盛開春色將盡，歸向陵陽山下垂釣大概還不算晚吧？

【研析】此詩作於天寶十四載（西元七五五年）暮春遊涇縣之時。詩中將懷友、寫景和對隱居的嚮往融為一體。謂遊東亭而不見君，徘徊沙上與白鷺為群。白鷺飛去又如雪點青山之雲。欲往涇溪見君不辭遠。想像龍門水波，涇溪之景；杜鵑花開，春色已闌。歸去陵陽學子明釣魚，未知晚否？其實，寫白鷺的悠閑自得，龍門水波旋轉，杜鵑花開，皆為烘托詩人嚮往隱居的心情。

## 宣城九日聞崔四侍御與宇文太守遊敬亭余時登響山不同此賞醉後寄崔侍御二首❶

### 其一

九日茱萸❷熟，插鬢傷早白。登高❸望山海，滿目悲古昔。遠訪投沙人❹，因為逃名客❺。故交竟誰在？獨有崔亭伯❻。
重陽不相知❼，載酒任所適。手持一枝菊，調笑二千石❽。日暮岸幘❾歸，傳呼隘阡陌。彤襜雙白鹿❿，賓從何輝赫⓫。夫子⓬在其間，遂成雲霄隔。
良辰與美景⓭，兩地方虛擲。晚從南峰歸，蘿月下水壁⓮。卻登郡樓望，松色寒轉碧。咫尺⓯不可親，棄我如遺舄⓰。

【注釋】❶宣城題　宣城，唐郡名。即宣州，天寶元年改為宣城郡，乾元元年復為宣州。今安徽宣城。蕭本、郭本、胡本作「宣州」。九日，指夏曆九月初九重陽節。古代有重陽登高的習俗。崔四侍御，即崔成甫，在同祖兄弟中排行第四，曾為攝監察御史。見卷七〈贈崔侍御〉詩注。宇文太守，姓宇文的宣城郡太守。名不詳。按：王維有〈送宇文太守赴宣城〉詩，當為同一人。響山，在今安徽宣城南。權德輿〈宣州響山新亭新營記〉：「郡城之南……直南一里所，得響山焉。兩崖聳峙，蒼翠對起。其南得響潭焉，清泚可鑑，縈迴澹淡。」❷茱萸　植物名。古代風俗，夏曆九月九日重陽節，佩茱萸以去邪辟惡。《藝文類聚》卷四引《風土記》：「九月九日律中無射，而數九，俗尚此日折茱萸房以插頭，言辟除惡氣而禦初寒。」❸登高　吳均《續齊諧記》：「汝南桓景隨費長房遊學累年，長房謂曰：『九月九日汝家中當有災。宜急去，令家人各作絳囊盛茱萸以繫臂，登高飲菊花酒，此禍可除。』景如言，齊家登山。夕還，見雞犬牛羊一時暴死。長房聞之，曰：『此可代也。』今世人九日登高飲酒，婦人帶茱萸囊，蓋始於此。」❹投沙人　用賈誼貶長沙事，以喻崔成甫。謂棄之於長沙。見卷八〈贈崔秋浦三首〉其三注。❺逃名客　《後漢書・法真傳》：「性恬靜寡欲，不交人間事。……辟公府，舉賢良，皆不就。……遂深自隱絕，終不降屈。友人郭正稱之曰：『法真名可得聞，身難得而見，逃名而名我隨，避名而名我追，可謂百世之師者矣！』」❻崔亭伯　《後漢書・崔駰傳》：「字亭伯，涿郡安平人也。……年十三能通《詩經》、《易經》、《春秋》，博學有偉才，盡通古今訓詁百家之言，善屬文。少遊太學，與班固、傅毅同時齊名。常以典籍為業，未遑仕進之事。……及（竇）憲為車騎將軍，辟駰為掾。……駰為主簿，前後奏記數十，指切長短。憲不能容，稍疏之，因察駰高第，出為長岑長。駰自以遠去，不得意，遂不之官而歸。」按：此處借同姓之崔駰喻崔成甫。❼不相知　即題中的「不同此賞」，謂兩人各自登高不相聞知。❽二千石　漢制，郡守俸祿為二千石，後世因稱郡太守為二千石。《漢書・循吏傳序》：「庶民所以安其田里而亡（無）歎息愁恨之心者，政平訟理也。與我共此者，其唯良二千石乎？」顏師古注：「謂郡守、諸侯相。」❾岸幘　幘，頭巾，本覆在額上，把幘掀起露出前額稱為「岸幘」，表示灑脫不受拘束的態度。孔融〈與韋端書〉：「不得復與足下岸幘廣坐，舉杯相于，以為邑邑（悒悒）。」❿彤襜句　彤襜，赤色車帷。襜，亦作「幨」。《後漢書・劉盆子傳》：「乘軒車大馬，赤屏泥，絳襜絡。」李賢注：「襜，帷也；車上施帷，以屏蔽者。」此處指宇文太守的車。雙白鹿，《後漢書・鄭弘傳》：「遷淮陽太守。」李賢注引謝承《後漢書》曰：「弘消息繇賦，政不煩苛。行春天旱，隨車致雨。白鹿方道，俠轂而行。弘怪問主簿黃國曰：『鹿為吉為凶？』國拜賀曰：『聞三公車輻畫作鹿，明府必為宰相。』」⓫賓從句　賓從，賓客和僕從的合稱。《三國志・魏書・嵇康傳》裴松之注引孫盛《魏氏春秋》：「會（鍾會）名公子，以才能貴幸，乘肥衣輕，賓從如雲。」輝赫，猶顯赫。《顏氏家訓・省事》：「拜守宰者，印組光華，車騎輝赫，榮兼九族，取貴一時。」⓬夫子　指崔成甫。⓭良辰句　謝靈運〈擬魏太子鄴中集詩〉序：「天下良辰、美景、賞心、樂事，四者難並。」⓮蘿月句　蘿月，藤蘿間的月色。盧照鄰〈悲昔遊〉：「蘿月寡色，風泉罷聲。」水壁，水邊巖石。⓯咫尺　宋本在二字下夾注：「一作：望美」。⓰遺舄　丟棄的舊鞋子。

舄，猶「履」，鞋子。《古今注・輿服》：「舄，以木置履下，乾腊不畏泥濕也。」

【語　譯】九月九日茱萸已經成熟，插上鬢髮辟邪卻感傷頭髮早白。登高眺望遠處大海一般的山，滿目淒涼為古昔之人事悲哀。我遠訪像當年被投棄長沙的賈誼那樣的朋友，於是做一個逃避聲名之人。舊時交好的友人還有誰在？只有您崔駰那樣的人了。

重陽之日我未能與您一同出遊，您們載酒玩賞任憑興致所至。您手持一枝菊花，與宇文太守一起調笑歡樂。日暮之時掀起頭巾瀟灑歸來，周圍傳呼之人使道路都擠得很窄。紅色帳幕的車駕有雙白鹿夾轂而行，隨從賓客齊行多麼顯赫輝煌。您就在這其中，於是我乃與您失之交臂而相隔雲霄。

敬亭山和響山兩地的良辰與美景，因我們未能相聚同遊而白白浪費。傍晚時分我從響山南峰歸來時，藤蘿間的月光映在水邊的巖石上。返身登上州郡城樓眺望，松色既帶寒意又顯翠碧。我們近在咫尺卻未能親近相見，我就像舊鞋一樣被遺棄。

【研　析】此詩當是天寶十二載（西元七五三年）遊宣城時作。時好友崔成甫應宇文太守之邀，亦在宣城。首段八句寫九月初九插茱萸而傷衰鬢早白，登高望遠懷古而悲。訪投沙之人為逃名之客，故交今只崔氏一人而已。次段十句寫重陽登高彼此不相聞，崔氏在敬亭手持菊花與宇文太守同樂。日暮歸來傳呼於阡陌之間，彤帷車駕白鹿夾轅，賓客隨從顯赫眾多。崔氏身在其中，而自己卻在響山而不同此賞，雖只數里之遙，卻若雲霄相隔。末段八句謂九日的良辰美景，因分隔兩地不能共賞而徒然丟失，自己從響山南峰歸來時藤蘿間月光照映水邊巖石，登樓遠望松樹顏色凝寒而轉碧。想到咫尺之間不能相見相親，感到自己像舊鞋一樣被遺棄，再次強調未能參與斯遊的遺憾。

## 其二

九卿❶天上落，五馬❷道傍來。列戟朱門曉❸，褰帷碧嶂開❹。登高望遠海，召客得英才。紫綬❺歡情洽，黃花逸興催。山從圖上見，溪即❻鏡中迴。遙羨重陽作，應過戲馬臺❼。

【注　釋】❶九卿　唐代官制，中央機構設有太常、光祿、衛尉、宗正、太僕、大理、鴻臚、司農、太府九寺，各寺的長官稱卿，副長官稱少卿。此處「九卿」蓋指宇文太守從九卿中之官員出為太守。❷五馬　漢時太守乘的車用五匹馬駕轅，後因以「五馬」指太守的車駕，亦作太守的代稱。見卷四〈陌上桑〉注。❸列戟句　唐代官制，三品以上官員，府第門前皆列棨戟，以為儀仗。九卿皆為三品官，上州刺史亦為三品官員。朱門，宅門加朱漆，帝王賞給公侯的「九錫」之一，後以「朱門」為高官邸第的代稱。❹褰帷句　褰帷，撩起車帷。《後漢書・賈琮傳》：「乃以琮為冀州刺史。舊典，傳車駿駕，垂赤帷裳，迎於州界。及琮之部，升車言曰：『刺史當遠視廣聽，糾察美惡，何有反垂帷裳以自掩塞乎？』乃命御者褰之。百城聞風，自然竦震。」碧嶂，蕭本、郭本、王本作「碧帳」。❺紫綬　繫官印的紫色絲帶。這裡代指太守。《漢書・百官公卿表上》：「相國、丞相，皆秦官，金印紫綬。」唐制，三品以上服紫。《舊唐書・輿服志》：「二品、三品紫綬。」按：宋本原作「紫絲」，據蕭本、郭本、王本、咸本改。❻即　宋本在此字下夾注：「一作：向」。❼戲馬臺　《元和郡縣志》卷九河南道徐州彭城縣：「戲馬臺，在縣東南二里。項羽所造，戲馬於此。宋公九日登戲馬臺即此。」在今江蘇徐州南。晉義熙中，劉裕曾大會賓客，賦詩於此。謝靈運今存有〈九日從宋公戲馬臺集送孔令〉詩。王琦注：「太白詩意，蓋謂崔侍御重陽之作，過於謝公戲馬臺之詩也。」

【語　譯】從京城九卿來到宣城如同天上降落，宇文太守由五馬駕車沿道而來。天曉時就可看到太守府第前排列著棨戟，撩起車帷只見碧山層出。登高眺望遠方山海，招納賓客得到英賢才傑。太守與賢才情投意合，菊花盛開更能催發逸興。山色美景如從畫中所見，溪水似在鏡中奔流迴旋。我遠慕您的重陽佳作，定當超過當年劉裕命百僚所寫的戲馬臺詩。

【研　析】此首描寫宇文太守從九卿高位下調來宣城郡當太守的情景，間接稱譽崔成甫之才。太守府第門列棨戟，撩帷見山，太守召客得英賢而歡洽。以山如畫、溪如鏡形容敬亭山水之美。末二句讚美崔成甫重陽之作定當超過當年謝靈運等人的戲馬臺之詩，雖為諛辭，亦為題中應有之義。

## 寄崔侍御❶

宛溪❷霜夜聽猿愁，去國長為不繫舟❸。獨憐一雁飛南海❹，卻羨雙溪解北流❺。高人屢解陳蕃榻❻，過客難登謝朓樓❼。此處別離同落葉，明朝❽分散敬亭秋。

【注釋】❶崔侍御　即崔成甫。見卷七〈贈崔侍御〉詩注及本卷前詩。❷宛溪　水名。在今安徽宣城東。《江南通志》卷八山川寧國府：「宛溪，在府城東。源出嶧山之陽。上下兩橋，上曰鳳凰，下曰濟川，並跨溪上。」❸去國句　此句謂離開京國後長期蹤跡不定，如沒有拴住的小船，到處飄遊。去國，離開京都長安。長為，蕭本、郭本、王本作「長如」。不繫舟，《莊子・列禦寇》：「飽食而遨遊，汎若不繫之舟，虛而遨遊者也。」❹獨憐句　獨憐，自憐。一雁飛南海，自喻從北方南來。❺卻羨句　雙溪，指環繞宣城的宛溪和句溪。解，懂得；知道。❻高人句　高人，高尚之人。指宇文太守。參見前詩。陳蕃榻，《後漢書・徐穉傳》：「時陳蕃為（豫章）太守，以禮請署功曹，穉不免之，既謁而退。蕃在郡不接賓客，唯穉來特設一榻，去則縣（懸）之。」此處以陳蕃喻宇文太守，以徐穉喻崔成甫。❼過客句　此句謂詩人與崔成甫皆在宣城為過客，但卻很難同登謝朓樓。謝朓樓，又稱謝公樓、北樓。在今安徽宣城。為南齊宣城太守謝朓所建。按：樓，宋本原作「舟」。誤。據繆本、王本、咸本改。❽明朝　宋本原作「朝朝」，據王本改。

【語譯】秋夜在宣城宛溪寒霜之中聽猿啼而發愁，離開京都以後長期飄泊就像失去纜繫的小舟。可憐我就像孤雁獨自飛向南方，卻羨慕雙溪還懂得要向北流。多蒙宇文太守就像當年陳蕃那樣多次解榻招待您和我，可是我倆同為過客卻難得機會同登謝朓北樓。在此處我與您離別就像飄飛的落葉，明天早晨在敬亭山的秋日下就將分散了。

【研析】此詩當是天寶十二載（西元七五三年）秋李白自宣城往金陵向崔成甫告別之作。疑題當作〈別崔侍御〉。前四句寫聽霜夜猿啼而愁，離開長安後長如不繫舟任意飄泊，感慨自己如一雁南飛，還不如雙溪知道要向北流，暗寓思念朝廷之意。後四句寫自己與崔成甫同為作客宣城蒙宇文太守解榻招待，但難有機會同登謝朓樓，有遺憾之意。此處離別如同落葉，明早即在敬亭山分散，從此不知何日可再相會。字裡行間洋溢著戀戀不捨之情。嚴羽評此詩為「律中清商」，明人亦評此詩為「絕穩妙律」。可見或謂李白不善七律，亦非確論。

## 涇溪南藍山下有落星潭可以卜築余泊舟石上寄何判官昌浩❶

藍岑竦天壁❷，突兀如鯨額❸。奔蹙❹橫澄潭，勢吞落星石。沙帶秋月明，水搖寒山碧。

佳境宜緩棹❺，清輝❻能留客。恨君阻歡遊，使我自驚惕。所期俱卜築，結茅鍊金液❼。

【注釋】❶涇溪南題　藍山，在今安徽涇縣西。又名大藍山、五指山。《江南通志》卷八山川寧國府：「藍山，在涇縣西五十里，高千仞。」又：「落星潭，在涇縣西五十里藍山下。晉有陳霸兄弟捕魚於此，見一星落潭中，故名。」卜築，擇地築屋。何判官昌浩，拓本〈唐故鄧州司戶參軍何府君（昌浩）墓誌銘并序〉（貞元九年十月）：「解褐澤州參軍，……左遷光州定城縣丞，……移鄧州司戶參軍。無何，二京覆沒，遂潛跡江表，為宣歙採訪使宋若斯（思）辟署支使。天不憖遺，罔祐其善，官舍遇疾。以永泰二年薨，春秋五十二。」可知何昌浩一生僅有一次入幕，即「為宣歙採訪使宋若斯（思）辟署支使。」其為判官即在此時。唐人常以「判官」概指節度使幕僚。宋若思為宣歙採訪使在至德二載，則何昌浩為判官亦當在此年。李白亦曾入宋若思幕，當與何昌浩為同僚。後李白離開宋若思幕，可能即來涇溪。不久又逃難到宿松。卷七有〈贈何七判官昌浩〉詩，可參讀。❷藍岑句　藍岑，藍山。小而高的山謂岑。竦，蕭本、郭本、王本作「聳」。天壁，峭絕而直立的巖石。❸突兀句　突兀，高聳特出貌。鯨額，傳說鯨的額鼻高聳，故以此形容之。卷一〈古風〉其三：「連弩射海魚，長鯨下崔嵬。額鼻象五岳，揚波噴雲雷。」❹奔蹙　形容山勢如奔跑收縮。❺緩棹　延緩進船；停舟。❻清輝　清光；日月映照山水的光輝。謝靈運〈石壁精舍還湖中作〉詩：「昏旦變氣候，山水含清暉。清暉能娛人，遊子憺忘歸。」❼結茅句　結茅，編茅草為屋。謂建造簡陋的房屋。鮑照〈觀圃人藝植〉詩：「結茅野中宿。」金液，見本卷〈寄王屋山人孟大融〉詩注。

【語　譯】藍山峭壁高聳青天，特出像鯨魚的額頭。如奔縮而橫在清澄的潭水之前，其勢像要吞沒落星之石。沙淨映帶秋月的光輝，水流搖盪寒山的翠碧。

如此佳境值得停舟玩賞，如此清輝能使留客止步。只恨您不能來此歡遊，使我心中耽憂。期望能與您共同在此編茅蓋屋，同煉長生不老之藥。

【研　析】此詩當作於至德二載（西元七五七年）秋。時離開宋若思幕來遊涇縣藍山落星潭。首六句描寫藍山佳境：藍山高聳直立有如天壁，突兀高起有似鯨額。其勢奔騰皺縮橫於清澄潭水之前，下瞰深波若吞落星之石。沙淨帶秋月之明，水流搖寒山之碧。此皆落星潭之佳境。後段六句承上山水佳景，宜停舟玩賞，然友人不得與遊，使己心憂不安。期望能與友人共同在此結茅築屋以居，學長生之道而煉金丹。明人評此詩曰：「起四句寫形勢，最勁有力。卻用沙、水二泛語點注，乃以佳境總承，此是節奏。」

## 早過漆林渡❶寄萬巨❷

西經大藍山❸，南來漆林渡。水色倒空青❹，林煙橫積素❺。漏流昔吞翕❻，
沓浪競奔注❼。潭落天上星❽，龍開水中霧❾。巉巖注公柵❿，突兀陳焦墓⓫。嶺

峭紛上干⑫，川明屢迴顧。因思萬夫子，解渴同瓊樹⑬。何日覩清光⑭？相歡詠佳句。

【注　釋】❶漆林渡　涇溪的渡口。距藍山約十里。因岸邊有漆樹為林，故名。❷萬巨　事蹟不詳。按：大曆詩人韓翃、盧綸皆有〈送萬巨〉詩。韓翃詩曰：「漢相見王陵，揚州事張禹。風帆木蘭檝，水國蓮花府。……金鑪促膝諸曹吏，玉管繁華美少年。……」韓翃天寶十三載進士及第，其作此詩似在李白寄此詩前後不久。可見萬巨乃江南名門望族，其時為少年曹吏。又按：《寧國府志》卷三〈人物志隱逸類〉：「萬巨，世居震山。天寶間以材薦，不就。李白有〈扶風豪士歌〉，即巨也。因巨遠祖漢槐里侯修封扶風，因以為名。」考《後漢書・萬脩傳》：「萬脩，字君遊，扶風茂陵人也。……建武二年，更封槐里侯。」則萬脩乃籍貫扶風，非「封扶風」。❸大藍山　即上首詩中的「藍山」，詳前詩注。❹水色句　謂青藍的天空倒影在水中相映一色。❺積素　積雪。《文選》卷二五謝惠連〈西陵遇風獻康樂〉詩：「積素惑原疇。」呂向注：「積素，謂雪也。」此處喻林煙如雪。❻漏流句　謂巖洞中滲漏的水流由於往昔不斷的吞聚而成潭。翕，聚；合。❼沓浪句　謂涇溪中重疊的波浪競相奔注。❽潭落句　即指前詩中的落星潭。❾龍開句　謂水中霧氣蒸騰，似游龍出現。❿巉巖句　巉巖，險峻的山崖。巉，蕭本、郭本、王本作「嶢」。誤。注公柵，胡震亨注：「注公，疑是左公。隋末，左難當築城柵拒輔公祏於涇，與大藍山近。」按：《舊唐書・李大亮傳》：「會輔公祏反，……公祏尋遣兵圍猷州，刺史左難當嬰城自守，大亮率兵進援，擊賊破之。」又〈地理志三〉江南西道宣州涇縣：「武德三年，置猷州，領涇、南陽、安吳三縣。八年，廢猷州及南陽、安吳二縣，（以涇縣）屬宣州。」⓫陳焦墓　《三國志・吳書・孫休傳》：「是歲（永安四年），安吳民陳焦死。埋之，六日更生，穿土中出。」王琦按：「安吳，縣名。舊屬宣城郡，隋時併入涇縣。」⓬上干　向上直矗。司馬相如〈子虛賦〉：「其山……交錯糾紛，上干青雲。」宋之問〈下桂江縣黎壁〉詩：「連山紛上干。」⓭解渴句　見本卷〈江上寄元六林宗〉詩注。⓮清光　美好的風采。多喻帝王或才士的容顏。《漢書・鼂錯傳》：「今執事之臣皆天下之選已，然莫能望陛下清光。」

【語　譯】向西經過大藍山，又向南來到了漆林渡。碧藍天空倒影水中青藍一色，樹林的煙氣橫遮如同白雪相積。巖洞滴漏的細流經往日不斷吞吸積聚而成潭，重疊的浪花奔騰如注。潭中落下天上的星石，白龍騰開水面的迷霧。險峻的巖石旁曾是左公之柵，突兀隆起的是陳焦之墓。山嶺峻峭上干青天，川流水明彎曲迴顧。由此我思念您萬夫子，要解飢渴還得依傍瓊樹枝。何時能一睹您的風采？您我相聚歡樂共詠佳句。

【研析】從首二句可知，此詩當是緊接前詩先後之作。詩人遊藍山後又來到漆林渡。詩中詳盡描寫了此處的優美景色和古蹟，最後抒發了思念友人渴望與之同歡共詠的思想感情。明人評此詩曰：「是側韻排律。斫語甚巧，卻有蒼氣，此盛唐本色。」

## 遊敬亭寄崔侍御❶

一本作〈登古城望府中奉寄崔侍御〉。其不同處悉重出

我家敬亭下，輒繼謝公作❷。相去數百年，風期❸宛如昨。
登高素秋月❹，下望青山郭。俯視鴻鷺群❺，飲啄自鳴躍。
夫子雖蹭蹬❻，瑤臺❼雪中鶴。獨立窺浮雲，其心在寥廓❽。時來一顧我，笑飯葵與藿❾。
世路如秋風，相逢盡蕭索❿。腰間玉具劍，意許無遺諾⓫。壯士不可輕⓬，相期在雲閣⓭。

【注釋】❶遊敬亭題　敬亭，山名。見卷一〇〈登敬亭山南望懷古贈竇主簿〉詩注。崔侍御，即崔成甫。見卷七〈贈崔侍御〉詩注。❷我家二句　謝公，指謝朓。謝朓〈遊敬亭山〉詩：「茲山亙百里，合沓與雲齊。隱淪既已託，靈異居然棲。上干蔽白日，下屬帶迴谿。交藤荒且蔓，樛枝聳復低。……」宋本在二句下夾注：「一作：我登謝公樓，輒繼敬亭作」。❸風期　氣概；風度。見卷二〈梁甫吟〉注。❹登高句　素秋，秋天。古代五行之說，秋屬金，其色白，故曰素秋。劉楨〈魯都賦〉：

「及其素秋二七，天漢指隅，民胥祓禊，國於水遊。」宋本在此句下夾注：「一作：高城素秋日」。❺俯視句　宋本原作「府中鴻鷺群」，在此句下夾注：「一作：俯視鴛鷺群」。蕭本、郭本、王本即作「俯視鴛鷺群」。據二種校改。鴻鷺，鴻雁和白鷺。❻蹭蹬　失勢或失意貌。指崔成甫被貶事。李白〈澤畔吟序〉：「〈澤畔吟〉者，逐臣崔公之所作也。公代業文宗，早茂才秀，起家校書蓬山，再尉關輔。中佐於憲車，因貶湘陰。」崔成甫〈贈李十二〉詩亦自稱「我是瀟湘放逐臣」。詳見拙著《天上謫仙人的秘密——李白考論集・李白詩中崔侍御考辨》。❼瑤臺　傳說神仙居處，詳見〈清平調三首〉其一注。❽寥廓　高遠。指天高。《楚辭・遠遊》：「上寥廓而無天。」❾時來二句　蕭本、郭本、王本作「時來顧我笑，一飯葵與藿」。宋本在二句下夾注：「一作：時來顧我笑，一飯與葵藿」。❿蕭索　同「蕭瑟」、「騷屑」。蕭條淒涼。江淹〈恨賦〉：「秋日蕭索，浮雲無光」。⓫腰間二句　具，宋本原作「巨」，據蕭本、郭本、王本、咸本改。玉具劍，以玉為飾的劍。《漢書・匈奴傳》：「賜以……玉具劍。」顏師古注引孟康曰：「『摽首、鐔、衛盡用玉為之也。』鐔，劍口旁橫出者也。衛，劍鼻也。」意許句，謂心中已默許不遺忘承諾。暗用延陵季子掛劍不失信之事。詳見卷一〇〈陳情贈友人〉詩注。宋本在二句下夾注：「一作：願為經冬柏，不逐天霜落」。⓬輕　宋本在此字下夾注：「一作：疏」。⓭相期句　雲閣，猶雲臺。東漢時陳列二十八將圖畫於雲臺。庾信〈周柱國大將軍大都督同州刺史爾綿永神道碑〉：「詎知雲閣，名在功臣。」倪璠注：「雲閣，《漢書》所謂『雲臺』是也。臺、閣通稱矣。」本句一作「相隨集雲閣」。

【語　譯】我居住在敬亭山下，經常倣效謝朓作吟詠敬亭山之詩。雖然謝朓距今已離去數百年，但他的品格風度仍彷彿昨日還相見。

登高遙看清秋之月，向下眺望青山城郭。只見鴻雁白鷺成群，或飲或啄都自得其樂鳴叫跳躍。

夫子您雖遭受困頓失意，但仍如瑤臺之上雪中的仙鶴。您獨立傲視浮雲，心中的志向在那寥廓的長空。

您時常前來照顧看望我，歡笑中共食葵藿一類菜蔬淡飯。

世態人情如同秋風一樣無情，相逢之間只感蕭瑟寒冷。腰間所佩的玉飾之劍，心中有所許諾絕不失信。

您我都是當今壯士不可被人輕覷，期望能有一天在圖畫功臣的雲臺高閣的朝廷上會面。

【研　析】此詩當是天寶十二載（西元七五三年）秋在宣城作。首四句謂自己居住敬亭山下經常像當年謝朓一樣吟詠敬亭山，相距三百年而仍仰慕他的風度。接著四句寫登敬亭山所見景象：上望秋月，下瞰山郭，鴻鷺成群飲啄自如。再次寫崔成甫雖政治上失意，但氣概傲岸，仍如瑤臺仙鶴，心在高遠。並與我相契，時來枉顧。同飲葵藿，洽貧交之情。末段謂世態炎涼，交道淒涼，唯自己有寶劍心許不忘，相期在朝廷會面有所作為。點出自己尚有壯志。

## 三山❶望金陵寄殷淑❷

三山懷謝朓，水澹望長安。蕪沒河陽縣，秋江正北看❸。盧龍❹霜氣冷，鳷鵲❺月光寒。耿耿憶瓊樹❻，天涯寄一歡。

【注釋】❶三山　在今南京市西南部長江邊板橋渡口處。按：謝朓有〈晚登三山還望京邑〉詩，即此「三山」。❷殷淑　李白另有〈五松山送殷淑〉與〈送殷淑三首〉。顏真卿〈玄靜先生廣陵李君（含光）碑〉：「真卿與先生門人中林子殷淑、遺名子韋渠牟嘗接采真之遊，緒聞含一之德。」可知殷淑乃著名道士李含光的弟子。其道號為中林子。詳見拙著《天上謫仙人的秘密——李白考論集・李白暮年若干交遊考索》。❸三山四句　化用謝朓〈晚登三山還望京邑〉詩：「灞涘望長安，河陽視京縣。白日麗飛甍，參差皆可見。餘霞散成綺，澄江淨如練。」謝朓詩中融合了王粲的〈七哀詩〉「南登灞陵岸，回首望長安」之句、潘岳〈河陽縣作〉「引領望京室，南路在伐柯」之句。以王粲望長安、潘岳望河陽比喻自己望金陵的情景。河陽縣，為洛陽之京邑，西晉末廢。治所在今河南孟縣西北。正北看，向北望金陵。長江在今南京市三山處為由南向北流向。宋本在「水澹」二字下夾注：「一作：綠水」。❹盧龍　古山名。即今南京市內獅子山。西臨大江。晉元帝初渡江，見其山嶺連綿，險要似塞北盧龍，故名。見《太平寰宇記》卷九〇江南東道昇州上元縣及《六朝事跡編類》卷下引《圖經》。❺鳷鵲　原為漢武帝所建觀名。《三輔黃圖》卷二：「築甘泉苑。建元中，作名闕、封巒、鳷鵲觀於苑垣內。」謝朓〈暫使下都夜發新林至京邑贈西府同僚〉詩：「金波麗鳷鵲，玉繩低建章。」建章，亦漢武帝所築宮名。南齊時都金陵，謝朓詩以長安宮觀擬之。然南朝宮中樓閣亦有名鳷鵲者。吳均〈與柳惲相贈答詩〉其一：「日映昆明水，春生鳷鵲樓。」李白〈永王東巡歌〉其四：「春風試暖昭陽殿，明月還過鳷鵲樓。」皆指金陵之樓閣，在今南京市。❻瓊樹　形容神采豐朗、品格高潔之人。《世說新語・賞譽》：「太尉神姿高徹，如瑤林瓊樹，自然是風塵外物。」

【語　譯】登上三山懷念謝朓，波水澹靜眺望金陵。我如同在荒蕪的河陽縣的潘岳遠望京城，順著秋日江水向北看去。盧龍山頭霜氣冷寂，鳷鵲觀上月光寒冷。深切地思念您這位瓊樹般的友人，相隔天涯寄上此詩相期一歡。

【研　析】殷淑乃李白暮年之交遊，此詩應作於李白晚年。拙著〈李白暮年若干交遊考索〉有詳述。首四句化用謝朓詩意表示懷念京都，接著二句寫望金陵之景。末二句抒發思念友人之情，應時《李詩緯》評此詩曰：「深情而運之秀筆。」

## 自金陵泝流過白壁山翫月達天門寄句容王主簿❶

滄江❷泝流歸，白壁見秋月。秋月照白壁，皓如山陰雪❸。幽人停宵征❹，賈客忘早發。

進帆天門山，迴首牛渚❺沒。川長信風❻來，日出宿霧歇。

故人❼在咫尺，新賞成胡越❽。寄君青蘭花❾，惠好❿庶不絕。

【注　釋】❶自金陵題　泝流，逆流而上。泝，同「溯」。白壁山，壁，宋本原作「璧」，下同，據蕭本、王本、咸本改。《輿地紀勝》卷一八太平州：「白壁山，在當塗縣北三十里東北，又名石壁山。……其山三峰，中峰最高，向西山面峭峻如壁。」

在今安徽馬鞍山市。濱江，北鄰馬鞍山，南連小九華山。翫，「玩」的異體字。天門，山名。在今安徽當塗西南長江兩岸。《太平寰宇記》卷一〇五江南西道太平州當塗縣：「天門山，在縣西南三十里。有二山夾大江，東曰博望，西曰天門（梁山）。按《郡國志》云：天門山亦曰峨眉山，……其山與和州梁山相對，時人呼為東梁山、西梁山，據縣圖，為天門山。《輿地志》云：博望、梁山，東西相對，隔江如門，相去數里，謂之天門山，亦曰峨眉山。」句容王主簿，句容縣姓王的主簿。名不詳。句容，今江蘇句容。按：唐制，每縣設主簿一人。在丞之下，尉之上。九品官。見《舊唐書・職官志三》。❷滄江 因江水呈青蒼色，故稱。任昉〈贈郭桐廬〉詩：「滄江路窮此。」❸山陰雪 用王子猷事。《世說新語・任誕》：「王子猷居山陰，夜大雪。眠覺，開室命酌酒，四望皎然。因起彷徨，詠左思〈招隱詩〉。忽憶戴安道。時戴在剡，即便夜乘小船就之。」❹宵征 夜行。《詩經・召南・小星》：「肅肅宵征，夙夜在公。」毛傳：「宵，夜；征，行。」❺牛渚 《元和郡縣志》卷二八江南道宣州當塗縣：「牛渚山，在縣北三十五里。山突出江中，謂之牛渚圻，津渡處也。始皇二十七年，東巡會稽，道由丹陽至錢塘，即從此渡也。晉左衛將軍謝尚鎮於此。溫嶠至牛渚，燃犀照諸靈怪，亦在於此。」即今安徽馬鞍山采石磯。❻信風 指可信其定期定向而來的季候風。《唐國史補》卷下：「自白沙泝流而上，常待東北風，謂之信風。七月八月有上信，三月有鳥信，五月有麥信。」❼故人 指句容王主簿。❽新賞句 新賞，指此次泝流過白壁山玩月達天門。胡越，形容相距極遠。《淮南子・俶真訓》：「是故自其異者視之，肝膽胡越也。」高誘注：「肝膽喻近，胡越喻遠。」❾青蘭花 香草。《楚辭・九歌・少司命》：「秋蘭兮青青。」❿惠好 恩愛；友好。《詩經・邶風・北風》：「惠而好我，攜手同行。」毛傳：「惠，愛也。」

【語　譯】在青蒼色的大江中逆流而上，行至白壁山賞玩秋月。秋夜的月光照在白壁山上，皎然潔白如同山陰之雪那般令人興發。隱逸之士停止了夜晚出行，商賈之人忘記了早晨出發。

揚帆再進來到天門山，回頭遠望牛渚山已被隱沒。大江水長季風按時吹來，太陽升起時夜霧就消散了。

老朋友近在咫尺卻未能見面，此次不能共同欣賞新奇景色真如相隔胡越。寄您一枝青色的蘭花，希望我倆友好的情誼永存不絕。

【研　析】此詩約作於天寶六載（西元七四七年）秋。詩中首六句描寫自金陵逆流而上至白壁山所見之景色：

秋月映石壁，皎如山陰夜雪，動我訪戴之思。幽人賈客皆耽玩美景，因而停止夜行和忘記早發。次四句描寫繼續舟行至天門山的情景：回顧牛渚山已隱沒不見，只見江水流長而信風如期而來，玩月至曉，日出霧消，不覺淹留之久。末四句感慨故人近在咫尺而不能同此新賞，如胡越之相去遙遠。為此寄去青蘭花，希望友誼長存，永結惠好。此詩前人多有誤解。如《太平府志》曰：「李白與崔宗之月夜乘舟，自金陵泝流過白壁山玩月。白衣宮錦袍坐舟中，兩岸觀者如堵。白笑傲自若，旁若無人。今按白詩：『秋月照白壁，皓如山陰雪。』十字殆不可方，真興會所到也。」按：此乃附會《舊唐書‧李白傳》：「侍御史崔宗之謫官金陵。與白詩酒唱和。嘗月夜乘舟，自采石達金陵。白衣宮錦袍，於舟中顧瞻笑傲，旁若無人。」此詩謂自金陵泝流達天門，《舊唐書》謂自采石達金陵，兩者完全不同，《太平府志》附會為一而誤。其實《舊唐書》更是大誤，因崔宗之未嘗為侍御史，又未謫官金陵。詳見拙著《天上謫仙人的秘密——李白考論集》中〈李白詩中崔侍御考辨〉、《舊唐書‧李白傳》訂誤〉。

# 卷一二

## 別

### 秋日魯郡堯祠亭上宴別杜補闕范侍御❶

魯中

我覺秋興逸，誰云秋興悲❷？山將落日去，水與晴空宜❸。

魯酒白玉壺，送行駐金羈❹。歇鞍憩古木❺，解帶挂橫枝。歌鼓川上亭，曲度神飆吹❻。雲歸碧海夕，雁沒青天時。相失各萬里，茫然空爾思❼。

【注釋】❶秋日題　此詩題近人有新解。魯郡，即兗州，天寶元年改為魯郡，乾元元年復為兗州。今山東兗州。堯祠，《元和郡縣志》卷一〇河南道兗州瑕丘縣：「堯祠，在縣東南七里，洙水之西。」杜補闕、范侍御，名不詳。當是李白友人。郭沫若《李白與杜甫》云：「考唐人段成式《酉陽雜俎》已徵引此詩：眾言李白惟戲杜考功『飯顆山頭』之句，成式偶見李白〈堯祠亭上宴別杜考功〉詩，今錄其首尾（按：即此詩首四句與尾四句）。這雖然誤把『考功』弄成了杜甫的功名，『杜考功』即杜甫是無疑問的。『飯顆山頭』之句是李白贈杜甫的詩句，〈堯祠亭上宴別〉也必然是贈杜甫的詩。因此，李白集中的詩題應該是〈秋日魯郡堯祠亭上宴別杜甫兼示范侍御〉。「兼示」二字，抄本或刊本適缺，後人注以「闕」字。其後竄入正文，妄作聰明者乃益「甫」為「補」而成「補闕」。《酉陽雜俎》既只言「宴別杜考功」，則原詩應該只是「宴別杜甫」，范侍御不是「宴別」的對象。這位范侍御很顯然就是杜甫〈與李白同尋范十隱居〉的那位「范十」了。」按：此說尚嫌缺乏根據。況范十乃隱士，范侍御為御史臺官員，當非其人。據《舊唐書・職官志二》，門下省有左補闕二員，從七品上。天授二年二月，加置三員，通前五員。中書省有右補闕二員，從七品上。補闕拾遺之職，掌供奉諷諫，扈從乘輿。又〈職官志三〉：御史臺有侍御史四員，從六品下，掌糾舉百僚，推鞫獄訟。殿中侍御史六人，從七品下，掌殿廷供奉之儀式。監察御史十員，正八品上，掌分察巡按郡縣、屯田、鑄錢、嶺南選補、知太府、司農出納，監決囚徒。❷我覺二句　宋玉〈九辯〉：「悲哉秋之為氣也，蕭瑟兮草木搖落而變衰。」此反其意而用之。逸，安逸恬樂。❸山將二句　謂落日倚山而下，綠水與藍天一色相宜。將，帶。胡震亨《唐音癸籤》卷一二云：「太白詩押宜字韻者凡五見，而韻致俱勝。如『山將落日去，水與晴空宜』。」❹駐金羈　猶停馬。羈，馬絡頭，此指馬。曹植〈白馬篇〉：「白馬飾金羈。」❺憩古木　在古樹下休息。❻歌鼓二句　曲度句，謂歌曲節奏飄揚如疾風勁吹。曲度，樂曲的節度。神飇吹，形容吹奏有力。飇，疾風。《後漢書・馬防傳》：「多聚聲樂，曲度比諸郊廟。」李賢注：「曲度，謂曲之節度也。」《文選》卷二〇曹植〈公讌詩〉：「神飇接丹轂。」李周翰注：「飇，疾風也。」宋本在二句下夾注：「一本無『歌鼓川上亭，曲度神飇吹』十字，卻添『南歌憶郢客，東傳齊兒（蕭本、郭本、繆本、王本皆作「東傳見齊姬」），清波忽澹蕩，白雪紛逶迤。一隔范杜遊，此歡各棄遺』三韻」。❼茫然句　茫然，猶惘然，惘悵貌。空爾思，徒然思念你。爾思，思爾。《詩經・衛風・竹竿》：「豈不爾思。」

【語　譯】我覺得秋天的興致使人舒爽，誰說秋天的情懷使人悲愁呢？傍晚群山帶落日而去，流水與晴空碧綠相映。

用白玉壺裝上魯酒，為君送行請君暫且駐馬。放下馬鞍在古樹旁休息，解下錦帶掛在橫出的樹枝上面。水上堯祠亭歌鼓齊鳴，曲調悠揚如疾風勁吹。日暮時雲靄漸退歸向碧海，大雁消失在茫茫的青天中。我們三人從此分別相距萬里，心中惆悵徒然思念你們。

【研　析】此詩當是天寶四載（西元七四五年）秋在魯郡作。首二句點題中的「秋日」。自宋玉〈九辯〉以來，歷代詩多以秋景興悲傷的感情，李白卻一反常格：「我覺秋興逸」，情致高昂，再用「誰云秋興悲」作反襯，這一對時令不同感受的鮮明對照，使詩人不平凡的個性躍然紙上。三、四兩句寫宴別的時間和環境：群山帶走落日的傍晚時分，流水與晴空碧綠相映，詩人通過豐富的想像，用「將」、「與」兩個連詞，把群山、落日、流水、晴空這些景物組合成一體，使這些景物充滿活力，為首句的「秋興逸」作了具體的注釋，也烘托出詩人歡愉的心情。以下六句描繪別宴：宴席上已擺著盛滿魯地美酒的白玉壺，送行的人們都已停下馬，有的卸鞍讓馬在古樹下休息，有的解下衣帶掛在橫叉的樹枝上。主賓一起在水上的亭子裡暢飲高歌，擊鼓奏曲，樂曲的旋律節奏聲響雲霄，像神飈似地飄揚在堯祠亭的周圍。詩人將宴會氣氛寫得非常熱烈，有聲有色，使人如親歷其境。表現出詩人和友人們的歡快情感，一掃歷來送別時的悲涼氣氛，形象地顯示出「秋興逸」的情景。末四句寫臨別情景。雲歸碧海，雁沒青天，已是黃昏時分，既與前三、四兩句呼應，又暗襯烘托臨別依依的友誼。從此一別，各奔前程，相隔萬里，茫然思念。言盡而意不盡。全詩格調高昂，節奏明快，感情豪放，具有很強的藝術感染力。

## 留別魯頌❶

誰道太山高？下卻魯連節。誰云秦軍眾？摧卻魯連舌❷。獨立天地間❸，清
風灑蘭雪。夫子還倜儻，攻文繼前烈❹。錯落石上松，無為秋霜折。贈言鏤寶刀❺，
千歲庶不滅❻。

【注釋】❶留別魯頌　蕭本、郭本、王本無「留」字。魯頌，人名。事蹟不詳。❷誰道四句　以魯仲連的高節喻魯頌。謂泰山雖高，低於魯仲連之節操。秦軍雖眾，挫於魯仲連三寸不爛之舌。魯仲連退秦軍，見卷一〈古風〉其九注。下卻，低於。

摧卻，挫於。❸獨立句　《淮南子．脩務訓》：「超然獨立，卓然離世。」高誘注：「不群於俗。」揚雄〈河東賦〉：「參天地而獨立兮。」❹前烈　先人的功業。《尚書．武成》：「公劉克篤前烈。」孔穎達疏：「能厚先人之業也。」❺贈言句　《漢書．段會宗傳》：「朋友以言贈行。」江淹〈古意報袁功曹〉詩：「故人贈寶劍，鏤以瑤華文。」庾信〈侍從徐國公殿下軍行〉詩：「山精鏤寶刀。」❻千歲句　〈古詩十九首〉：「三歲字不滅。」

【語　譯】誰說泰山高峻？它低於魯仲連的高尚節操。誰說秦軍士卒眾多？受挫於魯仲連的善辯之舌。魯仲連卓然獨立於天地之間，其清明高尚之風如灑蘭香瑞雪。夫子你也風流俊賞，努力為文能繼承先人的功業。當如交錯挺立的石上之松，不要被秋日之嚴霜折屈。把臨別所贈之言刻在寶刀上，希望它千年不滅。

【研　析】此詩疑天寶四、五載（西元七四五、七四六年）作於魯郡。詩中將魯頌喻為魯仲連，讚美其卓然獨立，風流倜儻，能繼先人功業。希望他保持美好品格，不為秋霜所折，並請其將此贈言刻於寶劍之上，千年不忘。明人評此詩曰：「勁快似劉公幹……落落數語頌古美今，祇覺精悍之氣射人眉宇，此等筆仗應推太白獨步。」

## 別中都明府❶兄

吾兄詩酒繼陶君❷，試宰中都天下聞。東樓喜奉連枝會❸，南陌愁為落葉分❹。
城隅❺淥水明秋日，海上青山隔暮雲。取醉不辭留夜月，雁行❻中斷惜離群。

【注　釋】❶中都明府　中都縣的縣令。中都，唐縣名。治所在今山東汶上。明府，對縣令的敬稱。❷陶君　指東晉詩人陶淵明，曾為彭澤縣令。❸東樓句　按：卷二〇有〈魯中都東樓醉起作〉詩，可知東樓乃中都縣之名樓。連枝會，比喻兄弟相會。《文選》卷二九蘇武〈詩四首〉：「況我連枝樹，與子同一身。」呂向注：「兄弟如木，連枝而同本。」❹南陌句　南陌，南面的道路。指詩人將離中都縣而南遊吳越。愁，宋本原作「還」，據蕭本、郭本、王本改。按：「愁」與上句「喜」對文。落葉分，比喻兄弟分散如落葉。《梁書・蕭綜傳》：「初，綜既不得志，嘗作〈聽鐘鳴〉、〈悲落葉辭〉。……『昔朋舊愛各東西，譬如落葉不更齊。』……『悲落葉，落葉何時還？夙昔共根本，無復一相關。』當時見者莫不悲之。」❺城隅　宋本在二字下夾注：「一作：江城」。❻雁行　兄弟之序。《禮記・王制》：「父之齒，隨行；兄之齒，雁行。」意即兄長弟幼，年齒有序，如雁之平行而有次序。

【語　譯】吾兄賦詩飲酒繼承了當年彭澤縣令陶淵明之風，治理中都美名聞於天下。在東樓喜慶你我兄弟相會，現在卻又在南陌為我將南下吳越像落葉一樣分散而愁苦。今日別於城角，清澈的水被秋日照明，明日望於海上，青山被暮雲遮斷。且讓我們取醉不辭留連這夜月，正因為兄弟分離而依依不捨。

【研　析】此詩當作於天寶五載（西元七四六年）離東魯南下吳越之時。首聯二句以中都縣令比作陶淵明，同為縣令，亦都有詩酒之雅。頷聯二句分寫相會之喜和分別之愁，並點明相會之地點和分別的時令。頸聯二句寫分別時所見的景色並預想分別後青山阻隔的情景。尾聯描寫眼前月夜取醉依依惜別的兄弟之情。嚴羽評點此詩曰：「淒情之音如秋天過雁，悠歷可聽。」明人評此詩曰：「太白高處只是來得極便當，如此首詩意只在眼前，然出語卻奇絕，各字面俱摘得恰好，渾然天成，略不費力。」

## 夢遊天姥吟留別❶

一作〈別東魯諸公〉

海客談瀛洲❷，煙濤微茫信難求❸。越人語天姥，雲霓明滅或可覩❹。天姥連
天向天橫❺，勢拔五岳掩赤城❻。天台四萬八千丈，對此欲倒東南傾❼。
我欲因之❽夢吳越，一夜飛度鏡湖❾月。湖月照我影，送我至剡溪❿。謝公⓫

宿處今尚在，淥水蕩漾清猿啼。腳著謝公屐⑫，身登青雲梯⑬。半壁見海日⑭，空中聞天雞⑮。千巖萬轉路不定，迷花倚石忽已暝⑯。熊咆龍吟殷巖泉，慄深林兮驚層巔⑰。雲⑱青青兮欲雨，水澹澹⑲兮生煙。列缺⑳霹靂，丘巒崩摧，洞天石扇㉑，訇然中開㉒。青冥浩蕩㉓不見底，日月照耀金銀臺㉔。霓為衣兮風為馬㉕，雲之君㉖兮紛紛而來下。虎鼓瑟兮鸞回車㉗，仙之人兮列如麻㉘。忽魂悸㉙以魄動，怳驚起而長嗟㉚。惟覺時之枕席，失向來之煙霞。

世間行樂亦如此㉛，古來萬事東流水㉜。別君去兮何時還？且放白鹿青崖間㉝，須行即騎訪名山。安能摧眉折腰㉞事權貴，使我不得開心顏！

【注釋】❶夢遊題　天姥，山名。《元和郡縣志》卷二六江南道越州剡縣：「天姥山，在縣南八十里。」唐代屬剡縣，在今浙江新昌南部。主峰撥雲尖海拔八一七公尺，其峰孤峭突起，仰望如在天表。按：此詩《河嶽英靈集》題作〈夢遊天姥山別東魯諸公〉。❷瀛洲　傳說中的海上仙山。《史記・秦始皇本紀》：「海中有三神山，名曰蓬萊、方丈、瀛洲，仙人居之。」❸煙濤句　此句謂瀛洲在煙霧波濤之中，隱約渺茫，難以尋訪。微茫，猶隱約，景象模糊。宋本在「微茫」二字下夾注：「一作：瀰漫」。❹越人二句　謂越人說的天姥山，在雲霧繚繞下時隱時現，有時還可以看到。宋本在「語」字下夾注：「一作：道」。雲霓，王本作「雲霞」。指高空的雲霧。傅玄〈秦女休行〉：「猛氣上干雲霓。」明滅，謂時隱時現、忽明忽暗。宋本在「或」字下夾注：「一作：安」。❺天姥句　連天，形容天姥山高峻聳直。向天橫，形容山勢綿延闊大。除主峰撥雲尖外，還有斑竹峰、大尖等高峰，峰巒連綿三十餘里。❻勢拔句　形容天姥山雄偉氣勢超出五嶽，掩蓋赤城山。此乃詩人以往遊剡中時留下的直覺印象。五岳，指東嶽泰山、西嶽華山、中嶽嵩山、南嶽衡山、北嶽恆山。赤城，赤城山，在今浙江天台東北，為天台山南門。因土色皆赤，狀如雲霞，望之如雉堞。」宋本在「拔」字下夾注：「一作：枝」。❼天台二句　謂高四萬八千丈的天台山也傾倒在天姥山東南。天台，天台山，在今浙江天台縣城東北。主峰名華頂。四萬八千丈，極言其高。王琦注：「四，當作一」。按：《王文公詩集》卷四〈送僧游天台〉李壁注云：「《真誥》：桐柏山高一萬八千丈，今天台亦然，太白云四萬，字誤。」宋本在「欲」字下夾注：「一作：絕」。❽因之　宋本在二字下夾注：「一作：冥搜」。❾鏡湖　在今浙江紹興會稽山麓。得名於王羲之「山陰路上行，如在鏡中遊」之句。又名鑑湖、長湖、慶湖。東起今曹娥鎮附近，經郡城（今紹興）南，西抵今錢清鎮附近，盡納南山三十六源之水瀦而成湖。周三百一十里，呈東西狹長形。唐朝時湖底逐漸淤淺，今唯城西南尚有一段較寬河道被稱為鑒湖，此外只殘存幾個小湖。據《新唐書．賀知章傳》，賀知章還鄉時，皇帝「有詔賜鏡湖剡川一曲」。❿剡溪　《元和郡縣志》卷二六江南道越州剡縣：「剡溪，出縣西南，北流入上虞縣界為上虞江。」在今浙江嵊州南。即曹娥江上游諸水，古通稱剡溪。剡，今浙江嵊州及新昌地。⓫謝公　指南朝宋代詩人謝靈運，他曾在剡中住宿，登天姥山。其〈登臨海嶠初發彊中作與從弟惠連見羊何共和之〉詩云：「暝投剡中宿，明登天姥岑。高高入雲霓，還期那可尋。」⓬腳著句　著，一作「穿」。謝公屐，謝靈運所穿木底有齒之鞋。《南史．謝靈運傳》：「尋山陟嶺，必造幽峻，巖嶂數十重，莫不備盡登躡，常著木屐，上山則去其前齒，下山去其後齒。」⓭青雲梯　謂山嶺石階高峻入雲，如登上天之梯。《文選》卷二二謝靈運〈登石門最高頂〉詩：「共登青雲梯。」劉良注：「仙者因雲而昇，故曰雲梯。」⓮半壁句　謂在半山腰上就能看見太陽從海面升起。⓯天雞　《述異記》卷下：「東南有桃都山，上有大樹名曰桃都，枝相去三千里，上有天雞，日初出照此木，天雞則鳴，天下之雞皆隨之鳴。」⓰迷花句　謂正迷戀山間花草、依倚山石時，天色突然暗下來。⓱熊咆二句　此謂龍吟熊吼聲震高山深林，使人戰慄恐懼。《楚辭．招隱士》：「虎豹鬬兮熊羆咆。」咆，猛獸嗥叫。殷，震動。慄，恐懼；顫慄。層巔，重疊的山峰。⓲雲　宋本在此字下夾注：「一作：楓」。⓳澹澹　《文選》卷一九宋玉〈高唐賦〉：「水澹澹而盤紆兮。」李善注：「《說文》曰：澹澹，水搖也。」⓴列缺　閃電。《漢書．揚雄傳》：「霹靂列缺，吐火施鞭。」顏師古注引應劭曰：「列缺，天隙電照也。」㉑洞天石扇　洞天，道教稱神仙所居洞府為洞天，意謂洞中別有天地。石扇，宋本在「扇」字下夾注：「一作：扉」。石門。㉒訇然句　訇然，大聲貌，象聲。宋本在「中」字下夾注：「一作：而」。㉓青冥浩蕩　青冥，青色的天空。浩蕩，一作「蒙鴻」，廣闊浩大貌。㉔金銀臺　神仙所居的黃金白銀宮闕。郭璞〈遊仙詩〉：「神仙排雲出，但見金銀臺。」㉕霓為衣句　鳳，蕭本、郭本、王本、咸本皆作「風」。《楚辭．九歌．東君》：「青雲衣兮白霓裳。」傅玄〈吳楚歌〉：「雲為車兮風為馬。」㉖雲之君　雲神。《楚辭・九歌》有〈雲中君〉篇。㉗虎鼓瑟句　張衡〈西京賦〉：「白虎鼓瑟，蒼龍吹篪。」鼓，敲擊；彈奏。動詞。鸞回車，神鳥駕車而回。鸞，傳說中的鳳凰一類的鳥。㉘列如麻　《漢武帝內傳》引上元夫人〈步玄之曲〉：「忽過紫微垣，真人列如麻。」㉙魂悸　心跳。㉚怳驚起句　怳，恍然；猛然。驚起，驚醒而起。長嗟，長嘆。㉛世間句　行樂，《漢書・楊惲傳》：「人生行樂耳，須富貴何時！」亦如此，《河嶽英靈集》作「皆如是」。此句結上文夢遊，「因夢遊推開，見世事皆成虛幻。」（沈德潛《唐詩別裁集》）㉜東流水　喻一去不復還。㉝且放句　《楚辭・九章・哀時命》：「浮雲霧而入冥兮，騎白鹿而容與。」白鹿，古代隱士多以神仙騎白鹿表示清高。青崖，青山。㉞摧眉折腰　低頭彎腰，卑躬屈膝貌。《宋書・陶潛傳》：「我不能為五斗米折腰向鄉里小人。」

【語　譯】航海之客談起仙山瀛洲，說是煙波渺茫實在難以尋求。越地之人說到天姥，在雲霧繚繞下時隱時現可以看到。天姥山高聳入天橫列三十餘里，它的氣勢超過五嶽壓倒赤城山。天台山高達四萬八千丈，對著天姥山也要拜服而傾倒在東南。

因此我夢想著遊吳越，果然在一個月夜裡就飛渡鏡湖。鏡湖之月照著我的身影，把我送到剡溪。當年謝公住宿的地方至今猶在，清澈的流水隨波蕩漾，時而聽到清猿長啼。我穿上謝公登山的木屐，攀登聳入雲天的山峰。山腰間看見海中的日出，又聽見空中天雞在鳴啼。千巖萬轉道路變幻不定，迷戀賞花倚石之際忽然天色已暗。熊吼龍嘯響徹山巖和林泉，深林為之戰慄，山巔為之驚動。雲色蒼蒼天將要下雨，水波蕩漾生出縷縷雲煙。雷閃雷響，山巒崩塌，神仙洞府的石門，訇然打開。青天浩茫無邊無際，只看見日月照耀金銀臺。彩虹為衣而長風為馬，雲中的神仙紛紛而下。老虎鼓瑟，鸞鳳駕車，仙人的隊伍羅列如麻。突然我魂驚而魄動，恍然驚起而長嘆。醒覺時只見到枕席，失去了原來夢中的煙霞。

世間的行樂之事也是如此，古來萬事就像是東流之水一去不返。與你們分別後何時才能再回來？且將白鹿放在青崖間，我隨時想到就騎上牠尋訪名山。怎麼能夠低頭彎腰去侍奉權貴，使我不得開心而不展歡顏！

【研　析】此詩當是天寶五載（西元七四六年）李白離開東魯南下會稽時告別東魯友人之作。第一段寫夢遊的誘因，先以整齊的對句寫出兩個虛實相映的形象，以仙山的虛幻難覓反襯天姥的實際存在，表現出詩人對名山勝境的嚮往。接著用誇張的手法，描繪天姥山拔地參天、橫空出世的雄偉形勢。「橫」、「拔」、「掩」三個動詞不僅寫出了天姥山的外形，而且賦予強烈的氣勢和動態感，為第二段的夢遊作了鋪墊。第二段寫夢遊，是全詩主體。「我欲因之夢吳越」承上啟下，由醒境轉入夢境。夢境有四個層次：第一層次至「淥水蕩漾清猿啼」，寫夢至剡溪的情景。著一「飛」字，形容歷程之快，顯示遊山之心切。駕長風，披月光，越鏡湖，抵剡溪，來到當年謝靈運宿處，眼見蕩漾淥水，耳聞清猿啼鳴。於是遊興更濃，連夜登山。第二層次至「空中聞天雞」，寫夢登天姥的情景。「著」、「登」動作的連寫，可看出詩人迫不及待登山的輕捷情態。到達半山時，眼看海上日出，耳聞天雞鳴叫。詩人心境是愉悅的。第三層次至「仙之人兮列如麻」，寫幽深的峰巒中所見的驚險神奇的境界。這是夢遊的重點。白天的遊程，只用「千巖萬轉路不定，迷花倚石忽已暝」二句概括。正當遊賞極樂時，夜幕突然降臨，這時出現了可怕的景象：熊咆哮，龍吟嘯，巖泉為之震盪，深林為之戰慄，峰巔為之驚懼。濃雲欲雨，流水騰煙。接著用四字句寫閃電雷鳴，山崩石裂，洞府石門，轟地打開。於是，詩人把幻想推向高峰，用瑰麗的色彩描繪神仙世界：天空廣闊，無邊無際，日月高照，樓臺輝煌，仙人們以霓霞為衣，以鳳為馬，紛紛飛下。白虎彈瑟，鸞鳥駕車，神仙之多，猶如亂麻。這是夢遊的高潮。第四層次即第二段最後四句，寫夢醒情狀。詩人驚醒回到現實，不禁長嘆，覺得枕邊繚繞仙氣的煙霞頓然消失。這大段寫得色彩繽紛卻層次井然，迷離惝恍而跌宕多姿，前人多謂其中寓有長安三年宮廷生活的跡印。第三段寫夢遊後的感慨，點出全詩主旨。對名山仙境的嚮往，是對權貴的抗爭。全詩不寫惜別之情，卻借「別」抒懷，另有寄託，寫成驚心動魄的記夢遊仙詩，在構思上匠心獨運，在表現手法上別開生面。

## 留別曹南❶群官之江南

我昔釣白龍，放龍溪水傍❷。道成本欲去，揮手凌蒼蒼。時來不關人❸，談笑遊軒皇❹。獻納❺少成事，歸休辭建章❻。

十年罷西笑❼，覽鏡如秋霜。閉劍琉璃匣❽，鍊丹紫翠房❾。身佩豁落圖❿，腰垂虎盤囊⓫。仙人借綵鳳，志在窮遐荒⓬。戀子四五人，徘徊未翱翔。東流送白日，驟歌蘭蕙芳。仙宮兩無從，人間久摧藏⓭。

范蠡脫句踐⓮，屈平去懷王⓯。飄颻紫霞心，流浪憶江鄉。愁為萬里別，復此一銜觴。淮水帝王州，金陵繞丹陽⓰。樓臺照海色，衣馬搖川光。及此北望君，相思淚成行。朝雲落夢渚，瑤草空高唐⓱。帝子隔洞庭，青楓滿瀟湘⓲。

懷歸路綿邈，覽古情淒涼⓳。登岳眺百川，杳然萬恨長。卻戀峨眉去，弄景偶騎羊⓴。

【注　釋】❶曹南　王琦注：「《穀梁傳》（僖公十九年）：『宋公、曹人、邾人盟於曹南。』范甯注：『曹南，曹之南鄙。』唐人謂曹州為曹南。」曹州，天寶元年改為濟陰郡，乾元元年復改為曹州。治所在今山東定陶西，曹縣西北。按：獨孤及有〈送李白之曹南序〉曰：「出車桐門，將駕於曹。」又云：「送子何所？平臺之隅。」知送別之地在梁園。又云：「一旦襆被金馬，蓬累而行。出入燕宋，與白雲為伍。」可知作於李白從幽燕歸來回到梁宋之時。由此知李白從梁園至曹南，又從曹南往江南。❷我昔二句　用陵陽子明釣得白龍而放之，後三年龍迎子明上陵陽山事，見卷一〇〈登敬亭山南望懷古贈竇主簿〉詩注。❸不關人　王琦注：「不關人，猶云不由人也。」❹軒皇　即黃帝軒轅氏。此處喻指唐明皇。❺獻納　指獻忠言供採納。班固〈兩都賦序〉：「朝夕論思，日月獻納。」❻歸休句　此句謂天寶三載辭別宮庭翰林院而歸休山林。《韓詩外傳》卷九：「田子方為相，三年歸休。」建章，漢宮名。《三輔黃圖》卷二：「（武）帝於是作建章宮，度為千門萬戶。」此處喻指唐朝宮殿。❼十年句　自天寶三載春離開京都至天寶十二載秋寫此詩，恰為十年。罷西笑，指離長安。桓譚《新論》：「聞東里語云：『人聞長安樂，則出門西向而笑。』」❽琉璃匣　用琉璃裝飾的劍匣。《西京雜記》卷一：「雜廁五色琉璃為劍匣。」❾紫翠房　神仙丹房。《海內十洲記》：「又有墉城，金臺玉樓相映，如流精之闕，光碧玉之堂，瓊華之寶，紫翠丹房。錦雲燭日，朱霞九光。西王母之所治也。」❿豁落圖　道教的符籙。蕭士贇注：「《道經》：太上老君曰：凡欲修行《大洞真經》三十九章，《雌一玉檢五老寶經》、《玄母簡》、《十二上願》，佩神虎金虎符、豁落七元流金火鈴。」按：李白有〈訪道安陵遇蓋寰為余造真籙臨別留贈〉詩云：「七元洞豁落。」蕭士贇注：「七元者，道家所謂北斗七元星君也。豁落者，所謂豁落斗也。」⓫虎盤囊　《神仙傳》卷二：「舉家皆見（王）遠冠遠遊之冠，朱衣，虎頭鞶囊，五色綬，帶劍。」《通典》卷六三：「漢代著鞶囊者，則在腰間，或云傍囊，或云綬囊，然則以此囊盛綬也。或盛或散，各有其時。」⓬仙人二句　借，蕭本、郭本、王本、咸本作「籍」。遐荒，遠荒之地。《晉書・文帝紀》：「流澤布於遐荒。」⓭仙宮二句　二句謂求仙、從政兩無成就，在人間長期憂傷悲痛。仙，指求仙。宮，指從政。摧藏，《文選》卷二八劉琨〈扶風歌〉：「抱膝獨摧藏。」呂向注：「摧藏，憂傷也。」⓮范蠡句　脫，宋本原作「說」，據胡本、繆本、王本改。王琦注：「脫句踐，謂脫身辭句踐而去也。」《漢書・貨殖傳》：「昔粵（越）王句踐困於會稽之上，乃用范蠡、計然。……十年國富，厚賂戰士，遂報強吳，刷會稽之恥。范蠡乃乘扁舟，浮江湖，變姓名，適齊為鴟夷子皮，之陶為朱公。」⓯屈平句　見卷一〈古風〉其五十一「殷后亂天紀」注。⓰淮水二句　此二句互文見義。意為金陵乃帝王之州，秦淮水環繞於丹陽郡。淮水，指今南京市內之秦淮河。宋本原作「淥水」，據蕭本、郭本、繆本、王本、咸本改。《元和郡縣志》卷二五江南道潤州上元縣：「淮水，源出縣南華山，在丹陽、湖孰兩縣界，西北流經秣陵、建康二縣之間，入於江。」按：秦淮河東源句容河出句容市大茅山，南源溧水河出溧水縣東蘆山，在秣陵關附近匯合北流，經南京市區西入長江。六朝至唐代，秦淮河在今南京夫子廟一帶非常繁華。金陵，指六朝都城，即今南京市。丹陽，唐潤州，天寶元年改為丹陽郡。⓱朝雲二句　宋玉〈高唐賦〉：「昔者先王嘗遊高唐，怠而晝寢，夢見一婦人，曰：『妾巫山之女也。為高唐之客，聞君遊高唐，願薦枕席。』王因幸之。去而辭曰：『妾在巫山之陽，高丘之岨，旦為朝雲，暮為行雨，朝朝暮暮，陽臺之下。』旦朝視之，如言。故為立廟，號為朝雲。」夢渚，雲夢之渚。范雲〈餞謝文學離夜〉詩：「陽臺霧初解，夢渚水裁淥。」瑤草，珍美的草。《文選》卷二二江淹〈從冠軍建平王登廬山香爐峰〉：「瑤草正翕艴」。李善注：「瑤草、玉樹，皆美言之。」唐，宋本原作「堂」。誤。據繆本、王本改。⓲帝子二句　《楚辭・九歌・湘夫人》：「帝子降兮北渚，目眇眇兮愁予。嫋嫋兮秋風，洞庭波兮木葉下。」又〈招魂〉：「湛湛江水兮上有楓，目極千里兮傷春心。」⓳懷歸二句 《詩經・小雅・四牡》：「豈不懷歸？」何敬宗〈遊仙詩〉：「眇然心綿遠。」覽古，指上文朝雲、帝子等事。⓴卻戀二句 卻，蕭本、郭本、咸本作「知」。峨眉，宋本原作「蛾眉」，據蕭本、郭本、繆本、王本、咸本改。騎羊，《搜神記》卷一：「前周葛由，蜀羌人也。周成王時，好刻木作羊賣之。一旦乘木羊入蜀中，蜀中王侯貴人追之上綏山。綏山多桃，在峨眉山西南，高無極也。隨之者不復還，皆得仙道。」

【語　譯】過去我曾像陵陽子明一樣釣得白龍，又將白龍放入溪水中。本想修道有成離世而去，上凌蒼天揮手向世人告別。可是時運到來卻不由人，談笑之間我遊於皇帝身邊供奉翰林。雖有獻言卻不蒙見聽而很少成事，終於辭別朝廷而歸隱。

如今離開長安已有十年，照鏡可見頭髮已經像秋霜。把用世之劍裝進琉璃匣，在紫翠房中煉丹學道。身上佩帶著豁落圖，腰間垂掛著虎盤囊。向仙人借來彩鳳凰，志在遊遍天下極遠的地方。只因眷戀您們這些朋友，我猶豫不定未忍翱翔遠去。東流之水送走白日，經常歌唱蘭蕙之芬芳。求仙和從政兩者都無所適從，在人間長期憂傷悲痛。

當年范蠡功成後就脫身離開句踐，屈平因被讒離開了楚懷王。我有飛揚凌紫霞之心，如今飄泊流浪想念江南。與諸君分別萬里使我愁苦，為此再次舉杯飲酒以解離愁。秦淮水環繞丹陽郡清澈流淌，金陵原是帝王之州。樓臺為海色映照，輕衣肥馬在水光中搖盪。到此地方北望諸君，我相思之淚滴落成行。朝雲落在雲夢之渚，香草空長在高唐之觀。帝子尋舜為洞庭所隔，青楓長滿瀟湘之水。

心懷南歸路途遙遠，遊覽古蹟情感淒涼。登上高山遠眺百川，渺茫不盡萬恨悠長。我又戀念想去峨眉山，弄影之間可與葛由一起騎羊而成仙。

【研　析】此詩作於天寶十二載（西元七五三年）由梁園經曹南往江南之時。首段八句有兩層意思，前四句謂少時曾學道求仙，後四句寫時來運轉，供奉翰林，侍從皇帝。雖有獻言不蒙見聽，乃辭別朝廷而歸居山林。次段敘離京十年間的情景。鬢髮已白，藏劍於匣，煉丹學仙，志在遠遊。戀念友人，徘徊蹉跎。求仙和從政兩無成，長期在人間傷悲。再次段以范蠡去越、屈平被放為喻，表明自己離京和被逐，飄然有昇天之想，如今流浪而往江南，愁與諸君遠別，再飲一杯以盡舊情。接著描寫想像中的六朝古都金陵的景色。秦淮水環繞丹陽郡，樓臺為海色映照，縉紳衣馬在川光中搖盪。在此地方北望諸君，不禁相思而淚落千行。再轉想朝雲落於雲夢之渚，香草空於高唐之山，帝子尋覓舜帝為洞庭所隔，只見瀟湘滿是青楓飄揚。覽景思人，如何不傷。末段六句為結語。南歸路遠，覽古淒涼，登高眺百川，不覺萬恨悠長。又戀念峨眉仙山，想與葛由共同騎羊成仙而去。全詩情深意遠，心境淒涼。

## 留別于十一兄逖裴十三遊塞垣❶

太公渭川水❷，李斯上蔡門❸。釣周獵秦安黎元，小魚䲔兔何足言❹？天張雲卷有時節，吾徒莫歎羝觸藩❺。于公白首大梁野❻，使人悵望何可論？既知朱亥為壯士，且願束心秋毫裏。秦趙虎爭血中原，當去抱關救公子❼。

裴生覽千古，龍鸞炳天章❽。悲吟雨雪動林木，放書輟劍思高堂❾。勸爾一盃酒，拂爾裘上霜。爾為我楚舞，吾為爾楚歌❿。且探虎穴向沙漠⓫，鳴鞭走馬凌⓬黃河。恥作易水別，臨歧淚滂沲⓭。

【注　釋】❶留別題　于十一兄逖，于逖，排行十一。蕭穎士〈蓮蘂散賦序〉：「己未歲夏六月，……友生于逖、張南容在大梁。」己未，開元七年。大梁，唐汴州治所，今河南開封。可知早在開元前期于逖就在汴州。《全唐詩》卷二五九收于逖詩二首。又卷一三三李頎有〈答高三十五留別便呈于十一〉，又卷二四六獨孤及有〈夏中酬于逖畢耀問病見贈〉。可知于逖當時交遊甚廣。裴十三，姓裴，排行十三，名不詳。塞垣，指幽州。唐代幽州已近邊塞地區。❷太公句　太公，指姜太公呂尚，未遇周文王前曾釣於渭水，詳見卷二〈梁甫吟〉注。❸李斯句　見卷二〈行路難〉其三注。❹釣周二句　謂呂尚釣魚渭水，後助周武王滅商建周，李斯打獵上蔡東門外，後助秦始皇統一中國，都為百姓的安居樂業作出了貢獻。故小魚和狡兔對呂尚和李斯來說，又何足道哉。黎元，百姓。毚，狡兔名。❺天張二句　謂我輩不要嘆已似公羊觸籬纏角進退不得，要相信雲散天開、施展抱負的時機終會到來。天張雲卷，猶天開雲收。羝，公羊。藩，籬笆。《易經・大壯卦》：「羝羊觸藩，羸其角。」孔穎達疏：「藩，藩籬也。羸，拘累纏繞也。」❻于公句　此句謂于逖一生在大梁，未曾出仕。于公，指于逖。大梁，今河南開封。按：于逖〈野外行〉：「有才且未達，況我非賢良。幸以朽鈍姿，野外老風霜。」都與此詩所敘相合。李頎〈答高三十五留別便呈于十一〉云：「寄書寂寂於陵子，蓬蒿沒身胡不仕？藜羹被褐環堵中，歲晚將貽故人恥。」與此詩所敘亦合。❼既知四句　用侯嬴故事。《史記・魏公子列傳》記載，魏有隱士曰侯嬴，年七十，家貧，為大梁夷門監者。魏公子聞而禮之為座上客。後趙國都城邯鄲被秦軍圍困，趙平原君求救於魏公子信陵君。魏晉鄙奉令帶軍救趙卻又觀望不前，信陵君請如姬盜得兵符後，由侯嬴介紹，請力士朱亥同往晉鄙軍。晉鄙合符而疑之，朱亥即取出四十斤重的鐵椎擊殺晉鄙，信陵君終於帶領軍隊救了邯鄲之圍。此處以侯嬴比擬于逖，謂雖老年亦能建奇功。束心秋毫，謂將心思拘束於筆墨之中。秋毫，指毛筆。❽裴生二句　裴生，指題中的裴十三。龍鸞，喻文采。《文選》卷四〇吳質〈答魏太子箋〉：「摛藻下筆，鸞龍之文奮矣。」李善注：「鸞龍鱗羽之有五彩，設以喻焉。」炳，光照。天章，蕭本、郭本、咸本作「文章」。❾悲吟二句　寫曾子輟耕事。《藝文類聚》卷二引《琴操》曰：「曾子耕太山之下，天雨雪，凍，旬日不得歸。思其父母，作〈梁山歌〉。」高堂，指父母雙親。宋本在「悲」字下夾注：「一作：高」。宋本在「思」字下夾注：「一作：悲」。❿爾為二句　《史記・留侯世家》：「戚夫人泣，上（漢高祖劉邦）曰：『為我楚舞，吾為若楚歌。』」⓫且探句　《三國志・吳書・呂蒙傳》：「年十五六，竊隨（鄧）當擊賊，當顧見大驚，呵叱不能禁止。歸以告蒙母。母恚，欲罰之。蒙曰：『貧賤難可居，脫誤有功，富貴可致。且不探虎穴，安得虎子？』」此即用其意。據此知李白北上幽燕，既有求功立業之意，又自知為冒險行動。虎穴，喻指安祿山根據地。沙漠，指幽州。⓬淩　渡。⓭恥作二句　反用荊軻事。《戰國策・燕策》載：燕太子丹請荊軻去刺秦王，「太子及賓客知其事者，皆白衣冠以送之。至易水上，既祖，取道。高漸離擊筑，荊軻和而歌，為變徵之聲，士皆垂淚涕泣。」臨歧，猶臨別，到了該分手的岔路口。滂沲，同「滂沱」，大雨貌。此形容淚下如雨。《詩經・陳風・澤陂》：「涕泗滂沱。」

【語　譯】當年姜太公呂尚在渭水邊垂釣，李斯曾在上蔡東門外打獵。他們的志向是在釣出個周朝和獵得個秦朝來安定天下百姓，釣小魚和獵狡兔對他們而言何足道哉？風雲際會的時機終有一天會到來，我們不要為身處困厄而悲嘆。于公白首而依然困處大梁之野，使人悵恨失望哪裡還可談論？當年侯嬴即知朱亥是壯士，暫且拘羈於筆硯之間。秦趙兩國龍虎相爭血染中原時，于公當會如侯嬴那樣守關救公子而終建奇勳。

裴君歷覽千古書翰，文采華美照映天上的日月星辰。悲吟雨雪而林木為之感動，放下書本摘下寶劍而想念父母。請您喝一杯酒，我為您拂去裘衣上的霜。請您為我起楚舞，我為您放聲高唱楚歌。我將要遠赴沙漠去探虎穴，揚鞭躍馬渡過黃河。我們可別像當年荊軻易水分別時那樣，在岔路口臨別而淚如雨下。

【研　析】此詩當是天寶十載（西元七五一年）冬由梁苑往幽州途經大梁（今河南開封）時所作。首六句以呂尚垂釣而定周天下、李斯獵兔而輔秦為喻，說明高尚之士志在平天下，安黎民，並說明風雲際會終有時機，相互安慰不要因現今困厄而哀嘆。接著六句敘寫于逖一生隱居大梁，以大梁夷門監侯嬴幫助信陵君救趙作比喻，鼓勵于逖晚年立奇功。再接著四句描寫裴十三博覽群書，文章瑰麗，高歌動林木，放書思雙親。然後用五言四句描寫勸酒拂霜，相互歌舞。接著二句點明自己「遊塞垣」的行蹤，形容赴幽州是「探虎穴」的冒險行動，說明李白對統治幽州的安祿山有戒備之心。最後以有荊軻之志而談笑告別友人作結，充滿豪壯之氣。

## 留別王司馬嵩❶

魯連賣談笑，豈是顧千金❷？陶朱雖相越，本有五湖心❸。余亦南陽子，時為〈梁甫吟〉❹。蒼山容偃蹇❺，白日惜頹侵❻。願一佐明主，功成還舊林❼。西來何所為？孤劍託知音❽。

鳥愛碧山遠，魚游滄海深❾。呼鷹過上蔡❿，賣畚向嵩岑⓫。他日閑相訪，丘中有素琴⓬。

【注釋】❶王司馬嵩　卷一五有〈酬坊州王司馬與閻正字對雪見贈〉詩，坊州王司馬當即本詩中的「王司馬嵩」。據《舊唐書・地理志一》，關內道坊州為上州。又據《舊唐書・職官志三》，上州設司馬一人，從五品下。❷魯連二句　魯連，魯仲連。其談笑卻秦軍而不受平原君千金之賞，見卷一〈古風〉其九及卷七〈贈從兄襄陽少府皓〉詩注。❸陶朱二句　陶朱，春秋時越國大夫范蠡別名。《史記・越王句踐世家》記載：越國為吳所敗時，范蠡曾赴吳為質二年。回越後輔佐越王句踐深謀二十餘年，竟滅吳。范蠡以句踐為人可與同患，難與處安，遂為書辭句踐而去。乘舟浮海出齊，止於陶（今山東定陶），候時轉物，逐什一之利。居無何，致貲累巨萬。天下稱陶朱公。《國語・越語下》：「范蠡遂乘輕舟，以浮於五湖，莫知其所終極。」相，輔佐。❹余亦二句　南陽子，指諸葛亮。諸葛亮〈出師表〉：「臣本布衣，躬耕於南陽。」梁甫吟，樂府楚調曲名。歌詞哀嘆人死葬此，悲涼慷慨。《三國志・蜀書・諸葛亮傳》：「亮躬耕隴畝，好為〈梁父（甫）吟〉。」梁甫，即梁父，山名，在泰山下。❺蒼山句　此句意謂蒼山可容困頓之人臥息。容，容許。偃蹇，困頓。郭璞〈客傲〉：「莊周偃蹇於漆園。」❻白日句　此句意謂可惜時光空過，日月徒逝。頹侵，指太陽漸落。❼願一二句　意謂希望能輔佐明主，功成後仍回山隱居。這是詩人一貫的思想。❽孤劍句　謂此番孤單西來是想求託於知音。孤劍，詩人自喻。❾鳥愛二句　鳥愛碧山，魚游滄海，比喻賢人樂於自由隱居。按：「鳥愛」句，繆本、王本注：一作「鳳集碧梧秀」。是。宋本於此句下夾注：「一作：鳳集碧相秀」。「相」字誤。滄海，胡本作「江海」。❿呼鷹句　指李斯自謂未仕前曾臂鷹出上蔡東門打獵。見卷二〈行路難〉其三注。⓫賣畚句　《十六國春秋》卷四二〈前秦錄十〉：「王猛……少貧賤，以鬻畚為業。嘗貨畚於洛陽，乃有一人貴買其畚，而云無直，直言家去此無遠，可隨我取直。猛利其貴而從之，行不覺遠。忽至深山，……見一老公踞胡牀而坐，鬚髮悉白，侍從十許人。有一人引猛云：『……大司馬進。』猛因進拜老公。公曰：『王公何緣拜也。』乃十倍償畚直。遣人送之。既出，顧視，乃嵩高山也。」宋本「畚」作「畬」。誤。據蕭本、郭本、王本、咸本改。嵩岑，嵩山。⓬丘中句　左思〈招隱詩〉：「巖穴無結構，丘中有鳴琴。」

【語　譯】魯仲連談笑之間卻退秦軍，難道是為了求得平原君的千金之賞？范蠡雖然任越國宰相，原本就有乘扁舟浮五湖之心。我也是像諸葛亮那樣隱居南陽的人，時常吟詠〈梁甫吟〉。青山寬容困頓臥息之人，白日西沉使人嘆惜時光流逝。

希望能夠有機會輔佐明主，功成後就返歸舊日的山林。這次西來所為何事？想把孤劍託付給知音。

鳥愛遠飛在茫茫青山中，魚喜游在深廣滄海裡。秦相李斯曾經在上蔡東門呼鷹獵禽，輔佐苻堅的王猛也曾賣畚赴嵩山取畚值。將來閒暇時你若相訪，我會在山丘中輕彈素琴。

【研　析】此詩當是開元年間初入長安西遊坊州告別王司馬時所作。首段八句用魯仲連卻秦救趙不受賞、范蠡辭越浮五湖、諸葛亮隱居南陽時為〈梁甫吟〉三個典故，說明自己也想做一番事業，然後功成身退。如今困頓臥息於青山，只恐歲月流逝，無所作為。次段四句點明自己的理想志向是輔佐明主，功成身退。此次西來的目的就是想尋覓知音請託薦舉。末段六句謂如無知音可託則當如鳥飛遠山，魚游深海，如李斯未遇時呼鷹於上蔡，王猛困窘時賣畚於嵩山。他日您若相訪，我當在山丘中鳴素琴取樂而已。此詩表明西遊邠、坊目的是「託知音」、「佐明主」，然後功成身退。可是未獲結果，只得怏怏而別。此詩也是研究李白開元年間初入長安的行蹤和思想的重要作品，詳見拙著《天上謫仙人的秘密——李白考論集・李白兩入長安及有關交遊考辨》。

## 還山留別金門知己❶　一本云〈出金門後書懷留別翰林諸公〉

好古笑流俗，素聞賢達風。方希佐明主，長揖辭成功。

白日在青天，迴光矚微躬❷。恭承鳳凰詔，欻起雲蘿❸中。清切紫霄迥，優

遊丹禁通。君王賜顏色，聲價凌烟虹。

乘輿擁翠蓋，扈從金城東。寶馬驟❹絕景，錦衣入新豐。倚巖望松雪，對酒鳴絲桐。方學❺楊子雲，獻賦甘泉宮。天書美片善，清芳❻播無窮。歸來入咸陽，譚笑❼皆王公。

一朝去金馬，飄落成飛蓬。賓友❽日疏散，玉罇亦❾已空。長才❿猶可倚，不慚世上雄。閑來⓫〈東武吟〉，曲盡情未終。書此謝知己，扁舟尋釣翁⓬。

【注釋】❶還山題　此詩與卷四〈東武吟〉內容相同，僅個別文句有差異，當是重出詩。今仍其舊，保留原文，只將異文注出。其他注釋、語譯、研析等見〈東武吟〉注，不贅。金門，漢代宮門名金馬門的簡稱，此處指唐代翰林院。❷迴光句　迴，〈東武吟〉作「回」。矚，宋本在此字下夾注：「一作：照」。〈東武吟〉作「燭」。❸欲起句　欲，〈東武吟〉作「欻」。雲羅，宋本在其下夾注：「一作：藤蘿」。〈東武吟〉作「雲蘿」。❹驟　宋本在其下夾注：「一作：麗」。〈東武吟〉亦作「麗」。❺方學　方，〈東武吟〉作「因」。❻芳　宋本在其下夾注：「一作：芬」。〈東武吟〉亦作「芬」。❼譚笑　譚，〈東武吟〉作「談」。❽友　宋本在其下夾注：「一作：從」。❾亦　宋本在其下夾注：「一作：尋」。❿長才　宋本在二字下夾注：「一作：才力」。〈東武吟〉亦作「才力」。⓫來　〈東武吟〉作「作」。⓬扁舟句　〈東武吟〉作「吾尋黃綺翁」。宋本在「扁舟」二字下夾注：「一作：滄波」。

## 夜別張五❶

吾多❷張公子，別酌酣高堂。聽歌舞銀燭，把酒輕羅霜。橫笛❸弄秋月，琵琶彈〈陌桑〉❹。龍泉解錦帶❺，為爾傾千觴。

【注　釋】❶張五　開元時宰相張說之子張埱。張垍之弟。詳見拙著《李白叢考・李白與張垍交遊新證》。❷多　看重。《漢書・爰（袁）盎傳》：「諸公聞之，皆多盎。」顏師古注：「多，猶重。」❸橫笛　七孔橫吹之笛，與古笛之直吹者相對而言。張巡〈聞笛〉詩：「旦夕更樓上，遙聞橫笛音。」❹琵琶句　琵琶，本作「批把」。撥絃樂器。《釋名・釋樂器》：「批把本出於胡中，馬上所鼓也。推手前曰批，引手卻曰把，象其鼓時，因以為名也。」《宋書・樂志一》引傅玄〈琵琶賦〉曰：「漢遣烏孫公主嫁昆彌，念其行道思慕，故使工人裁箏、筑，為馬上之樂。欲從方俗語，故名曰琵琶，取其易傳於外國也。」唐宋以後逐漸定形為：音箱呈半梨形，以桐木板蒙面，琴頸向後彎曲。演奏方法改原提抱為豎抱，撥子彈改為五手指彈奏，成為獨奏、伴奏、合奏的民族樂器之一。陌桑，王琦注：「《樂府雜錄》：琵琶古曲有〈陌上桑〉。」❺龍泉句　龍泉，劍名。《晉書・張華傳》記載，張華見斗、牛二宿之間有紫氣，後使人於豐城獄中掘地得二劍，一曰龍泉，一曰太阿。後亦泛指寶劍曰龍泉。《水經注・沅水》：「晉《太康地理志》曰：（西平）縣有龍泉水，可以砥礪刀劍，特堅利，故有堅白之論矣。是以龍泉之劍為楚寶也。」錦帶，錦製的佩劍之帶。

【語　譯】我推重張公子，在高堂之上酣飲告別酒。燭光之下聽歌賞舞，歌妓們穿著輕薄潔白如霜的羅裙把酒。橫吹之笛在秋月下傳聲，琵琶彈出〈陌上桑〉的樂曲。我且解下龍泉之劍的佩帶，為你傾盡千杯酒。

【研　析】此詩當是開元年間初入長安時所作。據拙作〈李白與張垍交遊新證〉考證，張埱在開元十八年的官職是符寶郎，《舊唐書・職官志二》：「符寶郎掌天子八寶及國之符節，辨其所用。有事則請於內，既事則奉而藏之。」雖為從六品上的中級官員，但職權甚重。詩中描寫聽歌賞舞、把酒酣飲、管樂絃樂齊奏的場面，生動地反映出貴公子豪華奢侈的氣派。嚴羽評點此詩曰：「器物太多。」明人則批點曰：「六朝聲偶。」

## 魏郡別蘇少府因❶　北遊

魏郡接燕趙❷，美女誇芙蓉❸。淇水流碧玉❹，舟車日奔衝。青樓夾兩岸，萬室喧歌鐘❺。天下稱豪貴❻，遊此❼每相逢。
洛陽蘇季子，劍戟森詞鋒。六印雖未佩，軒車若飛龍。黃金數百鎰，白璧有幾雙❽。散盡空掉臂❾，高歌賦還邛❿。合從又連橫，其意未可封⓫。落拓⓬乃如此，何⓭人不相從？
遠別隔兩河⓮，雲山杳千重⓯。何時更盃酒，再得論心胸？

【注釋】❶魏郡題　此詩題咸本作〈魏郡別蘇因〉。蕭本、郭本、王本皆作〈魏郡別蘇明府因北遊〉，少府作「明府」，並將題下注列入題內。誤。魏郡，唐河北道魏州，天寶元年改為魏郡，乾元元年復為魏州。治所在貴鄉縣，故址在今河北大名北。蘇少府因，貴鄉縣尉蘇因。少府，對縣尉的敬稱。蘇因，事蹟不詳。❷魏都句　魏郡之地與燕趙之地連接。❸美女句　芙蓉，形容美女臉色。《西京雜記》卷二：「(卓)文君姣好，眉色如望遠山，臉際常若芙蓉。」❹淇水句　淇水，在今河南北部。古為黃河支流。源出淇山，南流至今衛輝東北淇門鎮南入河。東漢建安中，曹操於淇口作堰，遏使入御河（永濟渠），東北流經魏郡，注入白溝（今衛河），以通漕運，此後遂成為衛河支流。碧玉，形容水流之清。❺歌鐘　鐘，宋本作「鍾」，據王本、咸本改。❻稱豪貴　宋本在三字下夾注：「一作：豪貴遊」。❼遊此　宋本在二字下夾注：「一作：此中」。❽洛陽六句　用蘇秦故事。《史記・蘇秦列傳》：「蘇秦者，東周雒陽人也。……說趙肅侯曰：『……莫如一韓、魏、齊、楚、燕、趙以從親，以畔秦。……』趙王……乃飾車百乘，黃金千溢，白璧百雙，錦繡千純，以約諸侯。……於是六國從合而并力焉。蘇秦為從約長，并相六國。……蘇秦喟然歎曰：『……且使我有雒陽負郭田二頃，吾豈能佩六國相印乎！』於是散千金以賜宗族朋友。」按：蘇秦，字季子。宋本在六印句下夾注：「一作：說趙復過秦」。❾空掉臂　魯褒〈錢神論〉：「空手掉臂，無所希望。」❿還邛　王琦注：「《史記》：司馬相如家徒四壁立，與文君俱之臨邛。還邛，蓋用此也。」謝朓〈休沐重還丹陽道中詩〉：「還卬（邛）歌賦似。」宋本在「還」字下夾注：「一作：臨」。⓫合從二句　蕭本、郭本、王本無此二句。⓬落拓　蕭本、郭本、王本、咸本作「落魄」。意同。疊韻聯綿詞。放浪不羈。《北史・楊素傳》：「少落拓有大志，不拘小節。」

⑬何　宋本在其下夾注：「一作：誰」。⑭遠別句　遠別，李白將北遊，故云。兩河，戰國秦漢時，黃河自今河南武陟以下東北流，經山東西北隅北折至河北滄縣東北入海，略呈南北流向，與上游今晉陝間的北南流向的一段東西相對，當時合稱「兩河」。⑮雲山句　宋本在本句下夾注：「一作：雲天滿愁容」。

【語譯】魏郡之地連接燕、趙，美女豔麗勝似芙蓉。淇水清流宛如碧玉，車馬行船日日奔馳衝走。樓閣聳立夾滿淇水兩岸，萬家歌舞鐘聲喧鬧不絕。天下可稱豪貴之人，常常遊於此地而相逢。

君如當年洛陽的蘇秦，言詞鋒利恰似劍戟。雖未居六國之相，依然乘軒車若飛龍。家有黃金數百鎰，更有白璧許多雙。即使散盡千金空兩手，仍賦司馬相如還邛之高歌。猶如蘇秦和張儀即使窮困潦倒，其合從、連橫之意仍不放棄。君能如此放浪不羈，誰人能不相從以遊呢？

你我今日分別兩河阻隔，雲山渺遠隔千重。什麼時候才能再次共飲，重新抒發胸懷呢？

【研析】此詩當是天寶十載（西元七五一年）北上幽州途經魏郡貴鄉縣時所作。題中「蘇少府因」，或作「蘇明府因」。誤。明府是對縣令的敬稱，其時貴鄉縣令為韋良宰，李白〈經亂離後天恩流夜郎憶舊遊書懷贈韋太守良宰〉詩有「騎馬過貴鄉，逢君聽絃歌」句可證。首段八句描寫魏郡地接燕趙，美女如花，淇水清澈，舟車輳集，樓閣夾岸，萬戶喧歌。環境之優美，故天下之士悉來遊聚。次段十二句以蘇秦比擬蘇因，讚美蘇因言詞鋒利，雖未佩六國相印，而軒車若飛龍，家中黃金白璧無數。然即使散盡金玉而空手，仍能高歌還家。如此瀟灑之人，輕財好義，誰能不跟隨？說明人皆樂從。末段四句寫告別。因己北遊，暫告分別，遠隔兩河而雲山千重，不知何時能更同杯酒之歡，暢論心胸之事。依依不捨之情溢於言表。嚴羽評點此詩曰：「見此，知少陵贈白詩是即用白句。」明人批點曰：「亦蒼。此起八句跌盪有豪氣，然卻不失之粗。」

# 留別西河劉少府[1]

秋髮已種種❷，所為竟無成。閑傾魯壺酒，笑對劉公榮❸。謂我是方朔，人間落歲星❹。白衣干萬乘，何事去天庭❺？

君亦不得意，高歌羨鴻冥❻。世人若醯雞❼，安可識梅生❽？雖為刀筆吏❾，緬懷在赤城❿。

余亦如流萍，隨波樂休明⓫。自有兩少妾⓬，雙騎駿馬行。東山⓭春酒綠，歸隱謝浮名。

【注釋】❶西河劉少府　西河縣尉劉某。西河，郡、縣名。《舊唐書・地理志二》河東道汾州：「天寶元年，改為西河郡，乾元元年，復為汾州。」又西河縣：「漢美稷縣，隋為隰城縣。上元元年九月，改為西河縣。」按：唐代隰城縣（西河縣）為汾州（西河郡）治所。今山西汾陽。劉某，名字和事蹟不詳。❷秋髮句　秋髮，白髮。種種，形容頭髮短少。《左傳》昭公三年：「余髮如此種種，余奚能為？」杜預注：「種種，短也。」宋本在「秋」字下夾注：「一作：我」。❸劉公榮　《世說新語・任誕》：「劉公榮與人飲酒，雜穢非類，人或譏之，答曰：『勝公榮者不可不與飲，不如公榮者亦不可不與飲，是公榮輩者又不可不與飲。故終日共飲而醉。』」劉孝標注：「《劉氏譜》曰：『昶字公榮，沛國人。』《晉陽秋》曰：『昶為人通達，仕至兗州刺史。』」此處以劉公榮比擬劉少府，因同姓。❹謂我二句　方朔，東方朔。《初學記》卷一〈星第四歲精昴宿〉引《漢武帝內傳》：「西王母使者至，東方朔死，上以問使者。對曰：『朔是木帝精，為歲星，下遊人中，以觀天下，非陛下之臣。』」❺白衣二句　此乃劉少府問李白語，意謂天寶初李白以布衣供奉翰林，侍從皇帝，為什麼又離開了朝廷。白衣，古代平民穿白布衣，故稱無功名的人為白衣。干，干謁；求請。宋本作「千」，誤。據胡本、王本改。萬乘，周制，王畿方千里，能出兵車萬乘，後因以「萬乘」指皇帝。❻鴻冥　揚雄《法言・問明》：「治則見，亂則隱。鴻飛冥冥，弋人何篡焉？」❼醯雞　《莊子・田子方》：「丘之於道也，其猶醯雞與？」郭象注：「醯雞者，甕中之蠛蠓。」按：蠛蠓，小蟲名。《爾雅・釋蟲》：「蠓，蠛蠓。」郭璞注：「小蟲似蚋，喜亂飛。」古人誤以為酒醋上的白霉變成，故又稱之為醯雞。《列子・天瑞》：

「醢雞生乎酒。」❽梅生　此處以梅福比擬劉少府，因皆為縣尉。漢代梅福曾為南昌縣尉，見《漢書・梅福傳》。❾刀筆吏　指辦理文書的小吏。《漢書・蕭何曹參傳贊》：「蕭何、曹參皆起秦刀筆吏。」顏師古注：「刀所以削書也，古者用簡牒，故吏皆以刀筆自隨也。」❿赤城　山名。在今浙江天台縣東北。見本卷〈夢遊天姥吟留別〉詩注。又道教傳說中山名。《初學記》卷八引〈登真隱訣〉：「赤城山下有丹洞，在三十六洞天數，其山足丹。」⓫休明　美好清明。《左傳》宣公三年：「德之休明，雖小，重也；其姦回昏亂，雖大，輕也。」⓬兩少妾　卷一六〈攜妓登梁王棲霞山孟氏桃園中〉：「謝公自有東山妓，金屏笑坐如花人。」與此詩情景相似。棲霞山在宋州單父縣東，世稱梁孝王曾遊此。⓭東山　用東晉謝安攜妓東山故事。

【語　譯】白髮已經短少，努力作為竟一無所成。閒來與您劉少府對坐，傾壺共飲東魯酒。您說我是漢朝的東方朔，是落入人間的歲星。問我以一介布衣干謁皇帝，卻何故就離開了朝廷？

您也不稱意，放聲高歌意欲鴻飛離世。世人就像小蟲子，哪裡能識得您有梅生的仙姿？雖然只是文書小吏，心中卻懷著求仙之志。

我亦像隨波而流的浮萍，盡情享受這盛世的清明。我有兩個小妾，雙雙騎馬隨我而行。東山的春酒已綠，我將辭謝浮名而去歸隱。

【研　析】此詩作年作地前人多有歧見。王琦《李太白年譜》認為「天寶改元以後，復遊晉地，於〈留別西河劉少府〉一詩見之。」瞿蛻園、朱金城《李白集校注》謂「此詩不見與汾州有關一語，……則西河二字已有可疑。王氏遽據此而云天寶改元後遊晉地，殊未可信。……且依唐時習慣，西河劉少府者，謂其人注官得西河尉，未必已赴官西河也。」按：瞿、朱之說是，可從。詩中有「閑傾魯壺酒」句，當是天寶四載（西元七四五年）前後在魯地之作。時劉某被貶隰城（西河）縣尉，路出魯郡某地，李白與之相遇，旋又告別。李白寫下此詩。詩中首段八句合寫，自己已白髮短少而一事無成，與劉少府共飲魯酒。劉少府則稱詩人如漢代的東方朔，是天上的歲星下降人間。並問李白曾以布衣侍從皇帝，何以很快離開了朝廷。次段六句寫劉少府，謂劉少府也不得志，羨鴻雁高飛而思高蹈遠引。世間之人如小蟲，不能理解劉縣尉的志向，劉縣尉現在雖屈為刀筆之間的小官，但其志之大欲遊赤城而昇仙。末段六句寫自己，謂自己如隨波漂流的浮萍，在清明時代及時行樂而已，表示自己將辭浮名而隱居。

## 潁陽別元丹丘之淮陽❶　河南

吾將元夫子，異姓為天倫❷。本無軒裳契❸，素以烟霞親❹。嘗恨迫世網❺，銘意俱未伸❻。松柏雖寒苦，羞逐桃李春❼。

悠悠市朝間❽，玉顏日緇磷❾。所共重山岳，所得輕埃塵❿。精魄漸蕪穢，哀老相憑因⓫。我有錦囊訣⓬，可以持君身。當餐黃金藥⓭，去為紫陽⓮賓。

萬事難並立，百年猶崇晨⓯。別爾東南去⓰，悠悠多悲辛。前志庶不易，遠途期所遵⓱。已矣歸去來，白雲飛天津⓲。

【注　釋】❶潁陽題　潁陽，唐縣名。故址在今河南登封西的潁陽鎮。元丹丘，李白一生中最親密的道友，見卷五〈西岳雲臺歌送丹丘子〉及〈元丹丘歌〉注。淮陽，唐陳州，天寶元年改為淮陽郡，乾元元年復為陳州。見《舊唐書・地理志一》。故址在今河南淮陽。❷吾將二句　將，與。元夫子，指元丹丘。天倫，天然倫次。指兄弟。《穀梁傳》隱公元年：「兄弟，天倫也。」范甯注：「兄先弟後，天之倫次。」❸軒裳契　與顯貴之人的交往。軒裳，猶車服。代指有高位顯爵之人。❹烟霞親　與山水親近。烟霞，泛指山水林煙。蕭統〈錦帶書十二月啟・夾鐘二月〉：「優遊泉石，放曠煙霞。」❺世網　比喻人世間禮教的束縛。嵇康〈答難養生論〉：「奉法循理，不絓世網。」❻銘意句　銘記在心的意願都未能伸展。〈古詩十九首〉：「齊心同所願，含意俱未申。」❼松柏二句　松柏，喻自守堅定。桃李，喻顯貴之人。❽悠悠句　悠悠，憂思貌。《詩經・邶風・終風》：「悠悠我思。」市朝，市場和朝廷。《戰國策・秦策一》：「臣聞爭名者於朝，爭利者於市。」❾緇磷　緇，染黑。

磷，磨損。《論語・陽貨》：「不曰堅乎？磨而不磷。不曰白乎？涅而不緇。」此處謂日漸衰弱。緇，宋本原作「磁」。據蕭本、郭本、胡本、繆本、王本、咸本改。⑩所共二句　所共，指前「烟霞」，隱居求仙。所得，指前「軒裳」，顯貴榮華。⑪精魄二句　謂身體日漸虛弱，不斷地衰老。精魄，精神魂魄。徐幹《中論・夭壽》：「夫形體者，人之精魄也；德義令聞者，人之榮華也。」蕪穢，猶荒蕪；衰弱。屈原〈離騷〉：「哀眾芳之蕪穢。」相憑因，猶相仍。連續不斷。⑫錦囊訣　指神仙單方。王琦注引《漢武帝內傳》：「帝見王母巾器中有一卷書，盛以紫錦之囊。帝問：『此書是仙靈方耶？』」⑬黃金藥　道教謂煉丹所得的仙藥名。《抱朴子・仙藥》：「仙藥之上者丹砂，次則黃金，次則白銀，次則諸芝。」⑭紫陽　指隱於隨州的道士胡紫陽。即卷一一〈憶舊遊寄譙郡元參軍〉詩中之「紫陽之真人」。後來元丹丘即拜胡紫陽為師，見李白〈漢東紫陽先生碑銘〉。⑮崇晨　猶終朝。整個早晨。從寅時至辰時。《詩經・衛風・河廣》：「誰謂宋遠，曾不崇朝。」鄭玄箋：「崇，終也。」⑯東南去　從潁陽往淮陽是往東南方向。⑰前志二句　謂煙霞親的前志不改變，則遠途相隔亦有所遵循。⑱天津　橋名。在洛陽。〈憶舊遊寄譙郡元參軍〉詩：「憶昔洛陽董糟丘，為余天津橋南造酒樓。」此處謂離開洛陽。

【語　譯】我與元丹丘夫子，雖是異姓卻情同手足。原本就不是富貴勢利之交，平素只與山水雲煙相親。曾悵恨拘羈於世間俗務，未得伸展終老雲海之志。松柏雖歷嚴冬之苦寒，卻不屑與桃李爭春。

整日混跡於市朝之間，容顏已逐漸衰老。我們共同的志向重如山岳，而在世間所得的卻輕如塵埃。精神日漸虛弱，衰老因此而降臨。我有仙靈之方，可以護持君身。應當餐食仙藥，去做紫陽真人的賓客從其學仙。

古來萬事難以並立，人生百年速如一個早晨。與你分別去東南，心中悠悠悲辛多。身老而雲海之志永不移易，路途遙遠亦有所遵循。罷了罷了還是歸家而去，像白雲一樣去自由飄浮而離開洛陽天津橋。

【研　析】此詩當是開元二十三年（西元七三五年）前後與元丹丘同隱嵩山後又告別回家之作。首段八句敘自己與元丹丘的親密關係和共同志向，次段十句敘在塵世虛度年華的感嘆以及對求仙的嚮往，勸友人服丹藥並隨胡紫陽學道。末段八句點明告別回家，並表示堅持學道求仙的「前志」不變。明人批點此詩曰：「雖頗匆匆，然卻亦自蒼古。」

## 留別廣陵❶諸公 淮南　一作〈留別邯鄲故人〉

憶昔作少年，結交趙與燕❷。金羈絡駿馬，錦帶橫龍泉❸。寸心無疑事，所向非徒然❹。
晚節❺覺此疏，獵精草《太玄》❻。空名束壯士，薄俗棄高賢。
中迴聖明顧，揮翰凌雲煙❼。騎虎不敢下❽，攀龍忽墮天❾。
還家守清真，孤潔勵秋蟬❿。鍊丹費火石，採藥窮山川。臥海不關人⓫，租稅遼東田⓬。乘興忽復起，棹我溪中船⓭。臨醉謝葛強，山公欲倒鞭⓮。狂歌自此別，垂釣滄浪⓯前。

【注　釋】❶廣陵　古縣名。秦置。治所在今江蘇揚州。又郡、國名。西漢元狩三年改江都國置廣陵國。治所在今江蘇揚州。唐天寶元年改揚州為廣陵郡，乾元元年復為揚州。❷結交句　曹植〈結客篇〉：「結客少年場，報怨洛北芒。」趙與燕，古代趙、燕多豪俠之士。此處即以之代指豪俠之士。❸金羈二句　曹植〈白馬篇〉：「白馬飾金羈。」鮑照〈代結客少年場行〉：「驄馬金絡頭，錦帶佩吳鉤。」龍泉，劍名。見本卷〈夜別張五〉詩注。❹寸心二句　意謂心中深信不疑，所交並非徒然。❺晚節　晚年；後期。《史記・外戚世家論》：「(呂后)及晚節色衰愛弛，而戚夫人有寵。」❻獵精句　獵取《易經》之精華而草寫《太玄》。用揚雄事。《漢書・揚雄傳》：「時雄方草《太玄》，有以自守，泊如也。」《論衡・超奇》：「揚子雲作《太玄經》，造於眇思，極窅冥之深，非庶幾之才不能成也。」❼中迴二句　中，承上「少年」、「晚節」而言。指壯年。聖明，指天子。顧，迴顧，指承天子之恩供奉翰林。揮翰，猶揮毫、揮筆。指供奉翰林時起草詔書以及寫詩作文。凌雲煙，形容意氣昂揚。❽騎虎句　比喻遇到困難，迫於大勢不能中止。《隋書・后妃・文獻獨孤皇后傳》：「后使人謂高祖曰：『大事已然，騎獸（唐人避「虎」字諱而改）之勢，必不得下，勉之！』」❾攀龍句　指天寶初供奉翰林侍從皇帝，不久便被讒而賜金還山。❿孤潔句　謂自勵孤傲守潔如秋蟬。王琦注：「蟬出自土壤，升於高木之上。吟風飲露，不見其食。故郭璞〈蟬贊〉：『蟲之精潔，可貴惟蟬。潛蛻棄穢，飲露恆鮮。』」⓫不關人　不涉人世間事。《後漢書・井丹傳》：「自是隱閉，不關人事，以壽終。」⓬租稅句　《三國志・魏書・管寧傳》：「天下大亂，聞公孫度令行於海外，遂……至於遼東。……乃廬於山谷。」裴松之注引皇甫謐《高士傳》：「鄰有牛暴寧田者，寧為牽牛著涼處，自為飲食，過於牛主。牛主得牛，大慚，若犯嚴刑。」謝朓〈郡內登望〉詩：「乃棄汝南諾，言稅遼東田。」⓭乘興二句　用王子猷雪夜乘興訪戴逵故事，見卷一〇〈秋山寄衛尉張卿及王徵君〉詩注。此處借指自己擬往越中。⓮臨醉二句　用山簡故事。《晉書・山簡傳》：「鎮襄陽，……優遊卒歲，唯酒是耽。諸習氏，荊土豪族，有佳園池，簡每出嬉遊，多之池上，置酒輒醉，名之曰高陽池。時有童兒歌曰：『山公出何許，往至高陽池。日夕倒載歸，茗艼無所知。時時能騎馬，倒著白接䍦。舉鞭向葛強：「何如并州兒？」』強家在并州，簡愛將也。」⓯滄浪　青蒼色的水。《文選》卷二八陸機〈塘上行〉：「垂影滄浪泉。」李善注：「孟子曰：『滄浪之水清。』滄浪，水色也。」

【語　譯】回憶我的青少年時代，結交的都是燕趙的豪俠之士。身騎裝飾金絡頭的駿馬，腰佩錦帶的龍泉寶劍。心中沒有疑難之事，所往之處決不會徒然而返。

到了晚年覺得這種交遊太粗俗，遂獵取《易經》之精華而草寫《太玄》。空名束縛了壯士，輕薄的世俗委棄高賢之才。

中年時我曾贏得皇帝的垂顧供奉翰林，揮灑妙筆氣淩雲煙之上。當時勢如騎著猛虎不敢貿然而下，意欲攀龍卻忽然自天落下。

還回家中我固守清真，像秋蟬蛻穢一樣自勵我的素潔之志。為煉丹砂廣費火石，為採草藥走遍山水。高臥雲海不關人事，就像管寧那樣隱居山谷租田自耕而食。乘著逸興忽又想起當年王子猷訪戴，在溪水中棹船高歌。我像當年山簡一樣醉酒問葛強，倒垂鞭子騎著馬。狂歌一曲自此與諸公分別，我將臨滄浪之水而垂釣。

【研　析】此詩當是天寶五載（西元七四六年）從東魯南下越中途經廣陵與友人相聚又告別時之作。首段六句描寫少年時結交豪俠之士的情景，次段四句敘晚年自覺少年任俠之非，乃獵精草《太玄》而成為文士。但空名卻束縛了壯士，高賢之士被輕薄的世俗所拋棄。再次段四句描寫在少年和晚年之間的中年時曾被皇帝所眷顧而供奉翰林，但本想攀龍而上卻被讒而墮地，只落得「賜金還山」的下場。末段十二句敘還家後以孤潔自勵，煉丹採藥自耕而食，不關人事。乘興而棹舟入剡，如山公醉酒倒鞭問葛強。並以狂歌告別作結。明人評此詩曰：「此乃著意鍛鍊者，頗有轉折恣態，斷語亦多峭。『趙與燕』句近歌後。敘事有簡法，具見筆力。」

## 廣陵❶贈別

玉瓶沽美酒，數里送君還。繫馬垂楊下，銜盃大道間。天邊看綠水，海上見青山。興罷各分袂❷，何須醉別顏❸？

【注　釋】❶廣陵　見上首詩注。❷分袂　猶分手。離別。干寶〈秦女賣枕記〉：「（秦女）取金枕一枚，與度（孫道度）為信，乃分袂泣別。」❸醉別顏　蕭本、郭本作「別醉顏」。

【語　譯】用玉瓶買來美酒，送君數里而還。且把馬拴繫在垂楊之下，在大道邊上我們銜杯飲酒。遙看天邊的綠水，又見海上的青山。大家興盡以後各自分手，何必醉顏而別？

【研　析】此詩當是開元十四年（西元七二六年）東涉溟海初遊揚州後繼續東南行告別友人之作。詩中以景見情。持玉壺，沽美酒，馬繫於垂楊之下，杯銜於大道之間，看天邊綠水，見海上青山。興罷分手，不必醉別。朱諫《李詩選注》曰：「敘事即景，辭多清暢，若不經意者，其情思出於天然，是不可及也。」明人亦批點曰：「淺律卻亦自有興趣。」應時《李詩緯》卷三：「無兒女態，自成別調。」

# 感時留別從兄徐王延年❶從弟延陵❷

天籟何參差，噫然大塊吹❸。玄元苞槖籥，紫氣何逶迤❹。七葉❺運皇化，千齡光本枝❻。仙風生指樹❼，〈大雅〉歌〈螽斯〉❽。諸王若鸞虬，肅穆列藩維❾。哲兄錫茅土，聖代含榮滋❿。九卿領徐方⓫，七步繼陳思⓬。

伊昔全盛日⓭，雄豪動京師⓮。冠劍朝鳳闕⓯，樓船侍龍池⓰。鼓鐘出朱邸⓱，金翠照丹墀⓲。君王一顧眄，選色獻蛾眉。列戟十八年⓳，未曾輒遷移。大臣小喑嗚⓴，謫竄天南垂㉑。長沙不足舞㉒，貝錦且成詩㉓。佐郡浙江西，病閑絕趨馳㉔。階軒日苔蘚，鳥雀噪簷帷㉕。時乘平肩輿㉖，出入畏人知。北宅㉗聊偃憩，歡愉恤惸嫠㉘。羞言梁苑地，烜赫耀旌旗㉙。

兄弟八九人，吳秦各分離。大賢達機兆㉚，豈獨慮安危？小子謝麟閣㉛，雁行忝肩隨㉜。令弟字延陵，鳳毛出天姿㉝。清英神仙骨，芬馥茝蘭蕤㉞。夢得春草句，將非惠連誰㉟？深心紫河車㊱，與我特相宜。金膏猶罔象㊲，玉液尚磷緇㊳。伏枕寄賓館，宛同清漳湄㊴。藥物多見饋，珍羞亦兼之。誰道溟渤深？猶言淺恩慈㊵。

鳴蟬游子意，促織念歸期㊶。驕陽何火赫㊷，海水爍㊸龍龜。百川盡凋枯，舟檝閣中逵㊹。策馬採㊺涼月，通宵出郊歧㊻。泣別目眷眷㊼，傷心步遲遲㊽。願言保明德，王室佇清夷㊾。摻袂㊿何所道？援毫投此辭。

【注　釋】❶徐王延年　《舊唐書・徐王李元禮傳》：「子淮南王茂嗣。……神龍初，又封茂子璀為嗣徐王。……卒。子延年嗣。開元二十六年，封嗣徐王，除員外洗馬。天寶初，拔汗那王入朝，延年將嫁女與之，為右相李林甫所奏，貶文安郡別駕、彭城長史，坐贓貶永嘉司士。至德初，餘杭郡司馬，卒。」《新唐書・宗室世系表下》徐王房：「嗣王、餘杭郡司馬延年。」乃徐康王元禮之曾孫。宋本在「延年」二字下夾注：「一作：延平」。❷從弟延陵　李延陵，事蹟不詳。當是徐王延年之弟。❸天籟二句　《莊子・齊物論》：「子綦曰：『……汝聞人籟而未聞地籟，女（汝）聞地籟而未聞天籟夫！』子游曰：『敢問其方。』子綦曰：『夫大塊噫氣，其名為風。是唯無作，作則萬竅怒呺。』」天籟，指自然界的音響。大塊，指大地。噫氣，噓氣；呼氣。❹玄元二句　謂老子以天地為鼓風之器，其西行時祥瑞紫氣隨之而不絕。《舊唐書・高宗紀》：「(乾封元年)二月己未，次亳州。幸老君廟，追號曰太上玄元皇帝，創造祠堂。」苞，蕭本、郭本、王本、咸本作「包」。橐籥，古代冶煉用的鼓風器具。《老子》：「天地之間，其猶橐籥乎，虛而不屈，動而愈出。」魏源《本義》：「外橐內籥，機而鼓之，致風之器也。」橐是鼓風器，即韝囊，籥是送風的管子。紫氣，紫色雲氣。古代以為祥瑞之氣，附會為帝王聖賢出現的預兆。《史記・老子韓非列傳》：「莫知其所終」司馬貞《索隱》引劉向《列仙傳》：「老子西遊，關令尹喜望見有紫氣浮關，而老子果乘青牛而過。」透迤，宋本在二字下夾注：「一作：融怡」。延續不絕貌。❺七葉　唐朝自高祖、太宗、高宗、中宗、睿宗、玄宗至肅宗時共七位皇帝。❻千齡句　千齡，千年。《禮記・文王世子》：「古者謂年（為）齡。」本枝，蕭本、郭本、王本作「本支」。意同。《詩經・大雅・文王》：「文王孫子，本支百世。」毛傳：「本，本宗也；支，支子也。」❼生指樹　《神仙傳》卷一：「老子之母，適至李樹下而生。老子生而能言，指李樹曰：『以此為我姓。』」❽螽斯　動物名。觸角細長，以翅摩擦發音。江東稱之為蚱蜢。《詩經・周南・螽斯》：「螽斯羽，詵詵兮。宜爾子孫，振振兮。」〈序〉：「〈螽斯〉，后妃子孫眾多也。」詩中以螽斯之多而成群比喻子孫眾多。後因用為祝頌多子之辭。❾諸王二句　謂諸王如龍鳳一般，嚴肅恭敬地捍衛著唐朝江山。鸞虯，龍鳳。鸞，傳說中鳳凰一類的鳥。虯，同「虬」。傳說中的無角龍。肅穆，嚴肅恭敬。《大唐西域記・屈支國》：「僧徒肅穆，精勤匪怠。」藩維，同「藩屏」。捍衛。《詩經・大雅・板》：「价人維藩。」毛傳：「藩，屏也。」❿哲兄二句　哲兄，賢明的兄長。錫，賜；授予。《公羊傳》莊公元年：「王使榮叔來錫桓公命。錫者何？賜也。」茅土，古天子分封諸侯時，用代表方位的五色土築壇，按封地所在方向取一色土，包以白茅而授之，作為受封者得以有國建社的象徵。《獨斷》卷下：「天子大社以五色土為壇，皇子封為王者受天子之社土，以所封之方色，東方受青，南方受赤，他如其方色，歸國以立社，故謂之受茅土。」聖代，封建時代對本朝的尊稱。含，蕭本、郭本、王本皆作「羅」。榮滋，猶言榮華。

⓫九卿句　唐代中央機構設有九寺，各寺長官稱卿。即太常卿、光祿卿、衛尉卿、宗正卿、太僕卿、大理卿、鴻臚卿、司農卿、太府卿。蓋徐王延年曾帶九卿銜。徐方，徐州。⓬七步句　《世說新語・文學》：「文帝（曹丕）嘗令東阿王（曹植）七步中作詩，不成者行大法；應聲便為詩曰：『煮豆持作羹，漉菽（一作「豉」）以為汁；萁在釜下燃，豆在釜中泣。本是同根生，相煎何太急！』帝深有慚色。」後多以「七步」形容才思敏捷。陳思，即曹植，爵陳王，謚號思。⓭伊昔句　伊昔，從前。《文選》卷二四陸機〈答賈長淵〉詩：「伊昔有皇，肇濟黎蒸。」李善注：「《爾雅》曰：『伊，惟也。』郭璞曰：『發語辭也。』」全盛日，指唐玄宗開元時期。全，宋本原作「金」。誤。據蕭本、郭本、繆本、王本、咸本改。⓮雄豪句　謂徐王李延年雄壯豪逸名震京都。《後漢書・竇融傳》：「賞賜恩寵，傾動京師。」⓯冠劍句　謂戴高冠、佩長劍進宮上朝。鳳闕，漢代宮闕名。《史記・孝武本紀》：「於是作建章宮……其東則鳳闕，高二十餘丈。」司馬貞《索隱》引《三輔故事》：「北有圜闕，高二十丈，上有銅鳳凰，故曰鳳闕也。」後用為皇宮的通稱。⓰龍池　池名。在唐長安隆慶坊玄宗未即位時所居的舊邸旁，中宗曾泛舟其中。玄宗即位後於隆慶坊建興慶宮，龍池被包容在內。在今陝西西安興慶公園內。沈佺期〈龍池篇〉：「龍池躍龍龍已飛。」⓱鼓鐘句　鐘，宋本作「鍾」，據王本、咸本改。朱邸，《演繁露》卷六：「後世諸侯王及達官所居之屋，皆飾以朱，故曰朱門，又曰朱邸。」謝朓〈辭隨王子隆箋〉：「朱邸方開，效蓬心於秋實。」⓲金翠句　金翠，妃嬪所用黃金和翠玉製成的飾物。曹植〈洛神賦〉：「戴金翠之首飾，綴明珠以耀軀。」丹墀，古代宮殿前的石階以紅色塗飾，故名。《文選》卷二張衡〈西京賦〉：「青瑣丹墀。」呂向注：「丹墀，堦也，以丹漆塗之。」⓳列戟句　唐制，嗣王、郡王，皆列棨戟於門。按：李延年於玄宗開元二十六年（西元七三八年）封嗣徐王，至肅宗至德元載（西元七五六年）正好十八年。

⓴大臣句　大臣，指掌權之宰相李林甫。喑嗚，發怒。駱賓王〈代徐敬業傳檄天下文〉：「喑嗚則山岳崩頹，叱咤則風雲變

色。」㉑謫竄句　指徐王延年天寶初為李林甫所奏而被貶謫。天南垂，遙遠的南部邊界。指杭州。《文選》卷一〇潘岳〈西征賦〉：「歷敝邑之南垂。」劉良注：「南垂，南界也。」㉒長沙句　《史記・五宗世家》：「長沙定王發，……以其母微無寵，故王卑濕貧國。」裴駰《集解》引應劭曰：「景帝後二年，諸王來朝，有詔更前稱壽歌舞。定王但張袖小舉手。左右笑其拙，上怪問之，對曰：『臣國小地狹，不足迴旋。』帝以武陵、零陵、桂陽屬焉。」此處借指為餘杭郡司馬不足展其才。㉓貝錦句　貝錦，古代錦名，上有貝形花紋，比喻誣陷人的讒言。《詩經・小雅・巷伯》：「萋兮斐兮，成是貝錦。彼譖人者，亦已太甚。」鄭玄箋：「喻讒人集作己過以成於罪，猶女工之集采色以成錦文。」此處指李林甫。㉔佐郡二句　佐郡，李延年為餘杭郡司馬，司馬為郡太守的僚佐，故稱「佐郡」。浙江，即錢塘江，餘杭郡即杭州，其地在錢塘江之西，故曰「浙江西」。趨馳，蕭本、郭本、胡本作「驅馳」。奔走；往來。㉕簷帷　簷下的簾幕。如今之門簾之類。㉖平肩輿　古代的一種轎子，用人力抬扛的代步工具。《晉書・王獻之傳》：「嘗經吳郡，聞顧辟疆有名園，先不相識，乘平肩輿徑入。」平，蕭本、郭本、胡本作「小」。㉗北宅　《南齊書・蕭嶷傳》：「自以地位隆重，深懷退素，北宅舊有園田之美，乃盛脩理之。」㉘惸嫠　孤寡無依靠之人。惸，無兄弟。嫠，寡婦。㉙羞言二句　謂羞於談論梁孝王那樣奢侈顯赫的聲勢。烜赫，形容氣勢很盛。烜，宋本作「炟」，據蕭本、郭本、繆本、王本、咸本改。《史記・梁孝王世家》：「孝王，竇太后少子也，愛之，賞賜不可勝道。於是孝王築東苑，方三百餘里。廣睢陽城七十里。大治宮室，為複道，自宮連屬於平臺三十餘里。得賜天子旌旗，出從千乘萬騎。東西馳獵，擬於天子，出言蹕，入言警。」㉚大賢句　大賢，美稱徐王李延年。達機兆，猶言通曉機兆、知道苗頭。歐陽建〈臨終〉詩：「古人達機兆，策馬遊近關。」㉛麟閣　麒麟閣。漢代閣名。在未央宮中。《三輔黃圖・閣》：「麒麟閣，蕭何造，以藏祕書、處賢才也。」此處借指唐代翰林院。㉜雁行句　《禮記・王制》：「父之齒，隨行；兄之齒，雁行。」意謂兄長弟幼，年齒有序，如雁之平行而有次序。又〈曲禮上〉：「五年以上，則肩隨之。」意謂年少五歲以上，同行時應走在年長者肩側略後，以示禮敬。㉝鳳毛句　比喻兒子風姿才華似其父。《世說新語・容止》：「王敬倫風姿似父，作侍中，加授桓公公服，從大門入。桓公望之，曰：『大奴固自有鳳毛。』」㉞芬馥句　芬馥，形容香氣濃郁。茝蘭，香草名。《楚辭・離騷》：「雜申椒與菌桂兮，豈維紉夫蕙茝。」王逸注：「蕙、茝，皆香草。」又：「紉秋蘭以為佩。」王逸注：「蘭，香草也。」蘺，木之花。王粲〈初征賦〉：「庶卉煥以敷蘺。」㉟夢得二句　《南史・謝惠連傳》：「年十歲能屬文，族兄靈運嘉賞之，云『每有篇章，對惠連輒得佳語』。嘗於永嘉西堂思詩，竟日不就，忽夢見惠連，即得『池塘生春草』，大以為工。常云『此語有神功，非吾語也。』」二句用其事。㊱紫河車　丹藥。見〈古風〉其四注。㊲金膏句　金膏，道教傳說中的仙藥。

《穆天子傳》卷一「黃金之膏」郭璞注：「金膏，亦猶玉膏，皆其精汋也。」《文選》卷三一江淹〈雜體詩・王徵君微養疾〉：「水碧驗未黷，金膏靈詎緇。」李周翰注：「水碧，水玉也。與金膏並仙藥。」罔象，虛無。《文選》卷一七王褒〈洞簫賦〉：「罔象相求。」李善注：「罔象，虛無罔象然也。」㊳玉液句　玉液，古代傳說飲之能使人昇仙的玉精、瓊漿。《楚辭・九思・疾世》：「吮玉液兮止渴。」王逸注：「玉液，瓊蕊之精氣。」磷緇，磨損而薄曰磷，因染而變白為黑曰緇。比喻受外界影響而變化。語出《論語・陽貨》：「不曰堅乎？磨而不磷。不曰白乎？涅而不緇。」㊴伏枕二句　劉楨〈贈五官中郎將〉詩：「余嬰沉痼疾，竄身清漳濱。」二句用其事。㊵誰道二句　謂深海猶淺於您饋贈相待的恩愛。溟渤，大海。淺，淺於。㊶鳴蟬二句　王琦注：「詩意言鳴蟬、促織之候，已動遊子之意，而念歸期矣。因天旱水涸，舟楫沮閣，故策馬於涼月之下，乘夜而留別也。」促織，蟋蟀的別名。《爾雅・釋蟲》：「蟋蟀，蛬。」郭璞注：「今促織也。」㊷火赫　炎赤貌。㊸爍　熱得極燙。㊹閣中逵　閣，通「擱」。擱淺。舟船誤入淺灘，擱在河床上不能航行。中逵，縱橫交錯的道路中心。《詩經・周南・兔罝》：「施於中逵。」毛傳：「逵，九達之道也。」引申為中途。㊺採　蕭本、郭本、王本、咸本作「搖」。㊻郊歧　城外的岔路。謝靈運〈遊南亭〉詩：「旅館眺郊歧。」㊼眷眷　回顧貌；依依不捨。《詩經・小雅・小明》：「念彼共人，眷眷懷顧。」㊽遲遲　徐行貌。《詩經・邶風・谷風》：「行道遲遲。」毛傳：「遲遲，舒行貌。」㊾佇清夷　貯積太平。《文選》卷二五傅咸〈贈何劭王濟〉詩：「王度日清夷。」劉良注：「夷，平也。」㊿摻袂　攬袖。《詩經・鄭風・遵大路》：「遵大路兮，摻執子之袪兮。」毛傳：「摻，擥也。袪，袂也。」鄭玄箋：「欲擥持其袂而留之。」

**【語譯】**自然之音響多麼高低不齊，大地上噫然之氣勁吹有力。老子以天地為橐籥，所行之處天上祥瑞紫氣相隨綿延。皇朝之德政教化已歷七世，千年之中光大了李氏宗室支子。老子出生時指李樹以為姓就有仙風，《詩經》中也有〈螽斯〉的歌詠。諸王宛若龍鳳之子，威嚴肅穆並列藩維。吾兄睿智受爵為嗣徐王，在聖明之代葆含榮耀。兄帶九卿之銜而守官徐州，才思敏捷上繼七步成詩的曹植。

想到過去開元全盛之時，您的雄風豪氣名動京師。戴冠佩劍往宮闕，乘著樓船侍從君王於龍池。您的高級宅第內傳出歌鐘聲，紅色的石階上映照著金光翠色。君王一旦看重您，便選擇美女作貢獻。您府前列戟十八年，從未有過什麼變化。宰相大臣稍有發怒，您即遭貶到遙遠的南邊。就像當年長沙定王貶到卑濕南國，您當餘杭郡司馬也就無法施展您的雄才，這是讒言羅織而成。在餘杭輔佐郡守，病臥在家而門前冷落無人探望。石階和欄干之上長出苔蘚，簷下簾幕上只偶有鳥雀飛臨而鳴叫。有時乘坐肩輿，出入謹慎怕人知曉。尚有舊宅聊可閒居安息，歡愉時體恤孤兒寡婦。漢代梁孝王在梁苑聲威顯赫旌旗耀眼，說起他您深以為羞。

您有八、九個兄弟，分離在吳、秦兩地，您的大智慧能洞識事機的先兆，豈只是顧慮一人的安危？小子我辭別翰林院後，忝與您並肩隨行。令弟延陵英姿超人，有令先尊之風采。清雅英俊有神仙風骨，如蘭茝之花香氣濃郁。當年謝靈運夢見惠連而得「池塘生春草」的名句，令弟難道不是正如惠連一樣嗎？醉心於道教仙藥，這與我特別相投合。只是所煉金膏似虛無，玉液還不斷變化。我寄身館舍病伏枕上，恰如當年劉楨竄身於漳水邊。承蒙您饋贈了許多藥物，加上珍羞佳餚。誰說大海很深？比起您的垂顧之恩還是很淺。

秋蟬的鳴叫觸動我遊子之心，促織的啼聲又使我心念歸家之期。驕陽是多麼火熱，海水也熱灼龍龜。百川之水盡已乾涸，舟楫都擱淺於中途。在涼月之下策馬而行，整夜出了杭州城郊。分別時眷戀而泣，傷心而行步緩慢。希望你們保持賢明之德，王室倚此而得以清平。手攬您們衣袖何所道？援筆而寫下這首詩。

【研　析】此詩當是肅宗至德元載（西元七五六年）秋於杭州作。時李白「東奔吳國避胡塵」，自宣州經溧陽至杭州，然後返回隱於廬山屏風疊。首段從唐朝王室自稱的祖先老子的典故說起，以至大唐七代帝王宗支之繁盛，歌讚徐王延年受賜封爵，以九卿守徐州，文章繼七步為詩的曹植。次段具體描寫徐王的經歷。開元全盛時封嗣徐王，戴冠佩劍上朝，侍從帝王於龍池，住朱邸擊鐘鼓以樂，舞女金翠照丹墀，君王顧盼而恩寵有加，列戟十八年未嘗遷移。一旦逢宰相之怒，遂被貶竄到南方極遠之地。不但地小不足以施展才能，而且讒言不斷羅織成貝錦，佐郡臥病門庭冷落，階生苔而簷帷雀噪，聊憩陋居而喜恤孤寡。羞於言及當年梁孝王的顯赫聲威。第三段寫徐王兄弟的情況。兄弟八九人分離於吳、秦兩地，惟徐王大賢能通徵兆，不只獨慮個人安危。詩人自己離別朝廷後，得忝雁行相隨。徐王之弟延陵，有先父之風姿。夢得「春草」之句，令弟正如當年謝惠連。深知煉丹仙藥，與己投合。只是金膏尚未成，玉液還未堅白。我寄身館舍，正如劉楨臥病清漳濱。承蒙饋贈藥物，加上珍美佳餚。徐王兄弟之恩比大海還深。末段敘題中的「感時留別」。「鳴蟬」、「促織」

寫景中點明季節是夏秋之間，驕陽似火，海爍龍龜，百川盡涸，舟船擱淺。於是月下策馬，乘夜出郊。臨別依依，祝願深深。保明德以藩衛王室，使天下太平，點明寫詩之心意。朱諫《李詩選注》曰：「按此詩一韻七十二句，敘事詳贍，次第分明，辭氣典雅而切實，與〈贈韋江夏〉詩略相似。盛唐大方家之作，無有出其右者，惟杜子似之。……李之俊逸，杜之典雅，各有攸長。李則發於天趣，杜則根於議論。天趣者多性情，議論者多政事。故稱杜曰『詩史』，李曰『天才』，亦就其所長而言也。噫，詩至於白，亦神矣哉！」

## 別儲邕之剡中❶

借問剡中道，東南指越鄉❷。舟從廣陵去，水入會稽長。竹色溪下綠，荷花鏡裏香。辭君向天姥❸，拂石臥秋霜❹。

【注　釋】❶別儲邕題　儲邕，人名，事蹟不詳。按：卷一五有〈送儲邕之武昌〉詩，當為同一人。剡中，古地名。今浙江嵊州和新昌一帶，當地有剡溪，即東晉王徽之雪夜訪戴逵處。該地山明水秀，故自晉至唐多隱逸之士。❷越鄉　即指會稽（今浙江紹興），春秋時為越國都城，故稱越鄉。❸天姥　山名。在今浙江新昌。施宿《會稽志》卷九：「天姥山在（新昌）縣東南五十里。東接天台華頂峰，西北聯沃洲山。……《道藏經》云：『沃洲、天姥，福地也。』」《太平寰宇記》卷九六越州引《後吳錄》：「剡縣有天姥山，傳云登者聞天姥歌謠之聲。」天姥山為道教中的福地。❹拂石句　謂在霜秋季節拂拭山石高臥雲林。此指隱居。

【語　譯】向君借問往剡中的道路，您手指東南方向的越地。我乘舟從廣陵出發而去，隨著江水很長地流入會稽。綠竹映在清澈的溪水下，荷花倒影在明鏡般的水中透出清香。向您辭別前往天姥山，拂去石上秋霜我想高臥在此山之中。

【研　析】從「借問剡中道，東南指越鄉」二句可知，乃初入會稽之作。又云「舟從廣陵去」，知從廣陵出發。「竹色溪下綠，荷花鏡裏香」，時當盛夏。則此詩當是開元十四年（西元七二六年）盛夏從廣陵出發初入會稽之作。首聯點明詩人前往的地點是越州剡中，妙在用問答句點出。頷聯點明是乘舟走水路，「長」字寫出路途遙遠，並點明出發的地點是揚州（廣陵）。頸聯寫景，可知是夏秋之間的季節。尾聯表明詩人對天姥山的喜愛之情，頗在天姥隱居。應時《李詩緯》卷三引丁龍友評此詩曰：「淡而情深。」

## 留別金陵諸公　金陵

海水昔飛動，三龍紛戰爭❶。鍾山❷危波瀾，傾側駭奔鯨❸。黃旗一掃蕩，割壤開吳京❹。六代更霸王，遺跡見都城❺。至今秦淮❻間，禮樂秀群英。地扇鄒魯學❼，詩騰顏謝❽名。五月金陵西，祖余白下亭❾。欲尋廬峰❿頂，先繞漢水⓫行。香爐紫煙滅，瀑布落太清⓬。若攀星辰去，揮手緬含情⓭。

【注　釋】❶海水二句　喻三國時吳地局勢。《文選》卷四八揚雄〈劇秦美新〉：「海水群飛。」李善注：「海水，喻萬民；群飛，言亂。」三龍，指三國時魏、蜀、吳之間的戰爭。❷鍾山　今南京市內的紫金山。《元和郡縣志》卷二五江南道潤州上元縣：「鍾山，在縣東北十八里。按《輿地志》，古金陵山也，邑縣之名，皆由此而立。吳大帝時，蔣子文發神異於此，封之為蔣侯，改山曰蔣山。宋復名鍾山。梁武帝於西麓置愛敬寺，江表上巳常遊於此，為眾山之傑。」在今南京玄武區東部。❸奔鯨　疾遊之鯨。比喻強暴之人。陶潛〈命子詩〉：「逸虬繞雲，奔鯨駭流。」❹黃旗二句　形容三國時孫權旗開得勝，掃蕩南方，分土鼎立而在吳地金陵建立京都。割壤，分土。吳京，指金陵，以吳國所建都城，故稱。❺六代二句　謂三國吳、東晉、宋、齊、梁、陳六代更替皆建都於金陵，帝王遺跡至今猶存。《景定建康志》卷九：「古都城。按《宮苑記》：吳大帝所築，周迴二十里一十九步，在淮水北五里。晉元帝過江，不改其舊，宋、齊、梁、陳皆都之。《輿地志》曰：晉琅邪王渡江，鎮建業，因吳舊都，修而居之。宋、齊而下，宮室有因有革，而都城不改。《東南利便書》曰：孫權雖據石頭，以扼江險，然其都邑，則在建業，歷代所謂都城也。東晉、宋、齊、梁因之，雖時有改築，而其經畫，皆吳之舊。」宋本在遺跡句下夾注：「一作：遺都見空城」。❻秦淮　河名。在今南京。《初學記》卷六引孫盛《晉陽秋》曰：「秦始皇東遊，望氣者云：『五百年後，金陵有天子氣。』於是始皇於方山掘流，西入江，亦曰淮，今在潤州江寧縣，土俗亦號曰秦淮。」《太平寰宇記》卷九〇引《丹陽記》：「始皇鑿金陵方山，其斷處為瀆，即今淮水。經城中，入大江，是曰秦淮。」❼地扇句　此句謂金陵之地儒學昌盛。扇，通「煽」。熾盛。《梁書・謝舉傳論》：「逮乎江左，此道彌扇。」鄒魯學，孔孟之學。鄒，孟子故里。魯，孔子故國。《史記・貨殖列傳》：「鄒、魯濱洙、泗，猶有周公遺風，俗好儒，備於禮。」❽顏謝　指南朝宋代詩人顏延之、謝靈運。《宋書・顏延之傳》：「延之與陳郡謝靈運俱以詞采齊名，自潘岳、陸機之後，文士莫及也，江左稱顏、謝焉。所著並傳於世。」❾祖余句　祖，古人出行時祭祀路神稱「祖」，後因引申稱送行為「祖」或「祖送」。楊炯〈送并州旻上人詩序〉：「祖送於青門之外。」白下亭，古代金陵的驛亭。《景定建康志》卷二二：「白下亭，驛亭也。舊在城東門外。李白〈獻從叔當塗宰陽冰〉詩云：『小子別金陵，來時白下亭。』……又云：『驛亭三楊樹，正當白下門。』按此亭在府西。」故址在今南京市。❿廬峰　指今江西廬山。⓫漢水　《水經注》卷二七至二九「沔水」即指「漢水」。其云：「又南至江夏沙羨縣北，南入于江。」「沔水與江合流，又東過彭蠡澤。」由此知此處「漢水」即指今江西九江的長江。⓬香爐二句　香爐，廬山北部著名山峰。《太平寰宇記》卷一一一：「香爐峰在（廬）山西北，其峰尖圓，雲煙聚散，如博山香爐之狀。」又：「（廬山）瀑布在山東，亦曰白水。源出高峰，掛流三百丈許，遠（望）如匹布，故名瀑布。」太清，天空。按：卷一八〈望廬山瀑布〉可參讀。⓭緬含情　遙念友情。緬，遙遠貌。

【語　譯】往昔天下大亂如海水飛動，魏、蜀、吳三龍發生激烈戰爭。波濤洶湧使鍾山危急，巨鯨奔突掀浪驚駭。吳大帝黃旗掃蕩，分割金陵土地創建京都。六代紛紛更迭霸王，遺跡至今還留存在金陵城中。

至今秦淮河邊的金陵城中，崇禮尚樂之風依然秀勝他方。金陵之地孔孟之學熾盛，詩人湧出名騰顏、謝之上。

五月的金陵，諸公在城西白下亭為我餞酒送行。我將溯江而上，去尋廬山的峰頂。香爐峰上紫煙繚繞時隱時現，遙望瀑布從天空瀉落。我想要攀星辰而登天，揮手向諸公告別，心懷離別之情。

【研　析】此詩作年不詳。似是開元年間東涉溟海後回舟西上洞庭雲夢告別金陵友人之作。首八句描寫三國紛爭時吳大帝平定南方，建都金陵，成三國鼎立之勢。之後六朝相繼建都於此，至今帝王遺跡猶存。次段四句描寫至今金陵仍崇尚儒學，業傳禮樂；詩人輩出，才超顏謝。末段八句點題，金陵諸公為詩人餞行。詩人欲溯江西上登廬山香爐峰觀瀑布，向諸公揮手告別而想登天，然又心懷依依不捨之情。

## 口號❶

食出野田❷美，酒臨遠水❸傾。東流若❹未盡，應見別離情。

【注　釋】❶口號　猶口占。用於詩的題目，表示是信口吟成的。最早見於梁簡文帝〈仰和衛尉新渝侯巡城口號〉。唐代詩人多有襲用。如：張說有〈十五日夜御前口號踏歌詞〉，李白此集卷八有〈口號贈陽徵君〉等。按：《萬首唐人絕句》收此詩題作〈留別金陵諸公〉。❷野田　猶田野、田地。❸遠水　向遠流去之水。❹若　乃。

【語　譯】出城往田野食野餐則味更美，蒞臨遠流之水飲酒則盡興而傾。東流之水滾滾不盡，該當就是我們之間的離別之情。

【研　析】此詩亦為送別詩，或謂與前詩同時之作。首二句寫酒、食，餞別之意，後二句寫別情，如東流之水永遠不盡。嚴羽評此詩曰：「此詩當是酒肆送別之作，非李再吟，必屬他手。」朱諫《李詩選注》：「按此詩本為送別，而題曰〈口號〉，豈以一時率爾而成者？故略其題耳。然句法清新，情思流動，又非若他人之言近則淺近而已矣。」

## 金陵酒肆❶留別

風吹柳花滿店香❷，吳姬壓酒喚客嘗❸。金陵子弟❹來相送，欲行不行各盡觴❺。請君試問❻東流水，別意與之誰短長？

【注釋】❶金陵酒肆　金陵，地名。今江蘇南京。戰國時楚威王七年滅越國後置金陵邑，在今南京清涼山。東晉時王導謂「建康古之金陵」。後人作為今南京的別稱。酒肆，酒店。❷風吹句　風吹，宋本作「白門」。據蕭本、郭本、王本、咸本改。柳花，指柳絮。柳絮本無香味，徐文靖《管城碩記》以為指用柳花作酒的酒香。楊慎《升庵詩話》卷七云：「其實柳花亦有微香，詩人之言非誣也。柳花之香，非太白不能道。」宋本在「滿」字下夾注：「一作：酒」。❸吳姬句　吳姬，吳地美女。春秋時金陵屬吳地，故稱金陵美女為吳姬。此指酒店侍女。壓酒，古時米酒釀製成熟，盛於囊中，置之槽內，壓以重物，去滓而取汁。喚，郭本作「勸」，蕭本作「使」。❹子弟　青年人。❺欲行句　欲行，指自己。不行，指金陵子弟。盡觴，飲盡杯中酒。觴，酒杯。❻試問　宋本原作「問取」，據蕭本、郭本、王本、咸本改。

【語譯】春風吹拂柳絮店中彌漫著香氣，吳女捧著剛壓出的美酒邀請賓客盡情地品嘗。金陵的朋友們都來為我送行，欲行的我和不走的朋友都各自飲盡杯中酒。請君試問東流的長江之水，與我們的分別之情相比哪個更長？

【研析】此詩當是李白初遊金陵後將往廣陵（今江蘇揚州）時留贈青年朋友之作，其時在開元十四年（西元七二六年）春。首二句在寫景和敘事中點明留別的時節和地點。首句七字不僅將春光、東風、柳絮的優美景色生動而自然地脫口吟出，著一「香」字，引出下句的酒香、吳姬。而且「店」字在首句出現，初看不知為何店，至第二句始知是酒店，可謂安排妥貼而緊湊。首二句已將春光、柳絮、酒香、美女勸酒等美好境界全部寫出，三、四兩句便在這環境中接著寫青年朋友間的深厚情誼：一群金陵子弟聽說詩人要走，都趕到酒店來送行，於是，「欲行」的詩人和「不行」的金陵子弟都頻頻乾杯，盡情飲酒。情意綿綿，依依不捨。面對這種場面，詩人激動萬分，於是脫口而出最後兩句，以具體形象的長江流水，比擬抽象的離別之情，意境含蓄而韻味深長，惜別之情得到淋漓酣暢的表現。這一表現手法為後代許多詩人效仿。值得注意的是：後代詩人以流水比擬情感之深長，多為愁情；而李白此詩則表現的是激動歡快的情緒。此時李白只有二十六歲，還不知道憂愁哩！

## 金陵白下亭❶留別

驛亭❷三楊樹，正當白下門❸。吳煙暝長條，漢水❹齧古根。向來送行處，迴首阻笑言。別後若見之，為余一攀翻❺。

【注　釋】❶白下亭　見本卷〈留別金陵諸公〉詩注。❷驛亭　指白下亭。此亭即驛站之亭，為供傳遞公文之人或來往官員途中歇宿的處所。❸白下門　泛指金陵城門。六朝時建康（今南京）北濱江要地本名白石陂，南朝宋代李安民於此治城隍，後名白下城，故址在今南京金川門外。齊、梁時曾為南琅邪郡治所。唐初曾移金陵縣治此，改名白下縣。後因以「白下」為南京市的別稱。❹漢水　指江水。見本卷〈留別金陵諸公〉「漢水」注。❺攀翻　攀折。謝靈運〈石門新營所住〉詩：「桂枝徒攀翻。」

【語　譯】白下亭邊有三株楊樹，正對著金陵的城門。吳地的煙雲暮色籠罩著長長的柳條，長江的水流吞齧著古老的樹根。自古以來臨別送行之處，都使人回首而黯然心傷。分別之後若再見到，請為我攀折一枝寄我以慰別情。

【研　析】此詩疑為與前〈留別金陵諸公〉同時之作。前四句寫驛亭之柳，正當城門，葉密煙濃而暗長條，水流樹老蟠其古根。後四句寫留別之情。驛亭為自古以來送別處，臨別回顧皆傷心而不能言笑。惟於別後為我一攀，不但可以贈別，亦可繫別後之相思。朱諫《李詩選注》評曰：「按李白此詩，只以亭柳一意說下，辭意渾然，不露彫琢之痕，似出於天者。說者皆重〈金陵酒肆留別〉『風吹柳花滿店香』六句，而撰為山谷讚美之辭，以欺後人，蓋輕豔而簡淺者易識，沉鬱典實而富鬱者難知，自非學問之力，體認之深，則必有所未矣。」甚是。

## 別東林寺❶僧

東林送客處，月出白猿啼。笑別廬山遠❷，何煩過虎谿❸！

【注　釋】❶東林寺　寺名。在今江西廬山。晉太元中，慧遠法師在江州刺史桓伊資助下建成。唐李邕寫有〈東林寺碑并序〉。❷廬山遠　廬山的慧遠法師。借指東林寺僧。❸虎谿　溪名。在廬山東林寺前。相傳晉慧遠法師居東林寺時，送客不過溪，過此，虎輒號鳴，故名虎溪。獨陶潛與陸修靜來訪，與語甚契，相送時不覺過溪，三人相與大笑而別。後人於此建三笑亭。世傳〈虎溪三笑圖〉，蓋本此。詳見《蓮社高賢傳》。

【語　譯】東林寺送客的地方，夜月初升白猿鳴啼。我微笑著向廬山告別遠公而去，何必煩勞您把我送過虎溪！

【研　析】此詩疑作於開元十四年（西元七二六年）東涉溟海後回舟西上再過廬山時所作。詩中稱東林寺分別之時正當月出猿啼，笑別慧遠法師，何必煩勞送過虎溪。題中東林寺僧未出姓名，借遠公以美之。凡李白詩中稱人多用同姓或同類之古代名人以稱之，借此比倫，多為讚美而無貶辭。

## 竄夜郎於烏江❶留別宗十六璟❷

疑烏江及宗字誤

君家全盛日，台鼎何陸離❸。斬鼇翼媧皇，鍊石補天維❹。一迴日月顧，三入鳳凰池❺。失勢青門傍，種瓜復幾時❻？猶會舊賓客，三千光路歧❼。皇恩雪憤懣，松柏含榮滋❽。我非東牀人❾，令姊忝齊眉❿。浪迹未出世，空名動京師。適遭雲羅解，翻謫夜郎悲⓫。拙妻莫邪劍⓬，及此二龍⓭隨。慚君湍波苦，千里遠從之⓮。白帝⓯曉猿斷，黃牛⓰過客遲。遙瞻明月峽⓱，西去益相思。

【注釋】❶烏江　按：唐代淮南道和州有烏江縣，在今安徽和縣。然此詩中之烏江，非和州之烏江縣。王琦注曰：「《潯陽記》載九江之名，一曰烏白江，二曰烏江。張須元《緣江圖》載九江之名，四曰烏土江，六曰白烏江。《太平寰宇記》引《潯陽記》云：九江在潯陽，去州五里，名曰烏江，是大禹所疏。知此詩所謂烏江者，指潯陽江耳，非和州之烏江縣也。」其說是。此烏江在今江西九江。❷宗十六璟　按：宋本題下有宋人注曰：「疑『烏江』及『宗』字誤。」胡震亨《李詩通》注曰：「舊注以太白娶許相國師（孫）女，謂詩題別宗十六為誤。今按詩中『斬鼇翼媧皇』、『三入鳳凰池』，是言相武后，又是入相三次者。而圉師為高宗相，又只入相一次，與此不合。此正是宗楚客耳，安得謂贈別其後人為誤哉！白凡四娶，始娶許，終娶宗，皆相門女，見魏顥〈白集序〉中。舊注失考，往往如是。」按：宗璟乃李白妻宗夫人之弟，在同祖兄弟中排行十六。❸台鼎句　古代稱三公或宰相為台鼎，言其職位顯要，猶星有三台，鼎足而立。《後漢書．陳球傳》：「公（司徒劉郃）出自宗室，位登台鼎。」《初學記》卷一一引《環濟要離》曰：「三公者，象鼎三足，共承其上也。」陸離，美好貌。屈原〈離騷〉：「長余佩之陸離。」❹斬鼇二句　《淮南子．覽冥訓》：「往古之時，四極廢，九州裂，天不兼覆，地不周載。……於是女媧鍊五色石以補蒼天，斷鼇足以立四極。」高誘注：「三皇時天不足西北，故補之。師說如是。……鼇，大龜。天廢頓，以鼇足柱之。」《楚辭》曰『鼇戴山下，其何以安之』是也。」翼，輔佐。媧皇，指武則天。天維，猶天柱。宋玉〈大言賦〉：「壯士憤兮絕天維。」❺一迴二句　謂宗楚客雖一度被流放嶺外，但很快赦還，得到武后垂顧。從武后到中宗時，先後三次入中書省為宰相。日月，喻武則天。鳳凰池，指中書省。魏晉時中書省設於禁苑，掌管一切機要。後凡中書省重要位置，都稱鳳凰池。《晉書．荀勗傳》：「勗久在中書，專管機事。及失之，甚罔罔悵恨。或有賀之者，勗曰：『奪我鳳皇池，諸君賀我邪！』」《舊唐書．宗楚客傳》：「兄秦客，垂拱中潛勸則天革命稱帝，由是累遷內史。後與楚客及弟晉卿並以姦贓事發，配流嶺外。秦客死，楚客等尋復追還。楚客累遷夏官侍郎、同鳳閣鸞臺平章事。神龍初，為太僕卿。武三思用事，引楚客為兵部尚書、同中書門下三品。……韋庶人及安樂公主尤加親信，未幾，遷中書令。」❻失勢二句　喻宗楚客兄弟皆被臨淄王李隆基討韋皇后之亂時所誅。《三輔黃圖》卷一：「長安城東，出南頭第一門曰霸城門。民見門色青，名曰青城門，或曰青門。門外舊出佳瓜，廣陵人召平為秦東陵侯，秦破，為布衣，種瓜青門外。」❼猶會二句　謂雖失勢，然還能會三千賓客，富盛光耀如昔。舊賓客，蕭本、郭本、王本皆作「眾賓客」。❽皇恩二句　謂皇恩給予昭雪得泄憤懣，墓上松柏也茂盛滋潤。按：宗楚客附韋后叛亂而被殺，未曾昭雪，此處詩人為親者諱，故謊說。❾東牀人　女婿。《世說新語．雅量》：「郗太傅（郗鑒）在京口，遣門生與王丞相（王導）書求女婿。丞相語郗信：『君往東廂任意選之。』門生歸，白郗曰：『王家諸郎亦皆可嘉，聞來覓婿，咸自矜持。惟有一郎在東牀上坦腹臥，如不聞。』郗公云：『正此好！』訪之，乃是逸少（王羲之），因嫁女與焉。」❿令姊句　謂宗璟之姊乃詩人之妻。《後漢書．梁鴻傳》：「每歸，妻為具食，不敢於鴻前仰視，舉案齊眉。」案，有腳的托盤。後因稱夫妻相敬相愛為「舉案齊眉」。⓫適遭二句　謂自己剛才出獄，又遭流放夜郎。適，剛纔。雲羅，高入雲天的網羅。比喻牢獄。鮑照〈舞鶴賦〉：「掩雲羅而見羈。」翻謫，翻覆流徙。宋本在「謫」字下夾注：「一作：遣」。⓬莫邪劍　《吳越春秋．闔閭內傳》：「干將者，吳人也，與歐冶子同師，俱能為劍。越前來獻三枚，闔閭得而寶之，以故使劍匠作為二枚，一曰干將，二曰莫邪。莫邪，干將之妻也。」⓭二龍　用張華得二寶劍後化為二龍的故事，見卷二〈梁甫吟〉注。⓮慚君二

句 謂承蒙宗璟不怕波浪之苦千里遠送其姊至於烏江。⑮白帝 指白帝城。在今重慶奉節。⑯黃牛 指黃牛山。《水經注》卷三四：「江水又東逕黃牛山，下有灘，名曰黃牛灘。南岸重嶺疊起，最外高崖間有石，色如人負刀牽牛，人黑牛黃，成就分明。既人跡所絕，莫得究焉。此巖既高，加以江湍紆迴，雖途逕信宿，猶望見此物。故行者謠曰：『朝發黃牛，暮宿黃牛，三朝三暮，黃牛如故。』言水路紆深，迴望如一矣。」唐代屬峽州，在今湖北宜昌西北約八十里。⑰明月峽 長江上游峽谷。在今重慶市東。峽首西岸壁高百餘公尺，其壁有圓孔，形若滿月，故名。

【語　譯】你家興旺的時候，位列三公宰相多麼美好。輔佐女皇斬斷鼇足，煉五色之石以補天維。一朝君王垂顧，先後三次進入中書省為宰相。

雖然曾經失勢，但像召平種瓜青門外又有幾時？不久又與舊時賓客相會，三千之眾光照道路。皇恩昭雪抒憤懣，墓上松柏因之也葆含榮光。

我不是像王羲之那樣的東床佳婿，卻有幸與你姊姊結為夫妻。我浪跡天下尚未出世，虛名卻已驚動了京師。剛從獄中出來，卻又遭流放夜郎之悲。拙妻就像莫邪劍，如今與我如二龍相隨而行。

我慚愧牽累你受此浪打風吹之苦，不辭千里之遠隨從你姊姊來到烏江。我此去當聞白帝山中曉猿聲斷，黃牛峽裡一個緩慢遲行的過客。遙望西方的明月峽，向西而去更增相思之苦。

【研　析】此詩當作於至德二載（西元七五七年）冬或乾元元年（西元七五八年）初流放首途之時。首段六句讚美宗璟家世。宗楚客在武后、中宗之時三入中書省，為中書令。次段六句敘寫臨淄王李隆基平定韋后之亂時誅殺其黨羽宗楚客兄弟，宗家失勢，但不久仍能聚三千賓客，蒙朝廷之恩而松木亦榮滋。再次段八句敘寫自己經歷。謬承佳婿之選，忝與令姊相敬如賓。自己浪跡天涯，徒以虛名動於京師。不幸獲罪入獄剛釋，卻又遭流放夜郎。妻子如莫邪劍，及今如二龍相隨。末段六句敘宗璟送姊之情及己留別之意。蒙君不畏湍波之苦，千里趕來隨姊送至烏江，使己慚愧不安。自己從此去夜郎，須經白帝城，須過黃牛峽，然後遠看明月峽，如此西去，道路遙長，更增相思之苦。王琦評此詩曰：「〈(宗楚客) 傳〉又言其冒於權利，外附韋氏，內蓄逆謀，故卒以敗。其行跡若此，乃太白有『斬鼇翼媧皇，鍊石補天維』之褒；誅後亦未聞放罪之辭，贈葬之典，乃太白有『皇恩雪憤懣，松柏含榮滋』之美。在詩人固多溢頌之辭，又為親者諱，不得不然。若深敘情親，少序家世，更為得體矣。」

## 留別龔處士❶

龔子棲閑地，都無人世喧。柳深陶令宅❷，竹暗辟疆園❸。我去黃牛峽❹，遙愁白帝猿❺。贈君卷施草❻，心斷竟何言。

【注　釋】❶龔處士　姓龔的隱士。名字及事蹟不詳。❷柳深句　東晉詩人陶淵明曾為彭澤縣令，宅邊有五柳樹。見卷八〈戲贈鄭溧陽〉詩注。❸竹暗句　辟彊，蕭本、郭本作「辟疆」。通。《世說新語・簡傲》：「王子敬自會稽經吳，聞顧辟彊有名園，先不識主人，徑往其家。」劉孝標注：「《顧氏譜》曰：辟彊，吳郡人，歷郡功曹、平北參軍。」按：唐人詠辟彊園之詩甚多。如張南史〈陸勝宅秋暮雨中探韻同作〉：「深竹閑園偶辟彊。」陸龜蒙〈任詩〉：「吳之辟彊園，在昔勝概敵。前聞富修竹，後說紛怪石。」可知該園中多修竹與怪石。❹黃牛峽　見前詩〈竄夜郎於烏江留別宗十六璟〉詩注。❺白帝猿　見前詩注。❻卷施草　《爾雅・釋草》：「卷施草，拔心不死。」郭璞注：「宿莽也。」《楚辭・離騷》：「夕攬洲之宿莽。」王逸注：「草冬生不死者，楚人名曰宿莽。」

【語　譯】龔夫子您棲居在閒靜的地方，完全沒有人世的喧鬧。楊柳深深望似當年陶淵明之宅，竹林茂密又如顧辟彊之園。我遭流放要經黃牛峽，還遙愁到白帝山聽斷腸的猿聲。贈送給您卷施草，我心痛腸斷欲說卻竟無言可說。

【研　析】此詩當作於乾元元年（西元七五八年）流放夜郎途中。前四句寫龔處士所居之地幽靜，宅邊有柳如陶淵明，園中竹茂如顧辟彊。後四句寫自己流放將要經過之地。上黃牛峽，望白帝城，聽猿啼而愁。最後贈友人卷施草，心痛腸斷而竟無言而別。應時《李詩緯》卷三評曰：「別詩如此，真得風人遺致。」又引丁龍友曰：「婉轉輕淒。」

## 贈別鄭判官❶

竄逐勿復哀，慚君問寒灰❷。浮雲無本意❸，吹落章華臺❹。遠別淚空盡，長愁心已摧。三年吟澤畔，顦顇幾時迴❺？

【注　釋】❶鄭判官　名字不詳。杜甫有〈纜船苦風戲題四韻奉簡鄭十三判官〉，未知是否同一人。判官，唐代中期以後節度使、觀察使幕僚皆有判官，由本使選充，以備差遣。非正官。❷寒灰　死灰。死灰不復燃，比喻不再有生還的希望。《史記・韓長孺列傳》：「其後安國坐法抵罪，蒙（縣）吏田甲辱安國，安國曰：『死灰獨不復然（燃）乎？』……居無何，梁內史缺，漢使使者拜安國為梁內史，起徒中為二千石。」此處似用此典故。❸無本意　蕭本、郭本、王本、咸本皆作「本無意」。❹章華臺　春秋時楚國離宮名。簡稱「章臺」。故址在今湖北監利西北。《左傳》昭公七年：「（楚靈王）及即位，為章臺之宮，納亡人以實之。」杜預注：「章臺，南郡華容縣。」❺三年二句　此處詩人以屈原自比，三年乃流放之期。《楚辭・卜居》：「屈原既放，三年不得復見。」又〈漁父〉：「屈原既放，遊於江潭。行吟澤畔，顏色顦顇，形容枯槁。」三年，蕭本、郭本、王本、咸本皆作「二年」。誤。

【語　譯】遭遇流放驅逐我已不再悲哀，使我感愧的是承蒙您問候我這個心如死灰之人。本是天上無心無意之浮雲，如今卻吹落於楚靈王所建的章華之臺。與君遠別淚已流盡，長長的愁思已使我心摧傷。三年流放如屈原行吟於澤畔，身心憔悴不知何時能得返回？

【研　析】此詩亦是乾元元年（西元七五八年）流放夜郎途中之作。前四句寫自己的遭遇與心情，並感謝鄭判官的慰問。後四句寫離別之情，並點明流放的期限為三年。明人評此詩曰：「一意寫去，宛有天趣。」

## 黃鶴樓送孟浩然之廣陵❶

江夏岳陽

故人西辭黃鶴樓❷，煙花❸三月下揚州。孤帆遠影碧山盡，唯見長江天際流❹。

【注　釋】❶黃鶴樓題　題中咸本和《唐文粹》無「黃鶴樓」三字。黃鶴樓，故址在今湖北武漢蛇山黃鶴磯上。相傳始建於三國吳黃武二年，歷代屢毀屢建。傳說費禕登仙，每乘黃鶴於此憩駕，故號為黃鶴樓。孟浩然，唐代詩人，襄州襄陽（今屬湖北）人。早年隱居鹿門山，四十歲遊長安，應進士試，不第。遊歷東南等地，曾一度為荊州張九齡幕府從事，後患疽卒。其詩風格清淡，多反映隱逸生活，以山水田園詩著稱於世。與王維齊名，世稱「王孟」。之廣陵，敦煌《唐人選唐詩》作「下維揚」。之，往。廣陵，今江蘇揚州。❷故人句　故人，指孟浩然。李白在此之前曾北遊汝州（今河南臨汝），途經襄州時結識孟浩然，故此次送行得以稱他為「故人」。西辭，黃鶴樓遠在廣陵之西，故云。❸煙花　形容春天繁花若霧的景象。❹孤帆二句　陸游《入蜀記》卷三云：「太白登此樓，送孟浩然詩云：『征帆遠映碧山盡，唯見長江天際流。』蓋帆檣映遠山尤可觀，非江行久不能知也。」宋本在「影」字下夾注：「一作：映」。碧，敦煌《唐人選唐詩》作「綠」。山，蕭本、郭本、胡本作「空」。

【語　譯】老朋友告別黃鶴樓東去，在繁花似煙霧的暮春三月下揚州。扁舟布帆的遠影映著遠山漸漸消失於水天相連之處，我只能望見滔滔不盡的長江水在天際滾流。

【研　析】此詩約作於開元十六年（西元七二八年）暮春，時李白二十八歲，孟浩然四十歲，兩人都未經過政治上的挫折，詩中洋溢著青春歡快的活力。前兩句表面上只是點明送別的地點、時令和友人的去向，實際上每個詞都在創造氣氛。「故人」說明兩人友誼已久，「辭」字反映友人揮手告別黃鶴樓的愉快心態，「黃鶴樓」是天下名勝，使人引起仙人飛昇而去的遐想。「三月」是繁花似錦的季節，著「煙花」二字，不僅給人感覺到迷人的春色，而且感覺到這是一個繁華的時代，繁華的地方。揚州在唐代確實是最繁華的城市，開元時代也確實是中國歷史上最繁榮的時代。次句意境優美，文字綺麗，《唐詩三百首》陳婉俊補注譽為「千古麗句」。後二句表面是寫景，但其中蘊含著豐富而濃厚的感情。試想：詩人送友人上船，船揚帆而去，詩人還在江邊目送遠去的小舟，一直看到帆影越去越遠，最後消失在碧空盡頭，而詩人還在翹首遙望，只看到一江春水浩浩蕩蕩流向水天交接處。由此可想見詩人眺望時間之長，也可體會詩人對朋友感情之深。詩中沒有直接抒寫惜別之情，而是融情入景，含不盡之意，於言外見之，餘味無窮。

## 將遊衡岳❶過漢陽雙松亭❷留別族弟浮屠談皓❸

秦欺趙氏璧，卻入邯鄲宮❹。本是楚家玉，還來荊山中❺。符彩照滄溟❻，精輝凌白虹❼。青蠅一相點❽，流落此時同❾。

卓絕道門秀❿，談玄乃支公⓫。延蘿⓬結幽居，翦竹⓭繞芳叢。涼花拂戶牖，天籟⓮鳴虛空。

憶我初來時，蒲萄開景風⓯。今茲大火落⓰，秋葉黃梧桐。水色夢沅湘⓱，長沙⓲去何窮？寄書訪衡嶠⓳，但與南飛鴻⓴。

【注釋】❶衡岳　衡山，古稱南嶽。一稱岣嶁山或虎山。在今湖南衡山縣等境，綿延百餘里，山勢雄偉。有著名山峰七十二座，以祝融、天柱、芙蓉、紫蓋、石廩五峰最有名。有「五嶽獨秀」之稱。❷漢陽雙松亭　《明一統志》卷五九湖廣漢陽府：「雙松亭，在秋興亭東。」❸浮屠談皓　浮屠，梵文音譯，又譯作「浮圖」、「佛陀」。佛教或佛教徒。袁宏《後漢紀・明帝紀上》：「浮屠者，佛也。西域天竺有佛道焉。佛者，漢言覺。將悟群生也。」談皓，人名。事蹟不詳。❹秦欺二句　《史記・廉頗藺相如列傳》：「趙惠文王時，得楚和氏璧。秦昭王聞之，使人遺趙王書，願以十五城請易璧。……趙王於是遂遣藺相如奉璧西入秦，……相如度秦王特以詐詳（佯）為予趙城，實不可得。乃謂秦王曰：『……趙王送璧時，齋戒五日，今大王亦宜齋戒五日。……』秦王……遂許齋五日，……相如乃使其從者衣褐，懷其璧，從徑道亡，歸璧於趙。」邯鄲，戰國時趙國都城。今河北邯鄲。❺本是二句　楚人卞和得玉璞於荊山，兩獻楚王，兩刖其足。見卷三〈鞠歌行〉注。❻符彩句　符，蕭本、郭本、胡本、咸本作「丹」。照，蕭本、郭本作「瀉」。符彩，亦作「符采」。美玉的紋理色彩。《文選》卷四左思〈蜀都賦〉：「其間則有虎珀丹青，江珠瑕英，金沙銀礫，符采彪炳。」劉逵注：「符采，玉之橫文也。」《山海經・北山經》「曰燕山，多嬰石」郭璞注：「言石似玉有符彩嬰帶，所謂燕石者。」❼精輝句　精輝，蕭本、郭本、王本作「清輝」。陵，通「淩」。蕭本、郭本、王本、咸本皆作「淩」。白虹，日月周圍的白色暈圈。《禮記・聘義》：「氣如白虹，天也。」孔穎達疏：「白虹，謂天之白氣，言玉之白氣似天白氣，故云天也。」❽青蠅句　《詩經・小雅・青蠅》：「營營青蠅，止於樊。豈弟君子，無信讒言。」鄭玄箋：「蠅之為蟲，汙白使黑，汙黑使白，喻佞人變亂善惡也。」陳子昂〈宴胡楚真禁所〉詩：「青蠅一相點，白璧遂成冤。」此處用其成句。王琦注此句曰：「《埤雅》：青蠅糞尤能敗物，雖玉尤不免，所謂蠅糞點玉是也。」❾流落句　流落，飄泊潦倒。李白自謂。此時，被讒還山之時。同，指自己被讒與玉之受汙相同。❿卓絕句　卓絕，超過一般，無可比擬。《三國志・魏書・管寧傳》：「德行卓絕，海內無偶。」道門，佛教之法門。漢魏晉宋間，佛學初行，僧徒通稱道人、道士，佛門亦稱道門。牟融《理惑論》：「僕嘗遊于闐之國，數與沙門道士相見。」《世說新語・言語》：「支道林常養數匹馬，或言道人畜馬不韻，支曰：『貧道重其神駿。』」唐人亦多沿用。⓫談玄句　談玄，指祖述老、莊，崇尚無為之說。魏晉至齊梁相競成風。《世說新語・容止》：「王夷甫容貌整麗，妙於談玄。」支公，指東晉高僧支遁。《高僧傳》卷四〈晉剡沃洲山支遁〉：「支遁，字道林，本姓關氏，陳留人，或云河東林慮人。……年二十五出家，每至講肆，善標宗會，而章句或有所遺，時為守文者所陋。謝安聞而善之，曰：『此乃九方堙之相馬也，略其玄黃，而取其駿逸。』」王洽、劉恢、殷浩、許詢、郄超、孫綽、桓彥表、王敬仁、何次道、王文度、謝長遐、袁彥伯等，并一代名流，皆著塵外之狎。」⓬延蘿　伸展的女蘿。鮑照〈從登香爐峰詩〉：「延蘿倚峰壁。」⓭剪竹　吳均〈王侍中夜集詩〉：「剪竹製山扉。」⓮天籟　王琦注：「天籟乃虛空之際自然音響。」宋本在「籟」字下夾注：「一作：樂」。⓯景風　夏曆五月的和暖之風。曹丕〈與朝歌令吳質書〉：「方今蕤賓紀時，景風扇物，天氣和暖，眾物具繁。」蕤賓，樂律名，配陰曆五月。卷二〇〈過汪氏別業〉

其二：「星火五月中，景風從南來。」⑯大火落　心宿西下。古代天文學家為觀測天象及日月五星在空中的運行，在黃道帶與赤道帶兩側選取二十八組恆星群作為觀測的標誌，稱為「二十八宿」。但二十八組恆星是不等分的，古代天文學家又將周天劃分為十二個等分的「次」，將「二十八宿」歸入十二個「次」內，心宿就是十二次中「大火」次的主要恆星群。夏曆每年五月黃昏時心宿出現於正南方，至七月黃昏時，心宿則已偏西了。故《詩經・豳風・七月》稱「七月流火」，即夏曆七月黃昏時心宿已西下。此處即用其意。落，猶下。⑰沅湘　沅水和湘水的並稱。戰國時屈原遭放逐後，曾長期流浪沅湘間。屈原〈離騷〉：「濟沅湘以南征兮，就重華而陳詞。」按：沅水上游稱清水江，源出貴州雲霧山，自湖南黔城鎮以下始稱沅江。東北流經辰溪、沅陵、常德至漢壽入洞庭湖。湘水上源出廣西海洋山西麓，東北流貫湖南省東部，經衡陽、衡山、株州、湘潭、長沙等市縣至湘陰縣蘆林潭入洞庭湖。⑱長沙　古長沙郡，秦始皇置，在古荊州境內。衡山及沅、湘二水俱在郡中。⑲衡嶠　衡山。嶠，高山。《爾雅・釋山》：「山小而高，岑；銳而高，嶠。」⑳南飛鴻　蕭琛〈餞謝文學〉詩：「相思將安寄？悵望南飛鴻。」

【語　譯】秦國欺侮趙國想得和氏璧，但最終卻仍返歸趙國邯鄲。和氏璧本是楚國之玉，來自於荊山中。它的光彩華麗直照大海，光輝精氣上凌蒼天。可被青蠅相點汙白成黑，自己的流落正與此相同。

您品性卓絕秀出佛門，論道談玄宛如支公道林。伸展的青蘿覆蓋幽靜的居室，剪出的綠竹圍繞著花叢。鮮花盛開隨風飄拂於門窗之上，大自然之音聲鳴響於天空。

想我剛來的時候，正當葡萄初結夏風徐吹。現在心宿已向西下落，梧桐已在秋風中葉黃了。夢中常想沅湘的水色山光，此去長沙郡路途多麼遙遠？我欲前往尋訪衡嶽，只能寄書與南飛之大雁一同前行。

【研　析】此詩當作於乾元二年（西元七五九年）從漢陽、江夏將南遊岳陽、瀟湘之時，首段八句以和氏璧的遭遇比喻自己的經歷。謂和氏璧自楚入趙，自趙入秦，又復歸趙，還於荊山，其光照大海，上凌白虹，乃無價之寶，奈何遭青蠅相點，變白為黑，自己的遭遇正與此相同。次段六句頌揚談皓乃佛門之英傑，與當年支遁一樣善於談玄。延蘿剪竹以結幽居，花拂窗戶，音響自然。末段八句敘寫自己的行程。初來漢陽雙松亭時，乃葡萄正開的夏初季節，如今告別已是心宿西下梧桐落葉的初秋。此去沅湘長沙郡，路遠無窮，將遊衡嶽而離情綿綿，只能附書南飛鴻雁致意而已。

## 江夏別宋之悌❶

楚水❷清若空，遙將碧海通❸。人分千里❹外，興❺在一盃中。谷鳥吟晴日，
江猿嘯晚風。平生不下淚，於此泣無窮。

【注　釋】❶江夏題　江夏，唐縣名，治所在今湖北武漢武昌。宋之悌，初唐詩人宋之問季弟。《朝野僉載》卷六：「宋令文者，有神力。……令文有三子：長之問，有文譽；次之遜，善書；次之悌，有勇力。之悌後左降朱鳶，會賊破驩州，以之悌為總管擊之。募壯士，得八人。之悌身長八尺，被重甲，直前大叫曰：『獠賊，動即死。』賊七百人一時俱銼，大破之。」《舊唐書・宋之問傳》：「之悌，開元中自右羽林將軍出為益州長史、劍南節度兼採訪使，尋遷太原尹。」宋之悌事蹟詳見拙著《天上謫仙人的秘密——李白考論集・李白詩江夏別宋之悌繫年辨誤》。❷楚水　指江夏。陸游《入蜀記》卷三：「自此（鸚鵡洲）以南為漢水，……水色澄澈可鑒。太白云：『楚水清若空』，蓋言此也。」❸遙將句　將，與。碧海，指朱鳶。朱鳶在唐代屬安南都護府交趾郡（交州）。當時有朱鳶江經此入海。《水經注》卷三七：葉榆水「過交趾……東入海」。❹千里　據《舊唐書・地理志四》：交趾「至京師七千二百五十三里」，則朱鳶至江夏亦相距有數千里。❺興　興會；興致。

【語　譯】楚地的江水清澈似若天空，與遙遠的朱鳶邊的碧海相通。我們兩人將遠別千里之外，興致只在眼前的杯酒之中。山谷中的鳥在晴天下不停地鳴叫，江岸邊的猿在晚風中哀號。我平生從不流淚，面對現在的情景卻泣涕不止。

【研　析】此詩約作於開元二十二年（西元七三四年）前後，時宋之悌貶朱鳶途經江夏，李白作此送別詩。首聯分別點明送別的地點和宋之悌將往的地點。頷聯點題，由友人將往之處回到眼前的離別，千里之別是悲哀

的，但眼前還有酒可以解愁，不說「悲」而說「興」，「一盃」對「千里」，既表現出豪氣和瀟灑，又有無可奈何的情緒。含蓄有味，耐人咀嚼。頸聯轉為寫景，從「晴日」到「晚風」，暗示時間的推移，依依惜別之情於言外見之。出句是美好景色，與頷聯「興」字相應；對句是淒涼景色，為尾聯「泣」字張本。尾聯抒情，宋之悌早年仕途發達，但在暮年卻遠謫蠻荒之地，面對此情此景，鐵石心腸也會動情，何況詩人富有同情心，自然就「泣無窮」了。前三聯寫得豪逸灑脫，尾聯卻以悲愴沉鬱作結，使詩情跳躍跌宕，大開大合，有起之無端、結之無盡之妙。

## 留別賈舍人至❶二首

### 其一

大梁白雲起，飄颻來南洲。徘徊蒼梧野，十見羅浮秋❷。鼇抃山海傾❸，四溟❹揚洪流。意欲託孤鳳❺，從之摩天遊。鳳苦道路難，翱翔還崑丘❻。不肯銜我去，哀鳴慚不周❼。

遠客謝主人，明珠難暗投❽。拂拭倚天劍❾，西登岳陽樓❿。長嘯萬里風，掃清胸中憂。誰念劉越石，化為繞指柔⓫。

【注釋】❶留別賈舍人至二首　賈舍人至，中書舍人賈至。《舊唐書・賈至傳》：「天寶末為中書舍人。祿山之亂，從上皇幸蜀。時肅宗即位於靈武，上皇遣至為傳位冊文。……寶應二年，為尚書左丞。」《新唐書・賈至傳》：「至德中，……坐小法，貶岳州司馬。寶應初，召復故官，遷尚書左丞。」吳縝《新唐書糾繆》卷一一：「今案至本傳述王去榮殺人事，乃至德二載已後乾元元年二月已前事也。其傳中自後更無事，止是貶岳州司馬。後遂言寶應初復故官。……而〈肅宗紀〉云：『乾元二年三月，九節度之師潰於滏水，東京留守崔圓，河南尹蘇震，汝州刺史賈至奔於襄鄧。』然則至之貶岳州司馬，正當至德、乾元之際，其貶岳州，即坐棄汝州而出奔之故也。本傳即漏其為汝州刺史一節，又失其為岳州司馬之因，止云坐小法而已。若以〈肅宗紀〉乾元二年崔圓、蘇震事考之，則其貶岳州之事，昭然可見也。」按：賈至貶岳州司馬在乾元二年秋間，李白於乾元二年春流放至白帝城遇赦回到江夏，秋天到岳州曾與賈至相遇，共遊洞庭，賈至有〈初至巴陵與李十二白裴九同泛洞庭湖〉詩，李白有〈巴陵贈賈舍人〉、〈與賈舍人於龍興寺剪落梧桐枝望灉湖〉、〈陪族叔刑部侍郎曄及中書賈舍人至遊洞庭五首〉等詩，皆為乾元二年秋所作。而此二首詩與賈至貶岳州及李白遇赦放還遊洞庭的時間皆不合。如其一曰：「徘徊蒼梧野，十見羅浮秋」，李白與賈至皆未嘗至羅浮。其二曰：「君為長沙客，我獨之夜郎」，李白流夜郎在乾元元年時，賈至尚未貶岳州，賈至貶岳州在乾元二年秋，時李白早已遇赦放還，不得再說「之夜郎」。故可斷定此二詩應非李白之作，誤入集中者。今仍加注譯研析，供讀者參考。❷大梁四句　《初學記》卷一引《歸藏》：「有白雲出蒼梧，入於大梁。」大梁，今河南開封。蒼梧，本指九疑山，傳說舜死於蒼梧之野，即其地，在今湖南寧遠南。《山海經・海內經》：「南方蒼梧之丘，蒼梧之淵，其中有九疑山，舜之所葬，在長沙零陵界中。」王琦曰：「古者總名其地為蒼梧也。蓋古所稱蒼梧之野，其地甚廣，凡九疑山前後數百里，粵西、湖南之地，兼跨而有之。」羅浮，王琦注引《名山志》：「羅浮山在廣東增城、博羅二縣之境，本二山也。在西者為羅山，在東者為浮山。二山合體，故總稱羅浮。」按：在今廣東東江北岸，增城、博羅、河源等縣市間。主峰飛雲頂，在博羅縣城西北。道教稱「第七洞天」。東晉葛洪、隋青霞子蘇玄朗曾修道於此。❸鼇抃句　《楚辭・天問》：「鼇戴山抃，何以安之？」王逸注：「鼇，大龜也。擊手曰抃。」《文選》卷一五張衡〈思玄賦〉：「登蓬萊而容與兮，鼇雖抃而不傾。」李善注引《列仙傳》：「巨鼇負蓬萊山抃於滄海之中。」呂延濟注：「雖抃擊而不傾側也。」蕭本、郭本、胡本、咸本作「鼇挾」。❹四溟　《文選》卷二九張協〈雜詩十首〉其十：「雨足灑四溟。」劉良注：「四溟，謂四海也。」❺孤鳳　蕭本、郭本作「孤雁」。❻崑丘　即崑崙山。王績〈古意〉其一：「徽點崑丘玉。」《爾雅・釋丘》邢昺疏引《崑崙山記》：「崑崙山，一名崑丘。」按：崑崙山在今新疆、西藏之間，西接帕米爾高原，東延入青海境內。古代神話傳說，上有瑤池、閬苑、增城、縣圃等仙境。❼不周　蕭本、郭本、王本、咸本作「不留」。❽明珠句　《史記・魯仲連鄒陽列傳》：「臣聞明月之珠，夜光之璧，以闇投人於道路，人無不按劍相眄者。何則？無因而至前也。」王褒〈牆上難為趨〉詩：「白璧求善價，明珠難暗投。」❾倚天劍　形容極長的劍。宋玉〈大言賦〉：「方地為車，圓天為蓋，長劍耿耿倚天外。」❿岳陽樓　今湖南岳陽西門古城樓。相傳三國時吳國魯肅在此建閱兵臺。唐開元四年，中書令張說為岳州刺史，在舊閱兵臺基礎上建此樓。范致明《岳陽風土記》：「岳陽樓，城西門樓也。下瞰洞庭，景物寬闊。唐開元四年，中書令張說除守此州，每與才士登樓賦詩，自爾名著。」⓫誰念二句　劉越石，東晉劉琨，字越石。《文選》卷二五劉琨〈重贈盧諶〉詩：「何意百鍊剛，化為繞指柔。」呂延濟注：「百鍊之鐵堅剛，而今可繞指，自喻經破敗而至柔弱也。」

【語　譯】大梁地方白雲飛起，飄搖來到南國。徘徊於蒼梧之地，曾見十次羅浮山之秋。巨龜兩爪相擊使山海為之傾倒，四海之水揚起巨大洪流。我本打算求託鳳凰，隨從牠一起摩天遨遊。鳳凰苦於道路的艱難，就飛還至崑崙山。不肯銜我遠去，我只有哀鳴慚愧其不能留我。

遠來之客謝過主人，明月之珠豈能暗投。擦拭倚天的寶劍，向西登上岳陽樓。萬里長風呼嘯而過，吹盡了我胸中的煩憂。有誰想起劉越石，百鍊之鋼可以化為繞指柔。

【研　析】詩中有「十見羅浮秋」句，不合李白和賈至的一生行蹤，故可斷定此詩應是他人之作，誤入李白集。前段十二句詩人以白雲飄泊不定自喻，在巨鼇傾山海，洪波泛濫的環境中，欲託鳳凰而從之遊，奈何鳳凰亦苦道路難，只能獨自還崑崙山，使己失倚託，只有哀鳴慚愧。後段謂明珠豈能暗投，乃拂倚天之劍，西登岳陽樓，臨風長嘯，以洩己憂。當念當年劉琨百鍊剛化為繞指柔之語，使自己振奮。明人評此詩曰：「慷慨有氣概，風骨蒼然。語不為工，然亦不草率，正在深淺之間。道得亦磊落。」

## 其二

秋風吹胡霜，凋此簷下芳❶。折芳怨歲晚，離別悽以傷。

謬攀青瑣賢❷，延我於此堂。君為長沙客，我獨之夜郎。勸此一盃酒，豈唯道路長。割珠❸兩分贈，寸心貴不忘❹。何必兒女仁❺，相看淚成行！

【注　釋】❶芳　花卉。宋玉〈風賦〉：「蕭條眾芳」。❷青瑣賢　指出入宮禁、接近皇帝的賢能之臣。青瑣，古代裝飾皇宮門窗的青色連環花紋。《漢書・元后傳》：「曲陽侯根，驕奢僭上，赤墀青瑣。」顏師古注：「青瑣者，刻為連環文，而青塗之也。」後多借指宮門。❸割珠　王琦注：「割珠事無考。」❹貴不忘　貴，蕭本、郭本作「久」。❺兒女仁　女子的不忍之心。比喻感情脆弱。兒女，猶女子。曹植〈贈白馬王彪〉詩：「無乃兒女仁！」

【語　譯】秋風使北地的胡霜吹至南方，凋枯了屋簷下的花草。意欲折花相贈只怨時節已晚，離別之情使我悽涼傷悲不已。

承蒙不棄使我攀附宮中賢人，延引我至於此堂。君如漢代賈誼貶謫長沙，我獨流放前去夜郎。勸飲這杯酒，豈只因為前路遙長。切割明珠兩人各分一半，以珠比心永誌不忘。何必像女子那樣感情脆弱，執手相看而淚流成行！

【研　析】此詩曰：「君為長沙客，我獨之夜郎。」按賈至貶岳陽在乾元二年（西元七五九年）秋天，時李白早已遇赦歸來，決不可能再說「我獨之夜郎」。故此詩亦當是他人之作。首四句謂風吹胡霜使簷下花草悉皆凋落，無花可折以相贈，離別之情更為悽悲。後十句謂君本宮省大臣，承蒙不棄而攀附，延我於賓館。如今您被貶岳陽，我被流放夜郎，勸酒言別，豈只為我遠行，割珠相贈以誌心不忘耳。何必效女子之仁淚落成行。《唐宋詩醇》卷六評此詩曰：「深於比喻，乃騷人之遺意，其音哀婉，情景正合。」

## 渡荊門送別　荊州❶

渡遠荊門外，來從楚國遊❷。山隨平野盡❸，江入大荒❹流。月下飛天鏡❺，雲生結海樓❻。仍憐故鄉水❼，萬里送行舟。

【注　釋】❶渡荊門題　荊門，山名。在今湖北宜都西北長江南岸。《水經注・江水》：「江水又東歷荊門、虎牙之間。荊門在南，上合下開，闇徹山南。有門像。虎牙在北，石壁色紅，間有白文，類牙形，並以物像受名。此二山，楚之西塞也。」送別，唐汝詢《唐詩解》云：「題中『送別』二字，疑是衍文。」沈德潛《唐詩別裁集》云：「詩中無送別意，題中〈送別〉二字可刪。」其說良是。❷渡遠二句　渡遠，乘舟遠行。從，至；向。楚國，指今湖北省境，春秋戰國時屬楚國。❸山隨句　此句意謂荊門山以東，地勢漸趨平坦，長江兩岸的高山隨之消失無跡。楊齊賢注：「荊門軍有山名荊門，蜀之諸山至此不復見矣。」❹大荒　廣闊的原野；極遠之地。《文選》卷五〈吳都賦〉：「出乎大荒之中，行乎東極之外。」劉逵注：「大荒，謂海外也。」❺月下句　謂月影倒映江中，如天上飛下的明鏡。❻海樓　即海市蜃樓。海上光線經過不同密度的空氣層，發生顯著折射時，把遠處景物顯示在空中或地面，變幻出像城市、樓臺般的景象；古人誤認為是蜃（大蛤）吐氣而成，並稱之為「海市蜃樓」。《史記・天官書》：「海旁蜃氣象樓臺，廣野氣成宮闕然；雲氣各像其山川人民所聚積。」《本草綱目・鱗部一》：「(蜃）能吁氣成樓臺城郭之狀，將雨即見，名蜃樓，亦曰海市。」詩以「海樓」形容江上雲彩奇異的變幻。❼仍憐句　憐，愛。故鄉水，長江水自蜀東流，詩人長於蜀中，極愛蜀中山水，故稱之為「故鄉水」。沈德潛《唐詩別裁集》云：「太白蜀人，江亦發源於蜀。」

【語　譯】乘舟遠行自蜀地來此渡過荊門，來到古代楚國之地漫遊。高山隨著平原出現而消失不見，江水進入廣袤的荒野洶湧奔流。明月倒影江中宛如自天飛下明鏡，天空雲霧彌漫結成海市蜃樓。我深愛故鄉的江水，感念它萬里行舟送我出遊。

【研　析】此詩乃開元十二年（西元七二四年）李白離開蜀中行至楚地漫遊時的作品。首聯二句點明行蹤已越過荊門，意味著已告別巴山蜀水，進入楚國境內。頷聯二句極寫舟過荊門後呈現的特有景象和視野頓然開闊的感受，是千古傳頌的佳句。頸聯二句分寫月亮在水中的倒影和天空雲彩的變幻，襯托流水的平靜和江面的遼闊。這兩聯所寫景色，在崇山峻嶺的蜀中和兩岸連山的三峽中是看不到的。所以詩人在寫景中流露出新鮮感受。尾聯抒情。江水送詩人遠遊，一個「憐」字，充分表達了詩人對故鄉的戀情。全詩風格雄健，意境高遠。是一首色彩明麗、風姿秀逸而又格律工穩、對仗精切的早年五律佳構。

## 聞李太尉大舉秦兵百萬出征東南懦夫請纓冀申一割之用半道病還留別金陵崔侍御十九韻　復至金陵❶

秦出天下兵，蹴踏燕趙傾❷。黃河飲馬竭，赤羽❸連天明。太尉杖旄鉞❹，雲旗繞彭城❺。三軍受號令，千里肅雷霆❻。函谷絕飛鳥，武關擁連營❼。意在斬巨鼇，何論鱠長鯨❽。

恨無左車略❾，多愧魯連生❿。拂劍照嚴霜，彫戈鬘胡纓⓫。願雪會稽恥⓬，將期報恩榮。半道謝病還，無因⓭東南征。亞夫未見顧，劇孟阻先行⓮。天奪壯士心，長吁別吳京⓯。

金陵遇太守，倒屣欣逢迎⓰。群公咸祖餞⓱，四座羅朝英。初發臨滄觀⓲，醉棲征虜亭⓳。舊國見秋月，長江流寒聲。帝車⓴信迴轉，河漢縱復橫㉑。孤鳳向西海，飛鴻辭北溟。因之出寥廓，揮手謝公卿㉒。

【注釋】❶聞李太尉題　李太尉，指李光弼。《舊唐書·肅宗紀》記載，上元二年五月，李光弼來朝，進位太尉、兼侍中，充河南副元帥，都統河南、淮南、山南東道五道行營節度，出鎮臨淮。秦兵，指李光弼從長安帶來的唐軍。東南，指臨淮，即泗州，州治在今安徽泗縣，位置在長安東南。懦夫，詩人謙稱。請纓，《漢書・終軍傳》：「乃遣軍使南越，說其王，欲令入朝，比內諸侯。軍自請：『願受長纓，必羈南越王而致之闕下。』」此指從軍。一割之用，用《後漢書・班超傳》「況臣奉大漢之威，而無鉛刀一割之用乎」語，意謂鉛刀雖鈍，仍望一試。此喻己雖衰老，卻還想為國出力。崔侍御，名不詳。詩中有「金陵遇太守」語，太守當即此人。然侍御為七、八品（殿中侍御史為從七品上，監察御史為正八品上）官，太守為四品官，已為太守，不當再稱侍御。唐代中期以後，以侍郎出為太守（刺史）者甚多，疑此「崔侍御」或為「崔侍郎」之誤。（詳見拙著《天上謫仙人的秘密——李白考論集・李白詩中崔侍御考辨》）❷秦出二句　秦，指長安，謂唐朝廷。蹴踏，踩踏。燕趙，此指安史叛軍所據之地。傾，傾覆。❸赤羽　赤色羽毛，似為軍旗飾品。此泛指旌旗。《孔子家語・致思》：「由願得赤羽若日，白羽若月。」❹旄鉞　旄節和斧鉞。由皇帝授予軍隊統帥，表示給予指揮生殺之權。《三國志・蜀書・劉禪傳》：「五年春，丞相亮出屯漢中。」裴松之注引《諸葛亮集》劉禪三月詔：「今授之以旄鉞之重，付之以專命之權。」❺雲旗句　雲旗，《史記・司馬相如列傳》：「拖霓旌，靡雲旗。」張守節《正義》：「畫熊虎於旌，似雲氣也。」蕭本、郭本、王本皆作「雲騎」。《文選》卷三〇謝靈運〈擬魏太子鄴中集詩・王粲〉：「雲騎亂漢南。」呂向注：「雲騎，言多如雲也。」彭城，即徐州，天寶元年改彭城郡，乾元元年復為徐州。州治在今江蘇徐州。《舊唐書・李光弼傳》載：「史朝義乘邙山之勝，寇申、光等十三州，自領精騎圍李岑於宋州。將士皆懼，請南保揚州，光弼徑赴徐州以鎮之，遣田神功擊敗之。」❻三軍二句　形容李光弼威懾士兵。《舊唐書・李光弼傳》：「御軍嚴肅，天下服其威名。每申號令，諸將不敢仰視。」❼函谷二句　謂軍事防守嚴密，飛鳥也不敢飛越函谷關；而武關地區則擁有連綿不斷的軍營。函谷，函谷關。古關在今河南靈寶東北。戰國時秦置。因關在谷中，深險如函而名。其東自崤山，西至潼津，通名函谷，號稱天險。漢元鼎三年，徙關至今河南新安東，離古關三百里，稱新函谷關。乃古時由東方入秦的重要關口。武關，在今陝西丹鳳南，為秦南關。戰國時秦置。秦昭王曾誘楚懷王會於此，執以入秦。西元前二〇七年劉邦由此關入秦。❽意在二句　謂目的是要斬叛軍首領，至於一般的叛將更不在話下。鼇，傳說中的大海龜。此喻指叛軍首領。鱠，細切的魚或肉。宋本在「鱠長鯨」三字下夾注：「一作：鯢與鯨」。❾恨無句　左車，指李左車，秦末漢初人。據《史記・淮陰侯列傳》記載：其人富於韜略，曾為陳餘出謀劃策，陳餘不聽。後陳餘被殺，李左車被韓信俘獲，韓信解其縛，師事之。略，韜略；計謀。❿魯連生　即魯仲連，戰國時齊國人，善為人排難解紛。秦軍圍困趙都邯鄲，趙向魏求救，魏不敢出兵，卻派將軍辛垣衍去說服趙尊秦為帝，諫秦罷兵。魯仲連得知此事，立即去見辛垣衍，指出尊秦的禍患。辛聽後心悅誠服，不敢再提此事。秦將聞之，為之退兵五十里。趙平原君趙勝封魯仲連官爵，被他謝絕（見《史記・魯仲連鄒陽列傳》）。⑪拂劍二句　謂己拿著劍戟，戴著軍帽，在嚴霜照耀下從軍。彫戈，鏤刻花紋的戟。《國語・晉語三》：「穆公衡彫戈，出見使者。」韋昭注：「彫，鏤也。戈，戟也。」鬘胡纓，鬘帶名。鬘，通「縵」。《莊子・說劍》：「垂冠縵胡之纓。」注引司馬彪曰：「縵胡之纓，謂粗纓無文理也。」⑫會稽恥　《史記・越王句踐世家》載：春秋時越被吳所破，吳王圍越王句踐於會稽山。越王獻美女、寶器求和。吳兵退後，句踐臥薪嘗膽，常警告自己：「女（汝）忘會稽之恥邪？」此以「會稽恥」喻唐王朝被安史叛軍所摧殘的恥辱。⑬因　宋本在此字下夾注：「一作：由」。⑭亞夫二句　亞夫，周亞夫，西漢名將。劇孟，西漢著名俠客。見卷二〈梁甫吟〉注。此處以周亞夫比擬李光弼，以劇孟自比。⑮長吁句　長吁，長嘆。吳京，指金陵。三國時吳國京都，故稱。今江蘇南京。⑯倒履句　倒履，鞋子倒穿。形容迎接賢客的急切情狀。《三國志・魏書・王粲傳》：「（蔡邕）聞粲在門，倒屣迎之。」宋本在「欣」字下夾注：「一作：相」。⑰祖餞　古代出行時祭祀路神曰「祖」，後因稱設宴送行為祖餞。《後漢書・高彪傳》：「時京兆第五永為督軍御史，使督幽州，百官大會，祖餞於長樂觀。」⑱臨滄觀　即金陵新亭，三國吳築，東晉時周顗與王導等會宴處。南朝宋時改名臨滄觀。故址在今南京西南，地近江濱，依山為壘，為軍事和交通要塞。《太平寰宇記》卷九〇：「臨滄觀，在勞勞山上，有亭七間，名曰新亭。吳所築，宋改為新亭，中間名臨滄觀。晉周顗與王導等常春日登之會宴，顗曰：『風景不殊，舉目有江山之異。』即此。謂之勞勞亭，古送別所。」⑲征虜亭　故址在今江蘇南京棲霞區。《世說新語・雅量》：「支道林還東，時賢並送於征虜亭。」劉孝標注引《丹陽記》曰：「太安中，征虜將軍謝安立此亭，因以為名。」按：據《晉書・謝安傳》，太元中征虜將軍當為謝安子謝琰。《資治通鑑》齊明帝永泰元年：「太子寶卷使人上屋，望見征虜亭失火。」胡三省注：「征虜亭在方山南。自玄武湖頭大路北出至征虜亭。」⑳帝車　星名，即北斗星。《史記・天官書》：「斗為帝車，運于中央，臨制四鄉。」宋本在「車」字下夾注：「一作：居」。㉑河漢句　河漢，銀河。曹丕〈雜詩〉：「天漢迴西流，三五正縱橫。」縱復橫，蕭本、郭本、王本作「復縱橫」。㉒孤鳳四句　謂己與各官員揮手告別後，將如孤獨的飛鴻一般，在廣闊的天空中飄飛。

**【語　譯】**朝廷從長安派出天下的精兵，足踏燕趙叛軍很快傾覆。戰馬喝盡黃河之水，赤羽裝飾的旌旗遍天照耀。太尉執仗領軍之旄鉞，漫如雲海的旗幟環繞著彭城。三軍接受太尉的號令，勢若雷霆千里肅靜。函谷關上空絕盡了飛鳥，武關之地駐紮了連綿的軍營。意在斬除巨鼇般的叛軍首領，那些如鱠如鯨的一般叛軍更是何足談論。

我怨恨自己沒有左車那樣的謀略，慚愧沒有魯仲連那樣的才能。擦拭寶劍光亮映照如嚴霜，執戟冠纓而去從軍。希望洗雪胡人侵佔兩京之恥，為報國恩而建功。可是半途中因病而辭還，無從隨軍遠征東南。未能得到李太尉的眷顧，我雖如劇孟卻被病阻而無法前行。老天奪去我壯士的雄心，只得長嘆而告別金陵。

在金陵我遇到了崔太守，他在急忙中穿倒了鞋出來迎接我。諸公都聚會設宴為我餞行，四座集中了朝中英豪。從臨滄觀開始啟程，又醉臥於征虜亭，金陵舊都見秋夜之明月，長江流水傳出寒冷之聲。北斗星確實在迴轉，銀河縱橫在中天。我像孤鳳飛向西海，飛雁辭別北溟。從此在寥闊的天空中飄飛，揮手與諸公辭別。

【研析】此詩當是上元二年（西元七六一年）秋本欲從軍、半道病還離別金陵時作。前十二句寫題中「李太尉大舉秦兵百萬出征東南」。首四句寫當時李光弼為天下兵馬副元帥，統帥八道節度使的百萬大軍出征，燕趙必傾。飲馬黃河，河水立竭，旗幟、槍桿上的紅色羽毛與天空雲霞連成一片，耀眼明亮。用誇張手法極言唐軍之多，聲勢之壯。接著四句描繪李光弼在千軍萬馬呼擁下奔赴彭城的形象。聲威赫赫，軍紀嚴明。再四句描寫李光弼的周密部署，函谷關到武關，連營千里，飛鳥也難以出入。但其戰略目標不僅是保衛長安，而且要斬獲叛軍首領，徹底消滅敵人。表現出詩人對唐軍的祝願和對勝利的信心。中十二句寫題中的「懦夫請纓，冀申一割之用，半道病還」。詩人自量沒有當年李左車的奇謀大略，也沒有魯仲連排難解紛的本領。「愧」是自謙，「恨」乃雄心。詩人時已六十一歲，仍壯心不已，請纓參軍，拂劍執戈，要為洗雪唐軍失兩京之恥報仇。詩人不計較個人恩怨，一心想著民族之恥，盡匹夫之責。但長期的流放摧殘了詩人的身體，終於在半路上病倒而還，詩人以周亞夫比擬李太尉，以劇孟自比，當年劇孟得到周亞夫的讚許，如今自己卻連李太尉的面都見不到，其內心的痛苦可想而知，詩人只得長嘆「天奪壯士心，長吁別吳京」。詩人失去了最後一次平叛的機會，在離開金陵時發出了憤恨交加的哀鳴，令人痛惜淚下。末十四句寫題中的「留別金陵崔侍御（郎）」。先寫金陵太守與朋友們為詩人餞別。這太守當即題中的「崔侍御（郎）」。「侍御」當是「侍郎」之誤。因為侍御是八品低級官員，不可能當太守，唐代中期以後常由侍郎出任大州刺史（太守），都是從三品或正四品官員。金陵是詩人經常來往之地，那裡有許多知交良友。此次太守倒屣相迎，群友滿座祖餞，詩人最後一次在金陵渡過了難忘的日子。「初發臨滄觀」以下，寫離別的地點、時間和景色。臨滄觀、征虜亭，是離別地點。舊國秋月，江流寒聲，北斗迴轉，河漢縱橫，一派淒涼秋景，詩人形象地比喻自己像孤鳳或飛鴻向西飛去，還不斷地向友人們揮手告別，也似乎是在向世人告別。全詩風格沉鬱悲涼，與以前的飄逸豪放風格完全不同。這是詩人歷盡人間滄桑之後給他的詩風帶來的變化。

## 別韋少府❶　宣州

西出蒼龍門❷，南登白鹿原❸。欲尋南山皓❹，猶戀漢皇恩。水國遠行邁，仙經深討論。洗心句溪月❺，清耳敬亭猿❻。築室在人境，閉關無世諠❼。

多君枉高駕❽，贈我以微言❾。交乃意氣合，道因風雅❿存。別離有相思，瑤瑟⓫與金樽。

【注　釋】❶韋少府　姓韋的縣尉。名字事蹟不詳。少府，唐人對縣尉的敬稱。從詩中「句溪月」、「敬亭猿」可知，此詩作於宣城，則韋少府當是宣州某縣之縣尉。❷蒼龍門　漢代長安宮闕名。《藝文類聚》卷六二引《三輔舊事》：「未央宮東有蒼龍闕，北有玄武闕。」吳均〈贈柳秘書〉詩：「已蔽蒼龍門。」此處代指唐代宮城東門。❸白鹿原　《元和郡縣志》卷一關內道京兆府萬年縣：「白鹿原，在縣東二十里。亦謂之霸上，漢文帝葬其上，謂之霸陵。王仲宣詩曰：『南登霸陵岸，迴首望長安』，即此也。」❹南山皓　宋本在「南」字下夾注：「一作：商」。蕭本、郭本、王本亦作「商山皓」。商山四皓，見卷三〈山人勸酒〉詩注。❺洗心句　洗心，清除心中的塵念。《易經・繫辭》：「聖人以此洗心，退藏於密。」句溪，蕭本、郭本、胡本作「向秋」。《江南通志》卷一六：「句溪在（寧國）府東三里，溪流迴曲，形如句字。源出寧邑籠叢山，北流為水東、水西，為後潭。又受華陽諸水，又西為陸家潭，為東溪，至此始名句溪。李白詩『洗心句溪月』，謂其清也。」❻清耳句 清澈聽聞。班固〈答賓戲〉：「若乃牙、曠清耳於管絃。」敬亭，山名。在今安徽宣城。《元和郡縣志》卷二八江南道宣州：「敬亭山，州北十二里。即謝朓賦詩之所。」❼築室二句 陶潛〈飲酒〉詩：「結廬在人境，而無車馬喧。」此處用其意。閉關，謂閉門謝絕人事。江淹〈恨賦〉：「閉關卻掃，塞門不仕。」❽多君句 多，推重；讚美。《漢書・灌夫傳》：「士亦以此多之。」顏師古注：「多，猶重之。」枉高駕，猶屈高駕。稱人來訪或走訪的敬辭。《三國志・蜀書・諸葛亮傳》：「此人可就見，不可屈致也，將軍宜枉駕顧之。」❾微言 含義深遠精微的言辭。《漢書・藝文志》：「昔仲尼沒而微言絕。」顏師古注：「精微要妙之言耳。」❿風雅 教化規範。皇甫謐〈三都賦序〉：「至於戰國，王道陵遲，風雅寢頓。」⓫瑤瑟 以美玉裝飾的琴瑟。泛指精美貴重的樂器。陳子昂〈春臺引〉：「挾寶書與瑤琴。」

【語　譯】西自長安蒼龍門東出，向南登上白鹿原。想要追尋當年商山四皓的足跡，心裡依然眷戀著皇上的恩德。遠行至南方水鄉澤國，深入探討道經的奧妙。洗盡心中塵念欣賞句溪之月，靜心傾聽敬亭山的猿鳴。在人世間築室而居，閉門謝客就沒有塵世喧鬧的聲音。

承蒙屈你高駕前來造訪，贈送我精微奧妙之言。重意氣則交合，尚風雅則道存。離別之後懷有相思之情，只有在彈琴和飲酒之中寬解離愁。

【研　析】此詩當是天寶十二載（西元七五三年）在宣州作。前段首四句回憶天寶三載離開長安時情景。當時從長安的蒼龍門出京東行，曾像東漢末王粲那樣「南登霸陵岸，回首望長安」。想尋商山四皓而隱居，然心中還眷戀著皇上對自己的恩遇。接著六句謂天寶十二載遠行來到宣城，過著悠閒的生活，探討道經，洗心賞月，靜聽猿鳴，雖在人境，閉門謝客而無塵俗之喧鬧。後段敘韋少府之情。謂承蒙不棄，屈駕相訪，又贈以微言。與君意氣相投，道存風雅。末二句點離情，別後相思，當在彈琴飲酒之中。意在言外。

# 南陵別兒童入京　一云〈古意〉❶

白酒新熟❷山中歸，黃雞啄黍秋正肥。呼童烹雞酌白酒，兒女嬉笑❸牽人衣。

高歌取醉欲自慰，起舞落日爭光輝❹。

遊說萬乘苦不早❺，著鞭❻跨馬涉遠道。會稽愚婦輕買臣❼，余亦辭家西入秦❽。仰天大笑出門去❾，我輩豈是蓬蒿人❿！

【注　釋】❶南陵題　《河嶽英靈集》、《又玄集》、《唐文粹》收此詩皆題作〈古意〉。南陵，前人以為指宣州南陵（今屬安徽），今人則多謂唐時兗州有南陵，李白另有〈酬張卿夜宿南陵見贈〉詩，亦指東魯之南陵。是。自開元末至天寶末李白子女一直居住於東魯。❷新熟　指釀酒完成。宋本在「新」字下夾注：「一作：初」。❸兒女嬉笑　兒女，李白有女名平陽，有子名伯禽。嬉笑，宋本原作「歌笑」。據蕭本、郭本、王本、咸本、《河嶽英靈集》改。❹高歌二句　咸本校：「一本無此二句。」❺遊說句　遊說，戰國時代策士周遊列國，向諸侯陳說形勢，提出政治、軍事、外交方面的主張，以獲取官祿，謂之遊說。萬乘，指皇帝。古代天子有兵車萬輛，故以萬乘（乘即一車四馬）指帝位。苦不早，恨不能在早些年頭實現。❻著鞭　執鞭；揮鞭。❼會稽句　據《漢書・朱買臣傳》記載：朱買臣，吳人。「家貧，好讀書，不治產業，常艾薪樵，賣以給食。擔束薪，行且誦書。其妻亦負擔相隨，數止買臣毋歌嘔（謳）道中。買臣愈益疾歌，妻羞之，求去。買臣笑曰：『我年五十當富貴，今已四十餘矣。汝苦日久，待我富貴報女（汝）功。』妻恚怒曰：『如公等，終餓死溝中耳，何能富貴？』買臣不能留，即聽去。」後買臣得漢武帝信用，任會稽太守，「入吳界，見其故妻、妻夫治道。買臣駐車，呼令後車載其夫妻，到太守舍，置園中，給食之。居一月，妻自經（到）死。」此處以朱買臣自喻。既表示己亦如買臣終當富貴，又似指時有妻妾輩輕己者。按：魏顥〈李翰林集序〉：「白始娶于許，生一女一男曰明月奴，女既笄而卒。又合于劉，劉訣。次合于魯一婦人……。」此處「會稽愚婦」疑即指劉氏。❽西入秦　宋本在「西」字下夾注：「一作：方」。秦，指長安。❾仰天句　《史記・滑稽列傳》：「淳于髡仰天大笑，冠纓索絕。」❿蓬蒿人　埋沒於草野之人，指平民百姓。蓬蒿，兩種草名。

【語　譯】白酒剛釀成時我從山中歸來，啄黍的黃雞到秋季長得正肥。呼喚童兒把雞烹熟再斟滿白酒，兒女們歡笑嬉戲牽著我的衣服手舞足蹈。我高歌放吟聊以酣醉自我安慰，縱情起舞要與落日共爭光輝。

我苦於沒有機會及早遊說皇帝，如今纔揚鞭躍馬奔涉遠道。會稽的愚婦曾經輕視朱買臣，如今我也辭別家庭西入長安。仰天大笑出門而去，我這樣的人難道是永遠埋沒於草野的人！

**【研　析】** 此詩當是天寶元年（西元七四二年）奉詔入京時所作。開頭二句寫酒熟雞肥，山村豐實景象，已逗歡愉氣氛，為下文的描寫作了鋪墊。接著四句，正面描寫歡樂情景：高呼童子烹雞酌酒，兒女嬉笑牽衣，放聲高歌自慰，起舞落日爭輝，詩人舒暢的心情，飛揚的神采，都躍然紙上。前半首已將詩人和兒女熱烈興奮的情緒寫足，下半首則轉折跌宕。此年李白已四十二歲，按理早該遊說皇帝取得功名了，遲至今日始償夙願，終覺有些遺憾，「苦不早」三字，表現出詩人不無遺恨。但畢竟如今能揮鞭跨馬登程入京，還是令人高興的。這裡一句一轉，反映出詩人內心的複雜。詩人覺得自己就像漢朝的朱買臣，晚年才得志，先前還被愚昧的小妾輕視過，如今自己也辭家赴京了。這兩句用典貼切自然，將詩人心中的憤恨宣洩殆盡。於是出現最後兩句：「仰天大笑出門去，我輩豈是蓬蒿人！」猶如蘊蓄已久的波濤，異峰突起，洶湧澎湃，把感情波瀾推向高潮，詩人自負自信的心理和興奮至極的神態充分地表現出來了。全詩寫景敘事凝煉簡潔，描寫人物形象鮮明生動，刻畫心理曲折多變。既有正面描寫，又有間接烘染；既跌宕多姿，又一氣呵成，淋漓盡致。所以此詩有強烈的藝術感染力。

## 南陵五松山別荀七❶

六即潁水荀❷，何慚許郡賓❸？相逢太史奏，應是聚賢人❹。玉隱且在石❺，
蘭枯還見春。俄成萬里別，立德貴清真❻。

【注　釋】❶南陵題　南陵，唐縣名。屬江南道宣州。今屬安徽。五松山，《輿地紀勝》卷二二江南東路池州：「五松山，在銅陵。李太白名曰五松山，因作詩以美。」在今安徽銅陵東南。按：李白〈與南陵常贊府遊五松山〉詩曰：「我來五松下，置酒窮躋攀。徵古絕遺老，因名五松山。」荀七，名字事蹟不詳。詹鍈《李白詩文繫年》疑為〈宿五松山下荀媼家〉的荀媼之子。❷六即句　王琦注：「六即，《唐詩類苑》作『軒昂』。琦按：『六』字恐是草書『君』字之訛。」潁水荀，指東漢荀淑。《後漢書・荀淑傳》：「字季和，潁川潁上人，荀卿十一世孫也。少有高行，博學而不好章句，多為俗儒所非，而州里稱其知人。安帝時，徵拜郎中，後再遷當塗長。去職還鄉里。當世名賢李固、李膺等皆師宗之。」此處以荀淑比擬荀七。❸何慚句　何，宋本脫，據繆本補。許郡賓，指東漢陳寔。《後漢書・陳寔傳》：「字仲弓，潁川許人也。……寔在鄉閭，平心率物。其有爭訟，輒求判正，曉譬曲直，退無怨者。至乃歎曰：『寧為刑罰所加，不為陳君所短。』……時三公每缺，議者歸之，累見徵命，遂不起，閉門懸車，棲遲養老。中平四年，年八十四，卒於家。何進遣使弔祭，海內赴者三萬餘人，制衰麻者以百數。共刊石立碑，謚為文範先生。」❹相逢二句　承上仍用陳寔與荀淑典故。劉敬叔《異苑》卷四：「陳仲弓（陳寔）從諸子姪造荀季和（荀淑）父子，於是德星聚，太史奏：『五百里內，有賢人聚。』」❺玉隱句　《論衡・講瑞》：「美玉隱在石中。」❻立德句　立德，宋本作「立得」，據王本改。《左傳》襄公二十四年：「太上有立德，其次有立功，其次有立言，雖久不廢，此之謂不朽。」孔穎達疏：「立德，謂創制垂法，博施濟眾。」清真，純潔質樸。《世說新語・賞譽上》：「清真寡欲，萬物不能移也。」

【語　譯】你就是東漢時的潁川荀淑，與同時的許郡陳寔相比又有何慚？你我相逢定會像當年荀、陳兩家相聚一樣，太史奏稱有賢人相聚。美玉隱身在石中，蘭花枯謝還會再見春天。須臾之間你我將分手遠別，望君樹立明德以樸素淡泊為貴。

【研　析】此詩僅見於宋本和繆本，王本據繆本收在《詩文拾遺》。其他各本皆無此詩。詩中前四句以東漢賢人荀淑比擬荀七，隱以陳寔自喻。謂兩人相逢是賢人相聚。後四句寫隱居與離別，鼓勵荀七能立明德而純潔質樸，其實也有自勉之意。

# 別山僧

涇縣作

何處名僧到水西❶？乘舟弄月宿涇溪❷。平明❸別我上山去，手攜金策踏雲梯❹。騰身轉覺三天❺近，舉足迴看萬嶺低。謔浪肯居支遁❻下？風流還與遠公❼齊。此度別離何日見？相思一夜暝猿啼。

【注釋】❶水西　山名。在今安徽涇縣西五里。《江南通志》卷一六：「水西山，在涇縣西五里，下臨賞溪，循溪而入，最幽勝。舊建寶勝、崇慶、白雲三寺，浮屠對峙，樓閣參差，碧水浮煙，咫尺萬狀。……晉葛洪、劉遺民，唐李白、杜牧之皆常遊憩焉。」王琦曰：「寶勝寺即水西寺，白雲寺即水西首寺，崇慶寺即天宮水西寺也。」❷乘舟句　宋本在「舟」字下夾注：「一作：盃」。涇溪，在今安徽涇縣。會合青弋江下流至蕪湖入長江。❸平明　古代時段名。亦稱「平旦」，即寅時，天將明之時。❹手攜句　金策，指禪杖。僧所持。《文選》卷一一孫綽〈遊天台山賦〉：「振金策之鈴鈴。」李善注：「金策，錫杖也。」雲梯，高山的石級。王琦曰：「雲梯，謂山中磴道。梯之而上，如入雲中，故曰雲梯。」❺三天　佛教稱欲界天、色界天、無色界天為三天。李白〈秋日登揚州西靈塔〉詩：「三天接畫梁。」❻支遁　《法苑珠林》卷八九：「晉沙門支遁，字道林，陳留人也。神宇雋發，為老、釋風流之宗。」按：支遁與謝安、王羲之等名士交遊，以好談玄理聞名當世。見《高僧傳》卷一。❼遠公　即東晉廬山東林寺名僧慧遠。《高僧傳》卷六〈晉廬山釋慧遠〉：「釋慧遠，本姓賈氏，雁門婁煩人也。……少為諸生，博綜六經，尤善《莊》、《老》。性度弘博，風覽朗拔，雖宿儒英達，莫不服其深致。……後聞（釋道）安講《波若經》，豁然而悟，……投簪落彩，委命受業。既入乎道，厲然不群，常欲總攝綱維，以大法為己任。」按：慧遠在廬山三十餘年，與劉遺民、宗炳、慧永等十八人結白蓮社。佛教淨土宗推尊其為初祖。

【語譯】你是何處的名僧來到水西山？乘舟賞月住宿在涇溪。天亮時與我分別上山去，手持禪杖去攀登山中磴道。向上躍起頓覺離三界天很近，抬足下視只見眾多山嶺很低。戲謔放浪豈肯居於支遁之下？風流俊賞可與慧遠齊名。你我此番別離後何日能再見？我一夜相思只聽到陣陣猿聲。

【研析】此詩當是天寶十四載（西元七五五年）遊涇縣時所作。詩中前八句都是描寫山僧在涇縣水西山的活動和心態，用東晉兩位高僧支遁和慧遠的謔浪和風流與他作比較，可謂形容到極致。末二句點題，抒發離別相思之情。明人評此詩曰：「是七言排律，輕清之甚。『相思』綴『暝猿』字便濃，此亦太白常法。」

## 贈別王山人歸布山❶

王子析道論❷，微言破秋毫❸。還歸布山隱，興入天雲高。爾去安可遲？瑤草❹恐衰歇。我心亦懷歸❺，屢夢松上月。傲然遂獨往，長嘯開巖扉。林壑久已蕪，石道生薔薇。願言弄笙鶴❻，歲晚來相依。

【注釋】❶贈別題　王山人，姓王的山中隱士。名字和事蹟不詳。布山，山名。具體的地理位置不詳。❷析道論　析解《老子》的理論。❸微言句　《三國志・魏書・管輅傳》：「正始九年舉秀才。」裴松之注引《輅別傳》曰：「何尚書神明精微，言皆巧妙，巧妙之至，殆破秋毫。」孫綽〈太尉庾亮碑〉：「微言散於秋毫，玄風暢乎德音。」微言，含義深遠精妙的言辭。秋毫，比喻極細小的事物或理論。❹瑤草　仙草，亦指香草。《文選》卷一六江淹〈別賦〉：「惜瑤草之徒芳。」呂向注：「瑤草，香草，以自喻也。」❺懷歸　思念歸隱。《詩經・小雅・小明》：「豈不懷歸。」❻願言句　願言，《詩經・衛風・伯兮》：「願言思伯。」鄭玄箋：「願，念也。」言，句中助詞。弄笙鶴，用王子喬吹笙作鳳鳴，後乘鶴上天成仙事。見卷四〈鳳笙篇〉注。

【語譯】王君解析道教經典的奧義，語言精妙而析理極為細微。將要還歸布山去隱居，逸興極高直入雲天。您回去豈可太遲？山上的仙草恐怕就要枯衰了。我也心懷歸隱之意，多次夢見山上的松月。

您於是傲然而獨往，高聲長嘯開啟了巖洞之門。山谷林木早已荒蕪，石徑上面長出了薔薇。然望您像王子喬那樣吹笙乘鶴上天，歲晚時前來與我相依相伴。

【研析】此詩作年不詳。前段先寫友人王君對道經研究很深，洞徹秋毫，如今要去布山歸隱，興致高入雲天。然後議論歸山不可太遲，否則仙草都要衰敗。並插入自己也有思歸之情，經常夢見故山松月。後段則想像友人回歸布山的情景：長嘯一聲打開了山巖之門，山中的草木已荒蕪，石路上長出了薔薇。最後希望友人像王子喬那樣吹笙鳳鳴而乘鶴上天成仙，屆時再來與自己相依相伴。明人評此詩曰：「興趣飄然。」

# 卷一三

## 送上

### 南陽❶送客

楚漢

斗酒勿與薄❷，寸心❸貴不忘。坐惜❹故人去，偏令遊子傷。離顏怨芳草，春思結垂楊。揮手❺再三別，臨歧❻空斷腸。

【注釋】❶南陽　《舊唐書・地理志二》山南東道：「鄧州，隋南陽郡。武德二年，改為鄧州。……天寶元年，改為南陽郡。乾元元年，復為鄧州。」又南陽縣：「漢南陽郡所治宛縣也。武德三年，置宛州，領南陽、上宛、上馬、安固四縣，並寄治宛城。八年，州廢，以上馬入唐州，餘三縣入南陽縣，屬鄧州。」今河南南陽。❷斗酒句　斗，古代酒器。《詩經・大雅・行葦》：「酌以大斗，以祈黃耇。」勿與薄，不要謂少。與，猶「謂」。蕭本、郭本、王本、咸本作「為」。按：為，通「與」。《古詩十九首》：「斗酒相娛樂，聊厚不為薄。」❸寸心　微小的心意。謝靈運〈上留田行〉：「寸心繫在萬里。」❹坐惜　甚惜；深惜。謝朓〈和王主簿季哲怨情〉詩：「徒使春帶賒，坐惜紅粧變。」坐，副詞。甚；殊；深。❺揮手　《文選》卷三一劉鑠〈擬行行重行行〉：「揮手從此辭。」張銑注：「揮手，舉手。辭，別也。」❻臨歧　本為面臨歧路，後用為贈別之辭，謂臨當分別之時。

【語譯】請不要嫌這杯酒太少，重要的是表示我微小的心意請不要忘記。殊惜老朋友分別而去，出乎尋常地使我這遊子更為憂傷。我們離別的愁顏似乎在怨恨萋萋的芳草，春天的思戀又像這結集的垂楊。再三地舉手揮別，臨當分別之時只能使我心痛斷腸。

【研析】此詩當是開元二十八年（西元七四〇年）春遊南陽時所作。客中送客，極敘不忍別之情。斗酒餞別，請不以為薄，貴在心意不忘。甚惜故人別去，更使遊子傷悲，故怨芳草，結垂楊。再三揮手，臨別斷腸。詩中化用〈古詩十九首〉詞句，曲盡離別之情。吳昌祺《刪定唐詩解》卷一六評此詩曰：「平平說去而有別致，悲芳草用王孫不歸意。」《唐宋詩醇》卷六曰：「從〈古詩十九首〉脫化而出，詞意俱古。詠至五六（句），可謂蘊藉風流矣。」

## 送張舍人❶之江東

淮南

張翰江東去，正值秋風時❷。天清❸一雁遠，海闊孤帆遲。白日行欲暮，滄波杳難期❹。吳洲如見月，千里幸相思❺。

【注釋】❶張舍人　姓張的官員，名字不詳。舍人，據《舊唐書・職官志二》，中書省有中書舍人六員，正五品上。「掌侍奉進奏，參議表章。凡詔旨敕制，及璽書冊命，皆按典故起草進畫；既下，則署而行之。」又有通事舍人十六人，從六品上。「掌朝見引納及辭謝者，於殿廷通奏。」又〈職官志三〉東宮官屬「太子右春坊」有中舍人二人，正五品上；舍人四人，正六品上。「掌行令書令旨及表啟之事。」❷張翰二句　此處以晉朝人張翰比擬張舍人。《世說新語・識鑒》：「張季鷹（張翰字）辟齊王東曹掾，在洛，見秋風起，因思吳中菰菜羹、鱸魚膾，曰：『人生貴得適意爾，何能羈宦數千里以要名爵。』遂命駕便歸。俄而齊王敗，時人皆謂為見機。」❸清　宋本在此字下夾注：「一作：晴」。❹白日二句　宋本在二句下夾注：「一作：白日行已晚，欲暮杳難期」。杳難期，遙遠難以預期。楊素〈贈薛播州〉詩：「千里悲無駕，一見杳難期。」❺吳洲二句　吳洲，指江東三吳之地。顏延年〈北使洛〉詩：「振楫發吳洲。」如，宋本原作「好」，在字下夾注：「一作：如」。蕭本、郭本、王本、咸本皆作「如」。謝莊〈月賦〉：「隔千里兮共明月。」

【語　譯】你就像當年辭官的張翰回江東，正值陣陣秋風吹拂思鄉之時。你遠去的身影如同晴空中的孤雁，浩蕩的大海中飄蕩著一葉遲緩的孤帆。白日行將傍晚，滄波遠隔難期再見。你到吳中見到明月的話，雖隔千里我倆仍可共賞明月而相思。

【研　析】此詩作年不詳。首聯以張翰比擬張舍人，點明時節是秋天，張舍人去的地方是江東。以同姓同地比擬，非常貼切。頷聯寫景，「情境曠邈，可望可思」（嚴羽評語）。頸聯寫別後難期再見，「淒而不滯」，尾聯設想別後相思之情，甚為婉致。應時《李詩緯》卷三評此詩曰：「手腕上下，固與人別。古氣尤不可及。」鍾惺《唐詩歸》卷一六評此詩前二聯為「疏快宜人」。

## 送王屋山人魏萬還王屋❶并序　魏詩附

王屋山人魏萬，云自嵩、宋沿吳相訪❷，數千里不遇。乘興遊台越❸，經永嘉❹，觀謝公石門❺。後於廣陵相見。美其愛文好古，浪跡方外❻，因述其行而贈是詩❼。

仙人東方生，浩蕩弄雲海。沛然乘天遊，獨往失所在❽。魏侯繼大名❾，本家聊攝城❿。卷舒入元化⓫，跡與古賢并⓬。十三弄文史，揮筆如振綺⓭。辯折田巴生，心齊魯連子[14]。西涉清洛[15]源，頗驚人世諠。採秀[16]臥王屋，因窺洞天門[17]。揭來遊嵩峰，羽客何雙雙[18]。朝攜月光子[19]，暮宿玉女窗[20]。鬼谷上窈窕，龍潭下奔潨[21]。東浮汴河水，訪我三千里[22]。逸興滿吳雲，飄颻浙江汜[23]。揮手杭越間[24]，樟亭[25]望潮還。濤卷海門[26]石，雲橫天際山。白馬走素車，雷奔駭心顏[27]。遙聞會稽美，一弄耶谿水[28]。萬壑與千巖，崢嶸鏡湖裏[29]。秀色不可名[30]，清輝滿江城。人遊月邊去，舟在空中行[31]。此中久延佇，入剡尋王許[32]。笑讀曹娥碑，沉吟黃絹語[33]。天台連四明[34]，日入向國清[35]。五峰[36]轉月色，百里行松聲。靈溪恣沿越[37]，華頂殊超忽[38]。石梁橫青天，側足履半月[39]。

眷然思永嘉[40]，不憚海路賒[41]。挂席歷海嶠[42]，迴瞻赤城霞[43]。赤城漸微沒，孤嶼前嶢兀[44]。水續萬古流，亭空千霜月。縉雲川谷難，石門最可觀。瀑布挂北斗[45]，莫窮此水端。噴壁灑素雪，空濛[46]生晝寒。卻尋惡溪去，寧懼惡溪惡。咆哮七十灘，水石相噴薄[47]。路創李北海，巖開謝康樂[48]。松風和猿聲，搜索[49]連洞壑。徑出梅花橋，雙溪納歸潮[50]。落帆金華岸，赤松若可招[51]。沈約八詠樓，城西孤岧嶢[52]。岧嶢四荒外，曠望群川會。雲卷天地開，波連浙西[53]大。亂流新安口[54]，北指嚴光瀨[55]。釣臺碧雲中，邈與蒼嶺[56]對。

稍稍來吳都57，徘徊上姑蘇58。煙緜橫九疑59，漭蕩見五湖60。目極心更遠，悲歌但長吁，迴橈61楚江濱，揮策揚子津62。身著日本裘，昂藏出風塵63。五月造我語64，知非儓儗65人。相逢樂無限，水石日在眼。徒干五諸侯66，不致百金產。吾友揚子雲，絃歌播清芬67。雖為江寧宰，好與山公68群。乘興但一行，且知我愛君69。

君來幾何時？仙臺應有期70。東窗綠玉樹，定長三五枝71。至今天壇人72，當笑爾歸遲。我苦惜遠別，茫然使心悲。黃河若不斷，白首長相思73。

【注釋】❶送王屋山人題　此詩郭本、胡本、王本、咸本題作〈送王屋山魏萬并序〉。此詩前有「序」，題中應有「并序」二字。宋本原缺，今據補。王屋山，在今山西垣曲和河南濟源之間。中條山分支。濟水源地。《列子》載「愚公移山」故事，即指此山。王屋山人，魏萬別號。魏萬，後改名顥。肅宗上元初登第。天寶十三載，為尋訪李白，曾歷三千餘里，始於廣陵相遇。李白言其以後「必著大名於天下」，又請為己編文集。後魏萬於上元初編成《李翰林集》，惜今已佚，但存其序。❷自嵩宋沿吳相訪　嵩，嵩山，在今河南登封北。宋，宋州，州治在今河南商丘。相訪，宋本作「相送」。誤。據蕭本、王本改。❸台越　台，台州，州治在今浙江臨海。越，越州，州治在今浙江紹興。❹永嘉　唐江南道溫州，天寶元年改為永嘉郡，乾元元年復改為溫州。今浙江溫州。❺謝公石門　謝公，指南朝宋代謝靈運，曾為永嘉太守。石門，永嘉名勝。謝靈運曾遊此山。故以「謝公石門」名之。《文選》卷二二收謝靈運〈登石門最高頂〉詩，李善注引謝靈運〈遊名山志〉曰：「石門澗六處，石門溯水上，入兩山口，兩邊石壁，右邊石巖，下臨澗水。」❻浪跡方外　浪跡，行蹤無定的漫遊。戴逵〈棲林賦〉：「浪跡潁湄，棲景（影）箕岑。」方外，世俗之處。語出《莊子·大宗師》：「彼遊方之外者也。」❼因述句　此句以上是序文。宋本在此句下夾注：「一作：見王屋山（人）魏萬，云自嵩歷兗，遊梁入吳，計程三千里，相訪不遇。因下江東尋諸名山，往復百越。後於廣陵一面，遂乘興共過金陵。美此公愛奇好古，獨往物表，因述其行李，遂有此贈。」❽仙人四句　東方生，即東方朔，字曼倩，漢武帝時弄臣。以奇計俳辭詼諧滑稽著名，後人傳聞甚多，方士附會為神仙。《漢武帝內傳》：「東方朔一旦乘龍飛去，同時眾人見從西北冉冉上，仰望良久，大霧覆之，不知所適。」沛然，迅疾貌。宋本在四句下夾注：「一作：東方不辭家，獨訪紫泥海。時人少相逢，往往失所在」。紫泥海，見〈古風〉其四十一「朝弄紫泥海」注。❾魏侯句　《左傳》閔公元年：晉侯賜畢萬為魏大夫，卜偃曰：「畢萬之後必大。萬，盈數也；魏，大名也。以是始賞，天啟之矣。」詩用此典，謂魏萬繼承了魏侯的大名。❿聊攝城　指唐代博州，即今山東聊城。《元和郡縣志》卷一六河北道博州：「〈禹貢〉兗州之域。春秋時齊之西界聊攝地也。……在漢為東郡聊城縣之地。」又聊城縣：「本春秋時聊攝地，……漢以為縣，屬東郡。……隋開皇……十六年置博州，縣屬焉。」⓫卷舒句　卷舒，猶屈伸。比喻人的進退出處。《淮南子・俶真訓》：「至道無為，一龍一蛇，盈縮卷舒，與時變化。」入元化，適應自然的發展變化。陳子昂〈感遇詩〉其六：「古之得仙道，信與元化并。」宋本在「入元化」下夾注：「一作：雜仙隱」。⓬跡與句　謂魏萬的行為與古賢人相合。⓭振綺　形容文章富有文采。張衡〈歸田賦〉：「揮翰墨以振藻。」振藻，猶振綺。⓮辯折二句　謂魏萬善辯，能像魯連一樣折服田巴。《太平御覽》卷四六四引《魯連子》：齊國辯士田巴能言善辯，一日能服千人。徐劫弟子魯連，年十二，往見田巴說：堂上的糞不除，不耘郊外的草，白刃交於眼前而去救遠處的流矢。為什麼呢？急者不救，緩者非務。現楚軍屯於南陽，趙軍攻伐高唐，燕國十萬之眾據有聊城，國亡在即，危在旦夕，先生將怎麼辦？田巴說：沒什麼辦法。魯連說：不能使國家轉危為安，轉亡為存，則不要做飽學的學士。現在我將罷南陽之師，還高唐之兵，退聊城之眾，能言善辯者所貴為此。像你所言，似梟鳥鳴叫，人人都厭惡，請先生以後不要再談了。田巴聽後，從此杜口易業，終身不再空談。⓯清洛　即洛水，源出陝西洛南西北，東南流經河南盧氏折向東北，在偃師楊村附近納伊水，至鞏縣洛口北入黃河。潘岳〈藉田賦〉：「清洛濁渠，引流激水。」⓰採秀　採集芝草。此指隱居。《楚辭・九歌・山鬼》：「采三秀兮於山間。」王逸注：「三秀，謂芝草也。」⓱洞天門　傳說王屋山上有仙宮洞天，廣三千步，號為小有清虛洞天。⓲揭來二句　揭來，張相《詩詞曲語辭匯釋》：「揭來，猶云去也。」〈題嵩山逸人元丹丘故居〉詩：「揭來遊閩荒。」嵩峰，即嵩山。羽客，指道士。⓳月光子　神仙名。《藝文類聚》卷七引《仙經》：「嵩高山東南大巖下石孔，方圓一丈，西方，北入五六里，有室，高三十餘丈，周圓三百步，自然明燭，相見如日月無異。中有十六仙人，云月光童子。常在天台，時亦往來此中，人非有道，不得望見。」⓴玉女窗　《五色線》卷下引《圖經》：「(嵩山)有玉女窗，漢武帝於窗中見玉女。」宋謝絳〈遊嵩山書〉：「進窺玉女窗擣衣石，石誠異，窗則亡。」可知玉女窗宋時已不存。㉑鬼

谷二句　鬼谷，在今河南登封北，相傳戰國時鬼谷先生居此。《元和郡縣志》卷五河南道河南府告成縣：「鬼谷，在縣北五里，即六國時鬼谷先生所居也。」遺址在今河南登封東南告成鎮。窈窕，深遠貌。陶潛〈歸去來辭〉：「既窈窕以尋壑，亦崎嶇而經丘。」龍潭，《明一統志》卷二九河南府山川：「龍潭，在登封縣東二十五里，嵩頂之東，九潭相接，其深莫測。」故又稱九龍潭。溳，小水流入大水，匯在一起。㉒東浮二句　此二句即指序言所謂「自嵩、宋沿吳相訪」事。東浮，乘船東航。汴河水，即汴水，源於河南滎陽，隋開通濟渠，因中間自今滎陽至開封一段即原汴水，故唐宋人遂將自出河至入淮通濟渠東段全流統稱汴水、汴河或汴渠。㉓飄颻句　飄颻，即飄搖，飄蕩。浙江，即今錢塘江。《元和郡縣志》卷二五江南道杭州錢塘縣：「浙江，在縣南一十二里。《莊子》云浙河，即謂浙江，蓋取其曲折為名。江源自歙州界東北流經界石山，又東北流經州理北，又東北流入於海。江濤每日晝夜再上，常以月十日、二十五日最小，月三日、十八日極大。小則水漸漲不過數尺，大則濤湧高至數丈。每年八月十八日，數百里士女，共觀舟人漁子泝濤觸浪，謂之弄潮。」汜，通「涘」。水邊。陸機〈為顧彥先贈婦二首〉：「願假歸鴻翼，翻飛浙江汜。」㉔揮手句　王琦注：「揮手，以手指畫也。杭，謂杭州餘杭郡，古時為越國西境。越，謂越州會稽郡，古時為越國都城。二郡中隔浙江，江之北為杭州，江之南為越州。」即今浙江杭州和紹興。㉕樟亭　在杭州錢塘縣南，為觀潮勝地。李白〈與從姪杭州刺史良遊天竺寺〉詩有「觀濤憩樟樓」句，樟樓即樟亭，又名浙江亭。白居易有〈宿樟亭驛〉詩，可知唐時此亭乃驛亭。㉖海門　錢塘江夾岸有山，南面為龕，北面為赭，兩山相對，因稱海門。岸狹勢逼，水湧為濤。見《西溪叢語》卷上。㉗白馬二句　形容錢塘江潮來勢兇猛，如白馬素車奔馳而來，其聲如雷，使人驚心動魄。枚乘〈七發〉：「其始起也，洪淋淋焉若白鷺之下翔。其少進也，浩浩溰溰，如素車白馬，帷蓋之張。……淩赤岸，篲扶桑，橫奔似雷行。」此即用其意。㉘遙聞二句　會稽，今浙江紹興。宋本在「一弄」下夾注：「一作：且度」。蕭本、郭本、胡本亦作「且度」。耶谿，即若耶溪，出若耶山，在今浙江紹興南。相傳為西施浣紗處，故一名浣紗溪。見卷五〈子夜吳歌・夏歌〉注。㉙萬壑二句　《世說新語・言語》載：顧長康（東晉大畫家顧愷之字）從會稽還，人問山川之美，顧云：「千巖競秀，萬壑爭流。草木蒙籠其上，若雲興霞蔚。」鏡湖，見卷一二〈夢遊天姥吟留別〉詩注。㉚秀色句　謂優美的景色難以言狀。不可名，不可名狀。無法用言辭形容。㉛人遊二句　描繪湖水清澄，月光天色倒影湖中，使人覺得似乎在月邊遨遊，舟在空中行駛。陳釋惠標〈詠水詩〉：「舟如空裡泛，人似鏡中行。」㉜此中二句　謂為尋訪古賢遺跡，在會稽停留很久。延佇，停留很久。剡，剡中，唐剡縣，今浙江嵊州及新昌。王許，指王羲之、許詢等曾隱居剡中沃洲山（在今浙江新昌）的東晉十八名士。㉝笑讀二句　曹娥，《後漢書・曹娥傳》：「孝女曹娥者，會稽上虞人也。父盱，能絃歌，為巫祝。漢安二年五月五日，於縣江泝濤婆娑迎神，溺死，不得屍骸。娥年十四，乃沿江號哭，晝夜不絕聲，旬有七日，遂投江而死。至元嘉元年，縣長度尚改葬娥於江南道傍，為立碑焉。」李賢注引《會稽典錄》曰：「上虞長度尚弟子邯鄲淳，字子禮。時甫弱冠，而有異才。尚先使魏朗作〈曹娥碑〉，……朗辭不才，因試使子禮為之。操筆而成，無所點定。……其後蔡邕又題八字曰：『黃絹幼婦。外孫虀臼。』」《世說新語・捷悟》：「魏武嘗過曹娥碑下，楊修從。碑背上見題作『黃絹幼婦，外孫虀臼』八字，魏武謂修曰：『解不？』答曰：『解。』魏武曰：『卿未可言，待我思之。』行三十里，魏武乃曰：『吾已得。』令修別記所知。修曰：『黃絹，色絲也，於字為絕；幼婦，少女也，於字為妙；外孫，女子也，於字為好；虀臼，受辛也，於字為辭；所謂絕妙好辭也。』魏武亦記之，與修同。乃歎曰：『我才不及卿，乃覺三十里。』」虀臼，指將大蒜等辛辣醃菜舂之為末的石製舂物器具。虀，同「齏」。沉吟，低聲吟味。㉞天台句　天台，天台山，見卷一二〈夢遊天姥吟留別〉詩注。四明，四明山，在今浙江寧波西南，天台支脈，南北走向，為曹娥江、甬江分水嶺。主峰在嵊州市東北。山有石窗，四面玲瓏，中通日月星辰之光，故名。《文選》卷一一孫綽〈遊天台山賦〉：「涉海則有方丈、蓬萊，登陸則有四明、天台。」㉟國清　佛寺名，在今浙江天台山南麓。本名天台寺。隋開皇十八年僧智顗建。相傳隋僧智顗曾夢定光告曰：寺若成，國即清，大業中因改名國清。㊱五峰　國清寺旁的五座山峰。正北曰八桂，東北曰靈禽，東南曰祥雲，西南曰靈芝，西北曰映霞。㊲靈溪句　靈溪，在今浙江天台北。孫綽〈遊天台山賦〉：「過靈溪而一濯，疏煩想於心胸。」恣，放縱。沿越，順流而渡。㊳華頂句　華頂，天台山最高峰，高一萬八千丈，下瞰眾山，如龍虎盤踞，旗鼓佈列。天台九高峰形如蓮花，華頂在九峰之中，如花心之頂，故名。超忽，遙遠貌。㊴石梁二句　石梁，石橋。《文選》卷一一孫綽〈遊天台山賦〉：「跨穹隆之懸磴，臨萬丈之絕冥。」李善注引顧愷之《啟蒙記》：「天台山石橋，路徑不盈尺，長數十步，步至滑，下臨絕冥之澗。」橫青天，形容石梁之高。側足，形容石橋險而窄，只能側足而行。履，踩踏。半月，形容橋形彎如半月形。㊵眷然句　眷然，殷切思念貌。永嘉，郡名，即溫州。天寶元年改為永嘉郡，乾元元年復為溫州。今浙江溫州。晉王羲之、宋謝靈運均曾官永嘉太守。宋本在「眷」字下夾注：「一作：忽」。㊶賒　遙遠貌。㊷挂席句　謝靈運〈遊赤石進帆海〉詩：「挂席拾海月。」海嶠，海邊尖峭的山。㊸赤城霞　赤城山在今浙江天台北，為天台山南門，登天台必經此山。《文選》卷一一孫綽〈遊天台山賦〉：「赤城霞起而建標。」李善注引孔靈符《會稽志》：「赤城，山名。土色皆赤，狀似雲霞。」㊹赤城二句　謂舟行中回頭遠望，赤城山漸小，繼而消失，而孤嶼山卻高聳眼前。孤嶼，山名，在今浙江溫州北江中，東西兩峰相對峙。謝靈運〈登江中孤嶼〉詩：「亂流趨正絕，孤嶼媚中川。」嶢兀，高峻貌。㊺縉雲三句　縉雲，山名，在今浙江縉雲。縉雲山上有瀑布，日照如晴虹，風吹如細雨。石門，山名，在今浙江青田。兩峰壁立，高數十丈，相對如門，故名。山西南高谷有瀑布泉，自上潭奔流到天壁三十餘丈，自天壁至下潭四十餘丈。挂北斗，形容瀑布之高，如從北斗星上掛下。㊻空濛　細雨迷茫貌。㊼卻尋四句　尋，蕭本、郭本、王本作「思」。惡溪，即麗水，今名好溪，源出今浙江麗水東北之大甕山。《元和郡縣志》卷二六江南道處州麗水縣：「麗水本名惡溪，以其湍流阻險，九十里間五十六瀨，名為大惡。隋開皇中改為麗水，皇朝因之，以為縣名。」寧懼，豈怕。咆哮，形容水勢洶湧奔騰。七十灘，當為五十六瀨的誇張說法。噴薄，噴湧而出。㊽路創二句　李北海，即天寶四載任北海太守的李邕，舊、新《唐書》有傳。李白有〈上李邕〉詩。李邕開元二十三年任括州刺史（治所在今浙江麗水）時，曾在此開嶺築路，各本於此句下都有李白自注云：「李公邕昔為括州，開此嶺路。」謝康樂，即謝靈運。襲祖父謝玄的封爵為康樂公，世稱謝康樂。各本於此句下都有李白自注：「惡溪有謝康樂題詩處。」《方輿勝覽》卷九處州謂「謝公巖在好溪上，又名康樂巖」。宋本在二句下夾注：「一作：嶺路始北海，巖詩題康樂」。㊾搜索　往來貌。《文選》卷一七王褒〈洞簫賦〉：「玄猿悲嘯，搜索乎其間。」李善注：「搜索，往來貌。」㊿徑出二句　徑出，路出。王琦注：「梅花橋今無考，當在梅花溪之上。薛方山《浙江通志》：金華縣東石碕巖，高十餘丈，俯瞰大溪，巖下有洞曰梅花洞，又名梅花溪。雙溪在金華縣南，一曰東港，一曰南港。東港之源出東陽之大盆山，過義烏合眾流西行入縣境。又合杭慈溪、白溪、東溪、西溪、坦溪、玉泉溪、赤松溪之水，經馬鋪嶺石碕巖下與南港會。南港之源出縉雲之黃碧山，過永康、武義入縣境，又合松溪、梅溪之水，經屏山西北行，與東港會於城下，故曰雙溪，又名瀫溪。」宋本在「徑出」二字下夾注：「一作：岸接」。(51)落帆二句　王琦注引薛方山《浙江通志》：「金華縣北有赤松山。相傳黃初平叱石成羊處，初平號赤松，故山以是名。後人為之立祠，名赤松宮。」(52)沈約二句　沈約，南朝齊代詩人。八詠樓，舊名玄暢樓，在今浙江金華舊城西。沈約在隆昌元年為東陽太守時建，並題八詩於玄暢樓，後人更名為八詠樓。岧嶤，山高峻貌。曹植〈九愁賦〉：「登岧嶤之高岑。」此處形容樓高。(53)浙西　指今浙江錢塘江以西地區。(54)新安口　即新安江口。新安江乃錢塘江上游的支流，一稱「徽港」、「歙港」。源出皖南休寧、祁門兩縣境，東南流至浙江建德梅城入錢塘江。(55)嚴光瀨　即七里瀨，在今浙江桐廬，有東西兩釣臺，各高數百丈，下臨七里瀨。(56)蒼嶺　即括蒼山，在今浙江東南部，東北西南走向，主峰在臨海市西南。宋本作「蒼梧」。誤。據蕭本、郭本、王本、咸本改。(57)稍稍句　稍稍，已而；隨即。吳都，指今江蘇蘇州，春秋時為吳國都城。《文選》卷五左思〈吳都賦〉劉淵林注：「吳都者，蘇州是也。」(58)姑蘇　山名。又稱姑胥、姑餘。在今江蘇蘇州西南。《史記·河渠書》：「上姑蘇，望五湖。」亦指姑蘇臺，《國語·越語下》：「吳王帥其賢良與其重祿，以上姑蘇。」韋昭注：「姑蘇，宮之臺也，在吳閶門外，近湖。」

《藝文類聚》卷六二引《吳地記》：「吳王闔閭十一年，起臺於姑蘇山，因山為名。西南去國三十五里，春夏遊焉。後夫差復高而飾之。越伐吳，遂見焚。」(59)煙緜句　煙緜，疊韻聯綿詞，長而不斷貌。九疑，山名，即蒼梧山。在湖南寧遠南。九疑離蘇州數千里，詩言登姑蘇而能見九疑，乃誇張之辭。王琦疑此指蘇州西北之九隴山，可參。(60)漭蕩句　漭蕩，宋本作「济蕩」，在「济蕩」下夾注：「一作：盪济」。蕭本、郭本、王本、咸本皆作「漭蕩」。是。據改。漭蕩，疊韻聯綿詞，水勢浩渺廣大貌。《水經注・淇水》：「傾瀾漭蕩。」五湖，即太湖。《國語・越語下》：「果興師而伐吳，戰於五湖。」韋昭注：「五湖，今太湖。」《文選》卷一二郭璞〈江賦〉：「注五湖以漫漭。」李善注引張勃《吳錄》：「五湖者，太湖之別名也。」(61)橈船槳。《楚辭・九歌・湘君》：「蓀橈兮蘭旌。」王逸注：「橈，船小楫也。」此處指船。(62)揮策句　策，馬鞭。揚子津，古渡口名，即瓜洲渡，在今江蘇揚州南長江邊，由此南渡京口（今江蘇鎮江）。古時建康有四個津渡，橫江為建康之西津，揚子為建康之東津。參見卷六〈橫江詞〉其二注。(63)身著二句　日本裘，宋本下有李白自注：「裘則朝卿所贈，日本布為之。」朝卿，亦作「晁衡」，日本遣唐留學生。昂藏，氣宇軒昂。陸機〈晉平西將軍孝侯周處碑〉：「昂藏寮宷之上。」風塵，世俗。(64)造我語　來找我談話。造，往；到。(65)儓儗　癡呆貌。《廣韻・去代》：「儓儗，癡貌。」亦作「佁儗」，《漢書・司馬相如傳下》：「仡以佁儗兮。」顏師古注：「張揖曰：『佁儗，不前也。』師古曰：佁音醜吏反，儗音魚吏反。佁儗又音態礙。」(66)徒干句　謂徒然干謁權貴。五諸侯，即五侯，原指漢代成帝時王譚等五個同時封侯的權臣（見《漢書・元后傳》）。此處泛指魏萬自嵩宋沿吳越至廣陵所歷之地的郡太守等人。(67)吾友二句　揚子雲，西漢辭賦家揚雄，字子雲，此稱「吾友」，乃借指當時江寧縣令楊利物。李白有〈江寧宰楊利物畫贊〉等詩文。絃歌，《論語・陽貨》：「子之武城，聞絃歌之聲。」春秋時孔子弟子子游為武城宰，以絃歌為教民之具。後用為縣令禮樂教化之典故。(68)山公　指晉朝名士山簡。見卷五〈襄陽歌〉注。(69)乘興二句　謂乘一時興會只要與我一起到江寧去，就將知道我是為了喜愛您。(70)仙臺句　仙臺，仙山，指王屋山。應有期，該有人期待。即魏萬〈金陵酬翰林謫仙子〉詩中「王屋人相待」。(71)東窗二句　設想魏萬離開王屋山後故居周圍的新景象。(72)至今句　宋本在「至」字下夾注：「一作：即」。天壇，山名，為王屋山諸峰之一，在今河南濟源西。《明一統志》卷二八懷慶府：「天壇山，在濟源縣西一百二十里，王屋山北。山峰突兀，其東曰日精，西曰月華，絕頂有石壇，曰清虛小有洞天。旦有五色影，夜有仙燈。即唐司馬承禎得道之所。」(73)黃河二句　王琦注：「此是倒裝句法，謂白首相思，若黃河之水，終無斷絕時耳。」

【語　譯】王屋山人魏萬，他說從嵩山、宋州沿著吳地訪我，行程數千里沒有遇到我。於是他乘興遊台州、越州，經永嘉郡，觀賞當年謝靈運遊覽過的石門山。後來在廣陵郡相見。我讚美他喜愛寫詩文而好古道，行蹤不定而愛方外之遊，於是敘述他的行跡而贈他這首詩。

漢代有個仙人叫東方朔，曾在浩蕩的雲海中遨遊。忽然迅速地乘龍昇天而去，再也尋不到他的蹤影。如今又有您這位生長在博州聊攝古城的魏君，繼承了春秋的晉國魏大夫畢萬的大名。性格舒卷自如適應大自然的變化，行為又處處與古代賢哲相同。從十三歲開始學習文史，揮筆成文如同錦繡五彩紛呈。能言善辯像當年的魯連子，一言就使田巴終生折服。您清風高蹈西涉洛水，厭倦了人世的喧囂。隱居訪道於王屋仙山，從此就在仙府洞天中觀察探索世界。

有時與雙雙對對的仙人羽客，去來遊賞嵩山雲峰。清晨與仙童月光子一同觀看東升的旭日，晚上就棲宿在玉女窗下。探究鬼谷的深幽，閱覽九龍潭水匯聚時的洶湧。您又東泛汴河，行程三千里來尋訪我。您的逸興像行雲飄滿吳天，又蕩遊到錢塘江邊。您在杭州、越州之間留連忘返，還到樟亭觀看了錢塘江的大潮。那巨濤狂浪拍卷海門山石，像是白雪橫佈天際的群山。那白浪又像白馬拉著素車狂奔，濤聲像雷鳴使人心駭顏變。

您遙聞會稽山水美麗，於是到當年西施浣紗的若耶溪一遊。真是千山萬谷看不盡，又在映著崢嶸山影的鏡湖裡蕩舟。當那清輝的月光籠罩江城時，其美景真是不可名狀。真如人遊月邊去，舟在天上行。因此您在那裡停留了很久，再入剡中找尋王羲之、許詢這些歷史名人的遺跡。還曾極有興味地笑讀曹娥碑，吟誦體味蔡邕題寫的隱語。天台山、四明山您都接連遊遍，落日時還到國清寺去聽那古老的暮鐘。忘不了那五峰頂上轉您的月色，還有百里的松聲。恣意穿越靈溪，登上超忽聳天的華頂峰。那石橋如同橫在天上，只能側足走在像一彎半月的橋上慢行。

您忽然想到要遊賞永嘉的景色，於是不怕海路的遙遠。乘船掛帆經歷了一個又一個海中高山，回看赤城山的雲霞。當赤城山從視野中漸漸消逝之後，孤嶼山又突兀高聳在眼前。流水雖然萬古不斷，但曾在這裡遊賞的古賢早已不在，只有空亭對著千霜秋月。再遊縉雲川谷的幽險，而石門山的景色最為壯觀。瀑布高懸如從北斗垂下，莫測其水源。其噴薄四濺在崖壁上的水珠如同漫天素雪，迷迷茫茫白晝散著清寒。您還決心去惡溪一遊，哪裡害怕它的險惡。那裡有咆哮的七十險灘，水石相擊而洶湧激噴。那裡有李邕開山築的路，還有謝靈運遊覽題詩的遺跡。惡溪山谷中的松風與猿啼，往來出入於洞壑間。經過梅花橋，還可領略雙溪匯流的景色。停舟在金華岸邊，望著金華山就感到仙人赤松子好像在招手相迎。當年沈約題詩的八詠樓，就在金華的城西突兀高聳著。登上高樓向四野眺望，就會看到群川在這裡匯合。浮雲卷去天地開朗，波浪翻滾浙西巨大。隨著亂流穿過新安江口，向北便到嚴光瀨上。那裡有當年嚴光垂釣的釣臺，在雲端遙與括蒼山相望。

您離開浙西又來到當年吳國的都城，逍遙地登上姑蘇山。遙見九疑山煙雲連綿，太湖波濤廣大浩渺。極目遠眺思緒更遠，經常長歌短嘆。乘著遊興回舟溯江而上，在揚子渡口揮動馬鞭。您身穿一件日本的裘衣，氣宇軒昂超凡出群。今年五月您到我這裡長談，我知道您不是癡妄之人。我們相逢相知歡樂無限，每日觀賞山水泉石。徒然與權貴來往，卻得不到一點金錢。我有一個好友楊利物，他用德政治縣很有賢名。雖然現任江寧縣令，他的興趣卻與晉代的山公相同。只要您有意隨我到他那裡一遊，您就將知道這是因為我喜歡您。

您此次出來遠遊已有多長時間？王屋山的仙壇該是期待著您早日歸去。您房前東窗下的綠玉仙樹，也一定又發芽長出許多新枝。現在天壇山的人們，該笑您歸去太遲了。我也不忍您遠別，茫然使我心中傷悲。黃河的流水如果不停息，我將到白首一直永遠思念您。

【研　析】按魏顥（即魏萬）〈李翰林集序〉：「解攜明年，四海大盜。」由此知李白與魏萬相見在安史之亂前一年，即天寶十三載（西元七五四年），則詩亦作於此時。即天寶十三載五月從廣陵與魏萬同回金陵之時。詩序說明魏萬為了尋訪李白，自嵩山、宋州到蘇、越、台、溫諸州，行程數千里不遇，最後到廣陵才相見之事。詩的首段以東方朔比擬魏萬，謂其喜歡獨往雲遊。又謂其能繼始祖魏侯之大名，讚美其好文善辯，隱居王屋。次段描寫其遊嵩山、浮汴水，沿吳相訪一路上的景色，重點描繪杭州樟亭望潮、濤卷雷奔之景。第三段描寫魏萬遊越州、台州，重點描繪耶溪、鏡湖、天台山、國清寺、石梁的美景。第四段描寫其從台州泛海遊永嘉，遍遊縉雲、金華、新安江諸名勝。第五段描寫其登姑蘇山望五湖以及到廣陵與詩人相見的情景，特意注明其身穿的裘是日本友人所贈。詩人邀請其同往金陵一遊，因為江寧縣令是詩人好友。末段點題，送魏萬還王屋。設想魏萬離王屋後山中的景物，並抒發自己的惜別之情。嚴羽評點曰：「一篇紀遊文，勝情飛動。」《唐宋詩醇》卷六評曰：「就彼所述，鋪敘成文。因其曲折，緯以佳句，大有帆隨潮轉、水到渠成之致。」

附：金陵酬翰林謫仙子　王屋山人魏萬

君抱碧海珠，我懷藍田玉。各稱希代寶，萬里遙相燭。長卿慕藺久，子猷意已深。平生風雲人，暗合江海心。去秋忽乘興，命駕來東土。謫仙遊梁園，愛子在鄒魯。二處一不見，拂衣向江東。五兩挂淮月，扁舟隨海風。南遊吳越徧，高揖二千石。雪上天台山，春逢翰林伯。宣父敬項託，林宗重黃生。一長復一少，相看如弟兄。惕然意不盡，更逐西南去。同舟入秦淮，建業龍盤處。楚歌對吳酒，借問承恩初。宮買〈長門賦〉，天迎駟馬車。才高世難容，道廢可推命。安石重攜妓，子房空謝病。金陵百萬戶，六代帝王都。虎口踞西江，鍾山臨北湖。湖山信為美，王屋人相待。應為歧路多，不知歲寒在。君遊早晚還，勿久風塵間。此別未遠別，秋期到仙山。

## 送當塗趙少府赴長蘆❶

我來揚都❷市，送客迴輕舠❸。因誇楚太子，便覩廣陵濤❹。仙尉趙家玉❺，

英風凌四豪❻。維舟❼至長蘆，目送煙雲高。搖扇對酒樓，持袂把蟹螯❽。前途儻

相思，登嶽一長謠❾。

【注　釋】❶送當塗趙少府題　當塗趙少府，即當塗縣尉趙炎。見卷六〈當塗趙炎少府粉圖山水歌〉注。長蘆，王琦注：「當時有二長蘆：一是長蘆縣，隸河北道之滄州；一是長蘆鎮，在淮南道揚州之六合縣南二十五里。陸放翁《入蜀記》曰：發真州，過瓜步山，望長蘆寺，樓塔重複，江面渺瀰無際，殊可畏。李太白詩云：『維舟至長蘆，目送煙雲高』是也。則謂是六合之長蘆也。」今江蘇南京六合區長蘆鎮。❷揚都　宋本原作「楊都」，據蕭本、郭本、王本、咸本改。指揚州。隋煬帝曾欲以揚州為都城，故稱「揚都」。揚州在唐朝時為全國最繁華的都市。今江蘇揚州。❸舠　小船，形如刀。亦作「刀」。《詩經・衛風・河廣》：「誰謂河廣，曾不容刀。」鄭玄箋：「小船曰刀。」吳均〈贈王桂陽別三首〉：「征舠犯夜湍。」❹因誇二句　楚，宋本原作「吳」，據蕭本、郭本、王本、咸本改。枚乘〈七發〉：「楚太子有疾，吳客往問之。……客曰：『將以八月之望，與諸侯遠方交遊兄弟，並往觀濤乎廣陵之曲江。』」廣陵，今江蘇揚州。❺仙尉句　仙尉，王琦注：「漢梅福為南昌尉，人傳以為仙去，稱尉曰仙尉，本此。」參見卷六〈當塗趙炎少府粉圖山水歌〉「南昌仙」注。陶弘景〈瘞鶴銘〉：「丹陽仙尉，江陰真宰。」趙家玉，猶言趙家之寶。❻四豪　《漢書・游俠傳》稱戰國時魏之信陵君、趙之平原君、齊之孟嘗君、楚之春申君為「四豪」。詳見卷一〇〈獻從叔當塗宰陽冰〉詩注。❼維舟　繫舟。❽持袂句　《世說新語・任誕》：「畢茂世云：『一手持蟹螯，一手持酒杯，拍浮酒池中，便足了一生。』」❾前途二句　《文選》卷四三趙至〈與嵇茂齊書〉：「昔李叟入秦，入關而歎；梁生適越，登岳長謠。」李善注：「然老子之歎，不為入秦；梁鴻長謠，不由適越。且復以至郊為及關，升邙為登岳，斯蓋取意而略文也。」王琦曰：「太白引用，取義又異於此，可窺古人用事之法。」按：此處只是謂相思時登山長歌而已。

【語　譯】我這次來到揚州這個大都市作客，卻在此送朋友乘小舟溯江返回歸程。於是像當年楚太子聽人誇耀廣陵潮水，便專程去看揚州的波濤。您有漢代仙尉梅福的道骨仙風而是趙家之寶，您的英風超過戰國的四豪。此去長蘆停船，目送您舟行在高飄的煙雲中。一起在酒樓搖扇飲酒，捲起衣袖剝蟹螯食鮮。從此別後如果您想起我時，就登高長歌來抒發思念之情吧。

【研　析】此詩當是天寶十三載（西元七五四年）作於揚州。時當塗縣尉趙炎正欲從揚州往長蘆，李白作此詩送別。詩意謂自己來揚州作客，卻送客乘舟而回。想到當年枚乘所言楚太子之事，便去觀濤於廣陵之曲江。稱讚趙炎如漢代仙尉梅福，乃是趙家之寶玉。英風超過戰國四豪。此番前往長蘆駐舟，我將目送您舟遊在高飄的煙雲中。如今搖扇於酒樓，把蟹助酒以敘別。將來如有相思，登山長歌可也。明人評此詩曰：「亦有逸氣，然微覺草草。」

## 送友人尋越中❶山水

聞道稽山❷去，偏宜謝客❸才。千巖泉灑落，萬壑樹縈迴❹。東海橫秦望❺，西陵遶越臺❻。湖清霜鏡曉，濤白雪山來。八月枚乘筆❼，三吳張翰盃❽。此中多逸興，早晚向天台❾？

【注　釋】❶越中　指今浙江紹興周圍。❷稽山　會稽山的省稱。《晉書・夏統傳》：「先公惟寓稽山，朝會萬國。」❸謝客　指南朝詩人謝靈運。靈運幼名客兒，故稱。鍾嶸《詩品》總論：「謝客為元嘉之雄。」又《詩品》宋臨川太守謝靈運：「初，錢塘杜明師，夜夢東南有人來入其館。是夕，即靈運生於會稽。旬日而謝玄亡。其家以子孫難得，送靈運於杜治養之，十五方還都，故名客兒。」❹千巖二句　《世說新語・言語》：「顧長康（愷之）從會稽還，人問山川之美，顧云：『千巖競秀，萬壑爭流。』」鮑照〈登廬山〉詩：「千巖盛阻積，萬壑勢縈迴。」泉灑落，咸本作「雲錯莫」。❺秦望　山名。《水經注・漸江水》：「又有秦望山，在州（越州）城正南，為眾峰之傑，陟境便見。《史記》云：秦始皇登之，以望南海。」故名。按：《史記・秦始皇本紀》：「上會稽，祭大禹，望於南海。」則秦望山當即會稽山。❻西陵句　《水經注・漸江水》：「浙江又逕固陵城北，昔范蠡築城於浙江之濱，言可以固守，謂之固陵，今之西陵也。」據《嘉泰會稽志》記載，西陵城在蕭山縣（今浙江杭州蕭山區）西一十二里。越臺，即越王臺。在今浙江紹州種山。相傳為春秋時越王句踐所建。任昉《述異記》卷上：「吳既滅越，棲句踐於會稽之上，地方千里。句踐得范蠡之謀，乃示民以耕桑，延四方之士，作臺於外而館賢士。今會稽山有越王臺。」❼八月句　用枚乘〈七發〉吳客謂楚太子廣陵觀濤事，見前〈送當塗趙少府赴長蘆〉詩注。此處借指越中。❽三吳句　《晉書・張翰傳》：「張翰，字季鷹，吳郡吳人也。……任心自適，不求當世。或謂之曰：『卿乃可縱適一時，獨不為身後名耶！』答曰：『使我有身後名，不如即時一杯酒。』時人貴其曠達。」❾早晚句　早晚，疑問詞。猶何時。見卷八〈口號贈楊徵君〉詩注。天台，山名。見本卷〈送王屋山人魏萬還王屋〉詩注。

【語　譯】聽說您要去遊覽會稽山，正好您有古代詩人謝靈運的才華。會稽山有千巖飛瀑懸泉灑落，萬壑有綠樹縈繞回旋。東海邊橫斜著秦望山，西陵古城牆圍繞著越王臺。湖面明澈如鏡，波濤如雪山崩塌而來。君可奮枚乘八月之筆，又可舉張翰吳中之杯。越中山水多能引起逸興，您什麼時候再往天台山一遊呢？

【研　析】此詩中的友人無考，詩的作年亦不詳。詩中詳盡地描繪越中山水之美，借古人以比友人之逸興。首二句謂越中山水莫勝於會稽，然必有謝靈運之才乃宜往，以此中之景非謝不能述。而友人正有此才，故曰「偏宜」。接著六句描繪越中之美景：千巖瀧瀑，萬壑縈樹，海邊秦望山，西陵越王臺，湖清如鏡，濤白如雪。末四句謂今君既有枚乘八月之筆，又有張翰三吳之杯，可繼謝客而作焉。此處既多逸興，何時更往天台山一遊？朱諫《李詩選注》評曰：「白送友人尋越中山川，極言其山川之美，非白身造其地，安能言之親切而有味若此乎？」

## 送族弟凝之滁求婚崔氏❶

與爾情不淺，忘筌已得魚❷。玉臺挂寶鏡，持此意何如❸！坦腹東牀下❹，由來志氣疏❺。遙知向前路，擲果定盈車❻。

## 送友人遊梅湖❶

【注　釋】❶送族弟題　族弟凝，堂房弟李凝。本卷有〈送族弟凝至晏堌單父三十里〉、〈送族弟單父主簿凝攝宋城主簿至郭南月橋卻迴棲霞山留飲贈之〉二詩，又有〈單父東樓秋夜送族弟況之秦〉李白自注：「時凝弟在席。」可知李凝為單父縣主簿，又曾攝宋城縣主簿。按：單父、宋城二縣，在唐皆屬宋州（治所即在宋城，今河南商丘）。單父縣，今山東單縣。之滁，往滁州。滁州，唐屬淮南道，今安徽滁州。求婚崔氏，向崔家求婚。❷忘筌句　筌，捕魚用的竹器。又作「荃」。《莊子・外物》：「荃者所以在魚，得魚而忘荃；蹄者所以在兔，得兔而忘蹄；言者所以在意，得意而忘言；吾安得夫忘言之人而與之言哉！」❸玉臺二句　謂求婚如意。玉臺，玉製的鏡臺。《世說新語・假譎》：「溫公喪婦。從姑劉氏家值亂離散，唯有一女，甚有姿慧。姑以屬公覓婚，公密有自婚意，答云：『佳壻難得，但如嶠比云何？』姑云：『喪敗之餘，乞粗存活，便足慰吾餘年，何敢希汝比？』卻後少日，公報姑云：『已覓得婚處，門地粗可，壻身名宦盡不減嶠。』因下玉鏡臺一枚。姑大喜。既婚，交禮，女以手披紗扇，撫掌大笑曰：『我固疑是老奴，果如所卜。』玉鏡臺，是公為劉越石長史北征劉聰所得。」❹坦腹句　《晉書・王羲之傳》：「時太尉郗鑒使門生求女壻於導（王導），導令就東廂徧觀子弟。門生歸，謂鑒曰：『王氏諸少並佳，然聞信至，咸自矜持。惟一人在東牀坦腹食，獨若不聞。』鑒曰：『正此佳壻邪！』訪之，乃羲之也。遂以女妻之。」❺疏　猶疏放、疏達；曠達開朗。❻擲果句　《世說新語・容止》：「潘岳妙有姿容，好神情，少時挾彈出洛陽道，婦人遇者，莫不聯手共縈之。」劉孝標注引《語林》曰：「安仁（潘岳字）至美，每行，老嫗以果擲之滿車。」

【語　譯】我與您的兄弟情誼本來就不淺，心神相交忘其形跡如同捕漁人得魚忘筌。您既已置備了玉臺寶鏡般的禮物，此次婚事必似晉代溫嶠求婚那樣美滿！您本來就像當年坦腹東床的王羲之那樣的佳婿，向來就志氣曠達疏放。我推想您此去的路上，定當像潘安仁出現而被擲果滿車。

【研　析】此詩疑為天寶三、四載（西元七四四、七四五年）遊宋州、東魯時所作。首二句點明兄弟之間的深情。後六句連用三個典故，以溫嶠故事表示求婚定當滿意；以王羲之典故說明李凝本是佳婿；用潘岳故事形容李凝此去得到崔家歡心的情景。全詩緊扣「求婚」展開鋪敘，形容極致。

送君遊梅湖，應見梅花發。有使寄我來❷，無令紅芳歇。暫行新林浦❸，定醉金陵月。莫惜一雁書❹，音塵坐胡越❺。

【注　釋】❶梅湖　古湖名。徐陵〈丹陽上庸路碑〉：「濤如白馬，既得廣陵之江；山曰金牛，孰辨梅湖之路。」按：今南京至丹陽有多個金牛山，則梅湖當在此中間。又，在今安徽當塗至宣城之間亦有梅湖。宋代梅堯臣〈早發大信口〉詩：「梅湖到不遠，守信向田園。」梅堯臣乃宣城人，大信口在當塗天門山附近。王琦注：「《初學記》：始興有梅湖。《北堂書鈔》：『《地理志》云：梅湖者，昔有梅筏沉於此湖，有時浮出，至春則開花滿湖矣。』玩詩內『新林浦』、『金陵月』之句，此地當與金陵相近。」❷有使句　《太平御覽》卷一九引《荊州記》：「陸凱與范曄友善，自江南寄梅花一枝，詣長安與曄，並贈詩曰：『折梅逢驛使，寄與隴頭人。江南無所有，聊寄一枝春。』」❸新林浦　在今南京西南。《景定建康志》卷一九〈山川志三〉：「新林港，又曰新林浦，在城西南二十里。闊三丈，深一丈，長一十二里，源出牛頭山，西七里入大江。」❹雁書　王琦注：「詩人用『雁書』，悉本《漢書‧蘇武傳》中詐匈奴事，非實有其事也。」❺音塵句　音塵，喻指信息。陸機〈思歸賦〉：「絕音塵於江介。」坐，遂致。唐人詩中多用此義，如韓愈〈石鼓歌〉：「坐見舉國來奔波。」胡越，王琦注：「胡在北，越在南，比喻間隔而不相聞之意。」

【語　譯】此次送您去遊梅湖，應當看到那裡梅花盛開。如有驛使請折一枝給我寄來，不要使鮮豔紅花衰落。您此行開始經過新林浦，一定還會醉酒於金陵月下。請您別後不要吝惜寫寄書信，別因間隔遠地而音信全無。

【研　析】此詩作年不詳。友人須經金陵新林浦而去遊梅湖，則作詩送別之地並不在金陵。前四句謂友人正當梅花盛開季節去遊梅湖，請寄我一枝。接著二句謂友人經過金陵時定當月下醉飲，末二句寫別情和思念之意。

## 送崔十二遊天竺寺❶

還聞天竺寺，夢想懷東越❷。每年海樹霜，桂子落秋月❸。送君遊此地，已屬流芳歇❹。待我來歲行，相隨浮溟渤❺。

【注釋】❶送崔十二題　崔十二，名不詳。排行十二。天竺寺，在今浙江杭州西天竺峰，靈隱山飛來峰南，今名下天竺寺。《咸淳臨安志》卷八〇「寺觀六」：「下竺靈山教寺，在錢塘縣西一十七里，隋開皇十五年僧真觀法師與道安禪師建，號南天竺。」❷東越　王琦注：「杭州春秋時為越地，而在東方，故曰東越。與《史》、《漢》稱東甌為東越者不同。」❸每年二句　《咸淳臨安志》卷八〇「寺觀六」下竺靈山教寺題詠引〈石刻桂子詩并序〉：「舊俗所傳月墜桂子，惟天竺素有之。唐天寶中，寺前一子成樹，今月桂峰在焉。刺史白公居易詩云：『宿因月桂落，醉為海榴開。』注云：『天竺嘗有月中桂子落，靈隱多海榴花。』又〈東城桂〉詩云：『子墮本從天竺寺，根盤今在闔閭城。』注云：『舊說杭州天竺寺，每歲秋中，有月桂子墮。』又刺史盧公輔句云：『遠客偏求月桂子，老僧不誌石蓮華。』」海樹，即指海榴樹。❹流芳歇　謂歲時已晚，眾芳已衰。潘岳〈悼亡詩〉：「流芳未及歇。」劉鑠〈擬明月何皎皎〉：「屢見流芳歇。」❺溟渤　泛指大海。鮑照〈代君子有所思〉詩：「穿池類溟渤。」

【語譯】曾聽說天竺寺有無限風光，所以經常懷念夢想往杭州一遊。我嚮往那裡每年都有經霜的海榴樹，還有從秋月中灑落的桂子。現在送您去那裡遊覽，已是群芳零落的暮秋。待我明年也能前往杭州飽覽勝景，我們還可以相隨到大海中一遊。

【研析】此詩約作於開元十三年（西元七二五年）「東涉溟海」之時。詩人出蜀後即擬遊剡中，適值崔十二欲遊天竺寺，然時已暮秋，眾芳已歇，故先送友人前往杭州，待來歲自己再去，相從浮海以盡興。詩中三、四兩句，描寫天竺寺傳說美景，形象生動，逗人情思。

## 送楊山人歸天台❶

客有思天台，東行路超忽❷。濤落浙江❸秋，沙明浦陽❹月。今遊方厭楚，昨夢先歸越。且盡秉燭歡❺，無辭凌晨發。

我家小阮❻賢，剖竹赤城邊❼。詩人多見重，官燭未曾然❽。興引登山屐❾，情催汎海船❿。石橋⓫如可度，攜手弄雲煙。

【注釋】❶送楊山人題　楊山人，名字事蹟不詳。或謂指揚播，無確據。李白尚有〈駕去溫泉宮後贈楊山人〉、〈送楊山人歸嵩山〉、高適亦有〈送楊山人歸嵩陽〉、〈別楊山人〉、〈宋中遇林慮楊十七山人因而有別〉、〈武威同諸公遇楊山人〉、劉長卿有〈夜宴洛陽程九主簿宅送楊山人往天台尋智者禪師隱居〉等詩，其中的「楊山人」當為同一人。天台，山名。在今浙江天台縣東北。詳見本卷〈送王屋山人魏萬還王屋〉詩注。❷超忽　《文選》卷五九王中〈頭陀寺碑文〉：「東望平皋，千里超忽。」呂向注：「超忽，遠貌。」❸浙江　即今錢塘江。《元和郡縣志》卷二五江南道杭州錢塘縣：「浙江，在縣南一十二里。《莊子》云浙河，即謂浙江，蓋取其曲折為名。江源自歙州界東北流經界石山，又東北經州理北，又東北流入於海。江濤每日晝夜再上，常以月十日、二十五日最小，月三日、十八日極大，小則水漸漲不過數尺，大則濤湧高至數丈。每年八月十八日，數百里士女，共觀舟人漁子泝濤觸浪，謂之弄潮。」❹浦陽　今浙江浦陽江。錢塘江支流，在今浙江中部。源出浦江縣坑嶺，北流經諸暨，到杭州市蕭山區聞堰附近入錢塘江。《元和郡縣志》卷二六江南道婺州浦陽縣：「天寶十三年，分義烏縣北界置。浦陽江，在縣西北四十里，出雙溪山嶺，東入越州諸暨縣。」又越州蕭山縣：「浦陽江，在縣南一十五里。」❺秉燭歡　〈古詩十九首〉：「晝短苦夜長，何不秉燭遊？」❻小阮　王琦注：「小阮，謂阮籍之姪阮咸也。」後人謂姪曰小阮，本此。按：王琦謂此處小阮借指李嘉祐，時為台州刺史。然據今人陶敏所考，李嘉祐為台州刺史在大曆末，時李白早已亡故。近人詹鍈《李白詩文繫年》謂指杭州刺史李良，然杭州刺史不得稱「剖竹赤城邊」。均誤。此處「小阮」當指開元天寶中另一台州刺史（臨海郡太守），名字不詳。❼剖竹句　指擔任台州刺史（臨海太守）。《文選》卷二六謝靈運〈過始寧墅〉詩：「剖竹守滄海。」李善注：「《漢書》曰：『初與郡守為竹使符。』《說文》曰：『符信，漢制以竹分而相合。』」赤城，山名，在天台山南。見卷一二〈夢遊天姥吟留別〉注。❽官燭句　官燭，朝廷供給官員辦公用的蠟燭。《初學記》卷二五引謝承《後漢書》：「巴祗為揚州刺史，與客坐闇中，不然官燭。」然，燃的本字。❾登山屐　登山用的木底有齒的鞋子。《南史・謝靈運傳》：「尋山陟嶺，必造幽峻，巖嶂數十重，莫不備盡。登躡常著木屐，上山則去其前齒，下山去其後齒。」❿汎海船　《晉書・謝安傳》：「嘗與孫綽等汎海，風起浪湧，諸人並懼，安吟嘯自若。舟人以安為悅，猶去不止。風轉急，安徐曰：『如此將何歸邪？』舟人承言即迴。眾咸服其雅量。」⓫石橋　特指浙江天台山的名勝石梁。石梁連接二山，形似橋，故稱。《太平御覽》卷四一引《啟蒙記注》：「天台山……有石橋，路逕不盈尺，長數十丈，下臨絕冥之澗。唯忘其身然後能濟，濟者梯巖壁，捫蘿葛之莖，度得平路，見天台山蔚然綺秀，列雙嶺於青霄，上有瓊樓玉闕，天堂碧林，醴泉仙物畢具。」詳見本卷〈送王屋山人魏萬還王屋〉詩注。

【語　譯】我的友人思念天台山，就要向東走上遙遠的路途。一路上將觀看秋天錢塘江的波濤，還有那浦陽江上明月籠照下的平沙。您如今已經厭遊楚地，昨晚的夢中早已到了越地。我們暫且秉燭盡歡通宵暢飲，不要推辭明晨就要離別。

我的姪子為官很有賢能，他現正在赤城山邊的台州當刺史。他對詩人都很器重，為政清廉節儉而官燭都不點燃。他有謝靈運穿上木屐登山的逸興，像謝安泛海時遇險鎮靜的非凡氣度。您此行如能度過石梁，就可與之攜手成為逍遙雲煙的神仙。

【研　析】此詩前八句謂楊山人遊楚已倦而思遊天台，即將遙遠東行，路途將渡浙江，經浦陽，思台心切，昨夢已入越。如今當通宵盡歡暢飲，不要因明晨出發而推辭。後八句謂友人往天台，正當我姪為台州刺史。其人好賢律己，有登山之興、泛海之情，如能與之度石橋，當攜手雲遊登仙。

## 送溫處士歸黃山白鵝峰舊居❶

黃山四千仞，三十二蓮峰❷。丹崖夾石柱，菡萏金芙蓉❸。

伊昔升絕頂，下窺天目松❹。仙人鍊玉處❺，羽化❻留餘蹤。亦聞溫伯雪❼，獨往今相逢。採秀辭五嶽❽，攀巖歷萬重。歸休❾白鵝嶺，渴飲丹沙井❿。鳳吹⓫我時來，雲車⓬爾當整。

去去陵陽東，行行芳桂叢⓭。迴谿⓮十六度，碧嶂盡晴空。他日還相訪，乘橋躡綵虹⓯。

【注釋】❶送溫處士題　溫處士，姓溫的隱士，名不詳。黃山，原名黟山，唐天寶六載改名黃山。李白此詩當是第一首寫黃山之詩。《方輿勝覽》卷一六「徽州山川」：「黃山，舊名黟山，在歙縣西北百二十八里，高千一百八十仞。《郡志》：『其山有摩天戛日之高，宣、歙、池、饒、江等州山，並是此山之支脈明矣。諸峰有如削成，煙嵐無際，雷雨在下。其霞城、洞室、巖竇、瀑泉，則無峰不有，信靈仙之窟宅。西北類太華山，有峰三十六，其水源亦三十六，溪二十四，洞十有二，巖八。水流而下，合揚之水，為浙江之源。第四峰有泉沸如湯，嘗湧朱砂。世傳黃帝嘗命駕與容成子、浮丘公同遊，合丹於此。其後又有仙人曹、阮之屬。』」王琦按：「《黃山圖》：白鵝峰在石門峰、烏泥嶺之間，志云吟嘯橋在白鵝嶺下，名最著。錢百川曰：李白有〈送溫處士歸黃山白鵝峰〉詩，今白鵝峰不在三十六峰之列，蓋三十六峰皆高七百仞以上，其外諸峰高二三百仞者不與焉，白鵝峰亦諸峰之一也。」按：在今安徽黃山市，跨歙、黟、休寧等縣。❷黃山二句　王琦注：「《黃山志》：『江以南諸山最黃山，其高四千仞。』按：黃山諸峰最高者，《志》稱九百仞止矣，四千仞者大抵自山麓平地而准擬之。諸書皆言黃山之峰三十有六，而白詩只言三十有二，蓋四峰唐以前未有名也。《山志》云：群峰聳秀，羅列當前。曰青鸞、曰硃砂、曰天都、曰老人、曰缽盂，盡作蓮花蓮蕊狀。」按：仞為古代長度單位，周制為八尺，漢制為七尺，東漢末為五尺六寸。❸丹崖二句　丹崖，棕紅色的巖壁。嵇康〈琴賦〉：「丹崖嶮巇，青壁萬尋。」菡萏、芙蓉，皆為荷花的別稱。《楚辭・離騷》：「製芰荷以為衣兮，集芙蓉以為裳。」洪興祖補注：「《本草》云：其葉名荷，其華（花）未發為菡萏，已發為芙蓉。」王琦注：「按《山志》，蓮花峰在硃砂峰北，高九百仞，石蕊中尊，千葉簇簇如瓣。並峙諸山，皆及肩而止，無敢爭高者。汪晉穀云：峰巍然中立，環視萬峰，面面皆蓮，而此峰為眾蓮母。石柱峰在棊石峰西北，高七百九十仞。亭亭獨上，刺日撐霄，其形儼如天幹。芙蓉峰在松林峰西，高七百五十仞，巃嵸峭拔，如菡萏一枝，向天而開，青天削出芙蓉，惟此足當之。是蓮花、石柱、芙蓉皆黃山峰名。而詩意則謂黃山三十二峰，皆如蓮花，丹崖夾峙中，植立若柱。然其頂之圓平者，如菡萏之未舒；其頂之開敷者，如芙蓉之已秀。未嘗專指三峰而言也。」❹伊昔二句　謂登黃山頂峰可下視天目山頂之松，蓋天目山高一萬八千丈，僅及黃山之麓。伊昔，從前；往日。伊，句首助詞。絕頂，最高峰。天目，山名。在今浙江西北部。最高點清涼峰在今浙江臨安西北，多奇峰、竹林。《元和郡縣志》卷二五江南道杭州於潛縣：「天目山，在縣理北六十里。有兩峰，峰頂各一池，左右相對，名曰天目。」❺仙人句　王琦注引《山志》：「煉丹峰高八百七十仞，相傳浮丘公煉丹峰頂，經八甲子丹始成。黃帝服七粒，不藉雲靄，昇空遊戲。石室內丹竈杵臼，儼然尚存。峰前有曬藥臺，臺下深黝不可測。」❻羽化　道教謂成仙。即取變化飛昇意。《晉書・許邁傳》：「乃改名玄，字遠游。……玄自後莫測所終，好道者皆謂之羽化矣。」❼溫伯雪　姓溫，名伯，字雪子，春秋時人。《莊子・田子方》：「溫伯雪子適齊，……反，舍於魯。仲尼見之而不言，子路曰：『吾子欲見溫伯雪子久矣，見之而不言，何邪？』仲尼曰：『若夫人者，目擊而道存矣，亦不可以容聲矣。』」此處借溫伯雪子比擬溫處士。李白詩中借同姓古人比擬今人者甚多，《黃山志》以伯雪為溫處士之名。大誤。宋本在「雪」字下夾注：「一作：雲」。❽採秀句　採秀，採摘芝草。《楚辭・九歌・山鬼》：「采三秀兮山間。」王逸注：「三秀，芝草也。」五嶽，見卷五〈江上吟〉注。❾歸休　回去休息；隱居。《莊子・逍遙遊》：「歸休乎君，予無所用天下為！」❿丹沙井　沙，蕭本、郭本、胡本皆作「砂」。指黃山硃砂泉。王琦注引《圖經》：「黃山東峰下有硃砂湯泉，熱可點茗，春時即色微紅。」⓫鳳吹　《列仙傳》卷上：「王子喬者，周靈王太子晉也。好吹笙，作鳳凰鳴，遊伊、洛之間。」孔稚珪〈北山移文〉：「聞鳳吹於洛浦。」⓬雲車　傳說中仙人所乘之車。《神仙傳》卷八：「衛叔卿者，中山人也，服雲母得仙。漢元封二年八月壬辰，孝武皇帝閒居殿上，忽有一人乘雲車，駕白鹿，從天而下，來集殿前。……帝乃驚問曰：『為誰？』答曰：『吾中山衛叔卿也。』」⓭去去二句　去去，越去越遠。陵陽，山名。在今安徽涇縣西南。《元和郡縣志》卷二八江南道宣州石棣縣：「陵陽山，在縣北三十里。竇子明於此得仙。」行行，走著不停。謝惠連〈西陵遇風獻康樂〉詩：「行行道轉遠，去去情彌遲。」芳桂叢，《楚辭・招隱士》：「桂樹叢生兮山之幽。」⓮迴谿　迴旋的溪水。《文選》卷三四枚乘〈七發〉：「依絕區兮臨迴溪。」李周翰注：「迴溪，曲澗也。」⓯乘橋句　王琦注：「『乘橋躡彩虹』，蓋指天橋如彩虹耳。」又引《山志》曰：「天橋在錬丹臺，一名仙人橋，一名仙石橋，為黃山最險。兩峰絕處，各出峭石，彼此相抵，有若筍接。接而不合，似續若斷，登者莫不歎為奇絕。」

又引《武夷山記》曰：「武夷君於八月十五日大會村人於武夷山上，置幔亭，化虹橋通山下。是以彩虹為橋，可以乘躡者，又一說也。」

【語　譯】黃山有四千仞高，共有三十二個蓮花般的山峰。紅色山崖夾峙壁立的石柱，像未開和已開的蓮花直插空中。

當初我曾登上黃山絕頂，可以俯看天目山上的青松。黃山有仙人煉丹的地方，這些仙人雖已羽化仙去，卻留有他們的遺蹤。我早就聽說有個像當年溫伯雪子那樣獨來獨往的溫處士，今日有幸在這裡與您相逢。您曾走遍五嶽求仙訪道，攀登過萬重山巖。您現在準備歸隱黃山的白鵝峰，渴飲朱砂井的溫泉。今後我將時常吹著鳳笙去探訪您，您應當整頓好駕著雲車來相迎。

您越走越遠繞過陵陽山的東邊，走著走著穿過芳香彌漫的桂樹叢，渡過十六條曲折迴旋的溪水，攀登黃山的晴空碧峰。他日我相思而去訪您，當躡已化為彩虹之橋。

【研　析】此詩當作於天寶十三載（西元七五四年）遊皖南之時。首段四句描寫黃山總貌。以「四千仞」和「三十二」兩組數詞，寫出黃山的山高峰多，是全景的勾勒。黃山由花崗岩構成，山石多呈朱紅色，故稱「丹崖」。又由於花崗岩體有縱、橫、斜三組節理，尤以縱（垂直）節理為主，因而形成「夾石柱」的奇景。黃山諸峰頂都如菡萏含苞，芙蓉盛開，故詩人用「菡萏金芙蓉」以形容。以「丹」、「金」雙色，繪出了黃山的色彩美。次段十二句，先回憶往昔自己登黃山之巔下窺天目山的情景。以天目山作襯托，極寫黃山之高。接著「仙人」二句，融化古代黃山的傳說：相傳黃帝為求長生之術，曾向仙人浮丘公、容成子請教煉丹之術，認為惟黟山為神仙都會，山高林茂，靈泉甘美，可資炭煉丹。於是一起到此，經過八甲子治煉而丹始成，三人服後乘龍登天仙去。此故事流傳久遠，至唐天寶六載，崇尚道教的唐玄宗下旨改黟山為黃山。然後轉寫友人遊歷，讚美溫處士獨往隱居，「採秀」二句寫溫處士五嶽採芝，攀登萬山，「歸休」句點明具體隱居地點，「渴飲」句點明黃山有著名溫泉。二句對偶工整，色彩鮮明。「鳳吹」二句設想他日訪尋溫處士，該是仙樂飄飄，仙車轔轔。

想像豐富。末段六句描寫惜別之情。「去去」二句寫送別。設想溫處士漸漸遠去，越過陵陽山，穿過桂樹叢，抵達黃山的情景。「迴谿」二句寫黃山溪澗幽、千嶺萬嶂之美。詩人遐想他日來訪溫處士，定當踏著彩虹化成的石橋飛身而來。以美麗想像作結，情韻悠遠。明人程敏政〈遊黃山記〉曰：「黃山之為景也，非太白之句不能當其勝，非摩詰之圖不能盡其變。」當非虛語。

## 送方士趙叟之東平❶

長桑晚洞視，五藏無全牛❷。趙叟得祕訣，還從方士遊。西過獲麟臺❸，為我弔孔丘。念別復懷古，潸然空淚流。

【注釋】❶送方士題　方士，古代好講神仙方術的人。在漢代著作中，「方士」與「道士」（通曉方術的人）通用。後又泛指醫、卜、星、相之流。趙叟，姓趙的老翁，名字事蹟不詳。東平，唐郡名。即鄆州，天寶元年改為東平郡，乾元元年復改為鄆州。治所在今山東鄆城東。❷長桑二句　《史記・扁鵲倉公列傳》：「扁鵲者，勃海郡鄭（鄚）人也，姓秦氏，名越人。少時為人舍長。舍客長桑君過，扁鵲獨奇之，常謹遇之。長桑君亦知扁鵲非常人也。出入十餘年，乃呼扁鵲私坐，間與語曰：『我有禁方，年老，欲傳與公，公毋泄。』扁鵲曰：『敬諾。』乃出其懷中藥予扁鵲：『飲是以上池之水，三十日當知物矣。』乃悉取其禁方書盡與扁鵲。忽然不見，殆非人也。扁鵲以其言飲藥三十日，視見垣一方人。以此視病，盡見五藏癥結，特以診脈為名耳。」司馬貞《索隱》：「長桑君，隱者，蓋神人也。」張守節《正義》：「五藏，謂心、肝、脾、肺、腎也。」無全牛，《莊子・養生主》：「庖丁曰：『始臣解牛之時，所見無非牛者。三年之後，未嘗見全牛也。方今之時，臣以神視，而不以目視。』」按：長桑，宋本原作「長乘」。誤。據蕭本、郭本、繆本、王本、咸本改。❸獲麟臺　又稱「獲麟堆」。《元和郡縣志》卷一〇河南道鄆州鉅野縣：「獲麟堆，在縣東十二里。《春秋》哀公十四年《經》曰：『西狩獲麟。』」《左傳》哀公十四年：「春，西狩於大野，叔孫氏之車子鉏商獲麟，以為不祥，以賜虞人。仲尼觀之，曰：『麟也。』然後取之。」杜預注：「麟者，仁獸，聖王之嘉瑞也。時無明王出而遇獲，仲尼傷周道之不興，感嘉瑞之無應，故因《魯春秋》而修中興之教，絕筆於『獲麟』之一句，所感而作，固所以為終也。」按：前人認為孔子作《春秋》，絕筆於獲麟。《公羊傳》、《穀梁傳》都到此為止。其實，《春秋》並非到此結束，後面還有兩年，到哀公十六年孔子卒而止。《明一統志》卷二三兗州府鉅野縣：「獲麟臺，在縣東南五十里，即西狩獲麟之所，後人於此築臺。」遺址在今山東巨野東南。

【語譯】長桑君晚年能用肉眼透視病人的五臟，就像庖丁目中沒有全牛一樣。趙老翁曾得到這些禁方祕訣，向來又喜歡與方術之士來往。我拜託您西行路過獲麟臺時，為我憑弔一下孔夫子。當此懷古與離別之情交織在一起之際，我的眼中不斷地流下悲傷的淚水。

【研析】此詩當是天寶四載（西元七四五年）在魯郡送趙叟西往東平之作。詩中讚賞趙叟懷有長桑的治病祕訣。請他經過獲麟臺時為自己憑弔孔丘，在懷古中透露出詩人用世之心落空的悲哀情緒。

## 送韓準裴政孔巢父還山❶ 魯中

獵客張兔罝，不能挂龍虎。所以青雲人，高歌在巖戶❷。韓生信英彥❸，裴
子含清真❹。孔侯復秀出❺，俱與雲霞❻親。峻節❼凌遠松，同衾臥盤石❽。斧冰❾
漱寒泉，三子同❿二屐。
時時或乘興，往往雲無心⓫。出山揖牧伯⓬，長嘯輕衣簪⓭。
昨宵夢裏還，云弄竹溪月⓮。今辰魯東門，帳飲與君別⓯。雪崖滑去馬，蘿
徑迷歸人⓰。相思若煙草，歷亂⓱無冬春。

【注　釋】❶送韓準題　韓準、裴政、孔巢父，皆「竹溪六逸」之一。《舊唐書・孔巢父傳》：「孔巢父，冀州人，字弱翁。……巢父早勤文史，少時與韓準、裴政、李白、張叔明、陶沔隱於徂來山，時號『竹溪六逸』。永王璘起兵江淮，聞其賢，以從事辟之。巢父知其必敗，側身潛遁，由是知名。」瞿蛻園、朱金城《李白集校注》：「按李白與同隱竹溪諸人酬唱必多，僅見此作，可知李詩多散逸也。又其居徂徠山為時必不久，蓋仍寓家魯郡。即韓、裴、孔等亦非真隱者，觀此詩知干謁不遂而又還山耳。」按：杜甫有〈送孔巢父謝病歸遊江東兼呈李白〉詩。宋本在「政」字下夾注：「一作：正」。❷獵客四句　蕭士贇注：「陸機〈演連珠〉：『頓網探淵，不能招龍；振網羅雲，不必招鳳。是以巢箕之叟，不眄丘園之幣；洗耳之民，不發傳巖之夢。』此詩首四句意出於此。」兔罝，捕兔的網。《詩經・周南・兔罝》：「肅肅兔罝，施於中林。」毛傳：「兔罝，兔罟也。」青雲人，猶青雲友。指隱士。郭璞〈遊仙詩〉其十二：「尋找青雲友，永與時人絕。」巖戶，山門；山家。宋本在「歌」字下夾注：「一作：臥」。❸英彥　才智卓絕的人。袁宏《後漢紀・光武帝紀二》：「願陛下更選英彥，以充廊廟。」宋本在「英」字下夾注：「一作：豪」。❹清真　質樸純潔。《世說新語・賞譽上》：「山公（濤）舉阮咸為吏部郎，目曰：『清真寡欲，萬物不能移也。』」❺秀出　美好特出。《國語・齊語》：「於子之鄉，有拳勇股肱之力，秀出於眾者，有則以告，有而不以告，謂之蔽賢。」❻雲霞　比喻遠離塵世的地方。《南齊書・顧歡傳》：「臣志盡幽深，無與榮勢，自足雲霞，不須祿養。」❼峻節　高尚的節操。顏延之〈秋胡〉詩：「峻節貫秋霜。」❽盤石　《文選》卷一八成公綏〈嘯賦〉：「坐盤石，漱清泉。」李善注：「《聲類》云：『盤，大石也。』」❾斧冰　曹操〈苦寒行〉：「擔囊行取薪，斧冰持作糜。」❿同　宋本在此字下夾注：「一作：傳」。⓫往往句　宋本在「往往」下夾注：「一作：去去」。雲無心，陶淵明〈歸去來辭〉：「雲無心以出岫。」⓬牧伯　王琦注：「《尚書正義》：〈曲禮〉曰：『九州之長曰牧。』〈王制〉曰：『千里之外設方伯，八州八伯。』然則牧、伯一也。伯者，言一州之長；牧者，言牧養下民。鄭玄曰：殷之州牧曰伯，虞夏及周曰牧。後人稱太守曰牧伯，本此。」《漢書・朱博傳》：「居牧伯之位，秉一州之統。」⓭衣簪　衣冠簪纓，古代仕宦的服飾，用以借指官員與世家大族。王僧孺〈南海郡求士教〉：「風序泱泱，衣簪斯盛。」⓮昨宵二句　謂昨晚夢中回到徂徠山，似乎在竹溪邊玩月。竹溪，在今山東徂徠山上。⓯今辰二句　辰，繆本、王本作「晨」。按：辰，通「晨」。《詩經・齊風・東方未明》：「不能辰夜，不夙則莫（暮）。」帳飲，在郊外設置帷帳，設宴送別。江淹〈別賦〉：「帳飲東都，送客金谷。」⓰雪崖二句　王融〈移席琴室應司徒教〉詩：「雪崖似留月，蘿徑若披雲。」⓱歷亂　紛亂。鮑照〈紹古辭〉：「憂來無行伍，歷亂如覃葛。」

【語 譯】獵人張開捕捉兔子的羅網，卻不能縛住龍虎。因此志趣高潔的隱士，都會高歌而卜居在山巖之中。韓君真正是才智卓絕的英才，裴君有純潔清高的胸襟。孔君更有美好特出的才質，三人都喜歡山林而與雲霞相親。高風亮節超過傲霜的青松，同被而臥露宿巖石。鑿冰取水以寒泉洗漱，三人都穿一雙木屐豪興登山。經常乘一時之興而隨心所欲，往往像無心的浮雲到處飄遊。有時出去揖見州郡長官，但經常長嘯而輕視世族權貴。

昨夜您們夢中回到徂徠山，似乎在竹溪邊玩月。今晨在魯郡城東門我設帳宴飲送我的好友們還山。雪崖使您們的走馬溜滑，佈滿藤蘿的歸徑迷失了歸人。我的相思之情如同連綿不斷的煙草，紛亂得使我不知冬春。

【研 析】此詩當是開元二十八年（西元七四〇年）冬在兗州東門送韓、裴、孔三人回徂徠山竹溪而作。首段謂獵客張網得不到龍虎，高逸之士不受羈絆而高臥山巖。讚美韓、裴、孔三人乃傑出人才，都與雲霞山林相親。高節超松，同被臥石，鑿冰漱洗，穿屐登山。次段四句寫有時出遊亦如浮雲無心，雖揖牧伯，卻長嘯舒懷，輕視權貴。末段寫友人昨夢歸山，今晨自己餞別友人。雪崖滑馬，蘿徑迷人，自己相思之情如煙草紛亂。嚴羽評點此詩曰：「『同衾』字易俗，如此卻不覺。同屐事小，寫得卻可傳。」又曰：「相思難為狀，此獨寫得極真極現，李詩結語如此亦甚少。」

## 送楊少府赴選❶

大國置衡鏡❷，準平天地心❸。群賢無邪人，朗鑒窮清深❹。吾君詠〈南風〉❺，
袞冕❻彈鳴琴。時泰多美士❼，京國會纓簪❽。山苗落澗底，幽松出高岑❾。
夫子有盛才，主司得球琳❿。〈流水〉非鄭曲⓫，前行遇知音⓬。衣工翦綺繡，

一悞傷千金。何惜刀尺餘，不裁寒女衾⑬。我非彈冠⑭者，感別但開襟。空谷無白駒，賢人豈悲吟⑮。大道安棄物⑯，時來或招尋。爾見山吏部⑰，當應無陸沉⑱。

【注　釋】❶楊少府赴選　姓楊的縣尉赴京參加吏部銓選。銓選，選才授官。按：唐代制度，官員任期屆滿後皆須赴吏部述職考評改官。少府，唐人對縣尉的敬稱。楊縣尉，名字不詳。❷大國句　大國，指唐朝廷。衡鏡，衡器和鏡子。比喻辨別銓選官吏公平和透明的標準。庾信〈代人乞致仕表〉：「出擁干旄，入參衡鏡。」❸準平句　謂衡和鏡測量照明公平與天地同心而不偏。準平，均衡；公平。❹朗鑒句　《文選》卷二八陸機〈君子行〉：「朗鑒豈遠假，取之在傾冠。」呂延濟注：「朗，明也；鑒，鏡也。」清深，蕭本、郭本、咸本作「情深」。❺南風　古樂曲名。相傳為虞舜所作。《禮記・樂記》：「昔者舜作五絃之琴，以歌〈南風〉。」《孔子家語・辨樂解》：「昔者舜彈五絃之琴，造〈南風〉之詩。其詩曰：『南風之薰兮，可以解吾民之慍兮；南風之時兮，可以阜吾民之財兮。』」❻袞冕　袞衣和冕。古代帝王與上公的禮服和禮冠。《周禮・春官・司服》：「享先王則袞冕。」鄭玄注引鄭司農曰：「袞，卷龍衣也。」《國語・周語中》：「棄袞冕而南冠以出，不亦簡彝乎？」韋昭注：「袞，袞龍之衣也；冕，大冠也。公之盛服也。」❼時泰句　時泰，時世太平。任昉〈出郡傳舍哭范僕射〉詩：「時泰玉階平。」美士，才德美好的士人。《禮記・大學》：「人之彥聖，其心好之」鄭玄注：「美士為彥。」❽京國句　京國，京都。指長安。纓簪，纓和簪，古代官員的冠飾。此處借指參與銓選的官員。❾山苗二句　王琦注：「左思〈詠史〉詩：『鬱鬱澗底松，離離山上苗』，以興起『世胄躡高位，英俊沉下僚』之意。太白反而用之，以喻因才器使高下各得其宜也。」高岑，小而高的山曰岑。陸機〈悲哉行〉：「長秀被高岑。」❿主司句　主司，主管部門官員。此處指主持銓選者。球琳，兩種美玉。亦泛指美玉。《尚書・禹貢》：「（雍州）厥貢惟球、琳、琅玕。」孔傳：「球、琳，皆玉名。」此處比喻賢人。⓫流水句　流水，指雅樂。《呂氏春秋・本味》：「伯牙鼓琴，鍾子期聽之。……志在流水，鍾子期又曰：『善哉乎鼓琴，湯湯乎若流水。』」此處比喻人的品德高尚。鄭曲，指俗樂。《論語・衛靈公》：「鄭聲淫。」此處比喻人的品德低下。⓬知音　比喻主司善於鑒別人才品德的高下。⓭衣工四句　以「衣工」比喻主司，以「寒女」比喻處於貧賤的賢才。謂主司選才如衣工裁綢緞，失措則為害甚大。何不以刀尺之餘，先試卑官賢才。悞，同「誤」。王本作「誤」。⓮彈冠　《漢書・王吉傳》：「吉與貢禹為友，世稱王陽在位，貢公彈冠。言其取捨同也。」顏師古注：「彈冠者，且入仕也。」按：王吉字子陽，故稱王陽。意謂王、貢二人友善，王吉做官，貢禹也準備入仕。⓯空谷二句　《詩經・小雅・白駒》：「皎皎白駒，在彼空谷。」毛傳：「空，大也。」鄭玄箋：「宣王之末，不能用賢，賢者有乘白駒而去者。」此處反用其意，謂朝廷善用賢人，大谷中無白駒，哪裡還有賢者悲吟。⓰大道句　《禮記・禮運》：「孔子曰：『大道之行也，與三代之英，丘未之逮也，而有志焉。』」大道，指治世原則。謂治世大道怎能棄賢人。⓱山吏部　晉代吏部尚書山濤。《晉書・山濤傳》：「前後選舉，周徧內外，而並得其才。……濤再居選職十有餘年，……濤所奏甄拔人物，各為題目，時稱《山公啟事》。」⓲陸沉　比喻隱於市朝。亦比喻不為人知而被埋沒。《莊子・則陽》：「方且與世違，而心不屑與之俱，是陸沉者也。」郭象注：「人中隱者，譬無水而沉也。」

【語　譯】我大唐銓選官吏的制度像衡器和鏡子一樣，與天地同心而公正公平。不讓一個奸邪混入群賢當中，銓選中能明察秋毫。當今皇上喜歡歌唱〈南風〉，穿著禮服彈著五絃琴像舜帝那樣無為而治。如此太平時世必然人才薈萃，這次銓選就是一次群英在京城的盛會。並且將把青松一樣的賢才提拔到高位，讓山草一樣的庸才沉落到底層。

您楊君有俊秀的大才，必定是主選官理想得到的精英。您是〈高山〉、〈流水〉這樣的高雅音樂而不是流俗的鄭曲，您這次前往定能得到知音的賞識。主選官必然像衣工珍惜錦繡那樣珍惜人才，一旦失誤就會造成難以挽回的重大損失。他們在銓選之餘還會想到在野的賢才，就像衣工在剪裁錦繡之餘也會顧及到寒女的衣服一樣。

我不是當年貢禹那樣準備入仕者，這次離別並不悲傷而暢開胸懷。既然朝廷能夠選賢任能，賢臣們就不會再有「皎皎白駒，在彼空谷」的怨言。賢明的政治是不會遺棄任何一個人才的，您這次赴選就是一次顯達高升的機遇。您要見到當年山濤那樣的主選官，應當是不會使一個賢才埋沒的。

【研　析】此詩當是開元年間送某縣楊縣尉赴京參加吏部銓選而作。具體作年和作地不詳。首段十句頌揚唐朝選官制度的公正和公平，故在位者多賢人而無奸邪。歌頌君王無為而治，天下清泰。此次銓選乃群賢聚會京都，必將賢士高升而庸才黜降。次段八句有兩層意思：前四句謂楊縣尉有美才，主司必將如獲美玉般得人待之。楊君奏〈流水〉之雅樂而非鄭曲之淫聲，前往京師必將遇鍾子期那樣的知音。後四句議論主選者之原則，以為選士如衣工之裁錦繡，一誤即損失慘重。故不可以卑官薄祿而棄貧寒之賢士，猶如不可以刀尺之餘而不裁寒女之衾。末段八句謂自己無入仕之心、彈冠之意，只是感別之時開懷抒情。如今賢士皆在朝，已無「空谷白駒」的悲吟。明君不會棄賢，時常會去找尋。祝頌楊君能遇山濤那樣的主選官，定當不會埋沒賢才。詩中洋溢著對開元盛世的讚美之情。

## 對雪奉餞任城六父秩滿歸京❶

龍虎謝鞭策，鴛鸞不司晨❷。君看海上鶴❸，何似籠中鶉❹？
獨用天地心❺，浮雲乃吾身❻。雖將簪組狎，若與煙霞親❼。
季父有英風❽，白眉超常倫❾。一官即夢寐，脫屣歸西秦❿。
竇公敞華筵⓫，墨客盡來臻⓬。燕歌落胡雁，郢曲迴陽春⓭。征馬百度嘶，遊
車動行塵⓮。躊躇未忍去，戀此四座人。餞離駐高駕，惜別空慇勤。何時竹林下，
更與步兵鄰⓯？

【注釋】❶對雪題　任城，唐縣名。屬河南道兗州（魯郡）。今山東濟寧。六父，六叔父。名字不詳。秩滿歸京，謂任期屆滿而回京都候選。《南史・虞寄傳》：「前後居官，未嘗至秩滿，裁（纔）期月，便自求解退。」❷龍虎二句　謂龍虎不需要鞭策，鳳鳥不會去司晨。謝，辭；拒絕。鴛鸞，皆為鳳凰類的鳥。鴛，蕭本、郭本、王本、咸本作「鵷」。通。蕭士贇注引

《三輔決錄注》：「太史令蔡衡曰：凡象鳳者有五：多赤色者鳳，多青色者鸞，多黃色者鵷，多紫色者鸑鷟，多白色者鵠。」《抱朴子・逸民》：「麟不吠守，鳳不司晨。」又：「盛務於庭粒者，安知鴛鸞之遠指。」《金樓子・立言上》：「鳳無司晨之善，麟乏警夜之功。」按：此處龍虎、鴛鸞皆比喻賢人。❸海上鶴　鮑照〈遊思賦〉：「乃江南之斷山，信海上之飛鶴。」❹鶉　鳥名。本指羽毛有斑的鵪鶉，後亦泛稱鵪鶉。❺獨用句　獨用，單獨行事，以見異於眾人。天地心，形容用心之大。❻浮雲句　《維摩詰經》卷上：「是身如浮雲，須臾變滅。」《論語・述而》：「不義而富且貴，於我如浮雲。」❼雖將二句　將，與。簪組，冠簪和冠帶。借指權貴重臣。狎，親近。若，乃。煙霞，指山林雲水。❽季父句　季父，叔父。《史記・項羽本紀》：「其季父項梁。」司馬貞《索隱》：「崔浩云：『伯、仲、叔、季，兄弟之次，故叔云叔父，季云季父。』」英風，美好的聲望。孔稚珪〈北山移文〉：「張英風於海甸。」❾白眉句　《三國志・蜀書・馬良傳》：「兄弟五人，並有才名，鄉里為之諺曰：『馬氏五常，白眉最良。』良眉中有白毛，故以稱之。」超常倫，超過一般的人物。江淹〈雜體詩三十首・嵇中散康言志〉：「高步超常倫。」此處以白眉馬良比擬六父在兄弟中最優秀。❿脫屣句　《三國志・魏書・崔林傳》：「出為幽州刺史。……林曰：『刺史視去此州如脫屣，寧當相累邪？』」按：屣，履不躡跟，拖著鞋子走路，脫之容易。西秦，指京都長安。⓫竇公句　竇公，名字不詳。或謂即本卷〈魯郡堯祠送竇明府薄華還西京〉之竇薄華。敞，開。華筵，豐盛的筵席。⓬墨客句　墨客，指文人。揚雄〈長楊賦〉：「墨客降席。」臻，至。《詩經・邶風・泉水》：「遄臻於衛。」鄭玄箋：「臻，至。」⓭燕歌二句　王琦注：「『落胡雁』，謂其聲之精妙，能令飛鳥感之而下集。『迴陽春』，謂其音之美善，能令陽氣應之而潛動。」按：燕歌，燕地（北方）之歌。郢曲，楚地（南方）之曲。⓮征馬二句　江淹〈別賦〉：「驅征馬而不顧，見行塵之時起。」⓯何時二句　以阮氏叔姪比擬六父與自己。《晉書・阮籍傳》：「籍聞步兵廚營人善釀，有貯酒三百斛，乃求為步兵校尉。」又〈阮咸傳〉：「咸任達不拘，與叔父籍為竹林之遊。」

【語　譯】龍虎不用像牛馬那樣需要鞭策，鳳鳥更不是公雞只能司晨。您看那展翅飛翔於海上的仙鶴，怎麼能和籠中的鵪鶉相比？

君子的心像天地一樣廣闊，我的行跡像浮雲那樣飄遊不定。我雖然也與權貴交往，但我的志向乃是喜愛隱居山林與雲霞相親。

我家六叔風度英邁，就像當年白眉馬良在諸兄弟中最為突出。雖得一官就當做了一場夢，秩滿卸任就同脫掉無跟的鞋子那樣瀟灑回京。

寶公特地為六叔開設了盛大的歡送宴席，文人墨客全都到來參加餞行。宴席上北方樂曲高亢嘹亮，使飛雁從長空落下，南方樂曲溫柔委婉使陽春旋動。門前整裝待發的征馬不斷地嘶鳴，街上滾動的車輪飛起灰塵。六叔眷戀四座的朋友，徘徊不忍離去。餞行的離席使您暫停車馬，依依惜別之情徒然殷勤終不能將您留住。不知何時我們能像阮籍、阮咸那樣有叔姪竹林之遊，再與叔父比鄰而居？

【研　析】此詩當是天寶四載（西元七四五年）在魯郡任城所作。首四句以龍虎、鴛鸞、海上鶴比喻君子賢人之狷介孤高，決非牛馬、公雞、籠中鶉那樣平凡渺小者可比。其不受羈絆而自重。次四句謂君子之心包容天地而異於眾人，自己如浮雲飄遊自在。雖曾與官宦貴人接近，但志向乃與山林煙霞相親。再次四句寫六叔父有英俊之風，像當年白眉馬良那樣在兄弟中最為傑出。得一官如一夢，卸任如脫鞋一樣輕鬆歸京。末段寫寶公設宴餞別，群賢相送，歌曲極南北之妙，車馬催行而留連未去，極寫依戀之情。末以阮氏叔姪竹林之遊比擬六叔與自己相期來日之相聚，意味深長。

## 魯郡堯祠送吳五之琅琊❶

堯沒三千歲❷，青松古廟存。送行奠桂酒❸，拜舞清心魂❹。日色促歸人，連歌倒芳樽❺。馬嘶俱醉起，分手❻更何言？

【注　釋】❶魯郡題　魯郡堯祠，見卷一二〈秋日魯郡堯祠亭上宴別杜補闕范侍御〉詩注。吳五，名字不詳。之，往。琅琊，唐郡名。即沂州。天寶元年，改為琅琊郡；乾元元年，復改為沂州。今山東臨沂。❷堯沒句　自堯至唐玄宗時代，相隔三千歲，乃約略言之。❸奠桂酒　《楚辭・九歌・東皇太一》：「奠桂酒兮椒漿。」王逸注：「桂酒，切桂置酒中也。」❹心魂心靈。江淹〈雜體詩三十首・左記室思詠史〉：「何用苦心魂。」❺連歌句　連歌，相續而歌。芳樽，精緻的酒器，借指美酒。《晉書・阮籍等傳論》：「嵇、阮竹林之會，劉、畢芳樽之友。」❻分手　宋本作「分首」，據蕭本、郭本、胡本、王本、咸本改。

【語　譯】堯帝去世雖然已有三千多年，但是祭祀他的古廟仍保存完好，廟中的古松也依然蒼翠長青。我為朋友送行而祭上一杯桂酒，拜舞在堯帝神像前，使我的心靈非常清新愉悅。落日正在催促人們歸去，而我們仍沉浸在連續歌唱和暢飲之中。馬鳴聲聲又催促賓主都從醉中起身，分手告別還有什麼話要說呢？

【研　析】此詩當是天寶五載（西元七四六年）在魯郡作。因於堯祠送人，故從堯祠起詠。謂堯沒雖已三千年而古廟青松尚存。今於此處送友餞別，奠桂酒拜舞致敬，自己心靈清悅。日晚催人，然連歌不斷，倒樽暢飲，賓主皆醉。馬鳴蕭蕭，起而分手，更有何言，感傷之意於言外見之。嚴羽評點曰：「別情伉壯，欲無言更難為言。」明人評點曰：「前四句古質，後四句稍活潑有態。」

## 魯郡堯祠送竇明府薄華還西京❶

時久病初起作

朝策犁眉騧❷，舉鞭力不堪❸。強扶愁疾向何處？角巾微服堯祠南❹。長楊掃地不見日❺，石門噴作金沙潭❻。笑誇故人指絕境❼，山光水色青於藍。廟中往往來擊鼓❽，堯本無心爾何苦❾？門前長跪雙石人，有女如花日歌舞。銀鞍繡轂往復迴❿，簸林蹶石鳴風雷⓫。遠煙空翠時明滅⓬，白鷗歷亂長飛雪⓭。紅泥亭子赤欄干⓮，碧流環轉青錦湍⓯。深沉百丈洞海底⓰，那知不有蛟龍盤⓱？

君不見綠珠潭水流東海，綠珠紅粉沉光彩。綠珠樓下花滿園，今日曾無一枝在⑱。昨夜秋聲閶闔⑲來，洞庭木落騷人哀⑳。遂將㉑三五少年輩，登高送遠形神開㉒。生前一笑輕九鼎㉓，魏武何悲銅雀臺㉔！

我歌〈白雲〉倚窗牖㉕，爾聞其聲但揮手。長風吹月渡海來，遙勸仙人一杯酒。酒中樂酣宵向分㉖，舉觴酹堯堯可聞㉗？何不令皋繇擁篲橫八極，直上青天揮浮雲㉘！高陽小飲真瑣瑣，山公酩酊何如我㉙？竹林七子去道賒㉚，〈蘭亭〉雄筆㉛安足誇？堯祠笑殺五湖㉜水，至今憔悴空荷花。爾向西秦我東越㉝，暫向瀛洲訪金闕㉞。藍田太白若可期，為余掃灑石上月㉟。

【注釋】❶魯郡題　魯郡堯祠，見卷一二〈秋日魯郡堯祠亭上宴別杜補闕范侍御〉詩注。竇明府薄華，姓竇名薄華的縣令。明府，唐代對縣令的敬稱。竇薄華，事蹟未詳。西京，指長安。❷朝策句　策，鞭打。犁眉騧，黑眉黃馬。犁，通「黧」。黑色。騧，黑嘴黃馬。據《十六國春秋》記載，姚襄所乘駿馬為黧眉騧，日行千里。❸不堪　不能勝任。❹角巾句　角巾，古代隱士常戴的一種有棱角的頭巾。《晉書・羊祜傳》：「既定邊事，當角巾東路歸故里。」微服，為隱蔽身份而改穿平民服裝。《孟子・萬章上》：「孔子不悅於魯衛，遭宋桓司馬（桓魋）將要（攔截）而殺之，微服而過宋。」宋本在「服」字下夾注：「一作：步」。❺長楊句　謂柳條修長垂地，遮天蔽日。梁簡文帝〈江南曲〉：「長揚掃地桃花飛。」❻石門句　此句謂大水從石門中噴射而出，形成金沙潭。《隋書・薛胄傳》：「尋除兗州刺史。……先是，兗州城東沂、泗二水合而南，汎濫大澤中，胄遂積石堰之，使決令西注，陂澤盡為良田。又通轉運，利盡淮海，百姓賴之，號為薛公豐兗渠。」此處「石門」即薛胄所修建。❼笑誇句　宋本在「笑誇故人」下夾注：「一作：笑謔伯明」。絕境，風景極美的環境。❽擊鼓　指堯祠中擊鼓祠神。

❾堯本句　謂堯本無心讓人祭祀，人們又何苦來擊鼓祠神呢。❿銀鞍句　此句謂華美的車馬來來往往。銀鞍，宋本作「銀鞭」，據蕭本、郭本、王本、咸本改。轂，車輪中心用以插軸的圓木，此指車。銀、繡均形容車馬裝飾之美。王勃〈臨高臺〉詩：「銀鞍繡轂盛繁華。」⓫簸林句　簸、蹶，並謂搖動。《文選》卷二張衡〈西京賦〉：「蕩川瀆，簸林薄。」李周翰注：「蕩、簸，謂搖動。」又卷三五張協〈七命〉：「顛林蹶石，扣跋幽叢。」李善注引郭璞《爾雅注》曰：「蹶，動搖之貌也。」此句謂車馬聲如林石搖動，風雷鳴響。⓬遠煙句　謂遠處綠樹在煙霧中時明時暗。謝靈運〈過白岸亭詩〉：「空翠難強名。」⓭白鷗句　此句謂白鷗在空中雜亂飛翔，猶如經年的飛雪。歷亂，雜亂無次貌。⓮紅泥句　謂用紅泥塗砌的亭子，用紅漆塗抹的欄干。欄干，蕭本、郭本、胡本作「闌干」。宋本在「赤」字下夾注：「一作：朱」。⓯青錦湍　青錦似的急流。⓰深沉句　此句謂金沙潭水之深可貫通海底。洞，動詞，穿通。⓱那知句　此句以「蛟龍盤」暗喻藏有賢能之士。那，通「哪」。怎。盤，盤伏。蕭本、郭本、王本、咸本作「蟠」。通。⓲君不見四句　《晉書・石崇傳》、《世說新語・仇隙》記載，西晉大臣石崇之妾綠珠，時趙王司馬倫專權，其親信孫秀向石崇索綠珠，綠珠跳樓自殺。綠珠潭，《洛陽伽藍記》卷一：「昭儀寺有池。……此是晉侍中石崇家池，池南有綠珠樓。」綠珠潭即指石崇家池，又名翟泉、狄泉。流東海，暗喻往事一去不返，都成陳跡。意謂紅粉佳人的光彩皆已沉沒。曾，乃。宋本在「綠珠紅粉沉光彩」下夾注：「一作：白首同歸翳光彩」。⓳閶闔　風名，即秋天的西風。《史記・律書》：「閶闔風居西方。」《淮南子・天文訓》：「涼風至四十五日，閶闔風至。」《文選》卷三張衡〈東京賦〉：「俟閶風而西遐。」李善注：「閶風，秋風也。」⓴洞庭句　屈原〈九歌・湘夫人〉：「嫋嫋兮秋風，洞庭波兮木葉下。」騷人，此指屈原。㉑將　帶領。㉒登高句　宋玉〈高唐賦〉：「登高遠望，使人心瘁。」此反用其意。形神開，謂身心舒暢。宋本在「送遠」二字下夾注：「一作：遠望」。㉓九鼎　古代傳說夏禹鑄九鼎，象徵九州，夏、商、周三代奉為傳國之寶。後人常以九鼎喻指帝位。《史記・封禪書》：「禹收九牧之金，鑄九鼎。」謝瞻〈張子房詩〉：「力政吞九鼎。」㉔魏武句　魏武，魏武帝，即曹操。銅雀臺，又作「銅爵臺」。《三國志・魏書・武帝紀》：建安十五年，「冬，作銅爵臺」。故址在今河北臨漳西南古鄴城西北隅，與金虎、冰井合稱三臺，現臺基大部為漳水沖毀。據陸機〈弔魏武帝文〉記載：曹操臨終時曾遺令四子曰：「吾婕妤妓人，皆著銅爵臺，於臺堂上施八尺牀，繐帳，朝晡上脯糒之屬。月朝十五，輒向帳作技，汝等時時登銅爵臺，望吾西陵墓田。」㉕我歌句　白雲，指〈白雲謠〉。《穆天子傳》記載，西王母在瑤池宴會上曾歌〈白雲謠〉贈穆王曰：「白雲在天，山陵自出。道里悠遠，山川間之。將子無死，尚復能來。」一說用漢武帝〈秋風辭〉：「秋風起兮白雲飛。」宋本在「倚窗牖」下夾注：「一作：大開口」。㉖酒中句　《漢書・司馬相如傳》：「於是酒中樂酣。」顏師

古注：「酒中，飲酒中半也。樂酣，奏樂洽也。」宵向分，近夜半。宵分，夜半。沈約〈秋夜詩〉：「月落宵向分，紫煙鬱氛氳。」㉗舉觴句　此句謂在堯祠前舉杯祭堯，堯能知道否。酹，灑酒於地以示祭奠。㉘何不二句　謂堯為何不派皋陶擁帚橫掃八方，一直掃盡天上的浮雲，以此迎接賢臣。宋本在「繇」字下夾注：「一作：陶」。皋繇，舜時賢臣，曾被舜任為掌刑法的官。《史記・五帝本紀》：「皋陶為大理，平，民各伏得其實。」篲，同「彗」。掃帚。古人迎候尊貴，常擁彗以示敬意。《史記・孟子荀卿列傳》：「（騶衍）如燕，昭王擁彗先驅，請列弟子之座而受業。」司馬貞《索隱》：「謂為之掃地，以衣袂擁帚而卻行，恐塵埃之及長者，所以為敬也。」橫八極，橫掃八方最遠之地。宋本在「揮」下夾注：「一作：掃」。㉙高陽二句　此謂山簡的高陽池大醉微不足道，怎能及得上我們今天的情景。楚漢相爭時酈食其揖見劉邦，曾自稱高陽酒徒。晉代山簡鎮守襄陽，峴山南有後漢侍中習郁的魚池。山簡每臨此池，置酒輒醉，曰：「此是我高陽池也。」時有兒歌曰：「山公出何許？往至高陽池。日夕倒載歸，酩酊無所知。時時能騎馬，倒著白接䍦。」見《世說新語・任誕》、《水經注・沔水》、《晉書・山簡傳》。瑣瑣，細小貌。酩酊，大醉貌。㉚竹林句　此句謂竹林七賢的佳事已離得很遠了。竹林七子，據《三國志・魏書・王粲傳》裴松之注引《魏氏春秋》云：三國魏末陳留阮籍、譙國嵇康、河內山濤、河南向秀、籍兄子咸、琅邪王戎、沛人劉伶相與友善，常宴集於竹林之下，時人號為竹林七賢。又見《世說新語・任誕》、《晉書・嵇康傳》。賒，遠。㉛蘭亭雄筆　東晉永和九年三月三日，王羲之與友人孫統、孫綽、謝安等四十二人，在山陰（今浙江紹興）的蘭亭舉行修禊（古時上巳日在水邊消除不祥的一種風俗，後演化為春遊），飲酒賦詩，編成《蘭亭集》，王羲之親筆寫序，筆力遒媚勁健，絕代所無。㉜五湖　此指太湖。宋本在「五」字下夾注：「一作：鏡」。㉝爾向句　謂竇薄華還西京，而詩人已準備到東越（今浙江紹興一帶）去。㉞暫向句　此句謂暫去東越求仙訪道。瀛洲，傳說中的海中仙山。金闕，道教謂天上有黃金闕、白玉京，為天帝所居。又謂仙山上以黃金白銀為宮闕。㉟藍田二句　謂如果可相約在藍田、太白二山相會，那麼請清掃周圍環境，待我來日前去隱居。藍田，山名，在今陝西藍田縣東。太白，山名，在今陝西周至、眉縣、太白等縣間，為秦嶺主峰。期，約會。

**【語　譯】**我清晨騎著犁眉騧馬，舉鞭無力。強撐著病體走向何處？頭戴角巾身穿便服來到堯祠南面。只見柳絲垂地綠蔭遮天，石門噴出的流水在此匯成金沙潭。我向老朋友笑誇這裡是絕妙佳景，山光水色比藍天還要青。廟中不斷地有人來擊鼓祭祀，其實堯本來無心受人祭拜你們這又是何苦呢？廟前又有一對長跪的石人，如花的美女整日在表演歌舞。權貴們的豪華車馬往來不絕，撼動著林木山石發出風雷般的轟鳴。遠處綠樹在煙霧中時明時滅，白鷗雜亂群翔，如同紛紛揚揚的飛雪。紅泥塗的亭子和赤色欄干，碧水環轉如青錦般的急流。這潭水百丈之深能通貫海底，哪裡知道其中不會有蛟龍盤踞？

您不見昔日的綠珠潭水流入了東海，至今紅粉佳人的光彩已經沉沒不見，當年綠珠樓下的滿園鮮花，如今乃無一枝留存。昨夜秋風已經自西吹來，洞庭波起樹葉紛落曾使詩人傷悲。當此之時攜帶三五少年，登高遠望定會心曠神怡。如果生前一笑輕視帝王權勢，魏武帝曹操又何必有妻妾們空向銅雀臺歌舞的悲哀呢！

我現在倚窗長歌一曲〈白雲謠〉，您要隨著歌聲揮手相應。當此長風吹月渡海而來之時，我遙勸仙人舉杯共醉。酒酣情暢已近半夜，高舉杯祭堯堯知否？堯若有知則何不命令皋陶手執掃帚橫掃八方，直到掃清遮掩青天的浮雲！當年山簡高陽池只是瑣瑣小飲，其酩酊醉態怎能與我相比？竹林七賢的聚會離我們相去很遠，〈蘭亭集序〉雄筆所敘的雅集又何足誇耀？當年堯祠金沙潭水的清澈可以笑殺太湖，如今湖邊只剩下憔悴的荷花。此次您歸西秦我將赴東越，暫且向瀛洲去尋訪仙人金闕。將來藍田山、太白山若是您我相期之處，請您先為我把石上的月光擦拭得更加光潔。

【研　析】按詩云：「爾向西秦我東越，暫向瀛洲訪金闕。」知將赴東越，當作於天寶五載（西元七四六年）秋天。第一段寫送別時自己的身心和周圍環境引起的跳躍式聯想。首四句點明「久病初起」，不僅體力不支，而且「強扶愁疾」，說明病由愁起。這「愁」字包含著內心的許多感慨和不平。接著四句寫景，青山綠水令人「笑誇」。然而自然美景中卻傳來擊鼓嘈雜聲，原來是人們到堯祠來祭祀。詩人嘆問：堯是聖帝，本無心要人祭祀，你們何苦喧囂使他不安呢？這裡隱含著對皇帝周圍佞臣的譏諷。再接著從「紅泥亭子」、「碧流環轉」聯想到：在那「深沉百丈」的海底，怎知沒有蛟龍蟠伏著呢！這顯然是暗喻賢士藏匿在野。第二段思想跳躍到古代，感嘆歷史人物：綠珠光彩沉埋，屈原空哀洞庭落木，曹操幻想死後還要在銅雀臺享樂。詩人認為無論是絕代佳人，超人才士，還是權勢熏天的帝王，都將成為歷史陳跡，所以生前事不必計較得失，身後事更不必掛懷。第三段面對山光水色，長風飄月，詩人倚窗歌〈白雲〉，勸仙人飲酒，但現實中的朝政黑暗又不能忘懷，於是舉杯酹堯，請他令皋陶擁篲掃浮雲。看來詩人對唐明皇仍有幻想，此處顯然以堯暗喻明皇，希望他任用賢人，清除小人。但詩人很快又進入超脫境界，覺得歷史上豪飲傲世而傳名的山簡、竹林七賢，以及書聖王羲之、功成身退的范蠡都比不上自己，詩人傲視前人的昂揚氣概躍然紙上。末四句又出人意外地轉入與友人臨別相期，相約以後在藍田太白隱居。全詩意象的發展都是跳躍式的，隨著詩人感情的變幻激蕩而聯接奔瀉，這正是詩人豐富想像的如實表現。《唐宋詩醇》卷六曰：「起滅在手，變化從心。初曷嘗沾沾於矩矱，而意之所到，無不應節合拍，歌行至此，豈非神品！」延君壽《老生常談》曰：「全用一拓一頓之筆，如神龍夭矯九天屈強奇攫。」

## 金鄉送韋八之西京❶

客自長安來，還歸長安去。狂風吹我心，西挂咸陽樹❷。此情不可道❸，此別何時遇？望望不見君，連山起煙霧❹。

【注　釋】❶金鄉題　金鄉，縣名，唐代屬兗州，今屬山東。韋八，排行第八，名不詳。之，往。西京，指長安。唐天寶元年稱長安為西京，洛陽為東京，太原為北京。❷狂風二句　以心掛咸陽樹形象地表示對長安的眷戀。宋本在「狂」字下夾注：「一作：秋」。咸陽，指長安。❸道　宋本在此字下夾注：「一作：論」。❹連山句　鮑照〈吳興黃浦亭庾中郎別〉語：「連山眇煙霧，長波迴難依。」

【語　譯】我曾在這裡歡迎您這位來自長安的客人，今天又要送您回到長安去。我的心被狂風吹著西去，掛落在長安尋常巷陌的草樹上。我此時此刻的心情難以用語言來表達，此次一別不知何時何地再能相遇？望著望著您西去的身影漸漸望不見，我只看到遮掩群山的彌漫煙霧。

【研　析】此詩當為天寶四載（西元七四五年）在金鄉送別友人作。其時李白已被「賜金還山」，離開長安。與杜甫、高適一同遊歷梁、宋（開封、商丘）後，李白來到東魯兗州。韋八可能是李白在長安結識的朋友，他從長安來，又要回長安去，李白為他送行，寫下此詩。開頭二句明白如話，毫無修飾。三、四二句承接首二句，「因別友而動懷君之念，可謂身在江海，心在魏闕」（蕭士贇《分類補注李太白詩》），以心掛咸陽樹的形象表示自己對長安的思念。這裡的「狂風」未必指自然界的狂風，實際上是形容內心情緒的翻騰，說自己的心（思念之情）西飛掛念著長安。一方面表示對朝廷的眷戀，另一方面也有心隨友人西去，思念長安友人之意，表示依依惜別之情。這兩句想像奇特，形象生動，歷來傳為名句。五、六二句承上啟下，表示轉折。「此情」承上，指思戀長安之情，此情說不完，乾脆說「不可道」打住。「此別」啟下，指眼前的離別，反映出詩人深厚的友情和無窮的離愁別情。末二句寫目送友人離去，友人愈走愈遠，終於消失在彌漫著煙霧的連綿山脈中，暗示出詩人心中無限惆悵。「望望」二字連用，表示詩人佇立之久，也襯托出友情之深。吳昌祺《刪定唐詩解》卷二：「此等詩總不費深思，宜其以子美為苦也。」沈德潛《唐詩別裁》卷二：「即『瞻望弗及，實勞我心』意，說來自遠。」

## 送薛九❶被讒去魯

宋人不辨玉❷，魯賤東家丘❸。我笑薛夫子❹，胡為兩地遊？黃金消眾口❺，
白璧竟難投❻。梧桐生蒺藜，綠竹乏佳實。鳳凰宿誰家？遂與群雞匹❼。田家養
老馬，窮士歸其門❽。蛾眉笑躄者，賓客去平原。卻斬美人首，三千還駿奔❾。
毛公一挺劍，楚趙兩相存❿。孟嘗習狡兔，三窟賴馮諼⓫。信陵奪兵符，為用侯

生言⑫。春申一何愚，刎首為李園⑬。賢哉四公子，撫掌黃泉裏⑭。借問笑何人？笑人不好士。爾去且勿諠⑮，桃李竟何言⑯。沙丘無漂母，誰肯飯王孫⑰？

【注釋】❶薛九　名字及事蹟不詳。同祖兄弟間排行第九。❷宋人句　宋國愚人以燕石為寶而藏之，見卷一〈古風〉其五十「宋國梧臺東」注。❸魯賤句　據《孔子家語》記載，孔子西鄰不知其才學出眾，徑稱之為「東家丘」。《文選》卷四一陳琳〈為曹洪與魏文帝書〉：「怪乃輕其家丘，謂為倩人。」張銑注：「魯人不識孔丘聖人，乃云『我東家丘者，吾知之矣。』言輕孔丘也。」沈約〈辨聖論〉：「當仲尼在世之時，世人不言為聖也。伐樹削跡，干七十君而不一值。或以為東家丘，或以為喪家犬。」❹我笑句　宋本在句下夾注：「一作：而我笑夫子」。❺黃金句　《國語・周語下》：「故諺曰：眾心成城，眾口鑠金。」韋昭注：「鑠，銷也。眾口所毀，雖金石猶可銷也。」❻白璧句　《史記・魯仲連鄒陽列傳》：「臣聞明月之珠，夜光之璧，以闇投人於道路，人無不按劍相眄者，何則？無因而至前也。」❼梧桐四句　謂梧桐上生有刺的草，則鳳不得棲止，綠竹無佳實，則鳳不得食。鳳凰不得宿，不得食，就只得與群雞作伴。《莊子・秋水》：「夫鵷鶵，發於南海而飛於北海，非梧桐不止，非練實不食，非醴泉不飲。」《韓詩外傳》卷八：「鳳乃止帝東園，集帝梧桐，食帝竹實，沒身不去。」蒺藜，亦作「蒺蔾」。有刺的草本植物。劉向《說苑・復恩》：「樹蒺藜者，夏不得休息，秋得其刺矣。」❽田家二句　《淮南子・人間訓》：「田子方見老馬於道，喟然有志焉。以問其御曰：『此何馬也？』其御曰：『此故公家畜也，老罷而不為用，出而鬻之。』田子方曰：『少而貪其力，老而棄其身，仁者弗為也。』束帛以贖之。罷武聞之，知所歸心矣。」又見《韓詩外傳》卷八。宋本在「田」字下夾注：「一作：方」。❾蛾眉四句　《史記・平原君虞卿列傳》：「平原君家樓臨民家。民家有躄者，槃散行汲。平原君美人居樓上，臨見，大笑之。明日，躄者至平原君門，請曰：『臣聞君之喜士，士不遠千里而至者，以君能貴士而賤妾也。臣不幸有罷癃之病，而君之後宮臨而笑臣，臣願得笑臣者頭。』平原君笑應曰：『諾。』……終不殺。居歲餘，賓客門下舍人稍稍引去者過半。平原君怪之，曰：『勝所以待諸君者未嘗敢失禮，而去者何多也？』門下一人前對曰：『以君之不殺笑躄者，以君為愛色而賤士，士即去耳。』於是平原君乃斬笑躄者美人頭，自造門進躄者，因謝焉。其後門下乃復稍稍來。」張守節《正義》：「躄，跛也。」❿毛公二句　毛公，指毛遂。《史記・平原君列傳》記載，秦圍趙邯鄲，趙使平原君求救於楚。平原君約與門下食客二十人偕，得十九人，門下有毛遂自薦而前去。平原君與楚王商討，言其利害，日出而言，至日中不決。毛遂按劍歷階而上，楚王叱曰：「吾乃與你主人言，你何為者也！」毛遂按劍而前曰：「王之所以叱遂者，以楚國之眾也。今十步之內，王不得恃楚國之眾也，王之命懸於遂手。……今楚地方五千里，持戟百萬，此霸王之資也。以楚之強，天下弗能當。白起，小豎子耳，率數萬之眾，興師以與楚戰，一戰而舉鄢郢，再戰而燒夷陵，三戰而辱王之先人。此百世之怨而趙之所羞，而王不知惡焉。合從者為楚，非為趙也。吾君在前，叱者何也？」楚王曰：「誠若先生之言，謹奉社稷而以從。」遂定從於殿上。⑪孟嘗二句　《戰國策・齊策四》記載，馮諼奉孟嘗君之命到薛地收債，用車載百姓欠債的契約到薛地，假託孟嘗君之命，將百姓所欠的債契全部燒掉。回來見孟嘗君說：「您家所缺少的是義。我私下為君您買義。」孟嘗君不高興。一年後，孟嘗君回到薛地，「民扶老攜幼，迎君道中。孟嘗君顧謂馮諼：『先生所為文（孟嘗君）市義者，乃今日見之！』馮諼曰：『狡兔有三窟，僅得免其死耳。今君有一窟，未得高枕而臥也。請為君再鑿二窟！』」後西遊於梁，說服梁王遣使者往聘孟嘗君，梁使三反，孟嘗君固辭不往。齊王聞之，遣太傅謝孟嘗君曰：「願君顧先王之宗廟，姑反國統萬人乎！」馮諼戒孟嘗君曰：「願請先王之祭器，立宗廟於薛。」廟成，還報孟嘗君曰：「三窟已就，君姑高枕為樂矣！」「孟嘗君為相數十年，無纖芥之禍，馮諼之計也。」宋本在「習」字下夾注：「一作：悅」。⑫信陵二句　信陵君用侯生之計，求如姬竊兵符，讓朱亥擊晉鄙，奪晉鄙之兵以救趙國事，詳見卷二〈俠客行〉及卷一二〈留別于十一兄逖裴十三遊塞垣〉詩注。宋本在二句下夾注：「一作：朱生擊晉鄙，為感信陵恩」。⑬春申二句　《史記・春申君列傳》記載，李園求事春申君為舍人，又將其妹嫁於春申君，有孕，李園與其妹謀，又入楚王宮，王召而幸之，遂生男，立為太子，以李園妹為王后。於是楚王貴李園，園用事。李園恐春申君語泄，陰養死士，欲殺春申君以滅口，朱英曾警告春申君，春申君不聽。後楚考烈王卒，李園先入，伏死士於棘門之內。春申君入棘門，李園的死士刺春申君，斬其頭，投入棘門外。⑭撫掌句　撫掌，同「拊掌」。拍手。表示高興。《三國志・吳書・魯肅傳》：「權（孫權）撫掌歡笑。」黃泉，指人死後埋葬的地穴。亦指陰間。《左傳》隱公元年：「不及黃泉，無相見也。」⑮諠　宋本在此字下夾注：「一作：論」。⑯桃李二句　桃李，宋本作「桃花」，據蕭本、郭本、王本、咸本改。《史記・李將軍列傳》：「桃李不言，下自成蹊。」⑰沙丘二句　沙丘，指兗州，即東魯。詳見卷一〇〈沙丘城下寄杜甫〉詩注。漂母、飯王孫，用韓信故事。詳見卷五〈猛虎行〉注。

【語　譯】宋國人曾把石頭當作寶玉，魯國人曾不知孔子是聖人而徑稱他為東家丘。我奇怪您這位薛夫子，為什麼跑到這兩個不識貨的地方宦遊呢？眾人的詆毀能夠把黃金消熔，您這塊白璧竟難投明主。梧桐樹上長了蒺藜，綠竹上不生長美好的練實。高貴的鳳凰還能到哪裡去棲息呢？那就只有與群雞為伴了。田子方因為收養別人遺棄的老馬，而使貧士願意歸於他的門下，平原君縱容美妾譏笑跛者，其門客紛紛離他而去。當平原君殺掉美妾向跛者謝罪後，其三千門客又漸漸返回。平原君門客毛遂一拔劍使楚王折服出兵救趙，而趙楚兩國都得生存。孟嘗君用「狡兔三窟」之計保存自己，還全靠門客馮諼。信陵君奪得兵權救趙，也是因為用了門客侯嬴的計策。可惜春申君多麼愚笨，他沒有聽從門客朱英的勸告而被李園謀殺。多麼英明的戰國四公子，在黃泉下也會拍手嘲笑。請問他們嘲笑誰呢？嘲笑天下那些不愛士之人。您現在暫且離開東魯不必辯解，您要記住「桃李無言，下自成蹊」的諺語。東魯沒有當年給韓信送飯的漂母，有誰來接濟您這位落魄的公子呢？

【研析】此詩當是天寶五載（西元七四六年）在東魯送人之作。首六句以宋人以石為玉、魯人不識孔聖、眾口鑠金、白璧難投說明世俗不辨賢愚以及讒言的可怕。點明薛九是被讒而去魯。接著四句以梧桐生刺、綠竹無實而使鳳凰無棲無食只能與雞為伍，更深一層揭示賢士不遇的悲哀。然後以田子方收養被棄老馬而使賢士來歸，以及戰國四公子養士而得建功立業、不聽賢士言而釀悲劇的故事，說明賢士的重要作用，並以四公子如今在黃泉下嘲笑不好士的人來批判當今世俗。末四句安慰友人被讒去魯不必多言，將來自有公論。

## 單父東樓秋夜送族弟況之秦時凝弟在席❶

爾從咸陽❷來，問我何勞苦。沐猴而冠不足言❸，身騎土牛滯東魯❹。況弟欲
行凝弟留，孤飛一雁秦雲秋❺。坐來黃葉落四五❻，北斗已挂西城樓❼。絲桐感人
絃亦絕，滿堂送客皆惜別❽。卷簾見月清興❾來，疑是山陰夜中雪❿。明日斗酒別，
惆悵清路塵⓫。遙望長安日，不見長安人。長安宮闕九天上，此地曾經為近臣⓬。

一朝復一朝，白髮⓭心不改。屈平顦顇滯江潭，亭伯流離放遼海⓮。折翮翻飛隨轉蓬⓯，聞弦虛墜下霜空⓰。聖朝久棄青雲士⓱，他日誰憐張長公⓲？

【注　釋】❶單父題　單父，唐縣名。屬河南道宋州。即今山東單縣。沉，蕭本、郭本、王本作「沈」。《新唐書・宰相世系表二上》李氏姑臧大房有李沉，無李沈，疑即此人。秦，宋本於此字下夾注：「一作：西京」。指長安。按：宋本題作「單父東樓秋夜送族弟沉之秦時凝弟在席」，其他各本作題下太白自注：「時凝弟在席。」按：《新唐書・宰相世系表二上》李氏姑臧大房有李凝，乃李冽弟，當即此人。❷咸陽　指長安。❸沐猴句　《史記・項羽本紀》：「人言楚人沐猴而冠耳，果然。」裴駰《集解》引張晏曰：「沐猴，獼猴也。」獼猴戴帽，徒具人形。此用以諷刺當權者。不足言，不屑一談。❹身騎句　《三國志・魏書・鄧艾傳》「謚曰壯侯」裴松之注引《世語》：「宣王（司馬懿）為（州）泰會，使尚書鍾繇調泰：『君釋褐登宰府，三十六日擁麾蓋，守兵馬郡；乞兒乘小車，一何駛乎？』泰曰：『誠有此。君，名公之子，少有文采，故守吏職；獼猴騎土牛，又何遲也！』」獼猴騎土牛喻晉升緩慢，政治上不得志。滯，滯留。東魯，指今山東兗州一帶。❺孤飛句　一雁，指李沉。秦雲秋，指秋天到長安去。❻坐來句　此句謂時值黃葉初落。坐來，正當……之時。❼北斗句　北斗，北方天上排列成斗形的七顆星，常被當作指示方向和認識星座的重要標誌。宋本在「已」字下夾注：「一作：稍」。❽絲桐二句　咸本此二句顛倒，作「滿堂送客皆惜別，絲桐感人絃已絕」。絲桐，指琴。見卷四〈東武吟〉注。王粲〈七哀詩〉：「絲桐感人情，為我發悲音。」亦絕，已斷。宋本在「亦」字下夾注：「一作：已」。❾清興　閒適清雅的興致。❿疑是句　用王子猷典。《世說新語・任誕》：「王子猷居山陰，夜大雪，眠覺，開室，命酌酒，四望皎然。」⓫清路塵　曹植〈七哀詩〉：「君若清路塵，妾若濁水泥。浮沉各異勢，會合何時諧？」此即用其意，表示分手時的感慨。⓬長安二句　此地，指長安。近臣，帝王親近之臣，指自己曾供奉翰林。⓭白髮　蕭本、郭本、王本作「髮白」。⓮屈平二句　以屈原、崔駰被疏放逐喻己仕途失意。《楚辭・漁父》：「屈原既放，遊於江潭，行吟澤畔，顏色憔悴，形容枯槁。」《後漢書・崔駰傳》：「崔駰，字亭伯，涿郡安平人。……為竇憲主簿。前後奏記數十，切指長短，憲不能容。……出為長岑長。駰自以遠去不得意，遂不之官而歸。」李賢注：「長岑縣，屬樂浪郡，其地在遼東。」⓯折翮句　折翮，喻政治上受到挫折。翮，羽莖，此指鳥翼。轉蓬，喻行跡不定如蓬草隨風飛轉。曹植〈雜詩〉：「轉蓬離本根，飄颻隨長風。」宋本在本句下夾注：「一作：翼短天長去不窮」。⓰聞

弦句　此用更羸事。《戰國策・楚策四》：「更羸與魏王處京臺之廡下，仰見飛鳥，更羸謂魏王曰：『臣能為王引弓虛發而下鳥。』……有間，雁從東方來，更羸以虛弓發而下之。魏王曰：『然則射之精乃至於此乎？』更羸曰：『此孽也。』王曰：『先生何以知之？』對曰：『其飛徐，其鳴悲；飛徐者，故瘡痛也；鳴悲者，久失群也；故瘡未息，而驚心未去，聞弦音引而高飛，故瘡裂而隕也。』」此用喻己被讒去朝，有如驚弓之鳥。⑰青雲士　道德學問高尚之士。《史記・伯夷列傳》：「閭巷之人，欲砥行立名者，非附青雲之士，惡能施於後世哉！」⑱他日句　張長公，《史記・張釋之馮唐列傳》：「釋之卒。其子曰張摯，字長公，官至大夫，免。」司馬貞《索隱》：「謂性公直，不能曲屈見容於當世，故至免官不仕也。」此以張摯「不能取容當世」自喻。宋本在此句下夾注：「一作：誰肯相思張長公」。

【語　譯】吾弟您這次從京都長安來，特意慰問我有什麼苦惱。朝廷中那些沐猴而冠者我認為不屑一談，只好不得志而滯留於東魯做一個平民。況弟將回京都而凝弟還將留下來，況弟此行就將如同孤雁飛向秦雲秋空。此刻正值黃葉紛落十之四五，北斗星高掛於西邊的城樓。在座的送客充滿依依惜別之情，感人的管絃樂聲也已停止。捲簾看見皎潔的月光從窗外照進來，這情景疑是當年王子猷在會稽看到的雪景。為明日的分別而乾杯，況弟就要走上彌漫塵埃的路途使我惆悵不已。從此我只能遙望長安，卻望不見我所思念的在長安的人。長安的宮闕高入九天，我曾在那裡做皇上身邊的侍臣。時光一日復一日的推移，而我對皇上的忠誠至頭髮雪白始終不改。我現在如同屈原當年憔悴地沉吟澤畔，又如同崔駰被放逐到遼東的海邊。我像折斷翅膀之鳥隨風飛翻如轉蓬，又像那受傷而孤飛的秋雁聞虛弓也會從秋空墜落。聖明的朝廷早已把高潔之士棄於山野，將來有誰會憐惜我終生像張長公一樣默默無聞？

【研　析】此詩當是天寶三載（西元七四四年）秋遊宋州單父時所作。其弟李況從長安來，又要回長安去，詩人在此送別詩中抒發感慨。詩人認為「沐猴而冠不足言」，所以只能滯留東魯不得志，如今況弟要往京都而凝弟留於此，如雁之孤飛，值此黃葉凋落，北斗西斜之時，絲桐已絕，送客依戀。月色清興，疑似山陰夜雪，然斗酒相別，使人悵然懷清路之塵。自此望長安，日可見而君不可見，送別之情至此已寫盡。後半則自傷淪落，長安宮闕雖高在九天，但詩人曾經在此供奉翰林，是為皇帝近臣。年月雖逝，而忠誠於皇上之心至髮白而不改。今如屈原憔悴江潭，亭伯流放遼海。折翅之鳥隨風飛翻如轉蓬，聞弦聲而墜下秋空。朝廷久棄高潔之士，他日有誰憐我如張長公之不能取容當世？蕭士贇曰：「白此詩眷顧宗國之意深矣。」延君壽《老生常談》評此詩曰：『孤飛一雁秦雲秋』，峭而逸。『絲桐感人絃亦絕』云云，突接硬轉，學古人全要在此等處留心，方能筋絡靈動。下用短句間夾長句，一路接去，其音悽愴，其筆俊逸，此太白獨異於諸家處也。」

## 送族弟凝至晏堌單父三十里❶

雪滿原野❷白，戎裝出盤遊❸。揮鞭布獵騎，四顧登高丘。兔起馬足間，蒼鷹下平疇❹。喧呼相馳逐，取樂銷人憂。

捨此戒禽荒❺，徵聲列齊謳❻。鳴雞發晏堌，別雁驚涞溝❼。西行有東音❽，寄與長河流。

【注　釋】❶送族弟題　族弟凝，李凝，即前詩「況弟欲行凝弟留」的「凝弟」，詳見本卷〈送族弟凝之滁求婚崔氏〉詩注。晏堌，地名。單父三十里，當為詩人自注，誤入正文。蓋謂晏堌距單父有三十里路程。時詩人在單父送別。胡本題作〈送族弟凝至晏堌〉，題下注云：「自注：單父三十里。」是。❷原野　平原和郊外。《呂氏春秋・季春》：「周視原野。」高誘注：「廣平曰原，郊外曰野。」❸盤遊　遊樂。《尚書・五子之歌》：「(太康)乃盤遊無度。」孔傳：「盤，樂；遊逸無法度。」❹平疇　平坦的田野。陶潛〈癸卯歲始春懷古田舍〉其二：「平疇交遠風，良苗亦懷新。」❺禽荒　沉迷於田獵。《尚書・五子之歌》：「內作色荒，外作禽荒。」孔傳：「迷亂曰荒。色，女色；禽，鳥獸。」蔡沈《集傳》：「禽荒，耽遊畋也；荒者，迷亂之謂。」❻徵聲句　徵，宋本原作「微」，據繆本、王本改。卷四〈宮中行樂詞〉其二：「徵歌出洞房。」鮑照〈代陸平原君子有所思行〉：「選色遍齊岱，徵聲匝邛越。」徵，召。徵聲，呼召其歌聲。齊謳，齊地的歌曲。❼涞溝　即涞河。

《山東通志》卷六山川：「淶河：自曹縣……入單縣，……又東北入金鄉縣界。」❽東音　東方的歌聲。《呂氏春秋・音律》：「夏后氏孔甲……乃作為〈破斧之歌〉，實始為東音。」《文心雕龍・樂府》：「夏甲歎於東陽，東音以發。」

【語譯】郊外原野已蒙滿白雪，人們全副武裝出去遊獵。剛揮鞭佈置獵騎就位，又登上高丘四面瞭望。野兔從獵手的馬足間騰起，蒼鷹飛下又將其驅趕到平野上。人們喧呼著驅趕野獸，歡樂中早就把憂愁遺忘。

縱情田獵是古人力戒的應當放棄，還是呼召歌女唱齊曲相娛為好。明天雞鳴時凝弟就要從單父出發往晏堌，在淶河旁分別使孤雁驚心。這次西行倘有東歸的消息，就請寄與滾滾東流的河水轉告給我。

【研析】此詩當是天寶三載（西元七四四年）冬在單父作。前八句寫出獵情景。謂白雪滿野，戎服出獵，揮鞭佈騎，登高四顧。蓋視禽獸所處而縱騎。但見野兔起於馬足之間，蒼鷹下飛於平野之中。獵人喧呼競逐，取樂以消憂。後六句寫送別。承前而反言之。謂田獵雖樂，但太過則為禽荒，宜捨之以自戒。於是徵召歌女列陳唱齊曲。雞鳴時凝弟將出單父而往晏堌，遙望淶河而心驚別雁。此次西行若有東音，請寄河水以告我。詩意蓋送行而遇田獵，即從獵事說起。轉折處以「捨此戒禽荒」便說到送別，順流而下，「雖似勉戒，有若天援。孰謂白詩空疏？而構思綴辭若此婉麗者乎！」（朱諫《李詩選注》）

## 魯城北郭曲腰桑下送張子還嵩陽❶

送別枯桑下，凋葉落半空。我行懵❷道遠，爾獨知天風❸？誰念張仲蔚，還依蒿與蓬❹。何時一杯酒，更與李膺❺同？

【注釋】❶魯城題　魯城，唐曲阜縣治所。今山東曲阜。張子還嵩陽，姓張的士子回嵩山之南隱居。按：此「張子」疑即張諲。《唐才子傳》卷四〈張諲傳〉：「少讀書嵩山。」計其時當在開元年間。李白於開元二十二年曾從元丹丘隱居嵩山，未知是否此時結識張謂。《唐詩紀事》卷二五稱張謂「登天寶二年進士第」，其時李白正供奉翰林，當與其有交往。❷懵　不明。謝莊〈月賦〉：「昧道懵學，孤奉明恩。」❸知天風　《文選》卷二七〈樂府古辭・飲馬長城窟行〉：「枯桑知天風，海水知天寒。」李善注：「枯桑無枝，尚知天風；海水廣大，尚知天寒。君子行役，豈不離風寒之患乎？」李周翰注：「知，謂豈知也。枯桑無枝葉，則不知天風；海水不凝凍，則不知天寒；……亦喻朝廷食祿之士，各自保己，以為娛遊，不能薦於賢才。」❹誰念二句　《高士傳》卷中：「張仲蔚者，平陵人也。與同郡魏景卿俱修道德，隱身不仕。明天官博物，善屬文，好詩賦。常居窮素，所處蓬蒿沒人。閉門養性，不治榮名。時人莫識，惟劉龔知之。」此處以張仲蔚比擬張子。❺李膺　《後漢書・李膺傳》：「膺性簡亢，無所交接，唯以同郡荀淑、陳寔為師友。……舉高第，再遷青州刺史……再遷漁陽太守。尋轉蜀郡太守，以母老乞不之官。……延熹二年徵，再遷河南尹。……再遷，復拜司隸校尉。……是時朝廷日亂，綱紀穨阤，膺獨持風裁，以聲名自高。士有被其容接者，名為登龍門。及遭黨事，當考實膺等。……遂下膺等於黃門北寺獄。……大赦天下，膺免歸鄉里，居陽城山中，天下士大夫皆高尚其道，而汙穢朝廷。」按：陽城山，在今河南登封東北，為嵩山的東支。此處以李膺自比。朱諫《李詩選注》曰：「按：白以仲蔚比張子，以李膺自比，此皆用同姓古人以相議擬，不肯少貶，此白平生自負之志也。」

【語　譯】在半枯的曲腰桑下與您話別，黃葉正從半空中的高枝上凋零飄落。我心中迷茫不明感到道路遙遠，難道你枯桑獨能感知天風？有誰顧念如今的張子像當年張仲蔚一樣，仍然棲身在蓬蒿之中。我們何時能再把酒共飲，更與李膺的高風豪情相同？

【研　析】此詩當是開元二十八年（西元七四〇年）在山東曲阜所作。詩中寫送別之情，先從眼前桑葉凋落說起。自己不明天寒道遠，而枯桑豈能獨知天風？然後點到張子正如當年張仲蔚依然埋沒在蓬蒿之中。此次送君還嵩陽，何時更有一杯酒與您同飲，就像當年李膺一樣獨持風裁，高尚其道？詩中就古樂府詩意演繹，甚為奇特。

## 送魯郡劉長史遷弘農長史❶

魯國一杯水，難容橫海鱗❷。仲尼且不敬，況乃尋常人。白玉換斗粟，黃金買尺薪❸。閉門木葉下❹，始覺秋非春。

聞君向西遷，地即鼎湖鄰❺。寶鏡匣蒼蘚❻，丹經理素塵❼。軒后上天時，攀龍遺小臣❽。及此留惠愛，庶幾風化淳。

魯縞如白煙❾，五縑不成束❿。臨行贈貧交，一尺重山岳⓫。相國齊晏子，贈行不及言⓬。託陰當樹李⓭，忘憂當樹萱⓮。他日見張祿，綈袍懷舊恩⓯。

【注釋】❶送魯郡題　魯郡劉長史，姓劉的魯郡長史。名不詳。魯郡，唐郡名，即兗州，天寶元年改為魯郡，乾元元年復改為兗州。今山東兗州。長史，州長官刺史的僚佐。據《舊唐書・職官志三》，上州設長史一人，從五品上。遷，調動官職，一般指升職。弘農，唐郡名，即虢州，天寶元年，改為弘農郡，乾元元年復改為虢州。今河南靈寶。按：唐代兗州為上州，虢州為雄州，故從魯郡長史遷弘農長史為升職。❷魯國二句　喻魯郡地小而難以使劉長史施展才能。一杯水，極言其小。橫海鱗，大魚。《宋書・謝晦傳》：「偉哉橫海鱗，壯矣垂天翼。」❸白玉二句　比喻魯郡不重視賢能之人。白玉、黃金，喻士子的才能。❹閉門句　閉，宋本原作「閑」，據蕭本、郭本、王本改。木葉下，屈原〈九歌・湘夫人〉：「嫋嫋兮秋風，洞庭波兮木葉下。」❺鼎湖鄰　《元和郡縣志》卷六河南道虢州弘農縣：「武德元年屬鼎州，貞觀八年屬虢州。」又湖城縣：「本漢湖縣，屬京兆尹。即黃帝鑄鼎之處。後漢改屬弘農郡，至宋加『城』字為湖城縣。荊山，在縣南。即黃帝鑄鼎之處。」按：黃帝鑄鼎處在唐代屬湖城縣，與弘農郡治所弘農縣相鄰，同屬弘農郡管轄，故稱劉長史赴任之地為鼎湖鄰。❻寶鏡句　相傳「黃帝鑄十五鏡。其第一，橫徑一尺五寸，法滿月之數也。以其相差，各校一寸。」（見《太平廣記》卷二三〇引《異聞集》「王度」條）《路史》卷一四：「黃帝……范十有二鏡，六乳四獸，變異得以占焉。」羅苹注：「應十有二次，隨有得者，以占蝕，刻分無差。」蒼蘚，青色苔蘚。❼丹經句　丹經，敘述煉丹之術的專書。《抱朴子・極言》：「黃帝……陟王屋而受丹經。」❽軒后二句　軒后，即黃帝軒轅氏。《史記・封禪書》：「黃帝采首山銅，鑄於荊山下。鼎既成，有龍垂胡髯下迎黃帝。

黃帝上騎，群臣後宮從上者七十餘人，龍乃上去。餘小臣不得上，乃悉持龍髯。龍髯拔，墮，墮黃帝之弓。百姓仰望黃帝既上天，乃抱其弓與胡髯號。故後世因名其處曰鼎湖，其弓曰烏號。」宋本在「遺」字下夾注：「一作：唯」。❾魯縞句 《漢書・韓安國傳》：「強弩之末，力不能入魯縞。」顏師古注：「縞，素也。曲阜之地，俗善作之，尤為輕細，故以取喻也。」按：縞為細白的生絹。如白煙，形容其輕薄。❿五縑句 王琦注：「《說文》：『縑，并絲繒也。』琦按：二句相承而言，上句既用縞字，則下句不當又用縑字。疑縑乃兼字之譌也。《六書故》：二丈為端，二端為匹、為兩、為兼，兼、匹，兩之義一也。今人猶以匹為兼，是五兼者為五匹歟？鄭玄《周禮注》：十箇為束。又《儀禮注》：凡物十曰束。胡三省《通鑑注》：唐制，帛以十端為束。今止五匹，故不成束也。」⓫重山岳 比山岳還重。《後漢書・馮衍傳》：「後衛尉陰興、新陽侯陰就以外戚貴顯，深敬重衍，衍遂與之交結，……衍由此得罪，嘗自詣獄，有詔赦不問。」李賢注：「時衍又與就（陰就）書曰：『德重山岳，澤深河海。』」⓬相國二句 《晏子春秋》卷五：「曾子將行，晏子送之曰：『君子贈人以軒，不若以言。吾請以言乎？以軒乎？』曾子曰：『請以言。』晏子曰：『……嬰聞之，君子居必擇鄰，遊必就士。擇居所以求士，求士所以避患也。嬰聞汩常移質，習俗移性，不可不慎也。』」⓭樹李 《說苑》卷六：「夫樹桃李者，夏得休息，秋得其實焉。」詳見卷七〈贈徐安宜〉注。⓮忘憂句 《詩經・衛風・伯兮》：「焉得諼草，言樹之背。」毛傳：「諼草，令人忘憂。背，北堂也。」言，語助詞。謂樹諼草於北堂。諼，同「萱」。嵇康〈養生論〉：「萱草忘憂，愚智所共知也。」⓯他日二句 張祿，即范雎。《史記・范雎蔡澤列傳》：「范雎既相秦，秦號曰張祿，而魏不知，以為范雎已死久矣。魏聞秦且東伐韓、魏，魏使須賈於秦。范雎聞之，為微行，敝衣閒步之邸，見須賈。……須賈意哀之，留與坐飲食，曰：『范叔一寒如此哉！』乃取一綈袍以賜之。……范雎曰：『汝罪有三耳。……然公之所以得無死者，以綈袍戀戀，有故人之意，故釋公。』乃謝罷。入言之昭王，罷歸須賈。」綈袍，粗綈做的袍。綈，古代絲織物名。

【語譯】魯郡狹小如同一杯水，當然難以容納橫遊溟海的大魚。魯人對孔子尚且不敬，何況是一般尋常的人又怎能放在眼裡。魯人辨不清玉與石，白玉只能換來一斗粟，黃金只有一尺柴草的價值。我閉門不出不知時令，只見樹葉已落滿閒庭，我才知道已是蕭瑟寒秋而不是春天了。

聽說您將離開魯地西遷高升，調往與鼎湖相鄰的弘農郡去。黃帝遺留下來的寶鏡匣已被青青的苔蘚佈滿，丹經也已被厚厚的塵土沉埋。黃帝在此昇天時，曾留下未能攀上龍背的小臣。也就是這些人把黃帝的恩澤惠愛留在這裡，使這裡還保留著淳厚的風俗。

魯地細白的生絹輕薄如煙雲，並且僅有五匹不成一束。您作為臨行贈送給我貧賤之交的禮物，但它每一尺都代表比山岳還重的情誼。齊國宰相晏嬰與曾子分別時，曾說送車不如送他許多有意義的話。而今天我無所報答，也只能送你幾句話。如果想要樹蔭就要栽種桃李，如果想要忘憂就要栽種萱草。他日倘再見到您這位前途無量的劉長史，應如同見到張祿綈袍而不忘舊日之情。

【研析】此詩當是天寶四載（西元七四五年）在魯郡送友人之作。首段八句謂魯郡之人不尊敬聖賢，故劉長史離魯不足為奇。自己在魯備受冷落，閉門不出，已不知春秋季節之變換矣。次段八句描寫劉長史即將調遷上任的弘農郡，那裡就是黃帝鑄鼎昇天之地。如今黃帝的寶鏡生苔蘚，丹經被塵埋，正等待劉長史去料理。那裡還有未能隨黃帝上天而遺留的小臣，希望劉長史上任後能留有惠愛，使那裡風俗淳厚。末段寫臨別贈行。劉長史贈詩人魯縞五匹，每尺包含著重於山岳的情義。當年齊相晏嬰贈送曾子以言，尚有未及言者，如今詩人即以「託陰」二句贈送劉長史，王琦謂「蓋勉以樹人之義。桃李喻人之有德能可以庇陰者，萱以喻人之有才華，可以欣賞者也」。末以須賈贈張祿以綈袍為喻，謂他日相見，亦不忘舊恩。

## 送族弟單父主簿凝攝宋城主簿至郭南月橋卻迴棲霞山留飲贈之❶

吾家青萍劍❷，操割❸有餘閑。往來糾二邑❹，此去何時還？鞍馬月橋南，光輝岐路間❺。賢豪相追餞❻，卻到棲霞山。群花散芳園，斗酒開離顏❼。樂酣相顧起，征馬無由攀。

【注釋】❶送族弟題　單父，唐縣名。屬河南道宋州。今山東單縣。主簿，縣令的僚佐。據《舊唐書‧職官志》記載，各縣官員都設有主簿一人。在丞之下，尉之上。上縣主簿正九品下，中縣、中下縣、下縣主簿皆為從九品上。凝，李凝。本卷多首詩中提及此人，詳見各詩注。攝，代理。宋城，唐縣名，屬河南道宋州，為州治所在地。在今河南商丘南。郭南月橋，城外護城河上之橋。形似月，故名。棲霞山，《嘉慶重修一統志》卷一八一：「棲霞山，在單縣東五里，平原中土山突起。《府志》：相傳梁孝王曾遊此，有詞賦鐫石。李白送族弟凝攝宋城主簿郤回棲霞山留飲處也。」❷青萍劍　劍名。《文選》卷四〇陳琳〈答東阿王牋〉：「君侯體高俗之材，秉清萍干將之器。」呂延濟注：「青萍、干將，皆劍名也。」此處比喻李凝富有才華。❸操割　《左傳》襄公三十一年：「子皮欲使尹何為邑。……子產曰：『不可。人之愛人，求利之也。今吾子愛人則以政，猶未能操刀而使割也，其傷實多。子之愛人，傷之而已。』」後以「操割」比喻為官治政。❹糾二邑　糾，督察；管理。二邑，指單父、宋城二縣。❺光輝句　形容李凝的容顏神采。岐路，岔路。岐，同「歧」。❻追餞　追及行人而設宴送別。❼斗酒句　陶潛〈諸人共遊周家墓柏下詩〉：「綠酒開芳顏。」此處化用其意。

【語　譯】我家凝弟的高才如同青萍寶劍，治理單父遊刃有餘。又被任命代理宋城主簿而往來管理兩縣。這次到宋城赴任不知何時再回單父？鞍馬暫停在月橋之南，凝弟的光采輝映在交叉路口。這時縣裡的名人賢士也趕來餞行，於是車馬來到棲霞山。園中花樹散發著芬芳，杯中美酒打開了人們的離愁，酒興正酣賓主相扶而起，這時已經沉醉得攀不上馬鞍。

【研　析】此詩當是天寶五載（西元七四六年）春在單父作。前段四句歌讚李凝的才華如寶劍之利，治理縣務如割物遊刃有餘，因而以單父主簿又攝宋城主簿督理二縣，此去宋城何時再回單父？顯示出李凝往來二縣間不辭辛勞。後段八句寫送別，先到月橋南，正到岔路口，縣中的士紳都追來餞行，於是來到棲霞山。此時群花芬芳，斗酒開顏。直到酒酣樂盡，相顧而起，行者留者都已無從攀登上征馬，極寫臨別時賓主相歡酣暢。明人批點曰：「此等詩雖無奇，然道意快，自是太白口氣。」

## 魯郡東石門送杜二甫❶

醉別復幾日❷，登臨偏池臺。何時石門路❸，重有金樽開❹？秋波落泗水❺，海色明徂徠❻。飛蓬❼各自遠，且盡手❽中盃！

【注　釋】❶魯郡題　魯郡，即兗州，天寶元年改為魯郡。乾元元年復為兗州。石門，今山東兗州東二里泗水金口壩附近原有巨石如門，相傳為李白送別杜甫處。杜二甫，詩人杜甫，在同祖兄弟中排行第二。❷醉別句　李白與杜甫天寶三載秋在梁宋（今河南開封、商丘一帶）會面同遊，後暫別；杜甫〈寄李白二十韻〉：「醉舞梁園夜，行歌泗水春。」可知次年春又在魯郡相會，接著遊齊州（今山東濟南），又暫別。杜甫〈贈李白〉詩：「秋來相顧尚飄蓬。」知是年秋再次在魯郡相會，然後杜甫告別李白，西往長安，李白在石門相送，寫下此詩。❸何時句　何時，宋本原作「何言」，據蕭本、郭本、王本改。石門路，石門原是堤上行人通道。水盛大時成為水門，水下為石床，旱時為路，又稱石門路。宋本在「路」字下夾注：「一作：下」。❹重有句　杜甫〈贈李白〉詩：「何時一樽酒，重與細論文？」意與此句略同，蕭士贇《分類補注李太白詩》因疑兩詩為同時唱酬之作。然杜詩乃春天在長安寫成，當是在長安懷念李白之作。❺泗水　《元和郡縣志》卷一〇河南道兗州泗水縣：「泗水，源出縣東陪尾山，其源有四，四泉俱導，因以為名。」源於今山東中部蒙山南麓，西流經泗水縣、曲阜、兗州，折南至濟寧東南魯橋鎮入運河。唐代泗水自魯橋以下又南循今運河至南陽鎮，穿南陽湖而南，經江蘇沛縣東，又南至徐州東北循淤黃河經起邳州東南流至淮安市淮陰區，注入淮河。全長千數百里，是淮河下游第一支流，故往往「淮泗」連稱。❻海色句　海色，曉色。明，用作動詞，照亮。徂徠，山名，又稱尤徠山。在今山東泰安東南。為大小汶河的分水嶺。宋本原作「徂來」，據蕭本、郭本、王本、咸本改。❼飛蓬　以蓬草遇風飛旋喻行蹤飄泊不定。❽手　宋本原作「林」，據蕭本、郭本、胡本、王本、咸本改。

【語　譯】我們醉別只有幾天重新相聚，這些天登臨了幾乎所有的山川樓臺名勝。此次一別不知何時再能相聚在石門路，再一次把酒盡歡？秋風吹動泗水的碧波，曉色照映徂徠山顯得更加蒼翠美麗。從此各自遠奔猶如蓬花飄飛，讓我們暫且飲盡杯中的美酒吧！

【研　析】此詩作於天寶四載（西元七四五年）秋。開頭兩句，寫兩人曾暫別不久又相會同遊。相聚時，在梁宋、齊魯遍覽勝跡，與高適一起曾登吹臺，慷慨懷古；同到孟諸澤打獵，又同登單父臺。他倆還同遊鵲山湖，同作東蒙客，同尋范居士……，這些就是「登臨徧池臺」的內容。如今真要分別，詩人心頭充滿依戀之情。不知何年何月再能在石門相會，再開金樽痛飲狂歡？杜甫別後在長安寫有〈贈李白〉詩：「何時一樽酒，重與細論文？」也有一個「重」字，一說重開金樽，一說重與論文，互文見義，深切地表達了兩位大詩人都企盼重逢的心情，同時也反映出在相處日子裡開懷暢飲、細細切磋詩文的歡快生活。兩人對這段生活的珍惜，念念不忘，也表現出感情的深篤，親密無間。頸聯寫景，點明季節、環境。兩位詩人同愛山水，如今在秋高氣爽季節中、在泗水邊分別，早晨晴朗的氣候映照徂徠山顯得更為美麗。兩句寫魯郡石門周圍的山光水色非常傳神而動人。在這美好景色中分手，更添難捨難分的惆悵之情。尾聯點明告別。從此一別，各自遠奔，猶如蓬花飄飛，不知落在何處，行蹤不定，只能道聲珍重。心中確實是難受的，但大丈夫離別不作兒女態，還是以酒作別，傾杯飲酒吧！與首句「醉別」呼應。感情豪邁，襟懷開朗，無哀傷色彩。全詩敘事、抒情、寫景，融會一體，互相映襯，結構緊湊嚴密，感情真摯深厚，景色明麗動人。這是表現兩位大詩人友誼的傑作，在文學史上具有重大意義。

## 魯郡堯祠送張十四遊河北❶

猛虎伏尺草，雖藏難蔽身。有如張公子，骯髒❷在風塵。豈無橫腰劍？屈彼淮陰人❸。擊筑向北燕，燕歌易水濱❹。歸來太山上，當與爾為鄰。

【注釋】❶魯郡題　魯郡堯祠，見本卷〈魯郡堯祠送吳五之琅琊〉詩注。張十四，疑為張謂。據傅璇琮《唐代詩人叢考·張謂考》，張謂曾於開元二十一年北遊薊門。按：劉長卿有〈罪所留繫寄張十四〉詩，疑亦指張謂。又按：賈至有〈巴陵寄李二戶部張十四禮部〉詩，李二戶部為李季卿，張十四禮部即張謂。可證張謂排行為十四。河北，唐代河北道。據開元二十九年建制，河北道領有魏州、博州、相州、衛州、貝州、邢州、洺州、趙州、恆州、冀州、深州、滄州、德州、棣州、定州、易州、瀛州、莫州、幽州、嬀州、檀州、薊州、平州、營州及安東都護府。❷骯髒　同「抗髒」。剛直貌。《後漢書・趙壹傳》：「伊優北堂上，抗髒倚門邊。」李賢注：「抗髒，高亢婞直之貌也。」❸淮陰人　用韓信幼時被淮陰少年所辱事，見卷二〈行路難〉其二注。❹擊筑二句　《史記・刺客列傳》：燕太子丹遣荊軻刺秦王，「太子及賓客知其事者，皆白衣冠以送之。至易水之上，既祖，取道，高漸離擊筑，荊軻和而歌，為變徵之聲，士皆垂淚涕泣。又前而為歌曰：『風蕭蕭兮易水寒，壯士一去兮不復還！』復為羽聲忼慨，士皆瞋目，髮盡上指冠。於是荊軻就車而去，終已不顧。」筑，古擊絃樂器。形似箏，頸細而肩圓，絃下設柱。演奏時，左手按絃之一端，右手執竹尺擊絃發音。

【語　譯】猛虎伏在一尺高的草叢中，即使躲藏也難以遮掩其雄偉的身軀。這正如我們的張公子，即使落在社會底層的風塵中也剛直不阿。當年韓信受辱於那淮陰市井小人胯下，難道是沒有橫插腰間的寶劍和超人的武功？現在您又要學高漸離擊筑奔赴幽燕，像荊軻那樣高歌在易水之濱。希望您歸來能定居在泰山腳下，屆時我與您為鄰相伴。

【研　析】此詩當作於開元末期。首四句以淺草難掩猛虎比喻張十四雖在風塵之中亦剛直突出於眾。接著用反詰句提出當年韓信受屈於那淮陰市井惡少，豈無橫腰之劍，意謂不以小節計較。然後二句以高漸離擊筑、荊軻歌易水點明題中張十四遊河北，意氣激昂慷慨。末二句希望張十四歸來能遊泰山，自己當與之作伴同遊。

## 杭州送裴大擇時赴廬州長史❶　吳中

西江天柱遠，東越海門深❷。去割辭親❸戀，行憂報國心。好風吹落日，流水引長吟。五月披裘者，應知不取金❹。

【注　釋】❶杭州題　杭州，唐州名。屬江南道。天寶元年改為餘杭郡，乾元元年復改為杭州。今浙江杭州。裴大擇，姓裴，名擇，兄弟間排行第一。按：擇，蕭本、郭本、繆本、王本、咸本皆作「澤」。事蹟不詳。廬州，唐州名。屬淮南道。天寶元年改為廬江郡，乾元元年復改為廬州。今安徽合肥。據《舊唐書・地理志三》，廬州為上州。又〈職官志三〉，上州設長史一人，在別駕之下，司馬之上，從五品上。❷西江二句　分言裴澤與自己所往的地點。廬州在西江邊，自己擬往東越。天柱，山名。又稱皖山或灊山。在今安徽灊山縣西北。西漢元封五年武帝南巡，登其山，號為南嶽，即此。《史記・孝武本紀》：「上巡南郡，至江陵而東，登禮灊之天柱山，號曰南嶽。」裴駰《集解》引應劭曰：「灊縣屬廬江，南嶽霍山也。」海門，指錢塘江入海處。《南村輟耕錄》卷二：「浙江之口有兩山焉，其南曰龕山，其北曰赭山，并峙於江海之會，謂之海門。」詳見本卷〈送王屋山人魏萬還王屋〉詩注。❸辭親　蕭本、胡本作「慈親」。❹五月二句　《論衡・書虛》：「延陵季子出遊，見路有遺金。當夏五月，有披裘而薪者。季子呼薪者曰：『取彼地金來！』薪者投鐮於地，瞋目拂手而言曰：『何子居之高，視之下；儀貌之壯，語言之野也？吾當夏五月披裘而薪，豈取金者哉？』季子謝之，請問姓字。薪者曰：『子皮相之士也，何足語姓字？』遂去不顧。」

【語　譯】您將往遠離杭州的長江之北的天柱山，我將往浙東海邊去。您此去將要割捨慈母的親情，為的是實現自己的憂國報國之心。正當清風吹著遲緩的落日，流水淙淙引發我長吟離別之歌。您此去途中倘遇五月披裘砍柴的高潔之士，應當明辨其不會取金的清廉氣節。

【研　析】此詩當作於至德元載（西元七五六年）「東奔吳國避胡塵」到達杭州之時。時裴長史赴任廬州，詩人於杭州為其送行。首二句謂廬州在西江天柱附近，自己擬赴浙東。次二句謂自杭州至廬州遠隔千里，去則捨慈親之戀，此行乃為憂國報國之心。再次二句點送別時之情景：好風吹落日，流水引長吟。末二句提出希望：如遇高潔之士，不可輕視。嚴羽評點此詩「好風」二句曰：「有此光景，其人可知。」

## 灞陵❶行送別　長安

送君灞陵亭，灞水流浩浩❷。上有無花之古樹，下有傷心之春草❸。我向秦人問路岐❹，云是王粲南登之古道❺。古道連緜走西京❻，紫闕落日浮雲生❼。正當今夕斷腸處❽，驪歌愁絕❾不忍聽。

【注釋】❶灞陵　漢文帝陵墓所在地，又作「霸陵」，在今陝西西安東。附近有灞橋，唐人常在此送別。❷灞水句　灞水，本作「霸水」，今灞河，為渭河支流，關中八川之一，在陝西中部。源出藍田縣東秦嶺北麓，西南流納藍水，折向西北經西安市東，過灞橋北流入渭河。浩浩，水盛大貌。❸下有句　江淹〈別賦〉：「春草碧色，春水淥波。送君南浦，傷如之何？」此句用其意。❹路岐　即歧路、岔路。岐，通「歧」。❺云是句　謂據說這是王粲南奔時走的道路。王粲，字仲宣，東漢末山陽高平（今山東金鄉西北）人，建安七子之一。《三國志・魏書》有傳。獻帝初因長安擾亂，南奔荊州依劉表，後歸曹操。其〈七哀詩〉描寫離開長安情景，中有句云：「南登灞陵岸，回首望長安。」❻西京　指長安。唐代稱長安為西京，洛陽為東都（東京），太原為北都（北京）。❼紫闕句　紫闕，帝王所居之宮城。宋本原作「紫關」，據蕭本、郭本、王本、咸本改。浮雲，喻朝廷奸佞。按：李白詩中以「浮雲」喻小人者甚多，〈古風〉其三十七：「浮雲蔽紫闥，白日難回光。」〈登金陵鳳凰臺〉：「總為浮雲能蔽日，長安不見使人愁。」寓意與此同。❽斷腸處　《開元天寶遺事》卷下：「長安東灞陵有橋，來迎去送皆至此橋，為離別之地，故人呼之銷魂橋。」斷腸、銷魂，皆謂傷心之極。江淹〈別賦〉：「黯然銷魂者，惟別而已矣。」❾驪歌愁絕　《漢書・王式傳》：「(江公)謂歌吹諸生曰：『歌〈驪駒〉。』」顏師古注：「服虔曰：『逸《詩》篇名也，見《大戴禮》。客欲去，歌之。』文穎曰：『其辭云：「驪駒在門，僕夫具存；驪駒在路，僕夫整駕」也。』」後因稱離別之歌為驪歌。絕，極點。

【語譯】我送您來到灞陵亭，灞河水浩浩蕩蕩地不停流淌。上有無花的古樹使人發思古之幽情，下有萋萋的春草更能引起離人的感傷。我向秦地人尋問腳下的岔路通向何方，路人說這是當年王粲南下時登臨灞陵岸的古道。這古道連綿不斷一直通向西京長安，可惜紫禁宮殿邊的落日已被浮雲籠罩。這西下的夕陽正使我斷腸，何況聲聲離別之歌更使我愁絕而不忍聽。

【研析】此詩約天寶三載（西元七四四年）春天在長安作。開頭兩句「灞陵」、「灞水」連用，烘托出濃重的離別氣氛，因為這兩個詞在唐詩中常與離別聯繫在一起的。「流浩浩」三字固然是實寫水勢，但也可看作帶有比興色彩，暗示詩人惜別感情如流水般不可控制。三、四兩句用排比句開拓詩的意境，古樹無花，春草傷心，在寫景中透露出上下矚目、不忍分手的情態，更增添惆悵意緒。五、六兩句寫王粲當年南奔時的古道，帶有懷古情緒，也隱含王粲〈七哀詩〉「回首望長安」詩意，暗示友人離灞陵時，也像王粲那樣依依不捨翹望帝都。七、八兩句寫回望所見，漫長的古道直奔帝京，如今宮闕上籠罩著暮靄，日欲落而被浮雲遮蔽，景象黯淡。在古詩中，「落日」與「浮雲」聯寫，都有象徵奸邪蔽主，讒害忠良之意，此處也透露出友人離京有著遭讒的政治原因，由此可知詩中除了離情別緒外，還包含著對政局的憂慮。所以結尾兩句說離別時的驪歌使人愁絕，正因為今夕所感受的還有由離別觸發的更深廣的愁思。

## 送賀監歸四明應制❶

久辭榮祿遂初衣❷，曾向長生說息機❸。真訣自從茅氏得❹，恩波寧阻洞庭歸❺？瑤臺含霧星辰滿❻，仙嶠浮空島嶼微❼。借問侯棲珠樹鶴❽，何年卻向帝城飛？

【注釋】❶送賀監題 賀監，指祕書監賀知章。四明，山名。在今浙江寧波西南。自天台山發脈，綿亙於奉化、慈溪、餘姚、上虞、嵊州等縣市境。道書以為第九洞天，凡二百八十二峰。相傳群峰之中，上有方石，四面如窗，中通日月星辰之光，故稱四明山。《舊唐書・賀知章傳》：「會稽永興人，……俄遷太子賓客、銀青光祿大夫兼正授祕書監。……知章晚年尤加縱誕，無復規儉，自號四明狂客，又稱『祕書外監』。……天寶三載，知章因病恍惚，乃上疏請度為道士，求還鄉里，仍捨本鄉宅為觀。上許之，……御制詩以贈行，皇太子已下咸就執別。」又〈玄宗紀下〉：「天寶三載正月，庚子，遣左相已下祖別賀知章於長樂坡，上賦詩贈之。」又〈職官志二〉：祕書省，「祕書監一員，從三品。……掌邦國經籍圖書之事。」按：《會稽掇英總集》卷二收有《送賀監歸鄉詩集》，共三十七首，其中三十二首為玄宗時人所作五律、五排，另五首乃晚唐時人所擬作七律。無李白此首所謂「應制」詩。而其附錄中卻收有李白〈送賀賓客歸越〉（見本卷）絕句。故可斷定此詩非李白所作，乃晚唐人擬作，誤入李集。詳見陶敏〈李白「送賀監歸四明應制」詩為偽作〉，《李白學刊》第二輯。今仍加注譯研析，供讀者參考。❷初衣　猶初服。入仕前所穿之衣。《楚辭・離騷》：「退將復修吾初服。」王逸注：「初服，初始潔清之服也。」❸息機　息滅機心；擺脫塵俗。《楞嚴經》卷六：「息機歸寂然，諸幻成無性。」❹真訣句　真訣，妙法祕訣。茅氏，指傳說中句容句曲山（茅山）修道的茅盈兄弟。據《雲笈七籤》卷一〇四〈太玄真人東岳上卿司命真君傳〉記載，茅盈仙去，與家人及親族辭決，遂歸句曲，邦人因改句曲為茅君之山。其二弟聞之，棄官還家，渡江尋兄於東山，以求賜長生之求。盈與相見，且曰：「卿已老矣，欲難可補，復縱得真訣，適可成地上仙耳。」遂教二弟以停年不死之法及丹藥等。❺恩波句　寧阻，蕭本、郭本、咸本作「應阻」。洞庭，指太湖。《水經注・沔水》：「（太）湖中有大雷、小雷三山，亦謂之三山湖，又謂之洞庭湖。楊泉〈五湖賦〉曰：『頭首無錫，足蹶松江，負烏程于背上，懷太吳以當胸……。』用言湖之苞極也。」此句謂賀知章既得茅君真訣，豈以朝廷恩寵而阻其回歸故鄉。❻瑤臺句　《拾遺記》卷一〇：「崑崙山者，西方曰須彌山，對七星之下，出碧海之中。……傍有瑤臺十二，各廣千步，皆五色玉為臺基。」梁武帝〈七夕〉詩：「瑤臺含碧霧。」❼仙嶠句　《列子・湯問》：「渤海之東，……其中有五山焉：一曰岱輿，二曰員嶠，三曰方壺，四曰瀛洲，五曰蓬萊。……而五山之根，無所連著，常隨潮波上下往還，不得暫峙焉。」此處蓋用其意。❽珠樹鶴　借指神仙。《淮南子・墬形訓》：「掘昆侖虛以下地，中有增城九重，……上有木禾，其脩五尋。珠樹、玉樹、璇樹、不死樹在其西。」《神仙傳》卷九：「蘇仙公者，桂陽人也，漢文帝時得道。……數歲之後，……聳身入雲，紫雲捧足，群鶴翱翔，遂昇雲漢而去。……自後有白鶴來止郡城東北樓上，人或挾彈彈之，鶴以爪攫樓板似漆書云：『城郭是，人民非，三百甲子一來歸，吾是蘇君彈何為？』至今修道之人，每至甲子日，焚香禮於仙公之故第也。」

【語　譯】您很久以來就想辭去官祿回歸平民，曾經追求長生而息滅機心。您這種道教的真訣得自三茅真君，即使皇恩浩蕩豈能阻撓您回歸自己的故鄉？星空中的瑤臺仙境縹緲朦朧，浮空在海面上的仙島令人嚮往。請問您這隻將棲珠樹上的仙鶴，何年何月再向皇城上面飛翔？

【研　析】此詩乃晚唐人擬作的七律，非李白詩。首聯謂賀知章久無榮祿之念而想隱居，學道求仙而息滅機心。頷聯描寫其得茅氏之道教真訣，皇恩亦未能阻止其回鄉之願望。頸聯想像仙境之美好：瑤臺含霧、仙嶠浮空。尾聯用設問句提示化鶴之人，何時再來帝城以慰聖主眷戀之情，俗意能雅，意味深長。

## 送竇司馬貶宜春❶

天馬白銀鞍❷，親承明主歡。鬬雞金宮裏❸，射雁碧雲端❹。堂上羅巾貴❺，歌鐘❻清夜闌。何言❼謫南國，拂劍坐長歎？趙璧為誰點❽？隨珠枉被彈❾。聖朝多雨露❿，莫厭此行難。

【注　釋】❶送竇司馬題　竇司馬，名字不詳。據《舊唐書・職官志三》，親王府設司馬一人，從四品下。在長史之下。「長史、司馬統領府僚，紀綱職務。」又，諸州亦設司馬一人，上州司馬為從五品下。宜春，唐郡名，即袁州，天寶元年改為宜春郡，乾元元年復改為袁州。治所在今江西宜春。據《元和郡縣志》卷二八及《新唐書・地理志五》記載，袁州宜春郡為上州。❷天馬句　天馬，見卷二天馬歌注。陳後主〈紫騮馬〉其二：「蹀躞紫騮馬，照耀白玉鞍。」❸鬬雞句　見卷一〈古風〉其二十四「大車揚飛塵」詩注。宋本在「宮」字下夾注：「一作：闉」。❹射雁句　謂田獵。按：鬥雞、田獵，皆唐明皇時最盛行的遊樂之事。❺羅巾貴　羅巾，指絲頭巾。巾，蕭本、郭本、王本、咸本皆作「中」。❻歌鐘　樂器名。即編鐘。《左傳》襄公十一年：「鄭人賂晉侯……歌鐘二肆。」杜預注：「肆，列也。懸鐘十六為一肆，二肆三十二枚。」孔穎達疏：「歌鐘者，歌必先金奏，故鐘以歌名之。」鐘，宋本原作「鍾」，據蕭本、郭本、王本改。❼何言　為何。蕭本、郭本、胡本作「何年」。❽趙璧句　見卷一〈古風〉其五十「宋國梧臺東」詩注。陳子昂〈宴明楚真禁所〉詩：「青蠅一相點，白璧遂成冤。」

❾隨珠句　《淮南子・覽冥訓》：「譬如隋侯之珠，和氏之璧，得之者富，失之者貧。」高誘注：「隋侯，漢東之國，姬姓諸侯也。隋侯見大蛇傷斷，以藥傅之。後蛇於江中銜大珠以報之，因曰隋侯之珠，蓋明月珠也。」隋，同「隨」。《莊子・讓王》：「今且有人於此，以隨侯之珠，彈千仞之雀，世必笑之。是何也？則其所用者重，而所要者輕也。」❿雨露　比喻恩澤、恩情。高適〈送李少府貶峽中王少府貶長沙〉詩：「聖代即今多雨露，暫時分手莫躊躇。」

【語譯】您曾騎過御賜的配備銀鞍的天馬，親自受到當今皇上的恩寵。也曾與皇上一起在宮中鬥雞，一起到野外打獵射雁。您的家中常常坐滿頭戴絲巾的貴賓，歌舞歡宴往往直到深夜。為什麼您忽然被貶謫南方，使您為此而拂劍長嘆？您像趙璧一樣無瑕的人品究竟是遭到誰的誣陷，使您如同明月珠的英才遭到彈劾？不過我們的聖朝英明的君主會多降恩澤，所以不必憂慮此次南行宜春的艱難。

【研析】此詩當是天寶二年（西元七四三年）供奉翰林時所作。前六句概言竇司馬原在朝廷親受皇帝恩寵的情景。鬥雞金宮，射雁碧雲，堂上多貴賓，歌鐘至深夜。中四句為其貶謫鳴不平。趙璧被點汙，隨珠被枉彈，顯然指友人遭讒而被貶。末以寬慰作結。謂當今朝廷多降恩澤，勸友人不必為此次被貶憂愁，不久當會返回朝廷。

## 送羽林陶將軍❶

將軍出使擁樓船❷，江上旌旗拂紫煙❸。萬里橫戈探虎穴❹，三杯拔劍舞龍泉❺。
莫道詞人❻無膽氣，臨行將贈繞朝鞭❼。

【注釋】❶羽林陶將軍　姓陶的羽林將軍。名不詳。據《舊唐書・職官志三》，武官：左右羽林軍設「大將軍各一員，正三品下。將軍各二員，從三品下。羽林將軍統領北衙禁兵之法令，而督攝左右廂飛騎之儀仗，以統諸曹之職」。❷擁樓船　圍集水軍大船。樓船，見卷六〈永王東巡歌〉其一注。❸江上句　班固〈東都賦〉：「羽旄掃霓，旌旗拂天。」❹探虎穴　《三國志・吳書・呂蒙傳》：「且不探虎穴，安得虎子。」詳見卷一二〈留別于十一兄逖裴十三遊塞垣〉詩注。❺龍泉　劍名。即龍淵。避唐高祖諱而改。《越絕書・越絕外傳記寶劍》：「歐冶子、干將鑿茨山，泄其溪，取鐵英作為鐵劍三枚：一曰龍淵，二曰泰阿，三曰工布。」又《晉書・張華傳》記載，晉代張華見斗、牛二宿之間有紫氣，後使人於豐城獄中掘地得二劍，一曰龍泉，一曰太阿，參見卷八〈在水軍宴贈幕府諸侍御〉詩注。❻詞人　李白自謂。❼繞朝鞭　即繞朝策。見卷一〇〈贈宣城宇文太守兼呈崔侍御〉詩注。繞朝，春秋時秦國大夫。《左傳》文公十三年：「(士會)乃行，繞朝贈之以策，曰：『子無謂秦無人，吾謀適不用也。』」杜預注：「策，馬檛。臨別授之馬檛，並示己所策以展情。」檛，鞭子。比喻謀略。

【語　譯】陶將軍您要擁坐樓船代表朝廷出使，江上的旌旗飄拂在高空紫煙中。您橫帶干戈長驅萬里深入虎穴，我敬您三杯美酒拔出龍泉寶劍酣暢歌舞。不要以為我是個詩人沒有膽氣，我會像當年的秦大夫繞朝那樣送您一條馬鞭代表我大唐帝國的謀略。

【研　析】此詩當是天寶二年（西元七四三年）供奉翰林時所作。按《新唐書・玄宗紀》：天寶二年十二月，「海賊吳令光寇永嘉郡。」三載二月丁丑，「討吳令光。閏月，令光伏誅」。陶將軍率水軍出使，可能即為此事。首二句想像陶將軍奉命出使、江上樓船旌旗飄拂的景象。次二句歌讚陶將軍橫戈萬里深入虎穴的勇氣，為此敬酒而拔劍歌舞。末二句臨別贈策表示自己有謀略。詩人少年擊劍任俠，讀此詩可以想見。

## 送程劉二侍御兼獨孤判官赴安西幕府❶

安西幕府多才雄，喧喧唯道三數公❷。繡衣❸貂裘明積雪，飛書走檄❹如飄風。
朝辭明主出紫宮❺，瓊筵送別金樽空❻。天外飛霜下蔥海❼，火旗雲馬❽生光彩。
胡塞❾塵清計日歸，漢家草綠遙相待❿。

【注　釋】❶送程劉題　程劉二侍御，王琦注：「按《舊唐書・封常清傳》，開元末，安西四鎮節度使夫蒙靈詧判官有劉眺、獨孤峻，蓋其人也。程則無考。」是。按《資治通鑑》唐玄宗天寶六載：「十二月己巳，上以（高）仙芝為安西四鎮節度使，徵靈詧入朝，靈詧大懼。……副都護京兆程千里、押牙畢思琛及行官王滔等，皆平日構仙芝於靈詧者也。」知程千里天寶六載已為安西副都護，疑天寶初程千里曾與劉眺一起，以監察御史或殿中侍御史參加夫蒙靈詧幕，後才遷升為副都護。侍御，唐人對殿中侍御史和監察御史的稱呼。士子參加節度使幕多帶憲銜。獨孤判官，獨孤峻。高適有〈獨孤判官送兵〉詩。獨孤峻乾元二年官為御史中丞、越州都督、浙東觀察使。見獨孤及〈獨孤嶼墓誌〉、〈獨孤丕墓誌〉、《宋高僧傳》、《會稽掇英總集》。詳見拙著《天上謫仙人的秘密——李白考論集・李白交遊雜考》。判官，節度使的僚屬。安西，唐方鎮名。據《新唐書・方鎮表四》：開元二十九年，「復分置安西四鎮節度，治安西都護府（西州）。北庭伊西節度使，治北庭都護府。」幕府，軍隊出征，施用帳幕，故古代將軍的府署稱幕府。唐代沿用。按：敦煌《唐人選唐詩》收此詩，題中無「幕府」二字。❷安西二句　才雄，蕭本、郭本作「材雄」。喧喧，猶赫赫。顯赫貌。❸繡衣句　《漢書・百官公卿表上》：「侍御史有繡衣直指。」顏師古注：「衣以繡者，尊寵之也。」此處指程、劉二侍御。明，敦煌本作「照」。❹飛書走檄　指草寫緊急軍事文書。此處指獨孤判官。❺朝辭句　明主，敦煌本作「明君」。紫宮，即紫微宮，比喻皇帝的居處。《文選》卷二一左思〈詠史〉詩：「列宅紫宮裡。」李周翰注：「紫宮，天子所居處。」❻瓊筵句　宋本原作「銀鞍送別金城空」，據敦煌《唐人選唐詩》改。❼天外句　飛霜，張協〈七命〉：「飛霜迎節，高風送秋。」點明時令。葱海，指葱嶺。古山脈名。傳說以山多青葱而得名。其地域甚廣：北起南天山、西天山，往南綿亙，包括帕米爾高原、西崑崙山、喀喇崑崙山和興都庫什山。是古時中國西部界山。《通典》卷一七四：「安西府……西至疏勒鎮守使軍三千里，去葱嶺七百里。」❽火旗雲馬　王琦注：「火旗，謂旗之赤似火。雲馬，謂馬之多如雲。」❾胡塞　泛指西北邊地。梁簡文帝〈雁門太守行〉其二：「悲笳動胡塞。」❿漢家句　暗用《楚辭・招隱士》「王孫游兮不歸，春草生兮萋萋」意。

【語　譯】安西幕府中具有雄才大略的人很多，但聲名最顯赫的只有你們程、劉、獨孤三四位。程、劉兩位侍御的貂皮裘袍潔白如積雪，獨孤判官起草軍中文書快如疾風。清晨你們就辭別英明的君主離開朝廷，文武官員設宴相送酒杯空。天外飛霜好像直下葱嶺，赤旗如火眾馬如雲，煥發出邊塞的風情光彩。西域戰火的平息就是你們計日歸朝之時，大唐的滿朝文武正在遙望等待著綠草萋萋之時為你們慶功。

【研　析】此詩當作於天寶二年（西元七四三年）供奉翰林之時。首四句頌美三位友人的才能和風采，程、劉的貂裘白如雪，獨孤的草檄快如風。次四句寫送行時情景，早晨辭別明主出皇宮，官員們設宴喝酒餞別。末二句盼望三人掃清胡塵歸來。嚴羽評點曰：「『漢家草綠遙相待』，用王孫事，隱秀妙。」

## 送姪良攜二妓赴會稽戲有此贈❶

攜妓東山❷去，春光半道催。遙看若桃李❸，雙入鏡中開❹。

【注　釋】❶送姪良題　姪良，從姪李良，杭州刺史。卷一七有〈與從姪杭州刺史良遊天竺寺〉詩，詳見該詩注。會稽，今浙江紹興。❷東山　據《晉書・謝安傳》記載，謝安早年曾辭官隱居會稽之東山，朝廷屢聘不出，後從東山再起，官至司徒，為東晉重臣。又，臨安、金陵亦有東山，亦為謝安遊憩之地。後因以「東山」為典。此處指會稽之東山。《嘉慶重修一統志》卷二九四紹興府：「東山，在上虞縣西南四十五里。巍然特出，眾峰拱抱。登陟幽阻，至其巔則軒豁呈露，萬山林立，煙海渺然。晉謝安所居，旁有薔薇洞，洗屐池，相傳安攜妓遊宴之所。」按：上虞縣，即今浙江上虞。❸若桃李　喻指二妓。若，宋本原作「二」，據蕭本、郭本、胡本、王本、咸本改。曹植〈雜詩七首〉其四：「南國有佳人，容華若桃李。」❹鏡中開　謂二妓容顏身影映入鏡湖水中。《初學記》卷八引《輿地志》：「山陰南湖，縈帶郊郭，白水翠巖，互相映發，若鏡若圖。故王逸少曰：『山陰路上行，如在鏡中遊。』」按古代鏡湖在今浙江紹興城南會稽山北麓。參見下首〈送賀賓客歸越〉詩注。

【語　譯】您帶著兩位美女去遊東山，中途就已春光爛漫。遙想您到達會稽時，那兩位美女就會如桃李一樣盛開在鏡湖中。

【研　析】此詩當是開元末年詩人遊杭州時所作。題曰「戲贈」，可知是應酬之作。首句點題。後三句都是設想之辭，帶有戲謔味，甚為風趣。明朝人批點此詩曰：「描寫意狀妙，然是小有致。」

# 送賀賓客歸越❶

鏡湖流水漾清波❷，狂客歸舟逸興多❸。山陰道士如相見，應寫《黃庭》換白鵝❹。

【注　釋】❶送賀賓客歸越　敦煌《唐人選唐詩》題作〈陰盤驛送賀監歸越〉。賀賓客，即唐代詩人賀知章，字季真，會稽永興（今浙江蕭山）人。曾任工部侍郎、集賢院學士、太子賓客、秘書監等職，故稱「賀賓客」、「賀監」。兩《唐書》有傳。天寶二年十二月乙酉，請度為道士還鄉。三載正月庚子，皇帝遣左右相以下祖別賀知章於長樂坡，各賦五律詩贈之，詩今存《會稽掇英總集》。今本卷有七律〈送賀監歸四明應制〉一首，乃晚唐人擬作，誤入李集。李白與賀知章感情深厚，當是單獨送賀至陰盤驛（今陝西臨潼東），作此首七絕送別。越，越州，治所在今浙江紹興。❷鏡湖句　鏡湖，在今浙江紹興會稽山麓。得名於王羲之「山陰路上行，如在鏡中游」之句，又名鑒湖、長湖、慶湖。東起今曹娥鎮附近，經郡城（今紹興）南，西抵今錢清鎮附近，盡納南山三十六源之水瀦而成湖。周三百一十里，呈東西狹長形。唐朝時湖底逐漸淤淺，今唯城西南尚有一段較寬河道被稱為鑒湖，此外只殘存幾個小湖。據《新唐書・賀知章傳》，賀知章還鄉時，皇帝「有詔賜鏡湖剡川一曲」。漾清波，宋本在三字下夾注：「一作：春始波」。❸狂客句　狂客，指賀知章。《舊唐書・賀知章傳》：「知章晚年尤加縱誕，無復規檢，自號『四明狂客』」。杜甫〈寄李十二白二十韻〉：「昔年有狂客，號爾謫仙人。」逸興，超逸豪放的意興。❹山陰二句　用東晉大書法家王羲之典故。相傳山陰（今浙江紹興）有道士以鵝作報酬請王羲之書寫《黃庭經》。王羲之欣然同意，寫畢，籠鵝以歸。唯《晉書・王羲之傳》謂寫《道德經》換白鵝；又宋代黃伯思謂王羲之卒於晉穆帝升平五年（西元三六一年），而《黃庭經》至哀帝興寧二年（西元三六四年）始出，故有人疑李白詩誤。然《太平御覽》卷二三八引何法盛《晉中興書》已謂王羲之寫《黃庭經》換白鵝，則當時傳聞不同而已。白詩不誤。黃庭，即《黃庭經》。道教經書名，講養生修煉之道，稱脾臟為中央黃庭，於五臟中特重，故名《黃庭經》。賀知章乃唐代書法家，尤工草隸，又度為道士，故以此典為喻。

【語譯】鏡湖的流水正蕩漾著清波，迎接您這位四明狂客歸來蕩舟盡傾逸興豪情。山陰的道士如果與您相見，您一定也會像當年王羲之一樣寫《黃庭經》換取白鵝。

【研析】此詩當是天寶三載（西元七四四年）正月作。全詩緊扣「歸越」二字。首句寫鏡湖，有三層意思：一、它是越中名勝；二、它是賀知章故鄉的名勝；三、此次「歸越」，皇帝「有詔賜鏡湖剡川一曲」。所以，如今鏡湖蕩漾著清波，似乎在歡迎這位「少小離家老大回」的遊子歸來。第二句點題，也有三層意思：用「狂客」二字，描繪出賀知章的性格和精神風貌；「歸舟」題明此次歸程是走水路；「逸興多」表現出賀知章對歸鄉養老的愜意心情。前兩句把題意已寫足，後兩句則拓開境界，用王羲之寫《黃庭經》與山陰道士換鵝的故事，以讚美今後賀知章的生活，兼致送別之意。用典非常精切。因為賀知章也是大書法家，故以王羲之擬之；此次歸鄉前已入道，而又定居山陰，故以「山陰道士」作陪襯。如此用典，意義深刻而貼切，毫無雕琢痕，而且饒有情趣。不愧為絕句中的佳構。

## 送張遙之壽陽幕府❶

壽陽信天險，天險橫荊關❷。苻堅百萬眾，遙阻八公山❸。不假築長城，大賢在其間❹。戰夫若熊虎❺，破敵有餘閑❻。張子勇且英，少輕衛霍孱❼。投軀紫髯將❽，千里望風顏。勗爾效才略，功成衣錦還❾。

【注釋】❶送張遙題　張遙，人名。事蹟不詳。之，往。壽陽，即壽春縣。唐時壽州治所。《通典》卷一八一：「壽春，漢舊縣。東晉以鄭皇后諱，改壽春曰壽陽，宜春曰宜陽，富春曰富陽，凡名春者，悉改之。」北魏時復名壽春。魏、晉、南北朝為揚州、豫州、南豫州及淮南郡、梁郡治所；隋、唐時為壽州治所。唐時壽州，天寶元年改為壽春郡，乾元元年復為壽州。此處李白沿用東晉舊名，實際上指壽州壽春郡治所。今安徽壽縣。❷天險句　《太平寰宇記》卷一二九：「（壽春）城臨淝水，北有八公山，山北即淮水，自東晉至今，常為要害之地。」《水經注》卷三二：「（肥水）又北過壽春縣東，北入於淮。」荊關，指壽春城，以戰國時為楚地，楚亦稱荊，故稱壽春城為荊關。❸苻堅二句　《晉書・苻堅載記下》：「堅發長安，戎卒六十餘萬，騎二十七萬，前後千里，旗鼓相望。……堅與苻融登（壽春）城而望王師，見部陣齊整，將士精銳，又北望八公山上草木，皆類人形，顧謂融曰：『此亦勍敵也，何謂少乎！』憮然有懼色。初，朝廷聞堅入寇，會稽王道子以威儀鼓吹求助於鍾山之神，奉以相國之號。及堅之見草木狀人，若有力焉。」八公山，在今安徽淮南西。相傳漢淮南王劉安曾與八公登此山，故名。❹不假二句　《貞觀政要・任賢》：「太宗謂侍臣曰：『隋煬帝不解精選賢良，鎮撫邊境，惟遠築長城，廣屯將士，以備突厥，而情識之惑，一至於此！朕今委任李勣於并州，遂得突厥畏威遠遁，塞垣安靖，豈不勝數千里長城耶！』」二句用其意。❺熊虎　比喻勇猛。《三國志・吳書・周瑜傳》：「劉備以梟雄之姿，而有關羽、張飛熊虎之將，必非久屈為人用者。」❻破敵句　《晉書・謝安傳》：「（苻堅率軍百萬）次於淮肥，京師震恐。加安征討大都督。（謝）玄入問計，安夷然無懼色，答曰：『已別有旨。』既而寂然。玄不敢復言，乃令張玄重請。安遂命駕出山墅，親朋畢集，方與玄圍棊賭別墅。……玄等既破堅，有驛書至，安方對客圍棊，看書既竟，便攝放牀上，了無喜色，棊如故。客問之，徐答云：『小兒輩遂已破賊。』既罷，還內，過戶限，心喜甚，不覺屐齒之折，其矯情鎮物如此。」此處用其意。❼衛霍孱　衛霍，指漢代名將衛青、霍去病。孱，懦弱。《史記・張耳陳餘列傳》：「吾王，孱王也。」裴駰《集解》引孟康曰：「……冀州人謂懦弱為孱。」❽紫髯將　《三國志・吳書・孫權傳》：「權與淩統、甘寧等在津北為魏將張遼所襲，統等以死扞權，權乘駿馬越津橋得去。」裴松之注引《獻帝春秋》曰：「張遼問吳降人：『向有紫髯將軍，長上短下，便馬善射，是誰？』降人答曰：『是孫會稽。』」即指孫權。此處借指壽州幕將。❾衣錦還　穿著錦衣還鄉。《南史・柳慶遠傳》：「出為雍州刺史，加都督。帝餞於新亭，謂曰：『卿衣錦還鄉，朕無西顧憂矣。』」

【語　譯】壽陽真正是天險之地，天險成為雄踞荊楚的邊關。當年晉軍擊潰苻堅率領的百萬士卒，就是依靠八公山的阻擊。這一仗並非借助萬里長城，而靠的是大賢名臣謝安。在他的指導下戰士們個個勇如熊虎，而他在破敵之時尚有閒暇。張君您一向英勇果敢，年少時就有輕視漢朝大將衛青、霍去病的膽識。您這次去投奔像孫權那樣的主帥，他有威震千里的威嚴。我勉勵您此行一定要施展您的雄才大略，我在這裡恭祝您早日功成而衣錦還鄉。

【研　析】此詩當是天寶二年（西元七四三年）供奉翰林時所作。首二句謂壽春乃軍事上險要之地。接著六句描寫當年謝安指揮其姪謝玄等在八公山破苻堅百眾之師，以說明壽春的險要。再次四句讚美張遙少年英勇而有膽識，此去投名將定當有成。末二句勉勵友人施展才略，功成凱旋。乃送別應有之義。

# 卷一四

## 送 中

### 送裴十八圖南歸嵩山❶二首

#### 其一

何處可為別？長安青綺門❷。胡姬招素手，延❸客醉金樽。臨當上馬時，我獨❹與君言：風吹芳蘭折❺，日沒鳥雀喧❻。舉手指飛鴻❼，此情難具論❽。同歸無早晚，穎水有清源❾。

【注釋】❶送裴十八題　裴十八，裴圖南，排行第十八。事蹟不詳。王昌齡亦有〈送裴圖南〉詩云：「黃河渡頭歸問津，離家幾日茱萸新。漫道閨中飛破鏡，猶看陌上別行人。」當是同一人。未知是否與此詩為同時之作。嵩山，即嵩高山。古稱中嶽，為五嶽之一。在今河南登封北。《元和郡縣志》卷五河南道河南府登封縣：「嵩高山，在縣北八里。亦名方外山。又云東曰太室，西曰少室，嵩高總名。即中岳也。山高二十里，周迴一百三十里。」❷青綺門　《水經注・渭水》：「長安……東出……第三門，本名霸城門，……民見門色青，又名青城門，或曰青綺門，亦曰青門。」❸延　宋本在此字下夾注：「一作：留」。❹獨　宋本在此字下夾注：「一作：因」。❺風吹句　喻遭受權臣的讒毀和打擊。宋本在「吹」字下夾注：「一作：驚」。芳蘭，喻君子。❻日沒句　日沒，喻政治昏暗。鳥雀喧，喻佞臣囂張。❼舉手句　《晉書・郭瑀傳》云：「郭瑀隱於臨松薤谷，……張天錫遣使者孟公明持節，以蒲輪玄纁備禮徵之。……公明至山，瑀指翔鴻以示之曰：『此鳥也，安可籠哉！』遂深逃絕跡。」此即用其事，表明己將不受小人的束縛。❽難具論　難以一一敘說。❾潁水句　潁水，即潁河，淮河最大支流。源出河南登封嵩山西南，東南流到商水縣，納沙河、賈魯河，至安徽壽縣正陽關入淮河。裴圖南歸嵩山，故云「潁水」。《水經注・潁水》：「潁水出潁川陽城縣西北少室山，東南過其縣南，又東南過陽翟縣北，又東南過潁陽縣西，又東南過潁陽縣西南，……又東南至慎縣東，南入于淮。」清源，水初出清淺的源頭。吳均〈酬別江主簿屯騎〉詩：「濟水有清源。」

【語　譯】何處是我們可以分別的地方？我們來到京城長安東出第三門的青綺門。胡姬揚著潔白的手臂招手，請我們進酒樓舉金樽醉飲。當您上馬即將東行的時刻，我特別地與您說一下肺腑之言：您看那芳蘭正被狂風摧折，太陽即將下落樹枝上聚集著喧叫的鳥雀。您一定記得晉代郭瑀手指飛鴻的故事，而此中的情形難以一一說明。祝您一路順風，同歸沒有早晚之分，清澈的潁水源頭將是我們共同的歸隱之地。

【研　析】此二首當為天寶二年（西元七四三年）秋後在長安送裴圖南歸山時作。其時李白已遭讒被疏，故詩中表示亦想歸隱，等待時機。首四句點明送別地點和情景。長安青綺門是離京往東行的起點，酒店胡姬招手請客人入店，詩人便為裴圖南金樽餞行。兩人雖然離別之情無限，但卻始終只是傾杯而無言相對。接著二句承上啟下，「臨當上馬時」，詩人才把朋友拉到偏靜之處，「我獨與君言」，表明要說的話是絕對不能公開的。後六句便是「獨與君言」的臨別贈言。「風吹」二句表面看是寫所見的景色，但實際上卻暗喻當時的社會現實。「風吹」、「日沒」，正是唐王朝國運的象徵。「芳蘭折」正像賢能正直之士的遭遇，「鳥雀喧」猶如佞幸小人的囂張氣焰。這種黑暗的社會面貌難以訴說，詩人用晉朝郭瑀的典故暗喻自己的隱逸之志，末二句則明確表示自己與朋友一樣要歸隱，只是時間早晚而已。「潁水有清源」既點明朋友歸隱之地，又暗含上古高士許由隱潁水洗耳故事，為第二首詩張本。王夫之《唐詩評選》評此詩曰：「只寫送別事，託體高，著筆平。」指出此詩以平常的質樸筆法，寫出了立意高遠的思想境界。

## 其二

君思穎水綠，忽復歸嵩岑❶。歸時莫洗耳❷，為我洗其心❸。洗心得真情，洗耳徒買名❹。謝公終一起，相與濟蒼生❺。

【注釋】❶嵩岑　嵩山。❷洗耳　用高士許由穎水洗耳事。見卷一〈古風〉五十九首其二十四注。❸洗其心　清除其心中的雜念。《易經．繫辭上》：「六爻之義，易以貢。聖人以此洗心，退藏於密。」孟浩然〈和于判官登萬山亭因贈韓公〉詩：「遲爾長江暮，澄清一洗心。」❹買名　追逐名譽。卷七〈贈范金鄉〉詩其二：「范宰不買名，絃歌對前楹。」❺謝公二句　二句以謝安為例，勉勵裴圖南及己待時濟世。謝公，指東晉著名政治家謝安。其早年隱居浙江上虞東山，時人希望他出山從政，謂：「斯人不出，如蒼生何？」後苻秦攻晉，謝安為征討大都督，遣姪謝玄等大破苻堅於肥水，以功拜太保。

【語譯】您因懷念久別的碧綠穎水，忽然又想回到嵩山歸隱。回到嵩山穎水時不要像許由那樣只用清水洗耳，請您為我洗一洗自己的心。洗耳只不過徒然追逐虛名，洗心才能得到心情純真。高臥東山的謝公最終還是要被起用，因為他忘不了相與解救蒼生的重任。

【研析】此詩緊承上首末句「穎水有清源」作進一步生發，在更深的層次上向朋友表達自己的志向。首二句仍點題旨，敘裴圖南歸隱嵩山。一個「綠」字不僅實指穎水之清，而且喻指清靜的隱逸生活。接著四句，反用上古高士許由、巢父洗耳的故事，勸告朋友不要做沽名釣譽學洗耳而隱山林的假隱士，這種人在當時有很多，此處當有所指。詩人希望朋友做「洗心」的真隱士，那就是末二句所說的像謝安那樣，太平時隱居東山，國家危難時就出仕做一番大事業。嚴羽評點此詩曰：「『為我洗其心』，『為我』字說得親熱。」又曰：「此格如常山蛇，首尾與中皆相應。」《唐宋詩醇》卷六曰：「沉刻之意，以快語出之，可令聞者驚竦。」沈德潛《唐詩別裁集》評曰：「言真能洗心，則出處皆宜，不專以忘世為高也。借洗耳引洗心，無貶巢父意。」說得很中肯。

## 同王昌齡送族弟襄歸桂陽二首

一作〈同王昌齡崔國輔送李舟歸郴州〉❶

### 其一

秦地見碧草❷，楚謠❸對清樽。把酒爾何思？鷓鴣啼南園❹。余欲羅浮❺隱，猶懷明主恩。躊躇紫宮戀❻，孤負滄洲言❼。終然無心雲❽，海上同飛翻。相期❾乃不淺，幽桂有芳根❿。

【注釋】❶同王昌齡題　王昌齡，唐代著名詩人。見卷一一〈聞王昌齡左遷龍標遙有此寄〉詩注。族弟襄，李襄，事蹟不詳。桂陽，即郴州，天寶元年改為桂陽郡，乾元元年復改為郴州。治所在今湖南郴州。按，蕭本、郭本、咸本無「一作」注。杜甫有〈送李校書（李舟）二十六韻〉，仇兆鰲注謂乾元元年作，其時李舟才二十歲（杜詩稱「十九授校書，二十聲輝赫」），則李白天寶三載供奉翰林作此詩時李舟僅五六歲之兒童，故可斷定「一作」誤。❷秦地句　點明送別之地在長安，時間是春天。江淹〈別賦〉：「春草碧色。」❸楚謠　楚地歌謠。郴州桂陽郡古屬楚地。可能李襄是楚地人，好楚歌。❹鷓鴣句　鷓鴣，中國南方的留鳥。古人諧其鳴聲為「行不得也哥哥」，詩文中常用以表示思念故鄉。《文選》卷五左思〈吳都賦〉：「鷓鴣南翥而中留。」劉逵注：「鷓鴣，如雞，黑色，其鳴自呼。或言此鳥常南飛不北。豫章已南諸郡處處有之。」❺羅浮　山名。《元和郡縣志》卷三四嶺南道循州博羅縣：「羅浮山，在縣西北二十八里。羅山之西有浮山，蓋蓬萊之一阜，浮海而至，與羅山並體，故曰羅浮。」在今廣東、增城、博羅、河源等縣市間，郴州之南。詳見卷六〈當塗趙炎少府粉圖山水歌〉注。❻躊躇句　躊躇，猶豫不決。《楚辭・九辯》：「事亹亹而覬進兮，蹇淹留而躊躇。」紫宮，皇宮。古代以紫微星垣比喻皇帝的居處。《文選》卷二一左思〈詠史〉詩：「列宅紫宮裡，飛宇若雲浮。」李周翰注：「紫宮，天子所居處。」❼孤負句　孤負，通「辜負」。有負；對不起。《三國志・蜀書・先主傳》：「常恐殞沒，孤負國恩。」滄州，濱水之地。古代常用以稱隱士的居處。謝朓〈之宣城郡出新林浦向板橋〉詩：「既歡懷祿情，復協滄洲趣。」❽無心雲　指浮雲。語本陶潛〈歸去來辭〉：「雲無心而出岫。」❾相期　期待；相約。《晉書・劉琨傳》：「與范陽祖逖為友，聞逖被用，與親故書曰：『吾枕戈待旦，志梟逆虜，常恐祖生先吾著鞭。』其意氣相期如此。」《舊唐書・尉遲敬德傳》：「(太宗)謂曰：『丈夫以意氣相期，勿以小疑介意。』」❿幽桂句　暗用《楚辭・招隱士》「桂樹叢生兮山之幽」意。吳均〈酬別江主簿屯騎〉詩：「桂樹多芳根。」

【語　譯】春風吹拂著秦地的碧草，帳飲餞行聽您唱起楚地的歌謠。舉杯對飲之際您在想些什麼？此刻您真像一隻鷓鴣鳥朝南飛啼。我也打算到羅浮山隱居，但懷念英明君主對我的寵恩。所以我猶豫不決至今對紫宮金殿的戀情未消，辜負了實現歸隱的諾言。但我終究還是一片無心的白雲，一定會和您一起在大海上空自由飄飛。我相信這個期待不會太遠，因為那芬芳的桂樹已把根紮在山中。

【研　析】此詩當是天寶二年(西元七四三年)春在長安作。首四句寫送別。時令為春草碧綠之時，地點為秦地。餞別宴上對酒楚歌。此去郴州如鷓鴣鳴著飛向南園。次四句抒懷。自己亦想隱居南方，然懷念明主之恩故猶豫不決戀著朝廷，辜負了初心。末四句寫期待。謂自己仍如無心之雲，終有一天與您同飛海上。此相期之意不淺，蓋桂樹已紮芳根。全詩辭氣清暢，「許多轉折，卻不費腕力」(嚴羽評點)。

## 其二

爾家何在瀟湘川❶，青莎❷白石長江邊。昨夢江花照江日，幾枝正發東窗前。
覺來欲往心悠然❸，魂隨越鳥飛南天。秦雲連山海相接，桂水❹橫煙不可涉。送君此去令人愁，風帆茫茫隔河洲。春潭瓊草綠可折❺，西寄長安明月樓。

【注　釋】❶瀟湘川　王琦注：「瀟水出湖廣道州之九疑山，湘水出廣西桂林之海陽山，至永州城西而合流焉。自湖而南，二水所經之地甚廣，至長沙湘陰縣始達青草湖，注洞庭，與岷江之流合。故湖之北，漢、沔是主，不得謂之瀟湘。若湖之南，皆可以瀟湘名之。此詩送人歸桂陽，而言『爾家何在瀟湘川』，止是約略所近之地而言之耳。其實，瀟湘之水在桂陽之下，不能逆流而經桂陽也。」❷青莎　即莎草。多年生草本植物。地下塊根名香附子，供藥用。《楚辭・招隱士》：「青莎雜樹兮薠草靃靡。」洪興祖補注引《本草》：「莎，古人為詩多用之，此草根名香附子，荊襄人謂之莎草。」❸悠然　閒適自得貌。陶潛〈飲酒〉詩：「悠然見南山。」❹桂水　《水經注》卷三九：「桂水出桂陽縣北界山，山壁高聳，三面特峻，石泉懸注，瀑布而下。北逕南平縣而東北流屆鍾亭，右會鍾水，通為桂水也。故應劭曰：桂水出桂陽，東北入湘。」按：唐桂陽縣為今廣東連州，南平縣在今湖南藍山縣東北。唐代桂水經今湖南藍山、嘉禾，在今桂陽西北入舂江（舂陵水），北上今衡陽入湘江。❺春潭句　徐彥伯〈擬古三首〉其一：「雲生陰海沒，花落春潭空。……自傷瓊草綠，詎惜鉛粉紅。」

【語　譯】您的家就在瀟湘水邊，那裡有長著青青莎草的白白沙灘。您昨夜夢見江上太陽映照著江邊的紅花，有幾枝杏花正怒放在東窗前。醒來就想前往而心境爽然，不由得心魂已隨南歸的鳥群飛向南天。秦雲連山一直連接到大海，眼望煙波浩渺的桂水欲渡艱難。今天送您前去使我無限傷感，風帆茫茫隔山隔水不能相見。桂陽春潭岸邊嫩若瓊枝的綠草可以攀折，請您折取一枝寄到長安的明月樓。

【研　析】此首敘述李襄思歸心切。先以設問引出李襄家住瀟湘，有青莎白石之美景。次以夢中見到家鄉花發，於是即欲飛歸。只是秦雲桂水相隔遙遠，不能即至。末四句寫送別之情，既愁其行，又念其隔，以盼折春潭綠草西寄長安慰相思作結，情思逸蕩，餘味無窮。

## 送外甥鄭灌❶從軍三首

其一

六博爭雄好彩來❷，金盤一擲❸萬人開。丈夫賭命報天子，當斬胡頭衣錦迴。

【注釋】❶鄭灌　事蹟不詳。❷六博句　六博，本作「六簙」，亦作「陸博」。古代一種擲采下棋的博戲。共十二棋，六黑六白，兩人相博，每人六棋，故名。局分十二道，兩頭當中名為「水」，放「魚」兩枚。博時先投瓊（用玉石作的骰子），視瓊采行棋。《楚辭・招魂》：「菎蔽象棊，有六簙些。」王逸注：「投六箸，行六棊，故為六簙也。」洪興祖補注引《古博經》云：「博法：二人相對坐向局，局分為十二道，兩頭當中名為水，用棋十二枚，六白六黑，又用魚二枚置於水中。其擲采以瓊為之。……二人互擲采行棊，棊行到處即豎之，名為驍棊，即入水食魚，亦名牽魚，每牽一魚獲二籌，翻一魚獲三籌。」好彩，古時擲骰子的勝色稱彩，因稱賭博勝利為好彩。❸一擲　擲一回骰子。即賭博一次。《宋書・武帝紀上》：「劉毅家無擔石之儲，摴蒲一擲百萬。」因賭博一擲就決定勝負，故後來常稱把存亡大計付之不可知的冒險行動為「一擲」。

【語　譯】六博遊戲全憑好彩獲勝，骰子往金盤一擲則萬人高喊如雷開。大丈夫應該在戰場上用生命一賭報效天子，應當斬下胡人的頭顱立功歸來。

【研　析】此三首詩皆是安史之亂時所作。外甥從軍而勉其立功報國。前二句以「六博爭雄」作襯托，重點在後二句，謂大丈夫當賭命斬敵首以報天子之恩，立功而衣錦還鄉。

其二

丈八蛇矛出隴西❶，彎弧拂箭白猿啼❷。破胡必用〈龍韜〉❸策，積甲應將熊耳齊❹。

【注　釋】❶丈八句　《晉書・劉曜載記》：「(陳)安善於撫接，吉凶夷險與眾同之，及其死，隴上歌之曰：『隴上壯士有陳安，……七尺大刀奮如湍，丈八蛇矛左右盤。』」蛇矛，古兵器名。矛之細長者。隴西，指今甘肅東南部一帶。❷白猿啼　《淮南子・說山訓》：「楚王有白蝯(猿)，王自射之，則搏矢而熙。使養由基射之，始調弓矯矢，未發而蝯擁柱號矣。」❸龍韜　太公兵法《六韜》之一。常泛指兵法、戰略。江淹〈(為蕭)讓太傅揚州牧表〉：「既罕〈龍韜〉、金匱之效，又乏楹間帷中之績。」❹積甲句　《後漢書・劉盆子傳》：「赤眉忽遇大軍，驚震不知所為，乃遣劉恭乞降，……積兵甲宜陽城西，與熊耳山齊。」李賢注引《水經注》：「洛水之北有熊耳山，雙峰競舉，狀同熊耳。」《元和郡縣志》卷五河南府永寧縣：「熊耳山，在縣東北四十五里。後漢世祖破赤眉，積甲宜陽縣城西，與此山齊。」按：熊耳山在今河南西北部。自宜陽至豫、陝兩省邊境，長百餘公里。為伊、洛兩河的分水嶺。

【語　譯】您出生於手提丈八長矛的隴西雄武之地，您彎弓拂箭會像古代射手養由基那樣使白猿啼號。您要打敗敵人一定要使用姜太公〈龍韜〉中的戰略，繳獲敵人的武器一定會像當年漢光武破赤眉那樣堆積得與熊耳山相齊。

【研　析】此首讚鄭灌有驍雄之姿，並勸其多用智謀。首二句寫其生於隴西，手握長矛，射藝極精，宜乎無敵。後二句勸其以智謀取勝，須用呂尚《六韜》之策，可使敵降如光武之伏赤眉，積甲與熊耳山相齊。

## 其三

月蝕西方❶破敵時，及瓜❷歸日未應遲。斬胡血變黃河水，梟首當懸白鵲旗❸。

【注　釋】❶月蝕西方　即太白入月。西方，太白金星之位。參見卷二〈胡無人〉「太白入月敵可摧」注。❷及瓜　《左傳》莊公八年：「齊侯使連稱、管至父戍葵丘，瓜時而往，曰：『及瓜而代。』」後因稱任職期滿為「及瓜」。❸梟首句　梟首，斬首並懸掛示眾。《史記・秦始皇本紀》：「衛尉竭、內史肆……等二十人皆梟首。」裴駰《集解》：「懸首於木上曰梟。」白鵲旗，蓋畫鵲於旗，白主兵，鵲報喜，謂報捷之旗。《史記・周本紀》：「(武王)以黃鉞斬紂頭，縣大白之旗。」

【語　譯】月蝕出現西方正是擊敗敵人的徵兆，明年瓜熟時您一定能如期立功回朝不會延遲。那時斬殺敵人的血一定會使黃河水都變成紅色，砍下敵人首領的頭掛在白鵲旗上凱旋而歸。

【研　析】此詩寫破敵歸朝。前二句謂太白蝕月是亡胡之兆，明年及期而歸不會延遲。後二句謂破敵時必然是胡人之血染紅黃河水，斬下敵魁的腦袋懸掛在白鵲旗上示眾，以暴其惡、討其罪於天下，唐軍凱旋歸來。全詩充滿必勝信念，酣暢淋漓。

## 送于十八應四子舉落第還嵩山❶

吾祖吹橐籥❷，天人信森羅❸。歸根復太素❹，群動熙元和❺。炎炎四真人❻，
摛辯若濤波❼。交流無時寂，楊墨日成科❽。
夫子聞洛誦❾，誇才才故多。為金好踊躍❿，久客方蹉跎。道可束賣⓫之，五
寶溢山河⓬。勸君還嵩丘，開酌眄庭柯⓭。三花如未落⓮，乘興一來過。

【注　釋】❶送于十八題　于十八，名字不詳。在同祖兄弟間排行十八。四子舉，亦稱道舉。唐玄宗時設立的一個科舉項目。《通典》卷一五：「(開元)二十九年，始於京師置崇玄館，諸州置道學生徒有差，謂之道舉。舉送課試，與明經同等。」原注：「京、都各百人，諸州無常員，習《老》、《莊》、《文》、《列》，謂之四子。蔭第與國子監同。」❷吾祖句　吾祖，指老子李耳。唐朝宗室自稱是李耳的後代。橐籥，古代冶煉用的鼓風器具。《老子》：「天地之間，其猶橐籥乎？虛而不屈，動而愈出。」魏源《本義》：「外橐內籥，機而鼓之，致風之器也。」按：橐是鼓風器，籥是送風的管子。❸天人句　《莊子・天下》：「不離於宗，謂之天人。」古代道家指順從自然之道的人。森羅，眾多羅列。陶弘景〈茅山長沙館碑〉：「夫萬象森羅，不離兩儀所育；百物紛湊，無越三教之境。」❹歸根句　歸根，歸於本原。《老子》：「夫物芸芸，各復歸其根。歸根曰

靜。」太素，古謂形成天地的最原始的素質。《列子・天瑞》：「太素，質之始也。」《白虎通義・天地》：「始起先有太初，後有太始，形兆既成，名曰太素。……故《乾鑿度》曰：太初者，氣之始也；太始者，形兆之始也；太素者，質之始也。」❺群動句　群動，指萬物。熙，和悅；和樂。《文選》卷二〇潘岳〈關中詩〉：「如熙春陽。」李善注：「如悅春陽。」張銑注：「熙，猶煦也。……被天子之惠，如草木之煦於春陽。」元和，猶言「太和」。古代指陰陽會和的元氣。太，本作「大」。語出《易經・乾卦》：「保合大和，乃利貞。首出庶物，萬國咸寧。」❻炎炎句　炎炎，猶赫赫，形容光采很盛。讚美之辭。四真人，指道家四位聖賢。《舊唐書・玄宗紀下》：天寶元年二月，「莊子號為南華真人，文子號為通玄真人，列子號為沖虛真人，庚桑子號為洞虛真人。其四子所著書改為真經。」❼摛辯　即摛藻馳辯。鋪陳辭藻，馳騁雄辯。班固〈答賓戲〉：「雖馳辯如濤波，摛藻如春華，猶無益於殿最也。」❽楊墨句　胡震亨注：「劉少彝云：楊墨，疑作副墨。」按：副墨乃莊子虛擬的含有寓意的人名。《莊子・大宗師》：「南伯子葵曰：『子獨惡乎聞之？』曰：『聞諸副墨之子。』」王先謙《集解》：「宣云：文字是翰墨為之，然文字非道，不過傳道之助，故謂之副墨。又對初作之文字言，則後之文字皆其孳生，故曰副墨之子。」日成科，日漸成為科舉取士之目。即指開設四子科。❾聞洛誦　《莊子・大宗師》：「副墨之子，聞諸洛誦之孫。」王先謙《集解》：「(洛誦) 謂連絡誦之，猶言反覆讀之也。洛、絡同音借字。對古先讀書者言，故曰洛誦之孫。古書先口授而後著之竹帛，故云然。」❿為金句　此句謂于十八踴躍應試，以求施展才能。《莊子・大宗師》：「今之大冶鑄金，金踴躍曰：『我必且為鏌鋣。』大冶必以為不祥之金。」鏌鋣，即莫邪，寶劍名。⓫東賣　宋本原作「東賣」，據蕭本、郭本、王本、咸本改。⓬五寶句　《逸周書》卷一〈文酌〉：「德有五寶。」此處「五寶」即代指德，德溢山河，謂德之廣大，無所不在。⓭開酌句　用陶潛〈歸去來辭〉：「列壺觴以自酌，眄庭柯以怡顏。」⓮三花句　三花，指三花樹，即貝多樹。一年開花三次，故名。其樹葉可以代紙，印度人多用寫佛經，故亦指佛經。王琦注此句引《初學記》：「漢世有道士，從外國將貝多子來，於嵩高西腳下種之，有四樹，與眾木有異，一年三花，白色香異。」

**【語　譯】**我的祖先老子的學說像鼓風機那樣風行天下，歷代得道之人眾多如同棋佈星羅。他的學說能使人們的本性返樸歸真，能讓萬物在當今盛世熙和諧合。最能發揚老子學說的是莊子、列子、文子、庚桑子這顯赫的四大真人，他們的雄辯和辭藻如同巨大的濤波。他們的著作廣泛交流沒有沉寂過，如今已成為科舉考試的專門學科。

于君您反覆誦讀四子之書作為功課，早就以多才多藝聞名於世。所以您就像寓言中的好金踴躍將自己鑄成寶劍一樣踴躍參加四子科考試，為此而久客他鄉又正遭受挫折。您要牢記道雖可束賣之，而作為德的象徵的五寶卻無處不在充溢山河。我勸您還是回到嵩山舊居，像當年陶淵明那樣看著庭院中的樹木而開懷暢飲酌。當那貝多樹三花未落之時，我還可以乘興去訪問您。

【研　析】此詩當是天寶二年（西元七四三年）春供奉翰林時所作。時于十八應四子科考試落第歸山，李白作此詩送之。前段從道家之祖老子的學說落筆，謂老子學說風行天下，得其道者甚眾。其教化所致，萬物返樸歸真，熙然生息於當今盛世。而繼其盛者有莊子、列子、文子、庚桑子四位真人，著辭雄辯如波濤。其著作交流傳佈無時沉寂，日漸成為科舉考試之科目。後段則寫于十八攻讀四子之學，才藝頗多，踴躍應試以求展懷抱，不幸落第情事。勉勵其保持德操，還山學陶潛。並以道、佛二教之典安慰和盼望友人，相期過訪。全詩自然有味，間有奇俊語。

## 送別

尋陽五溪水，沿洄直入巫山裏❶。勝境由來人共傳，君到南中❷自稱美。送君別有八月秋，颯颯蘆花復益愁。雲帆望遠不相見，日暮長江空自流。

【注　釋】❶尋陽二句　王琦注：「按詩句五溪，當在尋陽，然無所考據。按《一統志》，五溪水在池州青陽縣西二十里，源出九華山。五溪，龍溪、池溪、漂溪、雙溪、瀾溪，合流北入大江。『尋陽』或是『青陽』之誤未可知。楊氏（楊齊賢）以武陵之五溪，蕭氏（蕭士贇）以巫峽之五溪當之，恐皆非是。沿，謂順水而下也。洄，謂逆水而上也。」按：蕭士贇注：「詩意謂由尋陽上五溪而入巫山也。巫山介乎夔、峽二州之間，峽有青溪、赤溪、綠蘿溪、滄茫溪、姜詩溪，為峽中五溪，必知別者由九江徑之三峽而入巫山也。」尋陽，今江西九江。詳見卷九〈繫尋陽上崔相渙三首〉注。巫山，山名。在今重慶、湖北兩省市邊境。因山勢曲折盤錯，形如「巫」字，故名。長江穿流其中，成為長江三峽之一的巫峽，為渝、鄂間天然孔道。著名的巫山十二峰並列兩岸，以神女峰為最奇。❷南中　古地區名。指今川南和雲南、貴州一帶。《三國志・蜀書・諸葛亮傳》：「南中諸郡，並皆叛亂。」王勃〈蜀中九日〉詩：「人情已厭南中苦，鴻雁那從北地來。」參見《華陽國志・南中志》。

【語　譯】從潯陽五溪出發，溯江曲折而上直達巫峽。長江三峽的名勝向來為人所共傳，您再向上到南中一帶的幽美景色更使人驚訝。此次送您分別正當八月中秋，颯颯秋風吹著蘆花更使人添愁。當您的船帆消逝在天際雲中看不見時，只見長江水在蒼茫暮色中空自奔流。

【研　析】此詩作年不詳。送別的對象亦不詳。前四句寫友人從潯陽經巫山到蜀中去，沿途都是名勝美景。後四句寫送別之情。時令是秋季八月，秋風蘆花更令人憂愁。末二句與〈黃鶴樓送孟浩然之廣陵〉「孤帆遠影碧山盡，唯見長江天際流」同一格調。

## 送族弟綰從軍安西❶

漢家兵馬乘北風，鼓行而西破犬戎❷。爾隨漢將❸出門去，剪虜若草收奇功。
君王按劍望邊色❹，旄頭❺已落胡天空。匈奴繫頸數應盡❻，明年應入蒲桃宮❼。

【注　釋】❶送族弟題　宋本在「綰」字下夾注：「一作：琯」。敦煌《唐人選唐詩》題作〈送族弟琯赴安西作〉。舊、新《唐書》中見載有四李綰，皆與李白時代不合。或謂即高宗時工部侍郎李義琛之子李綰，官至吏部郎中。似時代太早。又有三李琯，其中讓皇帝李憲之子李琯，封魏郡開國公。天寶十一載食邑三千戶，時代相合，唯既是宗室開國公，不可能從軍安西。

又一李瑄為德宗時幽州都督留後朱滔之舍人，時代稍後。另一李瑄為武后時棣州刺史李延宗孫，時代相合。唯《新唐書・宰相世系表》未列其官職，未知此詩中之李瑄是否此人。安西，唐方鎮名。見卷一三〈送程劉二侍御兼獨孤判官赴安西幕府〉詩注。❷鼓行句　《漢書・項籍傳》：「我引兵鼓行而西，必舉秦矣。」顏師古注：「鼓行，謂擊鼓而行，無畏懼也。」犬戎，古族名。古戎人的一支。即畎戎。殷周時，游牧於涇渭流域，曾與周文王、穆王進行過戰爭。周幽王十一年，與申侯聯合攻殺幽王，迫使周王朝東遷。後為秦所敗，一部分北遷，一部分漸與鄰族融合。此處泛指西域少數民族。《國語・周語》：「穆王將伐犬戎。」韋昭注：「犬戎，西戎之別名，在荒服。」宋本在「而」字下夾注：「一作：向」。❸爾隨漢將　敦煌《唐人選唐詩》作「爾揮白刃」。宋本在四字下夾注：「一作：爾揮長劍」。❹君王句　鮑照〈出自薊北門行〉：「天子按劍怒。」邊色，色，郭本作「邑」，胡本、《全唐詩》注：「一作邑」。❺旄頭　亦作「髦頭」。即二十八宿之一的昴宿。《史記・天官書》：「昴曰髦頭，胡星也。」張守節《正義》：「昴七星為髦頭，胡星。」❻匈奴句　敦煌《唐人選唐詩》此句作「當今匈奴百萬眾」。《漢書・賈誼傳》：「陛下何不試以臣為屬國之官以主匈奴？行臣之計，請必係單于之頸而制其命。」吳均〈和蕭洗馬子顯古意〉：「匈奴數欲盡。」❼明年句　應入，敦煌《唐人選唐詩》作「歸入」。宋本在「應」字下夾注：「一作：驅」。蒲桃宮，桃，蕭本、郭本、胡本、咸本皆作「萄」。《三輔黃圖》卷三：「蒲桃宮，在上林苑西。」《漢書・匈奴傳下》：「元壽二年，單于來朝，上以太歲厭勝所在，舍之上林苑蒲陶宮。」蒲陶宮，即蒲桃宮。此處泛指唐朝宮殿。

【語　譯】大唐兵馬乘風西進，擊鼓而行西破敵軍。您今天隨著將軍奔赴前線，殺敵如同剪草必建功勳。

英明的君王時刻按劍望著邊色，今天西部天空的旄頭星已落而暗淡無光，說明敵人的氣數已盡。明年定當用繩子繫住敵人首領的脖頸捉到長安宮廷獻俘。

【研　析】此詩當作於天寶二年（西元七四三年）在長安供奉翰林時。前四句寫族弟從軍。謂西戎擾邊，命將征討，乘風鼓行，指日破敵。族弟隨將出門，將以殺敵如刈草而建奇功。後四句謂天子按劍而遙望邊色，但見昴宿已落，胡天空虛，敵人氣數已盡，明年當繫敵首之頸來朝廷獻俘。全詩充溢著鼓勵族弟殺敵立功的壯氣。

# 送梁公昌從信安王北征❶

入幕推英選❷，捐書事遠戎❸。高談百戰術❹，鬱作萬夫雄❺。起舞蓮華劍❻，
行歌明月宮❼。將飛天地陣❽，兵出塞垣❾通。
祖席留丹景❿，征麾⓫拂綵虹。旋應獻凱入⓬，麟閣佇深功⓭。

【注釋】❶送梁公昌題　梁公昌，事蹟不詳。信安王，名李禕，唐太宗曾孫，吳王恪之孫，李琨之子。開元十二年改封信安郡王。兩《唐書》有傳。《舊唐書・玄宗紀上》：「（開元）二十年春正月乙卯，以禮部尚書、信安王禕率兵討契丹。……三月，信安王禕與幽州長史趙含章大破奚、契丹於幽州之北山。……五月……戊辰，信安王獻奚、契丹之俘，上御應天門受之。」「信安王北征」即指此事。蕭本、胡本、咸本題中缺「王」字。❷入幕句　《晉書・郗超傳》：「（謝）安笑曰：『郗生可謂入幕之賓矣！』」英選，卓越的人選。《禮記・禮運》「禹、湯、文、武、成王、周公，由此其選也」孔穎達疏：「用此禮義教化，其為三王中之英選也。」❸捐書句　捐書，不讀書。《莊子・山木》：「孔子曰：『敬聞命矣！』徐行翔佯而歸，絕學捐書。」此句猶言投筆從戎。❹百戰術　《史記・魏世家》：「外黃徐子謂太子曰：『臣有百戰百勝之術。』」此用其意。❺鬱作句　鬱，氣盛貌。《爾雅・釋言》：「鬱，氣也。」李巡注：「鬱，盛氣也。」萬夫雄，形容極其雄健。《北史・高昂傳論》：「昂之膽力，氣冠萬夫。」❻蓮華劍　華，蕭本、郭本、王本、咸本作「花」。王琦注：「《漢書音義》：『晉灼曰：古長劍，首以玉作井鹿盧形，上刻木作山形，如蓮花初生未敷時。』」吳均〈古意詩三首〉其二：「玉鞭蓮花劍。」又〈和蕭洗馬子顯古意詩六首〉其六：「蓮花穿劍鍔。」❼明月宮　按：漢代有明光宮，見《三輔黃圖》、《漢書・元后傳》等，後多用之泛指宮殿。而明月宮則無考。疑此「月」字或為「光」字之訛歟？❽天地陣　《六韜・虎韜》：「武王問太公曰：『凡用兵為天陣、地陣、人陣奈何？』太公曰：『日月、星辰、斗柄，一左一右，一向一背，此謂天陣。丘陵水泉，亦有前後左右之利，此謂地陣。』」❾塞垣　邊牆。《後漢書・鮮卑傳》：「秦築長城，漢起塞垣。」❿祖席句　古時出行祭路神稱「祖」，

祖為行神。後因稱設宴送行為「祖餞」或「祖席」。丹景，紅日。⑪征麾　古代出征用旗幟指揮軍隊。《穀梁傳》莊公二十五年：「置五麾，陳五兵五鼓。」范甯注：「麾，旌幡也。」沈佺期〈夏日梁王席送張岐州〉詩：「天人開祖席，朝宷候征麾。」⑫獻凱入　劉知幾〈儀坤廟樂章〉：「將軍獻凱入，歌舞溢重城。」⑬麟閣句　麟閣，即麒麟閣。詳見卷三〈司馬將軍歌〉注。此處借指唐代凌煙閣。唐太宗曾於貞觀十七年圖長孫無忌等二十四勳臣於凌煙閣，見劉肅《大唐新語・褒錫》、《舊唐書・太宗紀下》。佇深功，久記大功。陳子昂〈送別出塞〉詩：「單于不敢射，天子佇深功。」

【語　譯】您進入信安郡王幕府被推為卓越的人選，投筆從戎現在就要隨軍遠征。您能高談百戰百勝的各種戰術，您盛氣壯膽可為萬夫之雄。您手持蓮花寶劍翩翩起舞，您行軍高歌出了宮門。您即將飛馳戰場佈下天陣地陣，奇兵出擊將塞垣打通。

餞行的宴席留住了紅日，出征指揮的戰旗飄拂著彩虹。您定當不久就凱旋而歸，凌煙閣上將為您畫像永久佇立著您的大功。

【研　析】此詩當是開元二十年（西元七三二年）春在長安作。前八句讚美梁公昌棄書不讀而從軍，為信安王之幕賓，極卓越之人選。高談百戰之術，盛氣為萬夫之雄。起舞蓮花之劍，行歌明月之宮，即將飛往戰場佈置天地之陣，一出兵即可使塞垣開通。後四句寫餞行與祝頌。祖席留住夕陽，征旗飄拂飛揚，預祝凱旋歸來，圖畫凌煙閣而久著深功。按高適亦有〈信安王幕府〉詩，可參讀。

## 送白利從金吾董將軍西征❶　長安

西羌延國討❷，白起❸佐軍威。劍決浮雲氣❹，弓彎明月輝。馬行邊草綠，旌
卷曙霜飛。抗手❺凜相顧，寒風生鐵衣❻。

【注　釋】❶送白利題　白利，事蹟不詳。金吾董將軍，姓董的金吾衛將軍，名字不詳。《舊唐書・職官志三》：「武官：……左右金吾衛，大將軍各一員，正三品。將軍各二員，從三品。左右金吾衛之職，掌宮中及京城晝夜巡警之法，以執禦非違。」❷西羌句　王琦注：「唐時則概指吐蕃為西羌。」《舊唐書・吐蕃傳上》：「吐蕃，在長安之西之八千里，本漢西羌之地也。」延國討，招致朝廷的討伐。延，引起；招致。❸白起　戰國時秦國名將，為武安君。《史記・白起王翦列傳》：「白起者，郿人也。善用兵，事秦昭王。……（趙）使蘇代厚幣說秦相應侯曰：『……武安君所為秦戰勝攻取者七十餘城，南定鄢、郢、漢中，北禽趙括之軍，雖周、召、呂望之功不益於此矣。』……太史公曰：……白起料敵合變，出奇無窮，聲震天下，然不能救患於應侯。」此處以白起同姓而比擬白利。❹劍決句　《莊子・說劍》：「天下之劍，……上決浮雲，下絕地紀。」決，斷。❺抗手　舉手，示意告別。《孔叢子・儒服》：「臨別，文（鄒文）、節（李節）流涕交頤，子高徒抗手而已。」❻寒風句　古樂府〈木蘭辭〉：「寒光照鐵衣。」

【語　譯】吐蕃侵擾招致我大唐朝廷的征討，您是白起的後代也隨從董將軍助軍威而奔赴戰場。舉起倚天劍斬斷浮在西方上空的妖氛，拉滿明月之弓箭鏃閃著光芒。戰馬馳騁在邊塞的綠色草原上，旌旗在晨霜中飛卷飄揚。您向我們舉手告別凜然相看，鎧甲正在被寒風勁吹。

【研　析】此詩當是天寶二年（西元七四三年）在長安供奉翰林時所作。送白利西征而壯其行色。首二句謂吐蕃擾邊而朝廷討之，白利如當年白起佐董將軍之威。中四句描寫軍威：劍決浮雲，弓彎明月，馬行邊草，旌卷曙霜。可謂先聲懾敵。末二句臨別舉手相顧，凜然寒風生於鐵衣。嚴肅之景如此，則奏凱可期。全詩充滿英雄氣概，具有不可犯之威風。

## 送張秀才❶從軍

六駮食猛武❷，恥從駑馬❸群。一朝長鳴去，矯❹若龍行雲。壯士懷遠略，志存解世紛。周粟猶不顧❺，齊珪安肯分❻？抱劍辭高堂，將投霍冠軍❼。長策掃河洛❽，寧親歸汝墳❾。當今千古後，麟閣❿著奇勳。

【注　釋】❶張秀才　本卷另有〈送張秀才謁高中丞并序〉，稱「秀才張孟熊」，當即此人。秀才，西漢開始與孝廉並為舉士的科名，東漢時避光武帝諱改稱「茂才」。唐初曾與明經、進士並設為科舉之目，不久停廢。後作為對一般士子的泛稱。❷六駮句　駮，同「駁」。傳說中的猛獸。《山海經・西山經》：「有獸焉，其狀如馬，而白身黑尾，一角，虎牙爪，音如鼓音，其名曰駮。是食虎豹，可以禦兵。」《詩經・秦風・晨風》：「隰有六駮。」孔穎達疏引王肅云：「言六，據所見而言也。」猛武，蕭本、郭本、胡本、咸本皆作「猛虎」。蕭士贇注：「按猛武當作猛虎。昔唐國諱虎，故以武易之。異代不諱，因校正焉。」按：李白是唐朝人，其原作當避諱寫作「猛武」。❸駑馬　鈍劣之馬。《禮記・雜記下》：「凶年則乘駑馬，祀以下牲。」❹矯　通「撟」。昂舉。❺周粟句　《史記・伯夷列傳》：「伯夷、叔齊，孤竹君之二子也。……武王已平殷亂，天下宗周，而伯夷、叔齊恥之，義不食周粟，隱於首陽山，采薇而食之。……遂餓死於首陽山。」❻齊珪　齊國的封爵。《文選》卷一九謝靈運〈述祖德詩〉其一：「弦高犒晉師，仲連卻秦軍。臨組乍不緤，對珪寧肯分。」李善注：「《史記》曰：平原君欲封魯連，連不肯受。……據仲連文，雖不見分珪之事，古者封爵，皆隨其爵之輕重而賜之珪璧，執以為瑞信。今仲連不受齊、趙之封爵，明其不肯分珪也。」❼霍冠軍　宋本、蕭本、郭本、咸本皆作「崔冠軍」，繆本改「崔」為「霍」，王本作「霍冠軍」。按：史無崔冠軍。《史記・衛將軍驃騎列傳》：「大將軍姊子霍去病，……斬首虜二千二十八級，……以千六百戶封去病為冠軍侯。……冠軍侯去病既侯三歲，元狩二年春，以冠軍侯去病為驃騎將軍。」可證當以「霍冠軍」為是，今據改。此處以霍去病比擬時任淮南節度使的高適。❽長策句　長策，長遠的計策；良策。《漢書・蕭望之傳》：「信讓行乎蠻貉，福祚流於亡窮，萬世之長策也。」河洛，黃河和洛水。亦指兩水之間的地區。《史記・鄭世家》：「和集周氏，周民皆說（悅），河洛之間，人便思之。」按：李白作此詩時，河洛地區皆為安史亂軍所據。❾寧親句　寧親，使父母安寧。揚雄〈法言序〉：「孝莫大於寧親，寧親莫大於寧神。」汝墳，汝水堤岸。《詩經・周南・汝墳》：「遵彼汝墳。」毛傳：「汝，水名也。墳，大防也。」汝水，上游即今河南省北汝河；自郾城以下，故道南流至西平東會潕水（今洪河），又南經上蔡西至遂平東會瀙水（今沙河）；此下即今南汝河及新蔡以下的洪河。❿麟閣　即麒麟閣。見本卷〈送梁公昌從信安王北征〉詩注。

【語　譯】六駁能吃掉猛虎，牠恥於隨從那些劣馬為伍。一旦牠長鳴而去，昂首高舉如同蛟龍騰雲駕霧。自古以來壯士都胸懷遠大的謀略，志在解除世道的紛亂。伯夷、叔齊尚且有不食周粟而死的氣節，魯仲連解除齊趙之難豈能接受封賞爵祿？我敬仰張秀才抱劍辭別雙親，將去投奔當年霍冠軍那樣的將軍。您會獻良策以掃清黃河洛水之間的亂軍，再回到汝水之濱孝敬自己的父母。您的美名一定會千古留芳，凌煙閣的功臣圖上將著錄您突出的功勳。

【研　析】此詩當是與〈送張秀才謁高中丞〉同時之作。該詩序云：「余時繫尋陽獄中。」可知時在至德二載（西元七五七年）。首四句以駁食猛虎、恥與駑群，一旦鳴飛，如雲中之龍，比喻張秀才的智勇與眾不同。接著四句謂其志懷遠略，解紛拯亂，如夷、齊尚且不食周粟，如魯仲連豈肯受爵做官？言外之意是其從軍並非為了仕宦食祿，只是為國效力。再四句謂其抱劍辭親，將投入當年霍冠軍那樣的淮南節度使高適麾下，獻上良策掃清河洛亂軍，然後回到汝水邊孝敬父母，末二句則為祝頌之辭。謂其將圖畫於功臣閣，千古流芳。乃送人從軍的客套話。

## 送崔度還吳　度故人禮部員外國輔之子❶

幽燕沙雪地，萬里盡黃雲。朝吹❷歸秋雁，南飛日幾群。中有孤鳳鶵❸，哀鳴九天聞。我乃重此鳥，綵章五色分。胡為雜凡禽，雞鶩❹輕賤君？舉手捧爾足，疾心❺若火焚。拂羽❻淚滿面，送之吳江濆❼。去影忽不見，躊躇日將曛❽。

【注　釋】❶送崔度題　《唐詩紀事》卷一五引此詩題作〈送崔度自幽燕還吳〉，胡本題作〈送崔度還吳〉，題下注：「自注：『度，故人禮部員外國輔之子。』」是。宋本及其他各本皆將題下李白自注誤入正文。國輔，宋本、蕭本、郭本、咸本皆誤倒作「輔國」，繆本改作「國輔」，王本亦作「國輔」。是。今據改。按《新唐書・宰相世系表二下》清河小房崔氏：「國輔，禮部員外郎。」其子度，未署官職。又〈藝文志四〉：「《崔國輔集》，卷亡。應縣令舉，授許昌令，集賢直學士、禮部員外郎。坐王鉷近親，貶竟陵郡司馬。」又按：王鉷獲罪在天寶十一載四月，見《舊唐書・王鉷傳》，可知崔國輔為禮部員外郎在此之前。《唐詩品彙》詩人爵里詳節：「崔國輔，吳郡人。」可知崔度還吳即返家。❷朝吹　胡本作「朔吹」。❸孤鳳鶵　幼小的孤鳳。比喻崔度。❹雞鶩　雞和鴨。常用以比喻平庸的人。《楚辭・九章・懷沙》：「鳳凰在笯兮，雞鶩翔舞。」❺疾心　痛心；心痛。❻拂羽　拂拭孤鳳雛之羽毛。比喻撫摸崔度之身。❼吳江濆　吳江邊。代指蘇州吳郡。濆，江邊高地。吳江，指松江。《元和郡縣志》卷二五江南道蘇州吳縣：「松江，在縣南五十里，經崑山入海。」今稱吳淞江，源出太湖瓜涇口，東流到上海市外白渡橋入黃浦江。上海境內的一段稱蘇州河。❽曛　暮；昏暗。庾肩吾〈和劉明府觀湘東王書〉詩：「林殿日先曛。」

【語　譯】幽燕到處都是白茫茫的荒沙雪地，放眼萬里都在黃雲籠罩之下。晨風吹著南歸的秋雁，每天一群又一群地飛向南方。天空中又有一隻孤飛的鳳雛，牠的哀叫聲九天都能聽到。我因此特別看重這鳥，牠那美麗的五綵花紋非常鮮明。到底為什麼使您夾雜在凡鳥之中，受那些家雞和野鴨的欺壓和輕賤？我舉手捧起您的雙足，心裡痛苦得如同火焚一樣。我撫摸著您的羽毛不禁淚流滿面，立即送您回歸吳江之濆的家。等到我再也望不見您的蹤影時，我還不知所措地對著將暮的夕陽。

【研　析】此詩當是天寶十一載（西元七五二年）十月北上幽燕時所作。時遇友人崔國輔之子崔度，送其回吳郡。首四句描寫幽燕環境，滿地沙雪，萬里黃雲。並以秋雁每日幾群南飛興起下文的孤鳳雛。中八句即以孤鳳雛比喻崔度，描寫其在幽燕的孤苦貧寒，自己對他的哀憐。以五色綵章比喻其才華，以雞鶩比喻其周圍輕賤他的庸人。以捧足、拂羽表示詩人對他的撫慰。末四句寫送別。《唐宋詩醇》卷六評曰：「哀痛之音篤於故舊，自見深情。」

## 送祝八之江東賦得浣紗石

峽西❶

西施越溪女，明豔光雲海❷。未❸入吳王宮殿時，浣紗古石❹今猶在。桃李新開映古查❺，菖蒲猶短出平沙❻。昔時紅粉照流水，今日青苔覆落花。君去西秦適東越❼，碧山清江幾超忽❽。若到天涯思故人，浣紗石上窺明月。

【注釋】❶送祝八題　祝八，名字不詳。同祖兄弟中排行第八。賦得，凡摘取古人成句為詩題，題首多冠以「賦得」二字。唐代科舉的試帖詩，因試題多取成句，故題前皆有「賦得」二字。亦應用於應制詩及詩人集會分題。後遂將「賦得」視為一種詩體格式，即景賦詩者亦往往於題前標以「賦得」字樣。浣紗石，相傳西施在其上浣紗，故名。浣，洗滌。《太平御覽》卷四七引晉孔曄《會稽記》曰：「句踐索美女以獻吳王，得諸暨羅山賣薪女西施、鄭旦，先教習於土城山。山邊有石，云是西施澣紗石。」澣，同「浣」。按：諸暨羅山，又名苧蘿山，下臨浣江，江中有浣紗石。浣江，即指浦陽江流經今浙江諸暨的一段。又按：題下「峽西」二字，乃宋人編集時所加注，「峽」當是「陜」字之誤，陜西，指長安，以為在長安之作。❷明豔句　謂明亮豔麗照耀雲海。光，用作動詞。照耀。❸未　宋本在此字下夾注：「一作：來」。❹古石　宋本在二字下夾注：「一作：石右」。❺古查　古，宋本在此字下夾注：「一作：杏」。查，「楂」的本字。通「槎」。水中浮木；木筏。王嘉《拾遺記・唐堯》：「有巨查浮於西海。」江總〈山庭春日〉詩：「古楂橫近澗，危石聳前洲。」❻菖蒲句　菖蒲，多年生水生草本，有香氣。初夏開黃色花。民間在端午節常將其葉與艾結紮成束，或燒其花序，以熏蚊蟲。平沙，平坦的沙灘。何遜〈慈姥磯〉詩：「野岸平沙合，連山遠霧浮。」❼君去句　去西秦，離開長安。適東越，往江東越州。❽碧山句　清江，宋本原作「青江」。據繆本、王本、咸本改。幾超忽，多麼遙遠。《文選》卷五九王中〈頭陀寺碑文〉：「千里超忽。」呂向注：「超忽，遠貌。」

【語譯】西施本是越溪浣紗的女子，容貌豔麗照耀彩雲和大海。在她未入吳王宮殿之前，在溪邊浣紗的那個古石現在仍然存在。石邊新開的桃李與浸浮在水中的千年古槎相映，溪岸沙灘上的菖蒲也生出短芽。昔日石下的流水曾照映西施的紅粉倩影，而今石面的青苔上覆滿了落花。您今天就要離開長安往浣紗石所在的東越去，而那山青水秀之東越是多麼遙遠。您遠在天涯如果思念老朋友，可到浣紗石上仰望明月以致意。

【研　析】此詩當是天寶二年（西元七四三年）在長安作。首四句詠西施之美並點出浣紗石猶在。中四句描繪如今的浣紗石及其周圍的景色。末四句寫送別之情。全詩緊扣浣紗石題意，結構嚴密。

## 送侯十一❶

梁宋

朱亥已擊晉，侯嬴尚隱身。時無魏公子，豈貴抱關人❷？余亦不火食，遊梁同在陳❸。空餘湛盧劍❹，贈爾託交親❺。

【注　釋】❶侯十一　名字及事蹟不詳。❷朱亥四句　用《史記・魏公子列傳》故事。此處以侯嬴比擬侯十一。詳見卷二〈俠客行〉注。❸余亦二句　不火食，不吃煮熟食物。《莊子・山木》：「孔子圍於陳、蔡之間，七日不火食。」遊梁，咸本作「絕糧」。同在陳，與孔子被圍於陳相同。陳，古國名。都宛丘，今河南淮陽。❹湛盧劍　古代寶劍名。《越絕書・外傳記寶劍》：「歐冶乃因天之精神，悉其伎巧，造為大刑三，小刑二：一曰湛盧，二曰純鈞，三曰勝邪，四曰魚腸，五曰巨闕。」《吳越春秋》卷二：「楚昭王臥而寤，得吳王湛盧之劍於牀。昭王不知其故，乃召風胡子而問曰：『寡人臥覺而得寶劍，不知其名，是何劍也？』風胡子曰：『此謂湛盧之劍。……五金之英，太陽之精，寄氣託靈，出之有神，服之有威，可以折衝拒敵。』」後常用以泛指寶劍。❺交親　親近友好。陳子昂〈送東萊王學士無競〉詩：「懷君萬里別，持贈給交親。」

【語　譯】朱亥擊殺晉鄙救趙的事情已過去千年，而推薦朱亥的侯嬴現在還埋名隱身。如今已沒有像當年魏國公子信陵君那樣的賢人，哪裡還會看重侯嬴那樣看守城門的人？我遊梁就像孔子當年被圍陳蔡一樣，七天吃不到熟食。現在我手中徒有這把湛盧寶劍，贈與您以表達對您的親近友好。

【研　析】此詩當是開元年間遊梁（今河南開封）時所作。前四句以侯嬴比擬侯十一，可知侯十一非官宦而是隱士。接著二句謂自己遊梁如同孔子在陳一樣不能吃到熟食，可知其時詩人亦窮困。末二句以贈劍送別，表示親近。全詩意淺而情直，音響節奏則自然流暢。

## 魯中送二從弟赴舉之西京 再至魯中 一作〈送族弟鍠〉❶

魯客向西笑❷，君門若夢中。霜凋逐臣髮，日憶明光宮❸。復羨二龍❹去，才華冠世雄❺。平衢騁高足❻，逸翰❼凌長風。舞袖拂秋月，歌筵聞早鴻。送君日千里，良會❽何由同？

【注　釋】❶魯中題　二從弟，李白詩中稱從弟者較多，有李幼成和李令問，又有李況和李凝、李冽，此二從弟未知指誰。赴舉之西京，往長安去參加科舉考試。據兩《唐書・地理志一》，天寶元年，改京城曰西京。按：題下注：「一作〈送族弟鍠〉」，然詩中明言「復羨二龍去」，顯然不合，可知題下注非。❷魯客句　魯客，詩人自謂。時作客魯中，故云。西笑，桓譚《新論・祛蔽》：「人聞長安樂，則出門向西而笑。」長安乃漢京城，西望長安而笑，謂渴慕帝都。駱賓王〈同崔駙馬曉初登樓思京〉詩：「唯餘西向笑，暫似當長安。」❸明光宮　漢宮名。《三輔黃圖・甘泉宮》：「武帝求仙起明光宮，發燕趙美女二千人充之。」此處借指詩人天寶初供奉翰林時之唐朝宮殿。❹二龍　對同時著名的兩兄弟的稱譽。《世說新語・賞譽》：「謝子微見許子將兄弟，曰：平輿之淵，有二龍焉。」此處即稱譽詩人的「二從弟」。❺冠世雄　超過一世之英才。❻平衢句　平衢，平坦而四通八達之大路。阮籍〈清思賦〉：「滌平衢之大夷。」謝靈運〈擬魏太子鄴中集詩・平原侯植〉：「平衢脩且直。」高足，上等快馬；良馬。〈古詩十九首〉：「何不策高足，先據要路津。」❼逸翰　強健的鳥翅；迅飛的鳥。高適〈睢陽酬別暢大判官〉詩：「逸翰懷青霄。」❽良會　美好的聚會。曹植〈洛神賦〉：「悼良會之永絕兮，哀一逝而異鄉。」陳子昂〈送別出塞〉詩：「良會何時用？」

【語　譯】我客居東魯而經常向西而笑，當日在君主身邊的情景就像在夢中。自從賜金放還回來我的頭髮已白如霜染，這是因為每天都在思念朝廷。令人羨慕的是你們二位前去應舉真如二條蛟龍出淵，何況你倆的才華冠蓋當世。你們在試場上將如駿馬奔馳在平坦大道上，又像展翅在長風中的鵬鳥。別宴上在秋月下展袖起舞，筵席高歌又從天邊傳來陣陣雁鳴。今日歡送你們到千里之外去赴試，不知何日再能有這樣美好的聚會？

【研　析】此詩當是天寶四載（西元七四五年）在魯中送二位從弟往長安應舉而作。首四句描寫自己離開長安後一直在思念君王的情景。次四句欣慕二位從弟往長安去應舉，以冠世之才華，當如駿馬馳騁於平坦大道，良鳥飛翔於長風，定當成功獲選。末四句描寫送別。秋月早鴻的背景下餞宴歌舞，今日送君千里行，不知何日重聚會？情意綿綿，言盡意不盡，餘味無窮。

## 奉餞高尊師如貴道士傳道籙畢歸北海

齊州❶

道隱不可見❷，《靈書》藏洞天❸。吾師四萬劫❹，歷世遞相傳。別杖留青竹❺，行歌躡紫煙。離心無遠近，長在玉京❻懸。

【注　釋】❶奉餞題　高尊師如貴道士，道士高如貴。尊師，對道士的敬稱。李陽冰〈草堂集序〉：「天子知其（李白）不可留，乃賜金歸之，遂就從祖陳留採訪大使彥允，請北海高天師授道籙於齊州紫極宮。」道籙，道教的符籙，凡入道者必受籙。詳見卷八〈訪道安陵遇蓋寰為予造真籙臨別留贈〉詩注。北海，唐郡名。即青州，天寶元年改為北海郡，乾元元年復改為青州。今山東青州。❷道隱句　《老子》：「道隱無名。」河上公注：「道潛隱，使人無能指名也。」《莊子・知北遊》：「道不可聞，聞而非也。道不可見，見而非也。」❸靈書句　靈書，仙書。《太平御覽》卷六七六引《後聖道君列記》：「刻以紫玉為簡，青金為文，龜母按筆，真童拂筵，玉童結編，名之曰《靈書》。」洞天，道教稱神仙所居的洞府。意謂洞中別有天地。❹萬劫　劫，佛教名詞。梵文音譯「劫波」的略稱，意譯為「遠大時節」。古印度傳說世界經歷若干萬年毀滅一次，重新再開始，此一滅一生為一「劫」，包括「成」、「住」、「壞」、「空」四個時期，叫做「四劫」。萬劫，猶萬世。❺別杖句　《後漢書・費長房傳》：「長房遂欲求道，而顧家人為憂。翁（壺公）乃斷一青竹，度與長房身齊，使懸之舍後。家人見之，即長房形也，以為縊死，大小驚號，遂殯葬之。長房立其傍，而莫之見也。於是遂隨從入深山。……長房辭歸，翁與一竹杖，曰：『騎此任所之，則自至矣。既至，可以杖投葛陂中也。』……長房乘杖，須臾來歸，自謂去家適經旬日，而已十餘年矣。即以杖投陂，顧視則龍也。」❻玉京　道教稱天帝所居之處。《魏書・釋老志》：「道家之原，出於老子。其自言也。先天地生，以資萬類。上處玉京，為神王之宗；下在紫微，為飛仙之主。」

【語　譯】真正的道深隱而不可見，《靈書》祕藏在神仙所居的洞天。吾師高天師掌握的真經道籙，是經過四萬劫世代的相遞真傳。您的竹杖大概就是當年仙翁送給費長房的仙杖，您邊走邊歌腳踏紫煙健步如飛。今日離別但心無遠近，長期在天上的玉京高懸著。

【研　析】此詩當是天寶三載（西元七四四年）秋冬之際在齊州送高如貴道士回青州而作。首二句謂道之隱不可見，所可見者寓於《靈書》，而《靈書》藏於洞天仙府。次二句謂高天師所得道籙真傳，已歷四萬劫。再次二句謂傳籙既畢，相別而歸，如費長房之留青竹杖，行歌躡紫煙而去。末二句謂雖別而心不別，長在玉京高懸，無遠近之殊。

## 金陵送張十一❶再遊東吳　金陵

張翰黃花句❷，風流五百年❸。誰人今繼作？夫子世稱賢。

再動遊吳棹，還浮入海船。春光白門柳❹，霞色赤城天❺。去國難為別，思歸各未旋。空餘賈生淚❻，相顧共悽然。

【注　釋】❶張十一　名字不詳。❷張翰句　《晉書・張翰傳》：「張翰字季鷹，吳郡吳人也。……翰因見秋風起，乃思吳中菰菜、蓴羹、鱸魚膾，曰：『人生貴得適志，何能羈宦數千里以要名爵乎！』遂命駕而歸。」張翰〈雜詩三首〉其一：「青條若總翠，黃花如散金。」此處以張翰比擬張十一。❸五百年　按張翰為西晉人，下距李白寫此詩時約四百五十年左右，此「五百年」乃大概言之。❹白門柳　詳見卷三〈陽叛兒〉注。❺霞色句　赤城，山名。岩石皆赤色如雲霞，故名。詳見卷一二〈夢遊天姥吟留別〉注。❻賈生淚　《史記・屈原賈生列傳》：「拜賈生為梁懷王太傅。……居數年，懷王騎，墮馬而死，無後。賈生自傷為傅無狀，哭泣歲餘，亦死。」此處詩人以賈誼自比。

【語　譯】晉朝的張翰曾寫過一首〈雜詩〉有詠黃花之句，風流傳誦至今已有五百年。如今誰還能繼承寫出這樣的好詩呢？只有您張君的才能得到世人的稱賢。

今天您又萌生再次舟往吳地的遊興，還要乘上海船入海浮遊。眼前春光明媚白門的柳色一片嫩綠，當您看到赤城山時又像被一天晚霞所染。我這個離開朝廷之人難於敘述別情，我們各自思歸的願望都未實現。空有當年賈誼那樣傷感的眼淚，在這相別之際淚眼相看而心情悽楚。

【研　析】此詩當是天寶八載（西元七四九年）春在金陵送友人之作。前四句以張翰比擬張十一，謂吳中有晉代張翰的黃花之句，辭意清新俊逸可謂人物之風流者，至今已有五百年，有何人能繼其作？唯有您舉世皆以為賢而可繼之。後段八句寫題意。先四句謂君昔遊吳，今復再遊，遂有乘船浮海之念。如今春光明媚，君自金陵白門柳下出發，君往東吳，霞色映赤城之天。末四句謂離開朝廷之人難以為別，又況各有思歸之心而未能如願。自己空有賈誼傷心之淚，臨歧相顧而心情悽然。明人評此詩曰：「以意遣詞，甚圓活有態。」

## 送紀秀才❶遊越

海水不滿眼，觀濤難稱心❷。即知蓬萊石，卻是巨鼇簪❸。送爾遊華頂❹，今余發舃吟❺。仙人居射的❻，道士住山陰❼。禹穴❽尋溪入，雲門❾隔嶺深。綠蘿秋月夜，相憶在鳴琴。

【注　釋】❶紀秀才　名字不詳。秀才，本為通稱才之秀者，始見於《管子・小匡》。漢以後成為薦舉人員科目之一。南北朝最重此科。唐初科舉曾設秀才科，不久廢，僅作為對一般讀書人的泛稱。❷海水二句　不滿眼，謂海水小。觀濤，謂觀看廣陵曲江（今江蘇揚州南之一段長江）之江濤。枚乘〈七發〉「並往觀濤乎廣陵之曲江」，即此。酈道元注《水經》，誤引〈七發〉之曲江入〈漸江水〉，其後遂有廣陵之曲江即浙江之說。❸即知二句　意謂由此可知海中的蓬萊山，卻只是巨鼇背上的一支簪。《初學記》卷三〇引《玄中記》：「東南之大者，有巨鼇焉，以背負蓬萊山，周迴四千里。巨鼇，巨龜也。」❹華頂　山名。天台山的最高峰。在今浙江天台縣東北。❺今余句　今，王本作「令」。舄吟，莊舄越吟。《史記・張儀列傳》：「越人莊舄仕楚執珪，有頃而病。楚王曰：『舄故越之鄙細人也，今仕楚執珪，貴富矣，亦思越不？』中謝對曰：『凡人之思故，在其病也。彼思越則越聲，不思越則楚聲。』使人往聽之，猶尚越聲也。」王粲〈登樓賦〉：「莊舄顯而越吟。」後因以「越吟」或「舄吟」比喻思鄉之歌。❻射的　山名。《水經注・漸水》：「秦始皇登會稽山，……又有射的山，遠望山的，狀若射侯，故謂射的。射的之西有石室，名之為射堂。年登否，常占射的，以為貴賤之準。的明則米賤，的闇則米貴。故諺云：射的白，斛米百；射的玄，斛米千。」❼道士句　《法書要錄》卷二虞龢〈論書表〉：「又（王）羲之性好鵝，山陰曇釀村有一道士，養好鵝十餘，王清旦乘小船故往，意大願樂，乃告求市易，道士不與，百方譬說，不能得。道士乃言性好道，久欲寫河上公《老子》，縑素早辦，而無人能書，府君若能自屈，書《道德經》各兩章，便合群以奉。羲之便住半日，為寫畢，籠鵝而歸。」❽禹穴　相傳為夏禹的葬地。在今浙江紹興之會稽山。《史記・太史公自序》：「二十而南遊江、淮，上會稽，探禹穴。」裴駰《集解》引張晏曰：「禹巡狩至會稽而崩，因葬焉。上有孔穴，民間云禹入此穴。」❾雲門　山名。施宿《會稽志》卷九：「雲門山，在會稽縣南三十里。舊經云：晉義熙二年，中書令王子敬居此，有五色雲見，詔建寺，號雲門。」

【語　譯】眼中連大海之水都不滿的人，觀看江濤當然更難稱他的心願。由此可知那東海中的蓬萊山，卻只是巨鼇背上的一支玉簪。今日送您去遊越中的華頂峰，也引發我對莊舄越吟的思念：射的山石洞中住著以往的神仙，山陰有用鵝向王羲之換字的道士。順溪而入可以尋到禹王穴，雲門寺深掩在雲門山間。在那秋夜月照的綠蘿下，您一定會把對老朋友相憶的心情寄託在琴絃中。

【研析】此詩當是天寶八載（西元七四九年）在金陵送友人遊越而作。首四句為下文作襯托。謂海水之大尚不足觀，況廣陵江濤乃一方小水耳。由此知東海中之蓬萊仙山，乃巨鼇之玉簪也。此皆不足觀。次六句描寫越中勝景之可觀。送您往遊天台華頂峰，引得自己發越吟：會稽有仙人居的射的山，有以鵝換取王羲之書寫《道德經》的道士，沿溪可到上古的禹穴，隔嶺深處可見雲門寺。越中勝景可謂不一而足。末二句寫別後相思，幽雅風流。嚴羽評此詩首二句：「眼孔大，胸懷別，非常人作非常語。」甚是。

## 送長沙陳太守❶二首

### 其一

長沙陳太守，逸氣❷凌青松。英主賜玉馬❸，本是天池龍❹。湘水迴九曲❺，
衡山望五峰❻。榮君按節❼去，不及❽遠相從。

【注釋】❶長沙陳太守　姓陳的長沙郡太守。名字不詳。長沙，郡名，即潭州，天寶元年改為長沙郡，乾元元年復改為潭州。治所在今湖南長沙。❷逸氣　超脫世俗的氣概、氣度。曹丕〈與吳質書〉：「公幹有逸氣，但未遒耳。」❸玉馬　名貴的良馬。曹植〈大魏篇〉：「玉馬充乘輿，芝蓋樹九華。」按：蕭本、郭本、王本、咸本作「五馬」。亦通。漢時太守乘坐的車用五匹馬駕轅，因借指太守的車駕。《玉臺新詠・日出東南隅行》：「使君從南來，五馬立踟躕。」❹天池龍　天池，指長安宮中御苑中之池。庾信〈春賦〉：「馬是天池之龍種。」唐太宗〈詠飲馬〉：「翻是天池裡，騰波龍種生。」❺湘水句　謂湘水有九段曲折迴旋。《水經注・湘水》：「衡山東、南二面臨映湘川，自長沙至此，江湘七百里中，有九向九背。故漁者歌曰：『帆隨湘轉，望衡九面。』」❻五峰　衡山諸峰最著名的五座山峰：即紫蓋、天柱、芙蓉、石廩、祝融。❼按節　《史記・司馬相如列傳》：「案節未舒。」司馬貞《索隱》引司馬彪曰：「案轡徐行得節，故曰案節；馬足未展，故曰未舒之也。」

❽及　宋本在此字下夾注：「一作：得」。

【語　譯】您這位長沙陳太守，脫俗雄逸之氣超過青松。英明的君主賜給您五匹良馬，本是天池的龍種。湘水曲折九流迴，能從各個角度望見衡山的五峰。我羨慕您按轡車馬緩行得節，可惜我不能隨從您遠去。

【研　析】此詩當是天寶二年（西元七四三年）供奉翰林時送陳太守赴任長沙而作。前四句讚美陳太守的脫俗氣概，得到天子賞識而賜龍馬，膺太守之命。接著二句寫長沙郡美景，乃陳太守赴任之地。末二句寫送別。太守按節南行，自己卻不得相從遠去。

## 其二

七郡長沙國❶，南連湘水濱。定王垂舞袖，地窄不迴身❷。莫小二千石❸，當安遠俗人。洞庭鄉路遠，遙羨錦衣春❹。

【注　釋】❶七郡句　唐代於潭州長沙郡置都督府，天寶年間長沙郡都督府管長沙郡（潭州）、衡陽郡（衡州）、零陵郡（永州）、連山郡（連州）、江華郡（道州）、桂陽郡（郴州）、邵陽郡（邵州）七郡。此七郡，皆為漢時長沙國故地。據《漢書・地理志下》，漢長沙國管縣十三。❷定王二句　定，宋本、咸本作「吳」，據蕭本、郭本、繆本、王本改。按：此處用《漢書・長沙定王劉發傳》事，「吳」字顯然誤。垂舞袖，《漢書・長沙定王劉發傳》：「母唐姬，故程姬侍者。……以其母微無寵，故王卑濕貧國。」顏師古注引應劭曰：「景帝後二年諸王來朝，有詔更前稱壽歌舞。定王但張袖小舉手，左右笑其拙。上怪問之，對曰：『臣國小地狹，不足回旋。』帝乃以武陵、零陵、桂陽益焉。」❸二千石　漢朝制度：郡太守俸祿為二千石，後因稱太守為「二千石」。❹錦衣春　即衣錦還鄉之意。《梁書・柳慶遠傳》：「出為……雍州刺史，高祖（梁武帝）餞於新亭，謂曰：『卿衣錦還鄉，朕無西顧之憂矣。』」

【語　譯】湖南七郡本是漢代的長沙國，南方連接湘水之濱。當初長沙定王在漢景帝面前小舉手張舞袖，就是因為長沙國地小不足迴身。但是您不要小看長沙太守這個職位，應當做好使遠俗之人安居樂業的工作。洞庭鄉路雖然遙遠，但我仍然羨慕您這穿錦衣的朝廷命臣。

【研　析】此詩承接上首。謂湖南七郡為長沙舊國，南連湘水。當初漢長沙定王曾以地狹不足迴旋，景帝特予三郡增益。今君為長沙郡太守，食二千石之祿，乃古之諸侯，不可小看，當以安遠人盡職責為貴，不辜負朝廷用人之意。長沙洞庭，鄉路雖遠，我亦遙羨君有衣錦之榮。蓋陳太守家在洞庭附近，離長沙不遠，故有此語。

## 送楊燕❶之東魯

關西楊伯起❷，漢日舊稱賢。四代三公族❸，清風播人天。夫子華陰❹居，開門對玉蓮❺。何事歷衡霍❻，雲帆今始還？君坐稍解顏❼，為君❽歌此篇。我固侯門士❾，謬登聖主筵。一辭金華殿❿，蹭蹬長江邊。二子魯門東⓫，別來已經年。因君此中去，不覺淚如泉。

【注　釋】❶楊燕　人名。事蹟不詳。據詩中所述，當是漢楊震後裔。居家華陰縣。❷關西句　《後漢書・楊震傳》：「楊震字伯起，弘農華陰人也。……震少好學，受《歐陽尚書》於太常桓郁，明經博覽，無不窮究。諸儒為之語曰：『關西孔子楊伯起。』」❸四代句　三公，宋本原作「五公」。據蕭本、郭本、繆本、王本、咸本改。王琦注：「（楊震）永寧元年代劉愷為司徒，延光二年代劉愷為太尉。震子秉，延熹五年代劉矩為太尉。秉子賜，熹平二年代唐珍為司空，五年代袁隗為司徒，光和五年拜太尉。賜子彪，中平六年代董卓為司空，其冬代黃琬為司徒，興平元年代朱儁為太尉。自震至彪，四世太尉，德業相繼，與袁氏俱為東京名族云。……琦按：《後漢書》：『諸袁事漢，四世五公。』陳子昂〈梓州司馬楊君神道碑〉：『追震、秉、彪、賜，四代五公，光烈照於漢室，盛德充於海內。』」李頎詩：『漢家名臣楊德祖，四代五公享茅土。』」五公，謂太傅、太尉、司徒、司空、大將軍也。楊氏四世，但為三公，未有登太傅、大將軍之位，不知諸書何以言之？然其語則已有所本，未可以為誤也。」❹華陰　唐縣名。以在華山之陰而得名。屬京畿道華州。今陝西華陰。又，唐郡名。即華州，天寶元年改為華陰郡，乾元元年復為華州。❺玉蓮　指華山玉女峰、蓮花峰。按：華山在今陝西東部，屬秦嶺東段。因遠望像花，故名。主峰太華山，故稱西嶽，在今華陰市南。王琦注：「或謂《華山記》云：『山頂有池，生千葉蓮花，服之羽化』，昌黎所謂『太華峰頭玉井蓮，花開十丈藕如船。』玉蓮似指玉井蓮也。」❻衡霍　今安徽霍山縣南之天柱山，一名霍山，又名衡山，故稱衡霍。《爾雅・釋山》：「霍山為南岳。」邢昺疏引郭云：「霍山……別名天柱山，漢武帝以衡山遼曠，移其神於此。今其土俗人皆呼之為南岳。南岳本自以兩山為名，非從近也。」《史記・孝武本紀》：「上巡南郡，至江陵而東。登禮潛之天柱山，號曰南岳。」裴駰《集解》引應劭曰：「潛縣屬廬江。南岳，霍山也。」又引文穎曰：「天柱山在潛縣南，有祠。」❼解顏　開顏歡笑。《列子・黃帝》：「夫子始一解顏而笑。」❽君　宋本作「我」，據胡本、《全唐詩》改。❾侯門士　奔走於公侯之門的文士。❿金華殿　漢宮名。《三輔黃圖》卷二：「未央宮有宣室、麒麟、金華……等殿。」此處借指唐朝宮殿。⓫二子句　李白有子名伯禽，有女曰平陽。見卷一一〈寄東魯二稚子〉詩。魯門東，指魯郡瑕丘縣城門東。時李白子女寓居於此。

【語　譯】您的祖先楊伯起，在漢代就有「關西孔夫子」的賢稱。四代人都曾為漢代的三公，高潔的風範揚名於人天之間。楊君您居住在華陰，開門就對著西嶽華山的美景。為什麼還要去遊歷南嶽霍山，今天才乘舟回到這六朝古都金陵？

請您坐著稍微放鬆開顏歡笑，聽我為您歌唱此篇訴一訴衷情。我本是奔走於公侯間的文士，錯被天子厚愛登上宮廷成為侍從。一旦辭別朝廷，就在長江邊淪為潦倒失意之人。我的兩個兒女留在東魯，我與他們已經分別一年。因為您此次要到那裡去請代我撫問他們，我激動得不禁淚如泉湧。

【研　析】此詩當是天寶六載（西元七四七年）在金陵作。前段從楊燕之祖先開說，楊震被譽為「關西孔子」，乃漢之賢人。四世相繼為三公，清風播於人間。迨至友人楊燕居於華陰，門對華山勝境。何以遠出衡霍，今乃乘舟過金陵始還。蓋詩人於金陵遇其還而復送其往東魯。後段抒情以送別。謂與君偶坐請君開顏，我為作此詩以送君。自謂本是侯門之客，蒙天子錯愛而登金殿供奉翰林。一旦離開朝廷，遂潦倒在長江邊。一雙兒女寄住在魯門之東，分別已一年。今君往東魯，當為我問訊撫慰，思念至此，不覺淚下如泉。

## 送蔡山人❶

我本不棄世，世人自棄我。一乘無倪❷舟，八極縱遠柂❸。燕客期躍馬，唐生安敢譏❹？採珠勿驚龍，大道可暗歸❺。故山有松月，遲❻爾翫清暉。

【注釋】❶蔡山人　名字不詳。山人，隱居山林之人。按：高適亦有〈送蔡山人〉詩。當是同時之作。其詩曰：「東山布衣明古今，自言獨未逢知音。識者閱見一生事，到處豁然千里心。看書學劍長辛苦，近日方思謁明主。斗酒相留醉復醒，悲歌數年淚如雨。丈夫遭遇不可知，買臣主父皆如斯。我今蹭蹬無所似，看爾崩騰何若為。」可參讀。❷無倪　沒有邊際。卷一〈古風〉其四十一：「飄飄入無倪。」❸八極句　八極，最邊遠之地。《淮南子・墬形訓》：「九州之外，乃有八殥」、「八殥之外，而有八紘」、「八紘之外，乃有八極」。柂，同「舵」。船上控制航行方向的裝置。郭璞〈江賦〉：「淩波縱柂。」❹燕客二句　《史記・范雎蔡澤列傳》：「蔡澤者，燕人也。游學干諸侯，小大甚眾，不遇。而從唐舉相，曰：『吾聞先生相李兌，曰百日之內持國秉，有之乎？』曰：『有之。』曰：『若臣者何如？』唐舉孰視而笑曰：『先生曷鼻，巨肩，魋顏，蹙齃，膝攣。吾聞聖人不相，殆先生乎？』蔡澤知唐舉戲之，乃曰：『富貴吾所自有，吾所不知者壽也，願聞之。』唐舉曰：『先生之壽，從今以往者四十三歲。』蔡澤笑謝而去，謂其御者曰：『吾持粱刺齒肥，躍馬疾驅，懷黃金之印，結紫綬於要，揖讓人主之前，食肉富貴，四十三年足矣。』」後蔡澤為秦相。安旗主編《李白全集編年注釋》曰：「二句以蔡澤喻蔡山人，謂其來日當有大富大貴，他人未可輕譏之。」❺採珠二句　《莊子・列禦寇》：「河上有家貧恃緯蕭而食者，其子沒於淵，得千金之珠。其父謂其子曰：『……夫千金之珠，必在九重之淵而驪龍頷下。子能得珠者，必遭其睡也。使驪龍而寤，子尚奚微之有哉！』」二句以採珠勿驚龍比喻取富貴不能觸君王之怒，得大道可退隱以全身。❻遲　等待。《荀子・修身》：「故學曰遲。」楊倞注：「遲，待也。」謝安〈與支遁書〉：「唯遲君來，以晤言消之。」

【語　譯】我本來不想棄世，但世人卻拋棄我。一旦乘上無涯際的舟船，就會放縱駛向那荒遠八極的船舵。當年燕人蔡澤曾找人占卜前程，已看出其必將富貴的唐舉怎敢譏笑他？採集寶珠千萬不可將驪龍驚醒，人生的大道可以在隱退中獲得。故山松林間有明月相照，正等待著您去賞玩她的清輝。

【研　析】此詩當是天寶三載（西元七四四年）離開長安遊梁宋時之作。首二句謂自己本是想濟世之人，沒有棄世之心，而世人不用我而棄我耳。次二句謂一旦逍遙自在，乘上小舟，可以縱遊八方，無所顧忌。再次二句以蔡澤、唐舉的典故，意謂蔡山人來日當大富貴，他人豈敢譏笑。七、八兩句告戒友人取功名不當觸怒天子，得大道可退隱而歸。末二句謂故山中有松月，正等待著您回去賞玩清輝。蓋蔡山人有入世求仕之意，而詩人已失意而歸，故有勸戒之語，乃至冀其歸山。此與高適送詩中對蔡多激勵之語不同，蓋高適其時尚未入仕。

## 送蕭三十一❶之魯中兼問稚子伯禽

六月南風吹白沙❷，吳牛喘月❸氣成霞。水國鬱蒸❹不可處，時炎道遠無行車❺。
夫子如何涉江路，雲帆嫋嫋金陵去。高堂倚門望伯魚❻，魯中正是趨庭❼處。
我家寄在沙丘❽傍，三年不歸空斷腸。君行既識伯禽❾子，應駕小車騎白羊❿。

【注　釋】❶蕭三十一　名字不詳。在同祖兄弟中排行三十一。按：宋本原作二十一，據蕭本、郭本、胡本、繆本、王本、咸本改。❷南風吹白沙　《晉書・五行志中》：「元康中，京洛童謠曰：『南風起，吹白沙，遙望魯國何嵯峨，千歲髑髏生齒牙。』」❸吳牛喘月　見卷四〈丁都護歌〉注。❹鬱蒸　悶熱。傅玄〈苦熱〉詩：「呼吸氣鬱蒸。」宋本在「鬱」字下夾注：「一作：歊」。❺時炎句　程曉〈嘲熱客〉詩：「平生三伏時，道路無行車。」❻高堂句　高堂，父母。《戰國策．齊策六》：「王孫賈……母曰：『女朝出而晚來，則我倚門而望。』」伯魚，孔丘之子孔鯉的字。《孔子家語．本姓解》：「（伯）魚之生也，魯昭公以鯉魚賜孔子。榮君之貺，因名鯉而字伯魚。」此處以伯魚喻蕭三十一。❼趨庭　《論語．季氏》：「（孔子）嘗獨立，（孔）鯉趨而過庭。曰：『學《詩》乎？』對曰：『未也。』『不學《詩》，無以言。』鯉退而學《詩》。」後因以「趨庭」為承受父教的代稱。❽沙丘　李白在兗州魯郡的居住地。詳見卷一〇〈沙丘城下寄杜甫〉詩注。❾伯禽　李白之子。❿應駕句　嚴羽評曰：「是憶兒曹語。」《世說新語．容止》：「衛玠從豫章至下都，人久聞其名，觀者如堵牆。」劉孝標注引《玠別傳》曰：「玠在群伍之中，實有異人之望。齠齔時，乘白羊車於洛陽，市上咸曰：『誰家璧人？』於是家門州黨號為璧人。」齠齔，兒童換齒，即脫去乳齒，長出恆齒。因用以指八歲左右的童年。

**【語　譯】**六月的南風吹起滾熱的白沙，吳牛見月而喘水氣都變成雲霞。水鄉悶熱得實在難以居住，天熱道遠路上沒有行車。蕭君您如何踏上江船走水路，翩翩雲帆就要離金陵而去。高堂老母正在倚門望您，魯中正是您承受父教之處。我的家就寄住在沙丘附近，我離家已三年不歸想起兒女就傷心腸斷。您這次去沙丘就會認識我的兒子伯禽，他應當像衛玠童年一樣駕著白羊車在市上玩耍。

**【研　析】**詩云「六月南風吹白沙」，「三年不歸空斷腸」，李白自天寶五載告別東魯南下越中，然後回到金陵。則此詩當是天寶八載（西元七四九年）夏在金陵作。首四句描寫江南六月天氣炎熱情景。次四句想像蕭三十一乘舟離開金陵回東魯，其高堂老母正倚門望兒歸，魯中正是承受父教的地方。末四句描寫自己思子的心情。三年不歸沙丘家中，思念兒女痛斷肝腸。蕭君此去請代慰問，想像兒子應像衛玠童年那樣乘白羊車於市上。詩語雖淺淡但感情卻深厚。

## 送楊山人❶歸嵩山

我有萬古宅❷，嵩陽玉女峰❸。長留一片月，挂在東溪松。爾去掇仙草，菖蒲花紫茸❹。歲晚或相訪，青天騎白龍❺。

【注釋】❶楊山人　見卷七〈駕去溫泉宮後贈楊山人〉、卷一三〈送楊山人歸天台〉詩注。高適亦有〈送楊山人歸嵩陽〉詩，劉長卿有〈夜宴洛陽程九主簿宅送楊三山人往天台尋智禪師隱居〉詩，當為同一人。今人許嘉甫〈李白交遊考錄三題〉（《中國李白研究》一九九〇年集下），推測此人為楊炎之父楊播。《舊唐書・楊炎傳》：「父播，登進士第，隱居不仕。玄宗徵為諫議大夫，棄官就養，亦以孝行禎祥，表其門閭。肅宗就加散騎常侍，賜號玄靖先生。名在《逸人傳》。炎美鬚眉，風格峻峙，文藻雄麗，汧隴間號為小楊山人。」❷萬古宅　永久居住之宅。❸玉女峰　王琦注引《登封縣志》：「太室二十四峰，有玉女峰，峰北有石如女子，上有大篆七字，人莫能識。」❹爾去二句　宋本在二句下夾注：「一作：君行到此峰，餐霞駐衰容」。菖，宋本作「昌」，據蕭本、郭本、胡本、王本改。《神仙傳》卷三〈王興傳〉：「聞中岳石上菖蒲一寸九節，服之可以長生。」《抱朴子・仙藥》：「韓終服菖蒲十三年，身生毛。日視書萬言，皆誦之。冬袒不寒。又，菖蒲生須得石上，一寸九節已上。紫花者，尤善也。」《文選》卷二二謝靈運〈於南山往北山經湖中瞻眺〉詩：「新蒲含紫茸。」李善注：「《蒼頡篇》曰：『茸，草貌。』」然此茸謂蒲華（花）也。」按：卷二二有〈嵩山採菖蒲者〉詩，可參讀。❺騎白龍　王琦注引《廣博物志》：「瞿武，後漢人也。七歲絕粒，服黃精紫芝，入峨眉山，天竺真人授以真訣，乘白龍而去。」

【語譯】我有萬古可居的仙宅，那就是嵩山之陽的玉女峰。那裡長有一輪明月掛在東溪松林之上。您去那裡採集仙草，去餐食菖蒲的紫花可保持青春。年底時我可能到嵩山去拜訪您，那時您可能正騎著白龍上青天。

【研析】此詩當是天寶三載（西元七四四年）與高適同遊梁宋時所作。前四句自謂有萬古不朽之宅在嵩山玉女峰，那裡長有一片皎月掛在東溪松林之上。後四句謂楊山人歸嵩山採仙草為食，當服菖蒲紫花可以長生，歲暮或去相訪，屆時想必已得道駕龍昇天以相晤耳。嚴羽評曰：「『萬古宅』三字作達人語會方妙，一涉仙氣便癡。」又於「爾去」二句下評曰：「一作『君行到此峰，餐霞駐衰容』，見此二句方知本句之佳，便仙凡，便分雅俗。」

# 送殷淑❶三首

## 其一

海水不可解，連江夜為潮。俄然浦嶼❷闊，岸去酒船遙。惜別耐取醉❸，鳴根❹且長謠。天明爾當去，應有便風❺飄。

【注　釋】❶殷淑　著名道士李含光的弟子，號中林子。顏真卿〈玄靜先生廣陵李君（含光）碑〉：「真卿與先生門人中林子殷淑、遺名子韋渠牟嘗接采真之遊，緒聞含一之德。」可知殷淑拜李含光為師。按：李含光卒於大曆四年（西元七六九年），當時韋渠牟僅二十一歲，顏真卿將韋渠牟與殷淑並列，可以想見殷淑的年齡也不會很大。顏文又曰：「真卿乾元二年以昇州刺史充浙西節度，欽承至德，結慕玄微，遂專使致書於茅山，以抒誠懇。先生持令韋煉師景昭覆書於真卿，恩眷綢繆，足勵超然之至。」可知顏真卿從乾元二年（西元七五九年）開始才與李含光有交往。由此推知，顏真卿與殷淑、韋渠牟「接采真之遊」當在乾元二年至大曆四年間。參見卷一一〈三山望金陵寄殷淑〉詩注。❷浦嶼　水中小島。❸耐取醉　拚得一醉。張相《詩詞曲語辭匯釋》卷二：「耐，願辭，猶寧也；判（拚）也；亦猶云值得也。……太白〈送殷淑〉詩：『惜別耐取醉……。』……凡耐醉字均猶云判醉，或值得一醉，均為願辭。」❹鳴根　根，「榔」的本字。蕭本、郭本、王本、咸本、皆作「榔」。王琦注：「潘岳〈西征賦〉：『鳴榔厲響。』李善注：『《說文》云：榔，高木也，以長木叩船為聲，所以驚魚，令人網也。』一說，榔，船板也，船行則響，謂之鳴榔。駱賓王詩『鳴榔下貴洲』、沈佺期『鳴榔曉帳前』是也。若太白此篇，送客，非觀漁；停舟飲酒，非掛帆長行；所謂鳴榔者，當是擊船以為歌聲之節，猶扣舷而歌之義。」❺應有便風　蕭本、郭本、胡本作「應便有風」。

【語　譯】海水不可排泄，到夜晚連著江水一起成為大潮狂湧。一瞬間將江中島嶼吞沒而江面突然寬闊，載酒的小舟已離岸很遠。在這依依惜別之際值得一醉，擊船為節伴著我的長歌。天亮時您就要離去，應有順風送您遠行。

【研　析】此三首詩當是上元二年（西元七六一年）在金陵作。此首前六句都是寫景，即景抒情。海水湧入長江，潮水淹沒島嶼，詩人與友人對酒高歌，拚得一醉。末二句祝頌友人天明舟行一路順風。可謂情真意切。

## 其二

白鷺洲❶前月，天明送客迴。青龍山❷後日，早出海雲來。流水無情去，征帆逐吹開。相看不忍別，更進手中盃。

【注　釋】❶白鷺洲　在今南京市江東門一帶。原為長江中之島嶼，後因長江外移，遂與陸地相接。❷青龍山　《景定建康志》卷一七：「青龍山在城東南三十五里，周迴二十里，高九十丈。」按：在今南京江寧區淳化鎮東北。

【語　譯】白鷺洲前的明月還高掛在天邊，天已明而因送客而在空中留連徘徊。青龍山後升起一輪紅日，早早地從海雲中跳躍出來。江水無情地向東流去，行人的征帆已在風中逐漸張開。主客相看不忍相別，再乾手中酒一杯以澆愁懷。

【研　析】此詩寫白鷺洲，青龍山，海雲，江水，征帆，都是在金陵送別時的景色。「相看不忍別，更進手中盃。」更是分別語。據詩意，當置於第三首。

## 其三

痛飲龍筇❶下，燈青月復寒。醉歌驚白鷺，半夜起沙灘。

【注釋】❶龍筇　竹名。即筇竹。因高節實中，常用作手杖，為杖中珍品。戴凱之《竹譜》：「筇竹高節實中，為杖之極。《廣志》云出南廣邛都縣。」亦作「邛竹」。《史記・大宛列傳》：「(張)騫曰：『臣在大夏時，見邛竹杖、蜀布。』」張守節《正義》：「邛都邛山出此竹，因名『邛竹』。節高實中，或寄生，可為杖。」

【語譯】我們在龍筇竹林下痛飲，船上的青燈伴著月色感到淒寒。一醉高歌驚起白鷺，半夜裡從沙灘上紛紛高飛。

【研析】此詩描繪兩人在竹林中痛飲，月夜青燈感覺寒冷。醉酒高歌使一群白鷺驚醒，半夜裡紛紛從沙灘上起飛。從詩意看，詩中寫的是分別前的宴飲。應置於第二首。前詩才是真正的送別，應置於第三首。

## 送岑徵君歸鳴皋山❶

岑公相門子❷，雅望歸安石❸。奕世皆夔龍❹，中台竟三拆❺。至人達機兆❻，高揖九州伯❼。奈何天地間，而作隱淪客❽？

貴道皆全真❾，潛輝臥幽鱗❿。探元入窅默⓫，觀化遊無垠⓬。

光武有天下，嚴陵為故人。雖登洛陽殿，不屈巢由身⓭。余亦謝明主⓮，今稱偃蹇⓯臣。

登高覽萬古，思與廣成⓰鄰。蹈海寧受賞⓱？還山非問津⓲。西來⓳一搖扇，共拂元規塵⓴。

【注　釋】❶送岑徵君題　咸本題作〈送岑徵君還鳴皋〉，無「山」字。岑徵君、鳴皋山，見卷六〈鳴皋歌送岑徵君〉注。❷相門子　岑參〈感舊賦并序〉：「國家六葉，吾門三相矣。江陵公為中書令，輔太宗；鄧國公為文昌右相，輔高宗；汝南公為侍中，輔睿宗。相承寵光，繼出輔弼。……逮乎武后臨朝，鄧國公由是得罪。先天中，汝南公又得罪。朱輪華轂，如夢中矣。」據兩《唐書．岑文本傳》，文本於太宗貞觀中為中書令，封江陵縣子。文本兄子長倩，高宗永淳中為兵部侍郎、同中書門下平章事；垂拱初拜文昌右相，封鄧國公。為來俊臣誣陷被誅。文本孫羲，中宗時同中書門下三品，睿宗時為侍中。封南陽郡公。先天元年坐預太平公主謀逆伏誅。據此可知，岑徵君與岑參似為從兄弟。❸雅望句　雅望，美好的聲望；高雅的儀容、氣度。安石，《晉書．謝安傳》：「謝安字安石，……時安弟萬為西中郎將，總藩任之重。安雖處衡門，其名猶出萬之右，自然有公輔之望，處家常以儀範訓子弟。」❹奕世句　奕世，累世。《國語．周語》：「奕世載德。」夔龍，堯舜時的兩位賢臣。詳見卷六〈鳴皋歌送岑徵君〉注。❺中台句　《晉書．天文志上》：「三台六星，兩兩而居，起文昌，列抵太微。一曰天柱，三公之位也。在人曰三公，在天曰三台，主開德宣符也。西近文昌二星曰上台，為司命，主壽。次二星曰中台，為司中，主宗室。東二星曰下台，為司祿，主兵，所以昭德塞違也。」又〈天文志下〉：「永康元年三月，中台星坼，太白晝見。占曰：『台星失常，三公憂。太白晝見，為不臣。』是月，賈后殺太子，趙王倫尋廢殺后，斬司空張華。」拆，通「坼」。裂開。按：岑氏三相，二人被殺，此詩言「三拆」，「三」當是「二」之誤。宋本在「竟」字下夾注：「一作：有」。❻至人句　至人，指思想道德達到最高境界的人。《荀子．天論》：「故明於天人之分，則可謂至人矣。」《莊子．田子方》：「得至美而遊乎至樂，謂之至人。」機兆，猶言徵兆、苗頭。歐陽建〈臨終詩〉：「古人達機兆。」❼高揖句　高揖，雙手抱拳高舉過頭作揖。古代作為辭別時的禮節。亦指辭謝告退。謝靈運〈述祖德詩〉其二：「高揖七州外，拂衣五湖裡。」九州伯，猶九州長。全國最高長官。《高士傳》卷上：「堯讓天下於許由，……由於是遁耕於中岳潁水之陽，箕山之下。……堯又召為九州長，由不欲聞之，洗耳於潁水濱。」《晉書．桓玄傳》：「桓玄字敬道，一名靈寶，大司馬溫之孽子也。……太元末，出補義興太守，鬱鬱不得志。嘗登高望震澤，歎曰：『父為九州伯，兒為五湖長！』棄官歸國。」❽隱淪客　埋沒沉淪之士，指隱士。謝靈運〈入華子崗是麻源第三谷〉詩：「既枉隱淪客，亦棲肥遁賢。」❾貴道句　貴道，猶重道。《禮記．聘義》：「天下莫不貴者，道也。」宋本在「皆」字下夾注：「一作：能」。蕭本、郭本、王本作「能」。全真，保全自然之本性。《文選》卷二三嵇康〈幽憤〉詩：「志在守樸，養素全真。」張銑注：「養素全真，謂養其質以全真性。」❿潛輝句　句意謂如魚龍幽臥潛匿光輝。潛輝，猶潛光。隱匿光輝。指隱居。鱗，宋本、繆本、王本、咸本皆作「鄰」，皆夾注：「一作：鱗」。胡本作「鱗」，是。據改。⑪探元句　元，同「玄」。窅，同「窈」。窅默，奧妙精深貌。《莊子・在宥》：「至道之精，窈窈冥冥；至道之極，昏昏默默。」⑫觀化句　觀化，觀察變化。《莊子・至樂》：「且吾與子觀化而化及我，我又何惡焉！」無垠，《淮南子・原道訓》：「上遊於霄雿之野，下出於無垠之門。」高誘注：「無垠，無形狀之貌。」⑬光武四句　用嚴子陵故事。《後漢書・嚴光傳》：「嚴光，字子陵，……會稽餘姚人也。少有高名，與光武同遊學。及光武即位，乃變名姓，隱身不見。帝思其賢，乃令以物色訪之。後齊國上言：『有一男子，披羊裘釣澤中。』帝疑其光，乃備安車玄纁，遣使聘之。三反而後至，舍於北軍，給牀褥，太官朝夕進膳。……車駕即日幸其館，光臥不起，帝即其臥所，撫光腹曰：『咄咄子陵，不可相助為理邪？』光又眠不應，良久，乃張目熟視，曰：『昔唐堯著德，巢父洗耳。士故有志，何至相迫乎！』帝曰：『子陵，我竟不能下汝邪？』於是升輿歎息而去。……除為諫議大夫，不屈，乃耕於富春山，後人名其釣處為嚴陵瀨焉。」⑭謝明主　辭別君王。指天寶三載賜金還山，離開朝廷。⑮偃蹇　困頓、臥息。李白詩中多用作此義。如〈留別王司馬嵩〉詩：「蒼山容偃蹇。」〈詠山樽〉其二：「偃蹇在君門。」〈題嵩山逸人元丹丘山居并序〉：「偃蹇陟廬霍。」⑯廣成　神仙名。詳見卷一〈古風〉其二十五「世道日交喪」注。⑰蹈海句　用魯仲連說服新垣衍不敢復言帝秦故事。有「彼即肆然而為帝，過而為政於天下，則連有蹈東海而死耳，吾不忍為之民也」句，又「平原君欲封魯連，魯連辭讓者三，終不肯受」。見《史記・魯仲連鄒陽列傳》。詳見卷一〈古風〉其九「齊有倜儻生」注。⑱問津　詢問渡口。《論語・微子》：「使子路問津焉。」後用為探求或尋訪之意。陶淵明〈桃花源記〉：「後遂無問津者。」指無人探訪桃花源。⑲西來　宋本在二字下夾注：「一作：終期」。⑳元規塵　元規，晉朝庾亮字元規。《晉書・王導傳》：「時（庾亮）雖居外鎮，而執朝廷之權。既據上流，擁強兵，趣向者多歸之。導內不能平。常遇西風塵起，舉扇自蔽，徐曰：『元規塵汙人。』」

**【語　譯】**岑公是相門的後代，又像晉代謝安那樣有美好的聲望。家族中歷代都是夔、龍一樣的國家棟梁，擔任宰相的有三人而二人竟被誅。賢聖之人能預見徵兆，遨遊州郡長官之間而辭謝不拜。為何在如此廣闊的天地之間，卻偏要做高臥深山的隱淪之客？

尊重道才能保持全真，魚龍不露真相而潛隱在深淵中。探索道的玄微必須深入奧妙精微，觀察自然的變化才能暢遊於無形無狀之門。

東漢光武帝取得天下時，嚴子陵是他的老朋友。即使漢光武帝登上洛陽寶殿，嚴子陵也不肯屈服改變巢由一樣的隱逸之身。我也辭別當今的英明君主，如今可稱是困頓之臣。

我登高觀覽萬古人事，還是思慕與廣成子這樣的仙人為鄰。魯仲連為人排憂解難豈為受賞？陶淵明並非為追尋世外桃源而辭官歸隱。岑公西來本為一搖王導的羽扇，我們共同拂去庾亮汙染人的灰塵。

【研　析】此詩當是天寶三載（西元七四四年）遊梁宋時與卷六〈鳴皐歌送岑徵君〉同時之作。首段八句從家世說起。岑公乃相門之子，聲望同於當年謝安。三代為相，竟二人被誅。然後寫到岑公。公為至人而能洞達徵兆，遨遊州伯之間而長揖辭謝。為何在廣闊天地間，而作隱淪之客。次段四句即回答上段提問。重道能保全真，故必須韜光潛輝。控玄深入精妙，觀察造化遊於無形之門。則雖隱淪，所得不淺。再次段以嚴子陵雖為光武帝故人而仍學巢由隱居為例，說明太平盛世仍有不求富貴之士。然後說到自己亦辭別明主，甘為偃蹇之臣，唯求不愧於古人。末段六句寫登高覽古以抒懷，願從廣成子以成仙，學魯連蹈海而不受賞，辭明主而還山並非尋找桃花源。今岑公西來相與搖扇，共拂庾亮之塵，勿令塵汙我輩。

## 送范山人歸太山❶

魯客抱白雞❷，別余往太山。初行若片雪❸，杳在青崖間。高高至天門，日觀❹近可攀。雲生❺望不及，此去何時還？

【注　釋】❶送范山人題　范山人，卷一六〈尋魯城北范居士失道落蒼耳中見范置酒摘蒼耳作〉中之范居士，杜甫〈與李十二白同尋范十隱居〉詩中的「范十」，疑與此「范山人」是同一人。名字不詳。蓋范山人原隱居泰山，常往來於魯城，此當為詩人在魯城送別。太山，即泰山。古稱東嶽。在今山東中部，主峰玉皇峰在泰安北。❷抱白雞　宋本在「雞」字下夾注：「一作：鶴」。蕭本、郭本、王本作「鶴」。《抱朴子・仙藥》：「欲求芝草，入名山，……帶靈寶符，牽白犬，抱白雞，以白鹽一斗，及開山符檄著大石上，執吳唐草一把，以入山。山神喜，必得芝也。」❸片雪　宋本在「雪」字下夾注：「一作：雲」。蕭本、郭本作「片雲」。《後漢書・祭祀志上》：「二月，上至奉高。」李賢注引應劭《漢官》馬第伯〈封禪儀記〉：「是朝，上山騎行，往往道峻峭。下騎，步牽馬。乍步乍騎，且相半。至中觀，留馬。去平地二十里，南向極望，無不覩。仰望天闕，如從谷底仰觀抗峰。其為高也，如視浮雲。其峻也，石壁窅窱，如無道徑。遙望其人，端如行朽兀，或為白石，或雪。久之，白者移過樹，乃知是人也。」❹日觀　宋本作「海日」，在二字下夾注：「一作：日觀」。蕭本、郭本、王本皆作「日觀」。按：「日觀」是。據改。日觀，泰山峰名。為著名的觀日出之處。《水經注・汶水》引應劭《漢官儀》云：「泰山東南山頂，名曰日觀。日觀者，雞一鳴時，見日始欲出，長三丈許，故以名焉。」❺雲生　生，蕭本、郭本、胡本、咸本作「山」。

【語　譯】東魯作客的范山人抱著白雞，向我告別又要回到泰山去。初行入山遙望其人如片雪，隱約走在青崖間。經過高高的天門，日觀峰即近而可以登攀。雲繞山峰遙望而不可及，您此去何時可再來？

【研　析】此詩當是天寶四、五載（西元七四五、七四六年）在東魯作。首二句寫范山人抱白雞求仙而往泰山。中四句描寫進入泰山所見的景色，明人批點曰：「摹態狀好。」末二句寫依依惜別之情，以「何時還」的問句作結，餘味無窮。

## 送韓侍御之廣德❶

昔日繡衣❷何足榮？今宵貰酒❸與君傾。暫就東山❹賒月色，酣歌一夜送泉明❺。

【注　釋】❶送韓侍御題　韓侍御，監察御史韓雲卿。卷一六〈至陵陽山登天柱石酬韓侍御見招隱黃山〉、卷二一〈金陵聽韓侍御吹笛〉與此詩中的韓侍御當為同一人。李白〈武昌宰韓君（仲卿）去思頌碑〉云：「雲卿，文章冠世，拜監察御史，朝廷呼為子房。」李白此碑寫於至德二載秋，可知韓雲卿在此前為監察御史。按：韓仲卿即中唐文學家韓愈之父，雲卿即韓愈之叔父。《元和姓纂》卷四韓氏：「唐禮部郎中韓雲卿。」李翱〈韓書記（弇）夫人韋氏墓誌銘〉：「自後魏尚書令安定桓王六世生禮部郎中雲卿。禮部君好立節義，有大功於昭陵，其文章出於時而官不甚高。」可知韓雲卿官至禮部郎中。詳見拙著《天上謫仙人的秘密——李白考論集．李白交遊雜考》「韓仲卿、韓雲卿」條。廣德，唐縣名。原名綏安縣，肅宗至德二載九月，改名廣德縣，屬江南西道宣州。今安徽廣德。按：宋本、咸本題下原有「令」字，蓋後人據「酣歌一夜送泉（淵，唐人避高祖諱改）明」句妄增，今據蕭本、郭本、王本刪。❷繡衣　《漢書．百官公卿表》：「侍御史有繡衣直指，出討奸猾，治大獄。」顏師古注：「衣以繡者，尊寵之也。」後因泛稱御史臺官員為「繡衣」。❸貰酒　欠酒錢。《史記．高祖本紀》：「常從王媼、武負（婦）貰酒。」裴駰《集解》引韋昭曰：「貰，賒也。」賒，欠。❹東山　指金陵之東山，晉謝安曾隱居之東土山。今南京江寧區東山鎮。❺泉明　即淵明，指陶淵明，唐人避高祖諱，改「淵」為「泉」。

【語　譯】昔日您當監察御史哪裡值得榮耀，今天我賒酒與您盡情傾飲共度良宵。暫且向東山借些月色，一夜酣醉高歌歡送您當代陶淵明遠行上道。

【研　析】此詩當是肅宗上元二年（西元七六一年）在金陵送韓雲卿往廣德而作。首句以「何足榮」三字不僅將韓雲卿當年任監察御史的榮耀全部抹煞，實際上將仕宦生涯都給予否定。後三句都是寫飲酒，表示只有飲酒才是值得肯定的。不惜賒欠酒錢也要與君暢飲，還要借東山高空的月色，通宵酣飲高歌來送別。末句以陶淵明比擬韓雲卿，陶曾為彭澤縣令，前人由此以為韓往廣德亦是去當縣令。其實陶淵明更嗜酒，他不願為五斗米折腰而辭去縣令還家，此處「送泉明」，正是以陶淵明飲酒不做官作為值得「榮」的榜樣。

## 白雲歌送友人❶

楚山秦山多❷白雲，白雲處處長隨君❸。君今還入楚山裏❹，雲亦隨君渡湘水。

水上女蘿衣白雲，早臥早行君早起❺。

【注釋】❶白雲歌題　此詩與卷六〈白雲歌送劉十六歸山〉略同，僅少數字有差異，當是一詩之兩傳者。此篇或在傳抄中有脫誤而致文意不通。今將文字不同者注出，語譯和研析從略。❷多　卷六〈送劉十六歸山〉作「皆」。❸長隨君　卷六在此三字下再有「長隨君」三字。❹君今句　卷六無「今還」二字，作「君入楚山裏」。❺水上二句　卷六作「湘水上，女蘿衣，白雲堪臥君早歸」。

## 送通禪師還南陵隱靜寺❶

我聞隱靜寺，山水多奇蹤。巖種朗公❷橘，門深盃渡❸松。道人制猛虎❹，振錫❺還孤峰。他日南陵下，相期谷口逢。

【注釋】❶送通禪師題　通禪師，名通的僧人。事蹟不詳。禪師，對僧人的尊稱。南陵，唐縣名。屬江南道宣州。今安徽南陵。隱靜寺，王琦注：「《太平府志》：隱靜寺，在繁昌縣東南二十里。隱靜山一名五峰寺山，有碧霄、桂月、鳴磬、紫氣、行道五峰，寺當五峰之會，巑岏拱合，林木幽奇，古澗委折，殷雷轟地。相傳寺為杯度禪師所建，飛錫定基，江神送木，現諸神異。寺外有十里松徑，傳云禪師手植，或曰距寺二里許有雙松對峙，勢若虯龍者，即師手澤。又嘗取新羅五葉松種寺西，迄今尚存。舊志又言，寺有朗公橘，杯度所攜頻伽鳥一雙，皆晉、宋遺跡。又有木、米、鹽、醬等池，言創寺時，諸物皆從此出云。舊額云「江東第二禪林」。按：繁昌縣，南唐時析南陵分置，在唐時尚屬南陵。」❷朗公　指晉代高僧康法朗。《高僧傳・晉中山康法朗》：「康法朗，中山人，少出家，善戒節。嘗讀經，見雙樹鹿苑之處，鬱而歎曰：『吾已不值聖人，寧可不覩聖處。』於是誓往迦夷，仰瞻遺跡。乃共同學四人，發跡張掖，西過流沙，行經三日，路絕人蹤，忽見道傍有一故寺，草木沒人，中有敗屋兩間，間中各有一人，一人誦經，一人患痢，兩人比房，不相料理，屎尿縱橫，舉房臭穢。朗謂其屬曰：

「出家同道，以法為親，不見則已，豈可見而捨耶！」朗乃停六日，為洗浣供養。至第七日，見此房中皆是香華，乃悟其神人。……因語朗云：『君等誠契，皆當入道，不須遠遊諸國，於事無益，唯當自力行道，勿令失時。』……於是四人不復西行，仍留此專精業道。唯朗更遊諸國，研尋經論。後還中山，門徒數百，講法相係。後不知所終。」❸盃渡　南朝宋時高僧。《高僧傳・宋京師杯度》：「杯度者，不知姓名。常乘木杯度水，因而為目（號）。初見在冀州。不修細行，神力卓越，世莫測其由來。嘗於北方寄宿一家，家有一金像，度竊而將去，家主覺而追之，見度徐行，走馬逐而不及。至孟津河浮木杯於水，憑之度河，無假風棹，輕疾如飛。俄而度岸，達于京師（建康）。」❹道人句　六朝時稱和尚為道人。《世說新語・言語》：「支道林常養數匹馬，或言道人畜馬不韻，支曰：『貧道重其神駿。』」制猛虎，用梁僧法聰事。《法苑珠林》卷九九：「後梁南襄陽景空寺釋法聰，南陽新野人。……至襄陽繖蓋山白馬泉，築室方丈，以為棲心之宅。……初，梁晉安王承風來問，……堂內所坐繩牀兩邊各有一虎，王不敢進，聰乃以手按頭著地，閉其兩目，召王令前，方得展禮。因告境內多弊虎災，請聽救援。聽即入定，須臾有十七大虎來，至，便與受三歸戒，敕勿犯暴百姓。又命弟子以布繫諸虎頸，滿七日已，當來於此。王至期日，設齋，眾集，諸虎亦至，便與飲食，解布，遂而無害。」❺振錫　僧人持錫杖，有金環繞之，行則振動有聲，故謂僧侶出行曰振錫。庾肩吾〈北城沙門〉詩：「既具通神力，振錫遠乘煙。」

【語　譯】我聽說南陵隱靜寺那裡，有很多奇異的山水名勝。山巖間有當年康法朗親自種植的橘樹，寺門前有盃渡禪師手栽的古松。僧人能像當年法聰一樣用禪念制伏猛虎，您今天又要手持錫杖返回山中。他日我到南陵相訪，現在約定在谷口相逢。

【研　析】此詩當是天寶十二載（西元七五三年）初到宣城送僧人之作。首二句從「聞」中寫隱靜寺山水多而奇。中四句用朗公、杯度、法聰三個僧人典故，具體而形象地表現隱靜寺的奇蹤。並點明今天又有一位僧人要歸去。末二句相期他日訪南陵，請君在寺外谷口迎接。頷聯對仗工切。並有深意。

## 送友人

青山橫北郭❶，白水❷遶東城。此地一為別❸，孤蓬❹萬里征。浮雲遊子意，落日故人情❺。揮手自茲去，蕭蕭班馬鳴❻。

【注　釋】❶北郭　北城外。古時城有兩道，內城曰城，外城曰郭。❷白水　一說李白有〈遊南陽白水登石激作〉詩，此「白水」即指南陽白水（在今南陽市東），為漢水支流，俗名白河。❸為別　猶作別。❹孤蓬　喻獨自飄泊如蓬草隨風飄轉。❺浮雲二句　王琦注：「浮雲一往而無定跡，故以比遊子之意；落日銜山而不遽去，故以比故人之情。」❻蕭蕭句　蕭蕭，馬嘶鳴聲。《詩經・小雅・車攻》：「蕭蕭馬鳴。」班馬，離別之馬。《左傳》襄公十八年：「有班馬之聲。」杜預注：「班，別也。」

【語　譯】青山橫亙在城廓北，白水繞流過東城外。我們在此分手作別，將像孤獨的蓬花一樣萬里飄飛。飄流不定的浮雲正是遊子的心境，依依不肯落下的夕陽正像是老朋友的眷戀之情。互相揮手從此分別而去，離群之馬發出蕭蕭的嘶鳴聲。

【研　析】此詩作年不詳。詩中「浮雲遊子」當為自指，故詩題似應作〈別友人〉。首聯以工整的對偶句點明告別之地，以寫景開端，上句寫遠山，下句寫近水，「青」、「白」相對，色彩明麗；「橫」字勾勒青山靜態，「遶」字描繪白水動態，寥廓秀美，自然生動。一般律詩首聯不對仗，此詩卻「起手亦開一徑」（吳昌祺《刪訂唐詩解》卷一六）。頷聯點明題旨，此地一別，自己將孤獨地像蓬草一樣飄轉到萬里之外。二句一意，是「流水對」，對仗並不工整，很像散句，筆法流走，不同凡響。蔣一葵《唐詩選參評》云：「第二聯不如此接，便無生氣。詩有仙骨，絕無餖飣。」頸聯即景抒情，又是工穩對仗，詩人巧妙地將「浮雲」比喻遊子的飄泊不定，以「落日」不忍遽離大地比喻依依不捨的友情，情景交融，渾然一體。尾聯寫告別，「揮手」是別離時的動作。詩人不直說內心活動，而寫兩匹馬臨別時蕭蕭長鳴，似有無限深情。馬猶如此，人何以堪！真是「黯然銷魂之思，見於言外」（唐汝詢《唐詩解》卷二三）。

## 送別

斗酒渭城邊，鑪頭醉不眠。梨花千樹雪，楊葉萬條煙。惜別傾壺醑，臨分贈馬鞭。看君潁上去，新月到家圓。

【甄　辨】此詩又見《岑參集》，題作〈送楊子〉，文字略有異同。《滄浪詩話·考證》：「太白詩：『斗酒渭城邊，壚頭醉不眠』，乃岑參之詩，誤編入。」《文苑英華》亦以此詩為岑參作，題作〈送楊子〉。瞿蛻園、朱金城《李白集校注》曰：「本集本卷即有〈送別〉一詩，同為五律。兩相對勘，即知此篇風格近岑而不近李，誠可定為誤收也。《詩人玉屑》亦有『岑參之詩誤入公集』語。」按：此詩實為岑參詩，故不作注釋、語譯和研析。

## 江上送女道士褚三清遊南岳❶

吳江女道士，頭戴蓮花巾❷。霓裳不濕雨，特異陽臺神❸。足下遠遊履，凌波生素塵❹。尋仙向南岳，應見魏夫人❺。

【注　釋】❶江上題　褚三清，據詩可知是吳江女道士，其他事蹟不詳。南岳，指衡山。主峰祝融峰，在今湖南衡山縣西北。❷蓮花巾　道士所戴之頭巾，如蓮花之狀。《太平御覽》卷六七五引《登真隱訣》：「太玄上丹霞玉女，戴紫巾，又戴紫華芙蓉巾。」❸霓裳二句　謂穿霓裳而不濕雨，獨與陽臺神女不同，言女道士能潔身而不汙。裳，蕭本、郭本、王本、咸本皆作

「衣」。屈原〈九歌・東君〉：「青雲衣兮白霓裳。」當作「霓裳」為是。宋玉〈高唐賦〉：「妾巫山之女也。……旦為朝雲，暮為行雨，朝朝暮暮，陽臺之下。」❹足下二句　《文選》卷一九曹植〈洛神賦〉：「踐遠遊之文履，曳霧綃之輕裾。……陵（五臣作凌）波微步，羅襪生塵。」呂向注：「遠遊，履名。……步於水波之上，如塵生也。」❺魏夫人　《南岳魏夫人傳》：「魏夫人者，任城人也。晉司徒劇陽文康公舒之女，名華存，字賢安。幼而好道，靜默恭謹，……志慕神仙，味真耽玄，欲求沖舉，……吐納氣液，攝生夷靜。……凡住世八十三年，以晉成帝咸和九年，歲在甲午，……太乙玄仙遣飇車來迎，夫人乃託劍化形而去。……位為紫虛元君，領上真司命南岳夫人，比秩仙公，使治天台大霍山洞臺中，主下訓奉道，教授當為仙者，男曰真人，女曰元君。」（見《太平廣記》卷五八引《集仙錄》及本傳）

【語譯】吳江有位女道士，她頭戴道冠蓮花巾。身穿霓裳羽衣而不招惹雲雨，特別不同於巫山女神。腳穿道教的遠遊履，微步輕盈凌波如塵。如今往南嶽去尋訪神仙，定當會遇見司命南嶽的真仙魏夫人。

【研析】此詩疑為天寶六載（西元七四七年）在金陵送女道士之作。詩中以其服飾落筆美之。首二句寫其頭飾，以蓮花美之。次二句寫其衣裳，以巫山神女比擬襯托，謂其不同於巫山神女者，不沾雲雨而潔身自好。再次二句寫足飾，以洛神比擬而美之。末二句點題，遊南嶽定當遇見真仙。嚴羽評曰：「看中四句，當是魚玄機一流人。」

## 送友人入蜀

見說蠶叢路❶，崎嶇❷不易行。山從人面起，雲傍馬頭生❸。芳樹籠秦棧❹，
春流遶蜀城❺。升沉應已定，不必訪君平❻。

【注釋】❶見說句　見說，聽說。蠶叢路，指蜀道。蠶叢，古蜀國君王，見前〈蜀道難〉注。❷崎嶇　道路曲折不直貌。

❸山從二句　形容行進在蜀道中所遇之景：峭壁從行人面前突兀而起，白雲依著馬頭繚繞。❹芳樹句　芳樹，春天的樹木。秦棧，即棧道，見〈蜀道難〉注。以其自秦入蜀，故云。❺春流句　《水經注・江水》：「江水又東，徑成都縣，縣以漢武帝元鼎二年立。縣有二江，雙流郡下。」二江，即指郫江、流江，二江均流經成都。蜀城，指成都。❻升沉二句　升沉，指人生仕途的榮枯進退。訪，蕭本、郭本、王本、咸本皆作「問」。君平，《漢書・王貢兩龔鮑傳》：嚴遵，字君平，隱居不仕。「卜筮於成都市，……裁日閱數人，得百錢足自養，則閉肆下簾而授《老子》。」二句意謂功名得失應有定局，不必再去訪問占卜。

【語　譯】我早就聽說蜀道的艱難，它曲折崎嶇不容易攀登前行。峭壁從行人面前突兀而起，白雲依著馬頭繚繞。芳樹籠罩著由秦入蜀的棧道，春天二江的流水環繞著成都。您的仕途浮沉已經確定，到成都後沒有必要再請嚴君平那樣的人占卜。

【研　析】按此詩疑與〈蜀道難〉同時作，寓意亦同。首聯比〈蜀道難〉開頭平實，頷聯承接第二句，寫蜀道崎嶇：人至山前，奇峰迎面聳起，狀山之陡峭；白雲繚繞於馬頭周圍，狀山之高峻。語意奇險。實寓入仕艱難，融情於景，語意雙關。頸聯雖繼寫入蜀之景，卻是大轉折：奇險的秦棧被芳樹籠罩，美麗的雙流環繞著蜀城。風景優美，語意穠纖。尾聯又轉入議論，點明失意已成定局，不必再求君平卜筮。雖不露鋒芒，然抑遏之牢騷，可於言外見之。

全詩氣韻張弛有致，對偶工整。意脈起伏跌宕，騰挪多變，於工麗中見神運之思。故《唐宋詩醇》推之為「五律正宗」。

## 送趙雲卿❶

白玉一杯酒，綠楊三月時。春風餘幾日，兩鬢各成絲。秉燭唯須飲，投竿也未遲。如逢渭川獵，猶可帝王師。

【注　釋】❶送趙雲卿　此詩與卷一〇〈贈錢徵君少陽〉詩全同，當是重出詩。應刪除。

## 送李青歸華陽川❶

伯陽❷僊家子，容色如青春。日月秘靈洞，雲霞辭世人。化心養精魄❸，隱几窅天真❹。莫作千年別，歸來城郭新❺。

【注　釋】❶送李青題　李青，事蹟不詳。據詩，當為隱居華陽川的道士。華陽川，古地名。因在華山之南，故名。今陝西商洛。《書經・禹貢》：「華陽黑水，惟梁州。」孔傳：「東據華山之南，西拒黑水。」蕭本、郭本、咸本皆作「南華陽川」。誤。❷伯陽　《列仙傳》卷上：「老子姓李，名耳，字伯陽，陳人也。生於殷時，為周柱下史。……轉為守藏史，積八十餘年。《史記》云二百餘年。時稱為隱君子，謚曰聃。」按：此處以李姓祖先之字稱李青。❸化心句　化心，改變其心性。語本《列子・周穆王》：「吾試化其心，變其慮，庶幾其瘳乎！」精魄，精神魂魄。《文選》卷一二郭璞〈江賦〉：「納隱淪之列真，挺異人乎精魄。」李善注：「《左氏傳》：樂祁曰：心之精爽，是謂魂魄。」江淹〈雜體詩三十首・郭弘農璞遊仙〉：「偃蹇尋青雲，隱淪駐精魄。」❹隱几句　隱几，憑著几案。《孟子・公孫丑下》：「隱几而臥。」窅，本謂目深貌，引申為遠望。天真，《莊子・漁父》：「禮者，世俗之所為也；真者，所以受於天也，自然不可易也。故聖人法天貴真，不拘於俗。」後因謂未受禮俗影響的本性為「天真」。❺莫作二句　《搜神後記》卷一：「丁令威本遼東人，學道於靈虛山，後化鶴歸遼，集城門華表柱，時有少年舉弓欲射之，鶴乃飛，徘徊空中而言曰：『有鳥有鳥丁令威，去家千年今始歸。城郭如故人民非，何不學仙冢纍纍？』遂高上衝天。」二句用其事。

【語　譯】您是伯陽的後裔仙家之子，容貌一直像青春少年。在幽深的山洞中度過日月，與雲霞相伴遠離了世人。變化心性靜養精神魂魄，憑几而坐深目遙望保持著天真。請您不要像丁令威那樣作千年之別，化鶴歸來時世道已完全更新。

【研　析】此詩作年不詳。首二句以其祖先老子比擬李青。謂其仙家之子，長生不老，容顏如少年。中四句寫其深居洞天，遠跡塵世，化心養精，憑几天真。末二句反用丁令威典故，冀其早日歸來。

## 送舍弟❶

吾家白額駒❷，遠別臨東道。他日相思一夢君，應得「池塘生春草」❸。

【注　釋】❶舍弟　猶家弟。本是對自家親弟的謙稱。卷二一〈萬憤詞投魏郎中〉提到「兄九江兮弟三峽，悲羽化之難齊」，似有一個同母弟在三峽。或即其人歟？今人多謂此「舍弟」乃指從弟，李白詩中稱從弟者甚多，則不知指誰。竊以為「舍弟」當與「從弟」不同。❷白額駒　蕭本、郭本、王本、咸本皆在「額」下注曰：「一作：馬」。猶言千里駒。比喻英俊有為的青年。《三國志・魏書・曹休傳》：「間行北歸，見太祖。太祖謂左右曰：『此吾家千里駒也。』」《晉書・涼武昭王李玄盛傳》：「武昭王諱暠，字玄盛，小字長生，隴西成紀人，姓李氏，漢前將軍廣之十六世孫也。……嘗與呂光太史令郭黁及其同母弟宋繇同宿，黁起謂繇曰：『君當位極人臣，李君有國土之分，家有騧草馬生白額駒，此其時也。』呂光末，京兆段業自稱涼州牧，以敦煌太守趙郡孟敏為沙州刺史，署玄盛效穀令。敏尋卒，敦煌護軍馮翊郭謙……等以玄盛溫毅有惠政，推為寧朔將軍、敦煌太守。玄盛初難之，會宋繇仕於業，告歸敦煌，言於玄盛曰：『兄忘郭黁之言邪？白額駒今已生矣。』玄盛乃從之。」此處以李玄盛借指其弟。❸他日二句　《南史・謝惠連傳》：「年十歲能屬文，族兄靈運嘉賞之，云：『每有篇章，對惠連輒得佳語。』嘗於永嘉西堂思詩，竟日不就，忽夢見惠連，即得『池塘生春草』，大以為工。常云：『此語有神功，非吾語也。』」此處用其意。

【語　譯】我家有匹駿馬白額駒，今天要遠別登上東去的大道。他日我相思而夢見您，當定會像謝靈運夢見惠連而得「池塘生春草」一樣得到佳句。

【研析】此詩作年不詳。詩中首句以白額駒讚美其弟，用祖先李暠的典故，形容其弟才華出眾。都很貼切。

## 送別❶ 得書字

水色南天遠，舟行若在虛。遷人❷發佳興，吾子訪閑居。日落看歸鳥❸，潭澄憐躍魚❹。聖朝思賈誼❺，應降紫泥書❻。

【注釋】❶送別　所送之人姓名不詳。題後注「得書字」，可知當時有多人共同送別友人而聯唱，李白得「書」字韻而作此詩。❷遷人　被貶謫的人。王昌齡〈江上聞笛〉詩：「遷人悲越吟。」❸日落句　陶淵明〈飲酒〉詩：「山氣日夕佳，飛鳥相與還。」❹憐躍魚　憐，愛。蕭本、郭本、王本、咸本皆作「羨」。《淮南子・說林訓》：「臨河羨魚，不如歸家織網。」❺賈誼　《漢書・賈誼傳》：「誼為長沙傅三年，……後歲餘，文帝思誼，徵之。」❻紫泥書　指詔書。見卷五〈玉壺吟〉注。

【語譯】江水與遙遠的南方天際相連，舟行在水中如同行駛在天空之中。貶謫之人忽發遊覽山水的佳興，您來訪我這閒居江湖之人。日落之際我們目送飛鳥歸去，清澄的潭水中愛看魚兒躍出水面。當今聖明的天子定當會像漢天子思念賈誼一樣，總有一天會降下紫泥詔書召您回到朝廷。

【研析】此詩作年不詳。首聯點題。蓋於江上送友南行，描寫舟行景色。頷聯寫友人乃被貶謫之人，然仍有佳興來訪問自己。頸聯工對，寫閒居之樂。日落時看鳥歸，清潭邊憐魚躍。尾聯乃祝頌之詞，聖朝定當會下詔召回賢如賈誼之人。

## 送麴十少府❶

試發清秋興，因為吳會❷吟。碧雲斂海色，流水折江心❸。我有延陵劍❹，君無陸賈金❺。艱難此為別，惆悵一何深！

【注　釋】❶麴十少府　姓麴的縣尉，排行第十，名字不詳。少府，縣尉的敬稱。❷吳會　秦漢時會稽郡治在吳縣，郡縣連稱為吳會。至東漢時分會稽郡為吳、會稽二郡，並稱為吳會。後泛指兩郡故地為吳會。《後漢書・蔡邕傳》：「邕慮卒不免，乃亡命江海，遠跡吳會。」❸折江心　折，宋本作「浙」，據蕭本、郭本、胡本、王本、咸本改。折，曲折，與上句「斂」字對，亦暗寓浙江之意。❹延陵劍　《新序・節士》：「延陵季子將西聘晉，帶寶劍以過徐君。徐君觀劍，不言而色欲之。延陵季子為有上國之使，未獻也，然其心許之矣。致使於晉，顧反，則徐君死於楚。……於是季子以劍掛徐君墓樹而去。徐人嘉而歌之曰：『延陵季子兮不忘故，脫千金之劍兮掛丘墓。』」後用為不忘故舊的典實。❺陸賈金　《漢書・陸賈傳》：「陸賈，楚人也。以客從高祖定天下，……常使諸侯。時中國初定，尉佗平南越，因王之。高祖使賈賜佗印為南越王。……（佗）賜賈橐中裝直千金，……歸報，高帝大說（悅），拜賈為太中大夫。……孝惠時，呂太后用事，欲王諸呂，畏大臣及有口者。賈自度不能爭之，乃病免。以好時田地善，往家焉。有五男，乃出所使越橐中裝，賣千金，分其子，子二百金，令為生產。」此句意謂麴十無金，莫能相助。

【語　譯】我今逢秋而發詩興，乃為吳會之吟。但見殘雲收斂碧天如海水一樣藍，流水曲折在江心回蕩奔騰。我有延陵季子贈劍徐君之情，您無陸賈分給子女的金錢。我們此次分別都在艱難困苦之時，心中惆悵多麼深重！

【研　析】此詩作年不詳。據詩意，似漫遊吳越時作。首聯謂發秋興而為吳會吟。頷聯寫景，雲斂碧天，流水曲折。頸聯用兩個典故，描寫彼此的貧困窘境。尾聯點題送別，抒發心中的惆悵之情。

# 送張秀才謁高中丞❶并序　尋陽

余時繫尋陽獄❷中，正讀〈留侯傳〉❸。秀才張孟熊蘊滅胡之策，將之廣陵❹謁高中丞。余嘉子房之風，感激於斯人，因作是詩以送之。

秦帝淪玉鏡❺，留侯降氛氳❻。感激黃石老❼，經過倉海君❽。壯士揮金槌❾，報讎六合聞❿。智勇冠終古⓫，蕭陳⓬難與群。兩龍爭鬬時⓭，天地動風雲。酒酣舞長劍，倉卒解漢紛⓮。宇宙初倒懸，鴻溝勢將分⓯。英謀信奇絕，夫子揚清芬⓰。胡月入紫微，三光亂天文⓱。高公鎮淮海，談笑廓妖氛⓲。採爾幕中畫⓳，戡難光殊勳。我無燕霜感，玉石俱燒焚⓴。但灑一行淚，臨岐竟何云！

【注釋】❶送張秀才題　張秀才，即本詩序中的張孟熊。本卷有〈送張秀才從軍〉詩，亦即張孟熊，可參讀。高中丞，指高適。時為御史中丞、揚州大都督府長史、淮南節度使。兩《唐書》有傳。❷繫尋陽獄　肅宗至德二載，李白因參加永王李璘幕，被捕入獄。❸留侯傳　指《史記·留侯世家》。此處稱「傳」，乃變稱。留侯，即漢開國功臣張良，字子房，封留侯。❹廣陵　指今江蘇揚州。唐代淮南節度使駐節揚州。❺秦帝句　《初學記》卷二五引《尚書帝命期》曰：「桀失玉鏡，用其噬獸。」注：「玉鏡，喻清明之道。噬獸，喻暴也。」按：獸，《太平御覽》卷七一七引作「虎」，蓋唐避諱改為「獸」。又引《尚書考靈曜》曰：「秦失金鏡，魚目入珠。」注：「金鏡，喻明道也。」宋本在本句下夾注：「一作：六雄滅金虎」。❻氛

氳　陰陽二氣和合之狀。《魏書・孝文帝紀上》：「天地氛氳，和氣充塞。」❼感激句　感激，感奮激發。《說苑・修文》：「感激憔悴之音作而民思憂。」黃石老，《史記・留侯世家》：「留侯張良者，其先韓人也。……秦滅韓，……（良）悉以家財求客刺秦王，為韓報仇，以大父、父五世相韓故。良嘗學禮淮陽。東見倉海君。得力士，為鐵椎重百二十斤。秦皇帝東游，良與客狙擊秦皇帝博浪沙中，誤中副車。秦皇帝大怒，大索天下，求賊甚急，為張良故也。良乃更名姓，亡匿下邳。良嘗閒從容步游下邳圯上，有一老父，衣褐，至良所，直墮其履圯下，顧謂良曰：『孺子，下取履！』良鄂然，欲毆之。為其老，強忍，下取履。父曰：『履我！』良業為取履，因長跪履之。父以足受，笑而去。良殊大驚，隨目之。父去里所，復還，曰：『孺子可教矣。後五日平明，與我會此。』良因怪之，跪曰：『諾。』五日平明，良往。父已先在，怒曰：『與老人期，後，何也？』去，曰：『後五日早會。』五日雞鳴，良往。父又先在，復怒曰：『後，何也？』去，曰：『後五日復早來。』五日，良夜未半往。有頃，父亦來，喜曰：『當如是。』出一編書，曰：『讀此則為王者師矣。後十年興。十三年孺子見我濟北，穀城山下黃石即我矣。』遂去，無他言，不復見。旦日視其書，乃《太公兵法》也。良因異之，常習誦讀之。」❽倉海君　宋本作「滄海君」，據王本改。《史記・留侯世家》作「倉海君」。裴駰《集解》引如淳曰：「秦郡縣無倉海。或曰東夷君長。」按：《漢書・張良傳》亦作「倉海君」。顏師古注：「蓋當時賢者之號也。良既見之，因而求得力士。」❾金槌　王琦按：「《史記》、《漢書》載博浪沙事，並云『鐵椎』，惟《水經注》云：『張良為韓報仇於秦，以金椎擊秦始皇不中，中其副車。』駱賓王詩：『金椎許報韓』，蓋出於此。」❿報讎句　讎，仇的異體字。六合，天地四方。按：蕭本、郭本、王本皆作「六國」。亦通。⓫智勇句　《漢書・張良傳贊》：「聞張良之智勇，以為其貌魁梧奇偉，反若婦人女子。故孔子稱『以貌取人，失之子羽』。」⓬蕭陳　指與張良同時代的功臣蕭何、陳平。⓭兩龍句　指楚漢戰爭。兩龍，指劉邦和項羽。《史記・魏豹彭越列傳》：「彭越曰：『兩龍方鬪，且待之。』」⓮酒酣二句　此敘鴻門宴事。《史記・項羽本紀》：「項羽兵四十萬，在新豐鴻門，沛公兵十萬，在霸上。范增說項羽……急擊勿失。楚左尹項伯者，項羽季父也，素善留侯張良。……項伯乃夜馳之沛公軍，私見張良，具告以事，……良乃入，具告沛公。……項伯即入見沛公，沛公奉卮酒為壽，約為婚姻，曰：『……願伯具言臣之不敢倍德也。』項伯許諾。謂沛公曰：『旦日不可不蚤自來謝項王。』……沛公旦日從百餘騎來見項王，至鴻門，……項王即日因留沛公與飲。……范增起，出召項莊，謂曰：『……若入前為壽，壽畢，請以劍舞，因擊沛公於坐，殺之。……』莊則入為壽，壽畢，……項莊拔劍起舞，項伯亦拔劍起舞，常以身翼蔽沛公，莊不得擊。於是張良至軍門，見樊噲。……噲即帶劍擁盾入軍門。……坐須臾，沛公起如廁，因招樊噲出。……於是遂去。乃令張良留謝。」倉卒，宋本原作

「蒼卒」，據蕭本、郭本、繆本、王本、咸本改。宋本在「酒酣」二字下夾注：「一作：縱橫」。⓯宇宙二句　意謂天下正處於危急之際，如無張良之謀，鴻溝勢必成為分裂天下的界限。倒懸，比喻處境危急。像人被倒掛著一樣。《孟子・公孫丑上》：「民之悅之，猶解倒懸也。」賈誼〈治安策〉：「天下之勢方倒懸。……足反居上，首顧居下，倒懸如此，莫之能解。」鴻溝，古運河名。故道自今河南滎陽北引黃河水，東流經今中牟、開封北、折而南經通許東、太康西、至淮陽東南人潁水。《史記・項羽本紀》：「漢之四年，……項王乃與漢約，中分天下，割鴻溝以西者為漢，鴻溝而東者為楚。」⓰英謀二句　宋本於二句下夾注：「一作：夫子稱卓絕，超然繼清芬」。夫子，指張秀才。揚清芬，發揚留侯張良的遺芳。陸機〈文賦〉：「詠世德之駿烈，誦先人之清芬。」⓱胡月二句　喻胡人安祿山叛亂稱帝，唐王朝幾乎傾覆。紫微，本為星官名紫微垣，後指天子所居的宮殿。《晉書・天文志上》：「紫宮垣十五星，……在北斗北。一曰紫微，大帝之座也，天子之常居也，主命主度也。」《陳書・虞寄傳》：「初，沙門惠摽涉獵有才思，及（陳）寶應起兵，作五言詩以送之，曰：『送馬猶臨水，離旗稍引風，好看今夜月，當入紫微宮。』寶應得之甚悅。……寄謂所親曰：『摽公既以此始，必以此終。』後竟坐是誅。」三光，指日、月、星。《白虎通義・封公侯》：「天有三光，日、月、星。」天文，日月星辰在宇宙間分佈運行的現象。⓲高公二句　高公，指高適，時為淮南節度使，駐節揚州。《書經・禹貢》：「淮海維揚州。」廓妖氛，廓清胡人之亂。高琳〈宴詩〉：「何以報天子，沙漠靜妖氛。」二句謂高適為淮南節度使，談笑之間就能掃清叛亂之敵。⓳幕中畫　在主帥幕府中謀劃。謝瞻〈經張子房廟〉詩：「婉婉幕中畫。」⓴我無二句　謂自己之精誠未能感動天地，竟遭入獄之災。燕霜，《初學記》卷二引《淮南子》：「鄒衍事燕惠王，盡忠。左右譖之，王繫之。仰天而哭，夏五月，天為之下霜。」後以「燕霜」為蒙冤之典。玉石句，《書經・胤征》：「火炎崑岡，玉石俱焚。」

【語　譯】我當時被拘禁在尋陽監獄中，正讀著《史記・留侯世家》。才俊之士張孟熊懷有消滅敵寇的策略，將往揚州去拜謁御史中丞、淮南節度使高適。我喜歡他具有當年張良的風采，被此人所感奮，於是寫了這首詩送給他。

秦始皇喪失政治上的清明之道，留侯張良給天下帶來和氣新生的芬芳。他感奮激發接受黃石老人傳授平定天下的策略，還得到過倉海君的幫忙。他招來壯士在博浪沙用金槌行刺秦王，這一報仇的舉動使天下震動而聞名。他智勇雙全冠蓋千古，蕭何、陳平都難以與他相比。

楚漢相爭如同兩龍相鬥之時，天地之間風雲萬變。在鴻門宴上項莊舞劍要殺劉邦的危險時刻，是張良的妙計使劉邦在倉猝間解脫了險難。人民遭受宇宙倒懸之苦，如果沒有張良勢必會以鴻溝為界出現天下分裂。張良真正是奇絕之英才，而今天您張夫子又能發揚他的大勇大智。

胡人安祿山率兵叛變朝廷稱帝，天上日、月、星三光的運行已經紊亂。高公現正鎮守在淮海，他在談笑之間就能掃平叛軍。他一定會採納您在幕府中的高見策略，在平定叛亂中使您立下突出的功勳。我沒有像鄒衍那樣感動天公降下霜雪，恐怕要在這潯陽獄中玉石俱焚。我只能灑下一行老淚，在臨當分別之際我還有什麼話可說呢！

【研析】此詩乃至德二載（西元七五七年）在潯陽獄中所作。〈序〉中說明當時正在獄中讀《史記・留侯世家》，恰遇張孟熊欲往揚州投奔淮南節度使高適，留侯張良與張孟熊同姓，於是詩人對張良的敬仰，及有感於張孟熊的從軍，融會在一起而作此詩。詩的首段從秦始皇暴虐失道敘起，引出張良遇黃石公授《太公兵法》、從倉海君得壯士以金槌擊秦皇為韓報仇二事，讚美張良智勇冠於千古，後世莫及，即使與張良同為佐漢功臣之蕭何、陳平，也不得與之為群而並稱。次段敘張良輔助劉邦之功。當楚漢相爭之時，張良謀劃在倉卒之間解除漢帝之危；宇宙倒懸人民遭殃之際，若無張良，勢必將以鴻溝為界天下分裂。而張良真正是以奇絕的英明謀略使漢統一天下。而今張孟熊從軍又將發揚張良的遺芳。末段敘安祿山之亂使天道失常，稱頌高適鎮淮南當能談笑掃胡虜。並設想高適定當採納張孟熊的謀略，使之為平亂建殊功。最後為自己的遭遇悲嘆，只能以揮淚送別作結，意在言外。

## 尋陽送弟昌岠鄱陽司馬❶作

桑落洲❷渚連，滄江無雲煙。尋陽非剡水，忽見子猷船❸。飄然欲相近，來遲杳若仙❹。人乘海上月，帆落湖中天。一觀無二諾❺，朝權更勝昨。爾則吾惠連，吾非爾康樂❻。

朱紱白銀章❼，上官佐鄱陽❽。松門拂中道，石鏡迴清光❾。搖扇及干越，水亭風氣涼❿。與爾期此亭，期在秋月滿。時過或未來，兩鄉心已斷。吳山對楚岸，彭蠡當中州⓫。相思定如此，有窮盡年愁⓬。

【注釋】❶弟昌峘鄱陽司馬　鄱陽郡司馬李昌峘。昌峘，蕭本、郭本、胡本、王本、咸本皆作「昌峒」。誤。《新唐書・宗室世系表上》大鄭王房：「辰錦觀察使昌峘。」《全唐文》卷四一三常袞〈授李昌峘辰錦等州團練使制〉：「試光祿卿、前兼海州刺史昌峘……可試祕書監、使持節都督辰州諸軍事辰州刺史。」《中興間氣集》卷上韓翃有〈送辰州李中丞〉，當即李昌峘。《舊唐書・代宗紀》：大曆八年九月「戊戌，以（李昌峘為）辰錦觀察使」。鄱陽，唐郡名，即饒州。天寶元年改為鄱陽郡，乾元元年復改為饒州。屬江南西道，治所在今江西鄱陽。司馬，官名。據《新唐書・地理志五》，饒州為上州；據《舊唐書・職官志三》，上州設司馬一人，從五品下。❷桑落洲　地名。《元和郡縣志闕卷逸文》卷二淮南道舒州宿松縣：「桑落洲，在縣南一百九十里。江水自鄂陵分派為九，于此合流。九江江口，晉劉毅與盧循戰于桑落洲，為循所敗，即此。」按：此洲在今江西九江市東北長江中。❸子猷船　《世說新語・任誕》：「王子猷居山陰，夜大雪，眠覺，開室，命酌酒。四望皎然，因起彷徨，詠左思〈招隱詩〉。忽憶戴安道。時戴在剡，即便夜乘小船就之。經宿方至，造門不前而返。人問其故，王曰：『吾本乘興而行，興盡而返，何必見戴！』」❹飄然二句　飄然，宋本原作「了見」，據蕭本、郭本、王本、咸本改。來遲，宋本原作「末遲」，據蕭本、郭本、繆本、王本、咸本改。《後漢書・郭太傳》：「郭太字林宗，太原界休人也。……始見河南尹李膺，膺大奇之，遂相友善，於是名震京師。後歸鄉里，衣冠諸儒送至河上，車數千兩。林宗唯與李膺同舟而濟，眾賓望之，以為神仙焉。」此處用其意。❺無二諾　稱美信守諾言。魏徵〈述懷〉詩：「季布無二諾，侯嬴重一言。」❻爾則二句　惠連，謝靈運族弟。康樂，謝靈運襲封康樂公。《宋書・謝靈運傳》：「襲封康樂公，……咸稱康樂公也。……族弟惠連……幼有才悟而輕薄，不為父方明所知。……靈運嘗自始寧至會稽造方明，過視惠連，大相知賞。……謂方明曰：『阿連才悟如此，而尊作常兒遇之。』」❼朱紱句　朱紱，繫印的紅色絲帶。詩文中多借指官服。銀章，銀印。《漢書・百官公卿表》：「凡吏秩比二千石以上，皆銀印青綬。」顏師古注：「《漢舊儀》云：銀印，背龜鈕，其文曰章，謂刻曰某官之章也。」按：上州司馬從五品下，不得用朱紱。唯李昌岠為嗣鄭王，故可朱紱。詳見卷九〈贈劉都使〉詩注。❽上官句　上官，王琦注：「凡除官到任，謂之上官」。佐鄱陽，輔助鄱陽郡長官。按：司馬為郡長官太守的僚佐。❾松門二句　楊齊賢注：「顧野王《輿地志》：自入湖三百三十里，窮於松門。東西四十里，青松遍於兩峰。……張僧鑒《潯陽記》：石境山東有一圓石，懸崖明淨，照人見形。」謝靈運〈入彭蠡湖口〉詩：「攀崖照石境，牽葉入松門。」《清一統志・江西南昌府一》：「松門山在新建縣北二百十五里。《寰宇記》：『其山多松，北臨大江及彭蠡湖。山有石鏡，光明照人。』」❿搖扇二句　干越，渡口名及亭名。在今江西餘干。《太平寰宇記》卷一〇七江南西道饒州餘干縣：「干越渡，在縣西南二十步，置津吏主守，四時不絕。大中元年，縣令倪衍置浮橋。干越亭，……在縣東南三十步，屹然孤挺，古之遊者多留題章句焉。」⓫吳山二句　彭蠡，即鄱陽湖。二句意為湖之東南為吳，湖之西北為楚，隔岸相對，鄱陽湖居於其中。⓬相思二句　意謂兩人相思定如吳楚相隔而相連，再相會於此可消除一年來別離之愁苦。

【語譯】桑落洲與江邊陸地相連，江水清清沒有波瀾雲煙。潯陽江水雖然不是剡溪，卻忽然見到王子猷訪戴的舟船。飄然而來好像快要靠近，但又姍姍來遲遙望如神仙。人在船上如同在雲海中的月邊，布帆又如同從天上降落湖間。我們一見面就信守諾言，早晨的歡聚就更勝過昨天。您真正是我的從弟謝惠連，我卻配不上做您的兄長謝靈運。

您現在身穿紅色的朝服和佩帶著銀印，走馬上任往鄱陽郡做太守的輔佐官。松門山已為您掃清了道路，山上的石鏡也清光照人。搖著扇子來到干越渡口，干越水亭的涼風清爽撲面。我與您相約今後在此亭相見，約定在中秋月圓的時間。如果逾期不能相見，兩地的相思之情就心傷腸斷。這裡吳山對著楚岸，彭蠡湖就在中間。我們的相思之情就像它們一樣，一年後相會定當消除離別之苦。

【研析】此詩當是上元元年（西元七六〇年）從江夏來到潯陽時所作。詩曰：「搖扇及干越，水亭風氣涼。」

當在夏秋之際。前段描寫兩人在潯陽相遇的情景。謂桑落洲與江渚相連，江水清滄而無雲煙。以王子猷訪戴比喻兩人相會，形容人在船上飄然若仙。以謝靈運與謝惠連比擬兩人的從兄弟關係，又謙稱自己不配做謝靈運。後段描寫送別。謂昌岠穿官服佩官印上任為太守之輔佐，松門石鏡已清道照光，千越亭涼風送爽。相約日後在此再會。想像別後相思正反映出依依惜別之情。

## 餞校書叔雲❶

少年費白日，歌笑矜朱顏。不知忽已老，喜見春風還❷。惜別且為懽，徘徊桃李間。看花飲美酒，聽鳥臨晴山。向晚竹林寂，無人空閉關❸。

【注　釋】❶校書叔雲　擔任校書郎的從叔李雲。事蹟不詳。按：卷一五有〈宣州謝朓樓餞別校書叔雲〉詩，該詩題一作〈陪侍御叔華登樓歌〉，當以一作為是。因該詩中所敘事蹟與李華相合。故該詩與本詩毫無關涉。❷少年四句　費白日，猶虛度日子。矜朱顏，自恃年輕。春風還，謂見從叔而歡。嚴羽評此四句：「今昔無限情態，盡此四句。」❸向晚二句　向晚，天將暮。竹林，《三國志・魏書・嵇康傳》「有譙郡嵇康」裴松之注引孫盛《魏氏春秋》：「（嵇康）與陳留阮籍、河內山濤、河南向秀、籍兄子咸、琅邪王戎、沛人劉伶相與友善，遊於竹林，號為七賢。」閉關，謂閉門謝絕人事。顏延之〈五君詠・劉參軍〉：「劉伶善閉關，懷情滅聞見。」嚴羽評此二句：「結意最幽，收盡許多情景。極矜束，極寬宕，既雅且異，餞送詩斯為第一。」

【語　譯】少年時代虛度日子，只知歡樂笑語自恃年輕朱顏。不覺忽然進入老境，但還是喜歡見到您如春風來到人間。在此與您依依惜別之際且作短暫的歡聚，留連在這桃紅柳綠的小園之間。一邊賞花一邊飲著美酒，在晴朗的天空下聽著山中的鳥鳴。臨近日暮竹林漸漸沉寂，無人往來我空自閉門而謝絕人事。

【研　析】此詩作年不詳。首四句謂少年時不珍惜時光，忽然髮白老至，但見從叔如春風復還而喜。接著四句描寫與從叔相聚之樂。留連桃李花下，看花飲酒，晴山聽鳥鳴。在繁華景物中，敘天倫之樂事。末二句敘離別。日暮分手，竹林靜寂，空自閉門獨處，無人相顧矣。《唐宋詩醇》卷七評此詩曰：「落落有風致。」

## 送王孝廉覲省　廬江❶

彭蠡將天合，姑蘇在日邊❷。寧親候海色❸，欲動孝廉船❹。窈窕❺晴江轉，
參差❻遠岫連。相思無晝夜，東注❼似長川。

【注　釋】❶送王孝廉題　孝廉，漢代選拔官吏的科目之一。《漢書・武帝紀》：「初令郡國舉孝廉各一人。」顏師古注：「孝，謂善事父母者；廉，謂清潔有廉隅者。」唐代科舉無孝廉科，蓋以鄉貢比擬漢代之察孝廉。王孝廉，名字不詳。覲省，探望父母。按：宋本題下注有「廬江」二字，乃宋人編集時所加。廬江在今安徽中部，與詩開頭稱「彭蠡」不合，當是「廬山」之誤。❷彭蠡二句　彭蠡，今江西鄱陽湖的古稱。《輿地紀勝》卷二三江南路饒州：「鄱陽湖，湖中有鄱陽山，故名。其湖綿亙數百里，亦名彭蠡湖。」將，與。姑蘇，楊齊賢注：「姑蘇臺隸唐蘇州吳郡，以其近東海日所出之地，故云日邊。」按：上句彭蠡點送別之地，下句姑蘇點王孝廉前往覲省之地。❸寧親句　寧親，省親。使父母安寧。《法言・孝至序》：「孝莫大於寧親，寧親莫大於寧神。」候海色，等候海上的風色。❹孝廉船　用張憑典故。《世說新語・文學》：「張憑舉孝廉出都，負其才氣，謂必參時彥。欲詣劉尹（劉惔），鄉里及同舉者共笑之。張遂詣劉。……清言彌日，因留宿至曉。張退，劉曰：『卿且去，正當取卿共詣撫軍。』張還船，同侶問何處宿，張笑而不答。須臾，真長（劉惔字真長）遣傳教覓張孝廉船。同侶惋愕。」❺窈窕　深遠貌。《文選》卷一一王延壽〈魯靈光殿賦〉：「旋室㛹娟以窈窕。」張銑注：「窈窕，深也。」❻參差　不齊貌。《詩經・周南・關雎》：「參差荇菜，左右流之。」❼注　宋本、蕭本、胡本、咸本作「泣」，繆本改作「注」，王本亦作「注」，是。今據改。

【語　譯】彭蠡湖廣闊與天相連，您要去的蘇州遠在日邊。您探望父母而等候海上風色，順風就要啟動您的歸舟。晴日江水深遠而旋轉，參差不齊的遠山連綿起伏。您此去一別，我對您的相思將不分晝夜，就像這長江之水永遠不斷地東流。

【研　析】此詩當是上元元年（西元七六〇年）由江夏往豫章經潯陽時作。首聯對，頷聯不對，謂之偷春格。首二句在寫景中點明送別之地和王孝廉省親欲往之地。次二句巧用典故，寫王孝廉等候風色而啟動舟船東下姑蘇省親。頸聯寫景，尤屬工對。以窈窕形容江，以參差形容岫，巧妙吻合。尾聯以東流之江水形容相思之無晝夜，情意深長，餘味無窮。

## 同吳王送杜秀芝舉入京❶

秀才何翩翩❷，王許回也賢❸。暫別廬江守❹，將遊京兆❺天。秋山宜落日，
秀木❻出寒煙。欲折一枝桂❼，還來雁沼❽前。

【注　釋】❶同吳王題　吳王，指嗣吳王李祇。時為廬江郡太守。詳見卷一一〈寄上吳王三首〉詩注。送杜秀芝舉入京，王琦注：「按詩題當是〈送杜秀才赴舉入京〉，『芝』字疑譌。」按：王說是。杜秀才，名字不詳。卷一六另有〈答杜秀才五松山見贈〉詩，未知是否同一人。秀才，唐初科舉設有秀才科，後廢。僅作為對一般士子的泛稱。❷翩翩　形容風致、文采的優美。《史記・平原君虞卿列傳論》：「平原君，翩翩濁世之佳公子也。」❸回也賢　用孔子讚顏回語。《論語・雍也》：「子曰：『賢哉，回也！一簞食，一瓢飲，在陋巷，人不堪其憂，回也不改其樂。賢哉，回也！』」❹廬江守　廬江郡太守，指吳王李祇，時為廬江郡太守。廬江郡，唐郡名。即廬州，天寶元年改為廬江郡，乾元元年復為廬州。治所在今安徽合肥。❺京兆　唐府名。即雍州，開元元年改雍州為京兆府，改雍州長史為京兆尹。領縣二十三。為皇宮所在地，今陝西西安。《通典》卷一七三：「雍州，開元元年改為京兆府。凡周、秦、漢、晉、西魏、後周、隋至於我唐，並為帝都。」❻秀木　秀美的樹

木。陸機〈招隱詩〉：「激楚佇蘭林，回芳薄秀木。」按：王本、《全唐詩》作「秀水」，與上句「秋山」為對，似作「秀水」更宜。❼欲折句 《晉書・郤詵傳》：「武帝於東堂會送，問詵曰：『卿自以為何如？』詵對曰：『臣舉賢良對策，為天下第一，猶桂林之一枝，崑山之片玉。』」後因以「折桂」比喻科舉及第。❽雁沼 《西京雜記》卷二：「(梁孝王)築兔園，園中……有雁池，池間有鶴洲、鳧渚，其諸宮觀相連，延亙數十里。奇果、異樹、瑰禽、怪獸畢備，王日與宮人賓客弋釣其中。」此處以梁孝王比擬吳王。謂杜秀才及第後還吳王府作客。

【語　譯】杜秀才您的風度文采多麼優美，吳王總像孔子讚許顏回那樣稱許您才高德賢。今天您暫時告別廬江太守吳王，將要往京都長安參加科舉考試。城外秋山映著落日，秀木籠著寒煙。祝頌您此去一舉登第折桂，榮歸再來吳王雁池前。

【研　析】此詩當作於天寶七載(西元七四八年)，時應廬江太守吳王李祇邀請遊廬江郡，故同吳王一起送杜秀才赴京應舉。首聯用孔子讚顏回典故，稱美杜秀才之德才，並以孔子喻吳王。頷聯點題，並點明送別之地廬江，欲往之地京兆。頸聯寫景，嚴羽評曰：「此一幅水墨畫，惜為前後點汙。」尾聯為祝頌詞，一舉登第，榮耀歸來。層次分明，結構完整。

# 卷一五

## 送下

### 洞庭醉後送絳州呂使君杲流澧州❶ 江夏

昔別若夢中，天涯忽相逢。洞庭破秋月，縱酒開愁容。贈劍刻玉字，延平兩蛟龍❷。送君不盡意，書及雁迴峰❸。

【注釋】❶洞庭題　洞庭，湖名。《元和郡縣志》卷二七江南道岳州巴陵縣：「洞庭湖，在縣西南一里五十步，周迴二百六十里。」在今湖南北部、長江南岸。中國第二大淡水湖。絳州呂使君杲，絳州刺史呂杲。絳州，唐州名，屬河東道。天寶元年改為絳郡，乾元元年復改為絳州。治所在今山西新絳。呂杲，杲，蕭本、郭本作「果」。事蹟不詳。澧州，唐州名，屬江南西道，天寶元年改為澧陽郡，改屬山南東道；乾元元年復改為澧州。治所在今湖南澧縣東南，臨澧東北，津市南。按宋本題下有「江夏」二字注，乃宋人編集時所加。❷贈劍二句　《晉書・張華傳》：「華聞豫章人雷煥妙達緯象，……煥曰：『僕察之久矣，惟斗、牛之間有異氣。』華曰：『是何祥也？』煥曰：『寶劍之精，上徹於天耳。』……因問曰：『在何郡？』煥曰：『在豫章豐城。』……華大喜，即補煥為豐城令。煥到縣，掘獄屋基，入地四丈餘，得一石函，光氣非常，中有雙劍，並刻題，一曰龍泉，一曰太阿。其夕，斗牛間氣不復見焉。煥以南昌西山北巖下土以拭劍，光芒豔發。大盆盛水，置劍其上，視之者精芒炫目。遣使送一劍並土與華，留一自佩。……煥曰：『……靈異之物，終當化去，不永為人服也。』華得劍，寶愛之，常置坐側。華以南昌土不如華陰赤土，報煥書曰：『詳觀劍文，乃干將也，莫邪何復不至？雖然，天生神物，終當合耳。』因以華陰土一斤致煥。煥更以拭劍，倍益精明。華誅，失劍所在。煥卒，子華為州從事，持劍行經延平津，劍忽於腰間躍出墮水。使人沒水取之，不見劍，但見兩龍各長數丈，蟠縈有文章，沒者懼而反。須臾光彩照水，波浪驚沸，於是失劍。華歎曰：『先君化去之言，張公終合之論，此其驗乎！』」❸雁迴峰　即回雁峰。在今湖南衡陽南，為衡山七十二峰之一。《方輿勝覽》卷二四衡州山川：「回雁峰，在衡陽之南。雁至此不過，遇春而回，故名。或曰峰勢如雁之回。」

【語　譯】昔日的分別如在夢中，如今我們又忽然在天涯相逢。洞庭泛舟衝破一輪秋月，放縱飲酒打開憂愁的臉容。所贈的寶劍刻著玉字，分明是延平津的兩條蛟龍。今日送君不能表達盡我深厚的情意，希望您來信寄達雁迴峰。

【研　析】此詩當是乾元二年（西元七五九年）流放遇赦回到江夏再遊洞庭時所作。前四句寫相逢，後四句寫送別。相逢中憶別，並描寫洞庭泛舟、縱酒開顏的樂事。送別中望再逢，並從贈劍想到延平津劍化蛟龍的典故。「常意常語，煉入古淡。」（明人批語）

## 與諸公送陳郎將歸衡陽❶并序

仲尼旅人，文王明夷❷。苟❸非其時，聖賢低眉。況僕之不肖者，而遷逐枯槁❹，固非其宜❺。朝心不開，暮髮盡白。而登高送遠，使人增愁❻。陳郎將義風凜然，英思逸發。來下曹城之榻❼，去邀才子之詩。動清興於中流，泛素波而徑去。諸公仰望❽不及，連章祖之⑨。序慚起予，輒冠名賢之首；作者嗤我，乃為撫掌之資⑩乎！

衡山蒼蒼入紫冥⑪，下看南極老人星⑫。迴飆吹散五峰雪⑬，往往飛花落洞庭。氣清嶽秀有如此，郎將一家拖金紫⑭。門前食客亂浮雲，世人皆比孟嘗君⑮。江上送行無白璧⑯，臨岐惆悵若為分⑰！

【注釋】❶與諸公題　咸本題中無「與諸公」三字，亦無「并序」二字；題下注「一作〈春於南浦與諸公送〉」。《文苑英華》及《唐文粹》皆選錄此詩之序，皆題作〈春於南浦與諸公送陳郎將歸衡嶽序〉，則集本或有脫文。南浦當指江夏。即卷九〈贈漢陽輔錄事二首〉其二「南浦登樓不見君」之「南浦」，詳見該詩注。陳郎將，名字不詳。王琦注：「按《唐書・百官志》，左右十四衛及太子左右六率府，皆有郎將，乃五品官也。」衡陽，唐郡名。即衡州。天寶元年改為衡陽郡，乾元元年復改為衡州。今湖南衡陽。❷仲尼二句　旅人，奔走在外的人。《易經・旅卦》：「旅人先笑後號咷。」王弼注：「客旅得上位，故先笑也。以旅而處于上，極眾之所嫉也。以不親之身而當被害之地，必凶之道也，故曰後號咷。」《易經・明夷卦》：「明入地中，明夷。內文明而外柔順，以蒙大難，文王以之。」孫星衍《集解》引鄭玄曰：「夷，傷也。日出地上，其明乃光。而其入地，明則傷矣，故謂之明夷。」後因以比喻昏君在上，賢人遭受艱難或不得志。❸苟　若；如果。❹枯槁　瘦瘠。《楚辭・漁父》：「顏色憔悴，形容枯槁。」❺固非其宜　《文苑英華》作「固其宜耶」。非，咸本作「誠」。王琦注：「『非』字疑當作『亦』。」❻而登高二句　宋玉〈高唐賦〉：「登高遠望，使人心瘁。」❼曹城之榻　《後漢書・徐稺傳》：「時陳蕃為〈豫章〉太守，……蕃在郡不接賓客，唯稺來特設一榻，去則懸之。」曹城，不詳，疑為「專城」之誤，專城指太守。❽仰望　抬頭向上看，表示敬仰期望。《孟子・離婁下》：「良人者，所仰望而終身也。」❾連章祖之　連章，《文苑英華》作「聯章」。謂諸公共同作詩。祖，古人出行時祭祀路神。《左傳》昭公七年：「公將往，夢襄公祖。」杜預注：「祖，祭道神。」引申為送行。❿撫掌之資　猶言拍手談笑之資。《晉書・王羲之傳》：「吏部郎與謝萬書曰：……衣食之餘，欲與親知時共歡讌，雖不能興言高詠，銜杯引滿，語田里所行，故以為撫掌之資，其為得意，可勝言邪！」⓫衡山句　衡山，古稱南嶽。在今湖南衡山縣。紫冥，猶言紫虛。天空；高空。《魏書・高允傳》：「發響九皋，翰飛紫冥。」⓬南極老人星　《史記・天官書》：

「狼比地有大星，曰南極老人。老人見，治安；不見，兵起。常以秋分時候之于南郊。」《晉書・天文志上》：「老人一星，在弧南，一曰南極，常以秋分之旦見于丙，春分之夕而沒于丁。見則治平，主壽昌，常以秋分候之南郊。」⓭迴飆句　迴飆，旋轉的狂風。曹植〈雜詩〉：「何意迴飆舉，吹我入雲中。」五峰，指衡山最大的祝融、紫蓋、天柱、石廩、芙蓉五個山峰。⓮金紫　金印紫綬。指高官顯宦。陸機〈謝平原內史表〉：「懷金拖紫，退就散輩。」《後漢書・曹世叔妻（班昭）傳》：「聖恩橫加，猥賜金紫。」李賢注：「《漢官儀》曰：二千石，金印紫綬也。」⓯門前二句　《史記・孟嘗君列傳》：「孟嘗君在薛，招致諸侯賓客及亡人有罪者，皆歸孟嘗君。孟嘗君舍業厚遇之，以故傾天下之士，食客數千人，無貴賤一與文等。」⓰白璧　《呂氏春秋・恃君覽・觀表》：「郈成子為魯聘於晉，過衛，右宰穀臣止而觴之，陳樂而不樂，酒酣而送之以璧。」⓱臨岐句　岐，通「歧」。岔路口；行人分手之處。若為，唐人俗語。怎能；哪堪。王維〈送楊少府貶郴州〉詩：「明到衡山與洞庭，若為秋月聽猿聲！」

【語　譯】孔子是長期奔走在外的旅人，周文王是因昏君在上而蒙受大難的人。如果不得其時，即使是聖賢之人也只得低下眉頭。何況我是個不賢之人，而被流放憔悴，本來也是應該的。早上心情不開展，傍晚頭髮皆白；而登高送遠，更使人增添憂愁。陳郎將凜然有義俠之風，才思英俊飄逸清發。來此下太守之榻，去邀才子之詩。在中流清興勃發，將泛白波而遠去。相送的諸公敬仰不及，共同賦詩設宴餞行。慚愧的是啟發我作序，即冠諸名賢之首；作者譏笑我，那就作為拍手談笑之助吧！

衡山青青高聳入紫色雲空，往下俯視可見南極老人星。旋風吹散五峰上的白雪，常常似飛花一般飄落到洞庭。衡山氣清山秀就是這樣，就像陳郎將一家掛金拖紫。門前的食客多如浮雲，天下人都把您比作戰國時的孟嘗君。此次為您江上送行可惜我沒有白璧相贈，臨別歧路滿腹惆悵哪堪分離！

【研　析】此詩當是肅宗上元元年（西元七六〇年）春在江夏作。時李白流放遇赦回到江夏，並重遊洞庭零陵後再回到江夏。詩序中先以孔子、周文王的經歷對比自己的遭遇，接著稱美陳郎將的義風和才思，最後敘諸公作詩餞送，自己作序。詩的前四句描寫衡山之氣勢：高入雲空，下視南極星，旋風吹雪，飛落洞庭。接著四句由山之氣清秀美轉到郎將的高貴顯要，以孟嘗君比擬其豪華與食客之眾。末二句寫送別，無白璧相贈，心情惆悵，依依不捨之情溢於言外。

## 江夏送倩公歸漢東❶并序

謝安四十，臥白雲於東山；桓公累徵，為蒼生而一起❷。常與支公❸遊賞，貴而不移。大人君子，神冥契合，正可乃爾。僕與倩公一面，不忝古人❹，言歸漢東，使我心痗❺。夫漢東之國，聖人所出。神農之後，季良為大賢❻。爾來寂寂❼，無一物可紀。有唐中興，始生紫陽先生❽。先生六十而隱化❾，若繼跡而起者，惟倩公焉。蓄壯志而未就，期老成❿於他日。且能傾產重諾，好賢攻文。即惠休上人與江、鮑往復⓫，各一時也。僕平生述作，罄⓬其草而授之。思親遂行，流涕惜別。

今聖朝已捨季布⓭，當徵賈生⓮。開顏洗目，一見白日⓯。冀相視而笑於新松之山耶！作小詩絕句，以寫別⓰。李白辭⓱：

彼美⓲漢東國，川藏明月⓳輝。寧知喪亂⓴後，更有一珠歸。

【注釋】❶江夏題　倩公，即李白在〈漢東紫陽先生碑銘〉中提到的貞倩，是隨州的一位僧人。漢東，唐郡名。即隨州。天寶元年改為漢東郡，乾元元年復改為隨州。治所在今湖北隨州。❷謝安四句　宋本、繆本卷二七謝字上有「昔」字。《世說新語‧賞譽下》：「謝太傅為桓公司馬。」劉孝標注引《續晉陽秋》曰：「初，(謝)安優遊山水，以敷文析理自娛。桓溫在西蕃，欽其盛名，諷朝廷請為司馬。以世道未夷，志在匡濟，年四十，起家應務也。」《晉書‧謝安傳》：「寓居會稽，與王義之及高陽許詢、桑門支遁遊處，出則漁弋山水，入則言詠屬文，無處世意。……及（弟）萬黜廢，安始有仕進志，時年已四十餘矣。征西大將軍桓溫請為司馬，將發新亭，朝士咸送，中丞高崧戲之曰：『卿累違朝旨，高臥東山。諸人每相與言：安石不肯出，將如蒼生何！蒼生今亦將如卿乎！』」❸支公　指東晉高僧支遁。《高僧傳》卷四〈晉剡沃洲山支遁〉：「支遁，字道林，本姓關氏，陳留人，或云河東林慮人。……家世事佛，早悟非常之理。隱居餘杭山，……年二十五出家，每至講肆，善標宗會，而章句或有所遺，時為守文者所陋。謝安聞而善之，曰：『此乃九方堙之相馬也，略其玄黃，而取其駿逸。』」王洽、劉恢、殷浩、許詢……等，並一代名流，皆著塵外之狎。」❹僕與二句　一面，宋本缺「一」字，據宋本卷二七、繆本、王本補。一面，猶一見。《世說新語・賢媛》：「山公與嵇、阮一面，契若金蘭。」不忝，不亞於；不愧於。❺言歸二句　言，句首助詞。心痗，心憂。《詩經・衛風・伯兮》：「願言思伯，使我心痗。」毛傳：「痗，病也。」❻聖人三句　聖人，指神農氏。即炎帝。《元和郡縣志》卷二一山南道隨州隨縣：「厲山，亦名烈山，在縣北一百里。《禮記》曰：厲山氏，炎帝也，起於厲山，故曰厲山氏。」《方輿勝覽》卷三二京西路隨州：「厲山，《禮記・祭法》云：『厲山氏之有天下也，其子農能殖百穀。』注云：『厲山氏，炎帝也。起於厲山。』《西漢志・注》：『隨，故厲國也。』皇甫謐：『今隨之厲鄉。』《荊州記》：『山有二穴，云是神農所生，遂即此地為神農社，常年祀之。』」季良，王琦注：「隨之賢大夫，諫隨君無追楚師。事載《左傳》桓公六年。按《左傳》作『季梁』」。《元和郡縣志》卷二一山南道隨州隨縣：「季梁廟，在縣南門外道西三十二步。」❼寂寂　宋本作「寂寞」，據宋本卷二七、蕭本、郭本、繆本、王本、咸本改。❽紫陽先生　即隨州道士胡紫陽。卷一一〈憶舊遊寄譙郡元參軍〉詩曰：「相隨迢迢訪仙城，……漢東太守來相迎。紫陽之真人，邀我吹玉笙。餐霞樓上動仙樂，嘈然宛似鸞鳳鳴。」詳見該詩注。李白另有〈冬夜於隨州紫陽先生餐霞樓送煙子元演隱仙城山序〉和〈漢東紫陽先生碑銘〉，知胡紫陽天寶元年卒。❾隱化　死的諱稱。❿老成　猶晚成。閱歷多而練達世事。《詩經・大雅・蕩》：「雖無老成人，尚有典刑。」⓫即惠休句　惠休上人，南朝宋僧人惠休。上人，對僧人的尊稱。《宋書・徐湛之傳》：「時有沙門釋惠休，善屬文，辭采綺豔，湛之與之甚厚。世祖命使還俗。本姓湯，位至揚州從事史。」參見卷一〇〈贈僧行融〉詩注。江鮑，指江淹、鮑照。按：江淹有〈雜體詩三十首・擬休上人別怨〉，鮑照有〈秋日示休上人〉及〈答休上人〉諸詩。⓬罄　盡；完；盡其所有。⓭季布　見卷九〈江上贈竇長史〉詩注。此處以季布自喻，謂自己長流夜郎已被赦放還。⓮賈生　《史記・屈原賈生列傳》：「賈生名誼，洛陽人也。……為長沙王太傅三年。……後歲餘賈生徵見，孝文帝方受釐，坐宣室，上因感鬼神事而問鬼神之本。」此處以賈生自比，謂君王會像當年漢文帝徵召賈誼一樣把自己召回朝廷。⓯白日　喻指皇帝。⓰以寫別　宋本卷二七及各本皆作「以寫別意」。⑰李白辭　宋本卷二七無此三字。咸本作「李白辭曰」。王本作「辭曰」。⑱彼美　宋本作「胡人」，據宋本卷二七及各本改。⑲明月　指明月珠。《楚辭・九章・涉江》：「被明月兮珮寶璐。」王逸注：「言己背被明月之珠，要（腰）佩美玉。」洪興祖補注：「《淮南》曰：『明月之珠……。』注云：『夜光之珠，有似月光，故曰明月。』」陸機〈文賦〉：「石韞玉而山暉，水懷珠而川湄。」⑳喪亂　指安史之亂。

**【語　譯】**往昔謝安四十歲時，還在會稽東山隱居；桓溫多次請朝廷徵召，終於為濟蒼生而出山。他常與高僧支遁一起遊樂賞玩，即使貴顯以後與支遁的情誼仍舊不移。大人和君子之交，與神靈暗相契合，正可如此。我與倩公一見，就不亞於古人。現在他要回隨州去，使我心中很難受。

隨州漢東，是出聖賢的地方。神農氏炎帝之後，春秋時的季梁是個大賢人。此後就比較冷落，沒有一事可以記敘。到了我大唐時代，隨州開始有一位胡紫陽先生。先生六十歲時去世，而繼其蹤跡而起來的，就只有倩公是漢東的傑出人物了。倩公胸懷壯志而未能實現，期待於他晚年成大器。而且他能傾盡家產信守然諾，愛交賢友而工於詩文。就像當年惠休上人與江淹、鮑照交往一樣，各為一時的佳話。我把生平的著作，盡其所有而交付給他。倩公遂思念親人而行，流淚而惜別。

如今朝廷已赦免了我，應當像漢文帝召還賈誼那樣徵召我回朝廷。使我打開笑顏洗清眼睛，一見君王。希望與朋友們在新松山相聚而歡笑！為此作一首絕句小詩，以寫送別之意。辭曰：

那優美壯麗的漢東郡，河川中藏有明月珠閃耀著光輝。怎知經過戰亂之後，還有一顆明珠回歸隨州。

**【研　析】**此詩當作於乾元二年（西元七五九年）流放遇赦回到江夏（今湖北武漢武昌）之時。宋本卷二七重出此詩并序，郭本、王本、咸本均收入「序」卷，小有異文，序分三段。首段以謝安與支遁的友誼比擬自己與倩公的交情，並點明友人返鄉，心中難受。次段敘隨州漢東郡乃出聖賢之地，從神農氏炎帝到季梁；在唐代有胡紫陽，還有繼起的倩公。讚揚倩公傾產重諾，好賢工文，並將他比擬為南朝的惠休上人，暗將江淹、鮑照自比。並敘明將自己的創作交給倩公。再次段敘寫自己已被赦免，幻想朝廷當會徵召自己，並希望與友人共聚歡笑。最後點明送別之意。詩僅四句，讚美漢東是藏明月珠之寶地，在喪亂之後還有倩公這顆明珠返回故鄉。

## 送趙判官赴黔府中丞叔幕❶

廓落青雲心❷，結交黃金盡❸。富貴翻相忘，令人忽自哂❹。蹭蹬❺鬢毛斑，
盛時難再還。巨源咄石生，何事馬蹄間❻？綠蘿長不厭❼，卻欲還東山❽。
君為魯曾子❾，拜揖高堂❿裏。叔繼趙平原⓫，偏承明主恩。風霜推獨坐⓬，
旌節鎮雄藩⓭。虎士秉金鉞⓮，蛾眉開玉樽。
才高幕下去，義重林中⓯言。水宿五溪月⓰，霜啼三峽猿⓱。東風春草綠，江
上候歸軒⓲。

【注釋】❶送趙判官題　黔府中丞叔，指黔中節度使趙國珍。時帶御史中丞銜。黔府，黔州都督府。治所在今重慶彭水縣。趙判官，當是趙國珍之姪，名字不詳。時赴黔中節度使幕為判官。判官，節度使幕僚佐。❷廓落句　廓落，孤寂。宋玉〈九辯〉：「廓落兮羈旅而無友生。」青雲，比喻清高。《三國志・魏書・荀彧等傳論》裴松之注：「張子房青雲之士，誠非陳平之倫。」❸結交句　卷一六〈答王十二寒夜獨酌有懷〉：「黃金散盡交不成。」李白〈上安州裴長史書〉：「曩昔東遊維揚，不逾一年，散金三十餘萬，有落魄公子，悉皆濟之。」❹富貴二句　反用陳涉事。《史記・陳涉世家》：「陳涉少時，嘗與人傭耕，輟耕之壟上，悵恨久之，曰：『苟富貴，無相忘。』庸者笑而應曰：『若為庸耕，何富貴也？』陳涉太息曰：『嗟乎，燕雀安知鴻鵠之志哉！』」陳涉被他人笑，此處則「自哂」。❺蹭蹬　失意；困頓。卷一一〈遊敬亭寄崔侍御〉詩：「夫子雖

蹭蹬，瑤臺雪中鶴。」卷一四〈送楊燕之東魯〉詩：「一辭金華殿，蹭蹬長江邊。」❻巨源二句　用山濤典故。《晉書・山濤傳》：「山濤字巨源，河內懷人也。……與石鑒共宿，濤夜起蹴鑒曰：『今為何等時而眠邪！知太傅（司馬懿）臥何意？』鑒曰：『宰相三不朝，與尺一令歸第，卿何慮也！』濤曰：『咄！石生無事馬蹄間邪！』投傳而去。未二年，果有曹爽（被司馬懿誅）之事，遂隱身不交世務。」❼綠蘿句　謂隱居。郭璞〈遊仙詩〉：「綠蘿結高林，蒙籠蓋一山。中有冥寂士，靜嘯撫清絃。」此處用其意。❽還東山　用謝安隱居東山典故。謝靈運〈還舊園作見顏范二中書〉詩：「久欲還東山。」❾君為句　君，指趙判官。魯曾子，《史記・仲尼弟子列傳》：「曾參，南武城人，字子輿。……孔子以為能通孝道，故授之業。作《孝經》。死於魯。」司馬貞《索隱》：「按：武城屬魯。當時魯更有北武城，故言南也。」❿拜揖高堂　謂拜別父母而去入戎幕。⓫叔繼句　叔，指黔中節度使趙國珍。趙平原，戰國時趙國公子平原君。乃趙姓先祖。⓬推獨坐　宋本在「推」字下夾注：「一作：催」。獨坐，猶專席。唐人以「獨坐」為御史中丞的別名。⓭旌節句　唐代節度使在受命之日賜之旌節，謂之節度使，得以專制軍事。雄藩，威武的藩鎮。唐代通稱節度使為「藩鎮」，亦稱「方鎮」。⓮虎士句　虎士，周代擔任王出行時護衛之職的官名。《周禮・夏官・虎賁氏》：「虎士八百人。」鄭玄注：「虎士，徒之選有勇力者。」後以之稱勇士。《後漢書・董祀妻傳》：「虎士成林。」秉金鉞，手執長柄大斧。《詩經・商頌・長發》：「武王載旆，有虔秉鉞。」鉞，古代兵器。⓯林中　指「竹林之遊」。《晉書・阮咸傳》：「咸任達不拘，與叔父籍為竹林之遊。」此處以阮氏叔姪比擬趙氏叔姪。⓰水宿句　《文選》卷二二謝靈運〈遊赤石進帆海〉：「水宿淹晨暮。」呂延濟注：「水宿，宿於舟中也。」五溪，地名。《水經注・沅水》：「武陵有五溪，謂雄溪、樠（橫）溪、（潕）溪、酉溪，辰溪其一焉。」按《通典》卷一八三：「黔州，古蠻夷之國，春秋、戰國皆楚地，秦惠王欲楚黔中地，以武關外地易之，即此是也。通謂之五溪。」注：「五溪，謂酉、辰、巫、武、陵（沅）等五溪也。」在今湖南、貴州二省交界處。⓱三峽猿　三峽兩岸多猿鳴。⓲候歸軒　等候您歸來的車駕。軒，古代供大夫乘坐的前頂較高而有帷幕的車子。

【語　譯】清高的心志已經孤寂，結交天下士的黃金已經散盡。如今他人富貴反而忘了我，使人想起來就嘲笑自己。在困頓的日子裡使我的兩鬢頭髮都已斑白，青春時代再也不能回來。當年山巨源責怪石鑒，為什麼要在馬蹄間求生活？只有綠蘿是永遠不會使人厭煩的，因此我還想學謝安那樣回東山歸隱。

您是如同魯國曾參那樣的孝子，現在拜別雙親前往戎幕。您的叔父繼承了趙國平原君的雄風，深受英明君主的恩寵。風清霜嚴般兼領御史中丞專席獨坐，奉旌持節鎮守威武的藩鎮。勇士們手持金鉞侍位，美女在宴席間開啟玉樽。

如今您這位高才要到叔父的節度使幕中去，義重情深與叔父同為竹林之遊。夜宿舟中賞玩五溪清月，穿行三峽聽兩岸霜秋猿啼。待到東風吹綠春草，我將到江上等候您歸來的軒車。

【研　析】此詩當是天寶十三載（西元七五四年）在金陵送趙判官而作。首段十句自敘經歷：青雲壯志廓落無成，結交尚義黃金散盡，他人富貴乃忘自己，令人自笑。困頓衰老，青春不再。固如山濤咄石鑒，何必奔走馬蹄。綠蘿可長棲，自己將還東山隱居。寫盡世態人情之薄。次段八句描寫趙判官別親赴戎，詳讚其叔能繼平原君之志，承明主恩寵，以御史中丞之銜而持節出鎮雄藩，勇士秉鉞嚴陣，美女侍宴開樽。極寫聲威權重。末段六句，想像趙判官赴幕在道之景。謂其才高而入叔之幕中，義重竹林之叔姪共言謀劃。舟行五溪賞明月，途經三峽聞猿啼。待東風吹綠春草之時，我將於江上候君歸軒。順筆流走，情意綿長。

## 送陸判官往琵琶峽❶

水國❷秋風夜，殊非❸遠別時。長安如夢裏，何日是歸期？

【注　釋】❶送陸判官題　陸判官，名未詳。判官，據《舊唐書・職官志三》記載，節度使幕中有「判官二人」。按：唐代特派擔任臨時職務的大臣皆得自選中級官員奏充任判官，以資佐理。琵琶峽，《方輿勝覽》卷五七夔州山川：「琵琶峰，在巫山。對蜀江之南，形如琵琶。此鄉婦女，皆曉音律。」❷水國　猶水鄉。泛指多江河湖澤之鄉。顏延之〈始安郡還都與張湘州登巴陵城樓作〉詩：「水國周地險，河山信重複。」宋之問〈秋蓮賦〉：「既有芳兮蕢城，長無依兮水國。」❸殊非　極非；不是。

【語　譯】秋風吹過水鄉的夜晚，這決不是分手遠別的時節。遠望長安如在夢中，不知什麼時候才是歸去的日期？

【研　析】此詩疑是天寶六載（西元七四七年）在江南之作。首二句謂水鄉秋時，送別最難受。後二句寫對長安的思念之情，不知何日是歸期。嚴羽評點曰：「語短意長，是五言絕妙境也。」

## 送梁四歸東平❶

玉壺挈美酒，送別強為歡。大火南星月❷，長郊北路難。殷王期負鼎❸，汶水起垂竿❹。莫學東山臥，參差老謝安❺。

【注　釋】❶送梁四題　梁四，名字不詳。同祖兄弟中排行第四。東平，唐郡名，即鄆州，天寶元年改為東平郡，乾元元年復改為鄆州。治所須昌，在今山東東平西北。❷大火句　此句即謂心宿在正南方之月，即仲夏五月之時。古代天文學將分佈於黃道、赤道帶附近一周天的二十八組恆星群稱為二十八宿，作為觀測日、月、五星在星空中運行的標誌。由於二十八宿是不等分的，古代又把一周天分為等分的十二次，用以量度日、月、行星運動的位置。「大火」即為十二次之一的名稱。在「大火」星次中，配二十八星宿有氐、房、心三宿。其中心宿為大火星次中最主要的星宿，故古籍中常以「大火」或「火」稱心宿。每年夏曆五月黃昏時心宿在中天，六月以後就漸漸偏西，暑熱開始減退。《詩經・豳風・七月》：「七月流火，九月授衣。」孔穎達疏：「於七月之中有西流者，是火之星（心宿）也，知是將寒之漸。」❸殷王句　殷王，指殷朝開國君王湯。負鼎，指負鼎之臣伊尹。《史記・殷本紀》：「伊尹名阿衡。阿衡欲奸（干）湯而無由，乃為有莘氏媵臣，負鼎俎，以滋味說湯，致于王道。或曰，伊尹處士，湯使人聘迎之，五反然後肯往從湯，言素王及九主之事，湯舉任以國政。」「負鼎」用前說，「期」乃湯求賢，用後說。❹汶水句　《元和郡縣志》卷一〇河南道兗州乾封縣：「汶水，源出縣東北原山，西南流經縣理南，去縣三里。又有北汶、嬴汶、柴汶、牟汶、浯汶。《述征記》曰：『泰山郡水皆名汶。』按：今縣界凡有五汶，皆源別而流同也。」

又卷一一曹州濟陰縣：「莘仲故城，在縣東南三十里。蓋古之莘國也。伊尹耕於莘野，湯聞其賢，聘以為相。即此地。」按：汶水至梁山、鄆城入濟，流入巨野澤，距古莘國很近。起垂竿，指呂尚。曾垂釣於渭水之陽，周文王出獵而遇之，立他為師。見《史記・齊太公世家》。❺莫學二句　反用謝安高臥東山的典故。謂不要學謝安那樣高臥東山，可能會錯過建功立業的機會。參差，蹉跎；錯過。

【語譯】提起玉壺斟滿美酒，為你送別強作歡顏。正當心宿在正南方的仲夏之月，往北方長途跋涉將有多麼艱難。現在朝廷正像商湯渴盼負鼎的伊尹，在汶水之濱起用釣魚的聖賢。不要學謝安那樣東山高臥，以免蹉跎歲月錯過了機會。

【研析】此詩作年不詳。首聯點明飲酒送別，頷聯點出時為仲夏，地為往北歸東平。頸聯以殷王期伊尹轉寫君王正需賢人輔佐。尾聯規勸友人及早出仕，不要耽誤青春。

## 江夏❶送友人

雪點翠雲裘❷，送君黃鶴樓❸。黃鶴振玉羽❹，西飛帝王州❺。鳳無琅玕實❻，
何以贈遠遊？徘徊相顧影，淚下漢江流。

【注釋】❶江夏　唐縣名。屬江南道鄂州。又，唐郡名。即鄂州。天寶元年改為江夏郡，乾元元年復改為鄂州。治所在今湖北武漢武昌。❷翠雲裘　以翠羽製作、上有雲彩紋飾的裘衣。❸黃鶴樓　見卷六〈峨眉山月歌送蜀僧晏入中京〉注。❹黃鶴句　黃鶴，此處借喻友人。振玉羽，鮑照〈舞鶴賦〉：「振玉羽而臨霞。」❺帝王州　謝朓〈入朝曲〉：「江南佳麗地，金陵帝王州。」此處指唐京都長安。❻鳳無句　鳳，李白自喻。琅玕，神話傳說中的仙樹，其實似珠，鳳凰以之為食。《藝文類聚》卷九〇引《莊子》：「吾聞南方有鳥，其名為鳳，所居積石千里。天為生食，其樹名瓊枝。高百仞，以璆琳、琅玕為

實。」詳見卷一〈古風〉其四十「鳳飢不啄粟，所食唯琅玕」注。

【語　譯】白雪點點飄落在翠雲裘上，我送你到黃鶴樓旁分手。你就像黃鶴奮動白玉般的翅膀，向西飛往長安帝王州。我雖是鳳鳥卻沒有琅玕果實，用什麼來贈送你遠遊？徘徊江岸目送你離去的身影，淚水滾滾如同滔滔的漢江。

【研　析】此詩當是開元二十二年（西元七三四年）遊江夏時所作。所送友人姓名不詳。首二句點題，在江夏黃鶴樓送別友人。次二句以黃鶴比擬友人，點明其往長安京都。再次二句以鳳自比，謂乏物相贈。末二句依依惜別，相顧自悲。明人評此詩曰：「亦有古趣。」

## 送郗昂謫巴中❶

瑤草❷寒不死，移植滄江濱。東風灑雨露，會入天地春❸。予若洞庭葉，隨
波送逐臣❹。思歸未可得，書此謝情人❺。

【注　釋】❶郗昂謫巴中　〈唐尚書省郎官石柱題名〉司勳郎中有郗昂。《唐語林・政事上》「郗士美」名下原注：「本名犯文宗廟諱。」按：唐文宗名昂。郗昂乃士美之父，非士美本人，《唐語林》注誤。《舊唐書・郗士美傳》：「父純，字高卿，為李邕、張九齡等知遇，尤以詞學見推，與顏真卿、蕭穎士、李華皆相友善。舉進士，繼以書判制策，三中高第，登朝歷拾遺、補闕、員外、郎中、諫議大夫、中書舍人。處事不迴，為元載所忌。……遂以疾辭。」此郗純即郗昂，避文宗諱而追改。〈傳〉敘其宦歷頗詳，唯不及「謫巴中」事。《唐語林》卷五：「郗以安祿山偽官貶歙縣尉。」與「謫巴中」異。考羊士諤有〈乾元初嚴黃門自京兆少尹貶牧巴郡……刻於石壁〉詩，注云：「時郗詹事昂自拾遺貶清化尉，黃門年三十餘，且為府主，與郗意氣友善，賦詩高會，文字猶存。」按：嚴武貶巴州刺史在乾元元年六月，則郗昂貶清化尉亦當於是時。唐清化縣屬山

南西道巴州《舊唐書·地理志二》清化縣治所在今四川南江縣西南，故此詩稱「謫巴中」。巴州治所在今四川巴中市。詳見拙著《李白叢考·李白交遊雜考》「郗昂」條。❷瑤草　《文選》卷二二江淹〈從冠軍建平王登廬山香爐峰〉：「瑤草正翕絶。」李善注：「瑤草，玉芝也。」王琦注：「琦按：詩家用瑤草，謂珍異之草耳，未必專指玉芝而言。」❸東風二句　謂皇恩浩蕩如普降雨露，使天地回春。郗昂雖被貶謫，不久亦會遷升。宋本在「地」字下夾注：「一作：池」。❹予若二句　屈原〈九歌·湘夫人〉：「嫋嫋兮秋風，洞庭波兮木葉下。」逐臣，指被貶的郗昂。❺情人　友人。

【語　譯】您像珍異的瑤草無論怎樣寒冷都不會凍死，現在遭受貶謫等於移植到江邊生長。皇恩浩蕩如東風揮灑雨露澤被天地萬物，瑤草也會迎來春天。如今我像洞庭湖上的一片落葉，隨波飄泊相送您這位被放逐的大臣。我思歸不可得，寫下此詩送別友人。

【研　析】此詩當作於乾元元年（西元七五八年）秋。時李白正在流放途中，大約在洞庭附近遇見郗昂而寫下此詩。首二句以瑤草比喻郗昂的堅強性格，被貶謫只是移植到另一地方而已，即使寒冬亦不會凍死。次二句謂君恩如雨露普降，郗昂很快當會受恩而遇天地回春。再次二句寫自己的流放如洞庭落葉，隨波飄零而相送友人。末二句謂自己思歸而不可得，只能寫下此詩而辭謝友人。嚴羽評點「予若」二句曰：「此等落句，從天風吹來，飄忽不自覺，乃入玄中。氣意清深，於『送逐臣』更切。」

## 江夏送張丞❶

欲別心不忍，臨行情更親。酒傾無限月，客醉幾重春。藉草❷依流水，攀花贈遠人。送君從此去，迴首泣迷津。

【注　釋】❶張丞　名字不詳。按李白另有〈暮春江夏送張祖監丞之東都序〉。疑張祖監丞即此張丞。詩與序似為同時之作。

❷藉草　《文選》卷一一孫綽〈遊天台山賦〉：「藉萋萋之纖草。」李善注：「以草薦地而坐曰藉。」

【語　譯】即將分別心中難以忍受，臨行之際更覺朋友情親。酒杯中傾滿無限月色，客人沉醉於美好的春景。坐在草上依臨流水，手折鮮花贈給遠行的人。送君從此分別，我回首揮淚似乎迷失於渡口。

【研　析】此詩當是開元二十二年（西元七三四年）春遊江夏時作。首聯謂友情親而不忍別，頷聯描寫對月傾酒，當春客醉。頸聯寫藉草而坐依臨流水，攀折花枝贈送友人。尾聯則寫惜別之情，送君別離，悵然若失，唯有泣涕而已。應時《李詩緯》評曰：「氣清折，結構緊嚴。」

## 賦得白鷺鷥送宋少府入三峽❶

白鷺拳一足，月明秋水寒。人驚遠飛去，直向使君灘❷。

【注　釋】❶賦得題　賦得，古代應制詩及詩人集會分題作詩，題前有「賦得」二字。後遂成為一種詩體。即景賦詩者亦往往以「賦得」為題。白鷺鷥，鷥，宋本原作「斯」，據蕭本、胡本、王本改。即白鷺。鳥名。因其頭頂、胸、肩、背部皆生長毛如絲，故稱。常活動於江湖岸邊，涉水覓食，主食魚、蛙、貝類及水生昆蟲。宋少府，疑即卷八〈贈溧陽宋少府陟〉中之溧陽縣尉宋陟。李白〈溧陽瀨水貞義女碑銘并序〉中亦提到「縣尉廣平宋陟」，當即同一人。溧陽，唐縣名，屬宣州。縣治在今江蘇溧陽西北，溧水縣東南。❷使君灘　《水經注・江水》：「(江水)又東逕羊腸虎臂灘。楊亮為益州（刺史），至此舟覆，懲其波瀾，蜀人至今猶名之為使君灘。」在今重慶萬州區東長江中。

【語　譯】白鷺拳起一足獨足站立，月光明亮秋水寒。聽到人聲突然吃驚而向遠方飛去，一直飛到萬州東的使君灘。

【研　析】此詩當是天寶十五載（西元七五五年）「東奔吳國避胡塵」秋天到溧陽時作。乃眾人共同送宋陟縣尉赴三峽，李白分得「白鷺鷥」一題，遂寫白鷺鷥拳一足而立，被眾人所驚而飛向使君灘。蓋使君灘乃三峽之地，正是宋陟縣尉所往之處。就物說物而歸於情，辭意親切。《唐宋詩醇》卷七評曰：「奇思古調。」

## 送二季之江東❶

初發強中作，題詩與惠連❷。多慚一日長，不及二龍賢❸。西塞當中路❹，南風欲進船。雲峰❺出遠海，帆影挂清川。禹穴藏書地❻，匡山種杏田❼。此行俱有適，遲爾早歸旋❽。

【注釋】❶送二季題　二季，兩個弟弟。可能指從弟。名字不詳。江東，長江自今安徽蕪湖至江蘇南京為由南往北流向，古稱此段長江以東地區為江東。❷初發二句　二句以謝靈運自喻，以謝惠連喻二季。謝靈運有〈登臨海嶠初發彊中作與從弟惠連見羊何共和之〉詩。彊，同「強」。強中，地名。在今浙江嵊州。惠連，謝靈運族弟。❸多慚二句　多，猶「只」。一日長，《論語・先進》：「子路、曾皙、冉有、公西華侍坐。子曰：『以吾一日長乎爾，毋吾以也。』」長，年長。二龍，譽二季。《世說新語・賞譽》：「謝子微見許子將兄弟曰：『平輿之淵，有二龍焉。』」❹西塞句　西塞，山名。在今湖北黃石西塞山區東長江邊。三國時代，西塞山一帶為吳國境內重要的江防關塞。當中路，正當中途。蓋二季於江夏舟行之江東，西塞山乃必經之中途。❺雲峰　高聳入雲的山峰。❻禹穴句　王琦注引賀知章《纂山記》曰：「黃帝號宛委穴為赤帝陽明之府，於此藏書。大禹始於此穴得書，復於此穴藏之，人因謂之禹穴。」按：禹於宛委山得黃帝金簡書之說，見《吳越春秋・越王無余外傳》。又按：宛委山即會稽山之一峰。在今浙江紹興東南。❼匡山句　匡山，指江西廬山。種杏田，用《神仙傳》卷六記載，董奉請人在廬山栽植杏樹成林之典。❽遲爾句　遲，等待。謝安〈與支遁書〉：「唯遲君來，以晤言消之。」歸旋，回來。謝靈運〈過始寧墅〉詩：「揮手告鄉曲，三載期歸旋。」

【語　譯】當年謝靈運初從強中出發時，曾題詩贈給他的堂弟惠連。而我非常慚愧徒然比你們年長，卻不及兩位弟弟賢能。西塞山正當你們此去的中途，南風頻吹正好行船。雲峰湧出遠海的上空，帆影投射於清澄的水中。禹穴是黃帝和大禹藏書的地方，廬山是董奉栽杏的園田，此行你們都可沿途暢遊，但我還是等待著你們早日歸來。

【研　析】此詩作年不詳。首四句以謝靈運自喻，以謝惠連喻二季。謂自己徒然年長而不及兩位族弟之賢。中六句描敘二季往江東將經之地，謂名山勝景，可一路遊賞。末二句盼望早歸，思念之情即寓於字裡行間。

## 江西送友人之羅浮❶　南昌

桂水分五嶺❷，衡山朝九疑❸。鄉關眇安西❹，流浪將何之？
素色❺愁明湖，秋渚晦寒姿。疇昔紫芳意❻，已過黃髮期❼。
君王縱疏散❽，雲壑借巢、夷❾。爾去之羅浮，我還憩峨眉。中闊道萬里，
霞月遙相思。如尋楚狂子❿，瓊樹有芳枝⓫。

【注　釋】❶江西題　江西，指唐代的江南西道。治所在洪州豫章，今江西南昌。羅浮，山名。在今廣東東江北岸，增城、博羅、河源等縣市間。參見卷六〈當塗趙炎少府粉圖山水歌〉注。❷桂水句　桂水，即指今廣西東北部之桂江。西江支流。上游為灕江。南流經桂林、陽朔、昭平等市縣到梧州入西江。五嶺，《漢書·張耳傳》作「五領」，領，通「嶺」。顏師古注引鄧德明《南康記》：「大庾領一也，桂陽騎田領二也，九貞都龐領三也，臨賀萌渚領四也，始安越城領五也。」按：五嶺位於今江西、湖南、廣東、廣西四省之間，是長江與珠江流域的分水嶺。❸衡山句　衡山，古稱南嶽。在今湖南衡山等縣境內。九疑，山名。又名蒼梧山。在今湖南寧遠南。❹眇安西　遙遠的安西。眇，通「渺」。遙遠。屈原〈九章·哀郢〉：「眇不知

其所距。」安西，唐安西大都護府。初治西州（今新疆吐魯番高昌故城），後徙治龜茲（今新疆庫車）。王琦認為此安西字疑訛。恐非。按：李白出生地在安西大都護府轄下的碎葉城，此處謂自己和友人的鄉關都遠在安西。字當不訛。❺素色　秋色。❻疇昔句　疇昔，往昔。疇，助詞。紫芳意，指隱居。《文選》卷三一江淹〈雜體詩三十首・謝光祿莊郊遊〉：「終覿紫芳心」。李善注：「紫芳，紫芝也。」傳說秦末商山四皓避亂隱居時曾作〈採芝操〉曲，起句為「曄曄紫芝，可以療饑。」後因稱隱居為「採紫芝」或「紫芳」。❼黃髮期　黃髮，指年老高壽，頭髮由白變黃。《詩經・魯頌・閟宮》：「黃髮台背。」鄭玄箋：「黃髮、台背，皆壽徵也。」《文選》卷二四曹植〈贈白馬王彪〉詩：「王其愛玉體，俱享黃髮期。」張銑注：「黃髮期，謂壽考也。」。❽疏散　謝朓〈始之宣城郡〉詩：「疏散謝公卿。」❾巢夷　指巢父與伯夷。巢父，傳說唐堯時的隱士。堯以天下讓之，不受。又讓許由，亦不受。伯夷，商朝末年孤竹君長子。孤竹君以次子叔齊為繼承人，孤竹君死後。兄弟互讓，二人都投奔至周。武王滅商時因諫阻不從，逃至首陽山，不食周粟而死。後被儒家奉為賢人。❿楚狂子　《論語・微子》：「楚狂接輿歌而過孔子曰：『鳳兮鳳兮，何德之衰！』」邢昺疏：「接輿，楚人，姓陸，名通。字接輿也。昭王時，政令無常，乃披髮佯狂不仕，時人謂之楚狂也。」後用為狂士的通稱，此處李白用以自喻。參見卷一一〈廬山謠寄盧侍御虛舟〉詩注。⓫瓊樹句　瓊樹，玉樹。傳說中的樹名。《漢書・司馬相如傳》引〈大人賦〉：「咀噍芝英兮嘰瓊華。」顏師古注引張揖云：「瓊樹生崑崙西流沙濱。」江淹〈雜體詩三十首・古離別〉：「願一見顏色，不異瓊樹枝。」謂己效仿楚狂隱居避世。

【語　譯】桂水分流於五嶺，衡山高峻朝向九疑山。我們的故鄉在遙遠的安西，到處流浪究竟將往何方？

秋色使彭蠡湖明光淡蕩而多愁，水邊晦暗寒冷卻多姿。昔日我曾有採芝隱居的志向，現在已經過了求長生的時期。

君王放縱我閒散疏放，高臥雲壑就像當年的巢父和伯夷。你離開此地前往羅浮，我則想回去憩息峨眉。中間道路遙遠相隔萬里，只能朝霞月夕兩地相思。假如你要尋找我這個像楚狂接輿那樣的人，崑崙山的瓊樹上有等待你的花枝。

【研　析】按：詩云「已過黃髮期」，當是晚年作品，疑為上元元年（西元七六〇年）在豫章時作。首四句以桂水、五嶺、衡山、九疑點明友人遊羅浮所經之地，又感嘆自己鄉關遠在安西，一生流浪不知將往何方。次四句點明時在秋天，送別之地在鄱陽湖邊。回想自己往昔嚮往隱居遊仙，如今已老，徒費時光。末八句先敘君王賜金還山，得以放縱遊蕩，再敘友人遊羅浮而自己想歸峨眉，中間相隔萬里，只能日夜相思。末二句謂今後友人想找我，請到仙山。

## 宣州謝朓樓餞別校書叔雲 一作〈陪侍御叔華登樓歌〉❶

棄我去者昨日之日不可留，亂我心者今日之日多煩憂❷！長風萬里送秋雁，對此可以酣高樓❸。蓬萊文章建安骨❹，中間小謝又清發❺。俱懷逸興壯思飛，欲上青天覽明月❻。抽刀斷水水更流，舉杯消愁愁更愁❼。人生在世不稱意，明朝散髮弄扁舟❽！

【注釋】❶宣州題　卷一四另有〈餞校書叔雲〉詩，有「喜見春風還」句，作於春天，有餞別之語，無登樓之辭。而此詩則有「長風萬里送秋雁」句，乃秋天所作，李白似不可能在春、秋兩次餞別李雲。按：宋本此詩題下注：「一作〈陪侍御叔華登樓歌〉」《文苑英華》卷三四三收此詩正題作〈陪侍御叔華登樓歌〉，詩中無餞別之意，確是登樓之歌。則當以「一作」為是。獨孤及〈檢校尚書吏部員外郎趙郡李公（華）中集序〉：「（天寶）十一年拜監察御史，……入司方書，出按二千石，持斧所向，郡邑為肅。為奸黨所嫉，不容於御史府，除右補闕。」此詩乃天寶十二載在宣城作，時李華正在監察御史任，故稱之為「侍御叔華」。登樓，即登謝朓樓。詩中有「蓬萊文章建安骨，中間小謝又清發」句可證。年代和事蹟相符，則此詩題當以《文苑英華》為是。❷棄我二句　謂以往歲月已棄我而去，無法挽留，如今歲月卻只能使人心煩意亂。❸長風二句　謂長風萬里，目送秋雁南歸，面對眼前之景正可陪友酣飲於高樓。陸機〈前緩聲歌〉：「長風萬里舉。」❹蓬萊句　此句謂李華的詩文具有漢魏風格。蓬萊，原指海中神山，據說仙府幽經祕錄均藏於此山，故東漢時即以蓬萊指國家藏書處東觀。《後漢書・

寶章傳》：「是時學者稱東觀為老氏藏室，道家蓬萊山。」此處即借指漢代。《文苑英華》作「蔡氏」，指蔡邕，東漢文學家，以文章著名。建安，東漢末獻帝年號。當時曹操父子和王粲等七子寫作詩歌，辭情慷慨，語言剛健，形成駿爽剛健的風格，後人因譽為「建安風骨」。❺中間句 此句謂從漢至唐，中間謝朓詩最清新秀發。小謝，指謝朓。因謝朓晚於謝靈運，唐人稱靈運為大謝，稱朓為小謝。《南齊書・謝朓傳》：「少好學，有美名，文章清麗。」❻俱懷二句 謂兩人都滿懷豪情逸興，似欲上天摘取明月。逸興，超逸豪放的意興。覽，通「攬」。摘取。盧思道〈盧紀室誄〉：「麗詞泉湧，壯思雲飛。」宋本在「天」字下夾注：「一作：雲」。❼抽刀二句 形容己憂連續不斷，無法排除。宋本在「更」字下夾注：「一作：復」。❽人生二句 不稱意，不合意。散髮，拋棄冠簪，隱居不仕。《文選》卷二四張華〈答何劭詩〉：「散髮重陰下，抱杖臨清渠。」張銑注：「散髮，言不為冠所束也。」扁舟，小舟。《史記・貨殖列傳》：「范蠡既雪會稽之恥，……乃乘扁舟，浮於江湖。」宋本在「人生」二字下夾注：「一作：男兒」。宋本在末句下夾注：「一作：舉棹還滄洲」。

【語譯】棄我而去的昨天的日子已不可挽留，亂我心的今天的日子使我多麼煩憂！長風萬里送走南飛的大雁，對此秋景正可酣飲高樓。漢朝的文章和建安詩的風骨，中間又有小謝詩的清新秀發。我倆都滿懷逸興壯思飛騰，想要直上青天摘取明月。抽刀斬水水不斷而流得更洶湧，舉杯用酒澆愁卻是愁上加愁。人生在世不如意，明天就棄冠散髮泛扁舟於江湖！

【研析】此詩當是天寶十二載（西元七五三年）在宣州作。首二句用十一字長句陡起，直抒胸臆。「昨日」指已經逝去的歲月，包括開元盛世的大好時光，但當詩人的理想尚未施展之時已「棄我而去」，這裡包含著詩人對壯志未酬和年華消逝的痛惜和感嘆。「今日」是指近年來接踵而至的歲月。當時控制著北方廣大地區的安祿山正在陰謀叛亂，詩人曾親探虎穴已有預感；而朝廷上宰相楊國忠又發動對南詔的戰爭，兩次全軍覆沒，消耗了大量民力財力。作為憂國憂民的詩人，對此都感到心煩意亂。既說「棄我去」，又說「不可留」，既說「亂我心」，又說「多煩憂」，這種重疊複沓的語言，以及破空而來的發端，深刻地揭示出詩人鬱結之深、憂憤之烈、心緒之亂。三、四兩句突作轉折，目見長風萬里、秋雁南飛之景，心境豁然開朗，煩憂盡掃，登樓酣飲的豪興油然而生，點明題中的「登樓」。五、六兩句切題面「陪侍御叔華」，以推崇東漢蔡邕等人的文章和建安詩人的風骨，讚美李華的文章，以推崇謝朓詩歌的清新秀發，自譽詩歌成就。七、八兩句寫酣飲時的豪興，兩人都懷有逸興壯志，酒酣後更是飄然欲飛，想登天攬月。這裡的「月」是詩人想像，非實景。但這「欲上青天」的形象顯然是詩人對理想境界的追求，也是全詩激揚情緒的高潮。詩人的想像翅膀盡可在幻境中翱翔，但現實畢竟是殘酷的，九、十兩句又是大轉折，回到現實中的愁思萬端，恰似謝朓樓前宛溪水，滾滾不止，抽刀斬不斷。這一奇特而獨創的比喻，非常生動而貼切地顯示出詩人想擺脫愁苦而不能的情態。末兩句自明心跡：既然報國無路，壯志難酬，憂愁不斷，唯一途徑只有「散髮弄扁舟」來擺脫苦悶了。這裡兼有放浪不羈和傲視權貴兩層意思。全詩感情波瀾起伏，結構跌宕跳躍，語言生動自然，風格豪放而深沉。

## 宣城送劉副使❶入秦

君即劉越石❷，雄豪冠當時。淒清〈橫吹曲〉❸，慷慨〈扶風詞〉❹。虎嘯俟
騰躍❺，雞鳴遭亂離❻。千金市駿馬，萬里逐王師。
結交樓煩將❼，侍從羽林兒❽。統兵捍吳越，豺虎不敢窺。大動竟莫敘，已
過秋風吹❾。
秉鉞有季公❿，凜然負英姿。寄深且戎幕⓫，望重必台司⓬。感激一然諾，縱
橫兩無疑⓭。
伏奏歸北闕，鳴騶忽西馳⓮。列將咸出祖，英寮惜分離。斗酒滿四筵，歌笑

宛溪湄⑮。君攜東山妓⑯，我詠〈北門〉詩⑰。貴賤交不易，恐傷中園葵⑱。

昔贈紫騮駒，今傾白玉卮⑲。同驩萬斛酒，未足解相思。此別又千里⑳，秦吳眇天涯。月明關山苦，水劇隴頭悲㉑。借問幾時還？春風入黃池㉒。無令長相思，折斷綠楊枝。

【注釋】❶劉副使　名不詳。詩云：「秉鉞有季公。」知此人為宣州節度使季廣琛之副使。《舊唐書・肅宗紀》：上元二年正月，「辛卯，溫州刺史季廣琛為宣州刺史，充浙江西道節度使。」據《新唐書・百官志四下》，節度使下有副使一人，在行軍司馬以下，判官之上。又安撫使、觀察使、團練使、防禦使下皆有副使一人。❷劉越石　《晉書・劉琨傳》：「劉琨，字越石，中山魏昌人，漢中山靖王勝之後也。……琨少得儁朗之目，與范陽祖納俱以雄豪著名。……在晉陽，嘗為胡騎所圍數重，城中窘迫無計，琨乃乘月登樓清嘯，賊聞之，皆悽然長歎。中夜奏胡笳，賊又流涕歔欷，有懷土之切。向曉復吹之，賊並棄圍而走。」此處用劉琨事，比喻劉副使。❸橫吹曲　王琦注：「其（劉琨）〈橫吹曲〉，今逸不存。或指吹胡笳而言，恐未的。」按：〈橫吹曲〉為樂府歌曲名。用於軍中，樂器有鼓、角等。漢武帝時從西域傳入。現存歌詞都是魏晉以來文人作品。南北朝時又有〈鼓角橫吹曲〉。❹扶風詞　指劉琨所作〈扶風歌〉，《文選》卷二八收為一首。李善注：「集云〈扶風歌〉九首，然以兩韻為一首；今此合之，蓋誤。」劉良注：「扶風，地名，蓋古曲也。琨擬而自喻也。」詩云：「朝發廣莫門，暮宿丹水山。左手彎繁弱，右手揮龍淵。……」寫勤勞行役憂念國事。❺虎嘯句　比喻英雄乘時奮起。《北史・張定和傳論》：「虎嘯風生，龍騰雲起。」張衡〈思玄賦〉：「超踰騰躍絕世俗。」❻雞鳴句　《世說新語・賞譽》：「劉琨稱祖車騎為朗詣。」劉孝標注引《晉陽秋》曰：「（祖）逖與司空劉琨俱以雄豪著名，年二十四，與琨同辟司州主簿，情好綢繆，共被而寢。中夜聞雞鳴，俱起曰：『此非惡聲也。』」此處用其意。❼樓煩將　《史記・樊酈滕灌列傳》：「所將卒斬樓煩將五人。」裴駰《集解》引李奇曰：「樓煩，縣名。其人善騎射，故以名射士為『樓煩』，取其美稱，未必樓煩人也。」此處用其意。❽羽林兒　《漢書・百官公卿表上》：「羽林掌送從，次期門，武帝太初元年初置，名曰建章營騎，後更名羽林騎。又取從軍死事之子孫養羽林，官教以五兵，號曰羽林孤兒。」據《新唐書・百官志四上》，唐代禁軍有左右羽林軍，設「大將軍各一人，正三品；將軍各三人，從三品。掌統北衙禁兵，督攝左右廂飛騎儀仗」。❾統兵四句　王琦注：「上元中，宋州刺史劉展舉兵反，其党張景超、孫待封攻陷蘇、湖，進逼杭州，為溫晁、李藏用所敗。……劉副使於時亦在兵間，而功不得錄，故有『統兵捍吳越，……已過秋風吹』之句。」❿秉鉞句　秉鉞，指執掌兵權。鉞，古代兵器，形似斧，有長柄。《漢書・終軍傳》：「大將軍秉鉞，單于奔幕。」季公，指季廣琛。時為宣州刺史、浙江西道節度使。⓫寄深句　寄深，寄託深重。且，姑且；暫且。戎幕，節度使之幕府。⓬台司　指三公等宰輔大臣。《文選》卷三七羊祜〈讓開府表〉：「伏聞恩詔，拔臣使同台司。」李善注：「台司，三公也。」⓭感激二句　謂劉副使感激季公的然諾，縱橫馳騁兩人同心而無疑。然諾，許諾；應允。⓮伏奏二句　點出題中的「入秦」。北闕，古代宮殿北面的門樓，為群臣等候朝見或上書之處。亦用為朝廷的別稱。李陵〈答蘇武書〉：「誰復能屈身稽顙，還向北闕，使刀筆之吏弄其文墨耶？」鳴騶，古代隨從顯貴出行並傳呼喝道的騎卒。高適〈東平旅游奉贈薛太守二十四韻〉：「旌旆逐鳴騶。」⓯宛溪湄　宛溪岸邊。宛溪，水名。在今安徽宣城東。詳見卷一一〈寄崔侍御〉詩注。⓰東山妓　用謝安典故。《晉書・謝安傳》：「安雖放情丘壑，然每游賞，必以妓女從。」⓱北門詩　《詩經・邶風・北門》小序：「〈北門〉，刺仕不得志也。言衛之忠臣不得其志耳。」⓲貴賤二句　《藝文類聚》卷八二引古詩：「採葵莫傷根，傷根葵不生。結交莫羞貧，羞貧交不成。」中園葵，即園中葵。⓳昔贈二句　紫騮，古駿馬名。《南史・羊侃傳》：「帝因賜侃河南國紫騮。」白玉卮，白玉製作的酒杯。《漢書・高帝紀》：「上奉玉卮為太上皇壽。」顏師古注：「卮，飲酒圓器也。今尚有之。」⓴此別句　宋本在句下夾注：「一作：此外別千里」。㉑月明二句　庾信〈蕩子賦〉：「隴水恆冰合，關山唯月明。」樂府古辭：「隴頭流水，鳴聲幽咽。遙望秦川，肝腸斷絕。」二句用其意。㉒黃池　在今安徽當塗東南黃池鎮，與蕪湖、宣城交界。此處借指宣州宣城郡。

**【語　譯】**您就是晉朝的劉越石，以雄豪冠名當時。他吹奏〈橫吹曲〉淒涼清越，高唱〈扶風歌〉慷慨悲壯。就像猛虎長嘯山林待時騰躍奮起，聞雞起舞於亂離的時世。花費千金購買駿馬，奔逐萬里追隨王師。

您結交善射之驍將，率領侍從的羽林衛士。統領軍隊捍衛吳越，使豺狼虎豹一樣的劉展叛軍不敢窺視。雖然建立了大功，卻未能敘功獲獎，現在秋風已吹過，當入朝以待機遇。

執掌兵權的季公廣琛，凜然英姿令人敬畏。朝廷對他寄託深重只是暫且寄居節度使，名高望重必將成為輔弼大臣。您感奮激發言必有信，縱橫天下兩人始終不會生疑。

如今您要奏功而回到朝廷，騎士喝道您將向西飛馳。眾將傾營出來祖餞，同僚都惜別依依。宴席間酌滿了美酒，宛溪畔傳遍了歌聲笑語。您攜帶東山之妓以取樂，我吟詠〈北門〉之詩感嘆壯士不得志。交友之道不以貴賤而變易，猶如採園中之葵而怕傷其根。

往昔您曾送我一匹紫騮馬，如今又在一起舉起白玉杯傾飲美酒。共同開懷歡飲萬斛酒，還不足以化解分別後的相思。更何況此次分別又相隔千里，秦地吳地遠若天涯。關山月明您旅途多苦，隴頭激水更是令人傷悲。請問您此去何時歸來？希望在春風吹度時您能回到黃池河。不要使我長久相思，老是催您速回而折斷楊柳枝寄遠。

【研析】此詩當是肅宗上元二年（西元七六一年）冬在宣城作。首段八句敘晉代劉琨之事比擬劉副使。次段六句謂劉副使能結交勇將、統領親軍捍衛吳越，使劉展亂兵屏息。立此大功竟未得敘錄，時過而恩命未沾。第三段六句寫節度使季廣琛之英姿，身膺重寄，暫居戎幕，望重名高必將為三公宰輔。惟您意氣感激與之投合，縱橫左右而兩相無疑。第四段描寫劉副使入秦奏功而群僚送行惜別。設筵歌笑，餞於宛溪之濱。劉副使攜妓取樂，己則詠〈北門〉詩自悲。然交友之道不以貴賤而變易，猶如刈園中之葵而恐傷其根。末段敘今昔之情。昔日君贈我駿馬，今又共傾白玉杯之酒，雖歡飲萬斛之酒亦不足以解我相思之情。此別相隔千里，吳秦兩地遠若天涯，月明關山，隴頭水劇，旅途自是悲苦，希望春風吹綠之時友人回到宣城，無令自己長久相思而頻折柳枝相寄。全詩比擬頌揚得當，情深意切。

## 涇川送族弟錞

時盧校書草序，常侍御為詩❶

涇川三百里，若耶❷羞見之。錦石❸照碧山，兩邊白鷺鷥❹。佳境千萬曲，客行無歇時。上有琴高水❺，下有陵陽祠❻。仙人不見我，明月空相知。問我何事來，盧敖❼結幽期。

蓬山振雄筆，繡服揮清詞❽。江湖發秀色，草木含榮滋。置酒送惠連，吾家稱白眉❾。愧無海嶠作❿，敢闕河梁詩⓫！

見爾復幾朝，俄然告將離⓬。中流漾綵鷁⓭，列岸叢金羈⓮。歎息蒼梧鳳⓯，分棲瓊樹枝⓰。清晨各飛去，飄落天南垂⓱。

望極落日盡，秋深暝猿⓲悲。寄情與流水，但有長相思。

【注釋】❶涇川題　涇川，即涇溪。在今安徽涇縣西。按：涇縣唐時屬宣州。族弟錞，據《新唐書・宰相世系表二上》趙郡李氏東祖房李系（後魏平棘令）之十一代孫有李錞，河南參軍。疑即此人。按：宋本此詩題下有李白自注：「時盧校書草序，常侍御為詩。」盧校書，名不詳。常侍御，卷九另有〈贈常侍御〉詩。當為同時之作，可參讀。❷若耶　溪名。在今浙江紹興南。出若耶山，北流入運河。溪旁舊有浣紗石古蹟，相傳為西施浣紗處，故一名浣紗溪。此句襯托上句，謂若耶溪羞見涇川，因不及涇川之美。❸錦石　有美麗花紋的石頭；美石。羅含《湘中記》：「衡山有錦石，斐然成文。」溫子昇〈擣衣〉詩：「佳人錦石擣流黃。」❹白鷺鷥　即白鷺。水鳥名。詳見卷六〈秋浦歌〉其十、其十三注。❺琴高水　即琴溪。在今安徽涇縣東北。傳說琴高於溪中投藥滓化為魚而著名。劉向《列仙傳》卷上：「琴高，周末趙人，能鼓琴，為宋康王舍人，浮游冀州涿郡間。後與諸弟子期，入涿水取龍子，某日當還。至期，弟子候於水旁，琴高果乘鯉而出。留一月，復入水去。」❻陵陽祠　《元和郡縣志》卷二八江南道宣州涇縣：「陵陽山，在縣西南一百三十里。陵陽子明得仙處。」又池州石埭縣：「陵陽山，在縣北三十里。竇子明於此得仙。」王琦注引《一統志》：「望仙亭，在陵陽山中峰之半，相傳漢竇子明昇仙之地。有唐天寶間所建仙壇宮。陵陽祠，即仙壇宮也。」❼盧敖　燕人。秦始皇召以為博士，使求神仙，亡而不反。詳見卷一一〈廬山謠寄盧侍御虛舟〉注。❽蓬山二句　即題下注「盧校書草序，常侍御為詩」。蓬山，指校書郎。《後漢書・竇章傳》：「是時學者稱東觀為老氏藏室，道家蓬萊山。」李賢注：「言東觀經籍多也。蓬萊，海中神山，為仙府，幽經祕錄並皆在焉。」

繡服，指御史臺官員。《漢書·百官公卿表》：「侍御史有繡衣直指，出討奸猾，治大獄。」顏師古注：「衣以繡者，尊寵之也。」❾置酒二句　點題中「送族弟錞」。惠連，指南朝詩人謝靈運族弟謝惠連。白眉，指三國時蜀國馬良。《三國志·蜀書·馬良傳》：「馬良，字季常。……兄弟五人，並有才名。鄉里為之諺曰：『馬氏五常，白眉最良。』良眉中有白毛，故以稱之。」此處以謝惠連和馬良借指族弟李錞。❿海嶠作　指謝靈運〈登臨海嶠初發彊中作與從弟惠連見羊何共和之〉詩。⓫河梁詩　指《文選》卷二九李陵〈與蘇武詩〉：「攜手上河梁，游子暮何之？」劉良注：「河梁，橋也。」⓬俄然句　俄然，突然。告將離，告知將分離。吳均〈酬別江主簿屯騎〉詩：「有客告將離，贈言重蘭蕙。」⓭漾綵鷁　泛舟。漾，泛；蕩。謝惠連〈西陵遇風獻康樂〉詩：「漾舟陶嘉月。」綵鷁，船首畫著彩色水鳥的船。《文選》卷七司馬相如〈子虛賦〉：「浮文鷁，揚旌栧。」呂向注：「鷁，水鳥也。畫於船首，故曰文鷁也。」⓮叢金羈　聚集眾馬。金羈，金飾的馬絡頭，借指馬。曹植〈白馬篇〉：「白馬飾金羈。」⓯蒼梧鳳　蒼梧，山名，即九疑山。陸機〈白雲賦〉：「翼靈鳳於蒼梧。」此處以靈鳳比喻自己與族弟。⓰瓊樹枝　傳說中玉樹之枝。《藝文類聚》卷九〇引《莊子》：「南方有鳥，其名為鳳，所居積石千里。天為生食，其樹名瓊枝。高百仞，以璆琳琅玕為實。」⓱垂　通「陲」。邊。⓲暝猿　夜猿。暝，宋本原作「瞑」，據蕭本、郭本、王本、咸本改。

【語　譯】涇溪美景三百里，若耶溪自愧不如而羞於見到它。錦文美石輝映青山，涇水兩岸聚滿白鷺。水流千萬轉，處處是勝境；遊客一路舟行，沒有停歇空閒之時。上有琴高控鯉的琴溪，下有紀念陵陽子明昇仙的壇祠。可惜兩位仙人不來見我，只有明月空照成為我的相知。您問我為什麼來到這裡，我說曾與盧敖相約有幽隱的佳期。

送別宴會上盧校書振筆草序，常侍御揮毫寫詩。江湖上發出秀色，草木都生長滋潤繁茂。在此環境中擺酒餞送我的族弟，您就是我們家族中最有才華的「白眉」。慚愧的是我寫不出謝靈運〈登臨海嶠與從弟〉那樣的佳作，但豈敢再缺李陵送蘇武「攜手上河梁」那樣的詩句！

這次見到您又只有幾天，忽然間您就要與我分離。彩船泛流在河中，馬匹聚集在岸上。可嘆我們同是蒼梧的鳳凰，卻要分開棲息在瓊樹上。更何況清晨就要各自飛去，您將飄落到南天的邊陲。

極目遠望一直到落日盡沒，深秋夜晚的猿啼更覺悲淒。我把滿腔深情寄與涇溪的流水，我只有對您長久的相思。

【研　析】此詩當是至德二載離開宋若思幕府來到涇溪時所作，與卷一一〈涇溪南藍山下有落星潭可以卜築余泊舟石上寄何判官昌浩〉、卷九〈贈常侍御〉詩同時之作。首段十二句自敘客於涇川。寫涇川周圍景色之美，以若耶溪自愧不如作襯托以極力形容，用琴高水、陵陽祠等神仙事蹟加深幽美環境，並說明自己此來是為與盧敖相約幽居。次段八句寫作詩送別。盧校書草序，常侍御作詩，江湖秀色，草木榮滋，置酒宴送，自己不能無詩。第三段八句，寫送別情景。謂自己與族弟此次相會僅只幾天而又分別，行者泛舟中流，送者列騎岸上。如蒼梧雙鳳分棲瓊枝而嘆息。各自飛去，飄落天邊。末段四句敘別後之情。望盡落日，猿啼深悲，情寄流水，長久相思。

## 五松山送殷淑❶

秀色發江左，風流奈若何❷。仲文了不還，獨立揚清波❸。載酒五松山，頹然〈白雲歌〉❹。中天度落月，萬里遙相過。撫酒惜此月，流光畏蹉跎。明日別離去，連峰鬱嵯峨❺。

【注　釋】❶五松山題　五松山，在今安徽銅陵南。詳見卷一〇〈於五松山贈南陵常贊府〉詩注。殷淑，著名道士李含光的弟子。顏真卿〈玄靜先生廣陵李君（含光）碑〉：「真卿與先生門人中林子殷淑、遺名子韋渠牟嘗接采真之遊，緒聞含一之德。」又曰：「真卿乾元二年以昇州刺史充浙江西節度，欽承至德，結慕玄微，遂專使致書於茅山，以抒誠懇。」可知顏真卿從乾元二年才開始與李含光交往。其時韋渠牟才十一歲。見卷九〈江夏贈韋南陵冰〉詩注。李含光卒於大曆四年，顏真卿文中既將殷淑與韋渠牟並列，可以想見其時殷淑年齡也不會很大，大約是個青年人。參見卷一一〈三山望金陵寄殷淑〉、卷一四〈送殷淑三首〉詩注。❷秀色二句　秀色，秀美的姿容。比喻才俊之士。江左，猶江東。蓋自江北視之，江東在左，江西在右。指今江蘇、安徽長江以南一帶。風流，形容風度瀟灑。奈若何，怎麼辦。謂無可比擬。❸仲文二句　《晉書・殷仲文傳》：「殷仲文，南蠻校尉顗之弟也。少有才藻，美容貌。……仲文善屬文，為世所重，謝靈運嘗云：『若殷仲文讀書半袁豹，則文才不減班固。』言其文多而見書少也。」了不還，不可回還。獨立，比喻突出、超群。二句謂殷仲文已不可回來，如今唯有您殷淑超群而發揚清光。此處以前代同姓的殷仲文比擬殷淑。❹頹然句　頹然，形容醉酒傾倒貌。白雲歌，指〈白雲謠〉。《穆天子傳》卷三：「西王母為天子謠曰：『白雲在天，山陵自出。道里悠遠，山川間之。將子無死，尚能復來！』」❺鬱嵯峨　高峻的山峰上樹木繁盛茂密。嵯峨，高峻貌。《楚辭・招隱士》：「山氣巃嵸兮石嵯峨。」

【語　譯】秀美的俊才多產生在江東，您那瀟灑的風度真是無人可以比擬。當年的殷仲文已一去而不可還，如今唯有您突出超群而激揚清波。我們一起攜帶美酒來到五松山上，醉中頹然高唱〈白雲歌〉。中天的月亮已經偏西下落，但仍遙隔萬里似若相訪。手按酒壺我眷戀這輪明月，唯恐美好的時光蹉跎。明天您就要離我而去，只剩下連綿不斷的高峻的山嶺上樹木茂盛。

【研　析】此詩當是李白晚年在宣州所作。首四句以晉代的殷仲文比擬殷淑，讚揚其風流出眾。後八句描寫送別時的情景。飲酒醉歌，落月相照，撫酒惜月，畏時虛度。明日分手，唯見連峰青蔥。依依不捨之情洋溢於詩裡行間。

## 送崔氏昆季之金陵　一作〈秋夜崔八丈水亭送崔二〉❶

放歌❷倚東樓，行子期曉發。秋風渡江來，吹落山上月。主人出美酒，滅燭延清光❸。二崔向金陵，安得不盡觴！

水客❹弄歸棹，雲帆❺卷輕霜。扁舟敬亭❻下，五兩❼先飄揚。峽石入水花，碧流日更長。思君無歲月，西笑阻河梁❽。

【注　釋】❶送崔氏題　崔氏昆季，崔氏兄弟。按：卷八有〈贈崔司戶文昆季〉一詩。則此「崔氏昆季」當即宣州司戶參軍崔文兄弟。參見該詩注。宋本此詩題下注：「一作〈秋夜崔八丈水亭送崔二〉」，「崔二」，當是「二崔」之倒誤。按：卷一八有〈過崔八丈水亭〉詩。則此三詩當是同一時期在宣州作。❷放歌　盡情地縱聲歌唱。宋本在「放」字下夾注：「一作：吳」。❸延清光　引進清晨窗外的亮光。《文選》卷三一劉鑠〈擬古二首．擬明月何皎皎〉：「羅帳延秋月。」呂向注：「延，引也。」❹水客　船夫。左思〈蜀都賦〉：「試水客，艤輕舟。」❺雲帆　形容高高的船帆。馬融〈廣成頌〉：「張雲帆，施蜺幬。」❻敬亭　山名。在今安徽宣城北。《元和郡縣志》卷二八江南道宣州宣城縣：「敬亭山，州北十二里，即謝朓賦詩之所。」❼五兩　古代的候風器。用雞毛五兩（或八兩）繫於高竿頂上而成。《文選》卷一二郭璞〈江賦〉：「覘五兩之動靜。」李善注：「兵書曰：『凡候風法，以雞羽重八兩，建五丈旗，取羽繫其巔，立軍營中。』許慎《淮南子注》曰：『綄，候風也，楚人謂之五兩也。綄音桓。』」❽西笑句　桓譚《新論．祛蔽》：「人聞長安樂，則出門向西而笑。」長安是漢朝京城，西望長安而笑，謂渴慕帝都。此處指金陵，金陵乃六朝帝都，繁華之地，眾人所共趨。河梁，橋梁。

【語　譯】我身倚東樓放聲高歌，行人約定天明出發。秋風陣陣吹過江來，吹落高山上的明月。主人捧出美酒來，吹滅蠟燭引進清晨的陽光。崔氏兄弟要往金陵去，朋友們怎能不盡情乾杯！

船夫擺弄著船棹，船帆漫卷一層薄霜。小舟停靠在敬亭山下，候風器已先迎風飄揚。岸石侵入水中激起陣陣浪花，碧水日日悠然長流。我將無時無刻地思念你們，思慕古都而西笑卻受阻於橋梁。

【研　析】此詩當是天寶十二載（西元七五三年）秋在宣城作。前八句寫環境。謂縱情高歌倚於東樓，二崔約定清曉出發。秋風渡江，吹落山月。主人已備美酒，滅燭而引曉光。崔氏兄弟往金陵，豈能不與之盡醉！後八句寫送別情景。謂船夫已揚帆鼓棹，小舟停在敬亭山下，候風器先已飄揚。峽石入水而激起浪花，碧水悠然而更長流。別後相思將無窮盡，願同遊而阻河梁，徒然西笑而已。《唐宋詩醇》卷七評此詩曰：「聲情蕭爽，自是太白本色。」

## 登黃山陵歊臺送族弟溧陽尉濟充汎舟赴華陰❶　當塗

鸞乃鳳之族❷，翱翔❸紫雲霓。文章輝五色，雙在瓊樹棲❹。一朝各飛去，鳳與鸞俱啼。炎赫五月中，朱曦爍河堤❺。爾從汎舟役❻，使我心魂悽。秦地無草木，南雲喧鼓鼙❼。君王減玉膳，早起思鳴雞❽。漕引救關輔，疲人免塗泥❾。宰相作霖雨❿，農夫得耕犁。靜者⓫伏草間，群才滿金閨⓬。空手無壯士⓭，窮居使人低。

送君登黃山，長嘯倚天梯⓮。小舟若鳧雁⓯，大舟若鯨鯢。開帆散長風，舒卷與雲齊。日入牛渚⓰晦，蒼然夕煙迷。相思在何所⓱？杳在洛陽西⓲。

【注釋】❶登黃山題　黃山，在今安徽當塗北。陵歊臺，在今安徽當塗北五里的黃山上。陵，蕭本、郭本、王本、咸本作「淩」。歊，宋本原作「歒」，據王本、咸本改。《輿地紀勝》卷一八太平州：「淩歊臺，在城北黃山之巔。宋孝武帝大明七年，南遊登臺，建離宮。」陸游《入蜀記》卷二：「淩歊臺，正如鳳凰、雨花之類，特因山巔為之。宋高祖所營，面勢虛曠，高出氛埃之表。南望青山、龍山、九井諸峰，如在几席。……李太白有〈黃山淩歊臺送族弟溧陽尉濟充汎舟赴華陰〉詩，即此地也。」溧陽尉濟，李白〈溧陽瀨水貞義女碑銘〉：「縣尉廣平宋陟、丹陽李濟。」此李濟當即同一人。溧陽，唐縣名，屬江南道宣州，今江蘇溧陽。充汎舟，謂充漕運之役，即押解糧食舟運至關中。宋本在「充」字下夾注：「一作：統」。華陰，唐郡名，即華州。天寶元年改為華陰郡，乾元元年復改為華州。屬京畿道。今陝西華陰。❷鸞乃句　鸞，傳說中鳳凰一類的鳥。《山海經・

西山經》：「西南三百里曰女牀之山……有鳥焉，其狀如翟而五采文，名曰鸞鳥，見則天下安寧。」張華《禽經注》：「鸞者，鳳凰之亞，始生類鳳，久則五彩變易。」❸翱翔　比喻自由自在地遨遊。《淮南子・覽冥訓》：「翱翔四海之外。」高誘注：「翼一上一下曰翱，不搖曰翔。」❹文章二句　文章，羽毛的色彩。五色，相傳鳳凰的羽毛五色。瓊樹，見本卷〈涇川送族弟錞〉詩注。宋本在「輝」字下夾注：「一作：耀」。❺炎赫二句　形容天氣炎熱。炎赫，熾熱。《後漢書・質帝紀》：「大旱炎赫。」朱曦，即朱羲，太陽。《文選》卷二一郭璞〈遊仙詩〉：「朱羲將由白。」李善注：「朱羲，日也。」按：夏為朱明，羲和為日御，故以「朱羲」稱日。爍，烤熱。❻汎舟役　漕運之役。《左傳》僖公十三年：「秦于是乎輸粟于晉，自雍及絳相繼，命之曰『汎舟之役』。」❼秦地二句　謂關中大旱，雲南戰事。「南雲」當是「雲南」之倒。據《資治通鑑》天寶十三載記載：「自去歲水旱相繼，關中大饑。」卷一〇〈書懷贈南陵常贊府〉詩：「雲南五月中，頻喪渡瀘師。……咸陽天地樞，累歲人不足。雖有數斗玉，不如一盤粟。賴得契宰衡，持鈞慰風俗。」可以互證。❽君王二句　謂君王關切大旱和戰事而寢食不安，減膳早起。鳴雞，王琦謂「當是『民飢』之訛」；詹鍈謂「指鳴雞起舞而言，以喻君王對國事之關切，並非訛舛」。❾漕引二句　漕引，猶漕運。水路運輸糧食。《新唐書・王播傳》：「南方旱歉，人相食，播掊斂不少衰，民皆怨之。然浚七里港以便漕引，後賴其利。」關輔，《文選》卷二八鮑照〈升天行〉：「家世宅關輔。」李善注：「關，關中也。《漢書》曰：右扶風，左馮翊，京兆尹，是為三輔。」疲人，即疲民。飢寒疲累之民。潘岳〈西征賦〉：「牧疲人於西夏。」塗泥，泥淖；塗炭。比喻極苦難的境地。❿霖雨　《書經・說命上》：「若歲大旱，用汝作霖雨。」此乃殷高宗對大臣傅說說的話。後即以霖雨比喻濟世大臣。⓫靜者　指隱居修煉之士。《雲笈七籤》卷九九〈靈饗詞序〉：「修煉之士當須入靜。」⓬金闉　金馬門的別稱。《文選》卷一六江淹〈別賦〉：「金闉之諸彥。」李善注：「金闉，金馬門也。……公孫弘等待詔金馬門。」此處指朝廷。⓭空手句　謂即使為壯士，若空手無權，亦不能有所作為。⓮倚天梯　宋本在「倚」字下夾注：「一作：上」。天梯，登山的石階。見卷二〈蜀道難〉注。⓯小舟句　《水經注・江水》引袁山松《宜都記》：「俯臨大江，如縈帶焉，視舟如鳧雁矣。」⓰牛渚　《元和郡縣志》卷二八江南道宣州當塗縣：「牛渚山，在縣北三十五里。山突出江中，謂之牛渚圻，津渡處也。」即今安徽馬鞍山市采石磯。⓱在何所　宋本在三字下夾注：「一作：定何許」。⓲洛陽西　指華陰郡，在洛陽之西。

【語　譯】鸞鳥乃是鳳凰的家族，在九霄紫雲中展翅翱翔。羽毛的文彩閃爍著五色光輝，雙雙棲息於瓊樹的枝條上。一旦要分離各自飛去，鳳與鸞都無限憂傷而悲啼。如今正當是炎熱的五月中，太陽把河堤烤得滾燙。在這樣的季節您要去從事泛舟運輸糧食的工役，使我心魂悽苦而擔憂。

秦地大旱枯萎了草木，雲南又發生了戰爭。君王為此減少了飲食，寢不安席雞鳴即起。從水路調運糧食去救濟京畿，挽救飢民於水深火熱之中。賢相輔政如降甘霖，農民才得以耕種。隱逸之士潛身草澤，但眾多的人才已擠滿了朝廷。壯士空手不能有所作為，窮居困頓只能使人低頭。

送您一同登上黃山，身倚山中石階激昂長嘯。遠望江中的小舟漂若水鳥，大船則如海中的鯨魚。長風吹蕩張開船帆，舒卷的帆檣高與雲齊。太陽落山使牛渚磯日漸昏暗，夕煙彌漫而大地蒼茫。此別以後相思在什麼地方?在遙遠的洛陽之西。

【研　析】此詩當是天寶十三載（西元七五四年）在當塗黃山作。首段以鸞鳳喻族弟與自己，同翔雲端，共棲瓊樹。一旦分離，傷懷啼鳴。值仲夏五月，烈日炎炎，弟有漕運之役，使己心魂悲傷。次段有二層意思。一是寫關中大旱，雲南戰爭，君王為此減食難眠，開漕運以濟關輔，使疲民免飢。宰相輔政如降霖雨，使農民得耕種。二是謂隱士處於草萊，才俊之士充滿朝廷。只有自己雖稱壯士，卻是空手而無所作為，只能低首窮居。末段寫登山送別。描寫從山上所見江中小舟大船形象，如雁似鯨，隨風張帆，拂雲舒卷，晚泊牛渚，蒼然煙迷。別後相思，遠在洛陽之西。《唐宋詩醇》卷七評曰：「起有奇氣。說轉漕處見得關係鄭重。數語內包括頗廣，得古人贈言之義。送別一段情景並到，沉摯軒豁，非大家未易有此。」

## 送儲邕之武昌❶

黃鶴西樓月❷，長江萬里情。春風三十度，空憶武昌城。

送爾難為別，銜杯惜未傾。湖連張樂地❸，山逐泛舟行。諾謂楚人重❹，詩傳謝朓清❺。〈滄浪〉吾有曲❻，寄入棹歌❼聲。

【注　釋】❶送儲邕題　儲邕，事蹟不詳。卷一二有〈別儲邕之剡中〉詩，當是開元年間東涉溟海時初入剡中之作。此詩當是前詩三十年後之作。武昌，唐縣名。屬江南道鄂州。今湖北鄂城。❷黃鶴句　黃鶴，樓名。《元和郡縣志》卷二七江南道鄂州：「城西臨大江，西南角因磯為樓，名黃鶴樓。」按：黃鶴樓故址在今湖北武漢蛇山的黃鶴磯頭。相傳始建於三國時吳黃武二年，歷代屢毀屢建，西元一九八五年在今址（蛇山西端高觀山西坡）重建。❸張樂地　置樂處；奏樂地。《莊子・天運》：「帝張〈咸池〉之樂於洞庭之野。」謝朓〈新亭渚別范零陵〉詩：「洞庭張樂地，瀟湘帝子遊。」❹諾謂句　《史記・季布欒布列傳》：「楚人諺曰：『得黃金百斤，不如得季布一諾。』」此句用其意。❺詩傳句　《南齊書・謝朓傳》：「朓善草隸，長五言詩，沈約常云：『二百年來，無此詩也。』」此句謂儲邕之詩傳謝朓清新之風。❻滄浪句　《孟子・離婁上》：「有孺子歌曰：『滄浪之水清兮，可以濯我纓；滄浪之水濁兮，可以濯我足。』」後遂以「滄浪」指此歌曲。《文心雕龍・明詩》：「孺子『滄浪』，亦有全曲。」❼棹歌　引棹而歌。張衡〈西京賦〉：「齊栧女，縱櫂（同棹）歌。」李善注：「栧女，鼓栧之女。……櫂歌，引櫂而歌也。」

【語　譯】黃鶴樓西天掛著月亮，長江水流走萬里的深情。春風吹度了三十年歲月，使我徒然懷念著武昌城。

今日送你實難分別，舉起酒杯不忍一下傾盡。湖水連著黃帝置樂的洞庭，群山追逐著泛蕩的行舟。你作為楚人最重視自己的諾言，你寫的詩也如謝朓一樣清新。我有一曲〈滄浪歌〉，願寄入棹歌之聲以傳我懷念之情。

【研　析】詩曰：「春風三十度，空憶武昌城。」知此詩之作距初遊鄂州已有三十年，則當作於乾元元年（西元七五八年）春天。前四句點明送別之地江夏黃鶴樓長江邊，友人前往之地是武昌。回憶自己當年曾遊武昌，今友人前往而己不得重遊，徒成空憶。後八句敘惜別之情。謂今日送君難以為別，口雖銜杯但心不忍別而停杯未傾。友人此去經黃帝置樂之地，群山逐客子泛舟而行。湖山之景美不勝收。楚人重季布之一諾，謝朓詩傳清麗之名。君有此二人之長，到武昌必見推重。己願以〈滄浪〉之曲，寄入棹歌之聲，抒我懷念之情。王夫之《唐詩評選》卷四曰：「供奉於此體本非勝場，乃此一篇則又一空萬古，要唯胸中無排律名目也，衡口雲煙，無端縈繞。」《唐宋詩醇》卷七曰：「健筆淩空，如列子御風而行，泠然善也。」

# 酬答上

## 酬談少府　襄漢❶

一尉居倏忽，梅生有仙骨❷。三事❸或可羞，匈奴哂千秋❹。壯心屈黃綬❺，浪跡寄滄洲❻。昨觀荊峴❼作，如從雲漢❽遊。老夫當暮矣，蹀足懼驊騮❾。

【注釋】❶談少府　姓談的縣尉。名不詳。少府，對縣尉的敬稱。按：宋本題下注「襄漢」二字，乃宋人編集時所加，以為此詩作於襄陽。❷梅生句　此處以梅福比擬談縣尉。《漢書．梅福傳》：「梅福，字子真，九江壽春人也。……為郡文學，補南昌尉，後去官歸壽春。……至元始中，王莽顓政，福一朝棄妻子，去九江，至今傳以為仙。」❸三事　指三公。《詩經．小雅．雨無正》：「三事大夫，莫肯夙夜。」鄭玄箋三事大夫為「三公」。孔穎達疏：「鄭言三公者，以《經》三事大夫為三公也。卿則當有六人，孤則無主事，故知三事大夫唯三公耳。」《漢書．韋賢傳》：「天子我監，登我三事。」顏師古注：「三事，三公之位，謂丞相也。」❹匈奴句　《漢書．車千秋傳》：「車千秋，本姓田氏，其先齊諸田徙長陵。千秋為高寢郎。會衛太子為江充所譖敗，久之，千秋上急變訟太子冤。……是時，上頗知太子惶恐無他意，乃大感寤，召見千秋。……立拜千秋為大鴻臚，數月，遂代劉屈氂為丞相，封富民侯。千秋無他材能術學，又無伐閱功勞，特以一言寤意，旬日取宰相封侯，世未嘗有也。後漢使者至匈奴，單于問曰：『聞漢新拜丞相，何用得之？』使者曰：『以上書言事故。』單于曰：『苟如是，漢置丞相，非用賢也，妄一男子上書即得之矣。』」此處用其意。參見卷九〈經亂離後天恩流夜郎憶舊遊書懷贈江夏韋太守良宰〉詩：「匈奴笑千秋」注。❺壯心句　此處指友人屈為縣尉。黃綬，繫官印的黃色絲帶。借指低級官吏或官位。陳子昂〈同宋參軍之問夢趙六贈盧陳二子之作〉詩：「奈何蒼生望，卒為黃綬欺。」❻滄洲　濱水之地。常用以指隱士居處。《文選》卷二七謝朓〈之宣城出新林浦向板橋〉詩：「既懽懷祿情，復協滄洲趣。」呂延濟注：「滄洲，洲名，隱者所居。」❼荊峴　荊山和峴山。《元和郡縣志》卷二一山南道襄州南漳縣：「荊山，在縣西北八十里。三面險絕，惟東南一隅，纔通人徑。」又襄陽縣：「峴山，在縣東南九里。山東臨漢水，古今大路。」按：荊山在今湖北南漳西北，峴山在今湖北襄州。❽雲漢　銀河。《詩經・大雅・棫樸》：「倬彼雲漢，為章於天。」毛傳：「雲漢，天河也。」❾蹀足句　《文選》卷一四顏延年〈赭白馬賦〉：「望朔雲而蹀足。」張銑注：「蹀足，謂疾行也。」驊騮，駿馬名。周穆王八駿之一。《史記・秦本紀》：「造父以善御幸於周繆（穆）王，得驥、溫驪、驊騮、騄耳之駟。」

【語　譯】你只擔任一次縣尉忽然就辭官，如同當年梅福一樣有仙風道骨。三公高官或許也有可羞者，當年丞相車千秋就受到匈奴的嘲諷。你空有雄心大志卻屈任卑職縣尉，於是就浪跡天下情寄江湖。昨天我拜讀你在荊山、峴山的詩作，如同隨你上天河漫遊。我確已到暮年了，要疾馳快走還害怕跟不上您這樣的驊騮駿馬。

【研　析】此詩作年不詳。或謂天寶九載（西元七五〇年）途經襄陽作。首二句以梅福比擬談少府，同為縣尉，同為辭官隱逸。次二句謂即使三公之貴亦有羞而不為者，材不稱位就會像漢朝車丞相那樣被匈奴所嘲笑。再次二句謂談少府志大而屈居卑職，不如逍遙自在隱居江湖。七、八兩句稱讚談少府的詩作意境高遠，如從遊天河。末二句謙稱自己年老怎及駿馬，一個「懽」字，有敬畏後生之意。

## 酬宇文少府見贈桃竹書筒❶

桃竹書筒綺繡文❷，良工巧妙稱絕群。靈心圓映三江月❸，彩質疊成五色雲❹。
中藏寶訣峨眉去❺，千里提攜長憶君。

【注釋】❶酬宇文少府題　宇文少府，複姓宇文的縣尉，名不詳。桃竹書筒，以桃枝竹製成的藏書筒。唐時書籍作卷而不作冊，故可藏入筒中。桃竹，竹名。即桃枝竹。亦簡稱桃枝。戴凱之《竹譜》：「桃枝皮赤，編之滑勁，可以為席。」❷綺繡文　指書筒上刺繡的彩色花紋。❸靈心句　靈心，指竹筒的空心。三江，指蜀中的岷江、涪江和沱江。此句謂書筒內圓而空，可映照蜀地三江之月。❹彩質句　指筒身有彩色之紋，如同五色之雲霞相疊而成。❺中藏句　王琦注：「寶訣，仙書也。」指道教修煉的祕訣。峨眉，山名。在今四川峨眉山市。

【語譯】桃枝書筒的花紋如同錦繡，良工巧妙高超的技藝堪稱蓋世絕倫。圓圓的筒心映進三江明月，彩色的筒身如五色雲霞疊成。筒中藏好修煉寶訣前往峨眉山，我將千里帶著它使我永遠懷念您。

【研析】此詩當是開元十二年（西元七二四年）前在蜀中之作。詩中描繪桃枝竹書筒製作工藝的高超巧妙，從筒心到筒身極力形容其美。末二句寫「中藏寶訣」，「千里提攜」往「峨眉去」，可知詩人此時道教思想正濃，同時表達了對友人的感激和相思之情。

## 五月東魯行答汶上翁❶　魯中

五月梅始黃❷，蠶凋桑柘空❸。魯人重織作，機杼鳴簾櫳❹。顧余不及仕，學劍來山東❺。舉鞭訪前塗❻，獲笑汶上翁❼。

下愚忽壯士❽，未足論窮通❾。我以一箭書，能取聊城功❿。終然不受賞⓫，羞與時人同。西歸去直道，落日昏陰虹⓬。此去爾勿言，甘心如轉蓬⓭。

【注釋】❶五月題　東魯，指今山東兗州一帶。汶上，汶水以北。《論語・雍也》：「如有復我者，則吾必在汶上矣。」

此處指汶水流域，其地在唐代屬兗州中都縣，今山東汶上一帶。❷梅始黃　宋本在三字下夾注：「一作：禾黍綠」。❸蠶凋句　蠶凋，蠶老結繭。養蠶工作已結束。桑柘，兩種植物名。桑葉和柘葉皆可飼蠶。❹機杼句　機杼，指織布機。簾櫳，窗簾和窗上櫺木。此指窗戶。《文選》卷三〇謝惠連〈七月七日夜詠牛女〉詩：「升月照簾櫳。」李周翰注：「櫳，窗也。」此句謂織布聲從窗中傳出。❺顧余二句　顧，句首助詞。學劍，《史記·項羽本紀》：「項籍少時，學書不成，去學劍。」山東，一作「關東」，指崤山和函谷關以東地區。此處指東魯。❻前塗　前行的路徑。❼獲笑句　獲笑，受到譏笑。汶上翁，指下文的「下愚」之人。❽下愚　愚人。宋本在「下愚」二字下夾注：「一作：宵人」。❾窮通　政治上的困窘和顯達。❿我以二句　聊城，今山東聊城。宋本原作「遼城」。誤。據蕭本、郭本、繆本、王本、咸本改。《史記·魯仲連鄒陽列傳》：「燕將攻下聊城，聊城人或讒之燕，燕將懼誅，因保守聊城，不敢歸。齊田單攻聊城歲餘，士卒多死，而聊城不下。魯連乃為書，約之矢以射城中，遺燕將。……燕將見魯連書，泣三日……乃自殺。聊城亂，田單遂屠聊城。歸而言魯連，欲爵之。魯連逃隱於海上，曰：『吾與富貴而詘於人，寧貧賤而輕世肆志焉。』」此以魯仲連自比，表示有遠大抱負和政治才能。⓫終然句　終然，到底；終究。不受賞，不接受賞賜。⓬西歸二句　西歸，謂自東魯往長安。直道，直通之路。落日昏陰虹，實寫夕陽西下，天空陰暗。楊齊賢謂陰虹指李林甫、楊國忠輩昏蔽其君。非。「落日」句只是寫黃昏景象。⓭此去二句　轉蓬，蓬草隨風旋轉，喻己四處飄流。宋本在「此」字下夾注：「一作：我」。

【語　譯】五月裡梅子開始發黃，蠶事完畢桑柘葉已被採空了。魯地之人重視紡織，家家窗裡傳出機杼聲。只是我沒有入仕，想學劍術而來到山東。舉起馬鞭向人打聽前行之路，卻受到汶上翁的嘲諷。

下愚之人輕視有志向的壯士，不值得與之討論窮困與顯達。我能像魯仲連那樣用一箭書信，獲得攻取聊城的大功。最終不接受主人的封賞，只因羞與世俗之人相同。我將要踏上直通的大道向西往長安，落日被陰虹遮掩得一片昏蒙。我此去請你不要多說，我甘心如飄轉的飛蓬。

【研　析】此詩前人多謂開元二十七年（西元七三九年）前後移家東魯時所作。近年來或以「西歸去直道」句謂乃天寶元年（西元七四二年）自東魯奉詔入京前之詩。詩的前段八句描寫五月時梅黃而桑柘空，蠶事畢而織機忙，讚揚魯人力勤務本之勞。此時自己遊山東學劍，訪問前途卻被汶上翁所嘲笑。後段十句謂下愚之人輕視壯士，不足與之論窮通。詩人自比魯仲連，能以一箭書取聊城功，而且功成不受賞，恥與時俗之人相同。詩人將循大道而歸，日晚而又被陰虹蔽昏。請別人不必多說，自己甘心飄流如飛蓬。由於「西歸」二句有歧見，故難以斷定此詩作年。

## 早秋單父南樓酬竇公衡❶

白露見日滅，紅顏隨霜凋。別君若俯仰❷，春芳辭秋條❸。
太山嵯峨❹夏雲在，疑是白波漲東海。散為飛雨川上來，遙帷卻卷清浮埃❺。
知君獨坐青軒❻下，此時結念同懷者❼。我閉南樓著道書❽，幽簾清寂若仙居。
曾無好事❾來相訪，賴爾高文一起予❿。

【注釋】❶早秋題　單父，唐縣名。屬河南道宋州。今山東單縣。竇公衡，按《太平廣記》卷二二二引《定命錄》：「崔圓微時，欲舉進士，……開元二十三年，應將帥舉科，又於河南府充鄉貢進士。其日正於福唐觀試，遇敕下，便於試場中喚將，拜執戟參謀河西軍事。應制時，與越州剡縣尉竇公衡同場並坐，親見其事。」由此知竇公衡曾為越州剡縣尉。考《唐會要》卷七六：開元二十三年，「智謀將帥科：張重光、崔圓、李（季）廣琛及第」，未及竇公衡。知是年竇公衡將帥科未及第。又考《古誌新目》有〈東京國子監大學進士上騎都尉李華墓誌〉，署「前河南府進士竇公衡撰，天寶九載十二月十七日」。證知天寶九載前竇公衡已進士及第。曾官戶部員外郎，見《郎官石柱題名》。❷若俯仰　像低頭仰首一般。猶瞬息，形容時間極短。王羲之〈蘭亭集序〉：「俯仰之間，已為陳述。」❸春芳句　梁簡文帝〈長沙宣武王碑〉：「秋條下葉，春卉含芳。」此處用其意。❹嵯峨　山高峻貌。《楚辭・招隱士》：「山氣巃嵸兮石嵯峨。」❺遙帷句　遙帷，指遠山雲霧。《文選》卷三一江淹〈雜體詩三十首・王徵君微養疾〉：「鍊藥矚虛幌，汎瑟臥遙帷。」張銑注：「遙，遠也；帷，謂山中。」浮埃，猶浮塵。空中飛揚或物面附著的灰塵。江淹〈別怨〉詩：「綺席生浮埃。」❻青軒　借指豪華的居室。虞炎〈詠簾詩〉：「青軒明月時，紫殿秋風日。」❼此時句　結念，思念。《文選》卷三〇謝靈運〈石門新營所住四面高山迴溪石瀨修竹茂林〉詩：「結念屬霄漢。」李善注：「言所思念邈若霄漢。」同懷者，蕭本、郭本、王本、咸本皆作「同所懷」。❽著道書　著，蕭本、郭本、王本、咸本皆作「看」。❾好事　好為世俗之事。《漢書・揚雄傳》：「家素貧，嗜酒，人希至其門。時有好事者載酒肴從遊學。」❿賴爾句　高文，對竇公衡詩文的敬稱。起予，《論語・八佾》：「子曰：『起予者商（子夏）也，始可與言詩已矣。』」朱熹注：「起，猶發也。起予，言能起發我之志意。」後用為啟發我之意。

【語　譯】白露見到太陽就消失，青春年華也隨著霜雪而凋零。離開你不過是一俯首一抬頭之間，卻已是春花飄離秋枝的時令。

高聳的泰山上還有夏雲洶湧，疑是東海漲起的雪白波峰。散成飛雨降落到川上來，遠山如同卷起清清的浮塵。

知道你此時獨自坐在高貴的居室裡，你對我的思念正與我對你的思念相同。我此時正關在南樓拜讀大作，簾內清靜幽寂如同仙境。不曾有好事者載酒來造訪，多賴你有高妙的文章啟發我。

【研　析】此詩作年不詳。首四句感嘆時光之流速。次四句描寫泰山夏雲，散雨卷塵。末段則寫相互思念之情，並歌讚其作品給自己的啟發。《唐宋詩醇》卷七曰：「首尾辭意自相關照，中間逸氣湧出，海之波瀾，山之嶙峋，得不歎為奇絕！」

## 山中答俗人❶　一云答問

問余何意棲碧山❷？笑而不答❸心自閑。桃花流水窅然去❹，別有天地非人間。

【注釋】❶山中答俗人　蕭本、郭本、胡本、王本、咸本此詩題皆作〈山中問答〉。敦煌《唐人選唐詩》作〈山中答俗人問〉。《河嶽英靈集》題作〈答俗人問〉。❷問余句　棲，隱居。宋本在「意」字下夾注：「一作：事」。❸答　宋本在此字下夾注：「一作：語」。❹桃花句　暗用陶淵明〈桃花源記〉事。桃花源中人與外界隔絕，安居樂業。窅然，深遠貌。宋本在「窅」字下夾注：「一作：宛」。

【語譯】問我為什麼隱居在碧山？我笑而不答心境自在悠閒。桃花盛開流水杳然遠去，其中別有一番與人間不同的天地！

【研析】此詩約作於開元十七或十八年（西元七二九或七三〇年）隱居安陸白兆山桃花巖之時。首句設問，起得突兀，問者當然是「俗人」。所謂俗人，並非庸俗之人，而是指不懂得隱居快樂的一般世人。提的問題很簡單，為什麼要隱居在青翠碧綠的小山中。二句妙在「笑而不答」造成神祕的氛圍和引人入勝的懸念。「心自閑」既是詩人心境的寫照，也表示對俗人提的問題只能心會而不能口說，詩至此已搖曳多姿、魅力無窮。第三句宕開寫景，化用陶淵明〈桃花源記〉的典故，寫得幽美寧靜，令人神往，使人聯想到脫離人世的桃花源裡自由自在的世界。末句輕輕點明此中別有天地，不是普通人間之景，實際上就是對俗人「何意棲碧山」的回答，同時也把詩人熱愛山水的心靈和幽默風趣的性格傳神地表現出來了。

## 答友人贈烏紗帽

領得烏紗帽❶，全勝白接䍦❷。山人❸不照鏡，稚子道相宜❹。

【注釋】❶烏紗帽　南朝宋始有烏紗帽，直至隋代皆為官服。唐初曾貴賤皆用，以後各代仍多為官用。《宋書・五行志一》：「明帝初，司徒建安王休仁……制烏紗帽，反抽帽裙，民間謂之『司徒狀』，京邑翕然相尚。」馬縞《中華古今注・烏紗帽》：「武德九年十一月，太宗詔曰：『自今已後，天子服烏紗帽，百官士庶皆同服之。』」❷白接䍦　古代的一種頭巾。䍦，通「羅」。

蕭本、繆本、王本皆作「䍠」。《世說新語・任誕》：「山季倫為荊州，時出酣暢。人為之歌曰：『山公時一醉，徑造高陽池。日莫倒載歸，茗艼無所知。復能乘駿馬，倒箸白接䍠。』」❸山人　詩人自稱。❹相宜　合適；相稱。

【語　譯】我戴上烏紗帽，真是比山人戴的白接䍠頭巾好得多。我沒有去照鏡子，但我那幼稚的兒子卻說很合適。

【研　析】此詩當是天寶元年（西元七四二年）秋南陵別兒童入京時友人贈送烏紗帽而作。詩中自稱「山人」，可知從山中歸來，原來戴的是白接䍠頭巾，如今換上友人送的烏紗帽，自然好看得多。連身邊幼小的兒子都說相稱。全詩「小有情致」（《唐宋詩醇》卷七）。「後二句以質野見致」（明人批語）。

## 酬張司馬❶贈墨　吳中

上黨碧松煙❷，夷陵丹砂末❸。蘭麝凝珍墨❹，精光❺乃堪掇。黃頭奴子雙鴉鬟❻，錦囊養之懷袖間❼。今日贈余蘭亭❽去，興來灑筆會稽山❾。

【注　釋】❶張司馬　名不詳。據《舊唐書・職官志三》，唐代各州設司馬一人。在長史以下，錄事參軍以上。上州司馬從五品下，中州司馬六品上，下州司馬從六品下。❷上黨句　上黨，唐郡名。即潞州，天寶元年改為上黨郡，乾元元年復改為潞州。屬河東道。治所在今山西長治。松煙，指墨。唐代潞州土貢有墨，見《新唐書・地理志三》。江淹〈扇上彩畫賦〉：「粉則南陽之鉛澤，墨則上黨之松心。」晁貫之《墨經》：「古用松煙、石墨二種。石墨自晉魏以後無聞。松煙之製尚矣。……晉貴九江、廬山之松，……唐則易州、潞州之松。上黨松心，尤先見貴。」❸夷陵句　夷陵，唐郡名。即峽州，天寶元年改為夷陵郡，乾元元年復改為峽州。屬山南東道。治所在今湖北宜昌。丹砂，宋本作「丹沙」，據蕭本、王本改。安旗《李白全集編年注釋》曰：「古無峽州出丹砂之說，而辰州丹砂最著於世，因有辰砂之稱。辰州，即沅陵郡，州治沅陵縣，即今湖南沅陵縣。漢為武陵地。據《新唐書・地理志》，辰州土貢有光明丹一項。因疑夷陵係沅陵或武陵之誤。」按：丹砂為合墨用的原料。❹蘭麝句　調合墨的方法。《齊民要術》卷九〈合墨法〉：「墨麴一斤，以好膠五兩浸梣皮汁中……可下雞子白去黃五顆，亦以真朱砂一兩，麝香一兩，別治細篩，都合調，下鐵臼中，寧剛不宜澤，搗三萬杵，杵多益善。」凝，宋本原作「疑」，據蕭本、郭本、繆本、王本、咸本改。❺精光　指最好的墨色。晁氏《墨經》：「凡墨色，紫光為上，墨光次之，青光又次之，白光為下。……其有善者，黯而不浮，明而有豔，澤而無漬，是謂紫光。」❻黃頭句　黃頭奴子，指僕童。卷六〈梁園吟〉：「平頭奴子搖大扇。」雙鴉鬟，王琦注：「謂頭上雙髻，色黑如鴉也。」鵶，同「鴉」。❼錦囊句　晁氏《墨經》：「凡蓄故墨，亦利頻風日時，以手潤澤之，時置於衣袖中彌善。」❽蘭亭　在今浙江紹興西南蘭渚山下。王羲之〈三月三日蘭亭詩序〉：「永和九年，歲在癸丑，暮春之初，會於會稽山陰之蘭亭。」《水經注・漸江水》：「湖口有亭，號曰蘭亭，亦曰蘭上里。太守王羲之、謝安兄弟數往造焉。吳郡太守謝勗封蘭亭侯，蓋取此亭以為封號也。」❾會稽山　《元和郡縣志》卷二六江南道越州會稽縣：「會稽山，在州東南一十里。」在今浙江紹興東南。

【語譯】上黨的松煙，夷陵的朱砂；再加上麝香而凝結成的珍稀的墨，它的精美的光色簡直可以拾取。童僕梳著雙髻，用錦囊盛著它養在衣袖裡。今天你把它贈送給我往蘭亭去，一旦興致到來我就會在會稽山揮灑筆墨。

【研析】此詩作年不詳。詩云「今日贈余蘭亭去」，或是天寶五載（西元七四六年）南下會稽時所作。前六句描寫墨的原料、製作以及好墨的光彩和保養的方法，「愛墨之情說得如此親熱，『養』字更有情，使墨精欲活」（嚴羽評點）。「就墨發揮，亦有風致」（明人批）。末二句點題「贈墨」，並抒發揮筆灑墨的興奮心情。

## 答湖州迦葉司馬❶問白是何人

青蓮居士謫仙人❷，酒肆藏名三十春。湖州司馬何須問，金粟如來❸是後身。

【注　釋】❶湖州迦葉司馬　湖州，唐州名，屬江南道。天寶元年改為吳興郡，乾元元年復改為湖州。今浙江湖州。迦葉司馬，複姓迦葉的湖州司馬，名不詳。按《元和姓纂》卷五迦葉氏：「西域天竺人。貞元（《通志》誤作『貞觀』）涇原大將、試太常卿迦葉濟。」此迦葉司馬或為迦葉濟的族兄。唐時湖州為上州，上州司馬從五品下。❷青蓮句　李白自號青蓮居士。其〈答族姪僧中孚贈玉泉仙人掌茶序〉：「後之高僧大隱，知仙人掌茶發乎中孚禪子及青蓮居士也。」居士，居家的佛教徒。謫仙人，前輩詩人賀知章對李白的譽稱。〈對酒憶賀監詩序〉：「太子賓客賀公於長安紫極宮一見余，呼余為謫仙人，因解金龜換酒為樂。」❸金粟如來　佛名。即維摩詰大士。維摩，意為淨名。《文選》卷五九王中〈頭陀寺碑文〉：「金粟來儀。」李善注引《發跡經》：「淨名大士是往古金粟如來。」《五色線》卷下〈金粟如來〉引《淨名經義鈔》：「梵語維摩詰，此云淨名。般提之子，母名離垢，妻名金機，男名善男，女名月上。過去成佛，號金粟如來。」

【語　譯】我這個青蓮居士是天上貶謫下來的仙人，在酒店藏身已經有三十多個冬春。湖州司馬不必問我是誰，我就是金粟如來的後身。

【研　析】詩云「酒肆藏名三十春」，若以二十六歲「酒隱安陸」算起，三十春正當天寶十五載（西元七五六年）從宣城南奔溧陽、杭州避胡塵之時，其間須經湖州。則此詩或為天寶十五載在湖州作。詩中自稱是天上謫仙人，這屬於道教神仙類的稱呼。又自稱是金粟如來（淨名大士）的後身，這屬於佛教的稱呼。回答近於戲謔，自標高身價的性格躍然紙上。嚴羽評點曰：「因問人為迦葉，故作此答，不則便為誕妄。」明人批曰：「逸致飄然，正以帶謔，妙。……真是自居仙佛，笑傲風流，兼而有之。」

## 答長安崔少府叔封遊終南翠微寺太宗皇帝金沙泉見寄❶　長安

河伯見海若，傲然誇秋水❷。小物昧遠圖❸，寧知通方士❹？多君紫霄意，獨往蒼山裏❺。地古寒雲❻深，巖高長風起。

初登翠微嶺，復憩金沙泉⑦。踐苔朝霜滑，弄波夕月圓。飲彼石下流⑧，結蘿宿谿煙。鼎湖夢淥水，龍駕空茫然⑨。

早行子午間⑩，卻登山路遠⑪。拂琴聽霜猿，滅燭乃星飯⑫。人煙無明異，鳥道絕往返。攀崖倒青天，下視白日晚⑬。

既過石門隱，還唱石潭歌⑭。涉雪搴紫芳⑮，濯纓想清波⑯。此人不可見，此地君自過⑰。為余謝風泉，其如幽意⑱何！

【注釋】❶答長安題　長安崔少府叔封，長安縣尉崔叔封。按：唐代京城置京兆府，城內有萬年、長安兩縣。以皇城南朱雀門大街為界，萬年縣領街東五十四坊及東市；長安縣領街西五十四坊及西市（見徐松《唐兩京城坊考》卷二）。《新唐書·宰相世系表二下》崔氏清河大房有叔封，未署官職。乃開元九年同州刺史崔子源之子。當即此人。卷七有〈讀諸葛武侯傳書懷贈長安崔少府叔封昆季〉詩，當為同時之作。終南翠微寺，《元和郡縣志》卷一關內道京兆府長安縣：「太和宮，在縣南五十五里終南山太和谷。武德八年造，貞觀十年廢。二十一年，以時熱，公卿重請修築，於是使將作大匠閻立德繕理焉，改為翠微宮。今廢為寺。」終南山，在今陝西西安南。秦嶺山峰之一，即狹義的秦嶺。一稱南山。古名太一山、地肺山、中南山、周南山。太宗皇帝金沙泉，當為近翠微寺之泉，今湮沒無可考。❷河伯二句　河伯，河神。海若，海神。《莊子·秋水》：「秋水至時，百川灌河。涇流之大，兩涘渚崖之間，不辨牛馬。於是焉河伯欣然自喜，以天下之美為盡在己。順流而東行，至於北海，東面而視，不見水端。於是焉河伯始旋其面目，望洋向若而歎曰：『野語有之曰：聞道百，以為莫己若者，我之謂也。……吾非至於子之門，則殆矣。吾長見笑於大方之家。』北海若曰：『井蛙不可以語於海者，拘於虛也。夏蟲不可以語於冰者，篤於時也。曲士不可以語於道者，束於教也。今爾出於崖涘，觀於大海，乃知爾醜，爾將可與語大理矣。』」二句用其意。❸昧遠圖　不知遠大圖謀。昧，宋本原作「暗」，據蕭本、郭本、王本、咸本改。❹寧知句　宋本在句下夾注：「一作：寧識通方理」。通方士，通達道理之士。《漢書·韓安國傳》：「通方之士不可以文亂。」顏師古注：「方，道也。」❺多君二句多，推重；稱讚。《史記・管晏列傳》：「天下不多管仲之賢而多鮑叔能知人也。」紫霄，高空。曹毗〈馬射賦〉：「狀若騰虬而登紫霄。」紫霄意，比喻高遠的志向。蒼山，此處指終南山。❻雲　宋本在此字下夾注：「一作：雪」。❼初登二句　翠微嶺、金沙泉，皆在終南山。翠微宮即因嶺以名。❽流　宋本在此字下夾注：「一作：潭」。❾鼎湖二句　用黃帝鑄鼎於荊山，騎龍上天事，見卷二〈飛龍引〉注。此處喻唐太宗仙逝。《舊唐書・太宗紀下》：貞觀二十三年，「四月己亥，幸翠微宮。……己巳，上崩於含風殿。」宋本在「空」字下夾注：「一作：何」。❿子午間　宋本在「間」字下夾注：「一作：關。又作：峰」。蕭本、郭本、王本皆作「子午關」。《漢書・王莽傳上》：「莽以皇后有子孫瑞，通子午道。子午道從杜陵直絕南山，徑漢中。」顏師古注：「子，北方也。午，南方也。言通南北道相當，故謂之子午耳。今京城直南山有谷通梁、漢道者，名子午谷。」《元和郡縣志》卷一關內道京兆府長安縣：「子午關，在縣南百里。王莽通子午道，因置此關。」⓫卻登句　宋本在句下夾注：「一作：卻歎山路遠。又作：頗識關路遠」。⓬琴二句　拂琴，宋本原作「滅琴」。滅燭，宋本原作「拂燭」。誤。據蕭本、郭本、王本、咸本改。星飯，星光下進餐。⓭攀崖二句　形容山之高。倒青天、下視白日，謂青天、白日似在山之下。宋本在「倒青天」下夾注：「一作：到青山」。⓮既過二句　石門、石潭，皆為終南山之景點，遊時必過之地。宋本在「過」字下夾注：「一作：遇」。在「唱」字下夾注：「一作：聞」。⓯搴紫芳　搴，拔取。紫芳，紫芝。《文選》卷三一江淹〈雜體詩三十首・謝光祿莊郊遊〉：「終覿紫芳心。」李善注：「紫芳，紫芝也。」宋本在三字下夾注：「一作：采紫莖」。⓰濯纓句　《楚辭・漁父》：「滄浪之水清兮，可以濯吾纓。」洪興祖補注：「五臣云：『清，喻明時可以修飾冠纓而仕也。』」宋本在「想」字下夾注：「一作：掬」。⓱此人二句　此人，指濯纓者。此地，指翠微寺金沙泉。宋本在「此」字下夾注：「一作：斯」。⓲幽意　幽隱之意。

【語　譯】河伯見到海若前，曾驕傲地誇耀黃河秋水之大。小人物不懂得遠大的圖謀，哪會知道通曉大道的方家？我讚美您心懷高遠的志向，獨身一人前往蒼翠的終南山。古老的地方深藏在層層寒雲中，高高的山巖颳起蕭蕭的長風。

您首先攀登上終南山的翠微嶺，又在金沙泉旁憩息了一回。早晨踐踏在白霜的蒼苔上腳下溜滑，晚上賞玩水中的月亮又明又圓。渴飲那石下甘冽的潭水，夜宿藤蘿結成如煙的溪谷裡。太宗皇帝夢見鼎湖綠水，天子駕龍飛去後空留陳跡多麼令人茫然。

次日早晨您行到子午關，此後您知道山路遙遠。拂琴而聽秋猿哀啼，滅燭而就著星光吃飯。人煙也許沒有明顯的不同，鳥道卻已斷絕了往返之路。攀上山崖青天如倒在腳下，俯視下界已是白日西沒的傍晚。

有人既曾於石門隱居，還曾唱過石潭之歌。踏著白雪而去摘取紫芝，在清澈的水中洗濯冠纓。這樣的人已經不可見到了，但這樣的地方您卻已親自登臨。請您代我向那風泉道謝，我徒有幽隱之意卻又無可奈何！

【研析】此詩當作於開元年間初入長安隱於終南山之時。時崔叔封遊終南山翠微寺金沙泉而贈詩給李白，李白作此詩酬答。首段以河伯誇秋水之故事，喻小人物不識通方之士，稱讚叔封志大而獨往山中探幽，描寫山景之佳。次段描寫遊山之路徑。初登翠微嶺入寺，又憩金沙泉。早踏霜苔滑，夕憩弄水月。飲石下清流，宿溪上煙蘿。憶太宗皇帝曾遊此地，今已登天，空見陳跡而茫然。再次段描寫次日遊子午關而山路遙遠，拂琴聽猿，見星而飯。人煙稀少，鳥道絕跡。攀崖而上，青天似倒，下視則白日已晚。極寫終南山之高峻而勝景之多，繼日而遊情亦未愜。末段寫有人曾隱石門而歌石潭，採紫芝而濯清波。此隱者已不可見，此勝地人亦罕到。今君獨遊於此自得山水之情。末以詩人自嘆徒有隱居之意而無可奈何作結。嚴羽評點曰：「寄意泠然，無限遠想。」明人批曰：「一直敘去，寫景處亦佳，亦有逸致。」《唐宋詩醇》卷七：「神似謝靈運。」

## 酬崔五郎中❶

崔詩附

朔雲❷橫高天，萬里起秋色。壯士心飛揚❸，落日空歎息。長嘯出原野，凜然寒風生。幸遭聖明時，功業猶未成❹。奈何懷良圖，鬱悒獨愁坐❺？杖策尋英豪，立談乃知我❻。

崔公生人秀，緬邈青雲姿❼。制作參造化❽，託諷含神祇❾。海嶽尚可傾，吐諾終不移⑩。是時霜颷寒，逸興臨華池⑪。起舞拂長劍，四座皆揚眉⑫。因得窮歡情，贈我以新詩。

又結汗漫期，九垓遠相待⑬。舉身憩蓬壺⑭，濯足弄滄海。從此凌倒景⑮，一去無時還。朝遊明光宮⑯，暮入閶闔關⑰。但得長把袂，何必嵩丘山⑱！

【注釋】❶崔五郎中　即崔宗之，兄弟間排行第五，官右司郎中。其四兄名宜之，早卒，《千唐志齋藏志》有拓片。《全唐文》卷四〇九崔祐甫〈齊昭公崔府君（日用）集序〉：「公嗣子宗之，學通古訓，詞高典冊，才氣聲華，邁時獨步。仕於開元中，為起居郎，再為尚書禮部員外郎，遷本司郎中，時文國禮。十年三月（一作『入』），終於右司郎中。年位不充，海內歎息。」按：崔宗之為李白好友，除此詩外，李白尚有〈贈崔郎中宗之〉、〈月夜江行寄崔員外宗之〉、〈憶崔郎中宗之遊南陽遺吾孔子琴撫之潸然感舊〉諸詩，可參讀。先是，崔宗之有〈贈李十二〉詩給李白，李白以此詩酬答。又按：宋本原將崔詩列於此詩之前，今依繆本將崔詩移於此詩之後，作為附錄。❷朔雲　北方的雲。❸心飛揚　《楚辭・九歌・河伯》：「心飛揚兮浩蕩。」王逸注：「心意飛揚。」❹功業句　劉琨〈重贈盧諶〉詩：「功業未及建，夕陽忽西流。」❺奈何二句　良圖，良好的抱負。左思〈詠史〉詩：「夢想騁良圖。」鬱悒，憂悶。《楚辭・離騷》：「曾歔欷余鬱邑兮，哀朕時之不當。」王逸注：「鬱邑，憂也。」邑，一作悒。」宋本「獨愁坐」三字下夾注：「一作：空獨坐」。❻杖策二句　杖策，執鞭，此指驅馬而行。《後漢書・鄧禹傳》：「及聞光武安集河北，即杖策北渡，追及於鄴。」立談，站著談話。比喻時間短暫。揚雄〈解嘲〉：「或立談而封侯。」❼崔公二句　稱讚崔公人品秀傑。崔公，對崔宗之的尊稱。生人，蕭本、郭本、王本作「生民」。人；人類。「人」字乃唐人避諱。秀，優秀者。緬邈，遙遠貌。青雲姿，《文選》卷二一顏延年〈五君詠〉：「仲容青雲器，實稟生民秀。」李善注：「青雲，言高遠也。」❽制作句　制作，著作；詩文作品。造化，天地；陰陽。《淮南子・覽冥訓》：「懷萬物而友造化。」高誘注：「造化，陰陽也。」《後漢書・張衡傳論》：「崔瑗之稱平子曰：數術窮天地，制作侔造化。」❾託諷句　託諷，指在詩文中託物而寄諷喻之意。神祇，天地神靈的總稱，在天為神，在地為祇。《論語・泰伯》：「禱爾於上下神祇。」❿海嶽二句　謂崔公重諾守信。海嶽，大海和山嶽。吐諾，吐辭而然諾。⓫是時二句　是時，此時。霜颷，霜日巨風。逸興，超邁豪放的意興。華池，對池塘的美稱。《楚辭·七諫》：「蛙黽游乎華池。」王逸注：「華池，芳華之池也。」❿揚眉　形容振奮歡欣之狀。⓭又結二句　《淮南子·道應訓》：「盧敖游乎北海，經乎太陰，入乎玄闕，至於蒙穀之上。見一士焉。……若士者齤然而笑，曰：『……吾與汗漫期於九垓之外，吾不可以久駐。』若士舉臂而竦身，遂入雲中。」高誘注：「汗漫，不可知之也。九垓，九天之外。」後因以汗漫為仙人的別名，或指仙遊之意。⓮蓬壺　古代傳說中的海中仙山，即蓬萊山。見卷一〇〈安陸白兆山桃花巖寄劉侍御綰〉詩注。⓯倒景　倒影。景，同「影」。道家指天上最高之地。《漢書·郊祀志》：「登遐倒景。」顏師古注引如淳曰：「在日月之上，反從下照，故其景倒。」⓰明光宮　猶丹丘，神話中神仙之地，晝夜長明。《楚辭》王褒〈九懷〉：「朝發兮葱嶺，夕至兮明光。」王逸注：「暮宿東極之丹巒也。」又屈原〈遠遊〉：「仍羽人於丹丘兮，留不死之舊鄉。」王逸注：「丹丘，晝夜常明也。〈九懷〉云：夕宿乎明光。明光，即丹丘也。」⓱閶闔　神話傳說中的天門。《楚辭·離騷》：「吾令帝閽開關兮，倚閶闔而望予。」王逸注：「閶闔，天門也。」⓲但得二句　把袂，猶言握手，謂會面。嵩丘山，即嵩山。二句意謂只要能經常會面就好，何必一定要一起到嵩山去隱居呢。這是對崔宗之詩中「我家有別業，寄在嵩之陽。……子若同斯遊，千載不相忘」的回答。

【語　譯】北方的雲橫亙在高遠的天空，茫茫的萬里大地都已是蒼涼的秋色。壯士見此心情激蕩，面對落日空自嘆息。一聲長嘯出門來到原野，四周颳起嚴厲的寒風。我有幸生活在英明天子的時代，然而至今仍未建業立功。為什麼我胸懷雄圖大略，卻只能心情鬱悶獨自坐在這裡發愁？揚鞭驅馬去尋找英豪，站立傾談片刻您我就成為知音。

崔公您是人類中的精英，風神高遠而姿容絕眾。文章與天地同在，託物諷詠如有神靈。高山大海尚可以傾倒，您的諾言卻始終不渝。此時雖然正是寒霜巨風四起之時，我們還是趁著超逸豪放的意興來到芳華之池。手拂長劍起身勁舞，四座皆為感興而揚眉歡騰。於是歡欣之情得以淋漓酣暢發揮窮盡，因此您贈給我一首新詩。

您又邀我作世外之遊，約我在九天之外等待。舉身去隱居蓬萊仙山，洗腳於滄海之中。從此飛到日月星辰之上，這一去就再也不會回來。早晨漫遊明光宮，晚上進入閶闔關。只要我們能常得相聚，又何必要去嵩山！

【研析】此詩是對崔宗之〈贈李十二〉詩的酬答。從崔詩云「李侯忽來儀，把袂苦不早」、此詩云「杖策尋英豪，立談乃知我」可以想見，此時乃兩人初次見面。李白開元二十二年寫的〈與韓荊州書〉曰：「而君侯亦薦一嚴協律，入為祕書郎。中間崔宗之、房習祖、黎昕、許瑩之徒，或以才名見知，或以清白見賞。白每觀其銜恩撫躬，忠義奮發，白以此感激。」可知在此之前李白已與崔宗之結識。則此詩當作於開元十八、十九年（西元七三〇、七三一年）初入長安之時。又按：崔宗之開元二十七年尚在禮部員外郎任，見《舊唐書·禮儀志六》，則此詩題應作「酬崔五員外」，或只作「酬崔五」，不應稱郎中。此詩所敘「奈何懷良圖，鬱悒獨愁坐」，正是追求功業無路的寫實。其時李白隱於終南山。崔宗之建議去隱嵩山，李白不願，正表明其追求功業之強烈。又按崔宗之未嘗為「左司郎中」，今《郎官石柱題名》左司郎中亦無崔宗之。據崔祐甫所云，宗之終「右司郎中」，則「左司郎中」當為後人所誤加。其時崔宗之官職似未至右司郎中。此詩首段從秋色寫起，自敘不能施展懷抱之苦悶，點明與崔宗之立談即為知音。次段稱讚崔宗之乃生民之俊秀，文章參天地，託諷含神祇，信義然諾見重於人。然後敘兩人之逸興，拂劍起舞，四座揚眉，盡其歡情，崔君贈詩。末段敘相約汗漫遊九垓，憩仙山，濯大海，凌倒景而昇天。最後回答崔詩同隱嵩山的邀請曰：「但得長把袂，何必嵩丘山！」明人批點此詩曰：「起得宏亮，直可穿雲裂石。歌老驥，碎唾壺，此情此致。」吳昌祺《刪訂唐詩解》卷二曰：「起亦聳拔，通道無軟語。」

## 附：贈李十二　左司郎中崔宗之

涼秋八九月，白露空園庭。耿耿意不暢，捎捎（一作：悄悄）風葉聲。思見雄俊士，共話今古情。

李侯忽來儀，把袂苦不早。清論既抵掌，玄談又絕倒。分明楚漢事，歷歷王霸道。擔囊無俗物，訪古千里餘。袖有匕首劍，懷中茂陵書。雙眸光照人，詞賦凌子虛。

酌酒絃素琴，霜氣正凝（宋本作「疑」，據蕭本、王本、咸本改）潔。平生心事中，今日為君說。我家有別業，寄在嵩之陽。明月出高岑，清溪澄素光。雲散窗戶靜，風吹松桂香。子若同斯遊，千載不相忘。

## 以詩代書答元丹丘❶

青鳥海上來❷，今朝發何處？口銜雲錦字❸，與我忽飛去。

鳥去凌紫煙❹，書留綺窗❺前。開緘方一笑❻，乃是故人傳。

故人深相勖❼，憶我勞心曲❽。離居在咸陽❾，三見秦草綠❿。

置書雙袂間⓫，引領⓬不暫閑。長望杳難見⓭，浮雲橫遠山。

【注釋】❶元丹丘　李白好友。詩人在〈上安州裴長史書〉提及前受安州馬郡督和李長史接見時云：「故交元丹，親接斯議」，知早在青年時代已與元丹丘訂交。〈冬夜於隨州紫陽先生餐霞樓送煙子元演隱仙城山序〉云：「吾與霞子元丹、煙子元演氣激道合，結神仙交。」魏顥〈李翰林集序〉：「與丹丘因持盈法師達，白亦因之入翰林。」知元丹丘曾與李白同為玉真公主推薦。據李白〈漢東紫陽先生碑銘〉，元丹丘於天寶初受道籙於胡紫陽。李白一生與元丹丘過從最密，酬贈元丹丘詩甚多，如〈元丹丘歌〉、〈題元丹丘山居〉、〈題元丹丘潁陽山居〉、〈題嵩山逸人元丹丘山居〉、〈潁陽別元丹丘之淮陽〉、〈與元丹丘方城寺談玄作〉、〈觀元丹丘坐巫山屏風〉、〈酬岑勛見尋就元丹丘對酒……〉、〈聞丹丘子於城北山營石門幽居……〉、〈尋高鳳石門山中元丹丘〉等（詳拙著《李白叢考・李白與元丹丘交遊考》）。❷青鳥句　青鳥，《漢武故事》謂西王母遣青鳥為信使，後因以青鳥稱信使。海上，泛指遠方。此指長江中下游地區。宋本在「鳥」字下夾注：「一作：烏」。❸雲錦字　對別人書簡的敬稱。《太平御覽》卷七〇四引《漢武帝內傳》：「帝見王母有一卷書，盛以紫錦之囊。」宋本在「字」下夾注：「一作：書」。❹凌紫煙　飛越在紫色的雲氣之上。❺綺窗　雕鏤花紋的窗戶。《文選》卷四左思〈蜀都賦〉：「列綺窗而瞰江。」呂向注：「綺窗，彫畫若綺也。」❻開緘句　開緘，拆封。宋本在「方」字下夾注：「一作：時」。❼勗　勉勵。❽勞心曲　勞，騷擾；憂愁。《詩經・邶風・燕燕》：「瞻望弗及，實勞我心。」心曲，心之深處。《詩經・秦風・小戎》：「在其板屋，亂我心曲。」鄭玄箋：「心曲，心之委曲也，憂則心亂也。」❾離居句　離居，分居。《左傳》文公十六年：「百濮離居，將各走其邑。」咸陽，秦京城，故址在今陝西咸陽東北之渭城故城，與今咸陽市地點不同。此處指長安。❿三見句　謂在秦地住了三年。三次見草綠。⓫置書句　〈古詩十九首〉：「置書懷袖中。」雙袂，雙袖。⓬引領　伸頸遙望。形容盼望的殷切。《左傳》成公十三年：「我君景公引領西望，曰：『庶撫我乎？』」⓭長望句　宋本在「望」字下夾注：「一作：歎」。杳，渺遠。

**【語　譯】**青鳥從海上飛來，今天是從哪裡出發的？口裡銜著錦囊盛的書信，交給我後又忽然飛去。

青鳥飛去直入紫色的雲霄，送來的書信就留在綺窗的前面。我打開信封開始笑起來，這封信原來是老朋友寄來的。

友人在信中情深意切地勉勵我，說他因懷念我而心中憂傷。分別後我一直住在長安，如今已三次見到秦地的春草長綠。

我把這封信藏在衣袖裡，不停地引領遠望。可是眺望遠方綿渺難以見到，只有浮雲籠照著遠方的山峰。

**【研　析】**此詩當是開元年間初入長安時所作。據詩稱「離居在咸陽，三見秦草綠」，知詩人在長安歷時三年，詩當作於開元二十一年（西元七三三年）。前人認為作於天寶年間，非。據蔡瑋《玉真公主受道靈壇祥應記》，天寶二載元丹丘在長安為大昭成觀威儀，當與李白同在長安，不存在「離居」問題，也無需「憶我勞心曲」。若此詩作於開元年間初入長安之時，則其時元丹丘仍在江夏一帶，詩所謂「憶我勞心曲」、「引領不暫閑」云云，皆無忤矣。首四句謂元丹丘有書信來，次四句寫拆封知是故人來信而歡笑。再次四句謂友人信中慰勉和相思，因為自己在長安與之分離已有三年。末四句寫珍藏書信及讀信後的思友之情。明人批點曰：「此詩卻圓淨完美，明係步驟〈十九首〉。但以音節太快，遂減古色。然令人效古甚難，此自是正法，不必過矯。」

## 金門答蘇秀才❶

君還石門❷日，朱火始改木❸。春草如有情，山中尚含綠。折芳愧遙憶，永路當自勗❹。遠見故人心，平生以此足。

巨海納百川，麟閣多才賢❺。獻書入金闕❻，酌醴奉瓊筵❼。屢忝白雲唱，恭聞黃竹篇❽。恩光昫拙薄❾，雲漢希騰遷❿。銘鼎儻云遂，扁舟方渺然⓫。

我留在金門，不去臥丹壑⓬。未果三山期⓭，遙欣一丘樂⓮。玄珠寄罔象，赤水非寥廓⓯。願狎東海鷗⓰，共營西山藥⓱。棲巖君寂蔑⓲，處世余龍蠖⓳。

良辰不同賞，永日應閑居。鳥吟簷間樹，花落窗下書。緣谿見綠篠⓴，隔岫窺紅蕖㉑。採薇行笑歌，眷我情何已㉒。

月出石鏡間，松鳴風琴裏㉓。得心自虛妙，外物空頹靡㉔。身世如兩忘，從君老煙水㉕。

【注釋】❶金門題 金門，漢代宮門名，即金馬門。《史記·滑稽列傳》：「金馬門者，宦署門也。門傍有銅馬，故謂之曰金馬門。」漢代朝廷徵召來京者都待詔公車（官署名），其中才能優異者待詔金馬門。《漢書·揚雄傳下》：「歷金門，上玉堂有日矣。」此借指唐代翰林院，當時李白正供奉翰林。蘇秀才，名未詳。秀才是古代對一般讀書人的泛稱。從詩中看，蘇秀才原是隱士。孟浩然有〈閑園懷蘇子〉詩云：「感念同懷子，京華去不歸。」疑即同一人。詳見拙著《天上謫仙人的秘密——李白考論集・李白與孟浩然交遊考》。❷石門　各地名石門者甚多，此所指具體地點不詳。❸朱火句　朱火，指夏天。陳子昂〈感遇〉其十三：「青春始萌達，朱火已滿盈。」改木，古代鑽木取火，四季所用樹木種類不同，所以常用「改木」或「改火」喻指時節改換。《文選》卷二九張協〈雜詩〉其一：「離居幾何時，鑽燧忽改木。」李善注引《鄒子》：「春取榆柳之火，夏取棗杏之火，季夏取桑柘之火，秋取柞楢之火，冬取槐檀之火。」此處指春末夏初。❹折芳二句　意謂折花相贈而將愧對在遠地思念的人，路途長遠須自己勉勵。屈原〈九歌・山鬼〉：「折芳馨兮遺所思。」永路，遠路。勗，勉勵。❺巨海二句　二句倒裝，意謂翰林院廣集賢才，猶如大海之納百川。謝靈運〈擬魏太子鄴中集詩・魏太子〉：「百川赴巨海。」麟閣，即麒麟閣。漢代閣名，在未央宮中。此借指唐代翰林院。❻金闕　猶金門。指帝王所居之宮殿。❼酌醴句　《文選》卷三〇謝朓〈始出尚書省〉詩：「既通金閨籍，復酌瓊筵醴。」張銑注：「瓊筵，天子宴群臣之席。言瓊者，珍美言之。醴，酒也。」❽屢忝二句　忝，辱；有愧於。自謙之詞。白雲唱、黃竹篇，用西王母、周穆王典。《穆天子傳》卷三：「乙丑，天子觴西王母於瑤池之上，西王母為天子謠曰：『白雲在天，山陵自出。道里悠遠，山川間之。將子無死，尚能復來。』天子答之曰：『予歸東土，和治諸夏。萬民平均，吾顧見汝。比及三年，將復而野。』」又卷五：「日中大寒，北風雨雪，有凍人，天子作詩三章以哀民。」每章首句均有「我徂黃竹」，詞長不錄。此以「白雲唱」喻指自己參與朝政，以「黃竹篇」喻指帝王關懷人民。❾恩光句　恩光，指皇帝的恩惠。江淹〈詣建平王上書〉：「大王惠以恩光。」煦，蕭本、郭本、王本、咸本皆作「照」。拙薄，性拙才薄，自謙之詞。此句謂己沐受皇恩。❿雲漢句　雲漢，天河。此句謂希冀日後能飛黃騰達，致身青雲。⓫銘鼎二句　意謂揚名後世的功業倘能實現，方可如范蠡那樣泛舟五湖。《禮記・祭統》：「夫鼎有銘。銘者，自名也；自名以稱揚其先祖之美，而明著之後世者也。」儻，通「倘」。云，語助詞，無義。遂，成功。⓬不去句　丹壑，赭色之壑，指隱居的山野。鮑照〈歲暮悲〉詩：「妍容逐丹壑。」⓭未果句　此句謂未能實現隱居的約定。果，實現。三山，指海中蓬萊、方丈、瀛洲三神山。期，約定。⓮遙欣句　此句謂只能遙遠地欣羨隱居的快樂。一丘樂，謂隱居之樂。《漢書・敘傳》：「漁釣於一壑，則萬物不奸其志；棲遲於一丘，則天下不易其樂。」⓯玄珠二句　意謂蘇秀才定能修鍊得道。離聲色、絕思慮的罔象才能得大道，赤水亦非空曠無邊。玄珠，道家喻指大道。罔象，即「象罔」。《莊子・天地》成玄英疏：「象罔，無心之謂。」赤水，神話中的水名。屈原〈離騷〉：「忽吾行此流沙兮，遵赤水而容與。」⓰願狎句　此句意謂願閒居東海之濱，與海鷗狎玩。狎，親近。鷗，水鳥名。翼尖長，善飛翔；趾間具蹼，能游水。羽毛多灰、白色。《列子・黃帝》：「海上之人有好鷗鳥者，每旦之海上，從鷗鳥遊。鷗鳥之至者百住而不止。」⓱西山藥　指在西山煉丹藥。沈約〈宿東園〉詩：「若蒙西山藥，頹齡倘能度。」⓲寂蔑　蕭本、郭本、王本作「寂滅」。同音通假疊韻聯綿詞。按：佛家言寂滅，乃「涅槃」之意譯，意謂超脫一切境界入於不生不滅之門，即寂寞清靜、無色聲香味觸覺之意。謝靈運〈鄰里相送方山〉詩：「各勉日新志，音塵慰寂蔑。」⓳處世句　此句謂己入世不過如尺蠖屈體求伸、龍蛇潛伏存身而已。處世，猶入世，參與世務。龍蠖，龍蟄蠖屈。《易經・繫辭下》：「尺蠖之屈，以求信（伸）也；龍蛇之蟄，以存身也。」蠖，一種身體細長的小蟲，因行時屈伸其體如尺量物，故又稱尺蠖。⓴綠篠　青翠的小竹。篠，宋本原作「條」，據蕭本、郭本、繆本、王本、咸本改。㉑隔岫句　岫，峰巒。蘖，芙蕖，荷花。此句謂從山峰的縫隙間窺見荷花。㉒採薇二句　《詩經・召南・草蟲》：「陟彼南山，言采其薇。未見君子，我心傷悲。」此即用其意，謂當蘇秀才歌笑採薇之時，眷念我的感情將難以遏止。㉓月出二句　王琦注：「方弘靜曰……言月出石若鏡，風入松若琴也。琦謂『石鏡』、『風琴』蓋是蘇秀才山中之地名耳。若如方氏所解，恐大家未必有此句法。」案方說符合詩意，王說恐非。㉔得心二句　謂心靈清靜才得妙境，外物牽累徒然萎靡。㉕身世二句　謂自己和世上的一切如都能忘卻，我將隨你在煙水生涯中終老一生。

【語　譯】你要回歸石門的日子，正是改木鑽火的初夏。春草如果對你懷有深情，山中一定還含綠等待你的歸來。我折一枝芳香的花贈給你，慚愧我只能遙遠地思念你，漫長的路途只能靠你自己勉勵保重。遙遠地看到你的心和我的心相通，我平生以此就滿足了。

翰林院廣納當世的賢才，如同大海匯納千萬條江河。我獻書朝廷得以登上金鑾殿，在朝廷豪華的宴席上有幸酌酒陪侍。經常向皇帝奉上自己的詩歌，恭聽皇帝關心民生的作品。皇帝的恩澤照耀到我這個性拙才薄的人身上，希望有一天升遷成就自己的青雲之志。如果勒銘鐘鼎的願望得以實現，我就會像當年范蠡一樣渺然泛舟五湖。

如今我留在朝廷供奉翰林，不能與你一起到山野去隱居。我沒有實現求仙三神山的期約，卻只能遙遠地欣賞你棲遲山林的快樂。昔日無心無形的象罔得到了大道玄珠，赤水也並非空曠無際。因此我希望能毫無機心地與海鷗狎玩於東海，共煉西山之藥以延長壽命。你棲息巖泉甘於清靜寂寞，我入世朝廷如同龍蠖屈伸順時而動。

雖有良辰美景不能共同欣賞，我想你會整日閉門閒居。在簷前的樹間聽小鳥鳴叫，窗下的書上見花朵飄落。沿著溪谷可見綠竹清新，隔著山穴可窺荷花喜人。一邊採薇一邊行吟歌笑，那時你眷念我的感情一定難以遏止。

月亮從光滑如鏡的石間升起，風在松林間鳴響起如琴的聲韻。心靈自在清寂自然會得到玄妙的境界，牽累外物徒然使人頹唐萎靡。如果忘記了塵世也忘記了自己，我將隨從你在煙水中終老此生。

【研　析】此詩當是天寶二年（西元七四三年）夏初在長安作。時李白正供奉翰林，得到皇帝的恩寵，並希望致身青雲。故雖欣羨蘇秀才還山隱居，但還想留在金門作一番事業。這是詩人一生中最得意的時期。首段謂蘇秀才還山正值初夏，春草有情待君歸當還綠。折芳相贈愧對友人，不能同還只能遙憶，長路請君自勉保重。料想友人同我此心，平生以此為滿足。次段謂朝廷招賢如百川歸海，自己獻頌而得供奉翰林，蒙恩侍宴忝白雲之唱，聞黃竹之篇。承恩寵而希騰遷，待致身青雲、功成銘鼎之後，再學范蠡泛舟五湖。第三段謂自己雖未實現仙隱的期約，然遙欣隱居之樂。絕聲色思慮之罔象才得大道，赤水亦非空曠無際。希望能狎海鷗，共煉仙藥。如今你隱居寂寞，我處世順時而已。第四段想像蘇秀才還山後盡日閒居，鳥鳴於簷間之樹，花落於窗下之書，沿溪看小竹，隔岫看荷花，採薇行歌，眷我之情不已。末段敘隱居之樂。月出石鏡，松風如鳴琴，自得於心入玄境，牽累外物則委靡。如能忘我忘世，則從君老於煙水之中。明人批點曰：「起四句活而有態，是太白風致。『折芳』四句，陸、謝遺調。」《唐宋詩醇》卷七曰：「寫閒居之況，幽靜可愛。入後頗覺道妙，吐屬亦臻妙境。」

## 酬坊州王司馬與閻正字對雪見贈❶　陝右

遊子東南來，自宛適京國❷。飄然無心雲❸，倏忽復西北❹。訪戴昔未偶❺，尋嵇此相得❻。愁顏發新歡，終宴敘前識。

閻公漢庭舊，沉鬱富才力❼。價重銅龍樓，聲高重門側❽。寧期此相遇，華館陪遊息。積雪明遠峰，寒城沍春色❾。主人蒼生望，假我青雲翼❿。風水如見資⓫，投竿佐皇極⓬。

【注釋】❶酬坊州題　坊州，唐州名。天寶元年，改為中部郡。乾元元年，復為坊州。治所在今陝西黃陵東南。王司馬，王嵩，生平未詳。司馬，官名。《舊唐書·職官志三》：「上州：刺史一員，別駕一人，長史一人，司馬一人（從五品下）。」閻正字，名不詳。正字，官名。據《舊唐書·職官志二》：祕書省有正字四人（正九品下），其所屬著作局又有正字二人（正九品下）。〈職官志三〉：東宮官屬司經局有「校書四人（正九品），正字二人（從九品上），……校書、正字掌典校四庫書籍」。此詩云：「價重銅龍樓」，銅龍乃太子門樓，故知此閻正字為太子正字。❷遊子二句　意謂己此次由東南經南陽來到長安。遊子，詩人自謂。宛，秦漢時縣名，為南陽郡治所。唐代為南陽縣，屬鄧州。今河南南陽。京國，指長安。❸無心雲　陶潛〈歸去來辭〉：「雲無心以出岫。」形容自己行蹤不定，如浮雲隨風。❹倏忽句　倏忽，轉眼間。西北，此指邠州、坊州。此句謂至京不久，旋又來到西北的邠州、坊州。❺訪戴句　《世說新語·任誕》：「王子猷居山陰，夜大雪，……忽憶戴安道。時戴在剡，即便夜乘小船就之。」後因稱訪友為「訪戴」。此謂昔日訪友未能相遇。❻尋嵇句　《世說新語·簡傲》：「嵇康與呂安善，每一相思，千里命駕。」此謂此次訪友得遇，彼此情投意合。❼閻公二句　漢庭舊，按漢代無姓閻的顯赫人物，此「漢庭」當指唐代。初唐時有閻立德為工部尚書、大安公，閻立本為高宗宰相，或閻正字即其後歟？沉鬱，深沉蘊積。劉歆〈與揚雄書〉：「非子雲淡雅之才，沉鬱之思，不能經年銳精，以成此書。」❽價重二句　銅龍樓，指太子宮樓。《漢書·成帝紀》：「上嘗急召太子，出龍樓門。」顏師古注引張晏曰：「門樓上有銅龍，若白鶴、飛廉之為名也。」《文選》卷二六陸厥〈奉答內兄希叔〉詩：「屬叨金馬署，又點銅龍門。」劉良注：「銅龍，太子門名。」由此知閻正字當為太子宮中官員。

王琦注：「按《寶刻叢編》：天寶中，太子正字閻寬撰〈襄陽令盧僎德政碑〉未知即此閻正字否？」重門，《文選》卷三〇謝朓〈觀朝雨〉詩：「平明振衣坐，重門猶未開。」呂向注：「重門，帝宮也。」❾寒城句　寒城，指坊州城。沍，凍結。《莊子・齊物論》：「河漢沍而不能寒。」按：蕭本、郭本、王本、咸本皆作「鎖」。❿主人二句　謂希望得到王、閻二人薦引。主人，指王司馬。假，借。青雲，比喻入仕做官。⓫風水句　風水，風雨，喻援助之物。見資，得到資助。⓬投竿句　投竿，丟掉釣竿，此喻入仕。皇極，本指帝王統治的準則。《尚書・洪範》：「五、皇極，皇建其有極。」古代帝王自以為所施政教得其正中，可為法則，故稱。後即指帝王之位或王室。干寶〈晉紀總論〉：「至於世祖，遂享皇極。」呂延濟注：「皇極，天子之位也。」此句意謂入仕輔佐帝王。

【語　譯】我這個遊子從東南來，經由南陽到達京城。像一片飄然無心的雲彩，轉瞬間又來到西北的坊州。昔日王徽之拜訪戴安道不曾相遇，此次我像呂安尋找「嵇康」得逢知音。為遇新朋友我高興得愁容盡掃，一直到席散還和故人暢敘舊情。

閻公本來是朝廷的舊臣，才學富贍，而蘊藉深沉。在太子宮中有尊貴的身份，在朝廷中也有很高的名聲。哪裡想到在此偶然相遇，在華麗的館舍中相陪遊息。此時遠山的積雪閃光明亮，寒意未盡的城內還鎖住春色。司馬賢主人被蒼生寄託著重望，一定會借給我一副騰飛青雲的翅膀。假如我能夠得到你風雨的資助，我就能投竿而起輔佐皇室。

【研　析】前段自敘自東南的安陸經南陽而來到京城，然後又來到坊州。昔日相訪未遇，此次得遇知音，舊識新知相聚而終宴相歡。後段讚美閻正字才學豐贍，聲價甚高，慶幸相遇陪遊。又稱主人王司馬繫蒼生之重望，希望其力薦自己，借以青雲之翼，使自己放棄隱居而輔佐君王。

此詩乃開元年間初入長安時期由邠州至坊州作。詩中敘太子正字閻某與主人王嵩接待甚殷。詩人希望得到王嵩幫助，以實現輔佐帝王的抱負。

## 酬中都小吏攜斗酒雙魚於逆旅見贈❶

齊魯

魯酒若琥珀❷，汶魚❸紫錦鱗。山東豪吏❹有俊氣，手攜此物贈遠人❺。
意氣相傾兩相顧，斗酒雙魚表情素❻。酒來我飲之，鱠作別離處❼。雙鰓呀呷鰭鬣張❽，跋剌❾銀盤欲飛去。
呼兒拂机❿霜刃揮，紅肌花落白雪霏⓫。為君下箸一餐飽⓬，醉著金鞍上⓭馬歸。

【注釋】❶酬中都題　中都，唐縣名。《元和郡縣志》卷一〇河南道鄆州中都縣：「本魯國邑也，定公以孔子為中都宰。……故城在今縣西三十九里，一名殷密城。至漢，以其地為東平陸縣，屬東平國。齊高帝改平陸縣為樂平縣，隋復改樂平為平陸縣，屬兗州。天寶元年改為中都（縣），割屬鄆州，今卻隸兗州。」今山東汶上。小吏，按敦煌《唐人選唐詩》收此詩題作〈魯中都有小吏逢七朗，以斗酒雙魚贈余於逆旅，因鱠魚飲酒留詩而去〉，可知中都小吏姓逄名朗，同祖兄弟間排行第七。逆旅，客舍。《莊子·山木》：「陽子之宋，宿於逆旅。」❷若琥珀　宋本在三字下夾注：「一作：琥珀色」。琥珀，古代松柏樹脂的化石。色淡黃、褐或紅褐。質優者可作裝飾品，質差者用於製作琥珀酸或各種漆。❸汶魚　汶水所產之魚。汶水即今山東大汶河。❹山東豪吏　對中都小吏逄朗的美稱。❺手攜句　此物，指酒和魚。遠人，詩人自稱。宋本在「攜」字下夾注：「一作：持」。❻意氣二句　敦煌《唐人選唐詩》無此二句。意氣相傾，猶意氣相投，謂彼此在志趣上傾心投合。鮑照〈代雉朝飛〉：「握君手，執杯酒，意氣相傾死何有！」情素，同「情愫」。本心；真情實意。《漢書·鄒陽傳》：「披心腹，見情素。」❼酒來二句　蕭本、郭本、王本、咸本皆無此二句。我飲之，敦煌本作「我為傾」。鱠，細切的魚肉。❽雙鰓句　鰓，魚的呼吸器官。一般生於頭的兩側。呀呷，開合吞吐貌。《文選》卷一二木華〈海賦〉：「輕塵不飛，纖蘿不動，猶尚呀呷，餘波獨湧。」李善注：「呀呷，波相吞吐之貌。」鰭鬣，王琦注：「鰭鬣，魚之翅也，在背上曰鰭，在鰓下曰鬣。」❾跋剌　蕭本、郭本、咸本作「蹳剌」。又作「撥剌」、「潑剌」、「拔剌」。象聲詞。此處狀魚躍聲。杜甫〈漫成一絕〉：「船尾跳魚撥剌聲。」❿拂机　机，同「几」。几案；矮小的桌子。⓫紅肌句　肌，宋本作「肥」，據胡本、敦煌《唐人選唐詩》、《河嶽英靈集》、《文苑英華》改。《文選》卷三五張協〈七命〉：「爾命支離，飛霜鍔。紅肌綺散，素膚雪落。」李周翰注：「肉之紅者如綺，素白者如雪。肌、膚，皆肉。落，散；為刃所破也。」太白詩意本於此。霏，飛雪貌。⓬飽　宋本在此字下夾注：「一作：罷」。⓭上　宋本在此字下夾注：「一作：走」。

【語　譯】魯地的酒顏色如琥珀，汶水的魚鱗似紫錦。山東小吏豪爽而有俊氣，手提這兩種物品送給遠道而來的客人。

我與你意氣相投兩相照顧，你用兩條魚一斗酒表示真情。酒拿來我就飲，魚將切成細塊放在別處。魚兒雙鰓吞吐開合張開鰭鬣，跋刺一聲要從銀盤中跳出去。

喚兒擦淨几案揮刀割肉，紅的如同花落白的好似雪飛。為你下筷飽餐了一頓魚和酒，然後醉跨金鞍上馬歸去。

【研　析】此詩當是天寶五載（西元七四六年）在東魯中都縣作。卷一二〈別中都明府兄〉詩當作於此詩以後。首四句點題，描寫中都小吏有豪爽俊逸之氣，攜帶色如琥珀之酒、鱗似紫錦的魚來贈送給自己。次段敘見面意氣相投。然後描寫魚鰓呼吸開合鰭鬣開張，跋刺一聲從銀盤中跳了出去。末四句描寫呼兒拂几揮刀殺魚，魚肉紅落白飛。飽餐魚酒後，醉跨金鞍上馬歸去。嚴羽評點曰：「只看此題，能使俗人感、才人憤，然詩中兩不相犯，見達人平懷。」明人批曰：「只寫見前事，是淺調，然亦飄逸。」

## 酬張卿夜宿南陵見贈❶

月出魯城❷東，明如天上雪。魯女驚莎雞❸，鳴機應秋節❹。當君相思夜，火落金風高❺。河漢❻挂戶牖，欲濟無輕舠❼。

我昔辭林丘，雲龍忽相見❽。客星動太微❾，朝去洛陽殿❿。爾來得茂彥，七葉仕漢餘⓫。身為下邳客，家有圯橋書⓬。傅說未夢時，終當起巖野⓭。萬古騎辰星⓮，光輝照天下。與君各未遇，長策委蒿萊⓯。寶刀隱玉匣，鏽澀空莓苔⓰。遂令世上愚，輕我土與灰。一朝攀龍⓱去，鼃黽⓲安在哉？故山定有酒，與爾傾金罍⓳。

【注釋】❶酬張卿題　張卿，名字不詳。南陵，當在今山東兗州附近的地名。詩云「月出魯城東」、「魯女驚莎雞」，可知其地在東魯。❷魯城　指唐兗州（魯郡）治所瑕丘縣城。❸莎雞　蟲名，即紡織娘。《詩經・豳風・七月》：「六月莎雞振羽。」《爾雅翼・釋蟲二》：「莎雞，……一名絡緯，今俗人謂之絡絲娘，蓋其鳴時又正當絡絲之候。」❹鳴機句　鳴機，開動織機，謂織布。江淹〈麗色賦〉：「秋梭鳴機，織為裘衣。」秋節，泛指秋季。班婕妤〈怨歌行〉：「常恐秋節至，涼風奪炎熱。」❺火落句　火，指二十八宿之一的心宿。夏曆五月黃昏時心宿出現在正南方，六月以後就逐漸偏西下落。《詩經・豳風・七月》：「七月流火，九月授衣。」流火，即火落，心宿西流而落。參見本卷〈送梁四歸東平〉注。金風，秋風。古代以陰陽五行解釋季節演變，秋屬金，故稱秋風為金風。❻河漢　天河；銀河。晴朗夜空中呈現的雲狀光帶。〈古詩十九首〉：「河漢清且淺，相去復幾許！」❼舠　小船，形如刀。吳均〈贈王桂陽別三首〉：「征舠犯夜湍。」❽我昔二句　指天寶元年奉詔入京。昔辭，宋本漫漶不清，據蕭本、郭本、繆本、王本、咸本補。辭林丘，離別隱居。雲龍，《易經・乾卦》：「雲從龍，風從虎。」比喻君臣遇合。❾客星句　此句喻指得到君王寵信供奉翰林。用嚴光犯帝座事，見卷一〈古風〉其十一「松柏本孤直」注。太微，天子居處。《晉書・天文志上》：「太微，天子庭也，五帝之坐也。」❿朝去句　洛陽，東漢京城。此處以嚴光離開洛陽喻自己被賜金還山離開長安。⓫爾來二句　「得茂彥七葉仕漢」七字，宋本漫漶不清，據蕭本、郭本、繆本、王本、咸本補。得茂彥，用王戎典。《文選》卷二三任昉〈出郡傳舍哭范僕射〉詩：「濬沖得茂彥，夫子值狂生。」呂向注：「王戎，字濬沖。為吏部尚書，得李茂彥為吏部郎，戎以禮待之。范雲時為吏部尚書，彥昇（任昉字）亦為吏部郎，與濬沖、茂彥相類，故云『夫子值狂生』，自比謙也。夫子，謂（范）雲也。」按：此處茂彥似作一般詞語用，即材茂俊秀之英傑。七葉，七世。左思〈詠史〉詩其二：「金張藉舊業，七葉珥漢貂。」按：《漢書・張湯傳》：「（張氏）自宣、元以來，為侍中、中常侍、諸曹散騎、列校尉者十餘人。」此處指張卿家世。⑫身為二句　「身為客」三字，宋本漫漶不清，據蕭本、郭本、繆本、王本、咸本補。下邳客，指漢初功臣張良。《史記・留侯世家》：「良嘗閑從容步遊下邳圯上，有一老父，衣褐，至良所，直墮其履圯下，顧謂良曰：『孺子，下取履！』良鄂然，……彊忍，下取履。父曰：『履我！』良業為取履，因長跪履之。……父去里所，復還，曰：『孺子可教矣。後五日平明，與我會也。』……良夜未半往。有頃，父亦來，喜曰：『當如是。』出一編書，曰：『讀此則為王者師矣。後十年興。十三年孺子見我濟北，穀城山下黃石即我矣。』遂去，無他言，不復見。旦日視其書，乃《太公兵法》也。良因異之，常習誦讀之。」後張良輔佐劉邦建立漢朝。⑬傅說二句　《尚書・說命上》：「高宗夢得說，使百工營求諸野，得諸傅巖。」孔穎達疏：「殷之賢王有高宗者，夢得賢相，其名曰說。群臣之內既無其人，使百官以所夢之形象經營求之於野外，得之于傅氏之巖，遂命以為相。」⑭騎辰星　《淮南子・覽冥訓》：「此傳說之所以騎辰尾也。」高誘注：「（傅說）為高宗成八十一符，致中興也。死託精於辰尾星。」按《莊子・大宗師》謂傅說相武丁，「奄有天下，乘東維，騎箕尾」，謂傅說之功光耀於辰星，著於箕、尾之間，與天象並耀。未謂其化為星辰。蓋後世傳說之異。⑮長策句　長策，長遠的良策。《漢書・蕭望之傳》：「信讓行乎蠻貉，福祚流於亡窮，萬世之長策也。」委，丟棄。蒿萊，野草。⑯鏽澀句　澀，宋本原作「澁」，「澀」的異體字，今改正體。鏽澀，鏽蝕；金屬表面因氧化而生鏽破壞。卷三〈獨漉篇〉：「雄劍掛壁，……鏽澀苔生。」莓苔，青苔。孫綽〈遊天台山賦〉：「踐莓苔之滑石。」⑰攀龍　以龍喻帝王，謂依附帝王以建功立業。《漢書・敘傳》：「攀龍附鳳，並乘天衢。」⑱鼃黽　蛙。《國語・越語下》：「昔吾先君，固周室之不成子也。故濱於東海之陂，黿鼉魚鱉之與處，而鼃黽之與同渚。」韋昭注：「鼃黽，蝦蟆也。」⑲金罍　古酒器名，用黃金飾樽。《詩經・周南・卷耳》：「我姑酌彼金罍。」後泛指酒杯。

【語　譯】月亮從魯城東升起，像天上的雪一樣光明。魯地的女子驚聞紡織娘鳴叫，應秋節而織布機鳴。當你思念我的夜晚，正當心宿西流颳起秋風之時。銀河低垂掛在窗外，可是想要渡河相訪卻無小船送行。

　往日我也曾辭別山林往長安，得到帝王恩寵供奉翰林。就像當年嚴光客星犯帝座，一朝離開朝廷又去歸隱。

張氏家族從來多才茂英傑之士，曾先後七世在漢朝輔佐君王。你如同張良暫為下邳之客，家中卻藏有圯橋得到的《太公兵書》。現在只是像傳說尚未入武丁夢境之時，終有一天會自山野起來大濟蒼生。功跡萬古列於辰星，光輝永久照耀天下世人。

我與你現在都是未逢機遇，徒有長遠的良策卻丟棄於草叢之中。如同寶刀藏在玉匣裡，鏽跡斑斑而蒼苔叢生。因此使那些世上的愚人輕視我們如灰塵與土埃。然而一朝攀龍而起建立功業，世上的愚人就如同蛙類又會在哪裡呢？故鄉的山上一定有酒相待，我當與你盡情傾杯。

【研析】此詩當是天寶五載（西元七四六年）在東魯作。先是張卿夜宿南陵有詩贈李白，李白作此詩以酬答。首段描繪想像中張卿夜宿南陵所見景象：月出城東明如雪，紡織娘鳴而魯女上織機。張卿相思正當心宿西落金秋風高之時，銀河掛在窗外卻無船可渡。次段自敘經歷：昔日曾辭山林赴京，雲龍相逢而供奉翰林。又如嚴光客星動帝座，一朝離開朝廷又去歸隱。再次段敘張卿家世和讚美張卿。張氏向來多茂士，漢時七代立朝。張良客下邳而圯橋受書，張卿當繼其業。現今張卿如傳說尚未入武丁夢之時，將來終當出山濟世。如當年傳說功高騎辰星，萬古照耀天下。末段敘兩人共同遭遇。俱未逢時，有長策而棄野草，如寶刀藏匣而鏽蝕生苔，被愚人輕視為塵灰，但如一旦攀龍而得用，愚人如蛙黽又將何在？最後以故山有酒，當與您共同傾杯暢飲作結，寬慰之意甚明。

## 酬岑勛見尋就元丹丘對酒相待以詩見招❶

黃鶴東南來，寄書寫心曲❷。倚松開其緘，憶我腸斷續。不以千里遙，命駕來相招❸。中逢元丹丘，登嶺宴碧霄❹。對酒忽思我，長嘯臨清飆❺。

蹇余❻未相知，茫茫綠雲垂❼。俄然素書❽及，解此長渴飢❾。策馬望山月，途窮造堦墀❿。喜茲一會面，若覩瓊樹枝⓫。憶君我遠來，我歡方速至。開顏酌美酒，樂極忽成醉。我情既不淺，君意方亦深。相知兩相得，一顧輕千金⓬。且向山客笑，與君論素心⓭。

【注釋】❶酬岑勛題　岑勛，王琦注：「世傳顏魯公所書〈西京千福寺多寶佛塔碑〉，乃天寶十一載所建，其文為南陽岑勛所撰，疑即此人。」按：李白有〈鳴皋歌送岑徵君〉、〈送岑徵君歸鳴皋山〉詩，岑徵君，疑即岑勛。元丹丘，李白好友，見〈西岳雲臺歌送丹丘子〉注。從詩中可知，岑勛尋訪李白，在嵩山遇元丹丘，對酒相待，以詩代書邀請李白往嵩山，李白因以此詩酬答。❷黃鶴二句　黃鶴，喻指岑勛。心曲，《詩經・秦風・小戎》：「亂我心曲。」鄭玄箋：「心曲，心之委曲也。」❸命駕句　命駕，命人駕車，立即動身前往之意。《世說新語・簡傲》：「嵇康與呂安善，每一相思，千里命駕。」相招，邀請我。❹碧霄　青天。此處形容山嶺之高聳雲天。❺長嘯句　長嘯，撮口發出舒長的聲音。清飈，清風。陸機〈擬蘭若生春風〉：「長嘯入風飈。」❻蹇余　蹇，句首助詞。王琦注：「蓋發語聲也。」《楚辭・九歌・雲中君》：「蹇將恒兮壽宮。」王逸注：「蹇，詞也。」❼綠雲垂　比喻樹葉茂盛。鮑照〈代陳思王京洛篇〉：「楊芬紫煙上，垂綵綠雲中。」❽素書　古代以白絹寫信，故稱書信為素書。《文選》卷二七〈樂府古辭・飲馬長城窟行〉：「呼兒烹鯉魚，中有尺素書。」呂向注：「尺素，絹也。古人為書多書於絹。」❾長渴飢　比喻長期思念急切。李陵〈錄別詩〉：「思得瓊樹枝，以解長渴飢。」❿堦墀　臺階。堦，同「階」。《水經注・瓠子河》：「堯陵東城西五十餘步，中山夫人祠，堯妃也，石壁階墀仍舊。」⓫瓊樹枝　《文選》卷三一江淹〈雜體詩三十首・古離別〉：「願一見顏色，不異瓊樹枝。」李周翰注：「瓊樹，玉樹也。在崑崙山，故難見。言君行之遠，思見之難，不異瓊樹枝也。」《世說新語・賞譽》：「王戎云：『太尉（王衍）神姿高徹，如瑤林瓊樹，自是風塵外物。』」此瓊樹則喻其風神之美。⓬一顧句　《戰國策・燕策二》有經伯樂一顧而馬價十倍之說，後以「一顧」喻受人稱揚引舉或提攜知遇。謝朓〈和王主簿怨情〉詩：「生平一顧重，宿昔千金賤。」⓭素心　本心；平素的心願。江淹〈雜體詩三十首・陶徵君潛田居〉：「素心正如此，開徑望三益。」

【語譯】黃鶴從東南飛來，寄信抒寫自己的心曲。我身倚松樹打開信封，知道您思念我情切腸斷。因此不怕路途千里之遙，立即駕車前來相訪。途中遇到元丹丘，登上高入雲天的嵩山宴飲。二人對酒時又想念起我，心情激昂臨清風而撮口長嘯。

可我並不知道這些，茫然面對著繚繞如綠雲的茂林。正在此時您的信忽然來到，終於解除了我長久思念您的飢渴。鞭策駿馬仰望嵩山的明月，走到路的盡頭再登臺階上山。很高興今日能得見上一面，就好像見到了難以見到的瓊樹的樹枝。懷念您而從遠方趕來，我心中歡欣快速而至。展開笑顏斟上美酒，快樂至極倏忽大醉。我的感情如此淳厚，您的感情也很深沉。相知的友人貴在相得，一顧之交重過千金。暫且向著山客我開懷大笑，與您說一說我平生的心願。

【研析】此詩當作於開元二十一年（西元七三三年）元丹丘隱居嵩山之時。前段描寫收到岑勛來信的內容。岑勛在尋訪李白途中遇到元丹丘，於是上嵩山飲酒，兩人都想念詩人，故而以詩代書邀請李白。後段描寫詩人收到信立即策馬赴嵩山，會面後開顏酌酒，樂極成醉，相知相得的情懷抒發得淋漓盡致。詩中洋溢著難得相見而一見極歡的深情，生動感人。

## 答從弟幼成❶過西園見贈

一身自蕭灑❷，萬物何囂喧❸！拙薄❹謝明時，棲閑歸故園。

二季過舊壑❺，四鄰馳華軒❻。衣劍照松宇❼，賓徒光石門。山童薦珍果，野老開芳罇❽。上陳樵漁❾事，下敘農圃言。

昨來荷花滿，今見蘭苕❿繁。一笑復一歌，不知夕景昏。醉罷同所樂，此情難具論⓫。

【注　釋】❶從弟幼成　卷一〇有〈秋夜宿龍門香山寺奉寄王方城十七丈奉國瑩上人從弟幼成令問〉詩，當即此人。❷蕭灑　蕭本、郭本、王本、咸本皆作「瀟灑」。同。超脫；不受拘束。孔稚珪〈北山移文〉：「蕭灑出塵之想。」❸囂喧　囂，宋本原作「嚻」，據蕭本、郭本、繆本、王本、咸本改。喧鬧。謝靈運〈王子晉贊〉：「王子愛清靜，區中實囂喧。」❹拙薄　笨拙淺薄。自謙之詞。何遜〈臨行公車〉詩：「道勝多增榮，拙薄遂難化。」❺二季句　二季，當指幼成、令問。過，探望；來訪。舊壑，猶舊隱。舊居；故里。❻華軒　華貴的車。陶潛〈戊申歲六月中遇火〉詩：「草廬寄窮巷，甘以辭華軒。」❼松宇　松樹圍繞的屋子。崔顥〈贈懷一上人〉詩：「竹房見衣缽，松宇清身心。」❽山童二句　薦，獻；進。野老，山野間的老人。芳罇，美好的盛酒器。借指美酒。❾漁　宋本原作「魚」，據蕭本、郭本、繆本、王本、咸本改。❿蘭苕　《文選》卷二一郭璞〈遊仙詩〉其一：「翡翠戲蘭苕，容色更相鮮。」李善注：「蘭苕，蘭秀也。」張銑注：「苕，枝鮮明也。」⓫難具論　難以一一敘說。〈古詩十九首〉其四：「今日良宴會，歡樂難具論。」

【語　譯】我一身向來灑脫不拘而自由自在，外面的世界萬物卻是何等的喧囂！我才薄性拙只得告別這清平時世，棲隱閒居又回到了故園。

二位弟弟到西園來探望我，四鄰聞訊也都乘著華美的車子而來。錦衣寶劍光照松樹環繞的屋宇，賓客們使石門山增生了光輝。山裡的童子進獻珍稀的果品，村野的老人打開美好的酒樽。既談論砍柴漁獵，又敘說菜圃農田之事。

昨天來時荷花開得正盛，今天又看見蘭花滿園。開懷笑一陣又放聲歌一曲，不知不覺間已經日落西山天色昏暗。醉酒以後我們共同享受歡樂，這種情趣難以用語言詳說。

【研　析】此詩當與卷一〇之〈秋夜宿龍門香山寺奉寄王方城十七丈奉國瑩上人從弟幼成令問〉詩同一時期之作。詩人與幼成、令問的交往皆在開元年間。詩中所謂「拙薄謝明時，棲閑歸故園」，當指初入長安無成而歸。詩中「西園」、「石門」當在安陸白兆山附近。前四句自敘性喜自由清靜，厭惡喧鬧。自謙才薄而不能在清平之世入仕，只能歸隱舊園。中段八句寫兩位從弟來訪時情景。衣劍光照屋宇，賓客使石門生輝。山童獻果，老農上酒。談論的都是漁樵農圃家常事。末段六句描寫西園之景。既有荷花盛開，又有蘭花之鮮明。談笑歌唱竟不知夕陽西下，與二季醉後同樂的情景難以用言語備說。寫得淡雅穩健，情真意切。

## 酬王補闕惠翼莊廟宋丞泚贈別❶

學道三十春，自言羲皇人❷。軒蓋宛若夢❸，雲松長相親。偶將二公合，復與三山鄰❹。喜結海上契，自為天外賓。

鸞翮我先鎩，龍性君莫馴❺。朴散不尚古，時訛皆失真❻。勿踏荒溪波❼，朅來浩然津❽。

薜帶何辭楚❾？桃源堪避秦❿。世迫且離別，心在期隱淪⓫。酬贈非炯誡⓬，永言銘珮紳⓭。

【注釋】❶酬王補闕題　王琦注：「詩題疑有舛錯。按：睿宗子申王撝，開元八年薨，諡惠莊太子。宋泚必為惠莊太子陵廟丞者也。翼，則王補闕之名耳。『惠翼』當作『翼惠』為是。」按：王說是。王補闕名翼。據《舊唐書・職官志二》，門下省設左補闕二員，從七品上；中書省設右補闕二員，從七品上。掌供奉諷諫，扈從乘輿。《新唐書・百官志三》宗正寺：「諸太子廟，令各一人，從八品上；丞各一人，正九品下；……令掌灑掃開闔之節，四時享祭焉。」宋泚乃惠莊太子廟丞。王翼、宋泚當先有詩給李白贈別，李白以此詩酬答。❷學道二句　羲皇，宋本原作「羲和」，繆本改作「羲皇」，王本作「羲皇」，今據改。羲皇，指伏羲氏。古人想像上古伏羲氏時代的人無憂無慮自由閒適，故隱士以「羲皇上人」自稱。《宋書・陶潛傳》：

「嘗言，五六月北窗下臥，遇涼風暫至，自謂是羲皇上人。」此處化用其言。❸軒蓋句　此句乃自述供奉翰林事駕華貴之車宛如夢中。軒蓋，乘車戴蓋，顯貴者所乘。❹偶將二句　將，與。二公，指王翼、宋泚。合，相遇。三山，指神話傳說中的三神山。《史記・封禪書》：「自威、宣、燕昭使人入海求蓬萊、方丈、瀛洲。此三神山者，其傳在渤海中，去人不遠。」❺鸞翮二句　《文選》卷二一顏延年〈五君詠・嵇中散〉：「鸞翮有時鎩，龍性誰能馴。」張銑注：「鎩，殘；馴，擾也。」❻朴散二句　朴，「樸」的異體字。王琦注：「樸散，謂淳樸之風散失也。」尚古，蕭本、郭本、胡本、咸本皆作「向古」。時訛，時政的謬誤。❼荒溪波　無水之波。喻時政荒廢。波，胡本、《全唐詩》作「坡」。❽揭來句　張相《詩詞曲語辭匯釋》：「揭來，亦有可以『何不來』釋之者。……李白〈酬王補闕贈別〉詩云：『勿踏荒溪波，揭來浩然津。……』此與『勿』字相應，言何不來浩然津也。浩然津猶云寬閑之野，寂寞之濱，下二句即其注腳。」❾薜帶句　此句謂屈原雖被放逐，仍可披薜荔帶女蘿而遊於江潭。❿桃源句　此句謂桃花源堪避秦末之亂。用陶淵明〈桃花源記〉故事。見卷一〈古風〉其三十一「鄭客西入關」注。⓫世迫二句　謂受時世所迫暫且離別二公，我本心卻在期望隱居。隱淪，隱居。祖詠〈清明宴司勳劉郎中別業〉詩：「何必桃源裡，深居作隱淪。」⓬炯誡　彰明的警戒。《文選》卷一四班固〈幽通賦〉：「又申之以炯誡。」李善注：「曹大家曰：『炯，明也。』」⓭銘珮紳　感念不忘。《論語・衛靈公》：「子張書諸紳。」何晏注：「孔曰：紳，大帶。」邢昺疏：「子張以孔子之言書之紳帶，意其佩帶無忽忘也。……以帶束腰，垂其餘以為飾，謂之紳。」珮，同「佩」。

**【語　譯】**我學道已經三十年，自謂如陶淵明可做羲皇上人。我雖曾享軒車之貴供奉翰林，但往事如同幻夢，內心卻仍與雲松相親。今天偶然與二公相遇，又要與海上三神山為鄰。喜與二公結海上之約，自將成為天外的仙客。

我遭挫折如鸞鳳的羽毛先被剪落，二公高傲如同龍性不要被馴擾。如今淳厚風氣已散而不再崇尚古樸，時政謬偽都失去了本性的純真。所以請二公不要踏入泥沼的時政，何不自在其身漫遊浩然江海。

以薜荔為帶的屈原何以離開楚國？桃花源可以成為逃避秦末之亂的小村。我為世事所迫暫且與二公離別，本心還在期望隱居山林。今日酬答二公贈別的詩雖不是明誡，但請二公寫在佩帶上永誌不忘。

**【研　析】**此詩當是天寶三載（西元七四四年）離開長安時所作。先是王翼補闕、宋泚廟丞有贈別詩，李白以此詩酬答。首段自敘學道三十年自以為是自由自在的羲皇上人，供奉翰林享榮華只似一夢，心中則與雲松長親。偶與二公相遇而結海上天外之契，深以為幸。次段敘自己遭受挫折，希二公不要馴服。當今時世謬失，不尚古樸，請二公不涉荒政，應遊浩然江海。末段以屈原辭楚、桃源避秦故事，說明時世所迫暫且離別，心期隱居。最後請以此詩書之佩紳銘記不忘作結，意味深長。

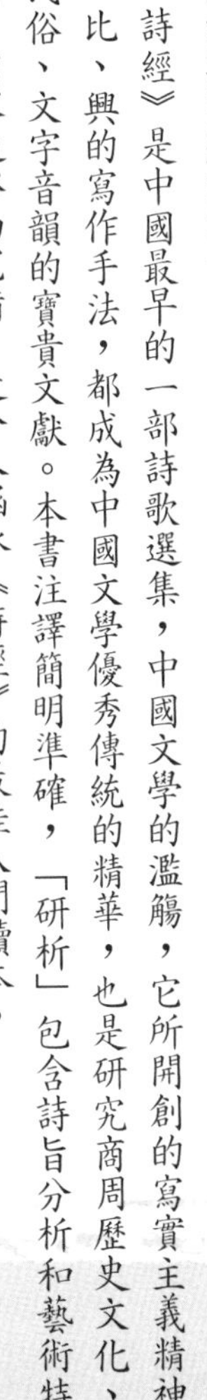

## ◎新譯詩經讀本

滕志賢／注譯　葉國良／校閱

《詩經》是中國最早的一部詩歌選集，中國文學的濫觴，它所開創的寫實主義精神與賦、比、興的寫作手法，都成為中國文學優秀傳統的精華，也是研究商周歷史文化、社會民俗、文字音韻的寶貴文獻。本書注譯簡明準確，「研析」包含詩旨分析和藝術特色說明，內容通俗而完備，是今人涵泳《詩經》的最佳入門讀本。

## ◎新譯楚辭讀本

傅錫壬／注譯

《楚辭》是中國文學史上的奇珍瑰寶，與《詩經》並稱詩壇南北雙璧。不僅因為作品本身藝術純熟完美，也因為主要作者屈原人格的崇高聖潔，從漢魏以降，《楚辭》便受到歷代文人的愛好與模仿，影響所及，也幾乎沒有一種文體不受到《楚辭》的薰陶與感染。本書除了淺易的注釋、流暢的語譯外，還特別加有詳細的解題與析評，相信能使這部文學巨著更易為現代人閱讀欣賞。

## ◎新譯古詩源

馮保善／注譯

中國古典詩歌發展至唐代而達於鼎盛，大放異彩，但唐詩之盛並不是一夕造成的，清人沈德潛編輯《古詩源》一書，其目的便是在明「唐詩之發源」。書中收錄上古以迄漢魏六朝古詩七百餘首，完整且清晰地展示唐以前詩歌發展嬗變的軌跡及其具體成就，成為古詩選本的經典之作。本書注釋翻譯簡潔暢達，評析則能得之於會心，是您閱讀、欣賞古詩的最佳佐助。

## ◎新譯詩品讀本

程章燦、成林／注譯　黃志民、鄺采芸／校閱

《詩品》是中國文學史上第一部專論五言詩的理論批評著作。作者鍾嶸在書中有系統地表達了他的詩學觀點，論述詩歌的產生及其功能，並將自漢魏至齊梁的一百二十二家詩人分為上中下三品，以顯其優劣，敘其源流，明其利病，頗能概括詩人的獨特風格。它被尊為古代詩話之祖，所論「風骨」與「滋味」說，對後代的詩歌批評有很大的影響。

## ◎新譯清詩三百首

王英志／注譯

清詩是中國古典詩歌的總結期。由於清代詩人既能取法唐宋詩的優點，並記取元明詩復古失誤的教訓，因而在藝術上能有所創新；清詩具有空前廣泛豐富的創作題材與主題，加上清代詩人多具有明確的詩學觀念與審美追求，因而使清詩流派紛呈，蔚為大觀，形成中國古典詩歌晚霞滿天的光輝結局。本書精選一三二位清代詩人之詩作三百零六首，深入注譯解題研析，幫助讀者涵泳清詩之精華。

## ◎新譯千家詩

邱燮友、劉正浩／注譯

《千家詩》匯集唐宋兩代淺顯易懂的詩歌於一冊，是舊時民間教導兒童讀詩的課本，也是詩學入門的第一本書。自南宋成書以來，便廣受人們喜愛，可說是一本家弦戶誦的詩歌讀本。它對兒童或青少年的教育，無論在古典文學的奠基或性情的陶冶上，都有著深遠的影響。本書每首詩皆以「作者」、「韻律」、「注釋」、「語譯」、「賞析」等五項進行詮釋，幫助讀者閱讀理解。

## ◎新譯花間集

朱恒夫／注譯　耿湘沅／校閱

《花間集》是歷史上最早的詞集，收錄溫庭筠、韋莊等十八人的詞作共五百闋。綺靡柔豔、漫抒閒愁是花間特色，開啟了詞家婉約一派；而融合民間詞調，創作新曲，又奠下詞律之基，影響後世詞壇極為深遠。本書以南宋紹興年間的晁刻本為主，參校近人的研究成果，除注譯詳盡外，每首詞後的賞析，更可見出注譯者用力之深。

## ◎新譯南唐詞

劉慶雲／注譯

南唐詞在詞的發展史上具有承先啟後的重要作用。宋詞的繁榮雖在數十年之後，南唐詞卻是導夫先路，開一代風氣。本書主要收錄南唐詞人馮延巳、李璟、李煜詞作一百五十餘首，除了對作品的情感內涵及藝術表現手法做出研析，尤注意其在創新方面的貢獻，如題材的開闊、意境的昇華、哲思的鎔鑄等，進而揭示出詞人的整體創作在詞發展史上的意義。既有助於讀者對作品的理解，又有助於對詞發展線索的把握。

## ◎新譯白香詞譜

劉慶雲／注譯

《白香詞譜》收常用詞調一百種，每首詞皆標明前人習用的平仄與句讀、韻腳，對於想倚聲填詞的初學者，十分方便。書中所選作品涵蓋唐五代至清，多為有代表性的名作，在依譜作詞的同時，對詞作也可鑑賞其內在的情感美、意境美及文辭的音樂美，因此它既是實用的詞譜，又具有選本功能。本書「導讀」詳細說明詞的特性、詞律詞譜的沿革等，各篇注譯明白曉暢，研析深入淺出，能帶領讀者領略詞作之美，並進一步填詞創作。

## ◎新譯唐才子傳

戴揚本／注譯

中國文學史上，唐代以其詩歌創作的輝煌成就，成為後世無數文人傾心的時代。唐代詩人輩出，華章璀璨，如夏日夜空的燦爛群星，令人仰視時不禁產生無盡的遐想。《唐才子傳》記述了將近四百位唐代詩人的事蹟及其風采神韻，不僅反映唐代詩歌的繁榮盛況，加深我們對唐詩的理解，在文獻和文學批評方面也有其特殊貢獻。本書根據最佳的黎庶昌本《唐才子傳》進行注譯、研析，讓您輕鬆優游唐詩國度。

三民網路書店 會員

獨享好康 大放送

通關密碼：A4444

憑通關密碼

登入就送100元e-coupon。
(使用方式請參閱三民網路書店之公告)

生日快樂

生日當月送購書禮金200元。
(使用方式請參閱三民網路書店之公告)

好康多多

購書享3%~6%紅利積點。
消費滿350元超商取書免運費。
電子報通知優惠及新書訊息。